U0137800

王阳明诗校注

李庆／撰

下

上海古籍出版社

卷　四

江西诗一百二十首 **正德己卯年，奉敕往福建处叛军。至丰城，遭宸濠之变，趋还吉安，集兵平之。八月，升副都御史，巡抚江西作。**

考释

正德己卯年为正德十四年。此乃平宸濠之年。《年谱》："六月，奉敕勘处福建叛军。十五日丙子，至丰城，闻宸濠反，遂返吉安，起义兵。""十九日，疏上变。"又："先生四昼夜至吉安，明日庚辰，上疏告变。乃与知府伍文定等计，传檄四方，暴发逆濠罪状，檄列郡起兵以勤王。"

关于王阳明"宸濠之乱"以前，在江西与宁王的关系问题，是王阳明研究中的一桩公案。他在正德十四年六月中，宁王生日之前，为何离开赣州前往南昌，时有议论。（见上古本《全集》卷三十九陆深《辨忠谗以定国是疏》）

考己卯年初，明廷尚无处置宸濠之命。《明通鉴考异》载：《武宗实录》有"守仁勘事福建"、贺宸濠生日，至丰城之事。《明史》以为不确，故不载。以此诗序观之，殆当时确有往福建之命。丰城：清顾祖禹《读史方舆纪要》卷八十三"江西二·南昌府"："丰城县，（南昌）府南百六十里，西南至临江府百三十里，东南至抚州府百四十里。"丰城县属南昌府。

这部分"江西诗",包括王阳明从正德十四年六月开始,平定宸濠之乱,历经"献俘"杭州,奔波长江,再回到江西,主持政务,直到嘉靖初年,得以回到故乡的两年多时间之作。其中有的时期,王阳明的行迹,史书未载,赖此诗作,方得窥见一二。其间,王阳明多有奔波,往复南京等处,非尽在江西。(参见拙著《王阳明传》第十六、十七章,上海古籍出版社,2021 年)

这部分的诗作,主要包括三个方面:其一,是平定宸濠之乱以后,王阳明到杭州、再经历波折,于正德十五年二月回到江西,在这期间的诗作。其二,正德十五年二月,回到江西,游历庐山和九华山时的作品。其三,此后往复南昌一带和赣州,经营江西、交游讲学之作。诗歌的排列,有混杂散乱处,详见下各诗考释。

鄱阳战捷

甲马秋惊鼓角风(1),旌旗晓拂阵云红。勤王敢在汾淮后(2)?恋阙真随江汉东(3)。群丑漫劳同吠犬(4),九重端合是飞龙(5)。涓埃未遂酬沧海[一](6),病懒先须伴赤松(7)。

校勘

[一] 遂:《靖乱录》引此诗,字作"尽"。

考释

据《明通鉴》:正德己卯十四年六月,宸濠反。七月壬辰,王阳明发兵南昌。七月乙卯至丁巳,战于黄家渡、鄱阳湖,擒宸濠。前后三十五日已平定。此诗作于正德十四年八月后。

笺注

（1）甲马：代指军队。　鼓角：古代军队中用来发出号令的战鼓和号角。

（2）汾：此指唐代名将郭子仪。因平安禄山等叛有功，赏封汾阳郡王。见新、旧《唐书·郭子仪传》。　淮：此指唐代名将李光弼。也因平叛有功赏封临淮郡王。见新、旧《唐书·李光弼传》。

（3）恋阙：留恋宫阙。喻心不忘君。　江汉东：朱元璋平定陈友谅，有大战鄱阳湖事。地处"江汉东"。又，时明武宗号称亲征宸濠，守仁或存表示自己顺从武宗之意。

（4）吠犬：狂犬吠日。典出唐柳宗元《答韦中立论师道书》："屈子赋曰：'邑犬群吠，吠所怪也。'仆往闻庸、蜀之南，恒雨少日，日出则犬吠。"疯狗对着太阳乱叫。比喻坏人自不量力地叫嚣。此以吠犬喻诸宵小。

（5）九重：指宫禁，帝王朝廷。唐李邕《贺章仇兼琼克捷表》："遵奉九重，决胜千里。"　飞龙：腾飞之龙。见《周易·乾卦·九五》："飞龙在天，利见大人。……飞龙在天，上治也。"本指飞翔的龙。后借以比喻居高临下的君上。

（6）涓埃：细小的流水和尘埃。此指功劳微小。《周书·萧㧑传》："臣披款归朝，十有六载，恩深海岳，报浅涓埃。"

（7）病懒：宋黄庭坚《病懒》："病懒不喜出，收身卧书林，纵观百家语，浩渺半古今。"　赤松：赤松子。亦作赤诵子。相传为上古时神仙。《淮南子·齐俗》："今夫王乔、赤诵子，吹呕呼吸，吐故纳新，遗形去智，抱素反真，以游玄眇，上通云天。"汉高诱《注》："赤诵子，上谷人也。病厉入山，寻引轻举。"这是王阳明谈自己的情况和打算。

书草萍驿二首

九月，献俘北上，驻草萍，时已暮。忽传王师已及徐淮，遂乘夜速发。次壁间韵纪之二首。

考释

草萍驿：见前《草萍驿次林见素韵奉寄》考释。

此所言当为正德十四年十一月事。《明武宗实录》：正德十四年冬十一月辛卯朔，车驾过济宁。丙申，至徐州。乙巳，至淮安清江浦，幸太监张扬第。《年谱》："八月，疏谏亲征。是时兵部会议命将讨贼。武宗诏曰：'不必命将，朕当亲率六师，奉天征讨。'于是假威武大将军镇国公行事，命太监张永、张忠、安边伯许泰、都督刘晖，率京边官军万余，给事祝续、御史张纶随军纪功。虽捷音久上，不发。"此诗原书壁间。当作于正德十四年十一月。然而考王阳明献俘杭州，经草坪驿时，当在九月，王阳明欲往杭州见张永。参见下《宿净寺四首》考释。"献俘"在当时乃是有忌讳之事(见《年谱》正德十四年八月至十五年七月记事)。故有正德十五年七月"重上江西捷音"之举。或此题注为后来所加。

(一)

一战功成未足奇，亲征消息尚堪危。边烽西北方传警(1)，民力东南已尽疲(2)。万里秋风嘶甲马，千山斜日度旌旗。小臣何尔驱驰急(3)？欲请回銮罢六师(4)。

笺注

(1)时西北土尔番等的入侵。《明通鉴》卷四十七：正德十二年正月"甘肃守臣以土尔番侵肃州羽书上闻"，该年武宗亲往北边喜峰口、河西、宣府等地。正德十三年秋，武宗又传旨，“北寇屡犯边疆”，以“大将军朱寿”的名义出征。可见西北紧迫之状。

（2）民力：民众的人力、物力、财力。

（3）小臣：此乃守仁自称。

（4）回銮：旧称帝王及后妃的车驾为“銮驾”，因称帝、后外出回返为“回銮”。六师：天子所统之师。《尚书·康王之诰》：“张皇六师，无坏我高祖寡命。”

（二）

千里风尘一剑当[1]，万山秋色送归航。堂垂双白虚频疏[2]，门已三过有底忙[3]。羽檄西来秋黯黯[4]，关河北望夜苍苍[5]。自嗟力尽螳螂臂[6]，此日回天在庙堂[7]。

笺注

（1）千里风尘：此指宸濠反乱。　一剑：孤身之力。《汉书·异姓诸侯王表》：“汉亡尺土之阶，繇一剑之任，五载而成帝业。”

（2）堂垂双白：指家中父母年老。垂白，《汉书·杜业传》：“诚哀老姊垂白，随无状子出关。”唐颜师古《注》：“垂白者，言白发下垂也。”　虚频疏：语或出“久聚难为别，频来亲也疏”。指虚于向亲人问候。

（3）门已三过：夏禹疏九河“八年于外，三过家门而不入”。见《孟子·滕文公上》此乃守仁反身自问。

（4）羽檄西来：见上诗“边烽西北方传警”注。

（5）关河：关山河川。

（6）螳螂臂：螳臂当车。《庄子·人间世》：“汝不知夫螳螂乎，怒其臂以当车辙，不知其不胜任也。”此乃王守仁自叹已经尽力，如螳臂当车，无力回天。

（7）回天：改变大局。　庙堂：朝廷。宋范仲淹《岳阳楼记》："居庙堂之高，则忧其民；处江湖之远，则忧其君。"

西湖

灵鹫高林暑气清[(1)]，天竺石壁雨痕晴[一][(2)]。客来湖上逢云起，僧住峰头话月明。世路久知难直道[(3)]，此身那得尚虚名！移家早定孤山计[(4)]，种果支茅却易成[(5)]。

校勘

［一］天竺：原作"竺天"，据上古本《全集》改。

考释

《年谱》："（正德十四年）九月壬寅，献俘钱塘，以病留。"明蒋一葵《尧山堂外纪》："王文成之既擒宸濠也，忽传王师已及徐淮，遂乘夜遄发至钱塘，凛凛不胜忧栗，作诗云：'灵鹫高林暑气清，竺天石壁雨痕晴。客来湖上逢云起，僧住峰头话月明。世路久知难直道，此身那得尚虚名。移家早定孤山计，种果支茅却易成。'"王阳明到达杭州，当在正德十四年九、十月间。

笺注

（1）灵鹫：灵鹫山。在古印度摩揭陀国王舍城东北。梵名耆阇崛山。山中多鹫，或言山顶似鹫，故名。因代称佛地。此指浙江杭州西湖的飞来峰。传说由印度飞来。

（2）天竺：杭州有天竺山。清管庭芬辑《天竺山志》："东晋咸和初，慧理来灵隐卓锡，登武林惊曰：'此乃中天竺国灵鹫山之小岭，何年飞来此地耶？'"由此，山名天竺，峰称飞来，后人把峰南所建各寺称"天竺"（有上中下三天竺）。

（3）世路：人世之路。《后汉书·张衡传》："吾子性德体道，笃信安仁，约己博艺，无坚不钻，以思世路，斯何远矣！" 直道：直道而行。《论语·卫灵公》："斯民也，三代之所以直道而行也。"

（4）孤山：宋林逋隐居杭州西湖孤山，不娶无子，所居植梅畜鹤。事见宋沈括《梦溪笔谈·人事二》、《宋史·隐逸传上·林逋》、明田汝成《西湖游览志·孤山三堤胜迹》。后遂以"孤山鹤"为吟咏隐逸之典。

（5）支茅：架草屋。

寄江西诸士夫

甲马驱驰已四年[1]，秋风归路更茫然[2]。惭无国手医民病[3]，空有官衔縻俸钱[4]。湖海风尘虽暂息[5]，江湘水旱尚相沿。题诗忽忆并州句[6]，回首江西亦故园。

考释

此诗当在正德十五年秋作。诗中有曰"甲马驱驰已四年"，王阳明正德十一年十一月到江西，至十五年秋，四年。是年九月初，王阳明在南昌。见《年谱》。此诗当次于记述风波江上行诸诗后。

笺注

（1）见上考释。

（2）秋风归路：《年谱》："正德十一年至十五年，四次上疏请归，不允。"

（3）国手：此指治国之人。宋莫蒙《江城子》："袖里春风医国手，应不惜，紫金丹。"

（4）縻俸钱：浪费俸禄。唐韩愈《进学解》："犹且月费俸钱，岁縻粟，子不知耕，妇不知织,乘马从徒,安坐而食。”

(5)湖海风尘:此指宸濠之乱。

(6)并州句:唐刘皂(一作贾岛)《旅次朔方》:“客舍并州已十霜,归心日夜忆咸阳。无端又渡桑乾水,却望并州似故乡。”后以“并州故乡”比喻对长期旅居之地眷恋,犹似故乡一般。

太息[1]

一日复一日,中夜坐叹息。庭中有嘉树[2],落叶何淅沥[3]。蒙翳乱藤缠[4],宁知绝根脉[5]。丈夫贵刚肠[6],光阴勿虚掷。头白眼昏昏,吁嗟亦何及!

笺注

(1)太息:长叹;深深叹息。《楚辞·离骚》:“长太息以掩涕兮,哀民生之多艰。”

(2)庭中有嘉树:《古诗十九首》有《庭中有奇树》诗;又,宋曾巩《庭木》:“庭中有佳树。”

(3)淅沥:象声词。此形容落叶声。唐乔知之《定情篇》:“碧荣始芬敷,黄叶已淅沥。”

(4)蒙翳:遮蔽;覆盖。唐陆龟蒙《书李贺小传后》:“草木势甚盛,率多大栎,合数十抱,丛苿蒙翳,如坞如洞。”

(5)宁知:反问语。唐李白《在水军宴赠幕府诸侍御》:“宁知草人间,腰下有龙泉。”此两句指诸事如大树乱藤缠绕,不见真相,而根脉又被断截。殆隐指被朝廷怀疑。

(6)刚肠:刚正不阿。晋嵇康《与山巨源绝交书》:“刚肠嫉恶,轻肆直方,遇事便发，此甚不可二也。”

宿净寺四首　十月至杭，王师遣人追宸濠，复还江西。是日遂谢病退居西湖。

考释

《年谱》：“（正德十四年）九月十一日，先生献俘发南昌。忠、泰等欲追还之，议将纵之鄱湖，俟武宗亲与遇战，而后奏凯论功。连遣人追至广信。先生不听，乘夜过玉山、草萍驿。张永候于杭，先生见永谓曰：‘江西之民，久遭濠毒，今经大乱，继以旱灾，又供京边军饷，困苦既极，必逃聚山谷为乱。昔助濠尚为胁从，今为穷迫所激，奸党群起，天下遂成土崩之势。至是兴兵定乱，不亦难乎？’永深然之，乃徐曰：‘吾之此出，为群小在君侧，欲调护左右，以默辅圣躬，非为掩功来也。但皇上顺其意而行，犹可挽回，万一若逆其意，徒激群小之怒，无救于天下大计矣。’于是先生信其无他，以濠付之，称病西湖净慈寺。”

又明蒋一葵《尧山堂外纪》：“（正德十四年）十月至杭，王师遣人追宸濠，复还江西。是日遂谢病，退居西湖。”

此一时期情况，参拙著《王阳明传》（上海古籍出版社，2021 年）第十七、十八章。

（一）

老屋深松覆古藤，羁栖犹记昔年曾[1]。棋声竹里消闲昼，药裹窗前对病僧。烟艇避人长晓出[2]，高峰望远亦时登。而今更是多牵系[3]，欲似当时又不能。

笺注

（1）羁栖：淹留他乡。唐杜甫《熟食日示宗文宗武》："消渴游江汉，羁栖尚甲兵。" 昔年：守仁年轻时曾在杭州养病，又被贬贵州时曾经杭州。

（2）烟艇：烟波中的小舟。唐陆龟蒙《奉和袭美添渔具五篇·箬笠》："朝携下枫浦，晚戴出烟艇。"

（3）牵系：牵挂、牵涉、牵连。宋柳永《慢卷䌷》："又争似从前，淡淡相看，免恁牵系。"

（二）

常苦人间不尽愁，每拼须是入山休[1]。若为此夜山中宿，犹自中宵煎百忧。百战西江方底定[2]，六飞南甸尚淹留[3]。何人真有回天力，诸老能无取日谋[4]？

笺注

（1）每拼：豁出去，不惜。宋高观国《青玉案》："平生似欠西湖债。每拼了、金貂解。"

（2）百战西江：指是次平定江西宸濠之乱。

（3）六飞：亦作"六骈""六蜚"。古代皇帝的车驾六马，疾行如飞，故名。《史记·袁盎晁错列传》："今陛下骋六骈，驰下峻山。"刘宋裴骃《集解》引如淳曰："六马之疾若飞。"此指武宗统帅讨伐宸濠的军队。 淹留：滞留。见前考释。

（4）诸老：指在武宗周围的张永等诸有权势者。 取日：助皇帝复回本位。唐吕温《狄梁公立卢陵王赞》："取日虞渊，洗光咸池。"时正德皇帝自称"朱寿"，号大将军。

(三)

百战归来一病身，可堪时事更愁人。道人莫问行藏计[1]，已买桃花洞里春[2]。

笺注

(1)行藏：出处，行止。《论语·述而》："用之则行，舍之则藏。"

(2)桃花洞：见晋陶潜《桃花源记》。指避世归隐。

(四)

山僧对我笑，长见说归山[1]。如何十年别[2]，依旧不曾闲？

笺注

(1)归山：退隐山林。

(2)十年别：弘治末，王阳明曾养病杭州。正德三年，守仁被贬贵州，经杭州。此"十年"殆概说，非确指。

归兴

一丝无补圣明朝，两鬓徒看长二毛[1]。自识淮阴非国士[2]，由来康节是人豪[3]。时方多难容安枕？事已无能欲善刀[4]。越水东头寻旧隐[5]，白云茅屋数峰高。

笺注

(1)二毛：头发斑白。《左传·僖公二十二年》："君子不重伤，不禽二毛。"晋杜预

《注》:“二毛,头白有二色。”

(2)淮阴:淮阴侯韩信。见《史记·淮阴列传》。 国士:国内才干出众之人。萧何称韩信“国士无双”。

(3)康节:《宋史·道学传一》:“邵雍字尧夫。其先范阳人,父古徙衡漳,又徙共城。……雍少时,自雄其才,慷慨欲树功名。于书无所不读,始为学,即坚苦刻厉,寒不炉,暑不扇,夜不就席者数年。已而叹曰:‘昔人尚友于古,而吾独未及四方。’于是逾河、汾,涉淮、汉,周流齐、鲁、宋、郑之墟,久之,幡然来归,曰:‘道在是矣。’遂不复出。……所著书曰《皇极经世》《观物内外篇》《渔樵问对》,诗曰《伊川击壤集》。” 人豪:人中豪杰。《史记·张耳陈馀列传》:“于此时而不成封侯之业者,非人豪也。”

(4)善刀:拭刀。典出《庄子·养生主》:“善刀而藏之。”陆德明《经典释文》:“善,犹拭也。”后因以“善刀而藏”比喻适可而止。

(5)越水:越地之水。此指王阳明故乡余姚一带。

即事漫述四首

考释

此当在往返江西杭州之间时所作。

(一)

从来野兴只山林(1),翠壁丹梯处处寻(2)。一自浮名萦世网(3),遂令真诀负初心(4)。夜驰险寇天峰雪(5),秋虏强王汉水阴(6)。辛苦半生成底事?始怜庄舄亦哀吟(7)。

笺注

（1）野兴：郊游或对自然景物的兴致。

（2）翠壁：见前《游牛峰寺四首》(一)笺注(6)。　丹梯：见前《姑苏吴氏海天楼次邝尹韵》笺注(4)。

（3）世网：比喻世俗社会的风俗习惯等对人的束缚。

（4）真诀：妙法；秘诀。此当指具体处世的方法。　初心：最初的本觉，本意。见前《太白楼赋》笺注(60)。

（5）指正德十二年秋冬征讨横水、左溪、桶冈等处反乱。见《明通鉴》卷四十七"正德十二年"十月以降记载。

（6）强王：指宸濠。此乃正德十四年七月事。见《明通鉴》卷四十八："(七月丁巳)宸濠方晨朝其群臣，官军奄至，以小舟载薪，乘风纵火，焚其副舟，濠妃娄氏以下皆投水死。濠舟胶浅，仓猝易舟遁，万安知县王冕所部兵追执之。"　汉水：此殆指湖汉水。王先谦《汉书补注・地理志・南昌》："《续志》：后汉因赣水注湖汉水，自新淦来合。……盱水自南城来西北迳南昌县南，西注湖汉水。"可知此湖汉水在南昌附近。

（7）庄舄：战国时期越国人。仕于楚，病中思越而吟越声。见《史记・张仪列传》。后用以形容不忘故国。

（二）

百战深秋始罢兵[1]，六师冬尽尚南征[2]。诚微未足回天意[3]，性僻还多拂世情[4]。烟水沧江从鹤好[5]，风云溟海任龙争[6]。他年若访陶元亮[7]，五柳新居在赤城[8]。

笺注

（1）正德十二年九、十月，平横水、左溪、桶冈等处反乱。正德十三年七月以后，平江西宸濠之乱。

（2）六师：此指中央政府的军队。　南征：正德十四年末，正德帝自己率军南征。

（3）诚微：诚心微小。　天意：上天之意。此指正德亲征之意。

（4）性僻：性情孤僻。　拂：违背，不顺从。　世情：世风、人情。此指得罪了当朝的权贵。

（5）烟水：雾霭濛濛的水面。　沧江鹤：唐刘长卿《雨中登沛县楼赠表兄郭少府》："高标青云器，独立沧江鹤。"

（6）溟海：传说中的大海。《列子·汤问》："终北之北有溟海者，天池也。"

（7）陶元亮：陶渊明字元亮。

（8）五柳新居：晋陶渊明《五柳先生传》："先生不知何许人也，亦不详其姓字。宅边有五柳树，因以为号焉。"　赤城：山名。在浙江省天台县北，为天台山南门。此泛指会稽一带。乃王阳明欲隐居之所。

（三）

窅窅深愁伴客居(1)，江船风雨夜灯虚。尚劳车驾臣多缺(2)，无补疮痍术已疏(3)。亲老岂堪还远别(4)，时危那得久无书(5)！明朝且就君平卜(6)，要使吾心不负初。

笺注

（1）窅窅：深远、幽暗貌。南朝宋鲍照《拟行路难》诗之十四："故乡窅窅日夜隔，音尘断绝阻河关。"

（2）车驾：此指正德帝亲自率师南征。　臣多缺：此乃自责。

（3）疮痍：疮伤。唐杜甫《北征》："乾坤含疮痍，忧虞何时毕？"此指国家灾祸。

（4）亲老：父母年老。汉刘向《说苑・建本》："子路曰：负重道远者，不择地而休；家贫亲老者，不择禄而仕。"

（5）无书：指没有书信。

（6）君平：姓严名遵。善卜。事见《汉书・王贡两龚鲍传》。

（四）

茅茨松菊别多年，底事寒江尚客船[1]？强所不能儒作将[2]，付之无奈数由天[3]。徒闻诸葛能兴汉[4]，未必田单解误燕[5]。最羡渔翁闲事业，一竿明月一蓑烟[6]。

笺注

（1）寒江：冬季江河。　殆此时守仁在途中漂泊。

（2）儒作将：指自己由一儒生被任命为率军之将。

（3）数：命数。唐李频《送于生入蜀》："江山非久适，命数未终奇。"

（4）徒闻：徒然听闻。　诸葛：诸葛亮。

（5）《史记・田单列传》："田单乃令城中人食必祭其先祖于庭，飞鸟悉翔舞城中下食。燕人怪之。田单因宣言曰：'神来下教我。'乃令城中人曰：'当有神人为我师。'有一卒曰：'臣可以为师乎？'因反走。田单乃起，引还，东乡坐，师事之。卒曰：'臣欺君，诚无能也。'田单曰：'子勿言也！'因师之。每出约束，必称神师。乃宣言曰：'吾唯惧燕军之劓所得齐卒，置之前行，与我战，即墨败矣。'燕人闻之，如其言。城中人见齐诸降者尽劓，皆怒，坚守，唯恐见得。单又纵反间曰：'吾惧燕人掘吾城外冢墓，僇先人，可为寒心。'燕军尽掘垄墓，烧死人。即墨人从城上望见，皆涕泣，俱欲出战，怒自十倍。田单知士卒之可用，乃身操版插，与士卒分功，妻妾编于行伍之间，尽散饮食飨士。令甲卒皆伏，使老弱女子乘城，遣使约降于燕，燕军皆呼万岁。田单又收民金，得千溢，令即墨富豪遗燕将，曰：'即墨即降，愿无虏掠吾族家妻妾，令安堵。'燕将大喜，许之。燕军由此益懈。"田单行计，坚凝齐人之心，且以懈燕人之心，终以火牛阵败燕。"解误燕"，"解"殆即"懈"也。　此两句承上"数由天"而发，谓诸葛亮兴复汉室其实只是徒闻，田单行计打败燕国也并不是一定之事。

（6）蓑烟：犹烟蓑。烟雨中的蓑衣。指渔父。宋苏轼《书晁说之〈考牧图〉后》："烟蓑雨笠长林下，老去而今空见画。"

泊金山寺二首　十月将趋行在。

考释

金山寺：在镇江市西北长江南岸的金山上。或云始建于东晋明帝时。清顾祖禹《读史方舆纪要》卷八"历代州域形势八"："韩世忠扼之于金山。金山，在镇江府城西北七里大江中。"至清道光年间，与陆地相连。行在：即"行在所"，皇帝所在的地方。后泛指皇帝所到之处。时正德皇帝正率军南征，王阳明欲前往。为正德十四年十月至十一月间。

（一）

但过金山便一登，鸣钟出迓每劳僧[1]。云涛石壁深龙窟[2]，风雨楼台迥佛灯。难后诗怀全欲减[3]，酒边孤兴尚堪凭[4]。岩梯未用妨苔滑，曾踏天峰雪栈冰[5]。

笺注

（1）迓：迎接。

（2）龙窟：或指金山北麓白龙洞。

（3）难后：或指被指其与宸濠有瓜葛。见前《宿净寺四首》考释。又见《明通鉴》卷四十七。

（4）凭：凭借。

（5）雪栈：冰雪覆盖的栈道。唐耿湋《送崔明府赴青城》："霜潭浮紫菜，雪栈绕青山。"

（二）

醉入江风酒易醒，片帆西去雨冥冥。天回江汉留孤柱(1)，地缺东南着此亭(2)。沙渚乱更新世态(3)，峰峦不改旧时青。舟人指点龙王庙(4)，欲话前朝不忍听。

笺注

（1）孤柱：江中孤岛。此指金山。

（2）此亭：或指当时存在的吞海亭。明乔宇《游金山记》："入寺至泉亭；汲中冷泉，饮之味甘冽，缘石级而上至妙高台，登吞海亭。"

（3）沙渚：小沙洲。

（4）龙王庙：殆指金山龙王庙。宋李心传《建炎以来系年要录》卷三十二："（建炎四年三月）金人至镇江府，浙西制置使韩世忠已屯焦山寺以邀之，降其将铁爪鹰李选。选者，江淮宣抚司溃卒也。完颜宗弼遣使通问，世忠亦遣使臣石皋报之。约会会战。世忠谓诸将曰：'是间形势，无如金山龙王庙者。敌必登此觇我虚实。'乃遣偏将苏德将二百卒伏庙中。又遣二百卒伏庙下。"

舟夜

随处看山一叶舟，夜深霜月亦兼愁[1]。翠华此际游何地[2]？画角中宵起戍楼[3]。甲马尚屯淮海北[4]，旌旗初散楚江头[5]。洪涛滚滚乘风势，容易开帆不易收。[6]

考释

此诗殆作于从杭州往“行在”，又由水路返回江西途中。

笺注

（1）兼愁：愁上加愁。

（2）翠华：御车，又作帝王代称。唐陈鸿《长恨歌》：“潼关不守，翠华南幸。”

（3）画角：古代军中号角。　戍楼：驻军时搭建、瞭望军情的高楼。

（4）《明通鉴》卷四十七：“（正德十四年）十一月，辛卯朔，车驾过济宁。丙申，至徐州。……乙巳，至淮安清江浦。”由此可知此诗所作时间。当在十一月，正德皇帝率军到达淮海以后。

（5）旌旗初散：殆指自己初平定宸濠之乱。　楚江：此指长江。唐李白《望天门山》：“天门中断楚江开，碧水东流至北回。”

（6）开帆：开船。末二句也是对自身状况的慨叹。

舟中至日

岁寒犹叹滞江滨[1]，渐喜阳回大地春。未有一丝添衮绣[2]，谩提三尺净风尘[3]。丹心倍觉年来苦[4]，白发从教镜里新。若待完名始归隐[5]，桃花笑杀武陵人[6]。

考释

至日：此指正德十四年冬至日。王阳明赴行在，在此前后。此也在舟中漂泊时作，与上下诸诗，所记为同时之事。

笺注

(1) 江滨：江边。

(2) 典出《诗经·大雅·烝民》："衮职有阙，维仲山甫补之。"补衮指补救规谏帝王的过失。添衮绣盖王阳明自谦语，谓己于国事无所补益。

(3) 谩提：休提，不要提。　三尺：指三尺剑。古剑长凡三尺，故称。《史记·高祖本纪》："高祖嫚骂之曰：'吾以布衣提三尺剑取天下，此非天命乎？命乃在天，虽扁鹊何益？'"　风尘：多喻战乱。此指宸濠之乱。

(4) 丹心：赤诚之心。三国曹魏阮籍《咏怀》之五一："丹心失恩泽，重德丧所宜。"

(5) 完名：完成美名。

(6) 笑杀：此指嘲笑。即真正隐居者会嘲笑为世俗功名纷争之人。

阻风

冬江尽说风长北(1)，偏我北来风便南。未必天公真有意(2)，却逢人事偶相参(3)。残农得暖堪登获(4)，破屋多寒且曝檐(5)。果使困穷能稍济，不妨经月阻江潭。

笺注

(1) 长：长久，经常。

(2) 天公：上天。

(3) 相参：参与。南朝梁刘勰《文心雕龙·定势》："虽复契会相参，节文互杂，譬五色之锦,各以本采为地矣。”

(4)残农:被摧残的农户。　登获:丰登收获。

(5)曝檐:曝背茅檐。在茅檐下背向太阳取暖。宋曹勋《再答前韵二首》:“破睡好茶盈碗白,曝檐晴日半帘烘。”

用韵答伍汝真

莫怪乡思日夜深,干戈衰病两相侵[1]。孤肠自信终如铁[2],众口从教尽铄金[3]!碧水丹山曾旧约,青天白日是知心。茅茨岁晚饶风景,云满清溪雪满岑[4]。

考释

伍汝真:名希儒,号南溪。见《邹守益集》卷二十二《南溪伍希儒墓志铭》。为王阳明部下,助其平定宸濠之乱。但事后受委屈。王阳明有《答伍汝真佥宪》,见钱明《阳明学的形成与发展》(江苏古籍出版社,2002年),然钱明认为伍汝真为伍文定,误。

笺注

(1)干戈:干与戈,古代常用兵器。此喻战争。　衰病:殆此时王阳明生病。

(2)孤肠如铁:喻意志坚强,不易动情。宋蔡伸《谒金门》:“罗巾沾泪血,尽做刚肠如铁,到此也应愁绝。”

(3)众口铄金:指众口所责,虽坚如铁石,亦告熔化。《史记·张仪列传》:“臣闻之,积羽沉舟,群轻折轴,众口铄金,积毁销骨,故愿大王审定计议,且赐骸骨辟魏。”　从教:听凭,任凭。宋韦骧《蛮萨蛮》:“白发不须量,从教千丈长。”

(4)岑:《说文》:“岑,山小而高也。”此泛指山岭。

过鞋山戏题

曾驾双虬渡海东[1]，青鞋失脚堕天风[2]。经过已是千年后，踪迹依然一梦中。屈子漫劳伤世隘[3]，杨朱空自泣途穷[4]。正须坐我匡庐顶[5]，濯足寒涛步晓空[6]。

考释

清顾祖顾禹《读史方舆纪要》卷八十四“江西二”：“鞋山，府北六十里。独立湖中，形如鞋，高数十丈。《寻阳记》：‘神禹尝刻石纪功于此。’明初陈友谅败于康郎山，其将张定边挟之退保鞋山，为我师所扼。本名大孤山，与九江府接界。”此诗当在王阳明到达江西时作。

笺注

（1）虬：无角龙。《楚辞·离骚》：“驷玉虬以乘鹥兮，溘埃风余上征。”汉王逸《注》：“有角曰龙，无角曰虬。”宋洪兴祖《补注》引《说文》谓虬“龙子有角者”。

（2）青鞋：草鞋。唐杜甫《发刘郎浦》：“白头厌伴渔人宿，黄帽青鞋归去来。” 清仇兆鳌注：“黄帽、青鞋，野人之服。” 天风：天界之风。

（3）世隘：世道艰难。《楚辞·离骚》：“惟夫党人之偷乐兮，路幽昧以险隘。”

（4）《荀子·王霸》：“杨朱哭衢涂，曰：‘此夫过举跬步而觉跌千里者夫！’哀哭之。此亦荣辱安危存亡之衢已，此其为可哀甚于衢涂。”后常用来表达对世道崎岖，担心误入歧途的感伤忧虑，或在歧路的离情别绪。杨朱，生卒年不详。字子居。战国时卫人。其书不传，仅散见于《列子》《孟子》诸书中而已。其学说主张“为我”、“拔一毛而利天下不为也”，与墨子的兼爱思想相反。

（5）匡庐：庐山。

（6）濯足：见《楚辞·渔夫》，前已引。

杨邃庵待隐园次韵五首

考释

杨邃庵：杨一清，字应宁，号邃庵，别号石淙，明南直隶镇江府丹徒人，祖籍云南安宁。成化八年进士，曾任陕西按察副使兼督学。前后为官五十余年，官至内阁首辅。《明史》卷一九八有传。《明通鉴》卷四十八：正德十四年“十一月”，“是月王阳明自京口复返南昌”。《明通鉴考异》：“《年谱》言：‘文成趋京口。大学士杨一清止之。杨家京口也。’据此，则文成至京口始返。而《纪事本末》则云：‘以宸濠付张永，乘夜度浙江，过越，还江西。’误也。过越则必归省，《年谱》不应漏脱。证之《明史》本传，亦云‘身至京口’。而《年谱》记其自湖口返省，则由大江取道，非由浙河明矣。唯杨一清之沮，《年谱》载之，《明史》王、杨二《传》皆不见，今不取。”此事关系到当时王阳明的行踪、取向。此“次韵五首”可证当时王阳明曾和杨一清相会。《年谱》记载不误。

待隐园，杨一清居所，在京口。访杨一清，王阳明多有知遇之感。

其一

嘉园名待隐，专待主人归。(1) 此日真归隐，名园竟不违(2)。岩花如共语，山石故相依。朝市都忘却，无劳更掩扉(3)。

笺注

（1）杨一清早就筑园，有归隐准备，但曾反复出山任职。见《明史》本传。正德皇帝赐大学士杨一清诗《致仕还乡》：“时光疾箭催人老，先后恩荣世间少。虽然私第保余年，每日心悬侍天表。”

（2）不违：正相符合。南朝梁任昉《为萧扬州荐士表》：“实欲使名实不违，徼幸路绝。”

（3）掩扉：宋陆游《掩扉》："久卧空山独掩扉，迂疏不恨世相违。"

其二

大隐真廛市[1]，名园陋给孤[2]。留侯先谢病[3]，范老竟归湖[4]。种竹非医俗[5]，移山不是愚是日公方移山石[6]。对时存燮理[7]，经济自成谟[8]。

笺注

（1）大隐：唐白居易《中隐》："大隐住朝市，小隐入丘樊。" 廛市：商肆集中之处。《旧唐书·隐逸传·史德义》："骑牛带瓢，出入郊郭廛市，号为逸人。"

（2）给孤：或为佛语"给孤独"略称。《一切经音义》卷三："给孤独，应言阿那他，此云无亲，旧人义译为孤独。宾荼驮写耶，此云㨢与，旧人义译为给。"乃是佛典中长者须达多的称号。以其善施，故印度祇陀太子造"祇树给孤独园"，为讲经之所。祇树给孤独园，见《金刚经》第一品《法会因由分》。此或是把待隐园比作给孤独园。此句指名园胜过给孤独园。

（3）《史记·留侯世家》："张良多病，未尝特将也，常为画策臣，时时从汉王。""汉十二年，上从击破布军归，疾益甚，愈欲易太子。留侯谏，不听，因疾不视事。"

（4）《史记·越王勾践世家》："范蠡事越王勾践，既苦身勠力，与勾践深谋二十余年，竟灭吴，报会稽之耻。……勾践曰：'孤将与子分国而有之。不然，将加诛于子。'范蠡曰：'君行令，臣行意。'乃装其轻宝珠玉，自与其私徒属乘舟浮海以行，终不反。"《史记·货殖列传》：范蠡"乃乘扁舟，浮于江湖。"

（5）宋苏轼《于潜僧绿筠轩》："宁可食无肉，不可居无竹。无肉使人瘦，无竹令人俗。"

（6）愚公移山：见《列子·汤问》。

（7）燮理：调和治理。指大臣辅佐天子治理国事。《尚书·周官》："立太师、太傅、太保，兹惟三公，论道经邦，燮理阴阳。"

（8）经济：经世济民。《晋书·殷浩传》："足下沈识淹长，思综通练，起而明之，足以经济。" 成谟：已定的计谋、策略。宋郑刚中《和王才鼎怀钱塘》："官我良更同循改，庙有成谟次第平。"

其三

绿野春深地，山阴夜静时。冰霜缘径滑，云石向人危。平难心仍在[1]，扶颠力未衰[2]。江湖兵甲满，吟罢有余思。

笺注

（1）平难：平除危难。《三国志·蜀书·后主传》裴松之注引《诸葛亮集》载刘禅《诏》："昭烈皇帝体明睿之德，光演文武，应乾坤之运，出身平难，经营四方。"

（2）扶颠：扶持危局。《论语·季氏》："危而不持，颠而不扶。"

其四

兹园闻已久，今度始来窥。市里烟霞静，壶中结构奇[1]。胜游须继日，虚席亦多时[2]。莫道东山僻，苍生或未知。[3]

笺注

（1）壶中：道家用语。指壶中自为天地。事见《后汉书·费长房传》。唐·李白《下途归石门旧居》："何当脱屣谢时去，壶中别有日月天。"

（2）虚席：空着座位等候。表示礼贤。唐骆宾王《上司刑太常伯启》："加以分庭让士，虚席礼贤。"

（3）《世说新语·排调》："谢公在东山，朝命屡降而不动。后出为桓宣武司马，将发新亭，朝士咸出瞻送。高灵时为中丞，亦往相祖，先时多少饮酒，因倚如醉，戏曰：'卿屡违朝旨，高卧东山，诸人每相与言："安石不肯出，将如苍生何！今亦苍生将如卿何？"'谢笑而不答。"

其五

芳园待公隐，屯世待公亨[1]。花竹深台榭，风尘暗甲兵。一身良得计[2]，四海未忘情。语及艰难际，停杯泪欲倾。

笺注

（1）屯世：艰难时世。《周易·屯卦·彖》："刚柔始交而难生。" 亨：《周易·屯卦》："元、亨、利、贞，勿用有攸往，利建侯。"虞翻曰："坎二之初，刚柔交震，元亨之初得正，故利贞也。"此句乃用《屯卦》的解说，期待杨一清能在困屯之际有所作为。

（2）得计：指杨一清劝王守仁当时勿往行在之策。或指杨一清"得计"归隐。

登小孤书壁

人言小孤殊阻绝，从来可望不可攀。上有颠崖势欲堕[1]，下有剑石交巉顽[2]。峡风闪壁船难进，洪涛怒撞蛟龙关。帆樯摧缩不敢越，往往退次依前山。崖傍沙岸日东徙，忽成巨浸通西湾[3]。帝心似悯舟楫苦[4]，神斧夜阚无痕斑[5]。风雷倏翕见万怪[6]，人谋不得容其间。我来锐意欲一往，小舟微服沿回澜。侧身胁息仰天窦[7]，悬空绝栈蛛丝悭[8]。风吹卯酒眼花落[9]，冻滑丹梯足力孱。青鼍吹雨出仍没[10]，白鸟避客来复还。峰头四顾尽落日，宛然风景如瀛寰[11]。烟霞未觉三山远[12]，尘土聊乘半日闲[13]。奇观江海讵为险？世情平地犹多艰。呜呼！世情平地犹多艰，回瞻北极双泪潺！

考释

小孤：宋陆游《过小孤山大孤山》："小孤属舒州宿松县，有戍兵。凡江中独山，如金山、焦山、落星之类，皆名天下，然峭拔秀丽皆不可与小孤比。自数十里外望之，碧峰巉然孤起，上干云霄，已非它山可拟，愈近愈秀，冬夏晴雨，姿态万变，信造化之尤物也。但祠宇极于荒残，若稍饰以楼观亭榭，与江山相发挥，自当高出金山之上矣。"人称其"障百川于千里，纳群山于足下"，为"江上第一景"。考王阳明正德十四年末到十五年初行程，此诗当和《泊金山寺》等为同时之作。

笺注

（1）颠崖：高耸的山崖。宋文天祥《至扬州》之十："颠崖一陷落千寻，奴仆偏生负主心。"

（2）剑石：如剑之石。 巉顽：陡峭古怪状。宋金君卿《怪石》："巉顽累叠百千状，人兽鬼魅相仿佛。"

（3）巨浸：大水。大水流。唐骆宾王《夏日游德州赠高四》："鬲津开巨浸，稽阜镇名都。"

（4）帝心：此指天帝之心。《论语·尧曰》："帝臣不蔽，简在帝心。"

（5）神斧：神仙之斧。此指自然之鬼斧神工。

（6）倏翕：犹倏忽、翕霍。瞬忽之间。

（7）天窦：犹天窗，此指峭壁间天光处。

（8）悭：悭吝。 此指绝壁上栈道如蛛丝般细小。

(9) 卯酒：早晨喝的酒。唐白居易《醉吟》："耳底斋钟初过后，心头卯酒未消时。"

(10) 青鼍：盖指扬子鳄。宋吴泳《汉中行》："还挝青鼍鼓，复拥白鹊旗。"

(11) 瀛寰：全世界。

(12) 三山：传说中神仙所居的三座仙山，有蓬莱、方丈、瀛洲。

(13) 半日闲：唐李涉《题鹤林寺僧舍》(寺在镇江)："因过竹院逢僧话，偷得浮生半日闲。"

登蟂矶次草泉心刘石门韵二首

考释

蟂矶：明朱国祯《涌幢小品·蟂矶》："芜湖江心有矶，矶上有祠，祠孙夫人，曰蟂矶。"传说是三国时期，为祀孙权之妹、刘备夫人孙尚香所建。后庙毁于兵乱。

草泉心、刘石门：不详。

又，《王文成公全书》的《目录》中，此诗题下有注："二诗壬戌年楚游时作，误次于此。"嘉靖本《文录》无此。当系后来《全书》编辑时所加，指列于此正德十五年"江西诗"中有误。钱明《阳明诗十六首》云：此诗钱谦益《列朝诗集》丙集第四收录。又，此诗在康熙十二年刊光绪二十九年重印本《太平府志》卷三十九《艺文五》，列于《清风楼》诗之后。

(一)

中流片石倚孤雄，下有冯夷百尺宫[1]。滟滪西蟠浑失地[2]，长江东去正无穷。徒闻吴女埋香玉[3]，惟见沙鸥乱雪风。往事凄微何足问，永安宫阙草莱中[4]。

笺注

（1）冯夷：传说中的河伯。泛指水神。《庄子·大宗师》："冯夷得之，以游大川。"成玄英疏："姓冯名夷，弘农华阴潼乡堤首里人也。服八石，得山仙。大川，黄河也。天帝锡冯夷为河伯，故游处盟津大川之中也。"

（2）滟滪：滟滪堆。长江三峡中孤屿。宋王谠《唐语林·补遗四》："大抵峡路峻急，故曰：'朝离白帝，暮宿江陵。'四月、五月尤险，故曰：'滟滪大如马，瞿唐不可下；滟滪大如牛，瞿唐不可留；滟滪大如幞，瞿唐不可触。'" 蟠：盘伏。

（3）吴女：指孙尚香。见考释。

（4）永安：宫殿名。三国时刘备所建，故址在今四川省奉节县城内。建宫次年，刘备卒于此。

（二）

江上孤臣一片心[1]，几经漂没水痕深。极怜撑住即从古，正恐崩颓或自今。藓蚀秋螺残老翠[2]，蟓鸣春雨落空音[3]。好携双鹤矶头坐[4]，明月中宵一朗吟。

笺注

（1）江上孤臣：以蟓矶喻孤臣。

（2）藓蚀：苔藓侵蚀。清唐孙华《石鼓歌》："藓斑啮蚀字揞撍，髣髴尚可形模求。"秋螺：当指秋色中如螺般之蟓矶山。明袁宗道《岳阳记行》："从石首至岳阳，水如明镜，山似青螺，篷窗下饱看不足。"

（3）落空音：犹细无声。

（4）双鹤：双鹤为归隐之征。北宋沈括《梦溪笔谈》卷十："林逋隐居杭州孤山，常畜两鹤，纵之则飞入云霄，盘旋久之，复入笼中。逋常泛小艇游西湖诸寺，有客至逋所居，则一童子出应门，延客坐，为开笼纵鹤。良久，逋必棹小船而归，盖常以鹤飞为验也。”

望庐山

尽说庐山若个奇，当时图画亦堪疑。九江风浪非前日，五老烟云岂定期(1)？眼惯不妨层壁险，足跰须着短筇随(2)。香炉瀑布微如线(3)，欲决天河泻上池(4)。

笺注

（1）五老：指庐山五老峰。在庐山东南部，为庐山第二高峰，东临鄱阳湖。

（2）足跰：脚底生老茧。谓行路艰难。　短筇：短竹杖。宋陆游《半丈红盛开》：“老子通神谁得似？短筇到处即春风。”

（3）香炉：庐山香炉峰。唐李白《望庐山瀑布》：“日照香炉生紫烟，遥看瀑布挂前川。飞流直下三千尺，疑是银河落九天。”

（4）上池：天池，上天仙界之池。《太平广记》卷五十六“西王母”：“所居宫阙，在龟山春山西那之都，昆仑之圃。阆风之苑。有城千里、玉楼十二，琼华之阙、光碧之堂、九层玄室、紫翠丹房。左带瑶池、右环翠水。其山之下，弱水九重，洪涛万丈。”又，庐山附近有天池。在庐山西北。

除夕伍汝真用待隐园韵即席次答五首

考释

除夕：当在正德十四年除夕。伍汝真：见前《用韵答伍汝真》。待隐园韵：见前《杨邃庵待隐园次韵五首》。此时王阳明已经回到江西九江一带军中。

其一

一年今又去，独客尚无归。人世伤多难，亲庭叹久违[1]。壮心都欲尽，衰病特相依。旅馆聊随俗，桃符换早扉[2]。

笺注

（1）亲庭：指父母。宋司马光《安之朝议哀辞》之一："朱衣老卿列，白首恋亲庭。"

（2）桃符：古代挂在大门上的桃木板，上有神像或咒语以压邪。南朝梁宗懔《荆楚岁时记》："正月一日，是三元之日。帖画鸡户上，悬苇索于其上，插桃符其傍。百鬼畏之。"

其二

向忆青年日，追欢兴不孤。风尘淹岁月，漂泊向江湖。济世浑无术，违时竟笑愚[1]。未须悲蹇难[2]，列圣有遗谟[3]。

笺注

（1）违时：不合时宜。

（2）蹇难：困苦艰难。《周易·蹇卦》"王臣蹇蹇"孔颖达《疏》："志匡王室，能涉蹇难，而往济蹇，故曰王臣蹇蹇。"

（3）列圣：历代圣人。　遗谟：遗留的典谟。汉孔安国《尚书序》："典谟训诰誓命之文凡百篇，所以恢弘至道，示人主以轨范也。"泛指古圣贤所遗留的训诫。

其三

正逢兵乱地，况是岁穷时[1]。天运终无息[2]，人心本自危[3]。

忧疑纷并集,筋力顿成衰。千载商山隐[4],悠然获我思。

笺注

(1)岁穷:岁末。

(2)天运:上天的运化,自然的变迁。《庄子·天运》引孔子言:"时不可止,道不可壅。"

(3)人心本自危:《尚书》:"人心惟危,道心惟微。惟精惟一,允执厥中。"

(4)商山隐:指商山四皓。《汉书·张良传》:"顾上有所不能致者四人。"唐颜师古《注》:"四人,谓园公、绮里季、夏黄公、甪里先生,所谓商山四皓也。"俱为当时隐者。

其四

世道从卮漏[1],人情只管窥[2]。年华多涉历[3],变故益新奇。莫惮颠危地[4],曾逢全盛时。海翁机已息,应是白鸥知。[5]

笺注

(1)卮漏:亦作"漏卮"。底上有孔的酒器。此指世风日下。

(2)管窥:喻所见有限,见闻不广。《后汉书·章帝纪》:"区区管窥,岂能照一隅哉!"

(3)涉历:经历。汉王符《潜夫论·劝将》:"故曰:兵之设也久矣,涉历五代,以迄于今,国未尝不以德昌而兵强也。"

(4)颠危:陷于颠困艰危境遇之地。

(5)海翁:住在海边的老人。《列子·黄帝》:"海上之人有好沤鸟者,每旦之海上,从沤鸟游,沤鸟之至者百住而不止。其父曰:'吾闻沤鸟皆从汝游,汝取来,吾玩之。'明日之海上,沤鸟舞而不下也。" 机:此指"海上之人"欲"取"鸟的机会。

其五

星穷回历纪(1),贞极起元亨(2)。日望天回驾(3),先沾雨洗兵(4)。雪犹残岁恋,风已旧春情。莫更辞蓝尾[一](5),人生未几倾!

校勘

[一] 蓝尾:原作“监尾”,据上古本《全集》改。

笺注

(1) 指一年又复周始。《礼记·月令》:“(季冬之月)日穷于次,月穷于纪,星回于天,数将几终,岁且更始。”郑玄《注》:“言日月星辰运行于此月,皆周匝于故处也。”

(2) 元亨:《周易·乾》:“乾:元、亨、利、贞。”指天道“贞”极而复从“元”。“亨”复始。

(3) 望正德皇帝率军“回驾”。

(4) 洗兵:洗刷兵器。此表示结束战争。汉刘向《说苑·权谋》:“(武王伐纣途中)风霁而乘以大雨,水平地而啬。散宜生又谏曰:‘此其妖欤?’武王曰:‘非也,天洒兵也。’……故武王顺天地、犯三妖,而禽纣于牧野,其所独见者精也。”

(5) 蓝尾:唐代饮宴时,轮流斟饮,至末坐,称“蓝尾酒”。或谓即屠苏酒。宋窦苹《酒谱·酒之事》:“今人元日饮屠苏酒,云可以辟瘟气,亦曰蓝尾酒。或以年高最后饮之,故有尾之义尔。”

元日雾(1)

元日昏昏雾塞空,出门咫尺误西东(2)。人多失足投坑堑,我亦停车泣路穷[3]。欲斩蚩尤开白日[4]，还排阊阖拜重瞳[5]。小臣谩有澄清志[6]，安得扶摇万里风[7]！

考释

此诗及《二日雨》《三日风》诸诗，当为王守仁正德十五年初，应召赴"行在"，从江西往南京方向行进时所作。反映了他满怀报国之心，起兵平定宸濠之乱，却反遭猜忌时的心情和采取的行动。清俞嶙刊《王阳明先生全集》附录《年谱》：正德十五年"正月有诏召先生，张永使幕士钱秉忠密以报先生。"又，《明通鉴》卷四十九：正德十五年正月："是月，王守仁被召至芜湖，得旨：'仍返江西。'张忠等谗之也。"

笺注

（1）元日：当为正德十五年元日。

（2）咫尺：比喻距离很近。咫，古代长度单位，周制八寸，约合今市尺六寸二分二厘。

（3）泣路穷：伤感人生世道艰难的典故。典出《晋书·阮籍传》："（阮籍）时率意独驾，不由径路，车迹所穷，辄痛哭而反。"

（4）唐苏鹗《苏氏演义》卷下："黄帝之初，有蚩尤氏，兄弟七十二人，铜头铁额，食啗砂石，制五兵之器，而变化云雾。"

（5）阊阖：帝王宫门。见前《登泰山五首》（三）注（14）。　重瞳：指舜帝。参前《登山五首》（三）注（12）。

（6）澄清志：刷新政治，澄清天下之志。《后汉书·党锢传·范滂》："滂登车揽辔，慨然有澄清天下之志。"

（7）扶摇万里风：《庄子·逍遥游》："鹏之徙于南冥也，水击三千里，抟扶摇而上者九万里。……故九万里，则风斯在下矣，而后乃今培风；背负青天，而莫之夭阏者，而后乃今将图南。"

二日雨

昨朝阴雾埋元日，向晓寒云迸雨声[1]。莫道人为无感召[2]，从来天意亦分明。安危他日须周勃[3]，痛苦当年笑贾生[4]。坐对残灯愁彻夜，静听晨鼓报新晴。

笺注

（1）寒云：寒天之云。晋陶潜《岁暮和张常侍》诗："向夕长风起，寒云没西山。"

（2）人为：人事。与自然天意相对。此句指人事或感召了天意。

（3）《史记·高祖本纪》："已而吕后问：'陛下百岁后，萧相国即死，令谁代之？'上曰：'曹参可。'问其次，上曰：'王陵可。然陵少戆，陈平可以助之。陈平智有余，然难以独任。周勃重厚少文，然安刘氏者必勃也，可令为太尉。'吕后复问其次，上曰：'此后亦非而所知也。'"

（4）典出"贾生涕"。汉文帝时，贾谊曾上《治安策》陈政事，中有"臣窃惟事势，可为痛哭者一，可为流涕者二，可为长太息者三"之句。后世遂以"贾生涕"表达忧国伤时的心情。

三日风

一雾二雨三日风，田家卜岁疑凶丰[1]。我心惟愿兵甲解，天意岂必斯民穷[2]！虎旅归思怀旧土[3]，銮舆消息望还宫[4]。春盘浊酒聊自慰[5]，无使戚戚干吾衷[6]。

笺注

（1）卜岁：在年始占卜全年的吉凶。宋王明清《挥麈后录》卷六："楚俗，过元夕第三夜,多以更阑时微行听人语言,以卜一岁之通塞。”

（2）斯民：百姓。《孟子·万章上》:“予将以斯道觉斯民也。”

（3）虎旅：如虎之军旅。此指明朝征讨宸濠而派往江西的军队。 旧土：犹故土,故乡。

（4）銮舆：銮驾,天子车驾。汉班固《西都赋》:“于是乘銮舆,备法驾。” 望还宫：期待正德皇帝回宫,即停止“征伐”已被平定的“宸濠”返回北京宫中。

（5）春盘：宋陈元靓《岁时广记》卷八“作春饼”引唐《四时宝镜》:“立春日食芦菔、春饼、生菜,号春盘。”起源很早,又称五辛盘。以春天,盘中放五种辛辣生菜得名。又同卷“食春菜”条引《齐人月令》:“凡立春日,食生菜,不可过多,取迎新之意而已。”

（6）戚戚：哀怨忧虑之情。《论语·述而》:“君子坦荡荡,小人长戚戚。”

立春二首

考释

此诗所言,当为正德十五年立春。正当正月,所以也是在途中所作。

（一）

才见春归春又来,春风如旧鬓毛衰[1]。梅花未放天机泄[2],萱草先将地脉回[3]。渐老光阴逢世难[4],经年怀抱欲谁开[5]？孤云渺渺亲庭远[6],长日斑衣羡老莱[7]。

笺注

（1）唐贺知章《回乡偶书》:“少小离家老大回,乡音未改鬓毛衰。”

（2）宋邵雍《梅花易数》："易中秘密穷天地，造化天机泄未然。中有神明司祸福，后来切莫教轻传。"诗中"梅花"或语带双关，既指梅花，亦指梅花易数也。

（3）萱草：又名谖草，草本植物。《诗经·卫风·伯兮》："焉得谖草，言树之背。"朱熹《集注》："谖草令人忘忧；背，北堂也。" 地脉：大地的脉动；地气。

（4）世难：世间灾难。此殆指宸濠之乱等。

（5）怀抱：抱负，心意。汉冯衍《与阴就书》："衍年老被病，恐一旦无禄，命先犬马，怀抱不报，赍恨入冥，思剖肝胆，有以塞责。"

（6）亲庭：指父母、亲人。

（7）典出老莱子彩衣娱亲。参《送胡廷尉》笺注(5)。

（二）

天涯霜雪叹春迟，春到天涯思转悲。破屋多时空杼轴[1]，东风无力起苍痍[2]。周王车驾穷南服[3]，汉将旌旗守北陲[4]。莫讶春盘断生菜[5]，人间菜色正离仳[6]。

笺注

（1）杼轴：织布机上用来持理纬线，使经线能穿入的器具，称为"杼"；承受经线的器具，称为"轴"。后亦指纺织机。汉扬雄《法言·先知》："若污人老，屈人孤，病者独，死者逋，田亩荒，杼轴空，之谓敎。"

（2）苍痍：创伤。喻到处都遭受破坏。唐杜甫《北征》："乾坤含疮痍，忧虞何时毕？"

（3）周王车驾：指古代周昭王曾数次南征。《竹书纪年·周纪二·昭王》纪其前两次："十六年，伐楚，涉汉，遇大兕。……十九年春……祭公、辛伯从王伐楚。天大曀，雉兔皆震，丧六师于汉。王陟。"第三次攻楚，周昭王全军覆没，周人讳言此事。《太平御览》卷八七四引《纪年》曰:“周昭王末年,夜清,五色光贯紫微。其年,王南巡不返。” 南服: 南方。

(4)北陲: 又作北垂,北部边疆,边城。

(5)春盘: 见前《三日风》笺注(5)。

(6)菜色: 青黄色。形容饥饿、营养不良状。《礼记·王制》:“虽有凶旱水溢,民无菜色。” 离仳: 夫妻离散。指妻子被遗弃而离去。《诗经·王风·中谷有蓷》:“有女仳离。”汉郑玄《注》:“有女遇凶年而见弃,与其君子别离。”

游庐山开先寺

僻性寻常惯受猜[1],看山又是百忙来。北风留客非无意,南寺逢僧即未回[2]。白日高峰开雨雪,青天飞瀑泻云雷[3]。缘溪踏得支茅地,修竹长松覆石台。

考释

庐山开先寺: 在庐山东南麓。宋王象之《舆地纪胜》卷二五“开先寺”:“在城西十五里,李中主所作也。初为书堂,其后中主嗣国,乃为僧舍。及中主徙豫章,盖尝弥节于此,故榻与画像存焉。”《正德南康府志》卷七《寺观》:“开先寺,去府西十二里,庐山南麓。南唐李中主喜物外,问舍于五老峰下,有野夫献此地,以万金购为书堂,及即位,遂以为僧舍。”到清康熙后,改名秀峰寺。

此诗和以下游庐山诸诗,当是王阳明前往行在,又被阻返回江西九江一带时所作。所谓“北风留客非无意”,乃指在江中受阻。当在正德十五年春。

笺注

(1)僻性: 孤僻的性格。

（2）南寺：开先寺在庐山南侧。

（3）开先寺旁有瀑布。宋喻良能《题开先寺》："遥看飞瀑三千丈，近去青天咫尺间。"

又次壁间杜牧韵

春山路僻问归樵[1]，为指前峰石径遥。僧与白云还暝壑[2]，月随沧海上寒潮[3]。世情老去浑无赖[4]，游兴年来独未消。回首孤航又陈迹，疏钟隔渚夜迢迢[5]。

考释

杜牧韵：不详。考《樊川集》，杜牧经庐山题诗有《行经庐山东林寺》："离魂断续楚江壖，叶坠初红十月天。紫陌事多难暂息，青山长在好闲眠。方趋上国期干禄，未得空堂学坐禅。他岁若教如范蠡，也应须入五湖烟。"韵不同。此诗与庐山或有关系的杜牧《赤壁》"折戟沉沙铁未消，自将磨洗认前朝"韵同，然非七律。留此待考。

此时，王守仁奉旨"仍回江西"。被污"逆反"之疑，大致有了着落，所以才会有"游兴军来独未消"之感。心情和前一阶段时不大一样。

笺注

（1）归樵：回家的樵夫。宋徐侨《晚望》："烟连山际无人语，只有晚归樵牧歌。"

（2）暝壑：幽暗的山谷。明薛瑄《烟寺晚钟》："暝壑一僧还，侧伫寻归路。"

（3）寒潮：寒冷的潮水。唐宋之问《夜渡吴松江怀古》："寒潮顿觉满，暗浦稍将分。"

（4）无赖：无可奈何。无所依恃。《三国志·魏书·方技传·华佗传》："彭城夫人夜之厕，虿螫其手，呻吟无赖。”

（5）疏钟：稀疏的钟声。

舟过铜陵，野云县东小山有铁船，因往观之。果见其仿佛，因题石上[一]

青山滚滚如奔涛，铁船何处来停桡(1)？人间刳木宁有此(2)？疑是仙人之所操。仙人一去已千载，山头日日长风号。船头出土尚仿佛(3)，后冈有石云船稍(4)。我行过此费忖度(5)，昔人用心无乃忉[二](6)。由来风波平地恶，纵有铁船还未牢[三]。秦鞭驱之未能动(7)，奡力何所施其篙(8)。我欲乘之访蓬岛(9)，雷师鼓舵虹为缫[四](10)。弱流万里不胜芥(11)，复恐驾此成徒劳。世路难行每如此，独立斜阳首重搔(12)。

阳明山人书于铜陵舟次，时正德庚辰春分，献俘还自南都。[五]

校勘

［一］据故宫博物院藏王阳明墨迹，诗题曰：“铜陵观铁船，录寄士洁侍御道契，见行路之难也。”跋语：“阳明山人书于铜陵舟次，时正德庚辰春分，献俘还自南都。”款下有“阳明山人王伯安印”。

［二］乃：墨迹作“已”。

［三］未：墨迹作“不”。

［四］缫：原作“镲”，据墨迹改。

［五］此跋语据墨迹补。见前［一］。

考释

铜陵：当指铜官镇。清顾祖禹《读史方舆纪要》卷二十七“南直九·太平府”：“铜陵城，在县东三十里。唐义安县置于此，寻为铜官冶。景福初杨行密保宣州，为贼将孙儒所攻，欲退保铜官是也。南唐移县于今治。其地亦名铜官镇。《寰宇记》：‘梅根监领法门、石埭二场，此即法门场，后为铜官镇，南唐因以铜陵名县。’宋曹彬败南唐兵于铜陵，长驱而东；元末星吉败徐寿辉于铜陵，遂复池州，即今县。其故城亦曰义安废县，今为顺安镇。”

野云：此指乡间之人云。道契：同道至交。士洁：即谢源。《道光泰州志》卷二十：“谢源，字士洁，闽县人。进士。任御史，以直闻。正德十六年，谪为泰州判官。”又据束景南《辑考编年》引《明清进士录》：谢源为“正德六年三甲，一百六十五名进士。闽县人，一作怀安人。字洁甫。累官浙江道监察御史”。束景南《辑考编年》认为此诗所言观船时间当在正德十五年一月；二月春分时，书写赠谢源。该诗书写与所作时间未必一致，其说是。但断言其作于正德十五年“一月”，可再考。前有《舟中至日》等诗，则正德十四年十二月，王阳明仍在江中；也有观船之可能。正德十五年正月赴芜湖，则是应召，非为“献俘”。王守仁此诗或作于正德十四年末，至十五年初，“逆反”等疑问基本消除，回到江西后书赠谢源。

笺注

（1）停桡：停船。桡，船桨。

（2）刳木：刳木为舟。《周易·系辞下》：“刳木为舟，剡木为楫，舟楫之利，以济不通，致远以利天下。”唐孔颖达《疏》：“舟必用大木刳凿其中，故云刳木也。”

（3）仿佛：类似。

（4）船稍：此或当为船艄，撑船、掌舵之人。

（5）忖度：推测。斟酌，思考。《诗经·小雅·巧言》：“他人有心，予忖度之。”

（6）忉：忧愁；忧伤。晋潘岳《寡妇赋》：“少伶俜而偏孤兮，痛忉怛以摧心。”

（7）典出“秦王鞭石”“驱石驾沧津”。参前《过天生桥》笺注(5)。

（8）奡：上古人名，相传力大，能陆地行舟。《论语·宪问》：“羿善射，奡荡舟。”

（9）蓬岛：传说中仙人所居之地。

（10）雷师：神话中的雷神。《楚辞·离骚》：“鸾皇为余先戒兮，雷师告余以未具。”宋洪兴祖《补注》：“《春秋合诚图》云：‘轩辕主雷雨之神。一曰：雷师，丰隆也。’” 缫：本意为抽蚕丝。此或指船上的绳索。

（11）弱流：弱水。见前《答朱汝德用韵》注(5)。 芥：芥子。指微小之物。芥舟。《庄子·逍遥游》：“覆杯水于坳堂之上，则芥为之舟，置杯焉则胶，水浅而舟大也。”

（12）搔首：以手搔头。焦急或有所思貌。《诗经·邶风·静女》：“爱而不见，搔首踟蹰。”唐高适《九日酬颜少府》：“纵使登高只断肠，不如独坐空搔首。”

山僧

岩下萧然老病僧[1]，曾求佛法礼南能[2]。论诗自许窥三昧[3]，入圣无梯出小乘[4]。高阁松风飘夜磬[5]，石床花雨落寒灯。更深月出山窗曙，漱齿焚香诵《法》《楞》[6]。

笺注

（1）萧然：冷落平寂。《晋书·陶潜传》：“环堵萧然，不蔽风日。”

（2）南能：南宗禅师惠能。为禅宗六祖，创南宗禅。著有《坛经》。

（3）三昧：本佛教用语，指禅定，悟入事物本原，引申为诀窍或精义。

（4）入圣：达到高超玄妙的境界。 小乘：小乘佛教。与大乘相对。小乘认为通过自律斋戒和虔诚默祷即可成为罗汉。大乘佛教则主张“普度众生”。

（5）磬：僧侣敲打的钵状法器。唐常建《题破山寺后禅院》："万籁此俱寂，但余钟磬声。"

（6）《法》《楞》：当指《法华经》《楞伽经》。

江上望九华山二首

考释

此诗记往复京口时在江上所见。当在正德十四年底或十五年一月。与以下游九华山诸诗似并非同时之事。

（一）

当年一上化城峰[(1)]，十日高眠雷雨中。霁色晓开千嶂雪，涛声夜渡九江风。此时隔水看图画，几岁缘云住桂丛[(2)]？却负洞仙蓬海约[(3)]，玉函丹诀在崆峒[(4)]。

笺注

（1）化城峰：九华山峰名，因化城寺得名。见前《化城寺六首》考释。

（2）桂丛：桂树林。指隐居之地。淮南小山《招隐士》："桂树丛生兮山之幽，偃蹇连蜷兮枝相缭。"宋叶梦得《临江仙》："桂丛应已老，何事久淹留。"

（3）洞仙：仙人，传说好居深山洞壑，故称。　蓬海：传为神仙所居之地。所谓仙境蓬莱。此句或隐指未达行在。

（4）玉函：玉石的匣子。晋葛洪《抱朴子·地真》："九转丹、金液经、守一诀，皆在昆仑五城之内，藏以玉函，刻以金札，封以紫泥，印以中章焉。"　丹诀：炼丹的要诀。唐陆龟蒙《寄茅山何道士》："终身持玉舄，丹诀未应传。"　崆峒：山名。传为黄帝问道于广成子之所。也称空同、空桐。《庄子·在宥》:“黄帝立为天子,十九年,令行天下,闻广成子在于空同之上,故往见之。”此指神仙所居之山。

(二)

穷探虽得尽幽奇[1],山势须从远望知。几朵芙蓉开碧落[2],九天屏嶂列旌麾。高同华岳应无忝[3],名亚匡庐却稍卑[4]。信是谪仙还具眼[5],九华题后竟难移[6]。

笺注

(1)穷探:深入探求。唐韩愈《卢郎中云夫寄示送盘谷子诗两章歌以和之》:“穷探极览颇恣横,物外日月本不忙。”

(2)芙蓉:唐李白《望九华山赠青阳韦仲堪》:“天河挂绿水,秀出九芙蓉。” 碧落:青天,天空。

(3)华岳:西岳华山。 忝:辱;有愧于。

(4)匡庐:庐山。

(5)谪仙:指唐李白。 具眼:别具慧眼,独到之见。

(6)九华题后:指唐代李白题诗改此山名。宋李昉《太平御览》卷四六引《九华山录》:“此山奇秀,高出云表。峰峦异状,其数有九,故号九子山焉。”李白有《改九子山为九华山联句序》。见前《九华山赋》考释。

观九华龙潭[1]

飞流三百丈,澒洞秘灵湫[2]。峡坼开雷斧[3],天虚下月钩[4]。

化形时试钵[5]，吐气或成楼[6]。吾欲鞭龙起，为霖遍九州。

笺注

（1）九华龙潭：又名龙池。见前《九华山赋》笺注(15)。

（2）澒洞：虚空混沌状。参《吊屈平赋》笺注(14)。　灵湫：深潭；大水池。古时以为大池中往往多灵物，故称。

（3）坼：裂开。　雷斧：雷神之斧。即鬼斧，神斧。又或谓石制之斧。唐冯贽《云仙杂记》卷一："玄针子得石斧，铭曰：'天雷斧，速文步，敲石柱。'"

（4）天虚：犹天墟，天空。唐韩愈《朝归》："长风吹天墟，秋日万里晒。"　月钩：残月。

（5）试钵：典出《晋书·艺术传·僧涉》："（僧涉）能以秘祝下神龙。每旱，坚常使之咒龙请雨。俄而龙下钵中，天辄大雨，坚及群臣亲就钵观之。"

（6）成楼：典出《本草纲目·鳞一·蛟龙·附录蜃》："蛟之属有蜃，其状亦似蛇而大，有角如龙状，红鬣，腰以下鳞尽逆。食燕子，能吁气成楼台城郭之状，将雨即见，名蜃楼，亦曰海市。其脂和蜡作烛，香凡百步，烟中亦有楼阁之形。"

庐山东林寺次韵

东林日暮更登山，峰顶高僧有兰若[1]。云萝磴道石参差[2]，水声深涧树高下。远公学佛却援儒[3]，渊明嗜酒不入社[4]。我亦爱山仍恋官，同是乾坤避人者[5]。我歌白云听者寡[6]，山自点头泉自泻。月明壑底忽惊雷[7]，夜半天风吹屋瓦。

考释

东林寺：在庐山西北侧，寺初建于东晋，传为名僧慧远所建。屡经兴衰。此诗以及下面至《书九江行台壁》诸诗，当次于后《游庐山开先寺》前后。《又次邵二泉韵》中有“昨游开先殊草草，今日东林游始好”句可证。当是应召赴行在，被权臣阻止，又奉旨回江西后所作。

笺注

（1）兰若：寺庙。

（2）云萝：即藤蔓类植物。因藤茎屈曲攀绕如云之缭绕，故称。

（3）梁释慧皎《高僧传》卷六《释慧远传》：“释慧远，本姓贾氏，雁门娄烦人也。弱而好书，珪璋秀发，年十三随舅令狐氏游学许洛。故少爲诸生，博综六经，尤善庄老。……远内通佛理，外善群书，夫预学徒，莫不依拟。时远讲《丧服经》，雷次宗、宗炳等并执卷承旨。次宗后别著义疏，首称雷氏，宗炳因寄书嘲之曰：‘昔与足下，共于释和上间面受此义，今便题卷首称雷氏乎？其化兼道俗，斯类非一。’”因慧远精博《六经》，故能“援儒”说佛。

（4）晋陶渊明《和刘柴桑一首》：“山泽久见招，胡事乃踌躇？”丁福保《笺注》曰：“《庐阜杂记》：‘远师结白莲社，以书招渊明。渊明曰：“弟子性嗜酒，许饮即往矣。”远许之，勉令入社，陶攒眉而去。’” 不入社：不入莲花社。

（5）避人：避世。殆典出《论语·微子》：“且而与其从避人之地，岂若从避世之士哉？”

（6）白云：白云篇。晋陶潜《和郭主簿》诗中有“遥遥望白云”之句，后因以“白云篇”称隐士之诗。

（7）宋张镃《看涧水自警》：“坐玩岂不佳，直须波浪起。开闸放三板，惊雷奔壑底。”

又次邵二泉韵[一]

昨游开先殊草草[二](1),今日东林游始好。手持苍竹拨层云[三],直上青天招五老(2)。万壑笙竽松籁哀(3),千峰掩映芙蓉开(4)。坐俯西岩窥落日,风吹孤月江东来。莫向人间空白首,富贵何如一杯酒!种莲栽菊两荒凉(5),慧远陶潜骨同朽[四]。乘风我欲还金庭(6),三洲弱水连沙汀(7)。他年海上望庐岳,烟际浮萍一点青。(8)

正德庚辰三月廿三日阳明山人识。[五]

校勘

[一][五] 庐山东林寺留有此诗石刻,题作"游东林次邵二泉韵"。又有跋语"正德庚辰三月廿一日阳明山人识",据补。

[二] 先:原作"元",据东林寺碑改。

[三] 苍竹:寺内石刻作"青竹"。"青"与下句"直上青天""青"字相重,作"苍"较佳。疑编集者改。

[四] 同朽:日本《汉诗大系》所收松本万年堂本《王阳明诗选》做"何朽"。

考释

邵二泉:邵宝,字国贤,又字二泉。《明史·儒林传》:"邵宝,字国贤,无锡人。年十九,学于江浦庄昶。成化二十年举进士,授许州知州。"弘治七年入为户部员外郎,历官郎中,迁江西提学副使,主修白鹿洞书院学舍,以迎四方学者。

次韵:邵宝《容春堂集·续集》有《东林寺》:"雁门僧避红尘来,匡庐山中筑讲台。谁云净土在西竺,此地自有莲花开。莲花开开千万朵,江南君臣不如我。上人道术妙一时,为律为禅两皆可。渊明故是避世人,菊花醉插头上巾。攒眉掉臂谢公去,一杯浊酒堪全真。当年意在谁独识,虎溪笑处泉流石。至今古塔依西林,月落江云数千尺。”王阳明当为次此诗而作。

笺注

（1）开先：开先寺。见《游庐山开先寺》考释。此诗当与《游庐山开先寺》同时所作。编集者次于此，似误。

（2）五老：庐山五老峰。位于庐山的东南侧。

（3）笙竽：笙和竽。此指万壑如笙竽般发出各种声音。或指寺院传来的笙竽之乐。　松籁：风吹松树发出的自然声韵。唐欧阳衮《南涧寺》：“松籁泠泠疑梵呗，柳烟历历见招提。”

（4）唐李白《登庐山五老峰》：“庐山东南五老峰，青天削出金芙蓉。”

（5）种莲：慧远在庐山凿池种莲，创“莲宗”。　栽菊：晋陶潜《饮酒》：“采菊东篱下，悠然见南山。”

（6）金庭：指道教的福地。又，浙江会稽附近山名。名曰金庭崇妙天，在剡县(今浙江省嵊州)，为道教三十六小洞天 之一。唐罗隐《送裴饶归会稽》：“金庭路指剡川隈，珍重良朋自此来。两鬓不堪悲岁月，一卮犹得话尘埃。家通曩分心空在，世逼横流眼未开。笑杀山阴雪中客，等闲乘兴又须回。”

（7）三洲：传说中的蓬莱、方丈、瀛洲三仙山。　弱水：见前《答朱汝德用韵》注(5)。　沙汀：水边或水中的平沙地。

（8）此两句喻两人别后，如浮萍大海，相逢不易。明康海《中山狼·第二折》：“他乡何处是，迷路问谁来？那狼呵，知您的浮萍大海。”

远公讲经台

远公说法有高台，一朵青莲云外开。台上久无狮子吼[(1)]，野狐时复听经来[2]。

考释

远公：慧远。见《庐山东林寺次韵》笺注(4)。讲经台：明桑乔撰、清范礽补订《庐山纪事》卷十二："香炉峰西南为讲经台，亦一峰也。峰顶戴大磐石，可憩。慧远尝据之讲《涅槃经》，又于台畔筑庵，制《涅槃经疏》。台侧有二石室，风洞、关门，石上即云顶峰。"

笺注

(1) 狮子吼：佛教用语。指佛法喝破人心，震慑邪说之威力。

(2) 野狐：野狐禅。禅宗对一些妄称开悟而流入邪僻者的讥刺语。据说从前有一老人谈因果，因错对一字，就五百生投胎为野狐。后遇百丈禅师点化，始得解脱。见《五灯会元·马祖一禅师法嗣·百丈怀海禅师》。

太平宫白云

白云休道本无心，随我迢迢度远岑。拦路野风吹暂断，又穿深树候前林。

考释

太平宫：位于九江庐山区莲花镇。清毛德琦《庐山志》卷十一："太平宫。老君岩西有太平宫。桑疏：太平宫者，唐明皇所建九天使都庙也。"

书九江行台壁

九华真实是奇观，更是庐山亦耐看。幽胜未穷三日兴，风尘已觉再来难。眼余五老晴光碧[(1)]，衣染天池积翠寒[(2)]。却怪寺僧能好事，直来城市索诗刊。

考释

行台，旧时地方大吏的官署与居住之所。按守仁行程，到九江应在往复“行在”后。《年谱》正德十五年：“二月，如九江。先生以车驾未还京，心怀忧惶。是月出观兵九江，因游东林、天池、讲经台诸处。”

笺注

（1）五老：庐山五老峰。见《又次邵二泉韵》笺注(2)。

（2）天池：天池峰。在今江西九江县西南五十里庐山天池寺北。《清一统志》卷二百四十四“九江府一”：“天池峰，在德化县西南五十里，庐山天也寺北。桑乔《庐山疏》：庐山石门者，山之天池、铁船二峰，对峙如门也。” 积翠：翠色重叠。形容草木繁茂。

又次李佥事素韵

省灾行近郊[(1)]，探幽指层麓[(2)]。回飙振玄冈[(3)]，颓阳薄西陆[(4)]。菑田收积雨[(5)]，禾稼泛平菉[(6)]。取径历村墟，停车问耕牧。清溪厉月行[(7)]，暝洞披云宿[(8)]。淅米石涧溜[(9)]，斧薪涧底木。田翁来聚观，中宵尚驰逐[(10)]。将迎愧深情[(11)]，疮痍惭抚掬[(12)]。幽枕静无寐，风泉朗鸣玉[(13)]。虽缪真诀传[(14)]，颇苦尘缘熟[(15)]。终当遁名山，练药洗凡骨[16]。缄辞谢亲交[17],流光易超忽[18]。

考释

李佥事素:李素。王阳明有文,送其葬归云南,见上古本《全集》卷十七《批江西布政司礼送致仕官呈》。

笺注

(1) 省灾:省视灾情。

(2) 层麓:层层山林。

(3) 回飙:回旋的大风。　玄冈:青黑色的山冈。

(4) 颓阳:落日。　西陆:本星名,指昴宿。《尔雅·释天》:"西陆,昴也,西方之宿。"古代指太阳运行在西方七宿的区域。

(5) 菑田:初开垦的田。晋左思《魏都赋》:"腜腜坰野,奕奕菑亩。"

(6) 平菉:菉,通"绿"。一片绿色。唐温庭筠《鸡鸣埭歌》:"芊绵平绿台城基,暖色春容荒古陂。"

(7) 厉:连衣涉水。《诗经·邶风·匏有苦瓜》:"深则厉,浅则揭。"司马相如《上林赋》:"越壑厉水。"

(8) 暝洞:幽深的山岩洞窟。　披云宿:露宿。两句谓月夜涉溪,露宿岩窟。

(9) 淅米:以水洗米,淘米。

(10) 中宵:中夜。半夜。　驰逐:驱驰追逐。《楚辞·九叹·愍命》:"却骐骥以转运兮,腾驴骡以驰逐。"汉王逸《注》:"言退却骐骥以转徙重车,乘驽顿驴骡反以奔走,驰逐急疾,失其性也。"

(11) 将迎:送往迎来。《庄子·知北游》:"颜渊问乎仲尼曰:'回尝闻诸夫子曰:"无有所将,无有所迎。"回敢问其游。'仲尼曰:'……唯无所伤者,为能与人相将迎。'"

(12) 疮痍：创伤。喻遭劫难后的景象。　抚掬：治理。

(13) 风泉：风中的泉水。　鸣玉：佩玉碰撞发出的声响。

(14) 真诀：此当指处隐养身之诀。

(15) 尘缘：世间之缘。

(16) 练药：同“炼药”。炼制丹药。　凡骨：凡人的躯体、气质。宋陆游《登上清小阁》:“欲求灵药换凡骨,先挽天河洗俗情。”

(17) 缄辞：此指结束言辞。唐刘知幾《史通·惑经》:“岂与夫庸儒末学,文过饰非,使夫问者缄辞杜口,怀疑不展,若斯而已哉?”

(18) 流光：不断流逝的光阴。宋宋祁《浪淘沙·别刘原父》:“少年不管,流光如箭,因循不觉韶华换。”　超忽：突然、迅速。唐韦应物《元日寄诸弟兼呈崔都水》:“新正加我年,故岁去超忽。”

繁昌道中阻风二首

考释

繁昌：县名。位于安徽省东南部,芜湖市境西南部。清顾祖禹《读史方舆纪要》卷二十七“南直九·太平府”:“繁昌县,府西南百六十里。西南至池州府铜陵县百里,东南至宁国府南陵县八十里,西北至无为州百七十里。”又引《江行录》:“大江自繁昌县西三十里荻港驿入府界,与池州府接境。”又,卷一百二十八《川渎五》:“大江北岸,自桐城县南之枞阳口至无为州南境之泥汊河口,几二百里。”此时殆已献俘事毕,返回九江,又奉召往行在。时在正德十五年一月前后。中途受阻未达行在。此后至《江、施二生与医官陶野,冒雨登山,人多笑之,戏作歌》诸诗都是往复行程中所作,当在二月回到江西九江之前。上古本《全集》“江西诗”中,诗歌排列时间多有舛误,疑编者未细考所致。

此二诗似为正德十四年末，由京口返回时作。

(一)

阻风夜泊柳边亭，懒梦还乡午未醒。卧稳从教波浪恶[1]，地深长是水云冥[2]。入林沽酒村童引，隔水放歌渔父听。颇觉看山缘独在，蓬窗刚对一峰青。

笺注

(1) 卧稳：睡得安稳。唐杜甫《王十七侍御抡许携酒至草堂，奉寄此诗，便请邀高三十五使君同到》："老夫卧稳朝慵起，白屋寒多暖始开。"

(2) 地深：或指处地偏远。 水云：云水。水云相接的迷蒙状。宋陆游《长相思》："云千重，水千重，身在千重云水中。"

(二)

东风漠漠水沄沄[1]，花柳沿村春事殷[2]。泊久渔樵来作市[3]，心闲麋鹿渐同群[4]。自怜失脚趋尘土[5]，长恐归期负海云[6]。正忆山中诗酒伴，石门延望几斜曛[7]。

笺注

(1) 漠漠：寂静无声状。《荀子·解蔽》："掩耳而听者，听漠漠而以为哅哅。"唐杨倞《注》："漠漠，无声也。" 沄沄：水流汹涌貌。

(2) 春事：春耕之事。

(3) 作市：建立市集。

(4) 麋鹿同群：南朝梁元帝萧绎《金楼子·兴王》："伯夷叔齐不食周粟，饿于首阳,依麋鹿以为群。”与麋鹿为伍。立志隐居山林。

(5)失脚:失足陷身仕途。明湛若水《阳明先生墓志铭》:“始而翕然称为掀天揭地之功,既而大吏妒焉,内幸争功者附焉,辗转殚力竭精矣,仅乃得免。”

(6)海云:殆指归隐。

(7)石门:当指今浙江省嵊州市石门山。晋谢灵运有《登石门最高顶》及《夜宿石门》。

江边阻风散步至灵山寺

归船不遇打头风(1),行脚何缘到此中(2)?幽谷余寒春雪在,虚帘斜日暮江空(3)。林间古塔无僧住,花外仙源有路通(4)。随处看山随处乐,莫将踪迹叹萍蓬(5)。

考释

灵山寺:《康熙繁昌县志》卷三之上:“灵山,距县西五十里。延载乡前有墩,名战乌矶,又一名孤圻,一名属圻。山麓为灵山寺,多旧人题咏。宋嘉祐间徙江岸,去故址百余步。详《古迹志》。”卷九之下:“灵山寺,在县西北四十里灵山墩。张芸叟《南征录》云繁昌县界有寺踞山顶,殿阁重复,即此。创建未详,宋嘉祐八年改戒香院。明改今额。洪武二十四年归并成丛林。永乐十五年僧宗挺重建。余详《山川古迹志》。”

诗有“余寒春雪”句,当为正德十五年一月奉召、受阻,又返回九江时之作。

笺注

(1)打头风:逆风。唐白居易《小舫》:“黄柳影笼随棹月,白蘋香起打头风。”

(2)行脚:行走;行路。宋杨万里《和文远叔行春》:“行脚宜晴翠,看云恐夕黄。”

（3）虚帘：虚掩之帘。明徐贲《杨孟载画竹》："密叶分阴小阁深，斜枝度影虚帘短。"

（4）花外仙源：犹世外桃源。

（5）萍蓬：浮萍、飞蓬。喻行踪转徙无定。唐杜甫《将别巫峡赠南卿兄瀼西果园四十亩》："苔竹素所好，萍蓬无定居。"

泊舟大同山溪间，诸生闻之，有挟册来寻者[一]

扁舟经月住林隈(1)，谢得黄莺日日来(2)。兼有清泉堪洗耳(3)，更多修竹好衔杯(4)。诸生涉水携诗卷，童子和云扫石苔(5)。独奈华峰隔烟雾(6)，时劳策杖上崔嵬(7)。

校勘

［一］《乾隆铜陵县志》卷十四收此诗，题作《泊舟大通》。

考释

大同，即大通。盖王阳明未审其地名也。《嘉靖池州府志》卷一："大通河，在城东北八十里，为贵池、铜陵界。"又："铜陵大通镇，在县西南。"清顾祖禹《读史方舆纪要》卷二七"南直九·池州府·贵池县"："大通河，府东北八十里，接铜陵县界。其源自青阳者四……自铜陵者三。……会于车桥河，与诸水交于将军潭，为大通河，流入江。今有大通巡司。"

笺注

（1）林隈：林木曲深之处。南朝梁简文帝《玄圃寒夕》："曛烟生涧曲，暗色起林隈。"

（2）黄莺：三国陆玑《毛诗草木鸟兽虫鱼疏·黄鸟于飞》："黄鸟，黄鹂留也，或谓之黄栗留，幽州人谓之黄莺。一名仓庚，一名商庚，一名鵹黄，一名楚雀，齐人谓之抟黍。”

(3) 洗耳：许由归隐山林，优游自得，听到帝尧欲让位于己，便感到耳朵受到污染，因而临水洗耳。典出汉蔡邕《琴操》卷下《河间杂歌·箕山操》。后以许由洗耳比喻心性旷达，超脱于物外，而以接触尘俗之物为耻。

(4) 衔杯：饮酒。晋刘伶《酒德颂》：“捧罂承槽，衔杯漱醪。”

(5) 和云：此殆指在云雾中。

(6) 华峰：九华山之山峰。大通地近九华山。

(7) 策杖：也称杖策。拄着拐杖。三国魏曹植《苦思行》：“策杖从我游，教我要忘言。” 崔嵬：《尔雅·释山》：“石戴土谓之崔嵬。”泛指高山。《诗经·周南·卷耳》：“陟彼崔嵬，我马虺颓。”

岩下桃花盛开携酒独酌

小小山园几树桃，安排春色候停桡。开樽旋扫花阴雪[1]，展席平临松顶涛[2]。地远不须防俗驾[3]，溪晴还好着渔舠[4]。云间石路稀人迹，深处容无避世豪[5]。

考释

诗当正德十五年春之作。

笺注

(1) 开樽：亦作“开尊”。举杯饮酒。唐杜甫《独酌》：“步屧深林晚，开樽独酌迟。”

(2) 展席：安排座席。唐杜甫《夏日李公见访》：“墙头过浊醪，展席俯长流。” 平临：平眼眺望。唐薛涛《筹边楼》：“平临云鸟八窗秋，壮压西川四十州。”

（3）俗驾：世俗人。驾，本指车驾，此指人，犹称人“大驾”。

（4）渔舠：刀形小渔船。

（5）世豪：世间的豪强权势。

白鹿洞独对亭

五老隔青冥[1]，寻常不易见。我来骑白鹿[2]，凌空陟飞巘[3]。长风卷浮云，褰帷始窥面[4]。一笑仍旧颜，愧我鬓先变。我来尔为主，乾坤亦邮传[5]。海灯照孤月[6]，静对有余眷[7]。彭蠡浮一觞[8]，宾主聊酬劝。悠悠万古心，默契可无辩！

考释

白鹿洞：在庐山五老峰南。相传唐贞元年间，洛阳人李渤与其兄涉在此隐居读书。南唐升元年间（940），在此始建书院，后南宋朱熹出任知南康军时重建，主持讲学，名声渐兴。独对亭：清毛德琦《白鹿书院志》卷三：“独对亭，在勘书台上。提学邵宝建，自为记。李东阳为之铭。”

此诗或为正德十五年二月回到九江后，游山时作。

笺注

（1）五老：五老峰，见前《望庐山》注（1）。　青冥：青天，天空。

（2）骑白鹿：指仙人行空之术。晋葛洪《神仙传·卫叔卿》：“忽有一人乘云车，驾白鹿，从天而下，来集殿前。”

（3）飞巘：高耸入云的山峰。

（4）褰帷：撩起帷幔。

（5）邮传：传舍，驿馆。

（6）海灯：海上渔灯。

（7）余眷：不尽的眷念。唐张说《大唐封祀坛颂》："日辔方施，神心余眷。"

（8）彭蠡：鄱阳湖。　浮觞：饮酒。

丰城阻风　前岁遇难于此，得北风幸免。

北风休叹北船穷，此地曾经拜北风。勾践敢忘尝胆地[1]？齐威长忆射钩功[2]。桥边黄石机先授[3]，海上陶朱意颇同[4]。况是倚门衰白甚[5]，岁寒茅屋万山中。

考释

诗注云"前岁遇难于此，得北风幸免"。王阳明《飞报宁王谋反疏》："臣于（正德十四年）本月初九日，自赣州启行，至本月十五日行至丰城县，地名黄土脑。据该县知县等官顾佖等禀称，本月十四日宁府称乱，将孙都御史、许副使并都司等官杀死；巡按及三司、府、县大小官员不从者俱被执缚，不知存亡；各衙门印信尽数收去，库藏搬抢一空；见监重囚俱行释放；舟楫蔽江而下，声言直取南京，一面分兵北上。各官皆来沮臣不宜轻进。其时臣尚未信，然逃乱之民果已四散奔溃，人情汹汹，臣亦自顾单旅危途，势难复进，方尔回程，随有兵卒千余已夹江并进，前来追臣。偶遇北风大作，臣亦张疑设计，整舟安行；兵不敢逼，幸而获免。"与此正合。故此诗当记正德十五年冬于江西丰城所遇之事。

笺注

（1）勾践尝胆：越王勾践卧薪尝胆，见《史记·越王勾践世家》。

（2）齐威：齐威王。战国时田齐桓公之子。"射钩"，指春秋时代管仲在当时的齐国争夺王位的过程中，射中后来为君主的小白的带钩。此后，小白即位为王,弃前嫌,任用管仲为相,终成霸业。事见《史记·田敬仲完世家》《管晏列传》。此言齐威王,或王守仁误记。或指齐威王"长忆"齐桓公能不记私仇,广揽人才的经验,也广收人才,终成一代明主。又,后人亦有"故管仲射钩,齐威公任之以霸"之说。见《武经总要·选将》。

(3)桥边黄石:张良于博浪沙(在今安徽省亳州市)刺秦始皇失败后,逃亡至下邳(今江苏睢宁北),在圯上遇见黄石公。黄石公授张良以《太公兵法》。见《史记·留侯世家》。

(4)春秋时越国大夫范蠡既佐越王勾践灭吴,以越王不可共安乐,弃官远去,居于陶,称朱公。以经商致巨富。见《史记·货值列传》。

(5)倚门:《战国策·齐策六》:"王孙贾年十五,事闵王。王出走,失王之处。其母曰:'女朝出而晚来,则吾倚门而望;女暮出而不还,则吾倚闾而望。'"后因以"倚门"或"倚闾"谓父母望子归来之心殷切。　衰白:人老鬓发疏落变白。魏嵇康《养生论》:"至于措身失理,亡之于微,积微成损,积损成衰,从衰得白,从白得老,从老得终,闷若无端。"

江上望九华不见

五旬三过九华山,一度阴寒一度雨。此来天色稍晴明,忽复昏霾起亭午[1]。平生山水最多缘,独此相逢容有数。人言此山天所秘,山下居人不常睹。蓬莱涉海或可求[2],瑶水昆仑俱旧游[3]。洞庭何止吞八九[4],五岳曾向囊中收[5]。不信开云扫六合[6],手扶赤日照九州。驾风骑气览八极[7],视此琐屑真浮沤[8]。

考释

诗中有“五旬三过九华山”句，指正德十四年冬自京口返江西，又于正德十五年初再次往返芜湖。《明通鉴》卷四十八“正德十四年十一月”：“先是守仁至京口，欲朝行在，会上命守仁巡抚江西，乃自大江取道还。”又卷四十九正德十五年正月：“是月，王阳明被召至芜湖，得旨‘仍返江西’。”此时得旨，故颇有自信矣。

此为在江上遥望九华山时所作，当作于正德十五年正月末或二月初。

笺注

（1）昏霾：天色昏暗。　亭午：正午。宋苏轼《上巳日与二三子携酒出游随所见辄作数句明日集之为诗故词无伦次》：“三杯卯酒人径醉，一枕春睡日亭午。”

（2）蓬莱：传说中海上三仙岛之一，故云“涉海或可求”。

（3）瑶水：瑶池。　昆仑：传说中神仙所居之西方仙山。

（4）吞八九：汉司马相如《子虚赋》：“吞若云梦者八九。”本指齐国疆域广阔，楚非其匹。后以“八九吞”喻水势的浩大。宋叶适《寄题钟秀才咏归堂》：“作堂虽窄海浪宽，沂水何止八九吞。”

（5）五岳：我国五大名山的总称。古书中记述略有不同。多指东岳泰山、南岳衡山、西岳华山、北岳恒山、中岳嵩山。

（6）开云：拨开云雾见太阳。比喻出现光明。《后汉书·袁绍传》：“赵太仆以周邵之德，衔命来征，宣扬朝恩，示以和睦，旷若开云见日，何喜如之！”　六合：上下和东西南北四方。泛指天下或宇宙。

（7）驾风骑气：犹驭风骑气，指如仙般自由驰骋。宋苏轼《答黄鲁直书》：“意其超逸绝尘，独立万物之表；驭风骑气，以与造物者游。”　八极：指极其遥远之处。晋陆机的《文赋》：“精骛八极，心游万仞。”

（8）琐屑：细琐杂碎之事物。唐韩愈《送灵师》：“纵横杂谣俗，琐屑咸罗穿。”　浮沤：水上漂浮的水沫。宋范成大《石湖中秋二十韵感今怀旧而作》：“水天双对镜，身世一浮沤。”

江施二生与医官陶野冒雨登山，人多笑之，戏作歌

江生施生颇好奇，偶逢陶野奇更痴。共言山外有佳寺，劝予往游争愿随。是时雷雨云雾塞，多传险滑难车骑。两生力陈道非远，野请登高觇路歧[(1)]。三人冒雨陟冈背，即仆复起相牵携。同侪咻笑招之返[(2)]，奋袂径往凌嵚崎[(3)]。归来未暇顾沾湿，且说地近山径夷[(4)]。青林宿霭渐开霁[(5)]，碧巘绛气浮微曦[(6)]。津津指譬在必往[(7)]，兴剧不到旁人嗤[(8)]。予亦对之成大笑，不觉老兴如童时。平生山水已成癖，历深探隐忘饥疲。年来世务颇羁缚[(9)]，逢场遇境心未衰。野本求仙志方外，两生学士亦尔为。世人趋逐但声利[(10)]，赴汤踏火甘倾危[(11)]。解脱尘嚣事行乐[(12)]，尔辈狂简翻见讥[(13)]。归与归与吾与尔[(14)]，阳明之麓终尔期[(15)]。

考释

江施二生：明邹守益《阳明书院记》：“正德庚戌，（王阳明）以献俘江上，复携邑之诸生江学曾、柯乔、施宗道以游。”明吕柟《甘泉祠记》：“嘉靖乙酉，青阳生江学曾、施宗道，来南都受学于吾。甘泉先生暇或谈及九华，先生飘然有往之意。二生对曰：‘愿筑书堂，立以候也。’越明年，柯生乔亦及门。” 医官：《明史・职官志三》：“太祖初，置医学提举司，置提举、同提举、副提举、医学教授、学正、官医、提领等职。……洪武三年置惠民药局，府设提领，州县设官医。凡军民之贫病者，给之医药。” 陶野：不详。

此诗言雨中登山，或可与前《江上望九华不见》所言“五旬三过九华山，一度阴寒一度雨”相对应。所登殆为九华附近之山。王守仁在此滞留，等候“行在”方面的旨意。

笺注

(1)野：陶野。　觇：察看。

(2)同侪：同伴。　咻笑：发声而笑。咻，象声词。

(3)奋袂：挥动衣袖。奋发之状。《淮南子·氾论训》：“举天下之大义，身自奋袂执锐。”　嵚崎：险峻不平。宋谢灵运《山居赋》：“上嵚崎而蒙笼，下深沉而浇激。”

(4)夷：平坦。宋王安石《游褒禅山记》：“夫夷以近，则游者众；险以远，则至者少。”

(5)宿霭：久聚的云气。

(6)碧巘：绿色山峰。宋晁说之《谢邵三十五郎博诗卷》：“明朝役高兴，蜀道横碧巘。”　绛气：赤色霞光。

(7)津津：有兴味状。　指譬：指点说明。

(8)兴剧：兴致很高。

(9)羁缚：捆绑；束缚。

(10)声利：声名利禄。南朝宋鲍照《咏史》：“五都矜财雄，三川养声利。”

(11)倾危：倾倒危颓。指处于危险之境。汉贾谊《新书·过秦下》：“借使秦王论上世之事，并殷周之迹，以制御其政，后虽有淫骄之主，犹未有倾危之患也。”

(12)尘嚣：世间之纷扰、喧嚣。宋陆游《村居闲甚戏作》：“人厌尘嚣欲学仙，上天官府更纷然。”

(13)狂简：志向高远而处事疏阔。《论语·公冶长》：“子在陈，曰：‘归与！归与！吾党之小子狂简，斐然成章，不知所以裁之。’”朱熹《集注》：“狂简，志大而略于事也。”

(14) 归与：典出《论语·公冶长》“吾与尔”：《论语·述而》：“子谓颜渊曰：‘用之则行，舍之则藏，惟我与尔有是夫！’”后因以“赋归”“归与”表示告归，辞官归里。

(15) 阳明之麓：殆指在余姚故乡之山。　尔期：犹“期尔”。等待你们。

游九华道中

微雨山路滑，山行入轻舟。桃花夹岸迷远近，回峦叠嶂盘深幽[1]，奇峰应接劳回首[2]，瞻之在前忽在后[3]。不道舟行转屈曲，但怪青山亦奔走。薄午雨霁云亦开[4]，青鞋布袜无尘埃。梅蹊柳径度村落，长松白石穿林隈[5]。始攀风磴出木杪[6]，更俯悬崖听瀑雷。乱山高顶藏平野，茅屋高低自成社[7]。此中那得有人家？恐是当年避秦者[8]。西岩日色渐欲下，且向前林秣吾马[9]。世途浊隘不可居，吾将此地营兰若[10]。

考释

据《年谱》：正德十五年“正月，赴召次芜湖。在途中周旋半月余，寻得旨，返江西”。诗曰“桃花夹岸”，当在春天。此诗为王阳明得旨，命其回江西后所作。

笺注

(1) 叠嶂：山峦层峰相叠。

(2) 应接：宋史达祖《喜迁莺·元宵》：“自怜诗酒瘦，难应接许多春色。”

(3) 典出《论语·子罕》：“颜渊喟然叹曰：‘仰之弥高，钻之弥坚。瞻之在前，忽焉在后。……’”

（4）薄午：将近中午。

（5）林限：林木曲深之处。

（6）风磴：山岩上的石级。唐杜甫《谒文公上方》：“窈窕入风磴，长萝纷卷舒。”清仇兆鳌《注》：“风磴，石梯凌风。” 木杪：树梢。

（7）社：土地神和祭祀土地神之处。此指村社，犹村落。

（8）避秦者：晋陶潜《桃花源记》：“自云先世避秦时乱。”后以“避秦”为避开祸乱的代称。

（9）秣：喂马。

（10）兰若：即梵语阿兰若，佛教名词。原意为森林，引申为寂静处、空闲处、远离处。此指脱离世俗。

芙蓉阁[1]

九华之山何崔嵬，芙蓉直傍青天栽[2]。刚风倒海吹不动[3]，大雪裂地冻还开。夜半峰头挂明月，宛如玉女临妆台。我拂沧浪写图画，题诗还愧谪仙才[4]。

笺注

（1）芙蓉阁：参《芙蓉阁二首》考释。

（2）芙蓉：指九华山峰。

（3）刚风：即罡风。高天强劲之风。宋刘克庄《梦馆宿》：“罡风误送到蓬莱，昔种琪花今已开。”

（4）谪仙：指唐李白。

重游无相寺次韵四首[1]

其一

游兴殊未尽，尘寰不可留。山青只依旧，白尽世间头。

其二

人迹不到地，茅茨亦数间。借问此何处？云是九华山。

其三

拔地千峰起，芙蓉插晓寒。当年看不足，今日复来看。

其四

瀑流悬绝壁，峰月上寒空。鸟鸣苍涧底，僧住白云中。

笺注

（1）无相寺：见前《夜宿无相寺》考释。

登莲花峰[1]

莲花顶上老僧居，脚踏莲花不染泥。夜半华心吐明月，一颗悬空黍米珠[2]。

笺注

（1）莲花峰：在九华山。见前《莲花峰》考释。

（2）黍米珠：佛、道用语。《正统道藏·洞真部》载《灵宝无量度人上品妙经》(即《度人经》)："元始悬一定珠，大如黍米，在空玄之中，去地五丈，元始登引天真大神，上至高尊，妙行真人，十方无极，至真大神，无鞅数众，具入宝珠之中。"明佚名撰《性命圭旨·利集》："至人以法追摄，聚而结一黍之珠。释氏呼为菩提，仙家名曰真种。修性者若不识这个菩提子，即《圆觉经》所谓'种性外道'是也。修命者若不识这个真种子，即《玉华经》所谓'枯坐旁门'是也。"

重游无相寺次旧韵[1]

旧识仙源路未差[2]，也从谷口问桃花。屡攀绝栈经残雪，几度清溪踏月华[3]。虎穴相邻多异境，鸟飞不到有僧家。频来休下仙翁榻，只借峰头一片霞。

考释

此重游，乃是把无相寺比喻成"桃花源"，"谷口问桃花"，似用《桃花源记》典故。

笺注

（1）无相寺：见前《夜宿无相寺》考释。　次旧韵：殆次《夜宿无相寺》之韵。

（2）仙源：仙人所居之地。此殆指无相寺。

（3）月华：月光。南朝梁江淹《杂体诗·效王微养疾》："清阴往来远，月华散前墀。"

登云峰望，始尽九华之胜，因复作歌[1]

九华之峰九十九，此语相传俗人口。俗人眼浅见皮肤，焉测其中之所有？我登华顶拂云雾，极目奇峰那有数？巨鳌中藏万玉林[2]，大剑长枪攒武库[3]。有如智者深韬藏[4]，复如淑女避谗妒[5]。暗然避世不求知，卑己尊人羞逞露[6]。何人不道九华奇，奇中之奇人未知。我欲穷搜尽拈出，秘藏恐是天所私。旋解诗囊旋收拾[7]，脱颖露出锥参差[8]。从来题诗李白好，渠于此山亦潦草。[9]曾见王维画辋川[10]，安得渠来拂纤缟[11]？

笺注

（1）云峰：释印光《民国九华山志》卷二："云峰，在罗汉峰下，晴雨皆有云出入。"

（2）玉林：传说中仙境中的森林。《晋书·慕容超载记》："始知天族多奇，玉林皆宝。"或谓积雪的树林。唐韦应物《温泉行》："玉林瑶雪满寒山，上升玄阁游绛烟。"

（3）攒：积聚。　武库：武器仓库。

（4）韬藏：隐藏；包藏。宋欧阳修《仲氏文集序》："而独韬藏抑郁，久伏而不显者，盖其不苟屈以合世。"

（5）淑女：贤良美好的女子。《诗经·周南·关雎》："窈窕淑女，君子好逑。"　谗妒：忌妒诽谤。

（6）逞露：炫耀，卖弄。

（7）诗囊：贮放诗稿的袋子。唐李商隐《李长吉小传》："恒从小奚奴，骑距驴，背一古破锦囊，遇有所得，即书投囊中。"

（8）《史记·平原君虞卿列传》："使遂蚤得处囊中，乃颖脱而出，非特其末见而已。"

（9）两句意为唐李白所题《九华山》，世人多称其佳，其实相当潦草，并不高明。

（10）唐张彦远《历代名画记》卷十："王维字摩诘，太原人。……工画山水，体涉今古，人家所蓄，多是右丞指挥工人，布色原野，簇成远树，过于朴拙，复务细巧，翻更失真。清源寺壁上画辋川，笔力雄壮，常自制诗曰：'当世谬词客，前身应画师。不能舍余习，偶被时人知。'诚哉是言也。余曾见破墨山水，笔迹劲爽。"

（11）拂纤缟：一般指绘画。此句殆言李白诗草率，欲请王维来描画。

双峰遗柯生乔

尔家双峰下，不见双峰景。如锥处囊中，深藏未脱颖。[1]盛德心愈卑，幽人迹多屏[2]。悠然望双峰，可以发深省。

考释

《乾隆池州府志》卷四十六"儒林"："柯乔，字迁之，青阳人。幼游贵池李呈祥之门，笃志好学。及王守仁来游九华，乔迎谒，甚见器重。即遗之诗曰……乔于是执贽为弟子。既闻湛若水讲学南都，又往请业焉。嘉靖七年举应天乡试。八年成进士，授行人考选，为贵州道监察御史。俄转为湖广按察司佥事。驻沔阳，筑江堤数百里，立廛市，造浮桥，兴学校，辨冤狱，楚人德之。寻以忧去。服阕，补福建按察司佥事。时闽浙有倭寇，乔备兵海上，佐浙抚朱纨剿御甚力，而以事触权贵罢归。先是，乔偕同学在九华山化城寺之右创阳明书院，在中峰创甘泉书院，日与诸生江学曾、施宗道辈讲习其中，而所居双峰下构双峰草堂。"双峰：指九华山双峰。传晋代葛洪曾在峰下炼丹。已见前《九华山赋》。

笺注

(1) 见《登云峰望始尽九华之胜因复作歌》笺注(8)。

(2) 幽人：幽隐之人；隐士。《易·履》："履道坦坦，幽人贞吉。"唐孔颖达《疏》："幽人贞吉者，既无险难，故在幽隐之人守正得吉。" 屏：退避；隐退。

归途有僧自望华亭来迎且请诗

方自华峰下，何劳更望华。山僧援故事，要我到渠家[1]。自谓游已至，那知望转佳。正如酣醉后，醒酒却须茶[2]。

考释

望华亭：《乾隆池州府志》卷九"青阳山川下"："五溪桥，在九华山西北。……今圮。桥右望华亭。"小注曰："本旧玩华亭，都御使彭礼建。后圮。万历五年苏令民奉兵备冯副使叔吉檄重建。"

笺注

(1) 要：犹"邀"。

(2) 唐刘禹锡《答白乐天书》："六班茶二囊，以醒酒。"

无相寺金沙泉次韵

黄金不布地[1]，倾沙泻流泉[一]。潭净长开镜[2]，池分或铸莲[3]。兴云为大雨，济世作丰年。纵有贪夫过[4]，清风自洒然[5]。

校勘

[一] 沙：原作"汴"，据上古本《全集》改。

考释

无相寺：见前《夜宿无相寺》考释。　金沙泉：在无相寺南。见《九华山赋》笺注(11)。

笺注

(1) 佛教祇树给孤独园长老为报答佛祖讲法，将寺院用金砖铺地。此以该典赞金沙泉、无相寺。

(2) 开镜：指净水如镜。

(3) 池分：泉流分而为池。　铸莲：即生出莲花。因“金沙”而云“铸”也。

(4) 贪夫：贪婪的人。《汉书·王吉贡禹等传序》：“孟子亦云：‘闻伯夷之风者，贪夫廉，懦夫有立志。’”

(5) 洒然：清醒洒脱。宋苏舜钦《沧浪亭记》：“至则洒然忘其归，箕而浩歌，踞而仰啸。”

夜宿天池，月下闻雷。次早知山下大雨三首

考释

天池：一说指庐山天池。此当为九华山龙池。在今太白书堂西。见前《九华山赋》注(15)。

其一

昨夜月明峰顶宿，隐隐雷声在山麓。晓来却问山下人，风雨三更卷茅屋。

其二

野人权作青山主[1]，风景朝昏颇裁取。岩傍日脚半溪云[2]，山下声声一村雨。

笺注

（1）野人：村野之人。此为王守仁自称。

（2）日脚：透过云隙的阳光。唐岑参《送李司谏归京》："雨过风头黑，云开日脚黄。"

其三

天池之水近无主，木魅山妖竞偷取[1]；公然又盗山头云，去向人间作风雨。

笺注

（1）木魅：林中的鬼怪。南朝宋鲍照《芜城赋》："木魅山鬼，野鼠城狐，风嗥雨啸，昏见晨趋。" 山妖：山中妖精。宋苏轼《云龙山观烧得云字》："谷蛰起蜩燕，山妖窜夔羵。"

文殊台夜观佛灯

老夫高卧文殊台[1]，拄杖夜撞青天开。散落星辰满平野，山僧尽道佛灯来。

考释

文殊台：或云为庐山文殊台。正德十四年八月十五日撰。所据为庐山下的《记功碑》。或云当时九华山文殊峰上寺院中高台。见清人周赟《王阳明先生九华诗册》。

笺注

（1）老夫：守仁自称。

书汪进之太极岩二首[一]

校勘

[一] 此诗在日本九州大学藏嘉靖刊《阳明先生文录》第四卷中，题为“题太极岩”。台北“中央图书馆”收藏明孟津编《良知同然录》作“书极岩二首”。又，《阳明先生文粹》作“书汪进之极岩二首”。

考释

汪进之：汪循，字进之，休宁人。《明清进士录》：“弘治九年三甲二十七名进士。……授永嘉知县，官至顺天府通判。正德初，刘瑾擅权，循一月三抗疏，请裁革中官，上内修外攘十策，言甚剀切，为瑾所忌，罢归。”其子汪戬有《仁峰先生行实》：“公既南归，日以养母为事，辟两园于三峰之下，其南园倚山之麓，仁峰精舍在焉。”王阳明有《书汪进之卷》。　太极岩：不详。清人《九华山诗册》收此诗，或指九华山之岩。

（一）

一窍谁将混沌开(1)？千年样子道州来(2)。须知太极元无极(3)，始信心非明镜台(4)。

笺注

（1）《庄子·应帝王》："南海之帝为儵，北海之帝为忽，中央之帝为浑沌。儵与忽时相与遇于浑沌之地，浑沌待之甚善。倏与忽谋报浑沌之德，曰：'人皆有七窍，以视听食息，此独无有，尝试凿之。'日凿一窍，七日而浑沌死。"

（2）道州：此指宋朝大儒周敦颐。他是道州人，撰有《太极图说》，为宋代理学开山。因此处地名"太极岩"，故称其源于"道州"之说。

（3）太极无极之说，乃理学的中心命题之一。周敦颐《太极图说》："无极而太极。太极动而生阳，动极而静，静而生阴，静极复动。一动一静，互为其根。分阴分阳，两仪立焉。阳变阴合，而生水火木金土。五气顺布，四时行焉。五行一阴阳也，阴阳一太极也，太极本无极也。"朱熹对于"无极太极"说，又有进一步的阐述，撰《太极图说解》等。此诗云"太极元无极"，可见王阳明对宋儒"太极说"的态度。

（4）《坛经》慧能偈："菩提本无树，明镜亦非台。本来无一物，何处惹尘埃。"这是讲求"顿悟"。或云，王阳明乃以心如明镜比良知（见加拿大华裔学者秦家懿《王阳明》，三联书店，2011年，175—176页）。

（二）

始信心非明镜台，须知明镜亦尘埃[1]。人人有个圆圈在[2]，莫向蒲团坐死灰[3]。

笺注

（1）《坛经》神秀偈："身是菩提树，心如明镜台。时时勤拂拭，勿使惹尘埃。"是说渐修功夫。王阳明亦兼及神秀之说。《传习录》上徐爱曰："先生之格物，如磨镜而使之明，磨上用功，明了后，亦未尝废镜。"

（2）圆圈：此佛教用语。指生活的环境，因缘以及内心的世界。禅宗三祖僧璨禅师《信心铭》："至道无难，惟嫌拣择。……不识玄旨，徒劳念静。圆同太虚，无欠无余。良由取舍，所以不如。"

（3）蒲团：蒲草编成的圆垫。僧人坐禅和跪拜时所用。宋苏轼《谪居三适·午窗坐睡》："蒲团盘两膝，竹几阁双肘。"此喻坐禅。　死灰：指心境枯寂不动。《庄子·知北游》："心若死灰。"王阳明并不主张完全入禅出世如"死灰"。为区别佛儒，故有此说。

劝酒

平生忠赤有天知[(1)]，便欲欺人肯自欺[(2)]？毛发暗从愁里改[(3)]，世情明向笑中危[(4)]。春风脉脉回枯草，残雪依依恋旧枝。谩对芳樽辞酩酊[(5)]，机关识破已多时[(6)]。

考释

此诗有隐不可明言之苦。殆为平宸濠以后，朝野议论纷然时作。

笺注

（1）忠赤：忠心赤胆。元赵子昂《题岳武穆墓》："往日兴亡君莫问，且将忠赤报皇元。"

（2）自欺：自我欺骗。宋朱熹《朱子语类》卷十八："因说自欺欺人曰：欺人亦是自欺，此又是自欺之甚者。"

（3）王阳明《归怀》："行年忽五十，顿觉毛发改。"

（4）世情：世态人情。

（5）芳樽：精致的酒器，亦指美酒。《晋书·阮籍等传论》："嵇阮竹林之会，刘毕芳樽之友。” 酩酊：大醉貌。

（6）机关：此指周密巧妙的计谋、算计。宋黄庭坚《牧童》：“多少长安名利客，机关用尽不如君。”

重游化城寺二首

（一）[一]

爱山日日望山晴，忽到山中眼自明。鸟道渐非前度险，龙潭更比旧时清(1)。会心人远空遗洞(2)，识面僧来不记名。莫谓中丞喜忘世(3)，前途风浪苦难行。

校勘

［一］此首诗，日本九州大学藏《阳明先生文录》卷四题作“重游光孝寺”。

考释

化城寺，在九华山。此言“重游”，指以前曾游过。此诗当和前《游九华道中》等同时，俱在正德十五年二月回到九江以后。

笺注

（1）龙潭：见《九华山赋》笺注(15)。

（2）会心：领悟；领会。南朝宋刘义庆《世说新语·言语》：“简文入华林园，顾谓左右曰：‘会心处不必在远，翳然林水，便自有濠濮间想也。’”

（4）中丞：守仁时为都御史，此乃自称。清梁章钜《称谓录·巡抚》：举明代正统后佥都御史称“中丞”之例，云：“今巡抚之称中丞，盖沿于此。”

(二)[一]

山寺从来十九秋[1],旧僧零落老比丘[2]。帘松尽长青冥干[3],瀑水犹悬翠壁流。人住层崖嫌洞浅,鸟鸣春涧觉山幽。年来别有闲寻意[4],不似当时孟浪游[5]。

校勘

[一] 日本九州大学藏《阳明先生文录》卷四题作"岩坐"。

笺注

(1) 从来十九秋:自前游九华已经十九年。见下诗题"弘治壬戌,尝游九华,值时阴雾,竟无所睹。至是正德庚辰,复往游之"。自壬戌至庚辰,前后十九个年头。

(2) 比丘:僧侣。

(3) 帘松:帘前之松。五代韦庄《早秋夜作》:"翠簟初清暑半销,撇帘松韵送轻飙。" 青冥干:朝青天伸展的枝干。宋王安石《古松》:"森森直干百余寻,高入青冥不附林。"

(4) 闲寻:悠闲地寻游。唐杜荀鹤《题庐岳刘处士草堂》:"仙境闲寻采药翁,草堂留话一宵同。"

(5) 孟浪:轻率,莽撞。《庄子·齐物论》:"夫子以为孟浪之言,而我以为妙道之行也。" 成玄英《疏》:"孟浪,犹率略也。"

游九华

九华原亦是移文[1],错怪山头日日云。乘兴未甘回俗驾[2],初心终不负灵均[3]。紫芝香暖春堪茹[4],青竹泉高晚更分。幽梦已分尘土累[5],清猿正好月中闻[6]。

考释

此诗论再游九华山之感。殆为事后所撰,与初次上山时的感觉不同。

笺注

(1)移文:本为官府公文,用以颁布政令。此处用孔稚珪《北山移文》典。说是北山讥讽伪隐居者。王阳明游山,开始是阴天,下一首诗中有“先晨霏霭尚暝晦”可证。阴晦的天气,仿佛九华山和传说中的“北山”一样,不欢迎王阳明再次游山,故云“原亦是移文”。

(2)《北山移文》:“请回俗士驾。”

(3)初心:最初的本愿,已见前。 灵均:屈原字。《楚辞·离骚》:“名余曰正则兮,字余曰灵均。”

(4)紫芝:也称木芝。似灵芝。道教以为仙草。汉王充《论衡·验符》:“建初三年,零陵泉陵女子傅宁宅,土中忽生芝草五本,长者尺四五寸,短者七八寸,茎叶紫色,盖紫芝也。” 茹:食用。《礼记·礼运》:“未有火化,食草木之实、鸟兽之肉,饮其血,茹其毛。”

(5)尘土:尘世;尘事。

(6)清猿:山中之猿。唐李白《梦游天姥吟留别》:“谢公宿处今尚在,渌水荡漾清猿啼。”《北山移文》:“山人去兮晓猿惊。”此殆指清越之猿啼声。

弘治壬戌，尝游九华，值时阴雾，竟无所睹。至是正德庚辰，复往游之，风日清朗，尽得其胜，喜而作歌

昔年十日九华住[1]，云雾终旬竟不开。有如昏夜入宝藏，两目无睹成空回。每逢好事谈奇胜[2]，即思策蹇还一来[3]。频年驱逐事兵革[4]，出入贼垒冲风埃。恐恐昼夜不遑息[5]，岂复山水能徘徊？鄱湖一战偶天幸[6]，远随归凯停江隈[7]。是时军务颇多暇，况复我马方虺隤[8]。旧游诸生亦群集，遂将童冠登崔嵬[9]。先晨霏霭尚暝晦[10]，却疑山意犹嫌猜。肩舆一入青阳境[11]，忽然白日开西岭。长风拥彗扫浮阴[12]，九十九峰如梦醒[13]。群峦踊跃争献奇，儿孙俯伏摩其顶[14]。今来始识九华面，恨无诗笔为传影[15]。层楼叠阁写未工，千朵芙蓉抽玉井[16]。怪哉造化亦安排，天下奇山此兼并[17]。揽衣登高望八荒，双阙下见日月光。[18]长江如带绕山麓，五湖七泽皆陂塘[19]。蓬瀛海上浮拳石[20]，举足可到虹可梁[21]。仙人为我启阊阖[22]，鸾軿鹤驾纷翱翔[23]。从兹脱屣谢尘世[24]，飘然拂袖凌苍苍[25]。

考释

弘治壬戌：弘治十五年(1502)。是年王阳明游九华山事，《年谱》未载，殆当“告病归越”，由京师返越途中时。正德庚辰：正德十五年(1520)。《年谱》：“正月赴召，次芜湖，寻得旨，返江西。”而该年二月“如九江”。则登九华当在由芜湖返回途中，或以后。以上俱可补《年谱》。

笺注

(1) 昔年十日：指弘治壬戌年时在九华山十日。

(2) 好事：此指好事者，喜欢多事的人。好，去声。

(3) 策蹇：乘驽马，或跛驴。此古人自谦之词，或寓甘居下位而不追求显贵之意。

(4) 驱逐：策马驰逐。　兵革：兵器、甲胄。此指军事征战。

(5) 恐恐：惶惧貌。唐韩愈《原毁》："恐恐然惟惧其人之不得为善之利。"

(6) 鄱湖一战：指在鄱阳湖平宸濠之战。详见明高岱《鸿猷录》卷十四"讨宁庶人"：正德十四年七月"二十四日，与宸濠兵遇黄家渡"。守仁指挥各方"合势夹攻，贼不知所为，遂大溃"，退到"黄石矶"。二十六日"官兵四集，奋击之，火及宸濠副舟，贼众遂大溃"。"将士执宸濠等凯旋入江西。"又见《年谱》正德"十四年"、《明通鉴》卷四十八，记载稍有出入。　天幸：天赐之幸；侥幸。

(7) 归凯：凯归。凯旋也。晋陆云《大将军宴会被命作诗》："有命再集，皇舆凯归。"此殆指凯旋的队伍。

(8) 虺隤：《诗经·卷耳》："陟彼崔嵬，我马虺隤。"《毛传》："虺隤，病也。"

(9) 童冠：指年轻学子。《论语·先进》："莫春者，春服既成，冠者五、六人，童子六、七人，浴乎沂，风乎舞雩，咏而归。"

(10) 霏霭：飘散的烟霭。　暝晦：昏暗；阴沉。

(11) 肩舆：轿子。　青阳：青阳县。九华山在安徽池州青阳县内。

(12) 拥彗：拥彗迎门。拿着扫帚扫地，在门前迎候贵客，表示对来客非常尊敬。《史记·孟子荀卿列传》："如燕，昭王拥彗先驱，请列弟子座而受业。"唐司马贞《史记索隐》："谓为之扫地，以衣袂拥帚而却行，恐尘埃之及者，所以为敬也。"此言长风扫阴霾。

(13) 九十九峰：传九华山有九十九峰。释印光《民国九华山志》卷三："地藏禅林，在天台玉屏峰捧日亭北，此为九十九峰最高处。"

(14) 儿孙俯伏：指山峰在眼下如儿孙俯伏。　摩其顶：抚摩头顶，以示喜爱。语出佛教。《法华经·嘱累品》："释迦牟尼佛 从法座起，现大神力，以右手摩无量菩萨摩诃萨顶，而作是言：‘我于无量百千万亿阿僧祇劫，作习是难得阿耨多罗三藐三菩提法，今以付嘱汝等。’”

(15) 传影：画像。

(16) 芙蓉：指九华山峰貌。　玉井：指“芙蓉”如玉井之莲。古代传说，华山峰顶玉井产莲。唐韩愈《古意》：“太华峰头玉井莲，开花十丈藕如船。”

(17) 兼并：兼而并有。

(18) 揽衣：提起衣衫。　八荒：八方极远之处。　双阙：此殆指九华山之双峰。

(19) 五湖：说法不一。或指江南五大湖的总称。《史记·三王世家》：“大江之南，五湖之间，其人轻心。”唐司马贞《史记索隐》：“五湖者，具区、洮滆、彭蠡、青草、洞庭是也。”　七泽：传说古时楚有七泽。汉司马相如《子虚赋》：“臣闻楚有七泽，尝见其一，未睹其余也。臣之所见，盖特其小小者耳，名曰‘云梦’。”此处五湖七泽，泛指山下湖泽。　陂塘：池塘。《国语·周语下》：“陂塘污庳，以钟其美。”汉韦昭《注》：“畜水曰陂，塘也。”

(20) 拳石：小石块。此句谓视蓬莱三岛如拳石。

(21) 虹可梁：彩虹可为津梁。《文选·西都赋》：“因瑰材而究奇，抗应龙之虹梁。”唐李善《注》：“应龙虹梁，梁形如龙，而曲如虹也。”

(22) 阊阖：传说中的天门。

(23) 鸾軿：鸾凤所驭之车。宋赵令畤《侯鲭录》卷八“苏东坡醉中书云”：“公驾飞軿凌紫雾，红鸾骖乘青鸾驭。”　鹤驾：仙鹤所驾之车。唐云台峰女《会真诗》：“云衣无绽日，鹤驾没遥程。”

(24) 脱屣：脱去鞋子。比喻看得很轻，无所顾恋。宋苏轼《巫山》：“贫贱尔何忧，弃去如脱屣。”

(25) 拂袖：甩动衣袖。指归隐。　苍苍：深青色。《庄子·逍遥游》：“天之苍苍，其正色邪。”此指茫茫苍穹。

岩头闲坐漫成

尽日岩头坐落花，不知何处是吾家。静听谷鸟迁乔木[(1)]，闲看林蜂散午衙[(2)]。翠壁泉声穿乱石，碧潭云影透晴沙[(3)]。痴儿公事真难了[(4)]，须信吾生自有涯[(5)]。

笺注

(1)《诗经·小雅·伐木》："伐木丁丁，鸟鸣嘤嘤。出自幽谷，迁于乔木。"

(2)午衙：午时官吏集于衙门，排班参见上司。形容午间群蜂飞集蜂房之状。元金涓《春日过绣湖》："茅庵兀坐无余事，静看游蜂报午衙。"

(3)晴沙：阳光下的沙滩。唐杜甫《曲江陪郑南史饮》："雀啄江头黄花柳，䴔䴖鸂鶒满晴沙。"

(4)宋黄庭坚《登快阁》："痴儿了却公家事，快阁东西倚晚晴。"痴儿，俗言庸夫俗子。此作者自称。

(5)《庄子·养生主》："吾生也有涯，而知也无涯。"

将游九华移舟宿寺山二首[一]

校勘

[一]明代刊王杏刊《新刊阳明先生文录续编》卷三有题为"将游九华移舟宿寺山"之诗，无"二首"二字。内容为本诗《其二》，无《其一》。考此二诗，一为五言，一为七言，恐非一时同名之作。

考释

此诗当在游九华山之前作。守仁游九华非一次。见前《九华山赋》等篇。平宸濠之乱后，赴行在往复，曾远望之，或也游之，再有此次。而所作诗文，编集者未细考其时日行程，概归一堆。又与其他登山诗歌混淆，欲详辩之，甚不易也。

其一

逢山未惬意，落日更移船[1]。峡寺缘溪径[2]，云林带石泉[3]。钟声先度岭，月色已浮川[4]。今夜岩房宿，寒灯不待悬[5]。

笺注

（1）移船：行船。

（2）溪径：小路。

（3）云林：隐居之所。唐王维《桃源行》："当时只记入山深，青溪几度到云林。"此指寺院。

（4）浮川：浮现水面。

（5）寒灯：寒夜孤灯。形容孤寂之境。

其二

维舟谷口傍烟霏[1]，共说前冈石径微。竹杖穿雾寻寺去，藤筐采药带花归。诸生晚佩联芳杜[2]，野老春霞缀衲衣[3]。风咏不须沂水上[4]，碧山明月更清辉。

笺注

（1）烟霏：烟雾弥漫。

（2）芳杜：芳洲杜若。《楚辞·九歌·湘君》："采芳洲兮杜若，将以遗兮下女。"

（3）野老：村野老人。　衲衣：补缀过的衣服。破旧衣服。宋吴淑《江淮异人录·建康贫者》："时盛寒，官方施贫者衲衣。见其剧单，以一衲衣与之。辞不受。"

（4）风咏沂水：典出《论语·先进》。见前《南屏》笺注(2)。

登云峰二三子咏歌以从，欣然成谣二首

考释

云峰：在九华山。释印光《民国九华山志》卷二："云峰，在罗汉峰下，晴雨皆有云出入。"

其一[一]

淳气日凋薄(1)，邹鲁亡真承(2)。世儒倡臆说(3)，愚瞽相因仍(4)。晚途益沦溺(5)，手援吾不能(6)。弃之入烟霞(7)，高历云峰层(8)。开茅傍虎穴，结屋依岩僧(9)。岂曰事高尚？庶免无予憎(10)。好鸟求其侣，嘤嘤林间鸣(11)。而我在空谷，焉得无良朋？飘飘二三子，春服来从行。咏歌见真性，逍遥无俗情。(12)各勉希圣志(13)，毋为尘所萦(14)！

校勘

［一］明代贵州刊王杏刊《新刊阳明先生文录续编》卷三未收此诗。疑与下一首非一时之作。

笺注

（1）淳气：淳和之气。魏阮籍《清思赋》："假淳气之精微兮，幸备嬿以自私。"

（2）邹鲁：邹，孟子故乡；鲁，孔子故乡。后因以"邹鲁"指礼义之邦，孔孟之学。《庄子·天地》："其在《诗》《书》《礼》《乐》者，邹鲁之士，缙绅先生，多能明

之。” 真承：犹真传。

（3）世儒：俗儒。 臆说：个人想象之说。

（4）愚瞽：愚钝而昧于事理之人。因仍：沿袭。

（5）晚途：此指后来之学人。 沦溺：沉没；淹没。

（6）手援：救援。《后汉书·崔骃传》：“于是乎贤人授手，援世之灾，跋涉赴俗，急斯时也。”

（7）烟霞：此泛指山林。南朝梁萧统《锦带书十二月启·夹钟二月》：“敬想足下，优游泉石，放旷烟霞。”

（8）高历：登高游历。

（9）岩僧：岩居的山僧。

（10）无予憎：犹无憎予。《诗经·齐风·鸡鸣》：“会且归矣，无庶予子憎。”

（11）嘤嘤：《诗经·小雅·伐木》：“伐木丁丁，鸟鸣嘤嘤。”汉郑玄《笺》：“嘤嘤，两鸟声也。”此为求友之声。

（12）此四句典出《论语·先进》：“莫春者，春服既成，冠者五六人，童子六七人，浴乎沂，风乎舞雩，咏而归。”飘飘，超尘脱俗状。

（13）希圣：仰慕、效法圣人。宋周敦颐《通书·志学》：“圣希天，贤希圣，士希贤。”

（14）萦：萦绕，缠绕。

其二[一]

深林之鸟何间关[1]？我本无心云自闲[2]。大舜亦与木石处[3]，醉翁惟在山林间[4]。晴窗展卷有会意[5]，绝壁题诗无厚颜[6]。顾谓从行二三子，随游麋鹿俱忘还[7]。

校勘

［一］明代贵州刊王杏刊《新刊阳明先生文录续编》卷三收此诗，题作“登云峰”。

笺注

（1）间关：拟声词。指宛转鸟鸣声。

（2）唐白居易《白云泉》："天平山上白云泉，云自无心水自闲。"

（3）《孟子·尽心上》："孟子曰：'舜之居深山之中，与木石居，与鹿豕游，其所以异于深山之野人者几希；及其闻一善言，见一善行，若决江河，沛然莫之能御也。'"

（4）醉翁：指宋欧阳修。宋欧阳修《醉翁亭记》："醉翁之意不在酒，在乎山水之间也。"

（5）晴窗：明亮的窗户。 展卷：翻开书卷。阅读。

（6）厚颜：脸皮厚，不知羞耻。

（7）麋鹿：麋与鹿。随游麋鹿喻野外自由生活。唐崔道融《元日有题》："自量麋鹿分，只合在山林。"

有僧坐岩中已三年，诗以励吾党[一](1)

莫怪岩僧木石居(2)，吾侪真切几人如(3)？经营日夜身心外(4)，剽窃糠秕齿颊余(5)。俗学未堪欺老衲(6)，昔贤取善及陶渔(7)。年来奔走成何事？此日斯人亦起予(8)。

校勘

［一］明孟津编《良知同然录》收此诗，诗题无"已"字。

考释

以上自《游九华道中》至此，多为游九华山诗。然《登云峰》以下诸诗，已非言登临游览，而是讲学论道，疑非同时之作，乃后来编者收集录入。

笺注

（1）吾党：吾辈，吾侪。《论语・子路》："叶公语孔子曰：'吾党有直躬者。'"

（2）岩僧：见《登云峰二三子咏歌以从，欣然成谣二首》其一笺注(9)。　木石居：见《登云峰二三子咏歌以从，欣然成谣二首》其二笺注(3)。

（3）真切：真诚恳切。元刘壎《隐居通议・文章一》："此书非特曲尽事情，而当时朋友真切之意，尚可想见。"

（4）身心外：此指"俗学"之人不在本心内求真性，而在身外经营。《传习录》卷上："众理具而万事出，心外无理，心外无事。"

（5）糠秕：本指谷皮和瘪谷。多比喻无价值之物。《世说新语・文学》"傅嘏善言虚胜，荀粲谈尚玄远"刘孝标《注》引《荀粲别传》："然则六籍虽存，固圣人之糠秕。"　齿颊余：犹吃剩之余物。

（6）老衲：岩僧。

（7）《孟子・公孙丑上》："自耕稼陶渔以至为帝，无非取于人者。取诸人以为善，是与人为善者也。"　陶渔：制陶与捕鱼。

（8）《论语・八佾》："子曰：'起予者商也。始可与言诗已矣。'"宋朱熹《集注》："起予，言能起发我之志意。"又引杨氏语："所谓起予，则亦相长之义也。"

附录：万廷言《阳明先生重游九华诗卷后序》(《明文海》卷二六九)：

孟子曰：诵其诗，读其书，不知其人可乎？是以论其世也。廷言诵阳明先生重游九华诸诗而论其世，其毅皇南巡金陵召见之时乎？是时先生既擒濠逆，凶竖攘功，阴构阳挤，入在左腹，召至采石，而咫尺不奉至尊，祸且莫测，盖亦危矣。彼怵于死生祸福之交者，垂首丧气，伈伈俯俯不能自存；而世称敏略之士，又投机乘变，侥幸于须臾，固皆不足道。其豪杰君子善处患难，不忘其忠，亦不过悚息待罪，达旦不寐，绕床叹息而已。固未有捐得失之分，齐生死之故，洞然忘怀，咏叹夷犹于山川草木之间，乐而不忘其忧，油油然不失其恭如先生者也。呜呼！此九华之诗所为作,而诵之者之当论其世也欤! 盖其良知之体虚明莹彻,朗如太空,洞视环宇,死生利害祸福之变,真阴阳昼夜惨舒消长相代乎吾前,遇之而安,触之而应,适昭吾良知变见圆通之用,曾不足动其纤芥也。其或感触微存凝滞,念虑差有未融,则太虚无际(按:“空”一作“虚”),阴翳间生,荡以清风,照以日月,息以平旦,煦以太和,忽不觉转为轻云,化为瑞霭,郁勃之渐消,泰宇之澄霁,人反乐其为庆为祥,而不知变化消熔之妙实在咏歌夷犹之间,脱然以释,融然以解,上下与天地同流矣。故观此诗而论其世,然后知先生之自乐,乃所以深致其力,伊川所谓学者学处患难,其旨信为有在。益知先生千古人豪,后世所当尚论而取法者也。苟徒词而已,骚人默士工为语言者耳,何足知先生者哉? 呜呼! 先生所处死生利害之大犹若此,况富贵贫贱失得毁誉之小!

万廷言,字以忠,号思默,南昌东溪人。他是罗洪先的弟子,受其师的影响,亦有隐居以求寂体的倾向,故能于阳明先生之超越境界有深切的体会。

方献夫《西樵遗稿》卷八《柬王阳明》:“朝廷赏功大典不日当下,然盛德者不居其功,明哲者不保其盈,先生进退之间,可以自处矣。先正谓留侯有儒者气象,非观其进退之际欤?”

春日游齐山寺用杜牧之韵二首

考释

齐山寺:在池州。杜牧之韵:殆指唐杜牧《九日齐山登高》:“江涵秋影雁初飞,与客携壶上翠微。尘世难逢开口笑,菊花须插满头归。但将酩酊酬佳节,不作登临恨落晖。古往今来只如此,牛山何必独沾衣。”

此二首,当在上疏请辞后所作。虽上疏,心中仍不平。可见出仕与归隐,报国与事孝的矛盾心理。

（一）

即看花发又花飞[1]，空向花前叹式微[2]。自笑半生行脚过[3]，何人未老乞身归[4]？江头鼓角翻春浪，云外旌旗闪落晖。羡杀山中麋鹿伴[5]，千金难买芰荷衣[6]。

笺注

（1）花发：犹开花。唐段成式《酉阳杂俎续集·支诺皋中》："东都尊贤坊田令宅，中门内有紫牡丹成树，发花千朵。" 花飞：花谢。

（2）式微：衰败。《诗经·邶风·式微》："式微式微，胡不归。"宋朱熹《集传》："式，发语辞。微，犹衰也。"

（3）行脚：跋涉行路。

（4）乞身：请求辞职。

（5）麋鹿：喻野外自由生活。见《登云峰二三子咏歌以从，欣然成谣二首》其二笺注(7)。

（6）芰荷衣：典出《楚辞·离骚》："制芰荷以为衣兮，集芙蓉以为裳。"芰荷衣为传说中用荷叶制成的衣裳。此指高人、隐士之服。

（二）

倦鸟投枝已乱飞[1]，林间暝色渐霏微[2]。春山日暮成孤坐，游子天涯正忆归。古洞湿云含宿雨[3]，碧溪明月弄清辉。桃花不管人间事[4]，只笑山人未拂衣[5]。

笺注

（1）倦鸟：倦飞之鸟。此喻倦游之人。

（2）霏微：雾气、细雨等弥漫的样子。

（3）古洞：齐山有齐门洞。　湿云：带着雨气之云。

（4）唐李白《山中问答》："桃花流水窅然去，别有天地非人间。"

（5）山人：此守仁自称。　拂衣：振衣而去。谓归隐。见《赠陈东川》笺注(2)。

重游开先寺戏题壁[一]

中丞不解了公事(1)，到处看山复寻寺。尚为妻孥守俸钱[二](2)，至今未得休官去(3)。三月开花两度来[三](4)，寺僧倦客门未开。山灵似嫌俗士驾(5)，溪风拦路吹人回。君不见富贵中人如中酒(6)，折腰解酲须五斗(7)？未妨适意山水间，浮名于我亦何有！

校勘

［一］先：原作"元"，据碑改。参《又次邵二泉韵》校勘[二]。

［二］孥：原作"奴"，据上古本《全集》改。

［三］花：原作"元"，据上古本《全集》改。

考释

开先寺：见前《游庐山开先寺》考释。《年谱》正德十五年"正月"："以晦日，重过开先寺，留石刻读书台后，词曰：'正德己卯六月乙亥，宁藩濠以南昌叛，称兵向阙，破南康、九江，攻安庆，远近震动。七月辛亥，臣守仁以列郡之兵复南昌，宸濠擒，余党悉定。当此时，天子闻变赫怒，亲统六师临讨，遂俘宸濠以归。於赫皇威！神武不杀，如霆之震，靡击而折。神器有归，孰敢窥窃。天鉴于宸濠，式昭皇灵，嘉靖我邦国。正德庚辰正月晦，提督军务都御史王阳明书。'从征官属列于左方。明日游白鹿洞，徘徊久之，多所题识。"

则此诗所作为正德十五年正月三十日。此时已经再次回到九江。

笺注

（1）中丞：守仁自称。见前诗注。　公事：见前《岩头闲坐漫成》“痴儿公事真难了”注。

（2）妻孥：妻子和儿女。

（3）《年谱》：正德十四年八月，因祖母病逝，“再乞便道省葬，不允。……与王晋溪书曰：‘始恳疏乞归，以祖母鞠育之恩，思一面为诀。后竟牵滞兵戈，不及一见，卒抱终天之痛。今老父衰疾，又复日亟，而地方已幸无事，何惜一举手投足之劳，而不以曲全之乎？’”

（4）三月：殆正德十四年十一月前往行在，前后三月。　开花两度来：唐刘禹锡《再游玄都观绝句》：“种桃道士归何处？前度刘郎今又来！”

（5）山灵：山神。　俗士驾：同俗驾。世俗人。参《游九华》笺注(2)。

（6）中酒：饮酒不醉不醒状。《汉书·樊哙传》：“项羽既飨军士，中酒，亚父谋欲杀沛公。”唐颜师古《注》：“饮酒之中也。不醉不醒，故谓之中。”

（7）《晋书·陶潜传》：“吾不能为五斗米折腰。”又南朝宋刘义庆《世说新语·任诞》：“天生刘伶，以酒为名；一饮一斛，五斗解酲。”刘孝标《注》：“《毛公注》曰：‘酒病曰酲。’”唐元稹《放言》之一：“五斗解酲犹恨少，十分飞盏未嫌多。”　解酲：醒酒，消除酒病。

贾胡行

贾胡得明珠，藏珠剖其躯[(1)]。珠藏未能有，此身已先无。轻己重外物，贾胡一何愚！请君勿笑贾胡愚，君今奔走声利途[(2)]；钻求富贵未能得,役精劳形骨髓枯[3]。竟日惶惶忧毁誉[4],终宵惕惕防艰虞[5]。一日仅得五升米[6],半级仍甘九族诛[7]。胥靡接踵略无悔[8],请君勿笑贾胡愚!

考释

行:歌行。歌、行,原非一体。魏晋六朝时代,仿古歌、行,渐泯其差别。唐代以后,独成一体。参见拙作:《歌行之"行"考——关于郭茂倩〈乐府诗集〉中"行"的文献学研究》(载《北京大学中国古文献研究中心集刊》第七辑,凤凰出版社,2013年)。

笺注

(1)剖腹藏珠:剖开肚子把珍珠藏进去。比喻为物伤身,轻重颠倒。典出《资治通鉴·唐太宗贞观元年》:"上谓侍臣曰:'吾闻西域贾胡得美珠,剖身以藏之,有诸?'侍臣曰:'有之。'"

(2)声利:声名利禄。宋陆游《夜宴即席作》:"痴人走死声利场,我独感此惜流光。"

(3)役精:伤费精神。　劳形:劳累身体。

(4)毁誉:诋毁和赞誉。《后汉书·马廖传》:"尽心纳忠,不屑毁誉。"

(5)终宵惕惕:典出《易·乾·九三》:"君子终日乾乾,夕惕若厉,无咎。"终宵,彻夜;通宵。惕惕,忧劳状。《诗经·陈风·防有鹊巢》:"谁侜予美,心焉惕惕。"《毛传》:"惕惕,犹忉忉也。"　艰虞:艰难忧患。

(6)五升米:清张溍《读书堂杜工部诗文集注解》卷之二《醉时歌》:"日籴太仓五升米,时赴郑老同襟期。"小注曰:"言己贫贱,独与郑相得。"

(7)半级:不足道的官职。唐无名氏《玉泉子·裴晋公度》:"裴晋公度为门下侍郎,过吏部选人官,谓同过给事中曰:'吾徒侥幸,至于此辈,优与一资半级,何足问也?'"明代职官有九品,每品分正、从,或称半级。　九族诛:诛九族。九族,有不同说法。《大明律·刑律》"谋反大逆"条:"凡谋反(谓谋危社稷)及大逆(谓谋毁宗庙、山陵及宫阙),但共谋者,不分首从,皆凌迟处死。祖父、父、子、孙、兄弟,及同居之人,不分异姓,及伯叔父兄弟之子,不限籍之同异,年十六以上,不论笃疾废疾,皆斩。"

(8)胥靡:古代服劳役的奴隶或刑徒。《墨子·天志下》:"民之格者则劲拔之,不格者则系操而归,丈夫以为仆圉胥靡,妇人以为舂酋。"

送邵文实方伯致仕

君不见埘下鸡[(1)],引类呼群啄且啼[(2)],稻粱已足脂渐肥,毛羽脱落充庖厨[(3)]。又不见笼中鹤,敛翼垂头困牢落[(4)],笼开一旦入层云,万里翱翔从寥廓[(5)]。人生山水须认真[(6)],胡为利禄缠其身?高车驷马尽桎梏[(7)],云台麟阁皆埃尘[(8)]。鸱夷抱恨浮江水[(9)],何似乘舟逃海滨[(10)]?舜水龙山予旧宅[(11)],让公且作烟霞伯[(12)]。拂衣便拟逐公回,为予先扫峰头石[(13)]。

考释

邵文实:束景南认为指邵蕡,并引《光绪余姚县志》卷二十三:"邵蕡,字文实,号东皋。宏誉孙。治《易》有声。弘治三年进士。……初知通州。……擢南刑部员外。寻巡按江西。……正德三年,知四川成都府。……升四川布政司参政,以平鄢寇功升陕西按察使。"后又任"广东右布政使"。约在正德十六年六月前致仕。邵文实当和王华、王阳明为余姚同乡,当早就相识。

方伯:地方长官。殷周时指一方诸侯之长。汉代刺史,唐代节度使、采访使、观察使,明代布政使,均称“方伯”。

致仕：古代官员因年老或衰病去职。《通典・职官十五》:“诸执事官七十听致仕。”

笺注

(1) 埘下鸡：埘鸡。指家鸡。埘,凿垣为鸡窝曰埘。南朝梁刘孝威《鸡鸣篇》:“埘鸡识将曙,长鸣高树巅。”唐王驾《社日》:“鹅湖山下稻粱肥,豚栅鸡埘半掩扉。”

(2) 引类呼群：招呼同伴。宋欧阳修《憎苍蝇赋》:“奈何引类呼朋,摇头鼓翼。”

(3) 庖厨：厨房。

(4) 敛翼：收拢翅膀。唐刘禹锡《送裴处士应制举》:“白帝城边又相遇,敛翼三年不飞去。” 牢落：孤寂;无聊。晋陆机《文赋》:“心牢落而无偶,意徘徊而不能揥。”

(5) 廖廓：高远空旷。此借指天空。

(6) 山水：此指人生经历的场景。

(7) 高车：显贵所乘的高大之车。《东观汉记・郭丹传》:“自去家十二年,果乘高车出关,如其志焉。” 驷马：驾四匹马的车。也系显贵所乘。《史记・管晏列传》:“其夫为相御,拥大盖,策驷马,意气扬扬,甚自得也。”

(8) 云台：汉宫中高台名。此指汉明帝时,为追念功臣,图邓禹等二十八将于南宫云台事。 麟阁：麒麟阁。汉未央宫中阁名。汉宣帝时,图霍光等十一功臣像于阁上,以扬其功。

(9)《史记・伍子胥列传》:“(伍子胥)乃自刭死。吴王闻之大怒,乃取子胥尸盛以鸱夷革,浮之江中。”刘宋裴骃《集解》引应劭曰:“取马革为鸱夷。鸱夷,榼形。”

(10) 春秋时范蠡,助越王勾践打败吴国,不居功为官,乘舟泛海。事见《史记・越王勾践世家》《货殖列传》。

(11) 舜水龙山：此指守仁的故乡会稽余姚一带。传说，舜生于会稽上虞。《太平御览》皇王部六“舜帝有虞氏”条：“《风土记》曰：舜，东夷之人，生于姚丘，妫水之汭，损石之东。” 龙山：余姚有龙山。

(12) 烟霞伯：以烟霞为侣。与山水结成伴侣，喻性好山水。此代山林隐士。

(13) 拂衣：指归隐。 扫石：多指清理隐居之所。

纪梦并序

正德庚辰八月廿八夕[(1)]，卧小阁，忽梦晋忠臣郭景纯氏以诗示予[(2)]，且极言王导之奸[(3)]，谓世之人徒知王敦之逆[(4)]，而不知王导实阴主之[(5)]。其言甚长，不能尽录。觉而书其所示诗于壁，复为诗以纪其略。嗟乎！今距景纯若干年矣，非有实恶深冤郁结而未暴，宁有数千载之下尚怀愤不平若是者耶！

秋夜卧小阁，梦游沧海滨。海上神仙不可到，金银宫阙高嶙峋[一][(6)]。中有仙人芙蓉巾[(7)]，顾我宛若平生亲。欣然就语下烟雾，自言姓名郭景纯。携手历历诉衷曲[(8)]，义愤感激难具陈[(9)]。切齿尤深怨王导[(10)]，深奸老猾长欺人[(11)]。当年王敦觊神器[(12)]，导实阴主相缘夤[(13)]。不然三问三不答，胡忍使敦杀伯仁[(14)]？寄书欲拔太真舌[(15)]，不相为谋敢尔云？敦病已笃事已去，临哭嫁祸复卖敦[(16)]。事成同享帝王贵，事败乃为顾命臣[(17)]。幾微隐约亦可见[(18)]，世史掩覆多失真[(19)]。袖出长篇再三读[二][(20)]，觉来字字能书绅[(21)]。开窗试抽《晋史》阅，中间事迹颇有因。因思景纯有道者，世移事往千余春。若非精诚果有激(22)，岂得到今犹愤嗔(23)！不成之语以箴戒(24)，敦实气沮竟殒身(25)。人生生死亦不易，谁能视死如轻尘？烛微先幾炳《易》道(26)，多能余事非所论。取义成仁忠晋室，龙逄龚胜心可伦(27)。是非颠倒古多有[三]，吁嗟景纯终见伸(28)，御风骑气游八垠(29)，彼敦之徒草木粪土臭腐同沉沦(30)！

我昔明《易》道[四]，故知未来事[五]。时人不我识，遂传耽一技[六]。一思王导徒，神器良久觊。诸谢岂不力(31)？伯仁见其底(32)。所以敦者佣，罔顾天经与地义。不然百口未负托，何忍置之死！(33)我于斯时知有分[七]，日中斩柴市(34)。我死何足悲，我生良有以！九天一人抚膺哭[八](35)，晋室诸公亦可耻。举目山河徒叹非，携手登亭空洒泪(36)。王导真奸雄，千载人未议。偶感君子谈中及，重与写真记。固知仓卒不成文，自今当与频谑戏(37)。倘其为我一表扬(38)，万世万世万万世。

右晋忠臣郭景纯自述诗，盖予梦中所得者，因表而出之。[九]

校勘

[一] 高：明杨慎《升庵诗话》卷二作“尚”。本诗校勘“杨作”者，概出此。

[二] 读：杨作“说”。

[三] 杨本无“古”字。

[四] 我昔：计文渊《王阳明法书集》作“昔我”。

[五] 来：计文渊《王阳明法书集》作“形”。

[六] 一：计文渊《王阳明法书集》作“小”。

［七］斯：计文渊《王阳明法书集》作“是”。

［八］哭：计文渊《王阳明法书集》作“啸”。

［九］此跋语，有王阳明手迹拓片存。计文渊《王阳明法书集》收录，文字多有出入，录之于下：

右晋忠臣郭景纯之作，予梦遇景纯，出以见示，且极论王导之罪。谓世人徒知王敦之逆，而不知导之奸阴有以主之。其言甚长，不能备录，姑写其所示诗于壁。呜呼，君子之泽五世而斩，则小人之罪亦数世可泯矣。非有实恶深冤，郁结而未暴，宁有数千载之下，尚怀愤不平若是者耶？予因是而深有感焉，复为一诗以纪其略。时正德庚辰八月廿八日，阳明山人王阳明伯安书。

考释

此诗除《全集》外，尚见于杨慎《升庵诗话》卷二。另有明代碑刻拓片。拓片原藏余姚周巷何氏，据传该拓片现存余姚档案馆。计文渊《王阳明法书集》收录王阳明此手迹拓片照片(西泠印社，1996 年)。

拓片分为四部分：王阳明《诗序》、《纪梦》诗、传为郭璞所赠《诗》、王阳明《跋》。拓片本中，《诗序》《跋》合为一体，列于郭璞所赠的《诗》之后。

庚辰，为正德十五年，时守仁在江西。平宸濠之乱后，流言蜚起，守仁上疏请归省。上冀元亨之冤状。《纪梦》之主旨，明杨慎《升庵诗话》卷二：“慎尝反复《晋书》，目王导为叛臣，颇为世所骇异。后见崔后渠《松窗杂录》，亦同余见。近读阳明《纪梦》诗，尤为卓识真见，自信鄙说之有稽而非谬也。”杨慎又录有郭景纯梦中诗。所谓“梦中所得”的“郭景纯《自述》诗”，当系王阳明假托郭璞之作，非郭璞真有此诗流传。

又，明王夫之《读通鉴论》“明帝”条：“王敦称兵犯阙，王导荏苒而无所匡正，周顗、戴渊之死，导实与闻，其获疚于名教也，无可饰也。”王阳明于其前已发此论。

笺注

(1)正德庚辰：为正德十五年。

(2)郭景纯：郭璞(276—324)，字景纯，河东闻喜(今属山西省)人。晋代学者、文学家。西晋末，避乱到江南。后任大将军王敦记室参军，因劝阻王敦谋反，被杀。死后追赠弘农太守。长于卜筮、天文、训诂学，著有《尔雅注》《方言注》等。文学作品以《江赋》和《游仙诗》最有名。明人辑有《郭弘农集》。《晋书》卷七十二有传。

(3)王导：王导(267—330)，字茂宏，临沂(今山东临沂)人。晋元帝为琅琊王时，导知天下将乱，劝王收贤俊共事，及即位，参与政务，朝野倾心，号称为“仲父”。后受遗诏辅明帝，又辅成帝，历事三朝，出将入相，晋朝中兴，导功居多，官至太傅，卒谥文献。《晋书》有传，谓导“不能崇浚山海，而开导乱源”。

(4)王敦：王敦(266—324)，字处仲，晋临沂(今山东临沂)人。东晋权臣。王导从兄。晋武帝女婿，西晋亡，举族避乱江南，与从弟王导同在元帝朝做大官，主持国政。官至征南大将军，拜侍中，领江州牧，恃功专横，后举兵反，中途病死。王敦构逆事，见《晋书·王敦传》《晋书·明帝纪》《资治通鉴》卷八十三至九十三。

(5)阴主：暗中主持。

(6)嶙峋：形容山峰、岩石、建筑物等突兀耸立。

(7)芙蓉巾：道家头巾。《太平御览》卷六百七十五引《登真隐诀》曰：“太玄上丹霞玉女戴紫巾，又戴紫华芙蓉巾，及金精巾、飞巾、虎文巾、金巾。”又称“莲花巾”，唐李白《江上送女道士褚三清游南岳》：“吴江女道士，头戴莲花巾。”

(8)衷曲：内心秘隐。宋刘宰《和丹阳徐文度令君》：“抚字究衷曲，诛求无俗见。”

(9)具陈：备陈；详述。《古诗十九首·今日良宴会》：“今日良宴会，欢乐难具陈。”

(10) 切齿：咬牙。极端痛恨貌。《战国策·燕策三》："樊於期偏袒扼腕而进曰：'此臣日夜切齿拊心也。'"

(11) 深奸老猾：犹深奸巨猾、老奸巨猾。指深于世故而手段极其奸诈狡猾。《周书·苏绰传》："若有深奸巨猾，伤化败俗，悖乱人伦，不忠不孝，故为背道者，杀一利百，以清王化，重刑可也。"

(12) 神器：本指象征国家权力之物，如玺、鼎等。后借指帝位、政权。

(13) 导：王导。　缘夤：攀附上升。谓拉拢关系。

(14) 晋大臣周𫖮字伯仁。元帝时为仆射，与王导交情很深。永昌元年，导堂兄江州刺史王敦起兵反，导赴阙待罪。𫖮在元帝前为导辩护，帝纳其言而导不知。及敦入朝，问导如何处置𫖮，导 不答，敦遂杀𫖮。后导知𫖮曾救己，不禁痛哭流涕说："吾虽不杀伯仁，伯仁由我而死。幽冥之中，负此良友！"见《晋书·周𫖮传》。

(15) 太真：晋臣温峤字。《晋书·温峤传》："峤性聪敏，有识量，博学能属文，少以孝悌称于邦族。……峤有栋梁之任，帝亲而倚之，甚为王敦所忌……及敦构逆，加峤中垒将军、持节、都督东安北部诸军事。敦与王导书曰：'太真别来几日，作如此事！'表诛奸臣，以峤为首。募生得峤者，当自拔其舌。"

(16) 明帝讨伐王敦，"司徒导闻敦疾笃，帅子弟为敦发哀，众以为敦信死，咸有奋志"（《资治通鉴》卷九十三）。王阳明认为此乃"卖敦"。

(17) 顾命臣：《尚书·顾命》："成王将崩，命召公、毕公率诸侯相康王，作《顾命》。"后称受皇帝临终之命的大臣为"顾命臣"。《晋书·陆晔传》："帝不豫，晔与王导、壶、庾亮、温峤、郗鉴并受顾命，辅皇太子。"

(18) 幾微：预兆；隐微的迹象。《汉书·萧望之传》："愿陛下选明经术，温故知新，通于幾微谋虑之士以为内臣，与参政事。"

(19) 掩覆：掩盖，掩饰。《三国志·魏书·曹衮传》："其微过细故，当掩覆之。"

(20) 长篇：指以上各种史料。

(21) 书绅：把话写在绅带上。后称牢记他人之话为书绅。典出《论语·卫灵公》："子张书诸绅。"宋邢昺《疏》："绅，大带也。子张以孔子之言书之绅带，意其佩服无忽忘也。"

(22) 激：激发。

(23) 愤嗔：犹怒嗔。发怒。唐杜甫《前出塞》之四："生死向前去，不劳吏怒嗔。"

(24)《晋书·郭璞传》："敦将举兵，又使璞筮。璞曰：'无成。'"

(25) 敦：王敦。　气沮：气馁。

(26) 烛微：观察入微。　《易》道：《周易》之道。

(27) 龙逢：即关龙逢。传说中夏代贤人，因谏而被桀杀害，后用为忠臣之代称。《庄子·胠箧》："昔者龙逢斩、比干剖。"汉刘向《九叹·怨思》："若龙逢之沉首兮，王子比干之逢醢。"　龚胜：汉代贤人，与龚舍齐名。《汉书·两龚传》："两龚皆楚人也，胜字君宾，舍字君倩。"王莽篡汉，龚胜耻事二姓，坚不应莽征，绝食而死。

(28) 吁嗟：感叹词。表示忧伤或有所感。　见伸：得以伸张。

(29) 御风骑气：乘云气飞行。宋张耒《吴大夫墓志铭》："殆古所谓得道逍遥，御风骑气之人欤？"　八垠：八方。

(30) 南朝宋刘义庆《世说新语·文学》："人有问殷中军：'何以将得位而梦棺器，将得财而梦矢秽？'殷曰：'官本是臭腐，所以将得而梦棺尸；财本是粪土，所以将得而梦秽污。'时人以为名通。"

(31) 诸谢：诸多谢家人士。晋朝王、谢俱是大族。

(32) 伯仁：周顗之字。见前。

(33) 周顗未负王导的"百口"之托，而王导仍置其于死地。见前。

(34) 指郭璞被斩于柴市。

(35) 抚膺：抚摩或捶拍胸口。表示惋惜、哀叹、悲愤。

(36)《晋书·王导传》："过江人士，每至暇日，相要出新亭饮宴。周顗中坐而叹曰：'风景不殊，举目有江河之异。'皆相视流涕。惟导愀然变色曰：'当共勠力王室，克复神州，何至作楚囚相对泣邪？'众收泪而谢之。"

(37) 谑戏：调笑戏耍。晋葛洪《抱朴子·疾谬》："载号载呶，谑戏丑亵。"

(38) 表扬：宣扬；张扬。明李贽《复焦弱侯书》："此一等人心身俱泰，手足轻安，既无两头照顾之患，又无掩盖表扬之丑，故可称也。"

无题

岩头有石人，为我下嶙峋(1)。脚踏破履五十两，身披旧衲四十斤。任重致远香象力(2)，餐霜坐雪金刚身(3)。夜寒双虎与温足(4)，雨后秃龙来伴宿(5)。手握顽砖镜未光(6)，舌底流泉梅未熟(7)。夜来拾得遇寒山(8)，翠竹黄花好共看[一](9)。同来问我安心法，还解将心与汝安。(10)

校勘

[一] 共：原作"其"，据上古本《全集》改。

笺注

(1) 嶙峋：石岩高峻、层叠状。此指峻峭的山峦。

(2) 香象：佛经中指有香气的大象。《杂宝藏经·迦尸国王白香象养盲父母并和二国缘》："比提醯王有大香象，以香象力，摧伏迦尸王军。"南朝陈徐陵《丹阳上庸路碑》："香象之力，特所未胜。"

(3) 餐霜坐雪：指此石人饱经风霜雨雪。　金刚身：金刚石之身。《大藏法数》

卷四一:“梵语跋折罗,华言金刚。此宝出于金中,色如紫英,百炼不销,至坚至利,可以切玉,世所希有,故名为宝。”南朝梁沈约《谢齐竟陵王示华严璎珞启》:“法身与金刚齐固,常住与至理俱存。”

(4)双虎温足:典出宋朱弁《曲洧旧闻》卷四“芙蓉禅师取虎子暖足”:“芙蓉禅师道楷,始住洛中招提寺,倦于应接,乃入五度山,卓庵于虎穴之南,昼夜苦足冷。时虎方乳,楷取其两子以暖足。虎归不见其子,咆哮跳掷,声振林谷。有顷至庵中,见其子在焉,瞪视楷良久。楷曰:‘吾不害尔子,以暖足耳。’虎乃衔其子,曳尾而去。”

(5)秃龙:此指无角之龙。《广雅·释鱼》:“有鳞曰蛟龙,有翼曰应龙,有角曰虬龙,无角曰螭龙。”佛教传说中“那伽”(Naga)为护法之神。隋代阇那崛多译《佛本行集经》卷三十一、唐义净所译《有部毗奈耶破僧事》卷五,有龙守护佛陀,使不受诸恼乱的记载。

(6)顽砖:典出顽砖磨镜。《景德传灯录·南岳怀让禅师》:“开元中,有沙门道一,住传法院,常日坐禅。师知是法器,往问曰:‘大德坐禅图什?’一曰:‘图作佛。’师乃取一砖于庵前石上磨。一曰:‘师作什?’师曰:‘磨作镜。’一曰:‘磨砖岂得成镜邪?’师曰:‘坐禅岂得作佛邪?’”

(7)梅未熟:典出南朝宋刘义庆《世说新语·假谲》:“魏武行役,失汲道,军皆渴,乃令曰:‘前有大梅林,饶子,甘酸可以解渴。’士卒闻之,口皆出水,乘此得及前源。”

(8)拾得、寒山皆为传说中唐代诗僧。

(9)翠竹黄花:指眼前境物。《景德传灯录·慧海禅师》:“迷人不知法身无象,应物现形,遂唤青青翠竹,总是法身;郁郁黄华,无非般若。黄华若是般若,般若即同无情;翠竹若是法身,法身即同草木。”

(10)《景德传灯录》卷三载神光(慧可)向达摩求法,“光曰:‘我心未宁,乞师与安。'师曰:'将心来,与汝安。'曰:'觅心了不可得。'师曰:'我与汝安心意。'"

游落星寺

女娲炼石补天漏[1],璇玑昼夜无停走[2]。自从堕却玉衡星[3],至今七政迷前后[4]。浑仪昼夜徒揣摩[5],敬授人时亦何有[6]?玉衡堕却此湖中,眼前谁是补天手!

考释

落星寺:在九江,在鄱阳湖北部,庐山之南。《方舆胜览》卷十七:"《舆地广记》:昔有僧坠水化为石。夏秋之交,湖水方涨,则星石泛于波澜之上。至隆冬水涸,则可以步涉。寺居其上,曰法安。院有清辉阁、玉京轩、岚漪轩。"宋黄庭坚有《题落星寺四首》:"其一:星宫游空何时落,着地亦化为宝坊。诗人昼吟山入座,醉客夜愕江撼床。蜜房各自开户牖,蚁穴或梦封侯王。不知青云梯几级,更借瘦藤寻上方。其二:岩岩匡俗先生庐,其下宫亭水所都。北辰九关隔云雨,南极一星在江湖。相粘蠔山作居室,窍凿混沌无完肤。万鼓舂撞夜涛涌,骊龙莫碎失明珠。其三:落星开士深结屋,龙阁老翁来赋诗。小雨藏山客坐久,长江接天帆到迟。宴寝清香与世隔,画图妙绝无人知。蜂房各自开户牖,处处煮茶藤一枝。其四:北风吹倒落星寺,吾与伯伦俱醉眠。螟蛉蜾蠃但痴坐,夜寒南北斗垂天。"可知该处掌故。

笺注

(1)《列子·汤问》:"昔者女娲氏炼五色石以补其阙,断鳌之足以立四极。"

(2)璇玑:此殆指北斗七星。汉扬雄《甘泉赋》:"攀璇玑而下视兮,行游目乎三危。"

（3）玉衡星：北斗七星之一。

（4）七政：古天文术语。说法不一。此殆指北斗七星。《史记·天官书》："北斗七星，所谓'旋、玑、玉衡以齐七政'。"刘宋裴骃《集解》引汉马融《尚书注》："七政者，北斗七星，各有所主：第一曰正日；第二曰主月；第三曰命火，谓荧惑也；第四曰煞土，谓填星也；第五曰伐水，谓辰星也；第六曰危木，谓岁星也；第七曰剽金，谓太白也。日、月、五星各异，故曰七政也。"

（5）浑仪：即浑天仪。古代观测天体位置的仪器。宋沈括《梦溪笔谈·象数一》："天文家有浑仪，测天之器，设于崇台，以候垂象者，则古之玑衡也。"

（6）敬授人时：谓记录天时以告民。《尚书·尧典》："历象日月星辰，敬授人时。"汉孔安国《传》："敬记天时以授人也。"

游通天岩示邹陈二子

邹陈二子皆好游，一往通天十日留[1]。候之来归久不至，我亦乘兴聊寻幽[2]。岩扉日出云气浮[3]，二子晞发登岩头[4]。谷转始闻人语响，苍壁杳杳长林秋[5]。嗒然坐我亦忘去[6]，人生得休且复休。采芝共约阳明麓[7]，白首无惭黄绮俦[8]。

考释

邹谦之、陈惟浚：见前《游通天岩次邹谦之韵》考释。通天岩，见前《通天岩》考释。据《通天岩》诗跋作于"正德庚辰八月八日"，此诗当为同时之作，俱在游九华山诸诗之后。

笺注

（1）通天：指通天岩。

（2）寻幽：寻求幽胜。唐李商隐《闲游》："寻幽殊未极，得句总堪夸。"

（3）岩扉：岩洞之门。

（4）晞发：晒发使干。常指高洁脱俗之行。晋陆云《九愍·行吟》："朝弹冠以晞发，夕振裳而濯足。"

（5）苍壁：有深绿色草木的山壁。　杳杳：幽暗貌。《楚辞·九章·怀沙》："眴兮杳杳，孔静幽默。"

（6）嗒然：此指身心俱遣、物我两忘的神态。典出《庄子·齐物论》："南郭子綦隐几而坐，仰天而嘘，嗒焉似丧其耦。……子綦曰：'偃！不亦善乎而问之也！今者吾丧我，汝知之乎？汝闻人籁而未闻地籁，汝闻地籁而未闻天籁夫！'"唐白居易《隐几赠客》："有时犹隐几，嗒然无所偶。"

（7）采芝：摘采芝草。古人认为食芝草可长生，以"采芝"喻求仙或隐居。唐陈子昂《感遇》之十："已矣行采芝，万世同一时。"　阳明麓：王阳明此殆指故乡。

（8）黄绮：汉初商山四皓中之夏黄公、绮里季的合称。已见前《题四老围棋图》考释。

青原山次黄山谷韵

咨观历州郡[(1)]，驱驰倦风埃[(2)]。名山特乘暇，林壑盘萦回[(3)]。云石缘欹径[一][(4)]，夏木深层隈[(5)]。仰穷岚霏际[(6)]，始睹台殿开[(7)]。衣传西竺旧[(8)]，构遗唐宋材[(9)]。风松溪溜急[(10)]，湍响空山哀[(11)]。妙香隐玄洞[(12)]，僧屋悬穹崖[(13)]。扳依俨龙象[(14)]，陟降临纬阶[(15)]。飞泉泻灵窦[(16)]，曲槛连云榱[(17)]。我来慨遗迹，胜事多湮埋[(18)]。邈矣西方教，流传遍中垓。[(19)]如何皇极化[(20)]，反使吾人猜？剥阳幸未绝[21],生意存枯荄[22]。伤心眼底事[23],莫负生前杯[24]。烟霞有本性,山水乞归骸[25]。崎岖羊肠坂[26],车轮几倾摧。萧散麋鹿伴,涧谷终追陪。恬愉返真澹[27],阒寂辞喧豗[28]。至乐发天籁[29],丝竹谢淫哇[30]。千古自同调,岂必时代偕!珍重二三子[31],兹游非偶来。且从山叟宿[32],勿受役夫催。东峰上烟月,夜景方徘徊。[33]

校勘

[一] 欹:原作"歌"。据上古本《全集》改。

考释

青原山:在吉安市东南。黄山谷韵:指宋代黄庭坚所作《次韵周元翁同曹游青原山寺长韵》。黄庭坚所书《青原山诗刻》,原在江西古安县青原山净居寺内。静居寺为唐禅宗高僧行思(?—740)的弘法道场,法席特盛,行思为六祖慧能两大高徒之一,弟子尊称为"七祖",故青原山又称七祖山,《青原山诗刻》亦称《七祖山诗刻》或《七祖山刻石》。原石共计 8 块,首刻山谷元丰六年(1083)在泰和县令任时作于青原山的五言古风《次韵周元翁同曹游青原山寺长韵》。

关于《青原山诗刻》的刻碑情况,黄庭坚的外甥洪炎所作跋,叙述颇详:元丰六年,鲁直为泰和令,谒郡,游青原山,为其友周寿作诗。后九年,海昏王君得其字刻之。当送之祖山,未行而鲁直以太史得罪,诗遂留王氏。及太史谪还,或以王君石上墨本饰僧壁,郡守程侯章、监郡章候请悦好焉,于是诗再勒石,视作诗盖十有八年。寿字符翁,九江人,募石刻者僧居月。建中靖国元年十二月十二日,南昌洪炎题、彭城刘囗书。

考此诗,明刊《阳明诗录》列于所附《庐陵稿》中,注明为"己巳年补庐陵尹"时期所作。而《年谱》:正德十五年六月:"如赣。……十八日至吉安,游青原山,和黄山谷诗,遂书碑。行至泰和,少宰罗钦顺以书问学。"考诗中所述,有苍凉之慨,殆似平宸濠之乱后，经历众多波澜后之状。或当以作于此时为妥。

笺注

（1）咨观：访询观览。

（2）风埃：此指仕宦。《南齐书·王僧虔张绪传赞》："思曼廉静，自绝风埃。"宋陆游《泛富春江》诗："官路已悲捐岁月，客衣仍悔犯风埃。"

（3）盘萦：盘绕。汉蔡邕《述行赋》："降虎牢之曲阴兮，路丘墟以盘萦。"

（4）欹径：歪斜不平的山路。宋欧阳修《和丁宝臣游甘泉寺》："欹危一径穿林樾，盘石苍苔留客歇。"

（5）夏木：高大的树木，犹乔木。夏，大也。唐王维《秋归辋川庄作》："漠漠水田飞白鹭，阴阴夏木啭黄鹂。"　层隈：层见错出的山崖。《文选·西征赋》："凭高望之阳隈，体川陆之污隆。"唐李善《注》："隈，崖也。"

（6）岚霏：山间云雾。宋林逋《山阁偶书》："但将松籁延佳客，常带岚霏认远村。"

（7）台殿：台榭宫殿。此指山上寺院。

（8）西竺：西方天竺国。即古代印度。宋苏轼《书麐公诗后》："皆云似达摩，只履还西竺。"

（9）构：建构，建筑。　遗唐宋材：宋黄庭坚《次韵周元翁同曹游青原山寺长韵》："水犹曹溪味，山自思公开。浮图涌金碧，广厦构徯材。蝉蜕三百年，至今猿鸟哀。"思公乃指唐禅宗高僧行思（？—740），为禅宗青原派开山，传静居寺为当时所建。

（10）溪溜：犹溪流。北魏郦道元《水经注·耒水注》："两岸连山，石泉悬溜，行者辄徘徊留念，情不极已也。"

（11）空山哀：宋释行海《赤城》："林幽怪石如人立，夜静空山有鬼哀。"

（12）妙香：佛教谓殊妙之香气。《楞严经》卷五："见诸比丘，烧沉水香。香气寂然，来入鼻中。我观此气，非木非空，非烟非火，去无所着，来无所从。由是意销,发明无漏。如来印我,得香严号。尘气倏灭,妙香密圆。我从香严,得阿罗汉。” 玄洞:幽玄的洞窟。

(13) 穹崖:凌空的崖壁。明徐弘祖《徐霞客游记·粤西游日记二》:“山雨复大至,乃据危石,倚穹崖而坐待之。”

(14) 扳依:犹皈依。指皈依之信徒。 龙象:喻指阿罗汉。

(15) 陟降:升降,上下。 纬阶:横阶。

(16) 灵窦:有灵气之泉眼。窦,洞孔也。

(17) 曲槛:曲折的栏杆。 云榱:高入云端的屋椽。

(18) 胜事:指寺观中法会、斋醮等,此指寺院过往的法事、历史。 湮埋:湮灭,埋没无闻。

(19) 西方教:此指佛教。 中垓:中部。此指华夏中国。

(20) 皇极:帝王的准则。即所谓大中至正之道。见《尚书·洪范》:“皇极:皇建其有极。”“惟皇作极。凡厥庶民,有猷有为有守,汝则念之。”汉荀悦《汉纪·高祖纪一》:“昔在上圣,唯建皇极,经纬天地。”

(21) 剥:剥卦。《周易》第二十三卦。此卦为五阴一阳之卦,故曰“阳未绝”。而该卦的《彖》曰:“剥,剥也。柔变刚也。顺而止之,观象也。君子尚消息盈虚,天行也。”意为,顺天之行,柔变为刚。“上九”的《象》曰:“君子得舆,民所载也。小人剥庐,终不可用也。”剥阳未绝,盖谓皇极之化犹可兴也。

(22) 生意:生机,生命力。 枯荄:干枯的草根。

(23) 眼底:眼前。

(24) 生前杯:典出季鹰杯。《晋书·张翰传》:“翰任心自适,不求当世。或谓之曰:‘卿乃可纵适一时,独不为身后名邪?’答曰:‘使我有身后名,不如即时一杯酒。’时人贵其旷达。”后以季鹰杯、生前杯喻为人旷达。唐杜甫《绝句漫兴》之四:“莫思身外无穷事,且尽生前有限杯。”

(25) 归骸：归骸骨，归葬。南朝梁刘孝标《广绝交论》："瞑目东粤，归骸洛浦。"此指归隐乡里。

(26) 羊肠坂：盘旋的坡路。

(27) 恬愉：快乐。《庄子·盗跖》："惨怛之疾，恬愉之安，不监于体。"唐成玄英《疏》："恬愉，乐也。" 真澹：率真淡泊。《宋书·隐逸传·宗彧之》："（彧之）蚤孤，事兄恭谨，家贫好学，虽文义不逮炳，而真澹过之。"

(28) 阒寂：静寂；宁静。唐卢照邻《病梨树赋》："余独病卧兹邑，阒寂无人，伏枕十旬，闭门三月。" 喧豗：轰响，喧闹。唐李白《蜀道难》："飞湍瀑流争喧豗，砯崖转石万壑雷。"

(29) 至乐：此指最高妙的音乐。《庄子·天运》："夫至乐者，先应之以人事，顺之以天理，行之以五德，应之以自然，然后调理四时，太和万物。" 天籁：自然的声响。《庄子·齐物论》："女闻人籁而未闻地籁，女闻地籁而未闻天籁夫！"

(30) 淫哇：淫邪之声。宋欧阳修《与梅圣俞书》："前累求新作，今者书尾有自厌之说，岂可疾淫哇而欲废置律吕？"

(31) 二三子：犹诸位，几个人。《论语·八佾》："二三子何患於丧乎？天下之无道也久矣，天将以夫子为铎。"

(32) 山叟：山中老翁。

(33) 徘徊：宋苏轼《前赤壁赋》："月出于东山之上，徘徊于斗牛之间。"

睡起偶成[一]

校勘

[一] 此诗在日本九州大学藏嘉靖刊《阳明先生文录》第四卷中，题为"睡起二首"，当为二首诗。

考释

此诗嘉靖本《文录》自第五句“起向高楼撞晓钟”移行另起，上古本《全集》因之。又宋仪望序隆庆本《阳明先生文粹》卷八有题《睡起偶成》之诗，仅收“四十余年睡梦中”等四句。故此题下本当为二首诗。今分为二。

(一)

四十余年睡梦中，而今醒眼始朦胧。不知日已过亭午[1]，起向高楼撞晓钟[2]。

笺注

(1) 亭午：正午。

(2) 晓钟：报晓的钟声。唐沈佺期《和中书侍郎杨再思春夜宿直》：“千庐宵驾合，五夜晓钟稀。”

(二)

起向高楼撞晓钟，尚多昏睡正懵懵。纵令日暮醒犹得，不信人间耳尽聋。

立春

荒村乱后耕牛绝，城郭春来见土牛[1]。家业苟存乡井恋[2]，风尘先幸甲兵休[3]。未能布德惭时令[4]，聊复题诗写我忧。为报胡雏须远塞[5]，暂时边将驻南州[6]。

考释

此“立春”,当为正德十六年立春。时王阳明主政江西,有感而发。

笺注

(1)土牛:沾泥之耕牛。

(2)乡井:家乡。

(3)甲兵休:此指征讨南赣民众反叛、宸濠之乱的战争结束。

(4)布德:布施德政。因守仁时为江西巡抚,有管理施政之责,故有此言。

(5)胡雏:对北方民族的蔑称。《新唐书·张九龄传》:“安禄山初以范阳偏校入奏,气骄蹇,九龄谓裴光庭曰:‘乱幽州者,此胡雏也。’”此殆指北方小王子、吐尔番等的入侵。见《明通鉴》卷四十九“正德十五年”七月“小王子犯大同、宣府”。

(6)南州:此指守仁所在江西等地。两句指张忠、许泰之军应守北塞,而非来此南方驻扎。

游庐山开先寺

清晨入谷到斜曛(1),遍历青霞蹑紫云(2)。阊阖远从双剑辟(3),银河真自九天分(4)。驱驰此日原非暇,梦想当年亦自勤(5)。断拟罢官来驻此,不教林鹤更移文(6)。

考释

开先寺:已见前。《年谱》:正德十五年六月“如赣”,“九月还南昌”。如此诗为此前之事,不当列于此。如此后还再游庐山,时间当在正德十六年六月回越之前。

笺注

（1）斜曛：黄昏，傍晚。

（2）青霞：青云。　紫云：紫色云。古以为祥瑞之兆。汉焦赣《易林·履之渐》：“黄帝紫云，圣且神明，光见福祥，告我无殃。”

（3）阊阖：天宫之门。　双剑：指庐山双剑峰。唐来鹄有《题庐山双剑峰》诗。

（4）唐李白《望庐山望瀑布水》：“飞流直下三千尺，疑是银河落九天。”

（5）自勤：勉励自己要勤奋。

（6）林鹤移文：南朝齐孔稚圭《北山移文》写周颙应辟离北山后，“蕙帐空兮夜鹤怨，山人去兮晓猿惊”。后因以“北山猿鹤”代指隐居生活。

登小孤次陆良弼韵

看尽东南百二峰，小孤江上是真龙[1]。攀龙我欲乘风去，高蹑层霄绝世踪。

考释

小孤，小孤山，在安徽宿松长江中。陆良弼，有《阳明先生浮海传》《吴舫集》等。明正德九年序刻本《贾谊新书》前有明黄宝《序》，曰：“郡守公名相，字良弼，弘治癸丑进士，官南京吏曹郎中，英名伟绩，有所自也；政尚平恕，有古循吏风。今观是，益可见其知所择，而其蕴畜之富未可量也。故不揆愚陋，僭书于端，以讹岁月云。正德九年菊月吉旦，赐进士出身、嘉议大夫、都察院右副都御史长沙黄宝序。”此书刻于长沙。明顾璘《顾华玉集》有《送陆良弼赴云南》：“东吴陆氏古称雄，今日君家迈古风。父子弟兄纡紫绶，麒麟偏在一门中。”顾璘《顾华玉集》中《息园存稿》诗卷十一有《赠陆良弼赴楚雄陆旧守云南》：“京国逢君更送君，浮生离合类浮云。

长才出众仍为郡，久别生男已解文。滇巂苍山酬旧约，循良青史继前闻。东曹故友无多在，莫遣音书滞雁群。”又，陆深《俨山集》续集七《送陆良弼调楚雄》有“长沙才调贾生同，古郡滇省楚更雄。万里驿程山共水，五更心事雨兼风”；“交契十年情不尽，长安几度别离中”等句。由此可见生平交游一斑。

此诗当为正德十四年冬往“行在”，在京口时所作。与前《登小孤山书壁》等为同时之作。

笺注

（1）宋张耒《小孤山》：“水边古木老龙蛰，山下水色磨青铜。”又小孤山有“龙而洞”（一作“龙耳”），殆传说多与龙有关。

月下吟三首

考释

此诗当为正德十五年秋冬时所作。十六年冬，王阳明已经归越。

（一）

露冷天清月更辉，可看游子倍沾衣[1]。催人岁月心空在，满眼兵戈事渐非[2]。方朔本无金马意[3]，班超惟愿玉门归[4]。白头应倚庭前树[5]，怪我还期秋又违。

笺注

（1）沾衣：沾湿衣服。宋僧志南《绝句》：“沾衣欲湿杏花雨，吹面不寒杨柳风。”

（2）满眼兵戈：当时有北方的小王子、西北的吐尔番等入侵，还有云南以及各地的民众纷乱。

(3)《史记·滑稽列传》:“(东方朔)时坐席中,酒酣,据地歌曰:‘陆沉于俗,避世金马门。宫殿中可以避世全身,何必深山之中、蒿庐之下!’金马门者,宦署门也,门傍有铜马,故谓之曰‘金马门’。”方朔,汉东方朔的省称。金马意,为官之意。

(4)《后汉书·班梁列传》:“(班)超自以久在绝域,年老思土。十二年,上疏曰:‘……臣超犬马齿歼,常恐年衰,奄忽僵仆,孤魂弃捐。昔苏武留匈奴中尚十九年,今臣幸得奉节带金银护西域,如自以寿终屯部,诚无所恨;然恐后世或名臣为没西域。臣不敢望到酒泉郡,但愿生入玉门关!’”

(5)白头:白发老人。此当指白头的父母。　庭前树:唐方干《君不来》:“远路东西欲问谁,寒来无处寄寒衣。去时初种庭前树,树已胜巢人未归。”

(二)

江天月色自清秋,不管人间底许愁(1)。谩拟翠华旋北极(2),正怜白发倚南楼(3)。狼烽绝塞寒初入(4),鹤怨空山夜未休(5)。莫重三公轻一日(6),虚名真觉是浮沤(7)。

笺注

(1)底许:犹几许,多少。宋吴潜《青玉案》:“为问新愁愁底许?酒边成醉,醉边成梦,梦断前山雨。”

(2)谩拟:料想,想象。宋周密《瑶华》:“江南江北,曾未见、谩拟梨云梅雪。”　翠华:天子仪仗,有翠羽为饰的旗帜或车盖。《文选·上林赋》:“建翠华之旗,树灵鼍之鼓。”唐李善《注》:“翠华,以翠羽为葆也。”后为御车或帝王的代称。　北极:《晋书·天文志上》:“北极,北辰最尊者也。……天运无穷,三光迭耀,而极星不移,故曰‘居其所而众星共之’。”后因以喻帝王。此或指武宗北还。

（3）南楼：南面的楼朝阳，宜老人居。

（4）狼烽：古时边塞燃狼粪报警的烽火。

（5）鹤怨空山：用孔稚圭《北山移文》典故，指游走在外，未及归山，招致鹤怨。此殆诉自己未能归山林。

（6）三公：周代以司马、司徒、司空为三公。此指高官。

（7）浮沤：水面上的泡沫。

（三）

依依窗月夜还来，渺渺乡愁坐未回。素位也知非自得[1]，白头无奈是亲衰。当年竹下曾裘仲[2]，何日花前更老莱[3]？恳疏乞骸今几上[4]，中宵翘首望三台[5]。

笺注

（1）素位：指现在所处之地位。《礼记·中庸》："君子素其位而行，不愿乎其外。"唐孔颖达《疏》："素，乡也。乡其所居之位而行其所行之事，不愿行在位外之事。" 非自得：守仁殆指自己的地位多蒙皇上恩典，得父亲之荫庇。其父王华，见明陆深《海日先生行状》。

（2）裘仲：《初学记》卷十八引汉赵岐《三辅决录》："蒋诩字元卿，舍中三径，唯羊仲、裘仲从之游。二仲皆推廉逃名。"后用以指廉洁隐退之士。

（3）老莱：《艺文类聚》卷二十引《列女传》："老莱子孝养二亲，行年七十，婴儿自娱，着五色采衣。尝取浆上堂，跌仆，因卧地为小儿啼，或弄乌鸟于亲侧。"

（4）乞骸：古代官吏因年老或病请求退职。

（5）三台：汉代尚书为中台，御史为宪台，谒者为外台，合称“三台”。此代指内阁辅臣。

月夜二首

（一）

高台月色倍新晴，极浦浮沙远树平[1]。客久欲迷乡国望[2]，乱余愁听鼓鼙声[3]。湖南水潦频移粟[4]，碛北风烟且罢征[5]。濡手未辞援溺苦[6]，白头方切倚闾情[7]。

笺注

（1）极浦：遥远的水滨。《楚辞·九歌·湘君》：“望涔阳兮极浦，横大江兮扬灵。”汉王逸《注》：“极，远也；浦，水涯也。” 浮沙：隐现如浮动的沙滩、沙洲。

（2）乡国：故乡，故国。

（3）乱余：此指宸濠之乱。 鼓鼙：鼙鼓，古代军中用来发号进攻的战鼓。唐白居易《长恨歌》：“渔阳鼙鼓动地来，惊破霓裳羽衣曲。”

（4）湖南水潦：《明通鉴》卷四十九正德十五年五月，都御史王阳明奏：“江西诸郡大水，千里为壑，舟行于闾巷，民栖于木杪，室庐漂荡，烟火断绝，为数十年所未有。”湖南，当指鄱阳湖以南之地。 移粟：《孟子·梁惠王》：“梁惠王曰：‘寡人之于国也，尽心焉耳矣。河内凶，则移其民于河东，移其粟于河内。河东凶亦然。’”宋朱熹《集注》：“移民以就食，移粟以给其老稚之不能移者。”

（5）碛北：蒙古高原沙漠以北地区。《隋书·阴寿传》：“宝宁弃城奔于碛北，黄龙诸县悉平。”

（6）濡手：迟缓之手。《孟子·公孙丑》："三宿而后出昼，是何濡滞也？士则兹不悦。" 援溺：拯救溺水者。《孟子·离娄上》："(淳于髡)曰：'嫂溺，则援之以手乎？'曰：'嫂溺不援，是豺狼也。男女授受不亲，礼也；嫂溺援之以手者，权也。'"

（7）倚闾：此指父母望子归来之情。

（二）

举世困酣睡，而谁偶独醒？[1]疾呼未能起，瞪目相怪惊。反谓醒者狂，群起环斗争。洙泗辍金铎[2]，濂洛传微声[3]。谁鸣荼毒鼓[4]，闻者皆昏冥[5]。嗟尔欲奚为？奔走皆营营[6]。何当闻此鼓[7]，开尔天聪明！

笺注

（1）《楚辞·渔父》："屈原曰：'举世皆浊我独清，众人皆醉我独醒，是以见放。'"

（2）洙泗：洙水和泗水。后多以"洙泗"代称孔子及儒家。 铎：大铃，形如铙、钲而有舌，古代宣布政教法令用的。《周礼·地官·鼓人》："以金铎通鼓。"汉郑玄《注》："铎，大铃也，振之以通鼓。司马职曰司马振铎。"此指儒学正传。

（3）濂洛："濂"指濂溪，周敦颐；"洛"指洛阳，程颢、程颐。 微声：微小的声音。唐张籍《祭退之》："公文为时师，我亦有微声。而后之学者，或号为韩张。"

（4）荼毒鼓：即涂毒鼓。谓涂有毒料，使人闻其声即死之鼓。禅宗以此比喻师家令学人丧心或灭尽贪、嗔、痴之一言一句之机言。《景德传灯录》卷十六"全豁禅师"："吾教意犹如涂毒鼓，击一声，远近闻者皆丧。""荼毒鼓"与"洙泗""濂洛"义近，皆醒世之言。

（5）昏冥：谓昏然无知，沉醉。

（6）营营：往来盘旋貌。此指奔走钻营。

（7）何当：何妨；何如。宋苏轼《龟山辩才师》："何当来世结香火，永与名山供井磑。" 此鼓：或指阳明所主张的儒学。《年谱》正德十六年："正月居南昌。""是年先生始揭示致良知之教。"

雪望四首

考释

此四首当作于正德十五年冬、十六年春尚未还越时。

（一）

风雪楼台夜更寒，晓来霁色满山川[1]。当歌莫放阳春调[2]，几处人家未起烟。

笺注

（1）霁色：雨雪之后晴朗的天色。

（2）阳春调：此当指乐观明快之调。阳春，熙和的春天。乐府清商曲中有《阳春》曲，表现万物回春，而此时犹有贫家寒雪"未起(炊)烟"，故"莫放"。

（二）

初日湖上雪未融，野人村落闭重重。安居信是丰年兆，为语田夫莫惰农[1]。

笺注

（1）惰农：不勤于耕作的农民。《尚书·盘庚上》："惰农自安，不昏作劳，不服田亩，越其罔有黍稷。"此指莫惰于农事。

（三）

霁景朝来更好看，河山千里思漫漫[1]。茅檐日色犹堪曝，应是边关地更寒。

笺注

（1）漫漫：广远无际。此指思绪无边。

（四）

法象冥濛失巨纤[1]，连朝风雪费妆严[2]。谁将尘世化珠玉，好与贫家聚米盐？

笺注

（1）法象：自然界的一切事物现象。《易·系辞上》："是故法象莫大乎天地，变通莫大乎四时。" 冥濛：幽暗不明。 巨纤：犹巨细。大和小。

（2）妆严：多加妆束；打扮。

火秀宫次一峰韵三首[一]

校勘

［一］火秀宫：王杏刊《新刊阳明先生文录续编》作"大秀宫"。

考释

《年谱》：正德十五年六月"如赣"，"十四日从章口入玉笥大秀宫，十五日宿云储。十八日至吉安，游青原山，和黄山谷诗，遂书碑。行至泰和，少宰罗钦顺以书问学"。

火秀宫：当作"大秀宫"。大秀宫，《同治峡江县志》之二："大秀宫，在玉笥山之麓，其上有天王阁，山腰有罗浮庵，今废。"南朝萧梁天监年间，杜昙永偕其弟子钱文泳始建此宫，后几经兴废，是大秀法乐洞天之处。乃是道家的处所。

一峰：罗伦，字彝正，号一峰，吉安永丰人。《明儒学案》卷四十五："吉之永丰人。举成化丙戌进士。"《明史》有传。明成化五年(1469)为泉州提举市舶使。后因得罪当权者，弃官还乡，讲学至卒。罗伦《一峰集》卷十一有《和林玉缉游玉笥并序》："玉笥山大秀宫，道家号法乐洞天，奇秀旁流。南海布衣林缉熙云水名岳，从罗浮，春于山中。道士许清源、顾留乃开青囊，约从宫于天王阁，结罗浮庵于阁后最奇处。时从行者，黄时宪、王忠肃、许良楫、陈荇用。荇用候秋落于此庵云。野仙临玉笥，引袖拂天星。侍立双童小，看山双眼明。洞云含雨润，鹤梦带烟醒。自叹罗浮客，春杯溢四溟。"

其一

兹山堪遁迹[1]，上应少微星[2]。洞里乾坤别[3]，壶中日月明[4]。道心空自警[5]，尘梦苦难醒[6]。方峤由来此[7]，虚无隔九溟[8]。

笺注

(1) 遁迹：犹隐居；隐迹。南朝宋鲍照《秋夜诗》之二："遁迹避纷喧，货农栖寂寞。"

(2) 少微星：喻处士、隐士。唐储光羲《贻王侍御出台掾丹阳》："既当少微星，复隐高山雾。”

（3）洞里：道家尊神之居所。

（4）壶中：道家用语，指壶中别有洞天。唐李白《下途归石门旧居》：“何当脱屣谢时去，壶中别有日月天。”

（5）道心：儒家指天命之性。《尚书·大禹谟》：“人心惟危，道心惟微。”佛教指悟道之心。《坛经·般若品》：“自若无道心，闇行不见道。”王阳明此殆指最初的本心，良知。

（6）尘梦：尘世的梦幻。五代齐已《送禅者游南岳》：“尘梦是非都觉了，野云心地更何妨。”

（7）方峤：方壶、员峤的合称。神话中的仙山名。《列子·汤问》：“渤海之东不知几亿万里，有大壑焉……其中有五山焉：一曰岱舆，二曰员峤，三曰方壶，四曰瀛洲，五曰蓬莱。”此泛指仙山。

（8）虚无：此指清虚之境。唐杜甫《白帝楼》：“漠漠虚无里，连连睥睨侵。”清仇兆鳌《注》：“太虚之际，城堞上侵，极言城之高峻。” 九溟：犹四海九洲。

其二

清溪曲曲转层林，始信桃源路未深。晚树烟霏山阁静[(1)]，古松雷雨石坛阴。丹炉遗火飞残药，仙乐浮空寄绝音[(2)]。莫道山人才一到[(3)]，千年陈迹此重寻。

笺注

（1）山阁：指山间的寺院道观。

（2）仙乐：仙界的音乐。唐白居易《琵琶行》：“今夜闻君琵琶语，如听仙乐耳暂明。”此殆指道家之乐。 绝音：此指绝妙之音。

（3）山人：此乃王阳明自称。

其三

落日下清江[1]，怅望阁道晚[2]。人言玉笥更奇绝[3]，漳口停舟路非远[4]。肩舆取径沿村落，心目先驰嫌足缓[5]。山昏欲就云储眠[6]，疏林月色与风泉。梦魂忽忽到真境[7]，侵晓遁迹来洞天[8]。洞天非人世，予亦非世人[9]；当年曾此寄一迹[10]，屈指忽复三千春[11]。岩头坐石剥落尽，手种松柏枯龙鳞[12]。三十六峰仅如旧，涧谷渐改溪流新。空中仙乐风吹断，化为鼓角惊风尘。风尘惨淡半天地[13]，何当一扫还吾真[14]？从行诸生骇吾说，问我恐是兹山神。君不见广成子[15]，高卧崆峒长不死，到今一万八千年，阳明真人亦如此。

笺注

（1）清江：殆指玉笥山附近之江流。宋徐得之《玉笥山》："要令白叟黄童辈，如在清江碧嶂间。"又见本诗考释。殆守仁由水路返赣，途经此地。

（2）阁道：栈道。唐孙樵《兴元新路记》："自白云驿西，并涧皆阁道。"

（3）玉笥：玉笥山。在今江西峡江县。为江西道教名山，据杜光庭《洞天福地记》载，为三十六洞天之第十七大秀法乐洞天、七十二福地之第八郁木福的所在地。　奇绝：奇妙非常。

（4）漳口：在峡江县内。即《年谱》所说"章口"。

（5）足缓：行走步伐之缓慢。

（6）云储：云储洞。《同治峡江县志》卷一上《山川》："云储洞，在玉笥山元阳峰下。唐吉州刺史吴云储得道所。怪石森森，溪流潆绕，水石相戛，声如竽笙。

前为百花洲,洲上有亭。洞前有云腾飙驭祠,俗称南祠,即祈梦处。又传陈希夷尝修道于此。”

（7）真境：道教所指的理想之地。亦指仙境。所谓“洞天福地”。

（8）侵晓：拂晓。

（9）世人：世间凡人。

（10）寄一迹：寄迹,寄托自己的踪迹。意为暂时栖身。唐郑谷《府中寓止寄赵大谏》:“神州容寄迹,大尹是同年。”

（11）三千春：形容岁月长久。此处殆概指道教“大劫小劫”轮回的时间。《云笈七签》卷二《上清三天正法经》:“自承唐之后,四十六丁亥,是三劫之周。又从数五十五丁亥,至壬辰癸巳是也,则是大劫之周。”“四十六丁亥”,为二千七百六十年,约三千年。此谓即经历了一小劫。

（12）龙鳞：树干枯树皮如龙鳞。指岁月长久。

（13）惨淡：光线暗淡,昏暗。唐岑参《白雪歌送武判官归京》:“愁云惨淡万里凝。”

（14）何当：犹何日,何时。《玉台新咏·古绝句一》:“何当大刀头,破镜飞上天。”还吾真：还自己本来的真性、真面目。

（15）广成子：传说中的仙人。晋葛洪《神仙传·广成子》:“广成子者,古之仙人也。居崆峒之山石室之中。黄帝闻而造焉。”

归怀

行年忽五十,顿觉毛发改。四十九年非,童心独犹在。[1]世故渐改涉[2],遇坎稍无馁[3]。每当快意事[4],退然思辱殆[5]。倾否作圣功[6],物睹岂不快[7]？奈何桑梓怀[8],衰白倚门待[9]！

考释

正德十六年，王阳明年五十。殆此年所作。又考《年谱》，正德十六年六月允其归越省亲，故此诗当在行前。

笺注

（1）童心：儿童之心。本性；真心。前四句出《淮南子·原道训》，蘧伯玉"行年五十而知四十九年非"。明李贽《焚书童心说》："夫童心者，绝假纯真，最初一念之本心也。""童心论"有源自王阳明之说处。

（2）世故：世上的事情。魏嵇康《与山巨源绝交书》："机务缠其心，世故烦其虑。" 渐：《周易·渐卦·彖》："渐之进也"，"进得位，往有功也"。涉，跋涉，迁徙。此句指由"得位"而改为"迁涉"。

（3）遇坎：坎：《周易·坎卦》之坎。《彖》："习坎，重险也。"《汉书·贾谊传》："寥廓忽荒，与道翱翔。乘流则逝，得坎则止。"颜师古注："孟康曰：'《易》坎为险，遇险难而止也。'张晏曰：'谓夷易则仕，险难则隐也。'" 无绥：此指免灾、无饥饿。晋陶潜《杂诗》之八："躬亲未曾替，寒馁常糟糠。"

（4）快意事：指按己意办的爽心之事。《宋人轶事汇编》引《蓼花洲闲录》："神宗时以陕西用兵失利，内批出令斩一漕官。明日，宰相蔡确奏事，上曰：'昨日批出斩某人，今已行否？'确曰：'方欲奏知。'上曰：'此人何疑？'确曰：'祖宗以来，未尝杀士人，臣等不欲自陛下始。'上沉吟久之，曰：'可与刺面配远恶处。'门下侍郎章惇曰：'如此即不若杀之。'上曰：'何故？'曰：'士可杀不可辱。'上声色俱厉曰：'快意事更做不得一件！'惇曰：'如此快意，不做得也好。'"

（5）退然：谦卑；恬退。唐柳宗元《与太学诸生喜诣阙留阳城司业书》："太学生聚为朋曹，侮老慢贤。……有凌傲长上，而谇骂有司者。其退然自克，特殊于众人者无几耳。" 辱殆：困辱和危险。语本《老子》："知足不辱，知止不殆,可以长久。”《汉书·隽不疑疏广等传赞》:“行止足之计,免辱殆之累。”

(6)倾否:危殆。《周易·否卦·上九》:“倾否,先否后喜。”唐独孤及《唐故秘书监礼部尚书姚公墓志铭》:“故遭值倾否,出入夷险,而未尝有悔。” 圣功:至圣的功劳。

(7)物睹:殆用宋真宗《迎奉圣像四首》其一“至感祥开,洪辉物睹”义,表庆祥,与上句“倾否”对。

(8)桑梓:故乡。

(9)衰白:体老衰弱,鬓发花白。指家中老人。

啾啾吟

知者不惑仁不忧[1],君胡戚戚眉双愁[2]?信步行来皆坦道[3],凭天判下非人谋[4]。用之则行舍即休[5],此身浩荡浮虚舟[6]。丈夫落落掀天地[7],岂顾束缚如穷囚[8]!千金之珠弹鸟雀[9],掘土何烦用镯镂[10]?君不见,东家老翁防虎患,虎夜入室衔其头;西家儿童不识虎,执竿驱虎如驱牛。痴人惩噎遂废食[11],愚者畏溺先自投[12]。人生达命自洒落[13],忧谗避毁徒啾啾!

考释

《年谱》:“(正德十五年六月)先生至赣,大阅士卒,教战法。江彬遣人来观动静。相知者俱请回省,无蹈危疑。先生不从,作《啾啾吟》解之,有曰:‘东家老翁防虎患,虎夜入室衔其头;西家小儿不识虎,持竿驱虎如驱牛。’且曰:‘吾在此与童子歌诗习礼,有何可疑?’门人陈九川等亦以为言。先生曰:‘公等何不讲学?吾昔在省城,处权竖,祸在目前,吾亦帖然;纵有大变,亦避不得。吾所以不轻动者,亦有深虑焉耳。'洪昔葺师疏,便道归省与再报濠反疏同日而上,心疑之,岂当国家危急存亡之日而暇及此也?当是时,倡义兴师,濠且旦夕擒矣,犹疏请命将出师,若身不与其事者。至谏止亲征疏,乃叹古人处成功之际难矣哉!"

笺注

(1)《论语·子罕》:"子曰:知者不惑,仁者不忧,勇者不惧。"

(2)戚戚:愁难,忧惧的样子。《论语·述而》:"君子坦荡荡,小人长戚戚。"

(3)坦道:犹坦途,平坦的道路。

(4)凭天判下:犹天定。上天判定。

(5)《论语·述而》:"子谓颜渊曰:'用之则行,舍之则藏,惟我与尔有是夫。'"又,《孟子·尽心上》:"穷则独善其身,达则兼济天下。"

(6)浩荡:无常不定。南朝梁何逊《入西塞示南府同僚》诗:"年事以蹉跎,生平任浩荡。"宋苏轼《过汤阴市得豌豆大麦粥示三儿子》:"漂零竟何适,浩荡寄此身。" 虚舟:无人驾御之船。《庄子·山木》:"方舟而济于河,有虚船来触舟,虽有惼心之人不怒。"此谓任其漂流的舟楫。常比喻人事飘忽,播迁无定。

(7)落落:豁达开朗,磊落。《三国志·蜀书·彭羕传》:"若明府能招致此人,必有忠谠落落之誉。"

(8)穷囚:困顿的囚徒。唐沈佺期《被弹》:"穷囚多垢腻,愁坐饶虮虱。"

(9)汉扬雄《太玄》卷四《唐》:"上九。明珠弹于飞肉,其得不复。测曰:明珠弹肉,费不当也。"后比喻得不偿失。

(10)镯镂:剑名。泛指宝剑。明梁辰鱼《浣纱记·吴刎》:"偷瞧,镯镂在腰,拚血溅团花战袍。"

(11)《吕氏春秋·荡兵》:"夫有以饐死者,欲禁天下之食,悖。"

(12)唐陆贽《奉天请数对群臣兼许令论事状》:"昔人有因噎而废食者,又有惧溺而自沉者，其为矫枉防患之虑，岂不过哉！”

(13) 达命：犹知命。《庄子·达生》：“达命之情者，不务知之所无奈何。” 洒落：洒脱。不受拘束，心情坦率。

居越诗三十四首 正德辛巳年归越后作。

考释

正德辛巳：正德十六年。《年谱》：“(正德十六年)六月十六日，奉世宗敕旨，以‘尔昔能剿平乱贼，安静地方，朝廷新政之初，特兹召用。敕至，尔可驰驿来京，毋或稽迟’。先生即于是月二十日起程，道由钱塘。辅臣阻之，潜讽科道建言，以为‘朝廷新政，武宗国丧，资费浩繁，不宜行宴赏之事’。先生至钱塘，上疏恳乞便道归省。朝廷准令归省，升南京兵部尚书，参赞机务。……八月至越。”十月二日，封新建伯。“(嘉靖元年)正月，疏辞封爵。……二月，龙山公卒。”守仁即以服丧居里中。七月，再疏辞封爵。

王阳明此次归越，直到嘉靖六年重被起用，在故乡度过六年光阴。其间亦不乏风波。这是他人生和思想成熟时期，早已不以“诗文”为事业，而是以提倡“致良知”的心学为主。所留存诗歌中，多有关于“良知”的内容。

归兴二首

考释

此诗当是归越前后所作。应在正德十六年八月前后。

其一

百战归来白发新，青山从此作闲人[(1)]。峰攒尚忆冲蛮阵[(2)]，云起犹疑见虏尘[(3)]。岛屿微茫沧海暮[(4)]，桃花烂漫武陵春[(5)]。而今始信还丹诀，却笑当年识未真。[(6)]

笺注

(1) 闲人：清闲无事之人。宋陆游《春雨》："闭门非为老，半世是闲人。"

(2) 峰攒：亦作"攒峰"。山峰密集。　蛮阵：此指南方民众反乱之军。

(3) 虏尘：北方小王子等入侵。

(4) 微茫：隐约模糊。

(5) 此用陶渊明《桃花源记》之典。

(6) 还丹诀：泛指道家炼丹养生之诀。此指自己对此认识尚未深到。

其二

归去休来归去休，千貂不换一羊裘[(1)]。青山待我长为主，白发从他自满头。种果移花新事业，茂林修竹旧风流[(2)]。多情最爱沧州伴[(3)]，日日相呼理钓舟。

笺注

(1) 千貂：千件貂皮服装。貂服，古代为贵重之物。　羊裘：羊皮衣服。贫困人服装。汉严光少有高名，与刘秀同游学，后刘秀即帝位，光变名隐身，披羊裘钓泽中。见《后汉书·逸民传·严光》。后因以"羊裘"指隐者或隐居生活。

(2) 茂林修竹：用兰亭修禊之典。晋王羲之《兰亭集序》："此地有崇山峻岭，茂林修竹;又有清流激湍,映带左右,引以为流觞曲水,列坐其次。虽无丝竹管弦之盛,一觞一咏,亦足以畅叙幽情。”

(3)沧州:沧洲。水滨。借指隐者所居住的地方。

次谦之韵

珍重江船冒暑行,一宵心话更分明[1]。须从根本求生死[2],莫向支流辩浊清[3]。久奈世儒横臆说[4],竞搜物理外人情[5]。良知底用安排得[6]?此物由来自浑成[7]。

考释

谦之:邹守益,见前《游通天岩次邹谦之韵》考释。

明焦竑《献征录》卷七十四王时槐《东廓邹先生守益传》:“嘉靖改元,录旧臣,先生始出。复谒王公于越,请益月余。即别,王公怅望不已。”可知嘉靖初,邹守益曾往越地造访王阳明。此诗当在嘉靖初年作。

诗中谈了对于儒学、对于良知的看法,反映了王阳明此时的思想。

笺注

(1)心话:此指推心置腹之语。或云,指有关“心”学之语。

(2)根本:王阳明这里指人的本性,良知。

(3)支流:指后来各种儒学的流派。

(4)世儒:俗儒。 臆说:主观的毫无根据的叙说。此指世俗之儒所说的朱子之学。王阳明五十岁前后,对朱子之学批判益发明确。

(5)《传习录》:“夫物理不外于吾心。外吾心而求物理,无物理矣。”认为朱熹“人之所以为学者,心与理而已”,“是其一分一合之间而未免已启学者心理为二之弊”。

（6）良知：《传习录》卷中：“夫良知即是道。良知之在人心，不但圣贤，虽常人亦无不如此。”

（7）《传习录》卷中：“未发之中，即良知也。无前后内外，而浑然一体者也。”

再游浮峰次韵

廿载风尘始一回[1]，登高心在力全衰。偶怀胜事乘春到[2]，况有良朋自远来。还指松萝寻旧隐[3]，拨开云石翦蒿莱[4]。后期此别知何地？莫厌花前劝酒杯[5]。

考释

浮峰：见前《游牛峰寺四首》考释。此诗与前后二诗当为同一时期唱和之作。邹守益造访，同游浮峰。

笺注

（1）廿载：指二十年前。弘治十五年前后。此指二十年后再来。

（2）胜事：美好、高兴之事。《南齐书·竟陵文宣王子良传》：“子良少有清尚，礼才好士，居不疑之地，倾意宾客，天下才学皆游集焉。善立胜事，夏月客至，为设瓜饮及甘果，著之文教。士子文章及朝贵辞翰，皆发教撰录。”

（3）松萝：本指女萝。此借指山林。唐王维《别辋川别业》：“依迟动车马，惆怅出松萝。”

（4）云石：高山上云遮雾绕的石块。

（5）明唐寅《桃花》：“桃花仙人种桃树，又摘桃花换酒钱。酒醒只在花前坐，酒后还来花下眠。”

夜宿浮峰次谦之韵

日日春山不厌寻，野情原自懒朝簪[1]。几家茅屋山村静，夹岸桃花溪水深。石路草香随鹿去，洞门萝月听猿吟[2]。禅堂坐久发清磬[3]，却笑山僧亦有心。

笺注

（1）野情：不受世事人情拘束的闲散山野之情。唐包佶《送日本国聘贺使晁巨卿东归》："野情偏得礼，木性本含真。" 朝簪：朝廷官员的冠饰。指为官。宋苏舜钦《寄守坚觉初二僧》："师方传祖印，我欲谢朝簪。"

（2）猿吟：猿猴长鸣。北周庾信《伤心赋》："鹤声孤绝，猿吟肠断。"

（3）清磬：凄清的磬声。寺院的钟磬声。唐贾岛《送慈恩寺霄韵法师》："清磬先寒角，禅灯彻晓烽。"

再游延寿寺次旧韵

历历溪山记旧踪，寺僧遥住翠微重。扁舟曾泛桃花入，歧路心多草树封[1]。谷口鸟声兼伐木[2]，石门烟火出深松[3]。年来百好俱衰薄[4]，独有幽探兴尚浓。

考释

延寿寺：当在诸暨。《万历绍兴府志》卷二十一《祠祀志三》："永寿寺，在金鸡山之北。梁大同二年建，名延寿寺。唐会昌中废。咸通十五年重建，名长寿。后改今额。相传晋咸和中丹阳人高理浦中获一金像，后有西域五僧至理家，云昔游天竺得阿育王像，至邺，藏河滨，梦感，谓吾东游，为公所获。理惊出像，五僧见之放光。及寺立,敕送像藏于寺。”

另,《光绪上虞县志》卷三十九:“延寿寺,在县东北一十里。昔有僧文格回自高丽,游历至此,置姚氏山,创普慈庵。《正统志》宋咸淳中改今额。明初废。”然是寺明初即废,当非阳明诗中所指。

又浙江乐清的延寿寺,在狮山山脊,旧名东山院。建于宋德祐元年(1275),僧一元建。后废。明正统元年(1436)僧觉照重建,更名“延寿寺”。《宋高僧传》卷二十八《大宋钱塘永明寺延寿传》:“释延寿,姓王,本钱塘人也。两浙有国,时为吏,督纳军须。其性纯直,口无二言,诵彻《法华经》声不辍响。”以开宝八年乙亥终于住寺。从地理考虑,非王阳明所游处。

旧韵:不详。

此诗所撰时间不详。和上列游浮峰诸诗,殆非一时之事。

笺注

(1)心多:顾虑多。《三国演义》第四九回:“云长曰:‘军师好心多!当日曹操果是重待某,某已斩颜良,诛文丑,解白马之围,报过他了。’”此指迟疑不定,去向何方。

(2)伐木:《诗经·小雅·伐木》:“伐木丁丁,鸟鸣嘤嘤。出自幽谷,迁于乔木。”唐杜甫《题张氏隐居》:“春山无伴独相求,伐木丁丁山更幽。”

(3)石门:指山中隐居者之门。西汉焦赣《易林·革之旅》:“石门晨开,荷蒉疾贫,遁世隐居,竟不逢时。”

(4)百好:各种兴趣爱好。

碧霞池夜坐

一雨秋凉入夜新,池边孤月倍精神。潜鱼水底传心诀(1),栖鸟枝头说道真[2]。莫谓天机非嗜欲[3]，须知万物是吾身[4]。无端礼乐纷纷议[5]，谁与青天扫宿尘[一]？

校勘

［一］宿尘：《年谱》引此诗作“旧尘”。

考释

碧霞池：成化十七年(1481)，王阳明之父王华中状元后，造府第于故乡。《乾隆绍兴府志》卷六谓碧霞池“在承恩坊王守仁宅内”。钱明《王阳明及其学派论考》(人民出版社，2009年)谓在现今王阳明府第遗址之旁。此诗《年谱》记为嘉靖三年八月后事。下《夜坐》同。正当“大礼议”纷然之际。

笺注

(1) 心诀：指阳明心学之诀，即“天泉桥答问”所言“四句教”：“无善无恶心之体，有善有恶意之动，知善知恶是良知，为善去恶是格物。”四句教，也有不同说法，在此不赘。参拙著《王阳明传》(上海古籍出版社，2021年)第二十三章“附录二”。

(2) 道真：道德、学问的真谛。

(3)《荀子·性恶》：“妻子具而孝衰于亲，嗜欲得而信衰于友，爵禄盈而忠衰于君。”此处殆对朱熹《朱子语类》卷十二所说“人之一心，天理存则人欲亡，人欲胜则天理灭，未有天理人欲夹杂者”等主张的否定。王阳明《传习录》卷下：“喜怒哀惧爱恶欲，谓之七情。七情者，俱是人心合有的。……七情顺其自然之流行，皆是良知之用，不可分别善恶。”其实朱熹的欲望观，在后来也有变化。参见拙著《中国文化中人的观念》第三章《欲望观》第三节。　天机，天之机密，犹天理，天道。

(4) 王阳明《传习录》卷中：“夫物理不外于吾心。外吾心而求物理，无物理矣。

遗物理而求吾心，吾心又何物邪。”又，《传习录》卷中《答聂文蔚》：“夫人者，天地之心。天地万物，本吾一体者也。”

（5）其时正值嘉靖初年“大礼议”纷争之际。

秋声[一]

秋来万木发天声(1)，点瑟回琴日夜清(2)。绝调回随流水远(3)，余音细入晚云轻(4)。洗心真已空千古(5)，倾耳谁能辩九成(6)？徒使清风传律吕(7)，人间瓦缶正雷鸣(8)。

校勘

［一］此诗在日本九州大学藏嘉靖刊《阳明先生文录》第四卷中，为“中秋三首”中的第二首。

考释

此诗或作于嘉靖二年秋。

笺注

（1）天声：天籁。自然的声响。唐李白《古风》之七：“去影忽不见，回风送天声。”

（2）点瑟：瑟。因曾点善鼓瑟，故称。典出《论语·先进》。王阳明《传习录》卷下：“为师者问志于群弟子，三子皆整顿以对，至于曾点飘飘然不看那三子在眼，自去鼓起瑟来，何等狂态。” 回琴：颜回之琴。《庄子·让王》：“孔子谓颜回曰：‘回，来！家贫居卑，胡不仕乎？’颜回对曰：‘不愿仕。回有郭外之田五十亩，足以给饣粥；郭内之田十亩，足以为丝麻；鼓琴足以自娱，所学夫子之道者足以自乐也。回不愿仕。’”

（3）绝调：绝妙的曲调。南朝梁何逊《七召》之四：“至乃郑卫繁声，抑扬绝调，足使风云变动,性灵感召。”此指“点瑟回琴”那样的儒家正音。

(4)余音:此殆喻先圣之余响。

(5)洗心:洗涤心胸。指除去杂念。　真已:真的已经。

(6)九成:箫韶九成。《尚书·益稷》:“箫韶九成,凤凰来仪。”箫韶为传说中虞舜时的乐章;九成乃九章,指箫韶音乐奏了九章。

(7)律吕:古代校正乐律的器具。用竹管或金属管制成,共十二管,成奇数的六个管叫作“律”,成偶数的六个管叫作“吕”,合称“律吕”。后多用以指乐律或音律。

(8)典出《楚辞·卜居》:“黄钟毁弃,瓦釜雷鸣。谗人高张,贤士无名。”瓦釜雷鸣,谓瓦锅发出雷一般的响声。比喻无德无才的人占据高位,声势烜赫。瓦缶,古代陶土制的打击乐器。

林汝桓以二诗寄次韵为别

考释

林汝桓:林檣,莆田人。正德九年甲戌(1514)进士,授南直隶灵璧县令,升南京户部主事,历本部员外郎,转四川参议,河南参政,升四川按察使,右布政使,调广东左布政使。又上古本《全集》卷二十四有《题梦槎奇游诗卷》曰:“林君汝桓之名,吾闻之盖久,然皆以为聪明特达者也,文章气节者也。今年夏,闻君以直言被谪,果信其为文章气节者矣。又逾月,君取道钱塘,则以书来道其相爱念之厚,病不能一往为恨。且惓惓以闻道为急,问学为事。呜呼,君盖知学者也,志于道德者也,宁可专以文章气节称之!”此文乃“乙酉”年所写,当为嘉靖四年,则此诗或也为是时前后所作。

(一)

断云微日半晴阴[1],何处高梧有凤鸣[2]?星汉浮槎先入梦[3],

海天波浪不须惊。鲁郊已自非常典[(4)]，膰肉宁为脱冕行[(5)]？试向沧浪歌一曲[(6)]，未云不是《九韶》声[(7)]。

笺注

(1) 断云：片云。南朝梁简文帝《薄晚逐凉北楼迥望》："断云留去日，长山减半天。" 微日：有云蔽日，不太强烈之日光。

(2)《诗经·大雅·卷阿》："凤凰鸣矣，于彼高冈。梧桐生矣，于彼朝阳。"

(3) 星汉：天河，银河。魏曹操《步出夏门行》："日月之行，若出其中；星汉灿烂，若出其里。" 浮槎：晋张华《博物志》卷十："旧说云：天河与海通。近世有人居海渚者，年年八月，有浮槎去来，不失期。"

(4) 典出"鲁郊非礼"。《礼记·祭统》："昔者周公旦有勋劳于天下，周公既没，成王、康王追念周公之所以勋劳者而欲尊鲁，故赐之以重祭，外祭则郊、社是也，内祭则大尝、禘是也。"《礼运》："孔子曰：'鲁之郊禘非礼也，周公其衰矣。'"

(5)《孟子·告子下》："孔子为鲁司寇，不用。从而祭，燔肉不至，不税冕而行。"《说苑·杂言》："孔子为鲁司寇而不用，从祭膰肉不至，不脱冕而行；其不善者以为为肉也，其善者以为为礼也。乃孔子欲以微罪行，不欲为苟去，故君子之所为，众人固不得识也。"膰肉，古代祭祀用的熟肉。脱冕，脱去礼帽。

(6)《楚辞·渔父》："渔父莞尔而笑，鼓枻而去。乃歌曰：'沧浪之水清兮，可以濯吾缨；沧浪之水浊兮，可以濯吾足。'"

(7) 九韶：又作"九招"。舜时乐曲名。《周礼·春官·大司乐》："九德之歌，《九韶》之舞。"

（二）

尧舜人人学可齐[(1)]，昔贤斯语岂无稽[(2)]？君今一日真千里，我亦当年苦旧迷。万理由来吾具足[3]，六经原只是阶梯[4]。山中仅有闲风月，何日扁舟更越溪？

笺注

(1) 王阳明《传习录》卷下："人心中各有个圣人。只自信不及，都自埋倒了。"又，"一日，王汝止出游归，先生问曰：'游何见？'对曰：'见满街人都是圣人。'先生曰：'你看满街人是圣人，满街人到看你是圣人在。'"

(2)《孟子·告子下》："曹交问曰：'人皆可以为尧舜，有诸？'孟子曰：'然。'"

(3) 万理：万物之理。朱熹曰理一分殊。王阳明《传习录》卷下："人心是天渊。心之本体，无所不该，原是一个天。"

(4) 宋朱熹《朱子语类》卷一零五："'四子'，'六经'之阶梯；《近思录》，'四子'之阶梯。"王阳明殆仿其说而言。《稽山书院尊经阁记》："六经者，吾心之记籍也。"

(5) 此两句殆招林再来，越地。

月夜二首 与诸生歌于天泉桥。

考释

天泉桥，《年谱》：嘉靖三年八月"宴门人于天泉桥"，"中秋月白如昼。先生命侍者设席于碧霞池上。门人在侍者百余人。酒半，酣歌声渐动。……先生见诸生兴剧，退而作诗，有'铿然舍瑟春风里，点也虽狂得我情'之句。"据此，则此诗为当时所作。天泉桥当即在碧霞池上。

(一)[一]

万里中秋月正晴，四山云霭忽然生。须臾浊雾随风散，依旧青天自月明。肯信良知原不昧(1),从他外物岂能撄(2)!老夫今夜狂歌发,化作钧天满太清(3)。

校勘

[一] 此诗在日本九州大学藏嘉靖刊《阳明先生文录》第四卷中,为“中秋三首”中的第三首。

笺注

(1) 王阳明《传习录》卷下:“这良知人人皆有。圣人只是保全无些障蔽。……圣人之知,如青天之日,贤人如浮云天日,愚人如阴霾天日,虽有昏明不同,其能辨黑白则一。虽昏黑夜里,亦影影见得黑白,就是日之余光未尽处。困学功夫,亦只从这点明处精察去耳。”

(2) 撄:接触,触犯;扰乱,纠缠。《庄子·庚桑楚》:“不以人物利害相撄。”

(3) 钧天:钧天之乐。指天上的音乐。南朝梁刘勰《文心雕龙·乐府》:“钧天九奏,既其上帝。” 太清:天空。《鹖冠子·度万》:“唯圣人能正其音,调其声,故其德上及太清,下及太宁,中及万灵。”宋陆佃《注》:“太清,天也。”

(二)[一]

处处中秋此月明,不知何处亦群英(1)?须怜绝学经千载(2),莫负男儿过一生!影响尚疑朱仲晦(3),支离羞作郑康成(4)。铿然舍瑟春风里(5),点也虽狂得我情(6)。

校勘

[一] 此首在日本九州大学藏嘉靖刊《阳明先生文录》第四卷中,题“月夜”。

笺注

(1) 群英:谓众贤能之士。晋陶潜《咏荆轲》:“饮饯易水上,四座列群英。”

（2）绝学：失传的学问。《汉书·韦贤传论》："汉承亡秦绝学之后，祖宗之制，因时制宜。"

（3）朱仲晦：朱熹。《宋史·朱熹传》："朱熹，字元晦，一字仲晦，徽州婺源人。"此指对朱熹之学的影响所及，是否为儒学正传，有所怀疑。王阳明的《大学古本序》及《传习录》中多有对朱熹的批评。

（4）支离：分散；残缺；没有条理。繁琐杂乱。汉扬雄《法言·五百》："或问：'天地简易而法之，何五经之支离？'曰：'支离盖其所以为简易也。'" 郑康成：汉代郑玄。汉代经学之集大成者。此指汉郑玄之学为"支离"。

（5）舍瑟：见前《秋声》笺注(2)。

（6）《孟子·尽心下》："孔子在陈，何思鲁之狂士？"宋孙奭《疏》："琴张、曾皙、牧皮三者皆学于孔子，进取地道而躐等者也，是谓古之狂者也。"

秋夜

春园花竹始菲菲[1]，又是高秋落叶稀。天回楼台含气象，月明星斗避光辉。闲来心地如空水[2]，静后天机见隐微[3]。深院寂寥群动息[4]，独怜乌鹊绕枝飞[5]。

笺注

（1）菲菲：花草盛多貌。宋梅尧臣《依韵和吴季野马上口占》："溪头三月草菲菲，城畔春游惜醉稀。"

（2）心地：指心、思想、意念等。《心地观经》卷八："众生之心，犹如大地，五谷五果从大地生。""以是因缘，三界唯心，心名为地。" 空水：天空和水。宋谢灵运《登江中孤屿》："云日相辉映，空水共澄鲜。"

（3）隐微：隐约细微。《史记·司马相如列传》："盖明者远见于未萌而智者避危于无形，祸固多藏于隐微而发于人之所忽者也。"

（4）群动：各种动物、人的活动。晋陶潜《饮酒》之七："日入群动息，归鸟趋林鸣。"

（5）魏曹操《短歌行》："月明星稀，乌鹊南飞，绕树三匝，何枝可依。"

夜坐[一]

独坐秋庭月色新，乾坤何处更闲人？高歌度与清风去，幽意自随流水春(1)。千圣本无心外诀(2)，六经须拂镜中尘(3)。却怜扰扰周公梦(4)，未及惺惺陋巷贫(5)。

校勘

［一］此诗在日本九州大学藏嘉靖刊《阳明先生文录》第四卷中，为"《中秋》三首"中的第一首。

考释

此诗《年谱》记为与前《碧霞池夜坐》同时而作，《年谱》曰："盖有感时事，二诗已示其微矣。"殆二诗为"大礼议"而发。

笺注

（1）幽意：幽深的思绪。南朝梁江淹《灯夜和殷长史》："客子依永夜，寂寞幽意长。"

（2）千圣：指过往的众多的圣贤。　无心外诀，见前《碧霞池夜坐》笺注(4)。

（3）六经：本指儒家《易》《诗》《书》《礼》《乐》《春秋》六经。此泛指儒家经典。镜中尘：《坛经》："菩提本无树，明镜亦非台。本来无一物，何处惹尘埃！"王守仁《答舒国用》:“夫心之本体,即天理也。天理之昭明灵觉,所谓良知也。”

(4)扰扰:此指纷乱烦杂状态。《列子·周穆王》:“今顿识既往,数十年来存亡、得失、哀乐、好恶,扰扰万绪起矣。” 周公梦:《论语·述而》:“子曰:‘甚矣吾衰也,久矣吾不复梦见周公。’”后以梦周公表示缅怀先贤,今多泛指做梦、梦境。

(5)惺惺:清醒的样子。宋陆游《不寐》:“困睫日中常欲闭,夜阑枕上却惺惺。” 陋巷:《论语·雍也》:“贤哉,回也!一箪食,一瓢饮,在陋巷,人不堪其忧,回也不改其乐。”

心渔为钱翁希明别号题

钱翁,德洪父[(1)]。三岁双瞽[(2)],好古博学,能诗文。

有渔者歌曰:“渔不以目惟以心,心不在鱼渔更深。北溟之鲸殊小小[(3)],一举六鳌未足歆[(4)]。”“敢问何如其为渔耶?”曰:“吾将以斯道为网,良知为纲,太和为饵[(5)],天地为舫[一],絜之无意[(6)],散之无方。是谓得无所得,而忘无可忘者矣。”

笺注

(1)德洪:钱德洪。《明史》卷二百八十三本传:“名宽,字德洪,后以字行,改字洪甫,余姚人。王阳明自尚书归里,德洪偕数十人共学焉。四方士踵至,德洪与王畿先为疏通其大旨,而后卒业于守仁。事守仁四十年。”

(2)瞽:目失明。

(3)北溟之鲸:北海的大鱼。《庄子·逍遥游》:“北冥有鱼,其名为鲲;鲲之大,不知其几千里也!”

(4)六鳌:神话中负载五仙山的六只大龟。事见《列子·汤问》:渤海之东“其中有五山焉:一曰岱舆,二曰员峤,三曰方壶,四曰瀛洲,五曰蓬莱。……而五山之根无所连着,常随潮波上下往返,不得暂峙焉。仙圣毒之,诉之于帝。帝恐流于西极,失群仙之居,乃命禺强使巨鳌十五举首而戴之,迭为三番,六万岁一交焉。五山始峙立而不动。而龙伯之国有大人,举足不盈数步而暨五山之所,一钓而连六鼇合负而趣归其国,灼其骨以数焉。於是岱舆,员峤二山流于北极,沉于大海,仙圣之播迁者亿万计。”唐李白《登高丘而望远海》:“登高丘望远海,六鼇骨已霜,三山流安在?”

(5)太和:天地间冲和之气。

(6)絜:《广雅》:“絜,束也。”

登香炉峰次萝石韵

曾从炉鼎蹑天风[1],下数天南百二峰。胜事纵为多病阻[2],幽怀还与故人同[3]。旌旗影动星辰北[4],鼓角声回沧海东[5]。世故茫茫浑未定,且乘溪月放归篷[6]。

考释

香炉峰:在绍兴会稽山。萝石:董沄号萝石,名法,字复宗,浙江海宁人。见《年谱》嘉靖三年七月:“海宁董沄,号萝石,以能诗闻于江湖。年六十八,来游会稽,闻先生讲学,以杖肩其瓢笠诗卷来访。入门,长揖上坐。先生异其气貌,礼敬之,与之语连日夜。沄有悟,因何秦强纳拜。先生与之徜徉山水间。沄日有闻,忻然乐而忘归也。其乡子弟社友皆招之反,且曰:‘翁老矣,何乃自苦若是?’沄曰:

‘吾方幸逃于苦海，悯若之自苦也，顾以吾为苦耶？吾方扬鬐于渤澥，而振羽于云霄之上，安能复投网罟而入樊笼乎？去矣，吾将从吾之所好。’遂自号曰从吾道人。先生为之记。”董沄又见《明儒学案》卷十四。上古本《全集》卷五有《答董沄萝石》函。

笺注

（1）炉鼎：本指炉灶与鼎。炼丹用具。此喻绍兴香炉峰。

（2）胜事：快意之事。已见前《再游浮峰》笺注(2)。

（3）幽怀：隐藏在内心的情感。《水经注·庐江水注》引晋吴猛诗：“旷载畅幽怀，倾盖付三益。”

（4）星辰北：此指北方。嘉靖初，小王子部落等多次入侵。不赘。

（5）沧海东：指东南方民间起义和动荡。《明通鉴》卷五十，嘉靖二年正月，山东流寇三千余人至考城县等地，“官军大溃”，“官军八百人死之”。

（6）溪月：唐李白《闻丹丘子于城北营石门幽居，中有高凤遗迹，仆离群远怀，亦有栖遁之志，因叙旧以寄之》：“松风清瑶瑟，溪月湛芳樽。” 归篷：归舟。唐皮日休《鲁望以轮钩相示缅怀高致因作》之三：“孤篷半夜无余事，应被严滩聒酒醒。”

观从吾登炉峰绝顶戏赠(1)

道人不奈登山癖(2)，日暮犹思绝栈云。岩底独行穿虎穴(3)，峰头清啸乱猿群(4)。清溪月出时寻寺，归棹城隅夜款门(5)。可笑中郎无好兴(6)，独留松院坐黄昏。

笺注

（1）从吾：董沄。董沄入阳明门后号从吾道人。见《登香炉峰次萝石韵》考释。

炉峰：绍兴香炉峰。

（2）道人：此指董沄。

（3）穿虎穴：穿过群虎聚集之穴。此指深险之处。

（4）清啸：清越悠长的啸鸣。《晋书·刘琨传》："琨乃乘月登楼清啸。"

（5）款门：敲门。

（6）中郎：此乃守仁自称。殆王阳明比董沄尚年轻十五岁左右，故有此称。

书扇赠从吾[1]

君家只在海西隈[2]，日日寒潮去复回。莫遣扁舟成久别，炉峰秋月望君来。

笺注

（1）从吾：即董沄。见前诗注(1)。

（2）海西隈：海的西边。指海宁。

嘉靖甲申冬二十一日再登秦望。自弘治戊午登后二十七年矣。将下，适董萝石与二三子来，复坐久之，暮归，同宿云门僧舍

初冬风日佳，杖策登崔嵬。自予羁宦迹，久与山谷违。屈指廿七载，今兹复一来。沿溪寻往路，历历皆所怀。跻险还屡息[1]，兴

在知吾衰。薄午际峰顶(2)，旷望未能回；良朋亦偶至(3)，归路相徘徊。夕阳飞鸟静，群壑风泉哀。悠悠观化意(4)，点也可与偕(5)。

考释

嘉靖甲申：嘉靖三年。冬二十一日：诗中有“初冬”语，殆为初冬之月的二十一日，或为十月二十一日。秦望：指绍兴秦望山，在绍兴城正南。弘治戊午：弘治十一年。云门僧舍：殆指云门寺。该寺位于城南秦望山麓，始建于东晋义熙三年。《嘉泰会稽志》有“王献之云门山旧居，诏建云门寺”之记载，又见明万历《会稽志》卷十六。元虞集撰《云门寺记》：“寺本中书令王献之旧宅。”

笺注

(1)跻险：登临高险处。唐杜甫《赤谷西崦人家》：“跻险不自安，出郊已清目。”

(2)薄午：将近中午。

(3)良朋：当即诗题所云“董萝石与二三子”。

(4)观化：观察自然的变化状态。

(5)《论语·先进》：“夫子喟然叹曰：‘吾与点也。’”

山中漫兴

清晨急雨度林扉[一](1)，余滴烟梢尚湿衣[二](2)。雨水霞明桃乱吐[三](3)，沿溪风煖药初肥(4)。物情到底能容懒(5)，世事从前顿觉非[四](6)。自拟春光还自领[五](7)，好谁歌咏月中归[六](8)。

校勘

[一]度：《王文成全书》作“过”。

［二］滴：《王文成全书》作“点”。

［三］雨：《王文成全书》作“隔”。

［四］顿：《王文成全书》作“且”。

［五］自拟：《王文成全书》作“对眼”。

［六］好：《王文成全书》作“如”。

考释

此诗与《王文成全书》卷二十九《春晴散步》二首中的第一首当为一诗，文字稍异，殆不同传本。

从诗中“明桃乱吐”“春光还自领”等语，可知为春天之时事。考守仁嘉靖二年二月，四年正月皆有丧事。此诗或为嘉靖五年之事。

笺注

（1）林扉：山林中的屋舍。

（2）烟梢：此殆指云雾中的树梢。　余滴：此指残余的雨水珠。

（3）桃乱吐：桃花开放。明文徵明《青玉案》：“庭下石榴花乱吐，满地绿阴亭。”

（4）药：不详。指山中的药草。或指芍药花。唐白居易《草词毕遇芍药初开，因咏小谢红药当阶翻诗……偶成十六韵》：“罢草紫泥诏，起吟红药诗。”　肥：此喻茂盛状。

（5）物情：人心、民情。《后汉书·爰延传》：“所以事多放滥，物情生怨。”　容懒：容得闲适懒散。指不汲汲于世事的生存状态。唐刘威《游东湖黄处士园林》：“物情多与闲相称，所恨求安计不同。”

（6）嘉靖初，对于王阳明所主“致良知”等学说，多有议论。见《年谱》嘉靖二年；又五年八月《答聂豹书》：“呜呼！吾方疾痛之切体，而暇计人之非笑乎！昔者孔子之在当时，有议其为谄者，有议其为佞者，有毁其未贤，诋其为不知礼，而侮之以为‘东家丘’者，有嫉而阻之者，有恶而欲杀之者。晨门荷蒉之徒,皆当时之贤士,且曰:‘是知其不可而为之者与?’‘鄙哉,硁硁乎!莫己知也,斯已而已矣。’虽子路在升堂之列,尚不能无疑于其所见,不悦于其所欲往,而且以之为迂。则当时之不信夫子者,岂特十之一二而已乎?然而夫子汲汲遑遑,若求亡子于道路,而不假于暖席者,宁以蕲人之信我知我而已哉?仆之不肖,何敢以夫子之道为己任?顾其心亦已稍知疾痛之在身,是以彷徨四顾,相求其有助于我者,相与讲去其病耳。”“顿觉非”,自己觉非,盖五十而知四十九非。合前句,盖谓自悟从非,而至此已能“容懒”。

(7)自领:自身领受。明宗泐《再用韵》:“太音本无闻,含笑只自领。”

(8)好谁:疑问词。犹“有谁”。唐杜甫《宿府》:“永夜角声悲自语,中天月色好谁看?”此指“能与何人一起”。

挽潘南山

圣学宫墙亦久荒[(1)],如公精力可升堂[(2)]。若为千古经纶手[(3)],只作终年著述忙。末俗浇漓风益下[(4)],平生辛苦意难忘。西风一夜山阳笛[(5)],吹尽南冈落木霜[(6)]。

考释

潘南山:潘府。见前《寄潘南山》考释。据此诗,可知潘府殆嘉靖三年前后卒。

笺注

(1)圣学:此指儒学。王阳明《传习录》卷上:“后儒不明圣学,不知就自己心地良知良能上体认扩充。” 宫墙:《论语·子张》:“叔孙武叔语大夫于朝,曰:‘子贡贤于仲尼。’子服景伯以告子贡。子贡曰:‘譬之宫墙,赐之墙也及肩,窥见室家之好;夫子之墙数仞,不得其门而入,不见宗庙之美,百官之富。'”后因称师门为“宫墙”。

(2)升堂:喻学艺入门。《论语·先进》:“子曰:‘由也升堂矣,未入于室也。'”北朝齐颜之推《颜氏家训·诫兵》:“仲尼门徒,升堂者七十有二,颜氏居八人焉。”此指学术达到相当程度。

(3)经纶手:治国的良才。宋辛弃疾《水龙吟·甲辰岁寿韩南涧尚书》:“渡江天马南来,几人真是经纶手?”

(4)末俗:末世的习俗,低下的习俗。浇漓:亦作“浇醨”。浮薄不厚。唐张九龄《敕岁初处分》:“政犹踳驳,俗尚浇醨,当是为理之心未返于本耳。”多指社会风气。

(5)山阳笛:晋向秀经山阳旧居,听到邻人吹笛,不禁追念亡友嵇康、吕安。《思旧赋序》:“余逝将西迈,经其旧庐。于时日薄虞渊,寒冰凄然。邻人有吹笛者,发音寥亮,追思曩昔游宴之好,感音而叹,故作赋。”后以“山阳笛”为怀念故友之典。

(6)落木:落叶。唐杜甫《登高》:“无边落木萧萧下,不尽长江滚滚来。”

和董萝石菜花韵

油菜花开满地金,鹁鸠声里又春深(1)。闾阎正苦饥民色(2),畎亩长怀老圃心(3)。自有牡丹堪富贵(4),也从蜂蝶谩追寻(5)。年年开落浑闲事(6),来赏何人共此襟(7)?

考释

董萝石:董沄。已见前。此乃春天景色,殆在嘉靖四年前后。

笺注

（1）鹁鸠：鸟名。吴陆玑《毛诗草木鸟兽虫鱼疏·宛彼鸣鸠》："鹁鸠，灰色，无绣项，阴则屏逐其匹，晴则呼之。语曰'天将雨，鸠逐妇'是也。"

（2）闾阎：里巷内外的门。此指城巷。《史记·樗里子甘茂列传论》："甘茂起下蔡闾阎，显名诸侯，重强齐楚。"

（3）畎亩：田间，田野。《孟子·告子下》："舜发于畎亩之中。" 老圃：年老的菜农。《论语·子路》："樊迟请学稼，子曰：'吾不如老农。'请学为圃，曰：'吾不如老圃。'"何晏《论语集解》："树菜蔬曰圃。"此泛指务农者。

（4）宋周敦颐《爱莲说》："自李唐来，世人甚爱牡丹。……牡丹，花之富贵者也。"

（5）宋陈著《次韵前人城北春行》："好景未知何处是，漫随蜂蝶过芳畦。"

（6）浑闲事：犹言寻常事。宋陆游《买油》："冬裘不赎浑闲事，且为吾儿续短檠。"

（7）襟：襟怀。

天泉楼夜坐和萝石韵[一]

莫厌西楼坐夜深，几人今夕此登临？白头未是形容老，赤子依然浑沌心(1)。隔水鸣榔闻过棹(2)，映窗残月见疏林。看君已得忘言意(3)，不是当年只苦吟(4)。

校勘

［一］此诗在日本九州大学藏嘉靖刊《阳明先生文录》第四卷中，题为"诸生夜坐"。

考释

天泉楼当即天泉桥附近之楼。即在王阳明自己的府邸之中。此诗殆作于与董沄交往的数年后。或在嘉靖四、五年间。

笺注

（1）赤子心：如婴儿般完全纯洁之心。《孟子·离娄下》："大人者，不失其赤子之心者也。"

（2）鸣榔：亦作"鸣桹"。敲击船舷使作声。《文选·西征赋》："纤经连白，鸣桹厉响。"唐李善《注》："《说文》曰：桹，高木也。以长木叩舷为声，言曳纤经于前，鸣长桹于后，所以惊鱼，令入网也。"

（3）忘言：心领其意，不须用言语说明。《庄子·外物》："言者所以在意，得意而忘言。"魏曹植《苦思行》："中有耆年一隐士，须发皆皓然，策杖从我游，教我要忘言。"此指董萝石已经得到心学要旨。

（4）董沄前以诗名，见《登香炉峰次萝石韵》考释。

咏良知四首示诸生

考释

良知：《传习录》卷下："良知者，孟子所谓是非之心，人皆有之者也。……是故谓之良知。是乃天命之性，吾心之本体，自然灵昭明觉者也。"这些诗歌应当是王阳明在嘉靖三年以后，致力于讲学时期所作。讲述"良知"，可和其他有关讲学文字互相参考。

（一）

个个人心有仲尼[(1)]，自将闻见苦遮迷[(2)]。而今指与真头面[(3)]，只是良知更莫疑。

笺注

（1）参《林汝桓以二诗寄次韵为别》(二)笺注(1)。

（2）遮迷：遮蔽迷惑。

（3）头面：面貌。要旨。《朱子语类》卷八十："《诗传》今日方看得纲领。要之，紧要是要识得六义头面分明，则《诗》亦无难看者。"此指本原之相，真面目。

(二)

问君何事日憧憧[(1)]？烦恼场中错用功。莫道圣门无口诀[(2)]，良知两字是参同[(3)]。

笺注

（1）憧憧：心不定貌。汉桓宽《盐铁论·刺复》："方今为天下腹居郡，诸侯并臻，中外未然，心憧憧若涉大川，遭风而未薄。"

（2）圣门：圣学之门。此指儒学。汉班固《幽通赋》："游圣门而靡救兮，虽覆醢其何补？"

（3）参同：参验；证同。《后汉书·襄楷传》："其文易晓，参同经典。"唐牟融《题山房壁》："参同大块理，窥测知人心。"此指良知为参同圣门经典之要诀。

(三)

人人自有定盘针[(1)]，万化根源总在心[(2)]。却笑从前颠倒见，枝枝叶叶外头寻。

笺注

（1）定盘针：犹指南针。判断是非的标准。《传习录》卷下："良知只是个是非之心。"

（2）万化：各种变化。《庄子·大宗师》："若人之形者，万化而未始有极也。"

（四）

无声无臭独知时[1]，此是乾坤万有基[2]。抛却自家无尽藏[3]，沿门持钵效贫儿[4]。

笺注

（1）无声无臭：《诗经·大雅·文王》："上天之载，无声无臭。"指万物本源之状。　独知：仅一人知。《中庸》"莫见乎隐，莫显乎微，故君子慎其独也"宋朱熹《集注》："独者，人所不知，而己所独知之地也。"

（2）此指认知乾坤万物之基。

（3）无尽藏：佛教语。谓佛德广大无边，作用于万物，无穷无尽。典出《大乘义章》十四："德广难穷，名为无尽。无尽之德苞含曰藏。"唐法藏《华严探玄记》卷十九："出生业用无穷，故曰无尽藏。"此泛指事物之取用无穷者。

（4）持钵：托钵。沿街托钵乞讨。唐吴融《金陵遇悟空上人》诗："东阁无人事渺茫，老僧持钵过丹阳。"此即抛弃自身的良知而外求。

示诸生三首

考释

明宋仪望编《阳明先生文粹》只收第一、二首。此三诗当在嘉靖三年以后作。

（一）[一]

尔身各各自天真[1]，不用求人更问人。但致良知成德业[2]，谩从故纸费精神(3)。乾坤是易原非画(4),心性何形得有尘(5)? 莫道先生学禅语(6),此言端的为君陈。

校勘

[一] 此诗在日本九州大学藏嘉靖刊《阳明先生文录》第四卷中,题为"别南浦勉诸同志"。

笺注

(1) 天真:天然本真。《年谱》正德十五年九月:"是时陈九川、夏良胜、万潮、欧阳德、魏良弼、李遂、舒芬及裘衍日侍讲席,而巡按御史唐龙、督学佥事邵锐,皆守旧学相疑,唐复以彻讲择交相劝。先生答曰:'吾真见得良知人人所同,特学者未得启悟,故甘随俗习非。今苟以是心至,吾又为一身疑谤,拒不与言,于心忍乎? 求真才者,譬之淘沙而得金,非不知沙之汰者十去八九,然未能舍沙以求金爲也。'"

(2) 致良知:这是王阳明晚年提出的重要思想概念。《传习录》所收《答顾东桥璘书》:"鄙人所谓致知格物者,致吾心之良知于事事物物也。吾心之良知,即所谓天理也。"关于具体提出时间,有不同说法。

(3) 故纸:古书旧籍。宋杨万里《题唐德明建一斋》:"平生刺头钻故纸,晚知此道无多子。"

(4) 此句乃以《易经》为例,认为学习《易经》,不能仅停留在卦象上,而应把握其深微之旨。乾坤,此当指《周易》中的"乾""坤"二卦。易,《易·系辞下》:"夫易,彰往而察来,而微显阐幽。开而当名,辨物正言,断辞则备矣。"画,此指画成的卦象。

(5) 心性:王阳明所言心性,即"良知"。见前《咏良知四首示诸生》考释。 何形得有尘:《年谱》嘉靖三年正月:王阳明答南大吉:"(南大吉曰)'身过可勉,心过奈何?'先生曰:'昔镜未开,可得藏垢,今镜明矣,一尘之落,自难住脚。'"

(6)禅语:秦家懿《王阳明》(台北东大出版社,1987年,183页)云:"'禅语'固指'心性何形得有尘'句之暗射'磨镜'之喻,并说心性无形无体。是超然的意思。"此句意为:不要说先生所言为"禅语",引用这"禅语"即借用禅语之形态是为解说良知之真谛。

(二)

人人有路透长安[(1)],坦坦平平一直看。尽道圣贤须有秘,翻嫌易简却求难[(2)]。只从孝弟为尧舜[(3)],莫把辞章学柳韩[(4)]。不信自家原具足[(5)],请君随事反身观。

笺注

(1)此乃化用俗语。《增广贤文》:"但有绿杨堪系马,处处有路通长安。"借指各种方法都能达到同一目的。

(2)翻嫌:犹反嫌。

(3)《孟子·告子上》:"尧舜之道,孝弟而已矣。"

(4)柳韩:唐代韩愈、柳宗元。

(5)王阳明《传习录》卷下:"这良知人人皆有,圣人只是保全,无些障蔽。"

(三)

长安有路极分明,何事幽人旷不行[(1)]?遂使蓁茅成间塞[(2)],仅教麋鹿自纵横[(3)]。徒闻绝境劳悬想[(4)],指与迷途却浪惊[(5)]。冒险甘投蛇虺窟[(6)],颠崖堕壑竟亡生。

笺注

(1)幽人：此处殆指处于幽暗而不明大道之人。 旷：荒废，耽误。

(2)《孟子·尽心下》："山径之蹊间，介然用之而成路；为间不用，则茅塞之矣；今茅塞子之心矣。"

(3)《史记·淮南衡山列传》："臣闻子胥谏吴王，吴王不用，乃曰：'臣今见麋鹿游姑苏之台也。'今臣亦见宫中生荆棘，露霑衣也。"后因以"麋鹿游"比喻繁华之地变为荒凉之所，暗示国家沦亡。此喻儒学正道不兴而各种说法姿肆而行。

(4)悬想：想象，猜想。《朱子语类》卷四五："而今只管悬想说道一贯，却不知贯个甚么。"

(5)浪惊：即感到意外的吃惊。

(6)蛇虺：泛指蛇类。多用以比喻凶残狠毒的人。北齐颜之推《颜氏家训·文章》："(陈琳)在魏制檄，则目绍(袁绍)为蛇虺。"

答人问良知二首

(一)[一]

良知即是独知时，此知之外更无知。谁人不有良知在，知得良知却是谁？

校勘

[一] 此诗在日本九州大学藏嘉靖刊《阳明先生文录》第四卷中，题为"勉同志"。

（二）

知得良知却是谁？自家痛痒自家知。若将痛痒从人问，痛痒何须更问为[1]？

笺注

（1）为：语尾助词，表反问。

答人问道

饥来吃饭倦来眠[1]，只此修行玄更玄[2]。说与世人浑不信，却从身外觅神仙。

笺注

（1）《古尊宿语录·临济慧照禅师语录》："佛法无用功处，只是平常无事，屙屎送尿，着衣吃饭，困来即卧。"王阳明此处强调的是，所谓道法，不外乎日常生活起居，并非其所主之"道"与禅宗完全相同。

（2）玄更玄：玄之又玄。《老子》第一章："玄之又玄，众妙之门。"原为道家语，形容道的微妙无形。后多形容非常奥妙，此指如此修行乃是最"玄妙"的方法。

寄题玉芝庵 丙戌

尘途骏马劳千里，月树鷦鷯足一枝[1]。身既了时心亦了，不须多羡碧霞池[2]。

考释

玉芝庵:《嘉靖续澉水志》卷七:"法聚,本邑人,姓富氏,读书穷理,精于禅学,戒行清苦,妙契密旨。初出家于资圣寺,嘉靖初结庐荆山,修习禅定。芝生榻下,从吾道人题之曰玉芝庵,因以玉芝为号。初以诗谒阳明夫子,甚见许可。后与从吾募建禅悦寺钟楼,晚入武康天池山隐焉。"丙戌,嘉靖五年。

笺注

(1) 典出《庄子·逍遥游》:"鹪鹩巢于深林,不过一枝;偃鼠过河,不过满腹。"鹪鹩,一种小鸟。晋张华《鹪鹩赋序》:"鹪鹩,小鸟也,生于蒿莱之间,长于藩篱之下,翔集寻常之内,而生生之理足矣。"

(2) 碧霞池:见前《碧霞池夜坐》考释。

别诸生[一]

绵绵圣学已千年,两字良知是口传。欲识浑沦无斧凿[(1)],须从规矩出方圆[(2)]。不离日用常行内[(3)],直造先天未画前[(4)]。握手临歧更可语[(5)]?殷勤莫愧别离筵!

校勘

[一] 此诗在日本九州大学藏嘉靖刊《阳明先生文录》第四卷中,题为"与武陵万秀夫"。

笺注

(1) 浑沦:指宇宙形成前的迷蒙状态。《列子·天瑞》:"太初者,气之始也;太始者,形之始也;太素者,质之始也。气形质具而未相离,故曰浑沦。浑沦者,言万物相浑沦而未相离也。"此指未经后儒"斧凿",未附会改变的原本儒学之道。　斧凿：斧凿加工。指经过雕琢，非自然之状。

（2）规矩：规和矩。校正圆形和方形的两种工具。《礼记·经解》："规矩诚设，不可欺以方圜。"唐孔颖达《疏》："规所以正圆，矩所以正方。"

（3）常行：平常的行为。王阳明《传习录》卷三："簿书讼狱之间，无非实学。若离了事物为学，却是著空。"

（4）先天：此指宇宙的本体，万物的本原。犹前所说"浑沦"状。《老子》："有物混成，先天地生，寂兮寥兮，独立而不改。"

（5）临歧：临别。唐杜甫《送李校书》："临歧意颇切，对酒不能吃。"

后中秋望月歌

一年两度中秋节[1]，两度中秋一样月。两度当筵望月人，几人犹在几人别？此后望月几中秋？此会中人知在否？当筵莫惜殷勤望，我已衰年半白头。

笺注

（1）是年当闰八月。此当为嘉靖五年之事。

书扇示正宪

汝自冬春来，颇解学文义。吾心岂不喜？顾此枝叶事[1]。如树不植根，暂荣终必瘁。植根可如何？愿汝且立志！

考释

正宪，王阳明养子。已见前。《年谱》正德十年"立再从子正宪为后。……正宪字仲廉,季叔易直先生衮之孙,西林守信之第五子也。"乃守仁之父王华为王阳明选定的,当时八岁。至此时已过而立之年了。

笺注

(1)枝叶事:指非根本之学。

送萧子雍宪副之任[一]

衰疾悟止足(1),闲居便静修。采芝深谷底(2),考槃南涧头(3)。之子亦早见(4),枉帆经旧丘(5)。幽寻意始结[二](6),公期已先遒(7)。星途触来暑(8),拯焚能自由(9)。黄鹄一高举(10),刚风翼难收(11)。怀兹恋丘陇(12),回顾未忘忧。往志雁千里,岂伊枋榆投(13)。哲士营四海(14),细人聊自谋(15)。圣作正思治(16),吾衰亮何酬[三](17)!所望登才俊(18),济济扬鸿休(19)。隐者嘉肫遁[四](20),仕者当谁俦?宁无寥寂念(21)?宜急疮痍瘳[五](22)。舍藏应有时[六](23),行矣毋淹留(24)!

子雝怀抱弘济,而当道趍驾甚勤,恋恋庭闱,孝情虽至,顾恐事君之义□未为得也。诗以饯之,亦见老怀耳。阳明山人守仁识,时嘉靖丁亥五月晦。[七]

校勘

[一]此诗有王阳明行草书迹,现藏北京故宫博物院。诗后有跋。

[二]幽寻:手迹作"幽居"。

[三]亮:手迹作"竟"。

[四]肫遁:上古本《全集》作"肥遁",此殆因形近而误。手迹作"连遁"。

［五］宜：手迹作“且”。

［六］应：手迹作“会”。

［七］此跋据手迹原件补。

考释

萧子雍：《明史·萧鸣凤传》：“萧鸣凤，字子雝，浙江山阴人。少从王守仁游。举乡试第一。正德九年成进士，授御史。……嘉靖初，迁河南副使，仍督学政。考察拾遗被劾。吏部惜其学行，调为湖广兵备副使。明年复改督广东学政。鸣凤三督学政，廉无私。然性刚狠，以愤挞肇庆知府郑璋，璋惭恚，投劾去，由是物论大哗。八年考察，两京言官交章论，坐降调。已，与璋相诋讦，皆下巡按御史逮治。鸣凤遂不出。”明焦竑《献征录》卷九十九有薛应旂《广东提学副使萧公鸣凤墓表》。宪副：殆指兵备副使之职。时当在嘉靖五年。

笺注

（1）止足：谓凡事知止知足，不要贪得无厌。语出《老子》：“知足不辱，知止不殆，可以长久。”

（2）采芝：谓摘采芝草。古以芝草为神草，服之长生，故常以“采芝”指求仙或隐居。

（3）考槃：亦作“考盘”“考磐”。《诗经·卫风·考槃》：“考槃在涧，硕人之宽。”《考槃序》言此诗为刺庄公“不能继先公之业，使贤者退而穷处”，故后即以喻隐居。

（4）之子：此指萧鸣凤。

（5）枉帆：谓船绕道而行。宋谢灵运《过始宁墅》：“剖竹守沧海，枉帆过旧山。”

（6）幽寻：犹寻幽。唐李商隐《闲游》：“寻幽殊未极，得句总堪夸。”

（7）遒：迫近。

（8）星：使星。《后汉书·李合传》：“和帝即位，分遣使者，皆微服单行，各至州县观采风谣。使者二人当到益部，投合候舍。时夏夕露坐……合指星示云：'有二使星向益州分野。'"后因称使者为"使星"。 来暑：暑来。此指受命正逢暑天到来时。

(9) 拯焚：拯焚救溺。比喻救人于危难之中。典出汉王充《论衡·自纪》："救火拯溺，义不得好；辩论是非，言不得巧。"

(10) 黄鹄：鸟名。《商君书·画策》："黄鹄之飞，一举千里。"比喻高才贤士。

(11) 刚风：犹罡风。高天强劲之风。

(12) 丘陇：此指家乡，故园。

(13) 枋榆：枋树与榆树。喻狭小的天地。《庄子·逍遥游》："鹏之徙于南冥也，水击三千里，抟扶摇而上者九万里。……蜩与学鸠笑之曰：'我决起而飞，抢榆枋，时则不至，而控于地而已矣，奚以之九万里而南为？'"

(14) 哲士：贤明之人。《东观汉记·田邑传》："愚闻丈夫不释故而改图，哲士不徼幸而出危。"

(15) 细人：见识短浅之人；小人。《礼记·檀弓上》："君子之爱人也以德，细人之爱人也以姑息。"

(16) 圣作：语本《易·乾》："圣人作而万物睹。"旧时多为称颂帝王有所作为之词。

(17) 亮：同谅。料想，想。

(18) 登：登进，举用。《汉书·刘向传》："称誉者登进，忤恨者诛伤。"

(19) 济济：众多貌。

(20) 嘉：嘉赏，推尚。 肫遁：应作"肥遁"，退隐不做官。《周易·遁》："上九，肥遁，无不利。"

(21) 寥寂：此指恬静，淡泊。汉王充《论衡·自纪》："(王充)恭愿仁顺，礼敬具备，矜庄寂寥，有臣人之志。"

(22) 疮痍：创伤，比喻遭劫难后的景象，如"满目疮痍"。

(23) 舍藏：用行舍藏。任用就出来做事，不得任用就退隐。典出《论语·述而》："子谓颜渊曰：'用之则行，舍之则藏，唯我与尔有是夫。'"

(24) 淹留：逗留。三国魏曹丕《燕歌行》："慊慊思归恋故乡，君何淹留寄他方？"

中秋

去年中秋阴复晴，今年中秋阴复阴。百年好景不多遇，况乃白发相侵寻(1)！吾心自有光明月(2)，千古团圆永无缺。山河大地拥清辉，赏心何必中秋节！

考释

据《年谱》，王阳明嘉靖六年八月将入广。诗或为行前之作。

笺注

(1) 侵寻：渐进，渐次发展。《史记·孝武本纪》："是岁，天子始巡郡县，侵寻于泰山矣。"刘宋裴骃《史记集解》引晋灼曰："遂往之意也。"

(2) 光明月：此乃指此时王阳明强调的"良知"。

嘉靖丙戌十二月庚申，始得子，年已五十有五矣。六有、静斋二丈昔与先公同举于乡[一]，闻之而喜，各以诗来贺，蔼然世交之谊也。次韵为谢二首[二]

校勘：

[一] 六有：上古本、浙古本《全集》作"六月"，据《年谱》改。

［二］二首：原本无，据上古本《全集》补。

考释

嘉靖丙戌：嘉靖五年。十二月庚申始得子：《年谱》："（嘉靖五年）十一月庚申，子正亿生。继室张氏出。先生初得子，乡先达有静斋、六有者，皆逾九十，闻而喜，以二诗为贺。先生次韵答谢之，有曰'何物敢云绳祖武，他年只好共爷长'之句，盖是月十有七日也。"

又，正亿出生月份，考诗中有"偶逢灯事开汤饼"句。汤饼会，当为满月之会，"灯事"当指元夕之事。说见下诗注。十二月十七日后一月，恰好相合。《年谱》"十一月"殆有误。又，六有、静斋与先公同举于乡。陆深《海日先生行状》："天顺壬午，先生年十七，以三《礼》投试邑中。"殆当时之事。

其一

海鹤精神老益强(1)，晚途诗价重圭璋(2)。洗儿惠比金钱贵(3)，烂目光呈奎井祥(4)。何物敢云绳祖武(5)，他年只好共爷长(6)。偶逢灯事开汤饼(7)，庭树春风转岁阳(8)。

笺注

（1）海鹤：唐杜甫《寄常徵君》："海鹤阶前鸣向人。"清仇兆鳌《注》引东晋葛洪《西京杂记》："海鹤，江鸥。"海鸥在海上搏击风浪，姿态健劲，所以用以作比。此喻六有、静斋二位老人。

（2）晚途：晚年。宋陆游《记梦》："梦里都忘困晚途，纵横草疏论迁都。" 圭璋：两种贵重的玉制礼器。

（3）洗儿：旧俗，婴儿出生后三日或满月时替其洗身，称"洗儿"。《资治通鉴·唐玄宗天宝十载》："上闻后宫欢笑，问其故，左右以贵妃三日洗禄儿对。上自往观之,喜,赐贵妃洗儿金银钱。”

（4）烂目：犹耀眼。宋王禹偁《暴富送孙何入史馆》:“跃身入三馆,烂目阅四库。” 奎井祥：指东方出现奎星之祥瑞。 奎,奎星。奎星,神话传说中掌文运的神。宋刘克庄《咏史五言二首》:“西都生昴宿,东井聚奎星。”

（5）绳祖武：指继续祖先的步武,继承祖业。《诗经 · 下武》:“昭兹来许,绳其祖武。”绳,继续;武,足迹。

（6）共爷长：即和他的父亲差不多。守仁自谦语。爷,吴方言,指父亲。

（7）灯事：张灯游乐之事。明沈德符《野获编补遗 · 畿辅 · 淹九》:“既见友人柬中称为淹九,或云灯事阑珊,未忍遽舍,取淹留之义。” 汤饼：指汤饼会。旧俗寿辰及小孩出生第三天或满月、周岁时举行的庆贺宴会。因备有象征长寿的汤面,故名。由此推之,正亿当生于十二月十七日,到正月“灯事”时,恰值满月。

（8）岁阳：殆指正月十五后转春暖季节。阳,温暖。如“阳春”。

其二

自分秋禾后吐芒(1),敢云琢玉晚成璋?(2) 漫凭先德余家庆(3),岂是生申降岳祥(4)。携抱且堪娱老况(5),长成或可望书香(6)。不辞岁岁临汤饼,还见吾家第几郎?

笺注

（1）自分：自己认为。《汉书 · 苏武传》:“自分已死久矣!”

（2）成璋：成圭璋。《诗经 · 小雅 · 斯干》:“乃生男子,载寝之床,载衣之裳,载弄之璋。”毛《传》:“半圭曰璋。”此句乃王阳明自谦语,称晚年得子,不敢指望他能成大器。

（3）先德：祖先之德行。唐张九龄《酬周判官兼呈耿广州》："阴庆荷先德，素风惭后裔。" 家庆：家中喜庆之事。南朝陈徐陵《陈文皇帝哀册文》："我皇诞圣，应此家庆。"

（4）《诗经·大雅·崧高》："崧高维岳，骏极于天，维岳降神，生甫及申。"生申，指周代申伯降生的吉日，后用为祝贺生日之辞。

（5）老况：老年的景况。元许衡《不寐》："老况青灯外，羁愁白发边。"

（6）书香：读书的习尚。宋林景熙《述怀次柴主簿》："书香剑气俱寥落，虚老乾坤父母身。"

两广诗二十一首 **嘉靖丁亥起，平思、田之乱。**

考释

嘉靖丁亥：嘉靖六年。思、田之乱：嘉靖六年田州的岑猛作乱，都御史姚镆征讨之，擒岑猛。未几，复乱。张璁、桂萼推荐王守仁起征思、田。见《年谱》嘉靖六年"十一月乙未"条下。具体过程，见《全集》卷十四所载《奏报田州思恩平复疏》。

这部分诗作，是王阳明从离开故乡踏上赴两广的征程，直到他去世之前的作品，也是他人生最后的写照。

秋日饮月岩新构别王侍御

湖山久系念(1)，块处限形迹(2)。遥望一水间，十年靡由即(3)。军旅起衰废(4)，驱驰岂遑息(5)！前旌道回冈(6)，取捷上畸侧(7)。新构郁层椒[8]，石门转深寂[9]。是时霜始降[10]，风凄群卉拆[11]。壑静响江声，窗虚函海色。夕阴下西岑[12]，凉月穿东壁[13]。观风此余情[14]，抚景见高臆[15]。匪从群公饯，何因得良觌[16]？南徼方如毁[17]，救焚敢辞亟[18]！来归幸有期，终遂幽寻癖[19]。

考释

月岩：此指钱塘月岩。在杭州城南凤凰山圣果寺遗址附近。王侍御：束景南《辑考编年》据《万历杭州府志》卷六十“名宦”，认为是王璜：“王璜，字廷实，直隶浚县人，正德辛巳进士。嘉靖六年来按浙。严威俨恪，望之起畏。”又，《明实录》“嘉靖六年九月”，王璜因“不谨”，被命“闲住”。

此诗与下首为前后之作。《年谱》曰：“先生游吴山、月岩、严滩，俱有诗。”此乃游月岩时之作。此诗至《新溪驿》，为前往两广沿途所作。时间在嘉靖六年秋。

笺注

（1）系念：挂念。明谢肇淛《五杂俎·人部一》：“七十后即一切名根系念，尽与勅断，以保天年可也。”

（2）块处：块然独处。司马迁《史记·滑稽列传》：“今世之处士，时虽不用，崛然独立，块然独处。”形容独居无聊。块然，孤独的样子。

（3）靡由：没有办法。没有机会。唐道宣《统论前议优劣并赞》：“披沥丹款，未纡黄道，进退惟咎，投措靡由。”

（4）衰废：衰老病弱。宋苏辙《辞起居郎状》：“伏念臣顷自疏外，擢居谏垣，衰废之余，才力耗竭。”《明通鉴》卷五十三，嘉靖六年五月，纪功御史石金上疏，“荐守仁可用”，从之。“敦趣守仁就道，至日仍命石金纪功。守仁疏辞，不允”。《明通鉴考异》：“石金一奏，诸书及《年谱》皆不具，今据增。”

（5）驱驰：喻奔走效力。《三国志·蜀书·诸葛亮传》：“三顾臣于草庐之中，咨臣以当世之事，由是感激，遂许先帝以驱驰。” 遑息：空闲休息。《诗经·召南·殷其雷》：“殷其雷，在南山之侧。何斯违斯，莫敢遑息。”

（6）前旌：此指前军。唐刘长卿《行营酬吕侍御时尚书问罪襄阳军次汉东境上侍御以州邻寇贼复有水火迫于征税诗以见喻》：“受辞瞻左钺，扶疾往前旌。” 回冈：曲折的山冈。元贡奎《枪竿岭》：“百折回冈势欲迷，举头山市与云齐。”

（7）取捷：取行近道。《国语·晋语》“不如捷而行也”三国吴韦昭《注》：“旁出为捷。” 畸侧：犹侧崎，战国楚宋玉《高唐赋》：“磐石险峻，倾崎崖隤。”此指侧近崎岖山路。

（8）层椒：高山之巅。

（9）深寂：幽深静寂。宋朱淑真《春阴古律二首》其一：“园林深寂撩幽恨，山水昏明恼暗颦。”

（10）霜始降：殆在深秋初冬之际。《年谱》：“（嘉靖六年丁亥九月）甲申渡钱塘。先生游吴山、月岩、严滩，俱有诗。”

（11）拆：毁散。《易·解》：“雷雨作，而百果草木皆甲拆。”

（12）夕阴：傍晚的气象。宋谢灵运《永初三年七月十六日之郡初发都》：“秋岸澄夕阴，火旻团朝露。”

（13）凉月：秋月。南朝齐谢朓《移病还园示亲属》：“停琴伫凉月，灭烛听归鸿。”

（14）观风：观览。宋王安石《见远亭》：“观风南国最，应宿紫宸班。”

（15）抚景：对景；览景。 高臆：你的胸襟。高，敬称，此与“余”相对。臆，胸臆。

（16）良觌：美好的相见。良晤。南朝宋谢灵运《南楼中望所迟客》：“搔首访行人，引领冀良觌。”

（17）南徼：此指南方思、田州。 如毁：濒于灭亡。《诗经·汝坟》：“鲂鱼赪尾，王室如毁。”

（18）救焚：救焚拯溺。救人于水火之中。形容紧急救助陷于困境中的人。 亟：

紧急。《广雅》:“亟,急也。”

(19) 幽寻:寻求幽胜。

复过钓台

忆昔过钓台,驱驰正军旅(1)。十年今始来(2),复以兵戈起。空山烟雾深,往迹如梦里。微雨林径滑,肺病双足胝(3)。仰瞻台上云,俯濯台下水。人生何碌碌?高尚当如此[一](4)。疮痍念同胞,至人匪为己(5)。过门不遑入(6),忧劳岂得已!滔滔良自伤(7),果哉末难矣[二](8)!

右正德己卯献俘行在,过钓台而弗及登。今兹复来,又以兵革之役,兼肺病足疮,徒顾瞻怅望而已。书此付桐庐尹沈元材刻置亭壁(9),聊以纪经行岁月云耳。嘉靖丁亥九月廿二日书[三]。时从行进士钱德洪、王汝中(10)、建德尹杨思臣及元材,凡四人。

校勘

[一] 当:《年谱》作“乃”。

[二] 矣:《年谱》作“已”。

[三] 嘉靖丁亥九月廿二日书:《年谱》缺。

考释

钓台:此指严滩的严子陵钓台。《年谱》:“(嘉靖六年丁亥九月)甲申渡钱塘。先生游吴山、月岩、严滩,俱有诗。”下列此《复过钓台》诗。

笺注

（1）正军旅：时值平定宸濠之后，献俘赴杭时。

（2）正德十四年至嘉靖六年。

（3）肺病：王阳明一直患肺病。　足胝：足疮。

（4）高尚：有道德品质之人。

（5）至人：指修养最高超之人。《史记·屈原贾生列传》："至人遗物兮，独与道俱。"唐司马贞《索隐》引张机曰："体尽于圣，德美之极，谓之至人。"

（6）《孟子·离娄下》："禹稷当平世，三过其门而不入。"形容忠于职守，公而忘私。

（7）滔滔：此指忧劳连续不断。元萨都剌《灯蛾来》："尔为微物不自觉，往来就死何滔滔。"

（8）典出《论语·宪问》："子击磬于卫。有荷蒉而过孔氏之门者，曰：'有心哉，击磬乎！'既而曰：'鄙哉，硁硁乎！莫己知也，斯已而已矣。深则厉，浅则揭。'子曰：'果哉！末之难矣。'"魏何晏《注》："末，无也。无难者，以其不能解己之道。"

（9）沈元材：沈椿。《林屋集》卷十六《沈元材伯仲字说》："吴郡松崖沈君，乡进士元材乃翁也。松崖二子，元材居长，次子校，未以字，属之同郡蔡羽发其义。松崖曰：'椿字元材矣，校字成材，得乎？'""元材好古博学，才力完劲，行将魁天下，展经济，信乎明堂之储也。"《崇祯吴县志》卷四十八《人物》："沈椿字元材，领正德丙子乡荐。嘉靖丙戌登进士，授桐庐知县。"

（10）王汝中：王畿（1498—1583），字汝中，号龙溪，学者称龙溪先生。绍兴府山阴（今浙江绍兴）人。师事王守仁，为王门七派中"浙中派"创始人。

方思道送西峰

西峰隐真境，微境临通衢。行役空屡屡[1]，过眼被尘迷[2]。青林外延望[3]，中閟何由窥[4]？方子岩廊器[5]，兼已云霞姿[6]。每逢泉石处[7]，必刻棠陵诗[8]。兹山秀常玉[9]，之子囊中锥[10]。群峰灏秋气，乔木含凉吹[11]。此行非佳饯，谁为发幽奇[12]？奈何眷清赏[13]，局促牵至期[14]。悠悠伤绝学[15]，之子亦如斯。为君指周道[16]，直往勿复疑！

考释

方思道：方豪(1482—1530)，字思道，号棠陵，浙江开化人。《明史・文苑二》有传："方豪，字思道，开化人。正德三年进士。除昆山知县，迁刑部主事。谏武宗南巡，跪阙下五日，复受杖。历官湖广副使，罢归。"

西峰：在浙江常山。《雍正开化县志》卷十录此诗。

此诗乃嘉靖六年丁亥九月王阳明赴两广途经常山时所作。

笺注

(1) 行役：因公务或劳役出行。《周礼・地官・州长》："若国作民而师田行役之事，则帅而致之。"宋贾公彦《疏》："行谓巡狩，役谓役作。"

(2) 过眼：过目。经过眼前。宋苏轼《吉祥寺僧求阁名》："过眼荣枯电与风，久长那得似花红。"

(3) 延望：远望。《后汉书・方术传上・李南》："旦日，棱延望景晏，以为无征。"

(4) 閟：幽静。

(5) 方子：方思道。　岩廊器：能在朝廷为政的才干。岩廊，本指高峻的廊庑。此借指朝廷。

(6) 云霞：比喻远离尘世的地方。《南齐书・高逸传・顾欢》："臣志尽幽深，无与荣势,自足云霞,不须禄养。”此两句言既具庙堂才智,又有隐逸风姿。

（7）泉石：泛指山水。《梁书·徐摛传》:“(朱异)遂承间白高祖曰:‘摛年老,又爱泉石,意在一郡,以自怡养。’”

（8）棠陵：方豪号棠陵。

（9）秀常玉：殆指此山如玉,超出一般山岩。

（10）囊中锥：语出《史记·平原君虞卿传》:“使(毛)遂蚤得处囊中,乃颖脱而出,非特其末见而已。”囊中锥比喻目前怀才不遇的人,有如囊锥一般,终将出头受到重用。

（11）凉吹：凉风。唐钱起《早下江宁》:“暮天微雨散,凉吹片帆轻。”

（12）幽奇：幽雅奇特。唐寒山《寒山多幽奇》:“寒山多幽奇,登者但恒慑。”

（13）清赏：清心赏玩。

（14）局促：(时间)短促、紧迫。　至期：如期。《三国志·魏书·管辂传》:“时三月也,至期,直果为勃海太守。”此句指局促地影响如期到达。

（15）悠悠：忧思貌。《诗经·终风》:“莫往莫来,悠悠我思。”汉郑玄《笺》:“言我思其如是,心悠悠然。”　绝学：此指王阳明所认为的儒学传统。

（16）周道：大路。《诗经·小雅·四牡》:“四牡骓骓,周道倭迟。”宋朱熹《集传》:“周道,大路也。”

西安雨中诸生出候,因寄德洪、汝中,并示书院诸生

几度西安道,江声暮雨时(1)。机关鸥鸟破(2),踪迹水云疑(3)。仗钺非吾事(4),传经愧尔师。天真石泉秀[一](5),新有鹿门期(6)。

校勘

[一] 石泉:《年谱》作“泉石”。

考释

西安：在今浙江衢州市，唐咸通中至清末皆称西安县，民国元年改名衢县。其辖区大致为现今衢州市柯城区与衢江区的总和。《年谱》：嘉靖六年九月“丙申至衢”。德洪：钱德洪。汝中：王畿。书院：殆指天真书院。

笺注

（1）江声：衢江的波涛声。

（2）《列子·黄帝》：“海上之人有好沤鸟者，每旦之海上，从沤鸟游，沤鸟之至者百住而不止。其父曰：‘吾闻沤鸟皆从汝游，汝取来，吾玩之。’明日之海上，沤鸟舞而不下也。”像鸥鸟一样，日与白沙云天相伴，完全忘掉心计。比喻淡泊隐居，不以世事为怀。唐李商隐《赠田叟》：“鸥鸟忘机翻浃洽，交亲得路昧平生。”

（3）水云：水云乡。水云弥漫，风景清幽的地方。多指隐者游居之地。

（4）仗钺：手持黄钺。指统帅军队。《三国志·吴书·孙坚传》：“古之名将，仗钺临众，未有不断斩以示威者也。”

（5）天真：此指天真山。后建天真书院。关于天真书院，钱明有考证：天真书院是由阳明弟子遵照阳明意愿修建的私人讲学场所。据阳明弟子邹守益说：“天真书院，本天真、天龙、净明三方地。岁庚寅（1530），同门王子臣、薛子侃、王子畿暨德洪，改建书院，以祀先师新建伯。”

对天真精舍的历史沿革，明人田汝成《西湖游览志》卷六有过记载，而田氏之记载，当来源于阳明弟子薛侃所撰的《勒石文》：“嘉靖庚寅秋，天真精舍成，中为祠堂，后为文明阁，为载书室，右为望海亭，左为嘉会堂，左前为游艺所、传经楼，右为明德堂，为日新馆，余为斋舍。周以石垣，界则东止净明，西界天龙，北暨天真，南抵龟田路。是举也，成夫子道意，四方同志，协而成之，勒之于石，俾世守者稽焉。”文据邹守益《邹东廓先生遗稿》卷四《天真书院改建仰止祠记》(民国十五年胡庆道重印本)录。

有关此书院,可见上古本《全集》卷三十六《年谱附录》"嘉靖九年庚寅五月"条下。

(6)鹿门:鹿门山之省称。见前《诸生来》注(14)。

德洪、汝中方卜书院,盛称天真之奇,并寄及之

不踏天真路,依稀二十年[(1)]。石门深竹径,苍峡泻云泉[(2)]。泮壁环胥海[(3)],龟畴见宋田[(4)]。文明原有象[(5)],卜筑岂无缘[(6)]?

考释

此诗与前诗殆王阳明在前往田州途中所寄。天真:天真山。见前诗笔注(15)。

笺注

(1)《阳明年谱》:"吾二十年前游此,久念不及,悔未一登而去。"殆王阳明二十年前在杭州养病,曾经此地,然无暇登天真山游。

(2)云泉:瀑布,山泉。唐韦应物《云阳馆怀谷口》:"云泉非所濯,萝月不可援。"

(3)《阳明年谱》"嘉靖九年庚寅五月":"天真距杭州城南十里,山多奇岩古洞,下瞰八卦田,左抱西湖,前临胥海,师昔在越讲学时,尝欲择地当湖海之交,目前常见浩荡,图卜筑以居,将终老焉。" 泮壁:本指学宫的墙壁。此当指天真书院兴建以前之墙壁。 胥海:殆指钱塘江。明张岱《西湖梦寻》卷五《西湖外景·伍公祠》:"吴王既赐子胥死,乃取其尸,盛以鸱夷之革,浮之江中。子胥因流扬波,依潮来往,荡激堤岸,势不可御。或有见其银铠雪狮,素车白马,立在潮头者,遂为之立庙。每岁仲秋既望,潮水极大,杭人以旗鼓迎之,

弄潮之戏，盖始于此。”或以潮大似海，又为伍子胥没水处，故称。

(4) 龟畴：指规划治理。《尚书·洪范》：“天锡禹洪范九畴，彝伦攸叙。”《孔传》：“天与禹洛出书，神龟负文而出，列于背，有数至于九。禹遂因而第之，以成九类常道。”后遂以“龟畴”指治理天下的规划。此指宋代规划设置的八卦田。 宋田：当指八卦田。其曾是南宋皇家籍田。

(5) 文明有象：文采光明而有迹象可寻。《易·乾》：“见龙在田，天下文明。”唐孔颖达《疏》：“天下文明者，阳气在田，始生万物，故天下有文章而光明也。”

(6) 卜筑：择地建宅。唐孟浩然《冬至后过吴张二子檀溪别业》：“卜筑依自然，檀溪不更穿。”

寄石潭二绝

仆兹行无所乐，乐与二公一会耳[1]。得见闲斋[2]，固已如见石潭矣。留不尽之兴于后期，岂谓乐不可极耶？闻尊恙已平复，必于不出见客，无乃太以界限自拘乎？奉次二绝，用发一笑，且以致不及请教之憾。

考释

石潭：汪俊字抑之，号石潭。见前《答汪抑之》考释。

汪俊未见。时，汪俊因“大礼议”被罢。《明通鉴》卷五十四“嘉靖七年六月”：“《明伦大典》成，上之。”“诏定议礼诸臣罪”，汪俊“夺职”。此外，汪俊兄弟与王守仁交甚契，但治学观点稍异。故王守仁有“无乃太以界限自拘乎”之说。然二人交情并未绝。王守仁去世，汪俊有祭文，有曰：“维吾兄弟，投分最早。坐或达旦，何幽不讨”，并言及此诗，方有重订之约：“其待予归；归将从容，山遨水嬉。”并称“公有大劳，国史辉煌；公有心学，传者四方。公何以没，吾何以伤。”(见上古本《全集》三十八卷“祭文”)诗当王阳明赴广西途中所作。

笺注

(1) 二公：当指汪俊、汪伟二兄弟。

(2) 闲斋：汪伟字器之，号闲斋。

(一)

见说新居止隔山(1)，肩舆晓出暮堪还(2)。知公久已藩篱撤(3)，何事深林尚闭关(4)？

笺注

(1) 见说：听说。

(2) 肩舆：轿子，已见前。

(3) 藩篱：篱笆。汉贾谊《过秦论下》：“楚师深入，战于鸿门，曾无藩篱之难。”此或指治学的界限、境界。汪俊主程朱之学。见前诗考释引《明史》本传：“学宗洛、闽。与王阳明交好，而不同其说。”

(4) 闭关：此殆指称病不出。汪俊在嘉靖初的“大礼议”之争中，反对嘉靖皇帝的意旨。嘉靖三年二月，身为礼部尚书的汪俊，“集廷臣七十有三人上议”，主张嘉靖“自宜考孝宗”。后遭嘉靖斥责。三月“俊具疏引罪，奉旨切责”。事见《明通鉴》卷五十一。

(二)

乘兴相寻涉万山，扁舟亦复及门还。莫将身病为心病，可是无关却有关。

长生

长生徒有慕(1)，苦乏大药资(2)。名山遍探历(一)(3)，悠悠鬓生丝。微躯一系念，去道日远而。中岁忽有觉，九还乃在兹(4)。非炉亦非鼎(5)，何坎复何离(6)。本无终始究，宁有死生期？彼哉游方士(7)，诡辞反增疑(8)。纷然诸老翁，自传困多歧。乾坤由我在，安用他求为？千圣皆过影，良知乃吾师。

校勘

[一] 探：《年谱》作"深"。

考释

《年谱》：嘉靖六年九月"戊戌，过常山"下，列此诗。殆因吴方言"常""长"同音，到此有感而作。常山在今浙江衢州。据清顾祖禹《读史方舆纪要》卷九十三"衢州府常山县"：常山，"一名长山"。

笺注

(1) 有：词头，无实义。

(2) 大药：指道家的金丹。

(3) 探历：探索涉历。唐骆宾王《同辛簿简仰酬思玄上人林泉》之三："林泉恣探历，风景暂裴徊。"

(4) 九还：犹九转。不断反复。唐吕岩《七言诗》之二四："九转九还功若就，定将衰老返长春。"或指九还丹，即长生金丹。

(5) 炉，鼎：道教炼丹的炉、鼎。

(6) 坎，离：道教以"坎男"借指汞，内丹家谓为人体内部的阴精；以"离女"借指铅，内丹家谓为人体内部的阳气。

(7) 游方：指僧人、道士为修行问道或化缘而云游四方。《庄子・大宗师》："孔子曰:'彼,游方之外者也;而丘,游方之内者也。'"

(8) 诡辞:诡秘之言。《穀梁传·文公六年》:"故士造辟而言,诡辞而出。"晋范宁《注》:"诡辞而出,不以实告人。"

南浦道中

南浦重来梦里行(1),当年锋镝尚心惊(2)。旌旗不动山河影,鼓角犹传草木声。(3)已喜闾阎多复业(4),独怜饥馑未宽征。迂疏何有甘棠惠(5),惭愧香灯父老迎(6)!

考释

南浦:在江西省南昌西南,原有南浦亭。唐王勃《滕王阁赋》:"朱帘暮卷西山雨,画栋朝飞南浦云。"此殆在南昌道中。

笺注

(1) 重来:自平宸濠之后重到南昌。

(2) 锋镝:刀刃和箭头,多泛指兵器。此喻战争。

(3) 旌旗不动山河影:或指旌旗摇曳,无改山河貌。 鼓角犹传草木声:指鼓角使人感到当年平宸濠之战"草木皆兵"的惨烈。

(4) 闾阎:此指平民。

(5) 迂疏:迂远疏阔。宋苏舜钦《杜公谢官表》:"(臣)临事迂疏,无必能成之策。"甘棠:《史记·燕召公世家》:"召公巡行乡邑,有棠树,决狱政事其下,自侯伯至庶人各得其所,无失职者。召公卒,而民人思召公之政,怀棠树不敢伐,哥咏之,作《甘棠》之诗。"后以"甘棠"称颂官吏的美政和遗爱。

(6) 香灯:燃香膏的照明灯。宋谢枋得《圆峰道院祠堂记》:"朔望有斋馔,晨夕有香灯。"

重登黄土脑

一上高原感慨重，千山落木正无穷。前途且与停西日[1]，此地曾经拜北风[2]。剑气晚横秋色净[3]，兵声寒带暮江雄。水南多少流亡屋，尚诉征求杼轴空[4]。

考释

黄土脑：在江西省丰城市境。即王阳明决定迎战宁王，以取得平定“宸濠之乱”胜利的关键之处。

笺注

(1) 停西日：不详。或典出《淮南子·览冥训》“武王伐纣，战于孟津”，“疾风晦冥，人多不相见”。武王麾下“鲁阳公与韩搆难，战酣日暮，挥戈而捴之，日为之反三舍”。所谓“挥戈停日”之典。

(2) 拜北风：指王阳明正德十四年在黄土脑拜北风。参《丰城阻风》考释。

(3) 剑气：杀伐之气。此处“剑气”与下句“兵声”相对，指当年宸濠之乱时宝剑的精光。

(4) 征求：调度征求。征敛赋税。　杼轴空：语出《诗经·小雅·大东》：“杼轴其空。”指财物耗空，陷入困境。《三国志·吴书·贺邵传》：“百姓罹杼轴之困，黎民罢无已之求，老幼饥寒，家户菜色。”

过新溪驿[一]

犹记当年筑此城[1]，广瑶湖寇正纵横[2]。人今乐业皆安堵[3]，我亦经过一驻兵。香火沿门惭老稚[4]，壶浆远道及从行[5]。峰山弩手疲劳甚(6),且放归农莫送迎[二]。

校勘

［一］钱明《王阳明全集未刊散佚诗文汇编及考辨》:"《全集》本题为《过新溪驿》,然'嘉靖'后五十一字未录,现据《阳明诗录》补录。"并将题目改作《宿新城》。笔者所见明刻本《阳明诗录》诗题作《过宿新城》,又,诗后之跋,当为五十二字。录之如下:"嘉靖六年十一月四日,有事两广,驻兵新城。此城予巡抚时所筑。峰山弩手,其始盖优恤之,以俟调发。其后渐苦于送迎之役,故诗及之。"

［二］农:明刻本《阳明诗录》作"休"。

考释

新溪驿:当在峰山城内。后迁至峰山城。王阳明《移置驿传疏》:"其小溪驿迁移峰山城内一节,合行该府查勘应否迁移?过住使客有无便益?南北水路有无适均?移驿之费计算几何?缘由呈详本院。"新城:峰山城。在江西大庾县。

笺注

(1)明正德十二年(1517),王阳明在江西大余新筑峰山城。

(2)广瑶湖寇:此殆指横水、桶冈等地的起义民众。

(3)安堵:安居。《史记·田单列传》:"即墨即降,愿无虏掠吾族家妻妾,令安堵。"

(4)香火:香烛,灯火。　老稚:老人和小孩。宋刘敞《避寇》:"老稚倚以宁。"此句指有熄于"老稚"的香火之迎。

(5)壶浆:用箪装着饭食,用壶盛着浆汤。《孟子·梁惠王下》:"以万乘之国伐万乘之国,箪食壶浆以迎王师,岂有他哉?避水火也。"后多用指百姓欢迎、慰劳自己所拥护的军队。

（6）峰山：明正德十二年(1517)，王阳明在江西大余新筑峰山城。弩手：上古本《全集》卷三十有《教习射骑牌》："选取精巧惯习弓兵四名，该道量给口粮，脚夫，送赴军门。成造弓矢事完，仍发原伍著役。"当年王守仁多重视弓弩手。此指现已疲老矣。

梦中绝句

此予十五岁时梦中所作。今拜伏波祠下，宛如梦中。兹行殆有不偶然者，因识其事于此。

卷甲归来马伏波(1)，早年兵法鬓毛皤。云埋铜柱雷轰折(2)，六字题诗尚不磨(3)。

考释

王阳明十五岁在明成化二十二年。伏波：指东汉伏波将军马援。事见《后汉书·马援传》。

笺注

（1）卷甲：整束铠甲，此指休兵。

（2）《水经注》引《林邑记》："建武十九年，马援树两铜柱于象林南界，与西屠国分汉之南疆也。"庾信《哀江南赋》云："东门则鞭石成桥，南极则铸铜为柱。"铜柱所在不详，此殆云为雷火所毁。

（3）六字题诗：越南黎崱撰《安南志略》：马援在铜柱上刻有"铜柱绝，交趾灭"六字。

谒伏波庙二首

考释

伏波庙：东汉伏波将军马援之庙，有多处。广西横县云表镇大王岭脚的乌蛮滩有庙。《年谱》嘉靖七年十月“谒伏波庙”，如是，则此诗当作于《平八寨》等诗后，回程路上所撰。

（一）

四十年前梦里诗(1)，此行天定岂人为！徂征敢倚风云阵(2)，所过须同时雨师。尚喜远人知向望[一](3)，却惭无术救疮痍。从来胜算归廊庙(4)，耻说兵戈定四夷(5)。

校勘

［一］远：《年谱》作“送”。

笺注

（1）四十年前：殆指十五岁时。前《梦中绝句》诗序也作“十五岁时”。

（2）徂征：前往征讨；出征。

（3）远人：边远地区之人。　向望：向慕想望。《东观汉记·伏湛传》：“众贤百姓，向望德义，微过斥退，久不复用。”

（4）此句典出《孙子·计策》：“夫未战而庙算者胜，得算者多也；未战而庙算不胜者，得算少也。”廊庙：指朝廷。《后汉书·申屠刚传》：“廊庙之计，既不豫定，动军发众，又不深料。”唐李贤《注》：“廊，殿下屋也；庙，太庙也。国事必先谋于廊庙之所也。”

（5）四夷：古代对四方少数民族的统称。

(二)

楼船金鼓宿乌蛮(1),鱼丽群舟夜上滩(2)。月绕旌旗千嶂静,风传铃柝九溪寒[一](3)。荒夷未必先声服(4),神武由来不杀难(5)。想见虞廷新气象(6),两阶干羽五云端(7)。

校勘

[一] 柝:《年谱》作"木"。

笺注

(1) 金鼓:锣鼓。军队用以号令者。《左传·僖公二十二年》:"三军以利用也,金鼓以声气也。" 乌蛮:西南少数民族。《新唐书·南蛮传上·南诏上》:"(南诏)本哀牢夷后,乌蛮别种也。"

(2) 鱼丽:古代战阵名。此指如鱼丽阵那样的严密排列。《文选·东京赋》:"鹅鹳鱼丽,箕张翼舒。"唐薛综《注》:"鹅鹳、鱼丽,并阵名也。"

(3) 铃柝:巡逻打更、报警用的铃和梆子声。《明史·郭正域传》:"方狱急时,逻卒围鲤舍及正域舟,铃柝达旦。" 九溪:此殆泛指众多溪水。

(4) 荒夷:边陲地区的居民。 先声:使人震慑而先发的声威。唐张九龄《敕北庭经略使盖嘉运书》:"先声既振,后殿载扬。凶党闻之,卷甲而遁。"

(5) 神武:以吉凶祸福威服天下而不用刑杀。《易·系辞上》:"古之聪明睿知,神武而不杀者夫。"王阳明《致正宪男手墨》之二:"去岁十二月廿六日始抵南宁,因见各夷皆有向化之诚,乃尽散甲兵,示以生路。至正月廿六日,各夷果皆投戈释甲,自缚归降,凡七万余众。地方幸已平定。是皆朝廷好生之德感格上下,神武不杀之威潜孚默运,以能致此。在我一家则亦祖宗德泽阴庇,得天杀勠之惨,以免覆败之患。"

（6）虞廷：虞舜之廷。虞舜为古代的圣明之主，故以“虞廷”为“圣朝”代称。此指当今朝廷，为誉辞。

（7）干羽：古代舞者所执的舞具。文舞执羽，武舞执干。《尚书·大禹谟》：“帝乃诞敷文德，舞干羽于两阶。”后指文德教化。　五云：五色瑞云。多作吉祥的征兆。后亦指皇帝所在地。

破断藤峡

才看干羽格苗夷(1)，忽见风雷起战旗。六月徂征非得已[一](2)，一方流毒已多时。迁宾玉石分须早(3)，聊庆云霓恕莫迟(4)。嗟尔有司惩既往(5)，好将恩信抚遗黎(6)。

校勘

［一］六月：《年谱》作“七月”。

考释

断藤峡：旧名大藤峡。清顾祖禹《读史方舆纪要》卷一百六“广西一”：“大藤峡，在柳州府象州武宣县东南三十里，浔州府西北百五十里。”明王朝先后派韩雍、陈钧、王阳明率重兵镇压，改大藤峡为断藤峡。《年谱》嘉靖七年：在梧。“七月，袭八寨、断藤峡，破之。”《明史·王阳明传》：“（王阳明）令布政使林富率苏、受兵直抵八寨，破石门，副将沈希仪邀斩轶贼，尽平八寨。”

又，关于平八寨、破藤峡的经过，高岱《鸿猷录》卷十五《诛灭岑猛》记其概况：“（嘉靖帝）命新建伯王守仁以兵部尚书总制两广江湖四省讨贼。时守仁未至，镆候代。知思恩未陷，欲征兵平苏、受自赎，乃檄广西诸司议事。有欲阴沮之者，绐邮吏发檄，东西交误窜之，两广皆以檄误不至。镆遂不克集兵。而守仁代至，镆竟去。诸夷闻守仁至，皆惮之。守仁顾益自晦，事镇静。见苏、受兵势已炽，度岑氏不可遂灭，以六年七月至南宁，使人招苏、受降，约日投见。会有造浮言诳苏、受，欲取其贿者，苏、受疑惧，反覆。守仁遣使慰谕之，且与之誓。苏、受言来见必陈兵卫，又欲易军门左右祗候，皆尽以田州人。守仁不得已，皆从之。苏、受果陈兵来见。守仁数其罪，许以不死，论杖一百以全军法。苏、受不释甲受杖，且田州人杖之。守仁谕苏、受使归候命。乃上疏，言：思、田久苦兵革，民间已不胜。况田州外扞交址，纵使克之，置流官，兵弱财匮，恐生他变。岑氏世有功，治田州非岑氏不可。请降田州府为州治，官岑猛子邦相为判官，以卢苏等为土巡检。别立田宁府，设流官，知府统之。荐布政使林富为巡抚，都指挥张佑为总兵官。上皆从之。乃令邦相归治田州，卢苏等各莅任。许休之三月，征其兵用。田州以平。既三月，守仁遂移兵，并檄卢苏、王受等攻断藤八寨诸贼。苏、受等感守仁恩，颇効劳勩，贼平。"《明史纪事本末》《明通鉴》《明史》皆有记载，可相参核。

笺注

（1）干羽：文德教化。见《谒伏波庙二首》（二）笺注(7)。

（2）徂征：见《谒伏波庙二首》（一）笺注(2)。

（3）迁宾：迁谪、礼敬。于"石""迁"，于"玉""宾"。　玉石：玉与石头。比喻好与坏、贤与愚。

（4）云霓：《孟子·梁惠王下》："民望之，若大旱之望云霓也。"汉赵岐《注》："霓，虹也。雨则虹见，故大旱而思见之。"喻得到的恩惠。

（5）嗟尔：叹词。表示招呼。

（6）遗黎：劫后残留的民众。

平八寨

见说韩公破此蛮[1]，貔貅十万骑连山[2]。而今止用三千卒，遂尔收功一月间。[3]岂是人谋能妙算？偶逢天助及师还。穷搜极讨非长计，须有恩威化梗顽[4]。

考释

见上《破断藤峡》考释。又《明史·王守仁传》："断藤峡瑶贼，上连八寨，下通仙台、花相诸洞蛮，盘亘三百余里，郡邑罹害者数十年。守仁欲讨之，故留南宁。罢湖广兵，示不再用。伺贼不备，进破牛肠、六寺等十余寨，峡贼悉平。遂循横石江而下，攻克仙台、花相、白竹、古陶、罗凤诸贼。令布政使林富率苏、受兵直抵八寨，破石门，副将沈希仪邀斩轶贼，尽平八寨。"

笺注

（1）韩公：明将韩雍，字永熙，江苏长洲（今属苏州）人。正统十五年进士。《明史·韩雍传》：成化六年（1470）正月，韩雍遣将，分道讨贼，"忻州八砦蛮及诸山瑶、僮掠州县者，皆摧破之。蛮民素慑雍威，寇盗寝息"。《年谱》"嘉靖七年七月"王阳明《疏》："断藤峡诸贼，犄角屯聚，自国初以来，屡征不服。至天顺间，都御史韩雍统兵二十万，然后破其巢穴。撤兵无何，贼复攻陷浔州，据城大乱。"

（2）貔貅：传说中的凶猛瑞兽。雄性名"貔"，雌性名"貅"。此喻军队勇猛的将士。

（3）《年谱》"嘉靖七年七月"王阳明《疏》："今因湖广之回兵，而利导其顺便之势；作思、田之新附，而善用其报效之机。两地进兵，各不满八千之众，而三月报捷，共已逾三千之功。"关于"三月"，乃指收卢苏、王受之"兵"，休整三月，再平八寨，前后总共时间。

（4）梗顽：顽固梗硬之人。

南宁二首

考释

《明通鉴》卷五十三嘉靖六年"十二月"下:"守仁以冬月行至南宁。"

(一)

一驻南宁五月余[(1)],始因送远过僧庐。浮屠绝壁经残燹[(2)],井灶沿村见废墟[(3)]。抚恤尚惭凋弊后[(4)],游观正及省耕初[(5)]。近闻襁负归瑶僮[(6)],莫陋夷方不可居[(7)]。

笺注

(1)五月余:王阳明嘉靖六年十二月抵达南宁。则此诗所言,为嘉靖七年四五月时事。当列于《破断藤峡》《平八寨》之前。

(2)浮屠:佛塔。残燹:战乱焚毁破坏的残迹。

(3)井灶:井与灶。指家园、居所。《穀梁传·宣公十五年》:"古者公田为居,井灶葱韭尽取焉。"

(4)凋弊:衰落破败。

(5)游观:游历观看。宋苏辙《乞裁损待高丽事件札子》:"京师百司疲于应奉,而高丽人所至游观,伺察虚实,图写形胜,阴为契丹耳目。" 省耕:古代帝王视察春耕。《孟子·梁惠王下》:"春省耕而补不足,秋省敛而助不给。"

(6)襁负:用布幅包裹小儿或财物负于背。此指瑶族、僮族民众纷纷归附。

(7)夷方:此指少数民族所在之地。《论语·子罕》:"子欲居九夷。或曰:陋,如之何?子曰:'君子居之,何陋之有?'"

(二)

劳矣田人莫远迎,疮痍未定犬犹惊。燹余破屋须先葺[(1)],雨后荒畬莫废耕[2]。归喜逃亡来负襁[3]，贫怜繻绔缀旗旌[4]。圣朝恩泽宽如海，甑鲋盆鱼纵尔生[5]。

笺注

（1）缉：修缮。

（2）荒畬：荒芜的耕田。

（3）负襁：见《南宁二首》其一笺注(6)。

（4）繻绔：此指短袄裤装的平民。繻，通襦，短衣，短袄。绔，通裤。

（5）甑鲋盆鱼：甑中之鲫、瓦盆之鱼。典出“涸辙之鲋”。《庄子·外物》：“庄周家贫，故往贷粟于监河侯。监河侯曰：‘诺。我将得邑金，将贷子三百金，可乎？’庄周忿然作色曰：‘周昨来，有中道而呼者。周顾视，车辙中有鲋鱼焉。周问之曰：“鲋鱼来，子何为者邪？”对曰：“我，东海之波臣也。君岂有斗升之水而活我哉？”周曰：“诺。我且南游吴越之王，激西江之水而迎子，可乎？”鲋鱼忿然作色曰：“吾失我常与，我无所处。吾得斗升之水然活耳。君乃言此，曾不如早索我于枯鱼之肆！”’”后因以比喻处于困境、急待援助的人。

往岁破桶冈，宗舜祖世麟老宣慰实来督兵。今兹思田之役，乃随父致仕宣慰明辅来从事。目击其父子孙三世皆以忠孝相承相尚也，诗以嘉之

宣慰彭明辅[1]，忠勤晚益敦。归师当五月，冒暑净蛮氛[2]。九霄虽已老[3]，报国意犹勤。五月冲炎暑，回军立战勋。爱尔彭宗舜[4]，少年多战功。从亲心已孝，报国意尤忠。

考释

宗舜：彭宗舜。湖南永顺人。彭明辅次子，彭宗汉之弟，永顺军民宣慰使，永顺司第二十三代土司王。明嘉靖六年(1527)袭兄职永顺宣慰使。曾随父征广西思恩。

世麟：彭明辅之父彭世麟。《明史纪事本末》卷四十六《平蜀盗》："廷瑞以所掠女子诈为己女，嫁与领兵土舍彭世麟为妾，结欢世麟。世麟白军门受之，遂邀贼首至营宴会。钟令廷瑞所亲鲜于金说廷瑞及本恕于十六日帅诸贼二十八人同至，彭世麟赴宴，伏兵尽擒之。"

彭明辅：号德轩，今湖南永顺县人。时为永顺宣慰司宣慰。

破桶冈：见前"江西诗"中《桶冈和邢太守韵二首》考释。

宣慰：官名。明代在湘西等地设置的土官。《明史・职官志》土官，"宣慰使司，宣慰使一人，从三品"。

王阳明有《奖劳永保二司官舍土目牌》："照得先因思、田等处土酋倡乱，复调永保二司宣慰彭明辅、彭九霄各统领舍目听调剿贼。"平八寨后，王阳明发奖犒劳。时在"六月初十日"。

笺注

(1) 彭明辅：见考释。

(2) 蛮氛：蛮夷的凶焰。宋富捕《多丽・寿刘帅》："扫蛮氛、遂清三楚，定徐方、行策元功。"

(3) 九霄：彭九霄。时为保靖宣慰司宣慰。见王阳明《奖劳永保二司官舍土目牌》。

(4) 彭宗舜：彭明辅之子。见上考释。

题甘泉居

我闻甘泉居，近连菊坡麓[1]。十年劳梦思，今来快心目。徘徊欲移家，山南尚堪屋。渴饮甘泉泉，饥餐菊坡菊。行看罗浮云[2]，此心聊复足。

考释

甘泉居：指湛若水居所，在增城。湛若水，见前“赴谪诗”中答友人的《八咏》诗考释。又《年谱》嘉靖七年：“十月，疏请告。”录有王阳明《疏》：“自去岁入广，炎毒益甚。力疾从事，竣事而出，遂尔不复能兴。今已舆至南宁，移卧舟次，将遂自梧道广，待命于韶、雄之间。夫竭忠以报国，臣之素志也。受陛下之深恩，思得粉身齑骨以自效，又臣之所日夜切心者也。病日就危，而尚求苟全以图后报，而为养病之举，此臣之所以大不得已也。”此诗殆入广后所作。

笺注

（1）菊坡：崔与之(1158—1239)，字正子，号菊坡。增城人。《宋史》有传。南宋理宗二年(1225)，御书“菊坡”二字赐之。

（2）罗浮：罗浮山。在广东博罗县。

书泉翁壁

我祖死国事，肇禋在增城。荒祠幸新复，適来奉初烝[1]。亦有兄弟好，念年思一寻[2]。苍苍兼葭色[3]，宛隔环瀛深[4]。入门散图史[5]，想见抱膝吟[6]。贤郎敬父执，童仆意相亲。病躯不遑宿，留诗慰殷勤。落落千百载[7]，人生几知音？道通著形迹[一][8]，期无负初心！

校勘

[一] 通：原作“同”，据上古本《全集》改。

考释

据《年谱》嘉靖七年十月：“先生五世祖讳纲者，死苗难，庙祀增城。是月，有司复新祠宇，先生谒祠奉祀。过甘泉先生庐，题诗于壁。”下录此诗和前诗，当为是时所作。王阳明有《谒忠孝祖祠文》：

惟我祖効节于高皇之世，肇禋兹土，岁久沦芜，无宁有司之不遑，实我子孙门祚衰微，弗克灵承显扬，盖冥迷昏隔者，八十九年。言念怆恻，子孙之念，亦徒有之。恭惟我祖，晦迹长遁，逼而出仕，务尽其忠，岂曰有身后之祀？父死于忠，子殚其孝，各尽其心，白刃不见，又何知有一祀之荣乎？顾表扬忠孝，树之风声，实良有司，修举国典，以宣流王化之盛美。我祖之烈，因以益彰，见人心之不泯，我子孙亦用是获申其怆郁，永有无穷之休焉。及兹庙成，而末孙守仁适获来承蒸事，若有不偶然者。我祖之道，其殆自兹而昌乎？守仁承上命，来抚是方，上无补于君国，下无益于生民，循事省迹，实怀多惭。至于心之不敢不自尽，则亦求无忝于我祖而已矣。承事之余，敢告不忘，以五世祖秘湖渔隐先生彦达府君配。尚飨。

文见嘉庆二十五年(1820)版《增城县志》卷二十八《艺文・文选・祭文》，载《中国方志丛书》，台北成文出版社，1974 年，影印本。

笺注

(1) 初烝：祠宇恢复后的初次祭祀。

(2) 念年：或是“廿年”之义，即二十年。扬州念四桥又作廿四桥。

（3）《诗经·秦风·蒹葭》："蒹葭苍苍，白露为霜。所谓伊人，在水一方。"

（4）环瀛：宇宙，世界。

（5）图史：图书史籍。

（6）抱膝吟：《三国志·蜀书·诸葛亮传》"亮躬耕垄亩，好为《梁父吟》"裴松之《注》引三国魏鱼豢《魏略》："每晨夕从容，常抱膝长啸。"后以"抱膝吟"指高人志士的吟咏抒怀。

（7）落落：零落。晋陆机《叹逝赋》："亲落落而日稀，友靡靡而愈索。"

（8）道通：指所持之道相通。关于王阳明和湛若水之学的异同，后世多有论之者。王阳明此云"道通"，殆本《庄子·齐物论》："物固有所然，然固有可，无物不然，无物不可。""道通为一"。湛若水《奠王阳明先生文》："嗟惟往昔，岁在丙寅。与兄邂逅，会意交神。同驱大道，期以终身。"《阳明先生墓志铭》："故阳明公初主格物之说，后主良知之说。甘泉子一主'随准体、认天理'之说，然皆圣贤宗指也。"著形迹：留下痕迹。晋陶潜《答庞参军》："情通万里外，形迹滞江山。"

卷　五

补遗一 以下至《题施总兵所翁龙》，据上古本《全集》卷二十九。

黄楼夜涛赋

朱君朝章将复黄楼[1]，为予言其故。夜泊彭城之下[2]，子瞻呼予曰："吾将与子听黄楼之夜涛乎！"觉则梦也。感子瞻之事，作《黄楼夜涛赋》。

子瞻与客宴于黄楼之上。已而客散日夕，暝色横楼[3]，明月未出。乃隐几而坐，嗒焉以息。[4]忽有大声起于穹窿[5]，徐而察之，乃在西山之麓[6]。倏焉改听[7]，又似夹河之曲[8]，或隐或隆[9]，若断若逢[10]，若揖让而乐进[11]，歙掀舞以相雄[12]。触孤愤于崖石[13]，驾逸气于长风[14]。尔乃乍阖复辟[15]，既横且纵，摐摐沨沨[16]，汹汹瀜瀜[17]。若风雨骤至，林壑崩奔，振长平之屋瓦[18]，舞泰山之乔松[19]。咽悲吟于下浦，激高响于遥空。恍不知其所止，而忽已过于吕梁之东矣[20]。

子瞻曰："噫嘻异哉！是何声之壮且悲也？其乌江之兵，散而东下，感帐中之悲歌，慷慨激烈，吞声饮泣，怒战未已，愤气决臆，倒戈曳戟，纷纷籍籍[21]，狂奔疾走，呼号相及，而复会于彭城之侧者乎？[22]其赤帝之子[23]，威加海内，思归故乡，千乘万骑，雾奔云从，车辙轰霆，旌旗蔽空，击万夫之鼓，撞千石之钟，唱《大风》之歌，按节翱翔而将返于沛宫者乎？"[24]

于是慨然长噫，欠伸起立[25]，使童子启户，冯栏而望之[26]。则烟光已散，河影垂虹，帆樯泊于洲渚，夜气起于郊垌[27]，而明月固已出于芒砀之峰矣[28]。

子瞻曰："噫嘻！予固疑其为涛声也。夫风水之遭于澒洞之滨而为是也[29]，兹非南郭子綦之所谓天籁者乎[30]？

而其谁倡之乎？其谁和之乎？其谁听之乎？当其滔天浴日[31]，湮谷崩山，横奔四溃，茫然东翻[32]，以与吾城之争于尺寸间也。吾方计穷力屈，气索神惫[33]，懔孤城之岌岌[34]，觊须臾之未坏[35]，山颓于目懵[36]，霆击于耳聩[37]，而岂复知所谓天籁者乎？

及其水退城完，河流就道，脱鱼腹而出涂泥[38]，乃与二三子徘徊兹楼之上而听之也。然后见其汪洋涵浴[39]，潏潏汩汩[40]，彭湃掀簸[41]，震荡泽渤[42]，吁者为竽[43]，喷者为篪[44]，作止疾徐，钟磬柷敔[45]，奏文以始[46]，乱武以居[47]，呶者嗃者[48]，嚣者嗥者[49]，翕而同者[50]，绎而从者[51]，而啁啁者[52]，而嘐嘐者[53]，盖吾俯而听之，则若奏《箫咸》于洞庭[54]，仰而闻焉，又若张钧天于广野[55]，是盖有无之相激，其殆造物者将以写千古之不平[56]，而用以荡吾胸中之壹郁者乎[57]？而吾亦胡为而不乐也？[58]”

客曰：“子瞻之言过矣。方其奔腾漂荡而以厄子之孤城也，固有莫之为而为者，而岂水之能为之乎？及其安流顺道，风水相激，而为是天籁也，亦有莫之为而为者，而岂水之能为之乎？夫水亦何心之有哉？而子乃欲据其所有者以为欢，而追其既往者以为戚，是岂达人之大观[59]？将不得为上士之妙识矣[60]。”

子瞻展然而笑，曰：“客之言是也。”乃作歌曰：“涛之兴兮，吾闻其声兮。涛之息兮，吾泯其迹兮。吾将乘一气以游于鸿蒙兮[61]，夫孰知其所极兮。”

弘治甲子七月，书于百步洪之养浩轩[62]。

考释

黄楼：指徐州黄楼。在徐州东部。北宋熙宁十年（1077）四月，苏轼由密州（今山东诸城）调任徐州时建此楼。苏辙《黄楼赋并序》：“熙宁十年秋七月乙丑，河决于澶渊，东流入巨野，北溢于济南，溢于泗。八月戊戌，水及彭城下。余兄子瞻适为彭城守，水未至，使民具畚锸，畜土石，积刍茭，完窒隙穴，以为水备，故水至而民不恐。自戊戌至九月戊申，水及城下者二丈八尺，塞东西北门，水皆自城际山。雨昼夜不止，子瞻衣制履屦，庐于城上，调急夫发禁卒以从事，令民无得窃出避水，以身帅之，与城存亡，故水大至而民不溃。方水之淫也，汗漫千余里，漂庐舍，败冢墓，老弱蔽川而下，壮者狂走无所得食，槁死于丘陵林木之上。子瞻使习水者浮舟楫载糗饵以济之，得脱者无数。水既涸，朝廷方塞澶渊，未暇及徐。子瞻曰：‘澶渊诚塞，徐则无害，塞不塞天也，不可使徐人重被其患。’乃请增筑徐城，相水之冲，以木堤捍之，水虽复至，不能以病徐也。故水既去，而民益亲。于是即城之东门为大楼焉，垩以黄土，曰‘土实胜水’。徐人相劝成之。”

朱君朝章：据束景南考证，名衮，字朝章，号三峰，上虞人，著有《水衡集》一卷。《谢海门集》卷十六有《三峰先生行状》：朱衮“生成化己亥三月九日，卒嘉靖乙丑六月二十六日”。弘治戊午（十一年）“以《诗经》中顺天乡试”，壬戌（十五年）中进士。“授工部水都司主事，理徐州洪”，“建黄楼于州北城上，阳明王公为撰《黄楼夜涛赋》以彰其迹”。他中举人的弘治戊午年顺天乡试，主考官为王阳明之父王华（见《海日先生行状》），而他又是王阳明在工部的后辈，兼上虞和余姚近在咫尺，所以，两者关系当比较亲近。

笺注

（1）复黄楼：见考释。

（2）彭城：徐州古名。

（3）暝色：暮色；夜色。南朝宋谢灵运《石壁精舍还湖中作》：“林壑敛暝色，云霞收夕霏。”

（4）典出《庄子·齐物论》：“南伯子綦隐几而坐，仰天而嘘，嗒焉似丧其耦。”隐几：靠着几案，伏在几案上。　嗒焉：唐陆德明《释文》：“荅焉，本又作‘嗒’。”形容无精打采的样子。

（5）穹窿：天空。宋刘宰《挽赵了野母梁氏太夫人》：“穹窿原上春风起，无复潘舆驻夕阳。”

（6）西山：指西方的山。《同治徐州府志》卷十《舆地考上》：“或曰：萧东南山出白土，西山出红土。”

（7）倏焉：极快的样子。

（8）夹河：《乾隆徐州府志》卷二《山川》：“夹河，在（砀山）县西南五十里大河支分也。或曰即大河之别名。”

（9）隐：隐藏。不显露。　隆：升高。

（10）逢：逢会。相会，会合。

(11) 揖让：逊让。此喻河水回漩，蓄势待发。

(12) 歙：疑当作滃；水急流而发出的声音。　掀舞：飞舞；翻腾。

(13) 孤愤：《史记·老子韩非列传》："(韩非)悲廉直不容于邪枉之臣，观往者得失之变，故做《孤愤》。"司马贞《索隐》："孤愤，愤孤直不容于时也。"后以"孤愤"谓因孤高嫉俗而产生的愤慨之情。

(14) 逸气：超脱世俗的气概、气度。魏曹丕《与吴质书》："公幹有逸气，但未遒耳。"　长风：远风。战国楚宋玉《高唐赋》："长风至而波起兮，若丽山之孤亩。"

(15) 尔乃：发语词。汉班固《西都赋》："尔乃正殿崔嵬，层构厥高，临乎未央。"

(16) 揿揿：象声词。宋苏轼《满庭芳》："揿揿。疏雨过，风林舞破，烟盖云幢。"　沨沨：象声词。明高启《渡浙江宿西兴民家》："沨沨滩声回，莽莽山气积。"

(17) 汹汹：水腾涌貌。《文选·高唐赋》："濞汹汹其无声兮，溃淡淡而并入。"唐李善《注》："《说文》曰：'汹，汹涌也。'谓水波腾貌。"　瀜瀜：水平阔和畅貌。

(18) 长平之屋瓦：典出《史记·廉颇蔺相如列传》："秦伐韩，军于阏与。……王乃令赵奢将，救之。兵去邯郸三十里，而令军中曰：'有以军事谏者死。'秦军军武安西，秦军鼓噪勒兵，武安屋瓦尽振。"后以"武安瓦震"或"长平之瓦"喻军威声势浩大。此喻涛声。

(19)《史记·秦始皇本纪》："二十八年，始皇东行郡县，上邹峄山。立石，与鲁诸儒生议，刻石颂秦德，议封禅望祭山川之事。乃遂上泰山，立石，封，祠祀。下，风雨暴至，休于树下，因封其树爲五大夫。"

(20) 吕梁：吕梁洪。在今江苏省徐州市东南五十里。有上下二洪，相去七里，巨石齿列，波流汹涌。

(21) 纷纷：混乱状。《管子·枢言》："纷纷乎若乱丝，遗遗乎若有从治。"　籍籍：嘈杂状。《汉书·江都易王刘非传》："国中口语籍籍，慎无复至江都。"唐颜师古《注》:“籍籍,喧聒之意。”

(22) “其乌江之兵”至“而复会于彭城之侧者乎”,以秦末楚汉之争,项羽陷四面楚歌之境,项羽慷慨悲歌:“力拔山兮气盖世,时不利兮骓不逝。”奋身决死而战,自刎乌江,楚军兵败之状。喻涛声“若揖让而乐进”“触孤愤于崖石”“咽悲吟于下浦”。

(23) 赤帝之子:《史记 · 高祖本纪》:“高祖被酒,夜径泽中,令一人行前。行前者还报曰:‘前有大蛇当径,愿还。’高祖醉,曰:‘壮士行,何畏!’乃前,拔剑击斩蛇。蛇遂分爲两,径开。行数里,醉,因卧。后人来至蛇所,有一老妪夜哭。人问何哭,妪曰:‘人杀吾子,故哭之。’人曰:‘妪子何爲见杀?’妪曰:‘吾子,白帝子也,化为蛇,当道,今为赤帝子斩之,故哭。’人乃以妪为不诚,欲告之,妪因忽不见。”旧谓汉以火德王,火赤色,因神化刘邦斩蛇的故事,称刘邦为“赤帝子”。

(24) “其赤帝之子”至“按节翱翔而将返于沛宫者乎”,以秦末楚汉之争,刘邦获胜,威加海内,车驾四乡,鼓乐齐鸣,唱《大风》歌的状况,喻涛声“歙掀舞以相雄”“驾逸气于长风”“激高响于遥空”。

(25) 欠伸:伸懒腰。《仪礼 · 士相见礼》:“凡侍坐君子,君子欠伸,问日之早晏,以食具告。”汉郑玄《注》:“志倦则欠,体倦则伸。”

(26) 冯栏:凭栏。

(27) 夜气:此指夜间清凉之气。 郊垧:郊外。

(28) 芒砀:芒山、砀山的合称。在今安徽省砀山县东南处。清顾祖禹《读史方舆纪要》卷二十九“南直十一 · 砀山县”:“砀山,在县东南七十里,与河南永城县接界。其北八里曰芒山,汉高尝隐芒、砀山泽间是也。”

(29) 澒洞:绵延;弥漫。汉贾谊《旱云赋》:“运清浊之澒洞兮,正重沓而并起。”

(30)《庄子 · 齐物论》:“子游曰:‘地籁则众窍是已,人籁则比竹是已,敢问天籁。’

子綦曰：‘夫吹万不同，而使其自已也。咸其自取，怒者其谁邪？’”南郭子綦：《庄子·齐物论》“南郭子綦隐机而坐”唐成玄英《疏》：“楚昭王之庶弟，楚庄王之司马，字子綦。古人淳质，多以居处为号，居于南郭，故号南郭。”

(31) 滔天：弥漫天际。形容水势极大。《尚书·尧典》：“汤汤洪水方割，荡荡怀山襄陵，浩浩滔天。” 浴日：指太阳从水面升起。

(32) 东翻：指洪水朝东方翻滚而去。

(33) 气索：勇气丧失，精神沮丧。 神惫：神情疲惫。此句指竭尽全力。

(34) 懔：忧惧。 岌岌：危险状。《孟子·万章上》：“孔子曰：‘于斯时也，天下殆哉，岌岌乎！’不识此语诚然乎哉？”

(35) 觊：期望。 须臾：片刻，短时间。《荀子·劝学》：“吾尝终日而思矣，不如须臾之所学也。”

(36) 懵：通“瞢”。目不明。

(37) 耳聩：耳聋。

(38) 鱼腹：葬身鱼腹；淹死。《楚辞·渔父》：“宁赴湘流，葬于江鱼之腹中，安能以皓皓之白，而蒙世俗之尘埃乎？” 涂泥：泥泞的状态。

(39) 汪洋：水势宽广无际。《楚辞·九怀》：“临渊兮汪洋，顾林兮忽荒。”汉王逸《注》：“瞻望大川，广无极也。” 涵浴：通“涵濡”。浸渍，滋润。明方孝孺《观海楼记》：“于其摩荡涵浸之势，可以作吾气。”

(40) 潏潏：水涌出貌。唐罗隐《野狐泉》：“潏潏寒光溅路尘，相传妖物此潜身。” 汩汩：水急流貌。《文选·七发》：“恍兮忽兮，聊兮栗兮，混汩汩兮。”吕延济注：“混汩汩，相合疾流貌。”

(41) 掀簸：颠簸，翻腾。明李东阳《湘江送别》诗序：“风涛掀簸，恒出于所不测。”

(42) 泽渤：渤潏。沸腾翻涌的样子。宋晁补之《五丈渠》：“五丈渠，河水啮堤三里余，悬流下喷水渤潏。”

(43) 竽：古代吹奏乐器。其音较低沉。

(44) 篪：竹管制成像笛子般的乐器。其音调较高。

(45) 柷敔：乐器名。《周礼·春官·小师》："小师掌教鼓鼗柷敔。"汉荀悦《汉纪·武帝纪五》："木曰柷敔。"奏乐一般开始时击柷，终止时敲敔。一说二者同用以和乐，不分终始。

(46) 文：文乐。雅乐也。乐调多平缓。

(47) 武：武乐。颂扬武功的舞乐。同"文乐"相对。乐调多激烈。

(48) 呶：喧哗。　嗃：《埤苍》："嗃，大呼也。"

(49) 嚣：喧闹。　嗥：吼叫。

(50) 翕：和合；一致。

(51) 绎：谓音声和谐相续。《论语·八佾》："乐其可知也：始作，翕如也；从之，纯如也，皦如也，绎如也，以成。"

(52) 啁啁：象声词。禽鸟鸣声。传说为汉师旷《禽经》："鹩雀啁啁，下齐众庶。"

(53) 嘐嘐：鸡鸣声。唐柳宗元《游朝阳岩遂登西亭二十韵》："晨鸡不余欺，风雨闻嘐嘐。"

(54)《箫咸》：指《咸池》。古乐曲名。相传为尧乐。一说为黄帝之乐，尧增修沿用。《箫》《咸》泛指音乐。　洞庭：广大的庭宇。指天地。《庄子·天运》："帝张《咸池》之乐于洞庭之野。"唐成玄英疏："洞庭之野，天地之间，非太湖之洞庭也。"

(55) 钧天：钧天广乐。指天上的音乐，仙乐。

(56) 造物者：造万物之自然，或神灵。《庄子·大宗师》："伟哉，夫造物者将以予为此拘拘也。"

(57) 壹郁：犹抑郁。沉郁不畅。《汉书·贾谊传》："谇曰：'已矣！国其莫吾知兮，子独壹郁其谁语？'"唐颜师古《注》："壹郁犹怫郁也。"

(58) 胡为：为何。《诗经·式微》："微君之故，胡为乎中露？"

(59) 达人：达观之人。　大观：目光远大。

(60) 上士：高尚之士。《老子》："上士闻道，勤而行之。"北齐颜之推《颜氏家训·名实》："上士忘名，中士立名，下士窃名。"

(61) 一气：混沌之气。天地万物之本原。《庄子·大宗师》："彼方且与造物者为人，而游乎天地之一气。"　鸿蒙：宇宙的混沌状态。《庄子·在宥》："云将东游，过扶摇之枝，而适遭鸿蒙。"唐成玄英《疏》："鸿蒙，元气也。"

(62) 百步洪：在今徐州市东南，为泗水所经，有激流险滩，凡百余步，故名。清顾祖禹《读史方舆纪要》卷二十九"南直十一"："百步洪，州城东南二里，泗水所经也。水中若有限石，悬流迅急，乱石激涛，凡数里始静。一名徐州洪。或曰：洪有乱石峭立，凡百余步，故曰百步洪。"宋元丰元年(1078)秋，苏轼在徐州知州任上，曾与诗僧参寥一同放舟游于此，写下两首诗。录之，可与王阳明之赋相参。

附录

苏轼《百步洪》二首并序：

王定国访余于彭城，一日，棹小舟与颜长道携盼、英、卿三子，游泗水，北上圣女山，南下百步洪，吹笛饮酒，乘月而归。余时以事不得往，夜着羽衣，伫立于黄楼上，相视而笑。以为李太白死，世间无此乐三百余年矣。定国既去逾月，复与参寥师放舟洪下，追怀曩游，以为陈迹，喟然而叹。故作二诗，一以遗参寥，一以寄定国，且示颜长道、舒尧文邀同赋云。

长洪斗落生跳波，轻舟南下如投梭。水师绝叫凫雁起，乱石一线争磋磨。有如兔走鹰隼落，骏马下注千丈坡。断弦离柱箭脱手，飞电过隙珠翻荷。四山眩转风掠耳，但见流沫生千涡。险中得乐虽一快，何异水伯夸秋河。我生乘化日夜逝，坐觉一念逾新罗。纷纷争夺醉梦里，岂信荆棘埋铜驼。觉来俯仰失千劫，回视此水殊委蛇。君看岸边苍石上，古来篙眼如蜂窠。但应此心无所住，造物虽驶如余何。回船上马各归去，多言诿诿师所呵。

佳人未肯回秋波，幼舆欲语防飞梭。轻舟弄水买一笑，醉中荡桨肩相磨。不似长安闾里侠，貂裘夜走胭脂坡。独将诗句拟鲍谢，涉江共采秋江荷。不知诗中道何语，但觉两颊生微涡。我时羽服黄楼上，坐见织女初斜河。归来笛声满山谷，明月正照金叵罗。奈何舍我入尘土，扰扰毛群欺卧驼。不念空斋老病叟，退食谁与同委蛇。时来洪上看遗迹，忍见屐齿青苔窠。诗成不觉双泪下，悲吟相对惟羊何。欲遣佳人寄锦字，夜寒手冷无人呵。

来雨山雪图赋

昔年大雪会稽山，我时放迹游其间。岩岫皆失色[(1)]，崖壑俱改颜。历高林兮入深峦[(2)]，银幢宝纛森围圜[(3)]。长矛利戟白齿齿[(4)]，骇心栗胆如穿虎豹之重关[(5)]。涧溪埋没不可辨，长松之杪，修竹之下，时闻寒溜声潺潺[(6)]。沓嶂连天[(7)]，凝华积铅[(8)]，嵯峨崭削[(9)]，浩荡无颠[(10)]。嶙峋眩耀势欲倒[(11)]，溪回路转，忽然当之[(12)]，却立仰视不敢前。嵌窦飞瀑[(13)]，忽然中泻，冰磴崚嶒[(14)]，上通天罅[(15)]。枯藤古葛倚岩敖而高挂[(16)]，如瘦蛟老螭之蟠纠[(17)]，蜕皮换骨而将化。举手攀援足未定，鳞甲纷纷而乱下[(18)]。侧足登龙虬[(19)]，倾耳俯听寒籁之飕飕[(20)]，陆风蹀躞[(21)]，直际缥缈[(22)]。恍惚最高之上头[(23)]，乃是仙都玉京[(24)]。中有上帝遨游之三十六瑶宫[(25)]，傍有玉妃舞婆娑十二层之琼楼[(26)]，下隔人世知几许，真境倒照见毛发[(27)]。凡骨高寒难久留[28],划然长啸[29]。天花坠空[30],素屏缟障坐不厌[31],琪林珠树窥玲珑[32]。白鹿来饮涧,骑之下千峰。[33]寡猿怨鹤时一叫[34],仿佛深谷之底呼其侣。苍茫之外,争行蹙阵排天风[35]。鉴湖万顷寒濛濛[36],双袖拂开湖上云,照我须眉忽然皓白成衰翁。手掬湖水洗双眼,回看群山万朵玉芙蓉[37]。草团蒲帐青莎蓬,浩歌夜宿湖水东。梦魂清澈不得寐,乾坤俯仰真在冰壶中[38]。幽朔阴岩地[39],岁暮常多雪,独无湖山之胜,使我每每对雪长郁结[40]。朝回策马入秋台[41],高堂大壁寒崔嵬,恍然昔日之湖山,双目惊喜三载又一开。谁能缩地法此景[42],何来石田画师[43],我非尔,胸中胡为亦有此?来君神骨清莫比[44],此景奇绝酷相似。石田此景非尔不能摸[45],来君来君非尔不可当此图。我尝亲游此景得其趣,为君题诗,非我其谁乎?

考释

来雨山:来天球,字伯韶,号雨山。浙江萧山人。弘治三年进士,正德中历湖广按察使。见明朱应登《凌溪先生文集》卷十二《贺宪长来先生汉南平盗班师序》。

赋云"昔年大雪会稽山",殆王阳明回忆曾在冬天入山之景况,又有"双目惊喜三载又一开",或是三年前之事。王阳明生平,冬天登会稽山,可考者唯有正德八年返乡时。而三年后,正德十一年冬,王阳明前往江西。或此赋为此期间所撰。

笺注

(1)岩岫:峰峦。宋朱弁《曲洧旧闻》卷八:"新安郡黄山有三十六峰,与池阳接境,在郡西,岩岫秀丽可爱,仙翁释子多隐其中,图经不著其名。"

(2)高林:长林。高大的树林。

(3) 银幢：白色的经幢。或指雪树、雪峰。　宝纛：旗帜。

(4) 长矛利戟：此或指覆着冰雪的林木峰峦。　齿齿：突兀如齿。

(5) 栗胆：胆栗，胆战。　虎豹之重关：虎豹九关。典出战国楚屈原《招魂》："魂兮归来，君无上天些；虎豹九关，啄害天下人些。一夫九首，拔木九千些。"到天庭去的九重门都有虎豹把守。此指雪峰雪林如龙豹九关。

(6) 寒溜：寒冷的水流。

(7) 沓嶂：亦作"沓障"。重重叠叠的山峰。唐李白《庐山谣寄卢侍御虚舟》："香炉瀑布遥相望，回崖沓嶂凌苍苍。"

(8) 凝华积铅："沓嶂"上堆积之雪，凝结如铅花。

(9) 嵯峨：山高峻的样子。《楚辞・招隐士》："山气宠炏兮石嵯峨，溪谷崭岩兮水曾波。"汉王逸《注》："嵯峨巀嶭，峻蔽日也。"　崭削：犹斩截。山势陡峭。元刘祁《归潜志》卷十三："饭余往西岩。岩在西方丈西，数峰如崭截，岂嵬磊砢相倚，仰观凛凛。"

(10) 无颠："沓嶂连天"，不见其颠。

(11) 嶙峋：形容山峰、岩石、建筑物等突兀高耸。宋李纲《登钟山谒宝公塔》："我登钟山顶，白塔高嶙峋。"　眩耀：同"炫耀"。光彩夺日。《论衡・说日》："仰察之，日光眩耀，火光盛明，不能堪也。"

(12) 当：面对着。《乐府诗集・木兰诗》："木兰当户织。"

(13) 嵌窦：泉穴。唐杜甫《园人送瓜》："竹竿接嵌窦，引注来鸟道。"清仇兆鳌《详注》："嵌窦，谓泉穴。"

(14) 冰磴：结冰的石阶。东晋孙绰《游天台山赋》："跨穹隆之悬磴，临万丈之绝冥。"　崚嶒：山高低不平貌。南朝梁何逊《渡连圻》："悬崖抱奇崛，绝壁驾崚嶒。"

(15) 天罅：天上的缝隙。罅，缝隙。唐韩愈《县斋有怀》："湖波翻日车，岭石坼天罅。”

(16) 岩嶅：岩石山坳。嶅，通“坳”。

(17) 蛟螭：泛指龙蛇类水族。 蟠纠：蟠绕。环绕；围绕。

(18) 鳞甲纷纷而乱下：此喻雪花飘落。

(19) 龙虬：此喻树如虬龙。

(20) 寒籁：寒流凄厉之声。宋宋祁《拟杜子美峡中意》：“惊风借壑为寒籁，落日容云作暝阴。”

(21) 陆风：地面吹拂之风。 蹀躞：犹躞蹀。往来小步貌。《文选·南都赋》：“修袖缭绕而满庭，罗袜躞蹀而容与。”唐李善《注》：“躞蹀，小步貌。”

(22) 直际：直接通往。宋刘克庄《十五里沙》：“渺茫直际九州外。” 缥缈：高远隐约貌。《文选》木华《海赋》：“群仙缥眇，餐玉清涯。”

(23) 恍惚：仿佛。宋叶适《宋故中散大夫提举武夷山冲佑观张公行状》：“其树林岩石，幽茂深阻，恍惚隔尘世。”

(24) 仙都：道家传说中神仙所居之处。《海内十洲记·聚窟洲》：“沧海岛在北海中……岛中有紫石宫室，九老仙都所治。” 玉京：道家所说天帝的居处。晋葛洪《枕中书》引《真记》：“元都玉京，七宝山，周回九万里，在大罗之上。”《魏书·释老志》：“道家之原，出于老子。其自言也，先天地生，以资万类，上处玉京，为神王之宗。”

(25) 上帝：中国古代传说中宇宙的主宰。天帝。 瑶宫：传说中的仙宫，用美玉砌成。南朝梁陶弘景《许长史旧馆坛碑颂》：“瑶宫碧简，绚采垂文。”

(26) 玉妃：本为传说中的仙女。《云笈七签》卷二五：“玉妃忽见，其名密华，厥字邻倩。”多用以喻雪花。唐韩愈《辛卯年雪》诗：“白霓先启涂，从以万玉妃。”宋人杨冠卿《癸丑仲冬十日蚤晴从中使过莼湖未几风雪交往》：“鬖髿振袂玉妃舞，雪花撩乱穿疏篷。” 婆娑：舞貌。《诗经·东门之枌》：“子仲之子，婆娑其下。"《毛传》:"婆娑,舞也。" 琼楼: 此指仙宫中的楼台。唐皮日休《腊后送内大德从勖游天台》:"梦入琼楼寒有月,行过石树冻无烟。"

(27) 真境: 道教指仙境。《宋史·乐志》:"蓬莱邃馆,金碧照三山,真境胜人间。"

(28) 高寒: 处高而寒。宋苏轼《水调歌头》:"我欲乘风归去,又恐琼楼玉宇,高处不胜寒。"

(29) 划然: 象声形容词。宋苏轼《后赤壁赋》:"划然长啸,草木震动,山鸣谷应,风起水涌。"

(30) 天花: 雪花。宋陆游《拟岘台观雪》:"山川灭没雪作海,乱坠天花自成态。"

(31) 素屏: 白色的屏风。唐白居易《三谣·素屏谣》:"素屏素屏,孰为乎不文不饰,不丹不青。" 缟障: 白色绢制的障子。此俱是喻白雪冰封的世界。

(32) 琪林: 玉做的树林。指枝条被雪覆盖的林木。 珠树: 积雪之树。唐王初《望雪》:"银花珠树绕来看,宿醉初醒一倍寒。"

(33) 此两句典出"骑白鹿"。《太平御览》卷九百六《兽部十八·鹿》:"南朝梁孙柔之《瑞应图》曰: 黄帝时,西王母使使乘白鹿,献白环之休符。"后因以"骑白鹿"指仙人行空之术。亦省作"骑鹿"。此喻雪花飘落。

(34) 寡猿怨鹤: 猿悲鹤怨。猿和鹤凄厉地啼叫。

(35) 蹙: 刺蹙。庸碌繁忙的样子。唐李白《古风》之四〇:"焉能与群鸡,刺蹙争一餐。"

(36) 鉴湖: 在绍兴。 寒濛濛: 寒气迷蒙。唐贾岛《辞二知己》:"波岛忽已暮,海雨寒濛濛。"

(37) 玉芙蓉: 白莲花。宋朱熹《莲沼》:"亭亭玉芙蓉,迥立映澄碧。"此指群山披雪,如白莲花。

(38) 冰壶: 本指盛冰的玉壶。多比喻月亮。唐杜甫《寄裴施州》:"金钟大镛在东序,冰壶玉衡悬清秋。"此或借指冰雪世界。

(39) 幽朔：北面也。唐杜甫《姜楚公画角鹰歌》："楚公画鹰鹰戴角，杀气森森到幽朔。"清仇兆鳌注："《记》：仲秋之月，杀气浸盛。师氏曰：《书》：宅朔方，曰幽都。幽，阴也。朔，北也。"

(40) 郁结：郁闷、纠结不解。《楚辞·远游》："遭沉浊而污秽兮，独郁结其谁语？"王逸《注》："思虑烦冤无告陈也。"

(41) 秋台：秋日高台。唐朱景玄《望莲台》："秋台好登望，菡萏发清池。"或指来氏官邸。

(42) 缩地：缩小空间距离。传说中化远为近的神仙之术。晋葛洪《神仙传·壶公》："费长房有神术，能缩地脉，千里存在，目前宛然，放之复舒如旧也。"此喻《雪图》能将千里湖山融于一画之内。

(43) 石田画师：明画家沈周号石田，善绘山水。

(44) 来君：来雨山。　神骨：神情风骨。宋米芾《画史·唐画》："江州张氏收李重光道装像，神骨俱全。"

(45) 摸：同摹，临摹、摹绘。

雨霁游龙山次五松韵[一]

晴日须登独秀台(1)，碧山重叠画图开。闲心自与澄江老(2)，逸兴谁还白发来(3)？潮入海门舟乱发(4)，风临松顶鹤双回。夜凭虚阁窥星汉(5)，殊觉诸峰近斗魁(6)。

严光亭子胜云台(7)，雨后高凭远目开。乡里正须吾辈在，湖山不负此公来(8)。江边秋思丹枫尽(9)，霜外缄书白雁回(10)。幽朔会传戈甲散(11)，已闻南檄授渠魁(12)。

校勘

[一] 此诗题，上古本《全集》目录作“雨中与钱二雁魏五松约游龙山”。

考释

五松：魏五松。生平不详。与守仁有唱和之作，见下。此诗当为晚年在越时作。笔者推断为嘉靖五年秋。时北方小王子等兵患，在正德、嘉靖年间，经年不断。《明通鉴》：嘉靖四年“春正月，丙寅，小王子别部之驻西海者，以万骑寇甘肃，总兵官姜奭御之于苦水墩，斩其魁，寇乃引去。”此后见于记载的北方民族入侵，在嘉靖五年、六年都有。也都时进时退。然而，考当时形势和王阳明行迹，此诗不可能撰于嘉靖六年。其一，嘉靖六年，小王子等反复南侵(见《明通鉴》嘉靖六年“二月”、“八月”纪事)，又有“土尔番”的反复，无所谓“会传戈甲散”。其二，南方事起，无所谓“南檄授渠魁”。在正德、嘉靖之间，明朝的“南方”之事，有如下几件：1. 田州岑猛之事。2. 四川陇氏之乱。3. 八寨等民众的反乱。还有交趾之事等。详见《明实录》《明史》《国榷》《明通鉴》等记载。而此处所说“授渠魁”的事，当指嘉靖五年四月四川之事。见下引《明通鉴》嘉靖五年文。如到六年，虽说岑猛已被姚镆平息，但不久立刻有卢苏、王受等反复，并非如诗中所显现的那么安泰。正因为思、田未平，才有当年五月起用王阳明之举。其三，如诗中内容所示，此诗作于晚秋之际。嘉靖六年深秋，王阳明已经不在余姚。而嘉靖前数年，他正为父亲、妻子守丧，恐亦无此兴致。且有关的史事也不符。综上所述，定此诗作于正德五年秋为较妥。《明通鉴》嘉靖五年：“夏四月己未，四川芒部平。初，陇氏之乱，土舍陇寿与庶弟政、兄妻支禄争袭。”此为正德十五年事。“四年，政诱杀寿。”朝臣“乃命镇巡官谕安宁缚政、禄及助恶者。时陇政已为官军禽于水西，追获芒部印信，斩首及生禽者甚众，旋招抚白鸟石等四十九寨，遂平之。”而兵部奏言：“(陇氏)骚动两省，王师大举，始克荡平。”

龙山，在余姚。原有严子陵祠。此诗至下《西湖醉中谩书》诸诗，为王阳明在越地故乡时之作。

笺注

（1）独秀台：不详。当在龙山上。

（2）澄江：清澈的江水，晋谢朓《晚登三山还望景邑》："余霞散成绮，澄江净如练。"此指龙山下的余姚江，又称舜水。

（3）此句殆指：谁还在白发苍苍时带着逸兴来？指二人犹有逸兴。

（4）海门：泛指江河入海处。

（5）虚阁：升空临虚之高阁。三国魏曹植《七启》："华阁缘云，飞陛凌虚，俯眺流星，仰观八隅。"

（6）斗魁：泛指北斗。唐韩偓《感事三十四韵》："斗魁当北坼，地轴向西偏。"

（7）严光亭子：龙山上原有严子陵祠。严光，即严子陵，东汉著名隐士。已见前。云台：高耸入云之台阁，亦为宫中高台名。此指朝廷或得到朝廷封赏。已见前。此语殆双关。

（8）此公：当指魏五松。

（9）丹枫：红色枫叶。宋张炎《八声甘州》："未觉丹枫尽老，摇落已堪嗟。"

（10）缄书：书信。唐杜甫《奉汉中王手札》："前后缄书报，分明馔玉恩。" 白雁：宋孔平仲《孔氏谈苑·白雁为霜信》："北方有白雁，似雁而小，色白。秋深至则霜降，河北人谓之霜信。"

（11）幽朔：北方地区。汉扬雄《并州牧箴》："画兹朔土，正直幽方。" 戈甲散：解甲投戈，不再战斗。汉扬雄《解嘲》："叔孙通起于枹鼓之间，解甲投戈，遂作君臣之仪，得也。"此指嘉靖四、五年间事。见前考释。

（12）南檄：南方捷报。 授渠魁：殆指平定四川陇氏之乱事。见前考释。

雪窗闲卧

梦回双阙曙光浮[1]，懒卧茅斋且自由。巷僻料应无客到，景多唯拟作诗酬。千岩积素供开卷[2]，叠嶂回溪好放舟[3]。破虏玉关真细事[4]，未将吾笔遂轻投[5]。

考释

此诗似作于嘉靖四年、五年之际。

《明通鉴》嘉靖四年十一月："召总制三边杨一清还。"十二月"初一，清既召，廷臣首推彭泽、王阳明，不允"，而"起致仕兵部尚书王宪提督陕西三边军务"。由此可见当时守仁在朝中情况之一斑。诗中有"破虏玉关真细事，未将吾笔遂轻投"，反映了王阳明当时的心态和他的自尊、自负。

笺注

（1）双阙：借指京都。见前《晓霁用前韵书怀二首》（一）笺注（1）。

（2）积素：积雪。《文选·雪赋》："积素未亏，白日朝鲜。"唐李周翰《注》："言积雪未销，白日鲜明。"

（3）叠嶂：重叠的山峰。　回溪：回曲的溪流。

（4）玉关：玉门关。　细事：小事。

（5）此句用投笔从戎典。《后汉书·班超传》："大丈夫无他志略，犹当效傅介子、张骞立功异域，以取封侯，安能久事笔砚间乎？"

次韵毕方伯写怀之作

孔颜心迹皋夔业[1]，落落乾坤无古今[2]。公自平王怀真气[3]，谁能晚节负初心？猎情老去惊犹在[4]，此乐年来不费寻。矮屋低头真局促，且从峰顶一高吟。

考释

毕方伯：束景南《辑考编年》考证为毕亨。具体不详。因人物未确定，诗中多有难解之处。

笺注

（1）孔颜：孔子、颜回。　心迹：《论语·先进》孔子听诸生"各言其志"，曾皙有"浴沂"，已见前。又《论语·雍也》，孔子曰："贤哉，回也！一箪食，一瓢饮，在陋巷，人不堪其忧，回也不改其乐。贤哉，回也！"　皋夔：皋陶和夔的并称。《史记·五帝本纪》："禹、皋陶、契、后稷、伯夷、夔、龙、倕、益、彭祖自尧时而皆举用，未有分职。"后常借指贤臣。宋王禹偁《谪居感事》："贵接皋夔步，深窥龙凤姿。"

（2）落落：此指磊落、清明状。唐刘禹锡《唐故中书侍郎平章事韦公集纪》："古今相望，落落然如骑星辰。"

（3）平王：不详。　真气：或指人体之元气。道教谓"性命双修"所得之气。《素问·上古天真论》："恬惔虚无，真气从之；精神内守，病安从来？"又转指刚正之气。

（4）猎情：此处殆指游猎之情。

春晴散步

考释

此诗的第一首与《全集》卷二十"居越诗"中所收《山中漫兴》，当为同一诗。文字略有出入，故第一首仅校异同，不重复注释。此二诗似作于嘉靖五年春。

(一)

清晨急雨过林霏[一],余点烟梢尚滴衣。隔水霞明桃乱吐,沿溪风暖药初肥。物情到底能容懒,世事从前且任非[二]。对眼春光唯自领[三],如谁歌咏月中归[四]。

校勘

[一] 霏:上古本《全集》卷二十《山中漫兴》作"扉"。

[二] 且任非:上古本《全集》卷二十《山中漫兴》作"世顿觉非"。

[三] 对眼春光唯自领:上古本《全集》卷二十《山中漫兴》作"自拟春光还自领。"

[四] 如:上古本《全集》卷二十《山中漫兴》作"好"。

(二)

祗用舞霓裳(1),岩花自举觞。古崖松半朽,阳谷草长芳(2)。径竹穿风磴(3),云萝绣石床(4)。孤吟动《梁甫》(5),何处卧龙冈(6)?

笺注

(1) 霓裳:本指神仙的衣裳。此指漂浮的云雾,云气。

(2) 阳谷:朝南的山谷。

(3) 风磴:山岩上的石级。岩高多风,故称。唐杜甫《谒文公上方》:"窈窕入风磴,长萝纷卷舒。"清仇兆鳌《详注》:"风磴,石梯凌风。"

(4) 石床:平缓的山石。

(5)《梁甫》:即《梁父吟》。是古代用作葬歌的民间曲调,音调悲切凄苦。《三国志·蜀书·诸葛亮传》称诸葛亮"好为《梁父吟》"。

(6) 卧龙冈:卧龙岗。旧时传为诸葛亮隐居处。见《三国志·蜀书·诸葛亮传》。

次魏五松荷亭晚兴

考释

魏五松：见前《雨霁游龙山次五松韵》考释。

（一）

入座松阴尽日清，当轩野鹤复时鸣。风光于我能留意，世味酣人未解醒[(1)]。长拟心神窥物外[(2)]，休将姓字重乡评[(3)]。飞腾岂必皆伊吕[(4)]，归去山田亦可耕。

笺注

（1）世味：功名宦情。　酣：本指沉迷、耽溺于酒。此处为使动用法。

（2）物外：世外。超脱于尘世之外。汉张衡《归田赋》："苟纵心于物外，安知荣辱之所如！"

（3）姓字：姓名，此指名声。　乡评：乡里的评品。源自魏晋，各时代、地区有所不同。

（4）伊吕：指商代伊尹和周代吕尚。伊尹辅汤，吕尚佐周武王，皆有大功，后并称，指辅弼重臣。

（二）

醉后飞觞乱掷梭[(1)]，起从风竹舞婆娑[(2)]。疏慵已分投箕颍[(3)]，事业无劳问保阿[(4)]。碧水层城来鹤驾[(5)]，紫云双阙笑金娥[(6)]。抟风自有天池翼，莫倚蓬蒿斥鹌窠。[(7)]

笺注

（1）飞觞：行觞。晋左思《吴都赋》："里燕苍饮，飞觞举白。"　掷梭：形容来往频繁。宋梅询《濠州四望亭闲眺》:“南北舟行互掷梭,长淮混混接天河。”

(2)婆娑:舞姿。

(3)疏慵:疏懒;懒散。　箕颍:箕山和颍水。相传尧时,贤者许由隐居箕山之下,颍水之阳。后因以“箕颍”指隐居者或隐居之地。

(4)《汉书·李寻传》:“唯陛下执乾刚之德,强志守度,毋听女谒邪臣之态。诸保阿乳母甘言悲辞之托,断而勿听。”保阿,古代抚养教育贵族子女的妇女。

(5)层城:指仙乡。宋苏轼《仙都山鹿》:“仙人已去鹿无家,孤栖怅望层城霞。”　鹤驾:此指仙人的车驾。隋薛道衡《老氏碑》:“炼形物表,卷迹方外,蜺裳鹤驾,往来紫府。”

(6)紫云:紫色之云。神仙祥瑞之兆。汉焦赣《易林·履之渐》:“黄帝紫云,圣且神明,光见福祥,告我无殃。”　双阙:借指京都。见前《晓霁用前韵书怀二首》(一)笺注(1)。此指天上宫阙。　金娥:指月中嫦娥。唐李白《明堂赋》:“玉女攀星于网户,金娥纳月于璇题。”

(7)抟风:《庄子·逍遥游》:“汤之问棘也是已。穷发之北有冥海者,天池也。有鱼焉,其广数千里,未有知其修者,其名为鲲。有鸟焉,其名为鹏,背若太山,翼若垂天之云,抟扶摇羊角而上者九万里,绝云气,负青天,然后图南,且适南冥也。斥鴳笑之曰:‘彼且奚适也?我腾跃而上,不过数仞而下,翱翔蓬蒿之间,此亦飞之至也。而彼且奚适也?’此小大之辩也。”扶摇,旋风。后因称乘风捷上为“抟风”。　天池翼:形容翼之大,指大鹏之翼。　蓬蒿:指草丛;草莽。　鹌窠:鹌鹑之巢。

次张体仁联句韵

考释

张体仁：不详。束景南疑即《明清进士录》中所载“弘治十二年二甲七名”的张文渊。录此待考。又此诗题下收有三首诗，何福安《宝晋斋碑帖集释》(黄山书社，2009 年)载有此三诗，云原系无为的“宝晋斋”收藏，原题“苏台唐寅”作。束景南认为：“其中手书《次张体仁联句韵》诗，昭昭载于《王阳明全集》卷二十九中，其为阳明诗而非唐寅诗一目了然。”考《王阳明全集》，源于隆庆本《王文成公全书》卷二十九，乃隆庆时期收集嘉靖间刊《阳明文录》中未收文字而成。时距王阳明去世业已近四十年，故此三首诗是否全部确为王阳明之作，似还有斟酌的余地。即使为王阳明之作，考其内容，时间上有先后，如(一)云“霜前岩菊尚余芳”，而(二)有“深冬平野风烟淡”，显非一时。

又，诗中多有无奈的惆怅感和出世之念，又有“游兴还堪鬓未苍”句，似非晚年之作。如为王阳明作品，疑为在南京时所作。

又，诗有三首，诗题或当加“三首”二字。

(一)

眼底湖山自一方，晚林云石坐高凉。闲心最觉身多系，游兴还堪鬓未苍。树杪风泉长滴翠，霜前岩菊尚余芳。秋江画舫休轻发，忍负良宵镫烛光。

(二)

山中幽寻亦惜忙[1]，长松落落水浪浪[2]。深冬平野风烟淡[3]，斜日沧江鸥鹭翔。海内交游唯酒伴，年来踪迹半僧房。相过未尽青云话[4]，无奈官程促去航[5]。

笺注

（1）幽寻：探寻幽胜之境。

（2）落落：此指稀落挺拔状。汉杜笃《首阳山赋》："长松落落，卉木蒙蒙。" 浪浪：水流动状。《楚辞·离骚》："揽茹蕙以掩涕兮，沾余襟之浪浪。"汉王逸《注》："浪浪，流貌也。"

（3）风烟：风光。唐白居易《西湖留别》："征途行色惨风烟，祖帐离声咽管弦。"

（4）青云：此指隐居。《南史·齐衡阳王钧传》："身处朱门，而情游江海；形入紫闼，而意在青云。"

（5）官程：此殆指赴任的旅程。

（三）

青林人静一灯归[1]，回首诸天隔翠微[2]。千里月明京信远[3]，百年行乐故人稀。已知造物终难定[4]，唯有烟霞或可依[5]。总为迂疏多抵捂[6]，此生何忍便脂韦[7]。

笺注

（1）青林：寺庙的别称。唐王昌龄《洛阳尉刘晏与府掾诸公茶集天宫寺岸道上人房》："道安风尘外，洒扫青林中。"

（2）诸天：佛教语。指众护法天神。《长阿含经》卷一："佛告比丘，毗婆尸菩萨生时，诸天在上，于虚空中，手执白盖宝扇，以障寒暑风雨尘土。"也泛指天界。此或指寺庙中"诸天"。 翠微：此指山光水色青翠缥缈。《文选·蜀都赋》："郁葐蒕以翠微，崛巍巍以峨峨。"刘逵《注》："翠微，山气之轻缥也。"

（3）京信：京城的信息。晚唐徐铉《送彭秀才》："尽日野云生舍下，有时京信到门前。”

（4）造物：造物主。宋苏轼《答程天侔书》之一：“尚有此身，付与造物者，听其运转，流行坎止，无不可者。”此指命运。

（5）烟霞：此指隐居的山林。南朝梁萧统《锦带书十二月启・夹钟二月》：“敬想足下，优游泉石，放旷烟霞。”

（6）迂疏：迂远疏阔。唐权德舆《自杨子归丹阳初遂闲居聊呈惠公》：“蹇浅逢机少，迂疏应物难。” 抵牾：犹牴牾、诋忤。指不顺畅、抵触。唐白居易《论左降独狐朗等状》：“臣伏以李景俭因饮酒醉，诋忤宰相；既从远贬，已是深文。”

（7）脂韦：油脂和软皮。《楚辞・卜居》：“宁廉洁正直以自清乎？将突梯滑稽如脂如韦以絜楹乎？”后因以“脂韦”比喻阿谀或圆滑。南朝梁刘孝标《广绝交论》：“金膏翠羽将其意，脂韦便辟导其诚。”

题郭诩濂溪图

郭生作濂溪像(1)，其类与否，吾何从辨之？使无手中一图，盖不知其为谁矣。然笔画老健超然，自不妨为名笔。

郭生挥写最超群，梦想形容恐未真(2)。霁月光风千古在，当时黄九解传神(3)。

考释

郭诩：字仁弘，号清狂道人、清狂逸叟。江西泰和南寮人。明代浙派画家，擅长画山水、人物，兼有粗笔和细笔两种面貌。现有《琵琶行图》《花卉草虫画册》等存世。事见明焦竑《献征录》卷一百十五陈昌积《郭清狂诩传》。又上古本《王阳明全集》卷二十四《题寿外母蟠桃图》:“幕下之士有郭诩者,因为作《王母蟠桃之图》以献。”可知郭氏曾为王阳明幕下士。

笺注

(1)濂溪:北宋周敦颐,世称濂溪先生。已见前《萍乡道中谒濂溪祠》考释。

(2)形容:形态容貌。《北史·夏侯道迁传》:“时日晚天阴,空中微暗,咸见夬在坐,衣服形容,不异平昔。”

(3)宋黄庭坚《濂溪诗并序》:“舂陵周茂叔,人品甚高,胸中洒落,如光风霁月。”霁月光风,雨过天晴时的明净景象。此用以喻周敦颐的品格高尚,胸襟开阔。　黄九:宋黄庭坚行九,人称“黄九”。

西湖醉中谩书

湖光潋滟晴偏好[一],此语相传信不诬。(1)景中况有佳宾主,世上更无真画图。溪风欲雨吟堤树,春水新添没渚蒲(2)。南北双峰引高兴(3),醉携青竹不须扶(4)。

校勘

[一]晴:原作“暗”,据上古本《全集》改。

考释

王阳明到杭州有数次:一,年轻时在杭州求学,或路过。二,弘治十六年在杭州养病。三,正德二年,被贬龙场时路过。四,平宸濠之乱后,由江西到杭州献俘。五,晚年奉召征思、田,路过杭州。后三次,恐无此悠闲之情。该诗平直,谈风景游兴,或为弘治晚期所作。

笺注

（1）宋苏轼《饮湖上初晴后雨》："水光潋滟晴方好，山色空蒙雨亦奇。"

（2）渚蒲：小洲上的蒲草。

（3）南北双峰：杭州的南高峰、北高峰。

（4）青竹：借指竹杖。

文衡堂试事毕书壁

棘闱秋锁动经旬[1]，事了惊看白发新。造作曾无酣蚁句[2]，支离莫作画蛇人[3]。寸丝拟得长才补[4]，五色兼愁过眼频[5]。袖手虚堂听明发[6]，此中豪杰定谁真[7]。

考释

文衡堂：殆当地科举考试之地。明林俊《见素集》卷八《湖广贡院增修记》："（贡院内）又后有文衡堂。左右为室，考试官居焉。"此当是王阳明在山东主持乡试时之作。《年谱》："（弘治）十有七年甲子，先生三十三岁，在京师。秋，主考山东乡试。巡按山东监察御史陆偁聘主乡试，试录皆出先生手笔。其策问议国朝礼乐之制：老佛害道，由于圣学不明；纲纪不振，由于名器太滥；用人太急，求效太速；及分封、清戎、御夷、息讼，皆有成法。录出，人占先生经世之学。"

笺注

（1）棘闱：科举时代的考场。旧时在考场四周围上荆棘，以防止闲人擅自进入，故称为"棘闱"。宋黄庭坚《博士王扬休碾密云龙同事十三人饮之戏作》："棘围深锁武成宫，谈天进士雕虚空。" 秋锁：秋天举行的乡试。

（2）造作：做作。宋陈善《扪虱新话·论俗人之俗》："平日无佳论，而临事好造作，此俗人也。" 酣蚁：典出"南柯梦"。有"槐柯酣蚁""槐柯蚁穴"之成句，喻富贵无常。宋王奕《八声甘州》："□百年间春梦，笑槐柯蚁穴，多少王侯。"

（3）支离：分散；残缺；没有条理。杂乱。汉扬雄《法言·五百》："或问：'天地简易而法之，何五经之支离？'曰：'支离盖其所以为简易也。'"金王若虚《史记辨惑一》："至《世家》杂举二篇之旨，支离错乱，不成文理，读之可以发笑。" 画蛇人：指画蛇添足之人。事见《战国策·齐策二》。

（4）寸丝：积丝成寸。语本《后汉书·乐羊子传》："一丝而累，以至于寸；累寸不已，遂成丈匹。"清黄宗羲《宋儒学案》卷四《庐陵学案·读书说》："立身以力学为先，力学以读书为本。……(诸经书)且以中材为率，若日诵三百字，不过四年半可毕。或以天资稍钝，中材之半，日诵一百五十字，亦止九年可毕。苟能熟读而温习之，使入耳着心，久不忘失，全在日积之功耳。里谚曰：'积丝成寸，积寸成尺。寸尺不已，遂成为匹。'此语虽小，可以喻大。后生其勉之！" 长才：优异的才能。此指"长才"须得"才丝"之补，方得而成。

（5）五色：指各种颜色。《老子》："五色，令人目盲。"此句似指担心过眼的"五色"过多，反而会辨别不清。

（6）袖手：藏手于袖。不参预其中。唐韩愈《祭柳子厚文》："不善为斫，血指汗颜，巧匠旁观，缩手袖间。" 虚堂：空堂。南朝梁萧统《示徐州弟》："屑屑风生，昭昭月影。高宇既清，虚堂复静。"唐戎昱《客堂秋夕》："隔窗萤影灭复流，北风微雨虚堂秋。" 听：听任，不干涉。 明发：此指公开发榜。

（7）此中：此指众考生。

诸君以予白发之句，试观予鬓，果见一丝。予作诗实未尝知也。谩书一绝识之

忽然相见尚非时[1]，岂亦殷勤效一丝[2]？总使皓然吾不恨[3]，此心还有尔能知[4]。

考释

此诗乃由上一诗中有“事了惊看白发新”句而生，当与上一诗为同时之作。

笺注

（1）非时：非当其时。时守仁仅三十三岁。

（2）一丝：双语。一指此一丝白发，又指一丝之力。

（3）总使：纵使。“总”通“纵”。宋程垓《八声甘州》：“总使梁园赋在，奈长卿、老去亦何为。” 皓然：发白状。宋范仲淹《养老乞言赋》：“待以常珍，用贵皓然之士”。

（4）尔：指先白之发。

游泰山

飞湍下云窟[1]，千尺泻高寒[2]。昨向山中见，真如画里看。松风吹短鬓，霜气肃群峦。好记相从地，秋深十八盘[3]。

考释

此当是王阳明在山东主考乡试前后事。

笺注

（1）飞湍：急流。唐李白《蜀道难》：“飞湍瀑流争喧豗，砯厓转石万壑雷。” 云

窟：高山上的岩洞。宋王禹偁《阳冰篆》："唯兹数十字，遒劲倚云窟。"

（2）高寒：高而寒冷之地。此处喻泰山之高也。元张养浩《登泰山》："笑拍洪崖咏新作，满空笙鹤下高寒。"

（3）十八盘：指由升仙坊到南天门间的险峻山道，是泰山登山盘路中最险要的一段，共有石阶 1600 余级。

雪岩次苏颖滨韵

客途亦幽寻[(1)]，窈窕穿谷底[(2)]。尘土填胸臆，到此方一洗。仰视剑戟锋[(3)]，巑岏颒有泚[(4)]。俯窥蛟龙窟[(5)]，匍伏首如稽[(6)]。绝境固灵秘[(7)]，兹游实天启。梵宇遍岩壑[(8)]，檐牙相角抵[(9)]。山僧出延客，经营设酒醴[(10)]。道引入云雾[(11)]，峻陟历堂陛[(12)]。石田唯种椒[(13)]，晚炊仍有米。张灯坐小轩，矮榻便倦体。清游感畴昔[(14)]，陈李两昆弟[(15)]。侵晨访旧迹[(16)]，古碣埋荒荠[(17)]。

考释

雪岩：殆指灵岩寺中雪岩。苏颖滨：苏辙字颖滨号栾城。宋熙宁七年（1074）冬天，大旱，苏辙时任齐州掌书记，曾到泰山在龙洞祈雪，作《齐州祈雨雪祷文二首·龙洞文》。这里所说"次苏颖滨韵"的原诗，指载《苏辙集》卷五《游泰山四首》其三《灵岩寺》："青山何重重，行尽土囊底。岩高日气薄，秀色如新洗。入门尘虑息，盥漱得清泚。高堂见真人，不觉首自稽。祖师古禅伯，荆棘昔亲启。人迹尚萧条，豺狼夜相觝。白鹤导清泉，甘芳胜醇醴。声鸣青龙口，光照白石陛。尚可满畦塍，岂惟濯蔬米。居僧三百人，饮食安四体。一念但清凉，四方尽兄弟。何言庇华屋，食苦当如荠。"

此诗所述也是王阳明在赴山东主考乡试前后事，与前《游泰山》当为同时之作。

笺注

（1）幽寻：探幽访胜。

（2）窈窕：深远貌。唐卢照邻《双槿树赋》："纷广庭之霍靡，隐重廊之窈窕。"

（3）剑戟锋：如剑戟般峻锐的山峰。

（4）巑岏：山高锐貌。南朝宋鲍照《登庐山望石门》："崭绝类虎牙，巑岏象熊耳。" 颡有泚：《孟子・滕文公上》："其颡有泚，睨而不视。"汉赵岐《注》："颡，额也。泚，汗出泚泚然也。"后以"颡泚"表示心中惶恐。

（5）蛟龙窟：泰山七十二群峰中之虎山，有虬仙洞。

（6）首如稽：指头如稽首般地叩到地面。《周礼・春官・大祝》："一曰稽首，二曰顿首，三曰空首。"宋贾公彦《疏》："一曰稽首，其稽，稽留之字；头至地多时则为稽首也。"

（7）灵秘：神奇莫测。

（8）梵宇：佛教庙宇。

（9）檐牙：屋檐翘出如牙的部分。　角抵：此指檐牙交错状。

（10）酒醴：酒和醴。此泛指各种酒。

（11）道引：犹引导。

（12）峻陟：犹陟峻。经过险峻处。

（13）石田：指山间贫瘠田地。　椒：或指山椒。

（14）畴昔：往日，从前。

（15）陈、李：不详。或指当时同游的学生，友人。

（16）侵晨：天快亮时，拂晓。

（17）荒荠：野生的荠菜。宋方回《景安录示旧雪诗拟简斋走笔赋所感奉谢》："归家煮荒荞，一饱亦肉糜。”此殆指丛生的荒草。

试诸生有作

醉后相看眼倍明，绝怜诗骨逼人清[1]。菁莪见辱真惭我[2]，胶漆常存底用盟[3]。沧海浮云悲绝域[4]，碧山秋月动新情。忧时谩作中宵坐[5]，共听萧萧落木声[6]。

考释

考此诗意，乃写深秋时事。诗曰“绝域”，与前在山东时所作不同，似在贵州作。以下至《醉后歌用燕思亭韵》殆俱为贵州时所作诗。

王阳明在正德三年，应毛科之邀，正德四年初，又蒙席书招聘，到贵州书院主讲。此诗或为当时所撰。

笺注

(1) 绝怜：极其喜爱。宋杨万里《暮寒》：“绝怜晴色好，无奈暮寒何。” 诗骨：诗歌风骨。 逼人：侵袭肌体。唐唐彦谦《咏葡萄》：“胜游记得当年景，清气逼人毛骨寒。”

(2) 菁莪：《诗经·小雅·菁菁者莪》毛《序》曰：“菁菁者莪，乐育材也。君子能长育人材，则天下喜乐之矣。”后以“菁莪”指育材。

(3) 胶漆：情谊极深，亲密无间。汉邹阳《狱中上书》：“感于心，合于意，坚如胶漆，昆弟不能离，岂惑于众口哉！”唐白居易《和寄乐天》：“贤愚类相交，人情之大率；然自古今来，几人号胶漆？” 底：疑问词。 用盟：采用盟誓的方式。

(4) 浮云：飘动的云。此喻行踪不定。唐李白《送友人》：“浮云游子意，落日故人情。” 绝域：极其遥远之处。《后汉书·班超传》：“愿从谷吉，效命绝域。”

（5）忧时：忧念时事。明刘基《次韵和孟伯真感兴诗》：“避难移家适远乡，忧时一夜百回肠。” 谩作：犹漫作，随意地。 中宵：中夜，半夜。

（6）萧萧：象声词。形容落叶声。唐杜甫《登高》：“无边落木萧萧下，不尽长江滚滚来。”

再试诸生

草堂深酌坐寒更(1)，蜡炬烟消落降英(2)。旅况最怜文作会(3)，客心聊喜困还亨(4)。春回马帐惭桃李(5)，花满田家忆紫荆(6)。世事浮云堪一笑，百年持此竟何成？

考释

此与上《试诸生有作》当为同时之作。

笺注

（1）寒更：寒夜的更点。唐骆宾王《别李峤得胜字》：“寒更承夜永，凉景向秋澄。”此借指寒夜。

（2）降英：犹落花。此指蜡烛的烛花。

（3）旅况：旅途的情怀、景况。明屠隆《彩毫记·他乡持正》：“穷愁旅况，都消在歌舞筵。” 文作会：以文相聚。

（4）困还亨：见《周易·困》：“困，亨。贞大人吉，无咎。有言不信。”困，困顿。亨，顺利，亨通。

（5）马帐：原指汉代马融之帐。《后汉书·马融传》：“融才高博洽，为世通儒，教养诸生，常有千数……善鼓琴，好吹笛，达生任性，不拘儒者之节。居宇器服,多存侈饰。常坐高堂,施绛纱帐,前授生徒,后列女乐,弟子以次相传,鲜有入其室者。”后以“马帐”指通儒的书斋或儒者授徒之所。

(6)田家紫荆:见南朝梁吴均《续齐谐记·紫荆树》:“京兆田真,兄弟三人,共议分财。生赀皆平均,惟堂前一株紫荆树,共议欲破三片。明日,欲截之,其树即枯死,状如火然。真往见之,大惊,谓诸弟曰:‘树本同株,闻将分斫,所以憔悴。是人不如木也!’因悲不自胜。不复解树,树应声荣茂。兄弟相感,合财宝,遂为孝门。真仕至太中大夫。”

夏日登易氏万卷楼用唐韵

高楼六月自生寒,沓嶂回峰拥碧阑[1]。久客已忘非故土[2],此身兼喜是闲官[3]。幽花傍晚烟初暝[4],深树新晴雨未干。极目海天家万里,风尘关塞欲归难。

考释

易氏万卷楼:为明代贵阳人易贵所建藏书楼。据朿景南云:《嘉靖贵州通志》卷八曰“万卷楼,在治城北,郡人易贵建以藏书”。易贵字天爵,号竹泉,贵筑人。“幼聪悟出群,长而性通朗刚正,淹该载籍。为文善序事。筮仕于官,崇学校,恤民隐,遇事明而能断,不怵于事利,有古循良风。归田,杜门校书十余年而卒。所著有《竹泉文集》十五卷,《诗经直指》十五卷。” 唐韵:指《切韵》《广韵》所定之韵。此处用“寒”“山”韵。明代颁布《洪武正韵》,乃是沿袭宋代刘渊的《新刊礼部韵略》。而明代人实际用的韵,多同《中原音韵》。和“唐韵”不同。王阳明故注明。

笺注

(1)沓嶂回峰:重重叠叠的山峰。唐李白《庐山谣寄卢侍御虚舟》:“香炉瀑布遥相望,回崖沓嶂凌苍苍。”

（2）久客：王阳明正德二年春抵龙场,三年应毛科招授徒。见前《答毛拙庵见招书院》考释。登万卷楼,当为正德三年或四年六月之事。故称“久客”。

（3）闲官：见前《龙冈漫兴》:“投荒万里入炎州,却喜官卑得自由。”

（4）幽花：幽僻处的花朵。宋苏舜钦:《淮中晚泊犊头》:“春阴垂野草青青,时有幽花一树明。”

再试诸生用唐韵

天涯犹未隔年回[1],何处严光有钓台[2]？樽酒可怜人独远,封书空有雁飞来[3]。渐惊雪色头颅改[4],莫漫风情笑口开[5]。遥想阳明旧诗石[6],春来应自长莓苔[7]。

笺注

（1）犹未隔年回：指隔年犹未回。王阳明在正德二年到龙场,隔年,殆正德三年。

（2）严光钓台：指后汉严光隐居垂钓事,见《后汉书·严光传》,已见前注。

（3）封书：信件。《史记·越世家》:“朱公不得已而遣长子,为一封书遗故所善庄生。”唐于武陵《客中》:“一封书未返,千树叶皆飞。”此句指雁归而无封书。雁归带书的典故,见前。

（4）雪色：此指头发如雪色。

（5）风情：风雅情趣。宋陆游《雪晴》:“老来莫道风情减,忆向烟芜信马行。”此殆指善感多情。

（6）诗石：不详。或指刻有诗句之石。

（7）莓苔：青苔。晋孙绰《游天台山赋》:“践莓苔之滑石,搏壁立之翠屏。”宋苏舜钦《寄守坚觉初二僧》:“松下莓苔石,何年重访寻。”

次韵陆文顺佥宪

春王正月十七日[1],薄暮甚雨雷电风[2]。卷我茅堂岂足念[3],伤兹岁事难为功[4]。金縢秋日亦已异[5],鲁史冬月将无同[6]。老臣正忧元气泄[7],中夜起坐心忡忡。

考释

陆文顺:陆健,已见前《次韵送陆文顺佥宪》考释。此当和前诗同为在贵州龙场时作。诗云“春王正月十七日”,当作于正德三年或四年正月。而考诗中所述情况“伤兹岁事难为功”,似有所指。时正刘瑾集团飞扬跋扈之际。据《明通鉴》,正德三年八月“吏部尚书许进罢”,“立内厂”。“时东、西二厂横甚,道路以目。瑾犹未慊,复立内厂,自领之,尤为酷烈,中人以法,无得全者。”瑾操纵权柄,引用私人,朝廷状况明显变化。参见拙著《王阳明传》第十章第一节。疑此作于正德四年初。

笺注

(1)春王正月:即元月。见《春秋·隐公元年》:“元年春,王正月。”《公羊传》:“元年者何?君之始年也。春者何?岁之始也。王者孰谓?谓文王也。”

(2)甚雨:骤雨,大雨。《庄子·天下》:“沐甚雨,栉疾风。”

(3)卷我茅堂:唐杜甫《茅屋为秋风所破歌》:“八月秋高风怒号,卷我屋上三重茅。”

(4)岁事:一年的农事。南朝宋颜延之《重释何衡阳书》:“薄从岁事,躬敛山田。”此或兼指该年政事的变迁。

(5)金縢:《尚书·金縢序》:“武王有疾,周公作《金縢》。”唐孔颖达《疏》:“武王有疾。周公作策书，告神请代武王死，事毕，纳书于金縢之匮，遂作《金縢》。”后因以“金縢功”为忠心事君之典。

（6）鲁史：指《春秋》。传孔子编订鲁国史记为《春秋》。此句殆指史书写下的情况将不同了。 将无同：表示怀疑、揣测的语气词，即莫非相同、是否相同。《晋书·阮籍传》：“戎问曰：‘圣人贵名教，老庄明自然，其旨同异？’瞻曰：‘将无同。’”

（7）老臣：王阳明自称，也指同道者。

太子桥

乍寒乍暖早春天，随意寻芳到水边。树里茅亭藏小景，竹间石溜引清泉[1]。汀花照日犹含雨，岸柳垂阴渐满川。欲把桥名寻野老，凄凉空说建文年[2]。

考释

太子桥：今贵阳市南明区内“太子桥”。又称“太慈桥”“杨公桥”。传为明弘治十八年(1506)太监杨贤筹建。《徐霞客游记》卷四《黔游日记》：“五里，有溪自西谷来，东注入南大溪，有石梁跨其上，曰太子桥。桥下水涌，流两岸石间，冲突甚急，南来大溪所不及也。”“太子桥”后有小注，曰：“此桥谓因建文帝得名，然何以太子云也？”

笺注

（1）石溜：石间流水。已见前。

（2）建文年：明建文帝年间事。明代流传，建文帝在燕王率兵进入南京后，逃往南方。参见清谷应泰《明史纪事本末·建文逊国》。

与胡少参小集

细雨初晴蠛蠓飞[(1)]，小亭花竹晚凉微。后期客到停杯久[(2)]，远道春来得信稀。翰墨多凭消旅况，道心无赖入禅机[(3)]。何时喜遂风泉赏[(4)]，甘作山中一白衣[(5)]。

考释

胡少参：胡洪，已见前《艾草·次胡少参韵》。考诗意殆春天胡洪远道而来，王阳明赋诗送之。

笺注

（1）蠛蠓：犹蠛蠓。飞动的小虫。《文选·甘泉赋》："历倒景而绝飞梁兮，浮蠛蠓而撇天。"唐李善《注》引孙炎《尔雅注》："蠛蠓，虫小于蚊。"

（2）后期：迟误期限。《史记·大宛列传》："骞为卫尉，与李将军俱出右北平击匈奴。匈奴围李将军，军失亡多；而骞后期当斩，赎为庶人。"

（3）道心：此指悟求天理、义理之心。《尚书·大禹谟》："人心惟危，道心惟微。"宋蔡沈《集传》："心者，人之知觉，主于中而应于外者也。指其发于形气者而言，则谓之人心；指其发于义理者而言，则谓之道心。"宋叶梦得《避暑录话》卷上："道心者，喜怒哀乐之未发者也。" 无赖：此指不依靠。 禅机：佛教的禅法机要。

（4）风泉：风和泉。唐孟浩然《宿业师山房期丁大不至》："松月生夜凉，风泉满清听。"此指风景山水。

（5）白衣：白色衣服，平民服装，因指平民。《史记·儒林列传序》："及窦太后崩，武安侯田蚡为丞相，绌黄老、刑名百家之言，延文学儒者数百人，而公孙弘以《春秋》白衣为天子三公，封以平津侯。"

再用前韵赋鹦鹉

低垂犹忆陇西飞[1]，金锁长羁念力微。只为能言离土远[2]，可怜折翼叹群稀[3]。春林羞比黄鹂巧[4]，晴渚思忘白鸟机[5]。千古正平名正赋[6]，风尘谁与惜毛衣[7]？

考释

此诗参见前《鹦鹉和胡韵》，当为同时之作，都是与“胡少参”唱和之作。

笺注

（1）唐白居易《鹦鹉》：“鹦鹉宅西国，虞罗捕得归。美人朝夕弄，出入在庭帏。赐以金笼贮，扃哉损羽衣。不如鸿与鹤，飖扬入云飞。”敦煌本《百鸟名》：“陇有（右）道，出鹦鹉，教得分明解言语。”《五灯会元》卷一九《南华知昺禅师》：“陇西鹦鹉得人怜，大抵只为能言语。”

（2）能言：汉祢衡《鹦鹉赋》：“性辩慧而能言兮，才聪明以识机。”

（3）此句化用汉祢衡《鹦鹉赋》：“尔乃归穷委命，离群丧侣。闭以雕笼，翦其翅羽。”

（4）黄鹂：黄莺。唐郑愔《咏黄莺儿》：“欲转声犹涩，将飞羽未调。高风不借便，何处得迁乔。”

（5）白鸟机：唐杜甫《寄刘峡州伯华使君》：“江湖多白鸟，天地有青蝇。”清仇兆鳌《详注》：“白鸟比贪夫，青蝇比谗人。”

（6）正平：祢衡字正平，平原般（今山东德平）人。少有才辩，尚气刚傲，因侮慢江夏太守黄祖，被杀。见《后汉书·弥衡传》。有《鹦鹉赋》。

（7）毛衣：此指羽毛。

送客过二桥

下马溪边偶共行，好山当面正如屏[1]。不缘送客何因到，还喜门人伴独醒[2]。小洞巧容危膝坐[3]，清泉不厌洗心听[4]。经过转眼俱陈迹，多少高崖漫勒铭[5]。

考释

二桥，何静梧《王阳明在贵阳的踪迹》(《贵阳市委党校学报》1999 年第二期)："明代贵阳头桥、二桥、三桥统称通济桥，宣德元年(1426)建，皆为石拱桥，旧时桥旁有亭，为迎送之所。二桥、三桥都在贵阳市区西面滇黔公路主干线上，跨市西河。"

笺注

(1)如屏：此指高山直立如屏障。

(2)独醒：独自清醒。喻不同流俗。《楚辞・渔父》："屈原曰：'举世皆浊我独清，众人皆醉我独醒，是以见放！'"

(3)危膝：谓坐时高耸膝部。《南齐书・张融传》："融风止诡越，坐常危膝，行则曳步。"

(4)洗心：《周易・系辞上》："圣人以此洗心，退藏于密。"

(5)漫：徒然。唐杜甫《宾至》："岂有文章惊海内，漫劳车马驻江干。"此句意为即使多有镌刻的铭文以求不朽，但皆为陈迹，徒然而已。

复用杜韵一首

濯缨何处有清流[1]，三月寻幽始得幽。送客正逢催驿骑[2]，笑人且复任沙鸥[3]。崖傍石偃门双启[4]，洞口萝垂箔半钩。淡我平生无一好,独于泉石尚多求。

考释

杜韵:杜甫诗之韵。具体何诗,不详。或指《江村》:“清江一曲抱村流,长夏江村事事幽。自去自来梁上燕,相亲相近水中鸥。老妻画纸为棋局,稚子敲针作钓钩。但有故人供禄米,微躯此外更何求。”录以备考。

笺注

(1)濯缨:洗濯冠缨。已见前。以濯缨比喻超脱世俗,操守高洁。

(2)驿骑:驿马。《汉书·高帝纪下》“横惧,乘传诣雒阳”唐颜师古《注》:“传者,若今之驿。古者以车,谓之传车,其后又单置马,谓之驿骑。”

(3)唐杜甫《旅夜书怀》:“飘飘何所似,天地一沙鸥。”

(4)偃:偃卧。谓洞口两石偃卧,恰如洞门。

先日与诸友有郊园之约,是日因送客后期[1],小诗写怀

考释

王阳明与朋友有约会,因送客而迟到,为此写的诗歌。当是应聘前往讲学,在贵州时的情景。时间在正德三、四年间。

(一)

郊园隔宿有幽期,送客三桥故故迟[2]。樽酒定应须我久[3],诸君且莫向人疑。同游更忆春前日,归醉先拚日暮时[4]。却笑相望才咫尺,无因走马送新诗[5]。

笺注

(1) 后期：迟误期限。见前《与胡少参小集》诗注(2)。

(2) 三桥：通济桥中的“三桥”。见前《送客过二桥》考释。　故故：屡屡。唐杜甫《月》三首之三：“时时开暗室，故故满青天。”

(3) 须：犹须留，等待。唐杜甫《留花门》：“花门既须留，原野转萧瑟。”

(4) 先拚：唐杜甫《将赴成都草堂途中有作先寄严郑公五首》其三：“肯藉荒庭春草月色，先拚一饮醉如泥。”拚，舍弃，不顾惜。

(5) 走马：骑马疾走；驰逐。

(二)

自欲探幽肯后期[1]，若为尘事故能迟[2]？缓归已受山童促，久坐翻令溪鸟疑。竹里清醅应几酌，水边相候定多时。临风无限停云思[3]，回首空歌《伐木》诗。

笺注

(1) 后期：见前诗注。

(2) 若为：倘若。唐白居易《春至》：“若为南国春还至，争向东楼日又长。”

(3) 停云：晋陶潜《停云》：“霭霭停云，濛濛时雨。”因其自序称“停云，思亲友也”，故后世多用作思亲友之意。

(三)

三桥客散赴前期[1]，纵辔还嫌马足迟。好鸟花间先报语[2]，浮云山顶尚堪疑。曾传江阁邀宾句[3]，颇似篱边送酒时[4]。便与诸公须痛饮，日斜潦倒更题诗。

笺注

（1）三桥：见前《送客过二桥》考释。前期：即“郊园之约”。

（2）报语：此指报信。

（3）江阁邀宾：唐杜甫《崔评事弟许相迎不到走笔戏简》：“江阁邀宾许马迎，午时起坐自天明。”

（4）篱边送酒：南朝宋檀鸾《续晋阳秋》：“陶潜九日无酒，出篱边，怅望久之，见白衣人至，乃王弘送酒使也。”

待诸友不至

花间望眼欲崇朝[(1)]，何事诸君迹尚遥？自处岂宜同俗驾[(2)]，相期不独醉春瓢[(3)]。忘形尔我虽多缺[(4)]，义重师生可待招。自是清游须秉烛[(5)]，莫将风雨负良宵。

笺注

（1）崇朝：终朝。《诗经·鄘风·蝃蝀》：“朝阶于西，崇朝其雨。”毛《传》：“崇，终也。从旦至食时为终朝。”

（2）俗驾：世俗人。

（3）春瓢：唐许浑《晚自东郭回留一二游侣》：“今夜西斋好风月，一瓢春酒莫相违。”

（4）忘形：超然物外，忘己形体。《庄子·让王》：“故养志者忘形，养形者忘利，致道者忘心矣。”唐白居易《效陶潜体诗》之七：“我有忘形友，迢迢李与元。”

（5）秉烛游之典，见《古诗十九首》：“昼短苦夜长，何不秉烛游。”旧时比喻及时行乐。秉，执持。

夏日游阳明小洞天喜诸生偕集偶用唐韵

古洞闲来日日游，山中宰相胜封侯[1]。绝粮每自嗟尼父，愠见还时有仲由。[2]云里高崖微入暑，石间寒溜已含秋。他年故国怀诸友，魂梦还须到水头[3]。

考释

阳明洞：见前《始得东洞遂改为阳明小洞天三首》考释。即今“阳明小洞天”，位于修文县城东。夏日，当为正德三、四年事。唐韵，已见前注。

笺注

（1）山中宰相：喻隐居贤者。南朝梁陶弘景隐居茅山，有“山中宰相”之称。见《南史·隐逸列传下·陶弘景》。

（2）孔子绝粮事，见《论语·卫灵公》：“在陈绝粮，从者病，莫能兴。子路愠见曰：‘君子亦有穷乎？’子曰：‘君子固穷，小人穷斯滥矣。’” 仲由：孔子弟子，子路乃其字。

（3）水头：犹水边。此殆指洞附近的溪流。

将归与诸生别于城南蔡氏楼

天际层楼树杪开，夕阳下见鸟飞回。城隅碧水光连座，槛外青山翠作堆。颇恨眼前离别近，惟余他日梦魂来。新诗好记同游处，长扫溪南旧钓台。

考释

城南蔡氏楼：蔡姓家之楼。楼主不详。此“城”殆指贵阳。今贵阳市有“蔡家关”,地名起源或和当地蔡姓有关。王阳明离开贵阳,时在正德四年秋冬之际。

诸门人送至龙里道中二首

(一)

蹊路高低入乱山[1],诸贤相送愧闲关[2]。溪云压帽兼愁重,峰雪吹衣着鬓斑[3]。花烛夜堂还共语,桂枝秋殿听跻攀[4]。守仁原注:跻攀之说甚陋,聊取其对偶耳。相思不用勤书札,别后吾言在订顽[5]。

考释

龙里:指龙里司。在贵阳东南数十里处。

笺注

(1)蹊路:小路。也泛指道路。

(2)闲关:亦作“间关”,道途崎岖艰险,不易行走。《汉书·王莽传下》:“王邑昼夜战,罢极,士死伤略尽,驰入宫,间关至渐台。”颜师古《注》:“间关犹言崎岖展转也。”

(3)峰雪吹衣:可见离开时尚在冬天,乃正德四年末的冬日。

(4)该句言跻攀桂枝事,喻科举登第。

(5)订顽:订正愚顽。或指宋代张载的《订顽》。《二程遗书》卷二上:“《订顽》之言,极纯无杂,秦汉以来学者所未到。”

(二)

雪满山城入暮天,归心别意两茫然。及门真愧从陈日[1],微服还思过宋年[2]。樽酒无因同岁晚[3],缄书有雁寄春前。莫辞秉烛通宵坐,明日相思隔陇烟[4]。

笺注

(1)从陈日:用孔子在陈遇困之典。具体可见《论语·先进》《史记·孔子世家》。参前《夏日游阳明小洞天喜诸生偕集偶用唐韵》笺注(2)。

(2)过宋:《孟子·万章上》:"孔子不悦于鲁卫,遭宋桓司马,将要而杀之,微服而过宋。"

(3)岁晚:此诗作于正德四年末。

(4)陇烟:山陇间的烟云。

赠陈宗鲁

学文须学古,脱俗去陈言。譬若千丈木,勿为藤蔓缠。又如昆仑派[1],一泻成大川。人言古今异,此语皆虚传。吾苟得其意,今古何异焉?子才良可进,望汝师圣贤。学文乃余事,聊云子所偏。

考释

陈宗鲁,字宗鲁,号五栗。《嘉靖贵州通志》卷十八:"陈文学,字宗鲁,贵阳人。究心理学,少事王守仁。正德丙子乡举,知耀州,调简,不赴,旋里杜门,不预世事。"著有《耀归存稿》《余生续稿》等。门人统编为《陈耀州诗集》,又称《五栗山人集》。

笺注

(1)派:水的分流。晋左思《吴都赋》:"百川派别。"郭璞《江赋》:"九派乎浔阳。"

醉后歌用燕思亭韵

万峰攒簇高连天(1),贵阳久客经徂年(2)。思亲谩想斑衣舞(3),寄友空歌《伐木》篇(4)。短鬓萧疏夜中老(5),急管哀思为谁好(6)。敛翼樊笼恨已迟(7),奋翮云霄苦不早(8)。缅怀冥寂岩中人(9),萝衣澁佩芙蓉巾[一](10)。黄精紫芝满山谷(11),采石不愁仓菌贫(12)。清溪常伴明月夜,小洞自报梅花春(13)。高间岂说商山皓(14),绰约真如藐姑神(15)。封书远寄贵阳客(16),胡不来归浪相忆(17)?记取青松涧底枝(18),莫学杨花满阡陌(19)。

校勘

[一] 澁:据文意,当作莣。

考释

燕思亭:束景南《辑考编年》认为在镇远府。传宋代马存(字子才)有《燕思亭》诗:"李白骑鲸飞上天,江南风月闲多年。"以"天""年"为韵。

柳存仁定此诗作于正德四年(见柳存仁《王阳明与佛道二教》,《清华学报》第13卷1、2合刊,1981年),其说是。

笺注

(1)攒簇:簇聚;簇拥。

(2)徂年:流年,逝去的岁月。《后汉书·马援传赞》:"徂年已流,壮情方勇。"

(3)斑衣舞:用老莱子斑衣娱亲事。

(4)《伐木》篇:《诗经·小雅·伐木》。后多以"伐木"为表达朋友间深情厚谊的典故。见《送蔡希颜三首》(一)笺注(3)。

(5)萧疏:稀疏;稀少。

（6）急管：节奏急速的管乐。

（7）敛翼：收拢翅膀，被拘束。魏应璩《与侍郎曹长思书》："复敛翼于故枝，块然独处，有离群之志。"

（8）奋翮：展翅，振羽。

（9）岩中人：退隐修道之人。宋欧阳修《箕山》："缅怀巢上客，想彼岩中人。弱岁慕高节，壮年婴世纷。"

（10）萝衣：犹薜萝衣。指隐者的衣服。元倪瓒《寄张贞居》："苍藓浑封麋鹿径，白云新补薜萝衣。" 藼佩：当作"萱佩"，犹佩萱。佩带萱草。 芙蓉巾：道家头巾。唐陆龟蒙《袭美以纱巾见惠继以雅音因次韵酬谢》："知有芙蓉留自戴，欲峨烟雾访黄房。"以上皆隐居之人。

（11）黄精：药草名。多年生草本，中医以根茎入药。三国魏嵇康《与山巨源绝交书》："又闻道士遗言，饵朮黄精，令人久寿，意甚信之。" 紫芝：真菌的一种。也称木芝。似灵芝。道教以为仙草。汉王充《论衡·验符》："建初三年，零陵泉陵女子傅宁宅，土中忽生芝草五本，长者尺四五寸，短者七八寸，茎叶紫色，盖紫芝也。"

（12）采石：指道家采石寻药。晋王嘉《拾遗记·魏》："道家云：'昔仙人桐君采石，入穴数里，得丹石鸡，舂碎为药，服之者令人有声气，后天而死。'" 仓菌：当作仓囷。藏粮食的仓库。《韩非子·难二》："因发仓囷赐贫穷。"

（13）小洞：此指仙境。唐皇甫冉《祭张公洞》之二："云开小有洞，日出大罗天。"道教神仙多居洞窟。抑或指阳明小洞天。

（14）商山皓：商山四皓。见《史记·留侯世家》。

（15）《庄子·逍遥游》："藐姑射之山有神人居焉，肌肤若冰雪，绰约若处子。"绰约，柔婉美好貌。藐姑，即藐姑射，传说中的神山。

（16）封书：信件。

(17) 浪：此指徒然。如付诸流水。

(18) 涧底枝：指生长在涧底的松树。喻德才高而官位卑的人。晋左思《咏史》之二："郁郁涧底松，离离山上苗。以彼径寸茎，荫此百尺条。"

(19) 杨花：指柳絮。北周庾信《春赋》："新年鸟声千种啭，二月杨花满路飞。"

题施总兵所翁龙

君不见所翁所画龙，虽画两目不点瞳。曾闻弟子误落笔，即时雷雨飞腾空。运精入神夺元化，浅夫未识徒惊诧。(1) 操舵移山律回阳(2)，世间不独所翁画。高堂四壁生风云，黑雷紫电日昼昏。山崩谷陷屋瓦震，雨声如泻长平军(3)。头角峥嵘几千丈，倏忽神灵露乾象(4)。小臣正抱乌号思，一堕胡髯不可上。(5) 视久眩定凝心神，生绡漠漠开嶙峋(6)。乃知所翁遗笔迹，当年为写苍龙真。只今旱剧枯原野，万国苍生望霑洒(7)。凭谁拈笔点双睛，一作甘霖遍天下。

考释

施总兵：施瓒，通州人。正德二年守贵州。《国榷》卷四十六："正德二年闰正月癸酉"，"怀柔伯施瓒总兵镇守贵州"。当是明英宗时所封怀柔伯施行聚之后裔。所翁：南宋画家陈容字公储，号所翁，福建长乐人，《金溪县志》作江西临川人，《图绘宝鉴》作福唐（今福建福清）人，生卒年不详。以画墨龙闻。今有作品传世。

此为题画之作，或是在贵州时，和任总兵的施瓒交往时所赋。

笺注

(1)"曾闻"四句用"画龙点睛"之典。唐张彦远《历代名画记·张僧繇》："武帝崇饰佛寺,多命僧繇画之。……金陵安乐寺四白龙不点眼睛,每云:'点睛即飞去。'人以为妄诞,固请点之。须臾,雷电破壁,两龙乘云腾去上天,二龙未点眼者见在。"

(2)移山:指行船中如山在移动。唐刘威《感寓》:"海竭山移岁月深,分明齐得世人心。" 律回阳:此指古代用葭莩之灰,测试地气,所谓"律吕调阳"之典。见《隋书·律历志》,又宋沈括《梦溪笔谈》卷七。阳气复苏,天气回春。此句指时光流逝。

(3)长平军:此指秦赵长平之战,赵军兵败状。事见《史记·白起王翦列传》等。

(4)乾像:指飞龙在天。见《周易·乾》。

(5)《史记·孝武本纪》:"黄帝采首山铜,铸鼎荆山下。鼎既成,有龙垂胡须下迎黄帝。黄帝上骑,群臣后宫从上龙七十余人,龙乃上去。余小臣不得上,乃悉持龙髯,龙髯拔,堕黄帝之弓。百姓仰望黄帝既上天,乃抱其弓与龙胡髯号。故后世因名其处曰鼎湖,其弓曰乌号。"

(6)生绡:指作画用的纺织物。

(7)霈洒:谓水珠或泪珠等洒落并使沾着物濡湿。《北齐书·窦泰传》:"电光夺目,驶雨霈洒。"此指万民苍生期待甘霖。

补遗二 以下至《晚堂吟》,录自上古本《全集》卷三十二。

王阳明诗歌,除了以上《阳明文录》和《王文成公全书》所收者之外,近年学者在编辑王阳明全集和研究过程中,又做了大量的辑佚。在1992年上海古籍出版社出版的《王阳明全集》(下称上古本)卷三十二中,收有若干首,这主要是钱明所辑(见吴光《编校说明》)。此后,浙江古籍出版社又出版了新编本《王阳明全集》(2011年),除了"上古本"所收者之外,在卷四十二到四十三,增补了许多诗歌,多为钱明所辑,并汇总各方学者辑佚所得而成(见该书前的说明)。与此同时,束景南发表了多年来独自辑佚的成果《阳明佚文辑考编年》(2012年)。以上所收诗歌,多有重复。现依其刊布先后,列之于下,对其异同,略加考释,以便读者检核。

和大司马白岩乔公诸人送别五首 《三奇堂法帖》[一]

正德丙子九月,守仁领南赣之命,大司马白岩乔公[二](1)、太常白楼吴公(2)、大司成莲北鲁公(3)、少司成双溪汪公(4),相与集饯于清凉山(5),又饯于借山亭(6),又再饯于大司马第,又出饯于龙江(7)。诸公联句为赠,即席次韵奉酬,聊见留别之意。

校勘

[一]"五首"二字,据束景南《辑考编年》加。

[二]"正德丙子……白岩乔公",据束景南《辑考编年》补。

考释

钱明云:本篇录自日本《阳明学报》第一五七号所载蓬景轩编《姚江杂纂》。并有清朱彝尊跋:"阳明子功烈气节文章,皆居第一,时多讲学一事,为众口所訾。善夫西坡先生之言也,曰:'阳明以讲学故,毁誉迭见于当时,是非几混于后世,至谓其得宁邸金，初通宸濠，策其不胜而背之，此谤毁之余唾，不足拾取。’斯持平之论乎！龙江留别诗卷，乃将之官南赣而作。是时宸濠反状未露，而公已滋殷忧，故诗中即有‘戎马驱驰’‘风尘兵甲’等语。而又云‘庙堂长策诸公在’，其后卒与乔庄简犄角成功，盖公审之于樽俎间久矣。诗律清婉，书亦通神，宜为西坡先生所爱玩。岁在癸未二月戊寅朏，秀水朱彝尊年七十五书。”束景南《辑考编年》：诗见《三希堂法帖》，端方《壬寅消夏录》。

有关此次酬唱联句之作，多有留存。如钱谦益《列朝诗集·丙集》卷五有鲁铎《留别乔白岩王阳明次白楼韵》。束景南《辑考编年》云，邓庠《东溪别稿》中有当时唱和、联句之作。

此诗当作于正德十一年由南京往江西时。《年谱》：“（正德十一年）九月，升都察院左佥都御史，巡抚南、赣、汀、彰等处。”诸诗当作于此任命之后，时在该年九月下旬。计文渊《王阳明法书集》录有《四箴卷》，后有跋“正德丙子九月廿六日，阳明山人王阳明书于龙江舟中”。诗当作于此前后。

笺注

（1）白岩乔公：乔宇。见《病中大司马乔公有诗见怀次韵奉答二首》考释。

（2）白楼吴公：指吴一鹏。曾为南京国子祭酒。时为南京太常卿。后为南京礼部右侍郎、礼部尚书兼翰林学士，七十岁，任太子少保。明文徵明《寿吴白楼先生》称其“冲襟淡宇渊而静，儒雅风流更辉映”。《明史》卷一九一有传。

（3）大司成：指国子监祭酒。　莲北鲁公：鲁铎，字振之，湖北景陵（今湖北天门）人，其先荆之长林（今属湖北荆门）人。累擢南京国子监祭酒，后改北京。有《莲北集》《东厢集》。《明史》卷一六三有传。

（4）少司成：唐代官名。唐龙朔三年（662）由国子监司业改置，咸亨元年（670）十二月复原名。此指国子监司业。　双溪汪公：指汪伟。乃汪俊之弟。见前《答汪抑之三首》其一笺注（6）。傅增湘《藏园群书经眼录》著录《三子唐斋口义》十四卷:“后有正德戊寅南京国子监司业弋阳汪伟跋”……可见汪伟曾为南京国子监司业。

（5）清凉山：又称石头山。在江苏省南京市西。

（6）借山亭：待考。当在南京。

（7）龙江：在南京西北，在今鼓楼区境内。

（一）

未去先愁别后思(1)，百年何地更深知？今宵灯火三人座[一]，他日缄书一问之(2)。漫有烟霞刊肺腑(3)，不堪霜雪妒须眉。莫将分手看容易，知是重逢定几时？

校勘

[一] 座，《辑考编年》作“尔”。

笺注

（1）别后思：别后的思念。唐孟郊《古怨别》：“心曲千万端，悲来却难说。别后唯所思，天涯共明月。”

（2）缄书：书信。

（3）烟霞：泛指山水景物、山林。　刊：铭刻；留存。

（二）

谪乡还日是多余(1)，长拟云山信所知[一](2)。岂谓尚悬苍水佩(3)，无端又领紫泥书(4)。豺狼远遁休为梗[二](5)，鸥鹭初盟已渐虚(6)。他日姑苏畈旧隐[三](7)，总拈书籍便移居。

校勘

［一］知：《辑考编年》作"如"。

［二］遁：《辑考编年》作"道"。

［三］皈：《辑考编年》作"归"。

笺注

（1）谪乡：因罪贬职所到之处。此指守仁被贬龙场。

（2）云山：远离尘世的地方。南朝梁江淹《萧被侍中敦劝表》："臣不能遵烟洲而谢支伯，迎云山而揖许由。"

（3）苍水佩：犹水苍佩。古为官员的佩玉。《礼记·玉藻》："公侯佩山玄玉而朱组绶；大夫佩水苍玉而纯组绶。"汉郑玄《注》："玉有山玄、水苍者，视之文色所似也。"宋梅尧臣《依韵和集英殿秋宴》："万国趋王会，诸公佩水苍。"

（4）紫泥书：指皇帝诏书。南朝梁刘孝威《半渡溪》："制赐文犀节，驿报紫泥书。"唐白居易《和钱员外禁中夙兴见示》："坐卷朱里幕，看封紫泥书。"

（5）豺狼：此指江西民众反乱。　梗：此指灾害。《诗经·大雅·桑柔》："谁生厉阶，至今为梗。"毛《传》："梗，病也。"

（6）鸥鹭盟：又作鸥盟。与鸥鸟为友。比喻隐退。

（7）姑苏：苏州。

（三）

寒事俄惊蟋蟀先[(1)]，同游刚是早春天。故人愈觉晨星少[(2)]，别话聊凭杯酒筵。戎马驱驰非旧日，笔床相对又何年[(3)]！不因远地疏踪迹，惠我时裁金玉篇[(4)]。

笺注

（1）寒事：秋冬的物候。唐王昌龄《秋山寄陈说言》："岩间寒事早，众山木已黄。"

（2）晨星：晨见之星。喻人或物之稀少。晋张华《情诗》之二："束带俟将朝，廓落晨星稀。"宋苏轼《祭范蜀公文》："既历三世，悉为名臣，今如晨星，存者几人。"

（3）笔床：卧置毛笔的器具。南朝陈徐陵《玉台新咏序》："翡翠笔床，无时离手。"

（4）金玉篇：指佳作。晋葛洪《抱朴子·钧世》："是以古书虽质朴，而俗儒谓之堕于天也。今文虽金玉，而常人同之于瓦砾也。"

（四）

无补涓埃愧圣朝(1)，漫将投笔拟班超(2)。论交义重能相负？惜别情多屡见招。地入风尘兵甲满，云深湖海梦魂遥。庙堂长策诸公在(3)，铜柱何年打旧标[一](4)？

校勘

［一］打：《辑考编年》作"折"。

笺注

（1）唐杜甫《野望》："惟将迟暮供多病，未有涓埃答圣朝。"涓埃，细流与微尘。比喻微小。

（2）用班超投笔从戎典，见《后汉书·班超传》。

（3）庙堂：朝廷。　长策：效用长久的治国安邦之策。《史记·平津侯主父列传》："靡弊中国，快心匈奴，非长策也。"

（4）铜柱：指马援立于交趾的铜柱。见前"两广诗"《梦中绝句》笺注(2)。

（五）

孤航渺渺去钟山(1)，双阙回首杳霭间[一](2)。吴苑夕阳临水别[3]，江天风雨共秋还。离怀远地书频寄，后会何时鬓渐斑。今夜梦魂汀渚隔，惟余梁月照容颜[4]。

阳明山人王守仁拜手书于龙江舟中。余数诗，诗稿亡[二]，不及录，容后便求得补呈也[三]。守仁顿首[四]。

校勘

［一］首：《辑考编年》作“看”。

［二］诗稿亡：《辑考编年》作“稿亡”。

［三］求：浙古本《全集》《辑考编年》作“觅”。

［四］守仁顿首：《辑考编年》此后有“白楼先生执事”六字。

笺注

（1）钟山：即紫金山。在南京。

（2）双阙：借指南京城。见前《晓霁用前韵书怀二首》(一)笺注(1)。　杳霭：云雾缥缈貌。宋苏轼《初入庐山》之二：“自昔怀清赏，神游杳蔼间。”

（3）吴苑：吴地的园囿。因借指吴地。唐马戴《送顾非熊下第归江南》：“草际楚田雁，舟中吴苑人。”

（4）梁月：梁间的月色，喻对朋友的怀念。唐杜甫《梦李白》：“落月满屋梁，犹疑照颜色。”

游白鹿洞歌

何年白鹿洞，正傍五老峰[1]。五老去天不盈尺，俯窥人世烟云重。我欲揽秀色，一一青芙蓉。举手石扇开半掩，绿鬟玉女如相逢。风雷隐隐万壑泻，凭崖倚树闻清钟。洞门之外百丈松，千株化尽为苍龙。驾苍龙，骑白鹿，泉甚饮，芝可服，何人肯入空山宿[2]？空山空山即我屋，一卷《黄庭》石上读[3]。

辛巳三月书此，王守仁。

考释

白鹿洞在庐山。参见前“江西诗”《白鹿洞独对亭》考释。钱明云，本篇录自日本《阳明学报》第一五八号所载蓬景轩编《姚江杂纂》。跋云“辛巳三月书此”，辛巳即正德十六年。当为王阳明在江西时事。

笺注

（1）五老峰：庐山东南的山峰。唐李白《登庐山五老峰》：“庐山东南五老峰，青天削出金芙蓉。”

（2）空山：幽深少人的山林。

（3）黄庭：指《黄庭经》。《黄庭经》是道教上清派经典，今存《外景经》《内景经》。

咏钓台石笋

云根奇怪起双峰[1]，惯历风霜几万冬。春去已无班箨落[2]，雨余唯见碧苔封。不随众卉生枝节，却笑繁花惹蝶蜂。借使放梢成翠竹[3]，等闲应得化虬龙[4]。

考释

钱明云：“本篇录自黄宗羲编《四明山志》卷一。题目系编者所加。”束景南《辑考编年》谓：“见黄宗羲《四明山志》卷一。光绪《上虞县志》卷四十六亦载此诗，题作《双笋石》。”并认为“此钓台乃指上虞钓台山，下有双笋石”，并据《年谱》“正德八年”五月终与徐爱等“从上虞，入四明，观白水”的记载，又徐爱《横山集》所载《游雪窦因得龙溪诸山记》，定此诗“作于正德八年六月”，其说是。

笺注

（1）双峰：殆即考释所引之“双笋石”。

（2）班箨：斑箨。有斑纹的竹笋的外壳。

（3）放梢：谓树枝迅速抽长。犹拔节成长。宋陆游《东湖新竹》：“解箨时闻声簌簌，放梢初见叶离离。”

（4）等闲：此指轻易；随意。唐白居易《琵琶行》：“今年欢笑复明年，秋月春风等闲度。”

游雪窦三首[一]

校勘

[一] 此诗手迹本题作“雪窦寺步方干韵”。

考释

雪窦：雪窦山。在浙江奉化溪口镇西北，为四明山支脉。钱明云：本篇三首录自黄宗羲编《四明山志》卷一。束景南《辑考编年》谓诗见嘉靖《宁波府志》卷六、黄宗羲编《四明山志》卷一、光绪《奉化县志》卷十五等。束景南云：拍卖市场出现王阳明此三诗手迹，题作《雪窦寺步方干韵》。方干为中唐诗人，有《登雪窦僧家》：“登寺寻盘道，人烟远更微。石窗秋见海，山霭暮侵衣。众木随僧老，高泉尽日飞。谁能厌轩冕，来此便忘机。”王阳明第一首诗为次方干韵之作。又认为徐爱《横山集》中有《题雪窦》：“肩舆飞下四明天，衣拂林梢暑却炎。山尽南天开雪窦，水钟西嶂结冰帘。长风万里来江雨,湿雾千重出晓檐。耽僻山人亦何意,隐潭元自有龙潜。”第三首为次徐爱之作。

(一)

平生性野多违俗,长望云山叹式微[1]。暂向溪流濯尘冕,益怜薜萝胜朝衣[2]。林间烟起知僧住,岩下云开见鸟飞。绝境自余麋鹿伴[3],况闻休远悟禅机[4]。

笺注

(1) 式微:《诗经・式微》:“式微式微,胡不归。”宋朱熹《集传》:“式,发语辞。微,犹衰也。”

(2) 薜萝:即薜萝衣。传说中神仙之服。此指避世者的服饰。见《醉后歌用燕思亭韵》笺注(10)。 朝衣:朝服。

(3) 麋鹿:喻野外自由生活。见《登云峰二三子咏歌以从,欣然成谣二首》其二笺注(7)。

(4) 休远:或指慧远、贯休。宋雪窦重显继承了唐僧贯休“诗禅一体”的诗学观。

(二)

穷山路断独来难,过尽千溪见石坛[1]。高阁鸣钟僧睡起,深林无暑葛衣寒[2]。蟄雷隐隐连岩瀑[3],山雨森森映竹竿。莫讶诸峰俱眼熟,当年曾向书图看[4]。

笺注

(1) 石坛:此殆指石制的台墩。唐韩愈《记梦》:“石坛坡陀可坐卧,我手承颏肘拄座。”

（2）葛衣：葛布制成的夏衣。

（3）壑雷：瀑布的轰鸣。

（4）书图：即图书，图籍。

（三）

僧居俯瞯万山尖[1]，六月凉飙早送炎[2]。夜枕风溪鸣急雨，晓窗宿雾卷青帘。开池种藕当峰顶，架竹分泉过屋檐[3]。幽谷时常思豹隐[4]，深更犹自愧蛟潜[5]。

笺注

（1）俯瞯：犹俯瞰。从高处往下看。

（2）六月：当为正德八年六月。

（3）架竹分泉：明徐光启《农政全书》卷十七：“架槽，木架水槽也。间有聚落，去水既远，各家共力造木为槽，递相嵌接，不限高下，引水而至。如泉源颇高，水性趋下，则易引也。”

（4）豹隐：隐居不仕。汉刘向《列女传·陶答子妻》：“妾闻南山有玄豹，雾雨七日而不下食者，何也？欲以泽其毛而成文章也，故藏而远害。”唐骆宾王《秋日送侯四得弹字》：“我留安豹隐，君去学鹏抟。”

（5）蛟潜：蛟龙沉潜。喻贤才被埋没。宋苏轼《赤壁赋》：“舞幽壑之潜蛟，泣孤舟之嫠妇。”

晚堂吟[一]

晚堂孤坐漫沉沉，数尽寒更落叶深。高栋月明对燕语(1)，古阶霜细或虫吟[二](2)。校评正恐非吾所(3)，报答徒能尽此心。赖有胜游堪自解(4)，秋风华岳得高寻(5)。

予谬以校文□[三]，假馆济南道，夜坐偶书圣问[四]，兼呈道主袁先生请教(6)。弘治甲子仲秋五日余姚王守仁书。

校勘

［一］晚堂吟：《辑考编年》作“晚堂孤坐吟”。

［二］虫：原作“驰”，据《辑考编年》改。

［三］校文□：《编年辑考》作“校文至此”。

［四］圣问：《编年辑考》作“壁间”。

考释

钱明曰：本篇录自日本佐贺县多久市细川章女士家藏王阳明手迹拓本。题目系其所加。并录有明嘉靖吴天寿跋文：“阳明先生此作几五十年，笔精如新。李中岩、邵甘泽二公与予相继分巡济南，咸爱而欲传之。一日郡守李大夫子安来，因与之言，遂欣然征工勒石，以垂不朽云。嘉靖辛亥季冬望日，后学吴天寿谨识。”后有跋，云“予谬以校文□，假馆济南道”，当在济南主乡试时作。又曰作于“弘治甲子仲秋五日”，当为弘治十七年阴历八月五日。

束景南《辑考编年》云“诗见《乾隆历城县志》卷二十五”，又云“今有阳明此诗手迹诗碑拓本”见《中国书法论坛》。后有嘉靖吴天寿“跋”。和钱明所见有出入，见“校勘”。

笺注

（1）燕语：燕子的呢喃声。

（2）虫吟：秋虫吟唱。与前“燕语”对举。

（3）校评：评论校阅。此或是指山东主乡试时校评试卷。

（4）胜游：快意的游览。唐刘禹锡《奉和裴侍中将赴汉南留别座上诸公》：“管弦席上留高韵，山水途中入胜游。”

（5）华岳：此指泰山。参见前《游泰山》诗。

（6）袁先生：束景南《辑考编年》据嘉靖《山东通志》卷十，谓袁先生指袁文华，曾为山东提刑按察司按察副使。

补遗三　以下至《登峨嵋归经云门》，录自浙古本《全集》卷四十二。

象棋诗[一]

象棋终日乐悠悠，苦被严亲一旦丢。兵卒堕河皆不救，将士溺水一齐休。马行千里随波去，象入三川逐浪流[二]。炮响一声天地震，忽然惊起卧龙愁。

校勘

［一］象棋诗：《辑考编年》作“棋落水诗”。

［二］流：《辑考编年》作“游”。

考释

浙古本《全集》云，此诗录自清褚人穫《坚瓠首集》卷一。《辑考编年》出处同。《坚瓠集》为“小说者流”，故此诗是否为王阳明之作，当存疑再考。

坠马行

我昔北关初使归[(1)]，匹马远随边檄飞[(2)]。涉危趋险日百里，了无尘土沾人衣[(3)]。长安城中乃安宅[(4)]，西街却倒东山屐[一][(5)]。疲骡历块误一蹶[(6)]，啼鸟笑人行不得。伏枕兼旬不下庭[(7)]，扶携稚子或能行[(8)]。勘谱寻方于油皮[(9)]，闲窗药果罗瓶罂[二][(10)]。可怜不才与多福[(11)]，步屧已觉今令轻。西涯先生真缪爱[(12)]，感此慰问勤拳情[(13)]。入门下马坐则坐，往往东来须一过。词林意气薄云汉[(14)]，高义谁云在曹佐[(15)]。少顷夷险已秦越[三][(16)]，幸尔今非井中堕[(17)]。细和丁丁《伐木》篇[(18)]，一杯已属清平贺[(19)]。拂拭床头古太阿[(20)]，七星宝□金盘蛇[(21)]。血诚许国久无恙[(22)]，定知神物相㧑诃[(23)]。黄金台前秋草深[(24)]，不须感激荆卿歌[(25)]。尝闻所□在文字[四]，我今健如笔挥戈。独惭著作非门户[(26)]，明时尚阻康庄步。却尚骅留索惆怅[(27)]，俯首风尘谁复顾[(28)]。昆仑瑶池事茫惚[(29)]，善御未应逢造父[(30)]。物理从来天如此[(31)]，滥名且任东曹簿[(32)]。世事纷纷一刍狗[(33)]，为乐及时君莫误。忆昨城东两月前，健马疾驱君亦仆。黄门宅里赴拯时[(34)]，殿屎共惜无能助[(35)]。转首黄门大颠蹶[(36)]，仓遑万里滇南路[(37)]。幻泡区区何足惊[(38)]，安得从之黄叔度[(39)]。佩撷馨香六尺躯，婉娩去隔坐来暮[(40)]。

余坠马几一月，荷菊先生下问[(41)]，因道马讼故事[(42)]，遇出倡和[(43)]，奉观间，录此篇求教，万一走笔以补，甚幸。时在玉河东第[(44)]。八月一日书，阳明山人。

校勘

［一］屐：《辑考编年》作“屣”。

［二］闲：《辑考编年》作“同”。

［三］顷：浙古本《全集》作“项”，兹从《辑考编年》。

［四］所口：疑所缺为“贵”字。

考释

钱明云：此诗日本存阳明手迹长卷，发表在《姚江杂纂》卷后，有清郑濂跋。此跋见此诗注后附录。钱明认为作于“弘治十年”。束景南《辑考编年》出处同，对此诗有考证，认为作于弘治十二年。按：当作于弘治十二年举进士以后。《年谱》弘治十二年王阳明中进士后，“观政工部”，是年秋，有“钦差督造威宁伯王越坟”之事。又《明史・王阳明传》：弘治十二年，“使治前威宁伯王越葬，还而朝议方急西北边，守仁条八事上之”。可见乃出使北关，则“初使”当指此事。又，诗文称“昔”似不应为当年事，故此诗当作于弘治十二年以后。《年谱》弘治十三年王阳明“授刑部云南清吏司主事”，十七年九月“改兵部武选清吏司主事”。考诗中有“滥名且任东曹簿”句，此诗当作于此数年间。

笺注

（1）北关初使归：指初次出使北方关塞。见上考释。

（2）边檄：边境的羽檄。

（3）了无：全无；毫无。　尘土沾人衣：典出晋陆机《为顾彦先赠妇》诗之一：“辞家远行游，悠悠三千里。京洛多风尘，素衣化为缁。”后以“京洛尘”比喻功名利禄等尘俗之事。

（4）安宅：安居之处。

（5）倒东山屣：典出“倒屣相迎”“倒屣”。《三国志・魏书・王粲传》：“（蔡邕）闻粲在门，倒屣迎之。”形容热情接待宾客。又《晋书・谢安传》：谢安闻淝水之捷报,“既罢,还内,过户限,心喜甚,不觉屐齿之折”。王阳明此句杂糅两典。

(6) 历块:《汉书·王褒传》:“过都越国,蹶如历块。”唐颜师古注:“如经机一块,言其速疾之甚。”后以“历块”形容疾速。 蹶:失足。

(7) 兼旬:二十天。 下庭:走下庭阶。行走。

(8) 扶携:搀扶。 稚子:幼子;小孩。

(9) 勘谱寻方:此指勘查医书寻找药方。 油皮:表层。

(10) 瓶罂:泛指小口大腹的陶瓷容器。

(11) 不才:没有才能的人。对自己的谦称。

(12) 西涯先生:李东阳号西涯。 缪爱:犹谬爱。错爱。被人见爱的谦辞。

(13) 勤拳:恳切真诚。唐白居易《送毛仙翁》:“玄功曷可报?感极惟勤拳。”

(14) 词林:词坛。

(15) 高义:深情厚谊。 曹佐:此指六部中的郎官等辅佐官吏。

(16) 秦越:春秋时秦在西北,越居东南,相距极远,此或指已经远离危险。

(17) 井中堕:用毛遂堕井之典。《西京杂记》卷六:“昔赵有两毛遂,野人毛遂坠井而死,客以告平原君,平原君曰:‘嗟乎!天丧予矣。’既而知野人毛遂,非平原君客也。”

(18) 丁丁《伐木》篇:指《诗经·小雅·伐木》。后多以“伐木”为表达朋友间深情厚谊的典故。见《送蔡希颜三首》(一)笺注(4)。此处或指李东阳的《坠马后柬萧文明给事长句并呈同游诸君子》诗。

(19) 清平:指天下太平。汉班固《两都赋序》:“臣窃见海内清平,朝廷无事。”此指平安无事。

(20) 太阿:古代宝剑名。即泰阿。《战国策·韩策一》:“韩卒之剑戟,皆出于冥山、棠溪、墨阳、合伯、邓师、宛冯、龙渊、太阿,皆陆断马牛,水击鹄雁,当敌即斩坚。”《文选·上书秦始皇》:“垂明月之珠,服太阿之剑。”

(21) 七星：指古代宝剑上的图纹。《吴越春秋·王僚使公子光传》："二人饮食毕，欲去，胥乃解百金之剑以与渔者：'此吾前君之剑，中有七星，价直百金，以此相答。'"后指锋利之剑。　金盘蛇：殆指剑鞘上金色蛇纹。

(22) 血诚：犹赤诚。谓极其真诚的心意。《宋书·谢晦传》："去年送女遣儿，阖家俱下，血诚如此，未知所愧。"

(23) 㧑诃：卫护。唐韩愈《石鼓歌》："雨淋日炙野火燎，鬼物守护烦㧑呵。"明李东阳《坠马后柬萧文明给事》："置身隙地不盈丈，或有神鬼相㧑诃。"

(24) 黄金台：古台名。又称金台、燕台。故址在今河北省易县东南，易水南。相传战国燕昭王筑，置千金于台上，延请天下贤士，故名。宋鲍照《代放歌行》："岂伊白璧赐，将起黄金台。"

(25) 感激：此指感慨激昂。　荆卿歌：《史记·荆轲列传》："太子及宾客知其事者，皆白衣冠以送之。至易水之上，既祖，取道，高渐离击筑，荆轲和而歌，为变徵之声，士皆垂泪涕泣。又前而歌曰：'风萧萧兮易水寒，壮士一去兮不复还。'"

(26) 门户：途径；门径。《荀子·成相》："蒙掩耳目塞门户。"清王鸣盛《十七史商榷·汉书十六·艺文志考证》："《艺文志》者，学问之眉目，著述之门户也。"

(27) 骅留：即骅骝。骏马名。唐杜甫《奉简高三十五使君》："骅骝开道路，鹰隼出风尘。"

(28) 俯首风尘：典出宋苏轼《书韩干牧马图》："王良挟策飞上天，何必俯首服短辕？"

(29) 昆仑瑶池：唐李白《天马歌》："腾昆仑，历西极，四足无一蹶。……虽有玉山禾，不能疗苦饥。"　茫惚：通恍惚、茫乎。茫然的样子。唐韩愈《驽骥》："因言天外事，茫惚使人愁。"

(30) 未应：犹不须。　造父：古之善御者，赵之先祖。因献八骏幸于周穆王。穆使之御，西巡狩，见西王母，乐而忘归。见《史记·赵世家》。

(31) 物理：事物的道理。

(32) 滥名：浮泛其名，如滥竽充数。《晋书·王羲之传赞》："子云近出，擅名江表，然仅得成书，无丈夫之气，行行若萦春蚓，字字如绾秋蛇；卧王蒙于纸中，坐徐偃于笔下；虽秃千兔之翰，聚无一毫之筋，穷万谷之皮，敛无半分之骨；以兹播美，非其滥名邪？此数子者，皆誉过其实。" 东曹簿：汉代丞相属下有东曹掾。后多有变动。此指行政部门的事务性官职。

(33) 刍狗：古代祭祀时用草扎成的狗。《老子》："天地不仁，以万物为刍狗；圣人不仁，以百姓为刍狗。"喻微贱无用。

(34) 黄门：宫禁。《汉书·西域传赞》："蒲梢、龙文、鱼目、汗血之马充于黄门。"《通典·职官三》："凡禁门黄闼，故号黄门。"

(35) 殿屎：愁苦呻吟。《诗经·大雅·板》："民之方殿屎，则莫我敢葵。"《毛传》："殿屎，呻吟也。"

(36) 转首：指短暂时间。不久。 颠蹶：跌落。

(37) 滇南路：指前往云南。

(38) 幻泡：佛教语。比喻事物虚幻无常。

(39) 黄叔度：名宪，后汉学者。《后汉书·黄宪传》有传。

(40) 婉娩：柔顺貌。汉王逸《离骚章句后序》："婉娩以顺上，逡巡以避患。" 来暮：为称颂为官德政之辞。《后汉书·廉范传》："成都民物丰盛，邑宇逼侧，旧制禁民夜作，以防火灾，而更相隐蔽，烧者日属。范乃毁削先令，但严使储水而已。百姓为便，乃歌之曰：'廉叔度，来何暮？不禁火，民安作。平生无襦今五袴。'"

(41) 菊先生：疑指李东阳。东阳有诗《题敷五菊屏》："先生深卧菊花丛，曲几围屏杳窕通。"故戏称之。束景南《辑考编年》认为指李士实。可再考。

(42) 马讼故事：与诗中"转首黄门大颠蹶"相对应。关于马讼故事以及此诗背景，束景南《辑考编年》考之甚详,涉及萧显、李士实、冯兰、邵珪等人,萧、冯、邵等都曾坠马。此不赘引,或可再考。

(43) 倡和:为唱和李东阳的《坠马后柬萧文明给事长句并呈同游诸君子》。诗韵、体裁、内容皆相应。李诗见后所附。

(44) 玉河东第:即王阳明在玉河东边的居所。据1998年4月考古发现,玉河在北京市东城区后门桥与东黄城根北街之间。2007年4至9月进行发掘作业。束景南《辑考编年》认为在"顺天府西北"。

附录

(一)

李东阳《坠马后柬萧文明给事长句并呈同游诸君子》:

我在黄门夜燕归,径驱健马疾若飞。马蹄翻空身堕地,岂独尘土沾人衣。徒行却叩黄门宅,主翁醉睡惊倒屐。东轩大床许借我,筋骨屈强眠不得。二郎拥臂下中庭,左曳右挈蹒跚行。西邻乞药走僮仆,东家贳酒来瓶罂。大郎慰问不停口,以手熨抑重复轻。黄门对床卧答语,独夜沉沉何限情。黄门朝回我起坐,南屏潘郎跨驴过。西台骢马随东曹,复有同官两寮佐。周郎哭子涕未干,闻疾赴予如拯堕。群嗟众唁增我忧,独喜南屏向予贺。忆当堕马城东阿,前有深渠后坡陀。置身隙地不盈丈,或有神鬼相扮诃。兹行未必不为福,对酒尽醉且复歌。诗成臂病不能写,黄门健笔如操戈。庭空客散日在户,夜踏肩舆代徐步。道逢东曹送我归,举袂却之犹返顾。入门强作欢笑声,实恐衰颜惊老父。闭门稳卧病经月,幸是闲官寡书簿。高吟朗讽犹舌存,欹坐仄书书屡误。故人入坐时起迎,拄杖徐行转愁仆。黄门父子时过问,爱我情多岂予助。平生骨肉欣戚同,世上悠悠几行路。宦途夷险似有数,堕马为君今两度。作诗病起谢黄门，各保千金向迟暮。

（二）

清郑濂跋：

明季诸人，无一不摹右军，皆为蹊经所拘。书脱尽窠臼，天真潇洒，掉臂独行，无意求合而无不宛合。此有明第一妙腕，一代伟人。余垂髫时，见魏氏漪园所藏墨迹行书长卷，爱不忍释，以为观止矣。今于海上，忽睹此卷，惊欢欲绝。其笔法有龙飞虎卧之势，以此为得意之书。借观竟日，卷有诸名宗考藏印章，是真迹无疑矣。爰志数言于后，以记眼福云尔。

游秦望用壁间韵[一]

秦望独出万山雄，萦纡鸟道盘苍空(1)。飞来百道泻碧玉，翠壁千仞削古铜。久雨初晴真可喜，山灵于我岂无以(2)？初疑步入画图中，岂知身在青云里。蓬岛茫茫几万重(3)，此地犹传望祖龙(4)。仙舟一去竟不返(5)，断碑千古原无踪(6)。北望稽山怀禹迹(7)，却叹秦皇为渐色(8)。落日凄风结晚愁，归云半掩春湖碧(9)。便欲峰头拂石眠，吊古伤今益黯然。未暇长卿哀二世(10)，且续苏君观海篇(11)。长啸归来景渐促，山鸟山花吟不足。夜深风雨过溪来，小榻寒灯卧僧屋。

校勘

［一］束景南《辑考编年》“游”作“登”。认为此诗当为一首，其说是。

考释

秦望山,《万历会稽志》卷二:"秦望山,在县东南四十里宛委山南,高出群山,秦始皇登之以观东海,故名。"清顾祖禹《读史方舆纪要》卷二十五"南直七":"本名峨耳山,秦始皇常登此四望,因名。"

钱明云:"该诗原载万历《会稽县志》卷二《山川》(见《天一阁藏明代方志选刊续编》第 59 页),现据《绍兴市志》(浙江人民出版社 1996 年版)第四册卷三十七《艺文·诗词曲选》移录。然市志原作一篇,今据县志改为六首。"又据王阳明"居越诗"中所载《再登秦望》诗题"嘉靖甲申冬二十一日,再登秦望。自弘治戊午登后二十七年矣。将下,适董萝石与二三子来,复坐久之,暮归,同宿云门僧舍",定此诗作于"弘治十一年",其说是。

束景南《辑考编年》:"诗见张元忭《云门志略》卷五,康熙《绍兴府志》卷五"等。又录《云门志略》中所载宋陆游《醉书秦望山石壁》,以及后人陆相、高台的"次阳明韵"之作。认为王阳明所次为陆游之诗韵,诗为古风,本为一首,不当分为六。

按:考此诗意,束景南之说是。当为一首。

笺注

(1)萦纡鸟道:弯曲山路。

(2)无以:没有什么可以拿来。

(3)蓬岛:神话传说中的蓬莱仙岛。

(4)祖龙:指秦始皇。《史记·秦始皇本纪》:"秋,使者从关东夜过华阴平舒道,有人持璧遮使者曰:'为吾遗滈池君。'因言曰:'今年祖龙死。'"南朝宋裴骃《集解》引苏林曰:"祖,始也;龙,人君象。谓始皇也。"

(5)仙舟:《史记·秦始皇本纪》:"齐人徐(福)等上书,言海中有三神山,仙人居之。请得斋戒,与童男女求之。于是遣徐发童男女数千人,入海求仙人。"

(6)断碑:《史记·秦始皇本纪》:"(秦始皇)至钱塘,临浙江,水波恶,乃西百二十里从狭中渡，上会稽，祭大禹，望于南海，而立石刻颂秦德。”《会稽刻石》传为李斯所书，俗称“李斯碑”，属小篆书法作品，与《峄山刻石》《泰山刻石》《琅琊刻石》合称“秦四山刻石”。原石已佚，现有清代刘徵复刻碑（钱泳本）存于大禹陵碑廊。

（7）稽山：会稽山。　禹迹：夏禹治水的业绩。与下“渐色”相对。

（8）渐色：与上“禹迹”相对，指秦始皇晚年耽于声色之享。

（9）归云：行云。晋潘岳《西征赋》：“吐清风之飂戾，纳归云之郁蓊。”　春湖：此殆指绍兴鉴湖。

（10）汉司马相如字长卿，作有《哀二世赋》。

（11）苏君殆指苏轼。苏轼观海诗有《虔州八境图八首》中的第七首：“烟云缥缈郁孤台，积翠浮空雨半开。想见之罘观海市，绛宫明灭是蓬莱。”又《行琼儋间肩舆坐睡梦中得句云千山动鳞甲万谷酣笙钟觉而遇清风急雨戏作此数句》：“四州环一岛，百洞蟠其中。我行西北隅，如度月半弓。登高望中原，但见积水空。此生当安归，四顾真途穷。眇观大瀛海，坐咏谈天翁。茫茫太仓中，一米谁雌雄。幽怀忽破散，永啸来天风。千山动鳞甲，万谷酣笙钟。安知非群仙，钧天宴未终。喜我归有期，举酒属青童。急雨岂无意，催诗走群龙。梦云忽变色，笑电亦改容。应怪东坡老，颜衰语徒工。久矣此妙声，不闻蓬莱宫。”未敢妄断，录以备考。

地藏洞访老道诗

路人岩头别有天，松毛一片自安眠。高谈已散人何处，古洞荒凉散冷烟。

考释

钱明云:“录自明墨憨斋(系冯梦龙之居所,冯以此为号)新编《皇明大儒王阳明出身靖乱录》”,定为“弘治十二年”之作。《辑考编年》所出同,认为作于正德十五年。钱、束皆认为“地藏洞”在九华山。按:《皇明大儒王阳明出身靖乱录》乃小说,非信史,此诗仅录以备考。又,守仁游九华,不当在“弘治十二年”,《皇明大儒王阳明出身靖乱录》所记,为弘治三、四年间事。

大伾山诗

晓被烟雾入青峦,山寺疏钟万水寒。千古河流成沃野,几年沙势自风湍[1]。水穿石甲龙鳞动[2],日绕峰头佛顶宽[3]。宫阙五云天北极,高秋更上九霄看。

余姚王守仁,大明弘治己未仲秋朔。

考释

大伾山在河南浚县。浚县,王越故乡。《明史・王阳明传》:“登弘治十二年进士,使治前威宁伯王越葬。”此诗浙古本《全集》据浙江图书馆所藏守仁手迹刻石拓片移录。《辑考编年》:“诗见《浚县金石录》卷下,正德《大名府志》卷二等。”认为作于“弘治十二年秋往浚县督造王越坟时”。此诗与《大伾山赋》殆相近之时作。

笺注

(1)风湍:风大势急。唐李隆基《为赵法师别造精院过院赋诗》:“烟树辨朝色,风湍闻夜流。”

(2)诗句叙山下黄河之景。《尚书・禹贡》:“导河积石,至于龙门,南至于华阴,东至于厎柱,又东至于孟津,东过洛汭,至于大伾;北过降水,至于大陆,又北播为九河,同为逆河,入于海。”

（3）佛顶：指大伾山之大佛。

送李贻教归省图诗

九秋旌旗出长安[(1)],千里军容马上看。到处临淮惊节制[(2)],趋庭莱子得承欢[(3)]。瞻云渐喜家山近[(4)],梦阙还依禁漏寒[(5)]。闻说闾门高已久[(6)],不妨冠盖拥归鞍[(7)]。

考释

浙古本《全集》云此诗由台北“中研院”史语所博士后研究人员杨正显录自清《永兴县志》卷四十六《艺文·七言律诗》。按,此诗束景南《辑考编年》云又见于《嘉庆郴县志》卷三十七。李贻教,郴州人。明顾璘《至郴访司马李贻教同年夜话二首》其一:“仄迭郴阳坂,怀君夙驾过。风神清不减,著作老仍多。饮量开江海,幽栖脱网罗。”明李梦阳《朝正倡和诗跋》:“诗倡和莫盛于弘治,盖其时古学渐兴,士彬彬乎盛矣。此意运会也。余时承乏郎署,所与倡和则扬州储静夫、赵叔鸣,无锡钱世恩、陈嘉言、秦国声,太原乔希大,宜兴杭氏兄弟,郴李贻教、何子元,慈溪杨名父。”

据上可知,李贻教与顾璘同为弘治九年进士。又,李梦阳为“郎署”则在弘治间。王阳明弘治十二年为进士,故而此诗当作于弘治十二年后,王阳明与李梦阳等切磋、唱和诗文之际。

笺注

（1）九秋：秋天。晋张协《七命》:“晞三春之溢露,溯九秋之鸣飙。”

（2）节制：此泛指途中各地官员。

（3）趋庭：《论语·季氏》："（孔子）尝独立，鲤趋而过庭。曰：'学诗乎？'对曰：'未也。''不学诗，无以言。'鲤退而学诗。他日，又独立，鲤趋而过庭。曰：'学礼乎？'对曰：'未也。''不学礼，无以立。'鲤退而学礼。"鲤，孔子之子伯鱼。后因以"趋庭"谓子承父教。　莱子：老莱子。已见前。　承欢：顺从父母的意思，使父母欢喜。

（4）瞻云：《诗经·魏风·陟岵》："陟彼屺兮，瞻望母兮。"后以"瞻云陟屺"比喻思亲。

（5）梦阙：梦绕宫阙，指思虑朝廷之事。唐白居易《阴雨》："望阙云遮眼，思乡雨滴心。"

（6）闾门：典见《战国策·齐策六》："王孙贾年十五，事闵王。王出走，失王之处。其母曰：'女朝出而晚来，则吾倚门而望；女暮出而不还，则吾倚闾而望。'"此代指倚闾而望的父母。

（7）归鞍：犹归骑，回家的车马。唐张说《东都酺宴》之三："洛桥将举烛，醉舞拂归鞍。"

九华杂言

长风扫浮云，天开翠万里。玉钩挂新月，露出青芙蓉。

考释

此诗见清段中律等撰《青阳县志》卷六《艺文志》"五言绝"（清乾隆四十八年刊），与上古本《全集》卷十九所载《莲花峰》后两句文字相同，疑为同时之作而有不同文本流传。

和九柏老仙诗[一]

石涧西头千树梅，洞门深锁雪中开。寻常不放凡夫到，珍重唯容道士来(1)。风乱细香笛无韵，夜寒清影衣生苔(2)。于今踏破石桥路，一月须过三十回。

九柏老仙之作本不可知，詹炼师必欲得之(3)，遂为走笔，以塞其意，且以彰吾之不度也。弘治辛酉仲冬望日，阳明山人王守仁识(4)。

校勘

［一］此诗题名，《嘉兴志补》卷九作《梅涧》。

考释

钱明曰："王阳明手迹拓本，余姚计文渊藏。现据计文渊编《王阳明法书集》移录。"定此诗作于"弘治十四年"仲冬至十五年春游九华山时。因唐代王季文隐居九华，"疑九柏老仙即为王季文之显身"，并认为"张立文的弘治十四年、十五年阳明两次游九华说(《宋明理学研究》第 508 页)与陈来的弘治十五年春阳明游九华说(《有无之境》第 341、342 页)皆非是"。束景南《辑考编年》出处同，又指出明邹衡正德《嘉兴志补》卷九录王阳明此诗，认为指九柏老仙为王季文不妥，疑为《九华山志》中所记的"蔡蓬头"。

按，王阳明究竟在弘治十四五年间游过几次九华山，可再考。如以广义的"九华山"而言，王守仁在正德十四年冬十五年初，赴"行在"途中，在正德十五年二月后当游过九华山。王阳明以在任之身，在山中待数月，恐亦难也。参见拙著《王阳明传》十八章。

笺注

(1) 道士：此或指有道之士。

（2）清影：清朗的光影；月光。三国曹魏曹植《公宴》诗：“明月澄清影，列宿正参差。”

（3）詹炼师：待考。

（4）弘治辛酉：弘治十四年(1501)。

兰亭次秦行人

十里红尘踏浅沙，兰亭何处是吾家？茂林有竹啼残鸟，曲水无觞见落花[(1)]。野老逢人谈往事，山僧留客荐新茶。临风无限斯文感，回首天章隔紫霞[(2)]。

考释

此诗浙古本《全集》录自清沈复灿的《山阴道士集》，而沈氏引自明张元忭《兰亭遗墨》。见近年邹志方编《历代诗人咏兰亭》(新华出版社，2001 年)。束景南《辑考编年》定此诗为弘治十年三月上巳作。秦行人，束景南认为是“秦文”，其说是。郑度《河南左参政秦先生文墓志》：秦文在弘治癸丑“登进士第。观政二年，授南京行人司。行人司三年，转司副”。秦文为行人，当在弘治八年至十一年间。而据钱氏《年谱》，王阳明于弘治九年会试不第，“归余姚，结诗社龙泉山中”。秦人为临海人，自南京归故里，或王阳明路过南京，皆有相会之机。此诗当作于弘治十年春夏间。

笺注

（1）曲水无觞：晋王羲之《兰亭诗序》：“又有清流激湍，映带左右，引以为流觞曲水。”此处反用其意。

（2）天章：犹天文。指分布在天空的日月星辰等。宋苏轼《潮州韩文公庙碑》：

“公昔骑龙白云乡，手扶云汉分天章。”

西湖诗

画舫西湖载酒行，藕花风渡管弦声。余情未尽归来晚，杨柳池台月又生。

考释

此诗浙古本《全集》录自《王阳明谪黔遗迹》，又云《贵阳阳明祠阳明洞碑刻拓片集》亦收录，题“自画诗”。束景南《辑考编年》题作《西湖》，认为作于“弘治十六年”，与上古本《全集》卷十九《西湖醉中漫书》等为同时之作。王阳明不乏咏西湖之诗，此或为其一。田汝成《西湖游览志余》亦有之，可互参。

清风楼

远看秋鹤下云皋(1)，压帽青天碍眼高(2)。石底蟠螭吹锦雾(3)，海门孤月送银涛。酒经残雪浑无力(4)，诗依新春欲放豪。勑赋登楼聊短述(5)，清风曾不媿吾曹(6)。

考释

此诗浙古本《全集》录自《乾隆太平府志》卷四十一。太平府，五代南唐保大末置新和州，寻改雄远军，宋改曰平南军，升为太平州，元为太平路，明为太平府，清因之，属安徽省，民国废，故治即今当涂县。束景南《辑考编年》引《乾隆太平府志》卷二：“驿矶山在县西北八里，江浒有清风楼。”又卷十三：“清风楼，明成化间建。

御史黄让居县北驿矶，星沙刘宪知县事，建楼于此，以东坡'清风阁'名美之。弘治二年，粤东林世远续修，邱濬记。"这里说的"东波清风阁"云云，殆指宋苏轼所撰《清风阁记》。

束景南认为此诗"弘治十四年秋阳明奉命往直隶江北审囚时作"。此说可再考。品此诗意，多悲秋豪壮之情，或当与《蟂矶次草泉心刘石门韵》等为同时所作。上古本《全集》目录和卷二十《蟂矶次草泉心刘石门韵》诗题下有小注"诗弘治壬戌年游楚时作，误次于此"；"二诗壬戌年作，误入此"。考嘉靖本《阳明文录》的目录正文中俱无此小注，乃后来所加。上述小注本身是否有误？可再探讨。

按：此诗与《蟂矶次草泉心刘石门韵》等，似当作于正德十四年末到十五年春，王阳明赴"行在"往返之际。

笺注

（1）云皋：犹云海，云天。宋永颐《苧渎夜泊》："夜歌新诗喜达旦，起看征雁飞云皋。"

（2）压帽：宋吴文英《烛影摇红》："顾春如旧，柳带同心，花枝压帽。"眼高：眼光高，或要求高。此句"压帽青天碍眼高"，殆当王阳明破宸濠后，多被议论。正德皇帝又欲亲征。当时情景，有压抑之感，乃理所当然。

（3）蟠蟂：即蟂矶。

（4）残雪：其时当在冬末初春。

（5）勦：《玉篇》："勤也。"

（6）清风：见宋苏轼《清风楼记》："天地之相磨，虚空与有物之相推，而风于是焉生。执之而不可得也，逐之而不可及也。""汝隐几而观之，其亦有得乎？力生于所激，而不自为力，故不劳。形生于所遇，而不自为形，故不穷。"此颇可见王阳明此时心境。

蓬莱方丈偶书二首

考释

此诗原见清笪重光撰《茅山全志》卷十三,浙古本《全集》曰:"《全集》卷十九《归越诗》所收《化城寺》之五与后者同,惟文字有异。由张如安提供。"殆此与《化城寺》为同一诗之不同文本,"归越诗",浙古本《全集》注明作于弘治十五年。束景南《辑考编年》收录,有考,认为王阳明弘治十四年审录江北,"事竣北归","经丹阳访汤礼敬并游茅山在三月,诗即作在其时"。汤礼敬即上古本《全集》卷二十二《寿汤云谷序》中的"汤云谷"。云谷,礼敬字。

(一)

兴剧夜无寐(1),中宵问雨晴。水风惊壑骤[一],岩日映窗明。石窦窥渊黑[二],云梯上水清。福庭真可住(2),尘上奈浮生[三]。

校勘

[一] 惊:《辑考编年》作"凉"。

[二] 渊:《辑考编年》作"涧"。

[三] 上:《辑考编年》作"土"。

笺注

(1) 兴剧:兴致很高。

(2) 福庭:即所谓"洞天福地"之地。常指神佛所居之处。

(二)

仙屋烟飞外[一],青萝隔世哗[二]。茶分龙井水,饭带玉田砂[三]。香细岚光杂[四],窗虚峰影遮[五]。林栖无一事[六],尽日卧丹霞[七]。

校勘

[一] 仙屋:《化城寺》(五)作"僧屋"。 飞:《化城寺》(五)作"霏"。

[二] 青萝隔:《化城寺》(五)作"山深绝"。

[三] 玉:《化城寺》(五)作"石"。

[四] 香细:《化城寺》(五)作"细云"。

[五] 虚:《化城寺》(五)作"高"。

[六] 林栖:《辑考编年》作"空林"。

[七] 尽日卧:《化城寺》(五)作"终日弄"。

若耶溪送友诗

若耶溪上雨初歇(1),若耶溪边船欲发。杨枝袅袅风乍晴,杨花漫漫如雪白(2)。湖山满眼不可收,画手凭谁写清绝(3)?金樽绿酒照玄发(4),送君暂作沙头别(5)。长风破浪下吴越,飞帆夜渡钱塘月。遥指扶桑向溟渤(6),翠水金城见丹阙(7)。绛气扶疏藏兀突[一](8),中有清虚广寒窟(9)。冷光莹射精魂慑[二](10),云楼万丈凌风蹑[三](11)。玉宫桂树秋正馥,宸上高枝堪手折[四](12)。携向彤城献天子[五](13),金匮琅函贮芳烈[六](14)。

内兄诸用冕惟奇(15),负艺,不平于公道者久矣。今年将赴南都试,予别之耶溪之上。固知其高捷北辕,不久将会于都下,然而缱绻之情自有不容已也。越山农邹鲁英为写耶溪别意(16),予因诗以送之,属冗不及长歌,俟其对榻垣南草堂,尚当为君和《鹿鸣》之歌也。弘治甲子又四月望，阳明山人王守仁书于西清轩。垣南草堂，予都下寓舍也。

校勘

[一] 绛气：《辑考编年》作"绛云"。

[二] 慑：《辑考编年》作"魄"。

[三] 蹑：《辑考编年》作"蹶"。

[四] 宸：《辑考编年》作"最"。　高：《辑考编年》作"马"。

[五] 城：《辑考编年》作"墀"。

[六] 金：《辑考编年》作"鑫"。当作金。

考释

钱明曰："王阳明手迹纸本，真迹由日本大阪博文堂所藏，并于大正二年由该堂影印，题为《王阳明先生若耶帖墨妙》。现据计文渊《王阳明法书集》移录。张楚《清劲绝伦的诗》(载《越文化研究通讯》1999 年第 9 期)认为，该诗'当作于阳明结庐宛委山时'，即弘治十五年，阳明'告病归越，筑室阳明洞中……友人王思舆等四人来访'(《全集》第 1225 页)之后。"

钱明《王阳明散佚诗汇编及考释》仅录"若耶溪上雨初歇"至"送君暂作沙头别"六句，亦无后跋。与计文渊《王阳明法书集》同。

《辑考编年》出处除日本博文堂影印本外，尚有计文渊《吉光片羽弥足珍》。据后跋"弘治甲子又四月望，阳明山人王阳明书于西清轩"，认为此诗当作于弘治十七年四月。

又，载有此诗的画册，原曾经日本长尾雨山手，罗振玉、郑孝胥等有题跋，后流入拍卖市场。

笺注

(1) 若耶溪：绍兴境内溪流，今名平水江，相传为西施浣纱之所。

（2）杨花：柳絮。

（3）清绝：形容美妙至极。宋陆游《小雨泛镜湖》："吾州清绝冠三吴，天写云山万幅图。"

（4）金樽：金杯。　玄发：黑发。

（5）沙头：沙滩边；沙洲边。北周庾信《春赋》："树下流杯客，沙头渡水人。"

（6）扶桑：此指传说中的东方古国名。　溟渤：本指溟海和渤海。多泛指大海。南朝宋鲍照《代君子有所思》："筑山拟蓬壶，穿池类溟渤。"

（7）丹阙：赤色的宫阙。或指仙阙、仙宫。

（8）扶疏：回旋、飘散貌。《文选·琴赋》："忽飘摇以轻迈，乍留联而扶疏。"唐李善《注》："言扶疏四布也。"　兀突：高耸突出貌。明徐弘祖《徐霞客游记·游黄山日记》："矻之兀突独耸者，为光明顶。"

（9）广寒：传说中月中的宫殿。旧题唐柳宗元《龙城录·明皇梦游广寒宫》："顷见一大宫府，榜曰'广寒清虚之府'。"

（10）精魂慑：勾魂摄魄。形容事物具有非常大的吸引力或威吓的力量。

（11）蹑：踏，踩。

（12）高枝：此喻诸用冕会试高中。

（13）彤城：即丹墀。指朝廷。

（14）金匮：《汉书·高帝纪下》："又与功臣剖符作誓，丹书铁契，金匮石室，藏之宗庙。"唐颜师古《注》："如淳曰：'金匮，犹金縢也。'以金为匮，以石为室，重缄封之，保慎之义。"　琅函：书匣的美称。五代前蜀韦庄《李氏小池亭》："家藏何所宝，清韵满琅函。"

（15）诸用冕：字惟奇，王阳明内弟。

（16）邹鲁英：或为当时山阴画家。

题静观楼

放一毫过去非静，收万物回来是观。

谒周公庙

守仁祇奉朝命，主考山东乡试，因得谒元圣周公庙。谨书诗一首，以寓景仰之意云尔。时弘治甲子九月九日。[一]

我来谒周公，嗒焉默不语[1]。归去展陈编[2]，诗书说向汝。

校勘

[一] 此诗序录自束景南《辑考编年》。

考释

浙古本《全集》录自明吕兆祥《东野志》卷二。

周公庙：在曲阜。束景南《辑考编年》引《乾隆曲阜县志》卷四："弘治十二年，山东巡抚访求周公之后，得东野禄，给以布衣使奉祀。正德十二年，始置祭田、祭器。"又录王阳明所书《诗序》，认为"此诗应是弘治十七年阳明北上主考山东乡试途经曲阜时作，其书写此诗，已在九月九日，盖犹在济南道观未南归也"。其说是。

笺注

(1) 嗒焉：《庄子·齐物论》："南郭子綦隐机而坐，仰天而嘘，荅焉似丧其耦。"唐陆德明《释文》："答，解体貌。本又作'嗒'。"后以此形容怅然若失、无精打采的样子。此指若有所思状。

(2) 陈编：此指古籍、古书。唐韩愈《进学解》："踵常途之促促，窥陈编以盗窃。"

别友

千里来游小洞天[1]，春风无计挽归船。柳花撩乱飞寒白[2]，何异山阴雪后天[3]。

□年来访予阳明洞天，其归也，赋首尾韵，以见别意。弘治甲子四月朔，阳明山人王守仁书。

考释

浙古本《全集》云此诗为王阳明所书扇面，手迹藏湖北博物馆。据计文渊《王阳明法书集》移录。钱明据《年谱》，弘治十五年八月，阳明疏请告归，筑室阳明洞中，行道引术。翌年遂移疾钱塘西湖，复思用世。十七年在京师，秋主山东乡试。认为“此诗当作于阳明离开杭城赴京师之前”。《辑考编年》认为此诗作于弘治十七年，乃给京师画家来子(余年)。

笺注

(1) 小洞天：此当指越中的阳明洞。

(2) 寒白：此殆指柳絮。

(3) 山阴：会稽。今绍兴市。

西湖

我所思兮山之阿，下连浩荡兮湖之波。层峦复巘，周遭而环合[1]。云木际天兮[2]，拥千峰之嵯峨。送君之迈兮我心悠悠[3]。桂之楫兮兰之舟[4]，箫鼓激兮哀中流[5]。湖水春兮山月秋，湖云漠漠兮山风飕飕。苏之堤兮逋之宅[6]，复有忠魂兮山之侧[7]。桂树团团兮空山夕，猿冥冥兮啸青壁(8)。旷怀人兮水涯[一](9)，目惝恍兮断秋魄(10)。君之游兮双旗奕奕(11)，水鹤翩翩兮鸥凫泽泽(12)。君来何暮兮去何毋疾，我心则悦兮毋使我亟。送君之迈兮欲往无翼。雁流声而南去兮(13)，涉春江之脉脉[二]。

阳明王守仁。

校勘

［一］水涯：《辑考编年》作“水涯甘”。

［二］涉：计文渊《王阳明法书集》作“渺”。

考释

浙古本《全集》云：据计文渊《王阳明法书集》移录。原件现存上海博物馆。该诗系弘治十八年阳明为吴小仙(名伟，1459—1508)画《文会赠言图》而作的题画诗。题云《西湖》。有关吴小仙画的题画诗，可参见徐爱《横山遗集》卷上《宪副杨恭甫邀游山庄出吴小仙四画索题四绝》。《辑考编年》云“诗见《中国古代书画图目》”，出处同。并录有罗玘《文会赠言序》及李梦阳、杭淮、何景明、边贡等二十二人之诗。

笺注

(1) 周遭：周围。唐刘禹锡《石头城》：“山围故国周遭在，潮打空城寂寞回。”

(2) 云木：高耸入云的树木。唐陈子昂《春台引》：“何云木之高丽，而池馆之崇幽。”

(3) 迈：行，去。

(4) 桂楫：桂木船桨。梁吴均《采莲曲》：“江风当夏清，桂楫逐流萤。” 兰舟：木兰船，小舟的美称。宋柳永《雨霖铃》：“都门帐饮无绪，留恋处，兰舟催发。”

（5）箫鼓：指乐奏。南朝梁江淹《别赋》："琴羽张兮箫鼓陈，燕赵歌兮伤美人。"

（6）苏之堤：西湖苏堤。　逋之宅：宋林逋之宅。其址在杭州西湖孤山，今有放鹤亭。

（7）忠魂兮山之侧：殆指宋岳飞之庙、明于谦墓等。

（8）冥冥：远空。此指空旷处。唐杜甫《寄韩谏议注》："鸿飞冥冥日月白，青枫叶赤天雨霜。"　青壁：青色的山壁。

（9）怀人：思念远行的人。

（10）惝恍：恍惚状。忧郁纠结之状。战国屈原《远游》："步徙倚而遥思兮，怊惝恍而乖怀。"

（11）奕奕：光明貌；亮光闪动貌。南朝宋谢惠连《秋怀》："皎皎天月明，奕奕河宿烂。"

（12）泽泽：指水鸟羽毛光泽。或云：为分离散开貌。泽，通"释"。《诗经·周颂·载芟》："载芟载柞，其耕泽泽。"唐孔颖达《疏》："待其土气烝达，然后耕之。其耕则释释然土皆解散。"

（13）流声：流啭的乐声。汉枚乘《七发》："练色娱目，流声悦耳。"三国魏曹植《七启》："扬《北里》之流声，绍《阳阿》之妙曲。"

遇仙二首[一]

校勘

［一］钱明《阳明学的形成与发展》附录，题作"绝命诗"。

考释

浙古本《全集》录自清褚人穫《坚瓠六集》卷四《阳明遇仙》及《皇明大儒王阳明出身靖难录》。《坚瓠六集》《皇明大儒王阳明出身靖难录》乃小说，非信史。且此二诗中有“天乎致此意何如”“昔代衣冠谁上品，状元门第好奇男”等句，甚平俗，而王阳明“赴海遇仙”，也完全系子虚乌有，当年湛若水在《阳明先生墓志铭》中已言之，故此二诗当非王阳明之作。

（一）

学道无成岁月虚，天乎致此意何如。身曾许国惭无补，死不忘亲恨有余。自信孤忠悬日月，岂论遗骨葬江鱼。百年臣子悲何极，夜听涛声泣子胥。

（二）

敢将世道一身担，显被生刑万死甘。满腹文章方有用，百年臣子独无惭。涓流归海今真见，片雪填沟旧亦谈。昔代衣冠谁上品，状元门第好奇男。

移居胜果寺[一]

深林容鸟道(1)，古洞隐春萝(2)。天迥闻潮立，江空得月多。冰霜丛草木，舟楫玩风波。岩下幽栖处，时闻白石歌(3)。

校勘

[一] 移居胜果寺:《辑考编年》作"胜果寺"。

考释

浙古本《全集》录自《大藏经补编》所收《武林梵志》卷二中明吴之鲸《城外南山分脉》。束景南《辑考编年》题为"胜果寺",曰:"胜果寺在钱塘万松岭。诗作在初春,则必是弘治十六年春移疾钱塘西湖时作。"又田汝成《西湖游览志》卷七等收录。

笺注

(1) 鸟道:险峻狭窄的山路。

(2) 春萝:春天的藤蔓。唐元稹《梦游春》:"朝蕣玉佩迎,高松女萝附。"

(3) 白石:传说中仙人所食。汉刘向《列仙传·白石生》:"白石生,中黄丈人弟子。""尝煮白石为粮。"唐韦应物《寄全椒山中道士》:"涧底束荆薪,归来煮白石。"或云:白石歌,即"白石吟",亦作"饭牛歌"。本指宁戚为求得齐桓公重用,扣牛角而唱的歌。后借指寒士自求用世。参《雪夜》笺注(5)。

大中祥符寺

飘泊新从海上至,偶经江寺聊一游。老僧见客频问姓,行子避人还掉头(1)。山水于吾成痼疾(2),险夷过眼真蜉蝣(3)。为报同年张郡伯(4),烟江此去理渔舟。

考释

浙古本录自嘉庆《西安县志》卷四十三《寺观》。

大中祥符寺:在衢州西安县。《康熙衢州府志》卷二十六:"西安县祥符禅寺,在县治北。"束景南《辑考编年》:"诗见嘉庆《西安县志》卷四十四、民国《衢县志》卷四。”认为“此诗作于正德二年阳明由海上归来之时也”。此说当再考。阳明“正德二年海上归来”之说,并无可能。见前《咎言》考证。又考诗中“偶经江寺聊一游”,乃漫然游乐之态;“烟江此去理渔舟”,乃欲潇洒渔隐之情,与被贬往龙场之心态,与此后在山路跋涉情况多不符。要之,此诗所作时间待考。此诗存疑。

笺注

(1)行子:出行的人。南朝宋鲍照《代东门行》:“野风吹草木,行子心肠断。”

(2)痼疾:喻不易改变的癖性。

(3)蜉蝣:蜉蝤。虫名。幼虫生活在水中,生存期极短。《诗经·曹风·蜉蝣》:“蜉蝣之羽,衣裳楚楚。”毛《传》:“蜉蝣,渠略也,朝生夕死。”

(4)同年张郡伯:《辑考编年》认为“乃指其时衢州知府”张维新,“据《掖垣人鉴》,张维新字宗德,华阴人,弘治十二年进士,除吏科给事中。正德元年擢浙江衢州府知府,仕终广平知州”。

恭吊忠毅夫人[一]

夫人兴废蚤知幾[1],堪叹山河已莫支[2]。夜月星精归北斗[3],秋风环珮落西池[4]。仲连蹈海心偏壮[5],德曜投山隐未迟[6]。千古有谁长不死,可怜羞杀宋男儿。

校勘

[一]忠毅:《辑考编年》作“忠懿”,是。

考释

浙古本出自《江山县志》卷十一《诗文词赋》。

束景南《辑考编年》曰:“诗见《同治江山县志》卷十一下,忠懿夫人即徐应镳妻方氏。”引《同治江山县志》卷十一下：“方氏，系钱塘人，国子司直徐应镳妻。咸淳末，劝应镳归，欲椎髻练裳以从。应镳曰：‘朝廷养士三百年，岂可效巢、由高蹈?’氏曰：‘妾观宋室将亡，不忍见也。’遂作短歌以明志，投后园瑞莲池以死。应镳葬之西湖八盘岭。明正德时，追赠忠懿夫人。”认为“此诗当作在正德以后”，“应是嘉靖六年九月阳明由越赴两广经钱塘时作”。并据钱德洪《阳明先生年谱》推断：“此诗作在九月十日前后。”

笺注

（1）知幾：预知事情变化的先兆。

（2）莫支：无法支撑。

（3）星精：星之灵气。北周庾信《周太子太保步陆逞神道碑》：“祥符云气，庆合星精。”此喻方氏魂魄归天。

（4）环珮：古人所系的佩玉。此借指此女。　西池：方氏后园瑞莲池。参前考释。此以方氏所投之池比拟之，隐指方氏为形势所迫而投池。

（5）仲连蹈海：指鲁仲连蹈东海而死。见《战国策》卷二十《赵策・秦围赵之邯郸》。

（6）德曜：梁鸿妻孟光字。初，夫妇耕织于霸陵山中，后随梁鸿至吴地，鸿贫困为人佣工，每归，光为具食，举案齐眉，恭敬尽礼。事见《后汉书・逸民传・梁鸿》。

过靖兴寺

隔水不见寺，但闻清磬来[一](1)。已指峰头路，始瞻云外台。洞天藏日月，潭窟隐风雷(2)。欲询兴废迹，荒碣满蒿莱。

校勘

［一］清磬：浙古本《全集》作“清盘”，此据《辑考编年》改。

考释

浙古本《全集》曰：录自《中国历代书院志》第五册(江苏教育出版社,1995 年)所收清文蔚起等纂辑《禄江书院志》卷二。束景南《辑考编年》录自乾隆《长沙府志》卷四十七。

靖兴寺：在醴陵靖兴山。乾隆《长沙府志》卷三十五："靖兴寺,在县河西,唐李靖屯兵处,内有法轮。"卷五："西山,(醴陵)县西二里,一名靖兴山。唐李靖驻兵于此,石壁上有李靖像。"

束景南曰："正德三年春阳明赴龙场驿途经醴陵",诗作于是时。

笺注

(1) 清磬：此指寺院的梵磬之音。

(2) 潭窟：殆指靖兴山下靖兴潭。乾隆《长沙府志》卷五："靖兴潭,(醴陵)县西金鱼洲下,以李靖得名。"

游靖兴寺[一]

老树千年惟鹤住,深潭百尺有龙蟠(1)。僧居却在云深处,别作人间境界看。

校勘

[一] 游靖兴寺：《辑考编年》作"龙潭"。

考释

浙古本《全集》录自《中国历代书院志》第五册,出自清文蔚起等修《禄江书院志》卷二《艺文》。束景南《辑考编年》录自乾隆《长沙府志》卷四十九、雍正《湖广通志》卷八十,认为系"正德三年春阳明赴龙场驿途经醴陵时所题"。

笺注

（1）深潭：指靖兴山下靖兴潭。见前《过靖兴寺》笺注(2)。

游山二首[一]

校勘

［一］游山二首：《辑考编年》作“游茅山二首”。

考释

浙古本《全集》录自笪重光撰《茅山全志》卷十三，《辑考编年》出处同。束景南认为与《蓬莱方丈偶书二首》同作于弘治十五年春访汤礼敬时。

（一）

山雾沾衣润，溪风洒面凉。藓花凝雨碧，松粉落春黄。古剑时闻吼(1)，遗丹尚有光(2)。短才惭宋玉(3)，何敢赋《高唐》(4)。

笺注

（1）剑吼：宋李昉等《太平御览》卷三四三引《世说》：“王子乔墓在京陵，战国时人有盗发之者，睹无所见，唯有一剑停在室中，欲进取之，剑作龙鸣虎吼，遂不敢近，俄而径飞上天。”

（2）遗丹：指道教所存金丹。

（3）宋玉：战国时词赋家。《史记·屈原贾生列传》：“屈原既死之后，楚有宋玉、唐勒、景差之徒者，皆好辞而以赋见称。然皆祖屈原之从容辞令，终莫敢直谏。”

（4）赋高唐：赋《高唐赋》。传《高唐赋》为宋玉所作。

(二)

灵峭九千丈[(1)],穷跻亦未难[(2)]。江山无遁景,天地此奇观。海月迎峰白,溪风振叶寒。夜深凌绝峤,翘首望长安。

笺注

(1) 灵峭:仙山。此指茅山。茅山主峰在句容县境内。

(2) 穷跻:指登上顶峰。

晚泊沅江

古洞何年隐七仟[一][(1)],仙踪欲叩竟茫然。惟余洞口桃花树,笑倚东风自岁年。

校勘

[一] 七仟:《辑考编年》作“七仙”。

考释

浙古本《全集》、《辑考编年》所据俱为清唐开韶等编《桃花源志略》卷八。束景南认为系王阳明赴龙场时作。

笺注

(1) 古洞:指桃源洞。《辑考编年》:“《桃花源志略》卷二引释一休《桃源洞天志》云:‘桃源山,在桃源县西南三十里沅水之阴。’”

题吴五峰大参甘棠遗爱卷[一]

遵彼江浒(1),樛木阴阴(2)。亦有松柏,郁其相参(3)。彼行者徒(4),或驰以驱。载橐荷畚(5),伛偻蘧除(6)。昔也炎暑,道暍无所(7)。今也蒸炽,有如室处(8)。阴阴樛木,实获我心(9)。赫赫吴公(10),仁惠忠谌。惟此樛木,吴公所植。匪公之德,曷休以息(11)。公行田野,褐盖朱轮(12)。茇于柳下(13),劳此农人(14)。熏风自南(15),吹彼柔肄(16)。悠悠旆旌(17),披拂摇曳。民曰公来,盍往迎之(18)。壶浆车下(19),实慰我思。我思何极,公勿我去。天子之命,盍终我庇。公曰尔民,尔孝尔弟(20)。食耕饮凿,以游以戏。民曰我公,我植我培。有若兹树,翌其余枚。嗟我庶民,勿剪勿伐。勿愧甘棠,公我召伯。(21)

校勘

[一] 诗题下,《辑考编年》注有"五峰衡山人"五字。

考释

浙古本《全集》录自《湖广通志》卷八十四。《辑考编年》云此诗见《康熙衡州府志》卷二十一、《湖广通志》卷八十四。吴五峰:《辑考编年》云为吴纪。吴纪,《康熙衡州府志》卷十六:"吴纪,成化戊戌进士,由兵、户二曹主事、郎中,以忤奄瑾出为浙江参政。旋致政,捐二千余金,贮库以备赈济。去之日,敝簏萧然。归家绝迹公门,日与南台僧无碍为方外交,别号'五峰道人'。所著有《遗清轩漫稿》。"大参:指参政。此指吴氏曾为参政。《辑考编年》定此诗为守仁正德二年赴龙场之前所作。当再考。所谓"正德二年"在杭养病事本可疑。当此之时,与同为被贬的吴纪酬唱,其心情和事实似与诗意不合。再次,此诗当是起"五峰道人"别号之后事。"五峰"之别号起于何时? 须再考。此诗当为吴纪归乡以后所题。

笺注

（1）遵：沿着。

（2）樛木：枝向下弯曲的树。《诗经·周南·樛木》："南有樛木，葛藟累之。"汉郑玄《笺》："木下曲曰樛。"

（3）郁：葱郁。

（4）行者徒：即行徒。行人也。

（5）载橐：犹橐载，袋装车载。　荷畚：背着畚箕。

（6）伛偻：俯身状。　蘧除：犹蘧蒢。此指身不能弯曲俯视之人。

（7）暍：《说文》："暍，伤暑也。"《汉书·武帝纪》："夏大旱，民多暍死。"

（8）室处：家居。《诗经·豳风·七月》："嗟我妇子，曰为改岁，入此室处。"

（9）实获我心：典出《诗经·邶风·绿衣》："我思古人，实获我心。"意谓"实在体贴我的心"。

（10）赫赫：显著盛大的样子。

（11）以：连词，与"而"用法相同，如"梦寐以求"。

（12）褐盖：指明代四品以上官员出行时所用的伞盖。以黑色茶褐罗为表，红绢衬里，故名。明沈德符《野获编·礼部一·褐盖》："旧制，仕宦四品腰金以上，始得张褐盖。"　朱轮：指古代王侯贵族乘坐的装饰华丽的车子。《史记·张耳陈馀列传》："令范阳令乘朱轮华毂，使驱驰燕、赵郊。"

（13）茇：小茅舍，居所。《诗经·召南·甘棠》："蔽芾甘棠，勿翦勿伐，召伯所茇。"汉郑玄《笺》："茇，草舍也。召伯听男女之讼，不重烦劳，百姓止舍小棠之下听断焉。"　柳下：此殆指"柳下借阴"之意。《淮南子·人间训》："（周）武王荫暍人于樾下，左拥而右扇之，而天下怀其德。"

（14）农人：指务农之人。《诗经·小雅·甫田》："我取其陈，食我农人。"

（15）三国魏王肃《孔子家语·辩乐》："昔日舜弹五弦之琴，造《南风》之诗，其诗曰：'南风之熏兮，可以解吾民之愠兮。'"熏风，和风。

(16) 柔肄：柔嫩的再生枝叶。

(17)《诗经·小雅·车攻》："萧萧马鸣，悠悠旆旌。"

(18) 盍：何不。

(19) 壶浆：《孟子·梁惠王下》："以万乘之国伐万乘之国，箪食壶浆，以迎王师，岂有他哉，避水火也。"原谓竹篮中盛着饭食，壶中盛着酒浆茶水。后多用指表示欢迎。

(20) 弟：悌。

(21) 甘棠：木名。《史记·燕召公世家》："周武王之灭纣，封召公于北燕。……召公巡行乡邑，有棠树，决狱政事其下，自侯伯至庶人各得其所，无失职者。召公卒，而民人思召公之政，怀棠树不敢伐，哥咏之，作《甘棠》之诗。"后遂以"甘棠"称颂循吏的美政和遗爱。

观音山

烟鬟雾髻动清波(1)，野老传闻似普陀(2)。那识其中真色相(3)，一轮明月照青螺(4)。

考释

此诗梁颂成《王阳明在常德的诗歌创作》(《常德师范学院报》2001年第1期)中披露。浙古本《全集》云见清雍正十一年刊《湖广通志》卷十二《沅江县》条。

观音山，《辑考编年》谓"观音山，在(辰溪)县南"，"此诗当亦是正德五年春阳明赴庐陵知县任途经辰溪作，盖即兴所咏，与《游钟鼓洞》作在同时"。

笺注

（1）宋辛弃疾《游武夷作棹歌呈晦翁十首》之三："玉女峰前一棹歌，烟鬟雾髻动清波。"烟鬟、雾髻均指云雾缭绕的峰峦。

（2）普陀：此指普陀山。

（3）色相：佛家语。指万物的形貌。

（4）青螺：此指山的形状如青螺。唐皮日休《太湖诗·缥缈峰》："似将青螺髻，撒在明月中。"

墨池遗迹

千载招提半亩塘[1]，张颠遗迹已荒凉[2]。当时自号书中圣，异日谁知酒后狂。骤雨颠风随变化[3]，秋蛇春蚓久潜藏[4]。惟余一脉涓涓水，流出烟云不断香。

考释

此诗见梁颂成《王阳明在常德的诗歌创作》。原见清应先烈编《常德文徵》卷八。又，《嘉靖常德府志》卷十九著录此诗，题"应履平"作，故可再考。此诗若为王阳明作，当作于由贵州返回在常德时。墨池：《嘉庆常德府志》卷六《山川古迹考》："张旭墨池，在(龙阳)县西净照寺内。相传唐张长史曾学书于此，池水尽墨。"

笺注

（1）招提：此指招提寺。

（2）张颠：唐张怀瓘《书断·张旭》："饮醉，辄草书，挥毫大呼，以头揾水墨中，天下呼为张颠。"被尊为"草圣"。

（3）骤雨颠风：唐李白《草书歌行》："须臾扫尽数千张，飘风骤雨惊飒飒。"

（4）秋蛇春蚓：《晋书·王羲之传》："子云近出，擅名江表，然仅得成书，无丈夫之气，行行若萦春蚓，字字如绾秋蛇。"

寄京友

不藉东坡月满庭[(1)]，雁来尝寄砚头青[(2)]。自从惠我庄骚句[(3)]，始见山中有客星[(4)]。

正德二年立秋前二日，邸龙场署中，作句复都门友人，时有索字，因笔以应。余姚王守仁。

考释

浙古本《全集》录自《中国书画全书》第十一册，原出自清张大镛《自怡悦斋书画录》卷四。

若此件为真，据此跋语，可证王阳明正德二年立秋时已在龙场。

笺注

（1）月满庭：苏轼《水调歌头·丙辰中秋，欢饮达旦，大醉，作此篇，兼怀子由》："明月几时有，把酒问青天。"

（2）砚头青：青色笺纸。宋秦观《呈李公择》："青笺擘处银钩断，红袂分时玉箸悬。"

（3）庄骚：《庄子》和《离骚》。

（4）客星：此指隐士。《后汉书·严光传》："（光武帝）复引光入，论道旧故。……因共偃卧。光以足加帝腹上。明日太史奏，客星犯御座甚急。帝笑曰：'朕故人严子陵共卧耳。'"

宿谷里

石门风高千树愁，白雾猛触群峰流。有客驱驰暮未休，山寒五月仍披裘。饥乌拉沓抢驿楼，迎人山鬼声啾啾。残月炯炯明吴钩，竹床无眠起自讴。

考释

浙古本《全集》录自明王丰贤、许一德修《贵州通志》卷二十四《艺文志·诗类》。

道光《大定府志》收此诗，归吴国伦名下，又注“一说王阳明”。今吴国伦《甔甀洞稿》卷八收此诗。似当为吴国伦所作。存疑备考。

饭金鸡驿

金鸡山头金鸡驿，空庭荒草平如席。瘴雨蛮云天杳杳，莫怪金鸡不知晓。问君远游将抵为，脱粟之饭甘如饴。

考释

浙古本《全集》出处同上《宿谷里》。

此诗也收入吴国伦《甔甀洞稿》；钱谦益《列朝诗集·丁集第五》收为吴国伦之作。考金鸡驿，清顾祖禹《读史方舆纪要》卷一百三十二“贵州四”：“（毕节驿）东南三十里有归化驿，又东南三十里曰阁鸦驿，又五十里曰金鸡驿。”离贵阳颇远，亦无王阳明曾到金鸡驿之记载，此诗当非王阳明之作。

涵碧潭

岩寺逢春长不夏，江花映日艳于桃。

谒武侯祠

殊方通道是谁功[(1)]，汉相威灵望眼中。八阵风云布时雨[一][(2)]，七擒牛马壮秋风[(3)]。豆笾远垒溪苹绿[(4)]，灯火幽祠夕照红。千载孤负独凛烈，口碑时听蜀山翁。

校勘

[一] 阵：浙古版《全集》夺，据沈启源《消失的贵州武侯祠》补。

考释

浙古版《全集》录自明王丰贤、许一德纂修万历《贵州通志》卷二十四《艺文志·诗类》。

据沈启源《消失的贵州武侯祠》(《贵州都市报》2011 年 10 月 31 日)考：《黔记群祠志》、康熙《贵州通志》等录有明贵州巡按王杏《谒武侯祠》："殊方通道是谁功？汉相威灵望眼中。八阵风云布时雨，七擒牛马壮秋风。豆笾远垒溪苹绿，灯火幽祠夕照红。千载孤贞独凛烈，口碑时听蜀山翁。"如是，则此诗当为王杏之作。

笺注

(1) 殊方：远方，异域。

(2) 八阵风云：指传为诸葛亮所布《八阵图》垒。

(3) 七擒：指诸葛亮"七擒孟获"事。

(4) 豆笾：祭器。《尚书·武成》："丁未，祀于周庙，邦甸侯卫，骏奔走，执豆笾。"

宋蔡沈《集传》:“豆,木豆;笾,竹豆。祭器也。”

龙泉石径

水花如练落长松,雪际天桥隐白虹。辽鹤不来华表烂,仙人一去石楼空。徒闻鹊驾横秋夕,莫说秦鞭到海东。移放长江还济险,可怜虚却万山中。

考释

浙古本《全集》补编收录。按:此诗即《过天生桥》,上古本《全集》收录,此重出。今人黄万机《客籍文人与贵州文化》(贵州人民出版社,1992 年)收录。

天生桥:此桥在安顺市夏官乡,位于安乐山的山腹间,有水旱两洞。

给书诸学

汗牛谁著五车书(1),累牍能逃一掬余(2)?欲使身心还道体(3),莫将口耳任荃鱼(4)。乾坤竹帙堪寻玩(5),风月山窗任卷舒。诲尔贵阳诸士子,流光冉冉勿踌蹰(6)。

考释

浙古本《全集》云:录自乾隆《贵州通志》卷四十五《艺文诗》,由台湾杨显正提供。束景南《辑考编年》云:《嘉靖贵州通志》卷十一《艺文》录此诗,作“王杏”诗。当存疑。

笺注

（1）汗牛：汗牛充栋。唐柳宗元《陆文通先生墓表》："其为书，处则充栋宇，出则汗牛马。"形容藏书或著述丰富。　五车书：《庄子·天下》："惠施多方，其书五车。"本指书多。后多喻博学。

（2）累牍：篇幅很长，内容很多。《隋书·李谔传》："连篇累牍，不出月露之形。"　一掬：两手捧(东西)。表示数量少。《礼记·曲礼》："受珠玉者以掬。"《经典释文》："两手曰掬。"

（3）道体：大道之本体。

（4）口耳：《荀子·劝学》："小人之学也，入乎耳，出乎口；口耳之间则四寸耳，曷足以美七尺之躯哉?"　荃鱼：《庄子·外物》："荃者所以在鱼，得鱼而忘荃。"此指如得鱼忘筌般的随意。

（5）竹帙：犹签帙，此泛指书籍。"乾坤竹帙郎谓"书中乾坤，与下句"风月山窗"相对。

（6）流光：流逝的时光。　冉冉：《文选·离骚》："老冉冉其将至兮，恐修名之不立。"唐吕向《注》："冉冉，渐渐也。"

龙冈谩书

子规昼啼蛮日荒[(1)]，柴扉寂寂春茫茫。北山之薇应笑汝[(2)]，汝胡局促淹他方[(3)]。彩凰葳蕤临紫苍[(4)]，予亦鼓棹还沧浪[(5)]。只今已在由求下[(6)]，颜闵高风安可望[(7)]。

考释

浙古本《全集》录自《新刊阳明先生文录续编》卷三。此诗日本学者永富青地在日本发表的论文《关于新刊阳明先生文录续编》中已辑出，后收入所著《王阳明著作的文献学研究》(2007)。《辑考编年》出处同，认为此诗作于"正德四年春"，此说可再考。龙冈，参见前《龙冈新构》考释。

笺注

(1) 子规：杜鹃鸟的别名，又名蜀魄、蜀魂、催归。传说为蜀帝杜宇的魂魄所化。 蛮日：蛮地之日。

(2) 北山之薇：典出《史记·伯夷列传》："武王已平殷乱，天下宗周，而伯夷、叔齐耻之，义不食周粟，隐于首阳山，采薇而食之。"后多以之喻隐逸山林。

(3) 胡：疑问词。 淹：淹留。逗留。

(4) 彩凰：传说中的灵鸟。南朝齐谢朓《永明乐》之十："彩凤鸣朝阳，玄鹤舞清商。" 葳蕤：此指羽毛丰茂状。 紫苍：此指天空。

(5) 鼓棹还沧浪：典见《楚辞·渔父》："渔父莞尔而笑，鼓枻而去。乃歌曰：'沧浪之水清兮，可以濯吾缨；沧浪之水浊兮，可以濯吾足。'"

(6) 由求：孔子弟子子路与冉有的并称。

(7) 颜闵：孔子弟子颜回和闵损的并称。

始得东洞遂改为阳明小洞天

群峭会龙场，戟雉四环集[(1)]。迩觏有遗观[(2)]，远览颇未给。寻溪涉深林，陟巘下层隰[(3)]。东峰丛石秀，独往凌日夕。崖穹洞萝偃，苔滑径路涩。月照石门开，风飘客衣入。依窥嵌窦玄[(4)]，俯聆暗泉急。惬意恋青夜，会景忘旅邑。熠熠岩鹘翻[(5)]，凄凄草虫泣。点咏怀沂朋[(6)]，孔叹阻陈楫[(7)]。踌躇且归休，毋使霜露及。

考释

浙古本《全集》录自明嘉靖本王阳明《居夷集》。此诗亦由日本永富青地最先辑出。《辑考编年》出处同，认为上古本《全集》有相同诗题，但据《居夷集》以及诗意，《全集》诗题有误，《全集》作“始得东洞遂改为阳明小洞天”诗三首，当题为“移居阳明小洞天”。其说是。又，《辑考编年》以为该诗为正德三年秋作，误。当作于二年夏秋之际。

笺注

（1）戟雉：本指如戟之城墙。此或喻四周石岩。

（2）迩觏：近看。

（3）层隰：层层低湿的地方。

（4）嵌窦：山洞。唐杜甫《园人送瓜》：“竹竿接嵌窦，引注来鸟道。”清仇兆鳌《注》：“嵌窦，谓泉穴。”

（5）熠熠：闪烁貌。汉佚名《别诗三首》其一：“有鸟西南飞，熠熠似苍鹰。” 岩鹘：山中鹰隼之类的鸟。

（6）典出《论语・先进》。见前《南屏》注(2)。

（7）孔叹阻陈楫：指孔子感叹被困于陈蔡绝粮。见《史记・孔子世家》。

望赫曦台

隔江岳麓悬情久[(1)]，雷雨潇湘日夜来[一]。安得轻风扫微霭，振衣直上赫曦台。

校勘

[一] 雨：浙古本《全集》作“田”，兹从束景南《辑考编年》。

考释

钱明《王阳明全集未刊散佚诗文汇编及考释著录》曰："录自《岳麓志》(岳麓书社 1985 年版)卷六。据《岳麓志》载：'在岳麓山上。(朱)文公《云谷山记》曰："余名岳麓山顶曰赫曦，张伯和父为大书台上。"悬崖有篆字数十，隐见不明。嘉靖七年知府孙存建亭。'又引张元忭曰：'由阁而上为高明亭，壁间有先大夫督学时所书《大学》经文，木刻几朽，敬重新之。又上为翠微亭，视高明所见益远，遂相与席地坐。诸生有歌阳明诗者，众属而和之。'(《不二斋文选》卷四《岳麓同游记》)疑翠微亭即建于赫曦台上，而诸生所歌阳明诗恐即《望赫曦台》。"认为此诗"当作于正德三年。"束景南《辑考编年》曰"诗见赵宁《长沙府岳麓志》卷六，光绪《湖南通志》卷三十二"，认为作于正德三年三月。

按：王阳明前往贵州，当在正德二年。又考诗中"安得轻风扫微霭，振衣直上赫曦台"诗意，守仁此时是否登赫曦台，可再斟酌。如定为与《游岳麓书事》同时之作，似当作于该诗之前。

笺注

(1) 悬情：挂念。晋王羲之《杂帖二》："念足下悬情武昌，诸子亦多远宦。"

朱张祠书怀示同游

灵杰三湘会，朱张二月留[1]。学在濂洛系[2]，文共汉江流。

考释

钱明《王阳明全集未刊散佚诗文汇编及考释著录》：上古本《全集》所收的《陟湘于迈，岳麓是尊。仰止先哲，因怀友生丽泽兴，感伐木寄言二首》之一，《长沙府岳麓志》(卷六)题为《登岳麓》，清光绪六年李扬华编的《石鼓志》(卷三)题为《忆朱张两夫子》(见《中国历代书院志》第四册)之二,《石鼓志》(卷五)收有《朱张祠书怀示同游》,并把该诗一分为二,其中之一即本文所录四句。并推测《陟湘于迈,岳麓是尊》与《朱张祠书怀示同游》原诗均为二首,徐珊、钱德洪所见到估计只是《陟湘于迈,岳麓是尊》之一与《朱张祠书怀示同游》之大部,因二人未见到原诗,又不加考辩,故才把两首互不搭界的诗拼合为一首(见所著《阳明学的形成与发展》)。

束景南《辑考编年》据赵宁《长沙府岳麓志》卷六、《光绪湖南通志》卷三十二收录。

此诗与《陟湘于迈,岳麓是尊。仰止先哲,因怀友生丽泽兴,感伐木寄言二首》等在长沙时所作诗歌为同时之作,时当在正德二年。

笺注

(1)朱张:朱熹、张栻。

(2)濂洛:"濂"指濂溪周敦颐;"洛"指洛阳程颢、程颐之学。

栖霞山[1]

宛宛南明水[2],回旋抱此山。解鞍夷曲磴[3],策杖列禅关。薄雾侵衣湿,孤云入座闲。少留心已寂,不信在乌蛮[4]。

考释

钱明《王阳明全集未刊散佚诗文汇编及考释著录》:此诗原载日本东亚同文书院油印本《新修支那省别全志·贵阳名胜古迹部分》,现据王路平《王阳明谪黔踪迹考略》(载王晓昕主编《王阳明与贵州》,贵州人民出版社,1996年)移录。据诗中所言"列禅关""少留"等语推断,此诗当作于正德三年春阳明抵达贵阳后不久。束景南《辑考编年》认为:"《王阳明全集》卷十九有《游来仙洞早发道中》《来仙洞》诗,即游栖霞山来仙洞所作。《来仙洞》所写意境与此《栖霞山》全似,作在春间,可见阳明此诗即在正德三年春。"

此诗真伪待考。诗中有"南明水"之称。据张桂江《写在〈贵阳市南明区志〉出版之后》(载 2009 年 12 月 22 日《贵州地方志》网)有关考证:"南明河定名又源于元至元十九年(1282 年)设顺元宣慰司,改司治贵州城为顺元城。初筑土城,并有南门出现以后,民间遂将太慈水、水磨河、牛渡河等今南明区一段河流俗称南门河。明万历以后,改南门河为南明河,逐渐扩展为全流程之名称。"如是,则此诗当出现在万历定名"南明河"以后。故是否为王阳明之作,可存疑。

笺注

（1）栖霞山:贵州栖霞山有不同说法,一曰即龙冈山,在贵阳修文县城东北三里处,山上有阳明洞、何陋轩、君子亭、宾阳堂、龙冈书院等阳明遗迹。又曰栖霞山在贵阳市东门外四里处,自明代始,山麓之来仙洞即有僧人住过,为贵阳佛教胜地,清康熙年间始建三官殿,成为道教宫观。从所游处亦应是贵阳东门外之栖霞山。

（2）南明水:当指贵阳南明河。见前考释。

（3）曲磴:曲折的山道。

（4）乌蛮:古族名。源于氐羌。唐时分布于今云南、四川南部、贵州西部,为东爨、六诏和东蛮的主要居民。或牧或农,或半农半牧。其南诏首领曾统一云南,建立南诏国。元明又称乌蛮为黑爨或罗罗。与今彝、纳西、傈僳等族有渊源关系。此指贵州当地的少数民族。

天涯思归

趋庭恋阙心俱似[1],将父勤王事□违[2]。使节已从青汉下[3],亲庐休望白云飞[4]。秋深峡口猿啼急[5],岁晚衡阳雁□稀。邻里过逢如话我,天涯无日不思归。

□□行,名父作诗送,予亦次韵。阳明守仁书。

考释

计文渊藏王阳明手迹纸本。浙古本《全集》据计文渊《王阳明法书集》移录。《辑考编年》出处同。

钱明认为:据阳明《辰州虎溪龙兴寺闻杨名父将到留韵壁间》诗推断,此诗当作于正德五年阳明与杨名父相聚后不久。认为此诗并非作于正德五年。束景南据上古本《全集》卷二十九所载《寿杨母张太孺人序》推断,该诗作于弘治十七年,阳明和杨子器俱在京师时。杨名父,名子器,浙江慈溪人,已见前《辰州虎溪龙兴寺闻杨名父将到留韵壁间》考释。

然考诗中"秋深峡口猿啼急,岁晚衡阳雁□稀""天涯无日不思归"等句,此诗殆王阳明在出贵州返回途中时所作。

笺注

(1)趋庭:承受父亲的教诲。见前《送李贻教归省图诗》笺注(3)。

(2)将父:供养,奉养长者。《诗经·小雅·四牡》:"王事靡盬,不遑将父。" 勤王:尽力于王事。

(3)青汉:高空。梁陶弘景《答虞中书书》:"栖六翮于荆枝,望绮云于青汉者,有曰于兹矣。"此喻朝廷。

(4)《新唐书·狄仁杰传》:"亲在河阳,仁杰登太行山,反顾,见白云孤飞,谓左右曰:'吾亲舍其下。'瞻怅久之,云移乃得去。"后以"白云亲舍"喻思念父母。

宋朱淑真《春日书怀》:“高楼惆怅凭栏久,心逐白云南向浮。”又,其《舟行即事七首》其二:“谁识此情肠断处,白云遥处有亲庐。”

(5)猿啼急:唐李白《早发白帝城》:“两岸猿声啼不住,轻舟已过万重山。”

登妙高观石笋峰

双笋参差出自然[1],何曾穿破碧苔钱[2]。好操劲节盟三友[3],懒秉虚心待七贤[4]。纵使狂风难落箨[5],任教骤雨不生鞭[6]。时人若问荣枯事,同与乾坤无双迁。

考释

浙古本《全集》录自《中国佛寺志丛刊》第八十八册所收,清释行正《雪窦寺志》。妙高,雪窦山妙高台。石笋峰,在雪窦山西南。

笺注

(1)双笋:石笋双峰。

(2)碧苔钱:苔形圆如钱,又称苔钱。宋史达祖《青玉案·蕙花老尽离骚句》:“青榆钱小,碧苔钱古,难买东君住。”

(3)三友:指松竹梅。号称“岁寒三友”。宋林景熙《王云梅舍记》:“即其居累土为山,种梅百本,与乔松修篁为岁寒友。”

(4)七贤:竹林七贤。此指散放于山林之人。

(5)箨:竹皮。

(6)鞭:竹鞭,竹根。宋赞宁《笋谱》:“竹根曰竹鞭。”

临别寄怀[一]

予妻之侄诸升伯生，将游岳麓，爰访舅氏(1)，酌别江浒，寄怀于言。

风吹大江秋，行子适万里。万里岂不遥，眷言怀舅氏(2)。朝登岳麓云，暮宿湘江水。湘江秋易寒，岳云夜多雨。远客虽有依，异乡非久止。岁宴山阴雪，归棹正迟尔(3)。

正德甲戌十月五夕[二]，阳明居士伯安书于金陵之静观亭，至长沙见道岩(4)，遂出此致意也。

校勘

[一] 临别寄怀：钱明《阳明学的形成与发展》、束景南《辑考编年》作《别诸伯生》。

[二] 五夕：台北“故宫博物院”所藏件作“初三日”。

考释

浙古本《全集》据日本京都国立博物馆所藏件复制品收录。认为“原件藏日本京都国立博物馆”。钱明《王阳明全集未刊散佚诗文汇编及考释著录》曰：“王阳明手迹纸本，原件藏台北故宫博物院，现据日本山形县地主正范所藏诗轴复制品移录。正德九年阳明另外还写过一首《送诸伯生归省》诗（《全集》第 738 页）。阳明外舅诸让，字养和，号介庵，成化乙未科进士。其任江西布政使司左参议时，阳明曾就官署委禽，并娶其长女为妻。诸让卒后，阳明于弘治八年和正德十六年撰有两篇祭文（《全集》第 957、1212 页）。此外，阳明还为诸让妻张氏写过《祭张淑人文》、子诸绣写过《南野公像赞》、孙诸衮写过《白野公像赞》（《全集》第 1213、1214 页）。另外他又写过《寄诸用明》（《全集》第 147 页）、《书诸阳伯卷》（《全集》第 277

页)和《诸用文归用子美韵为别》(《全集》第 739 页)等诗文。可见阳明与诸氏家族的关系非同一般。"《辑考编年》曰：诗见《中国历代书法大观》(上)(国际文化出版公司),真迹原件今藏台北"故宫博物院"。何处为真迹原件,容再考。

笺注

(1)舅氏：岳父。此指岳父一族之人。

(2)眷言：回顾貌。言,词尾。《诗经・小雅・大东》:"眷言顾之,潸焉出涕。"

(3)归桡：犹归舟。唐戴叔伦《戏留顾十一明府》:"未可动归桡,前程风浪急。"

(4)道岩：长沙僧。《辑考编年》引《千顷堂书目》卷二十八著录"道岩《玉峰集》,字鲁讷"。

寄滁阳诸生二首

考释

浙古本《全集》曰：出孟津编《良知同然录》。见永富青地的《关于王阳明〈良知同然录〉的初步研究》。《辑考编年》对此诗及下一首《忆滁阳诸生》有考证(见下《忆滁阳诸生》考释),云此诗当作于正德十一年。其说是。"其一"曰"一别滁山便两年",《年谱》谓正德"九年甲戌,先生四十三岁,在滁。四月,升南京鸿胪卿",此后两年正是十一年。

其一

一别滁山便两年,梦魂常是到山前。依稀山路还如旧,只奈迷茫草树烟。

其二

归去滁山好寄声，滁山与我最多情。而今山下诸溪水，还有当时几派情。

忆滁阳诸生

滁阳姚老将(1)，有古孝廉风。流俗无知者，藏身隐市中。

考释

诗题浙古本《全集》乃据永富青地之说。《辑考编年》认为此乃《良知同然录》所收《忆滁阳诸生》四首中的一首，单独取出，不当云“诸生”。或当依照《光绪滁州志》卷七“时太仆寺卿王阳明先生与瑛交最善，赠以诗云”所载，直接题“赠姚瑛”可也。

笺注

(1) 姚老将：束景南《辑考编年》认为是姚瑛，乃“世袭指挥职”，“姚瑛年龄亦与孟津相仿耶”，王阳明戏称其“姚老将”。然孟津与兄同师事阳明，且嘉靖十年才中举，应少于阳明十岁以上，其年龄与姚瑛相仿，称姚为“老将”似不妥，当非姚瑛，容再考。

石牛山

一拳怪石老山巅，头角峥嵘几百年。毛长紫苔因夜雨，身藏青草夕阳天。通宵望月何时喘,镇日看云自在眠。恼杀牧童鞭不起,数声长笛思凄然。

考释

浙古本《全集》录自清褚人穫《坚瓠三集》。此殆传说故事中之诗,不似王阳明之作。

云龙山次乔宇韵

几度丹人指石冈[一],东西长是客途忙。百年风物初经眼,三月烟花正向阳。芒砀汉云春寂寞(1),黄楼楚调晚凄凉(2)。惟余放鹤亭前草(3),还与游人藉醉觞。

校勘

[一] 丹人:《辑考编年》作"舟人"。

考释

浙古本《全集》录自清同治刊《徐州府志》卷十一《山川考》;《辑考编年》录自民国《铜山县志》卷七十三。

云龙山:在徐州东南部铜山县内。民国《铜山县志》卷十三:"铜山县境内之山,城南为云龙山。"引《江南通志》:"宋武微时憩息于此,有云龙旋绕之异。"乔宇韵:《辑考编年》据民国《铜山县志》卷七十三所载,乔宇诗:"鹫峰千仞俯崇冈,暂谢长途半日忙。海内帆樯通汴泗,江南形势控淮阳。川原雨过烟花绕,殿阁风回竹树凉。笑指云龙山下路,放歌无惜醉华觞。"又,《辑考编年》认为王阳明正德二年"其南下经徐州在三月初",断此诗作于三月。其说备参。

此诗不当为王阳明被贬南下时之作。

笺注

(1)芒砀:芒砀山。

(2)黄楼:徐州黄楼。见前《黄楼夜涛赋》考释。当指项楚《垓下歌》。项王垓下被围,夜闻楚歌,乃悲歌慷慨,自为诗曰:"力拔山兮气盖世,时不利兮骓不逝。骓不逝兮可奈何,虞兮虞兮奈若何!"

(3)放鹤亭:同治《徐州府志》卷十八:"放鹤亭,在云龙山上,宋云龙山人张天骥建。"

寿西冈罗老先生[一]

蚤赋归来意洒然[二](1),螺川犹及拜诗篇(2)。高风山门长千里(3),道貌冰霜又几年(4)。曾与眉苏论世美(5),真从程洛溯心传(6)。西冈自并南山寿(7),姑射无劳更问仙(8)。

阳明山人侍生王守仁顿首稿上,时正德丙子季春望后九日也。

校勘

[一]寿西冈罗老先生:《辑考编年》作"奉寿西冈罗老先生尊丈"。

[二]蚤:《辑考编年》作"早"。蚤,通"早"。

考释

钱明云《王阳明散佚诗汇编及考释》曰:"王阳明手迹纸本,上海博物馆藏,据计文渊《王阳明法书集》移录。计氏曰:‘西冈在江西吉安府泰和县,为罗钦顺故乡。……此寿诗或为罗钦顺父亲而作。’此说当存疑。”《辑考编年》出处同上,认为“此诗所寿西冈老先生即罗钦顺父罗用俊”,并考王阳明与罗用俊的关系。按:正德丙子,为正德十一年。

笺注

(1)洒然:指心情欣快;欣然。宋苏舜钦《沧浪亭记》:“至则洒然忘其归,箕而浩歌,踞而仰啸。”

(2)螺川:在今江西吉安市。吉安古有螺川驿。

(3)山门:寺庙或建筑群的入口,此或指罗氏家族。

(4)冰霜:品格操守纯正清白。

(5)眉苏:指眉州苏氏。　世美:世济其美。指后代继承前代的美德。此殆指罗用俊子钦顺、钦德、钦忠皆有名,世称“罗氏三凤”。

(6)程洛:洛阳程颐、程颢之学。　心传:佛教指不立文字,不依经卷,以师徒心心相印传授之佛法。后儒家以《尚书·大禹谟》“人心惟危,道心惟微,惟精惟一,允执厥中”十六字为心传。此指洛学的真髓。

(7)西冈:在江西吉安府泰和县。参考释。　南山寿:《诗经·小雅·天保》:“如月之恒,如日之升,如南山之寿,不骞不崩。”

(8)姑射:姑射山,仙山。见《山海经·东山经》《海内北经》《庄子·逍遥游》。

古诗[一]

晓日明华屋,晴窗闲卷牍。试拈枯笔事游戏,巧心巧思回长毂[(1)]。貌出寒林鸦万头,泼尽金壶墨千斛[二]。从容点染不经意[(2)],

欻忽轩腾骇神速(3)。写情适兴各有得(4),岂必校书向天禄(5)。怪石昂藏文变虎(6),古树叉牙角解鹿(7)。飞鸣相从各以族,翻舞斜阳如背暴(8)。平原萧萧新落木,归霞掩映随孤鹜。(9)高行拂瞑挟长风[三](10),剧势抟风卷微霂。开合抵昂整复乱(11),宛如八陈列鱼腹[四](12)。出奇邀险倏变化,无穷何止三百六。独往耻为腐鼠争(13),疾击时同秋隼逐(14)。画师精妙乃如此,无机飞动疑可掬。秋堂华烛光闪煜,展视还嫌双眼肉(15)。俗手环观徒叹羡,摹仿安能步一蹴[五](16)。嗟哉用心虽小技,犹胜饱眼终无宿[六]。(17)

即席阳明山人王守仁次韵。

校勘

［一］古诗：浙古本《全集》作“七言古诗”。束景南《辑考编年》作“古诗”。诗有五言九言句,故据改。

［二］尽：浙古本《全集》作“画”。兹从束景南《辑考编年》。

［三］瞑：浙古本《全集》作“螟”。兹从束景南《辑考编年》。

［四］陈：束景南《辑考编年》作“阵”。“陈”“阵”通。

［五］仿：浙古本《全集》作“做”。兹从束景南《辑考编年》。

［六］终无：束景南《辑考编年》作“终日无归”。

考释

浙古本《全集》此诗据计文渊《吉光片羽弥足珍》移录,并以“七言古诗”为诗题,并谓原件存浙江博物馆。束景南《辑考编年》出处同。

此乃是题画或观赏画之后所作。束景南《辑考编年》定其位弘治末年学画时之作。

笺注

（1）长毂：车轮中心较长的承轴圆木。此指画卷的轴木。

（2）点染：点笔染翰。指绘画。北齐颜之推《颜氏家训·杂艺》："武烈太子偏能写真，坐上宾客，随宜点染，即成数人，以问童子，皆知姓名矣。"

（3）欻忽：迅疾貌。　轩腾：飞腾。唐韩愈《送灵师》："逸志不拘教，轩腾断牵挛。"

（4）写情：抒发感情。汉王逸《九思·伤时》："忧纡兮郁郁，恶所兮写情。"　适兴：遣兴。

（5）校书：校勘书籍。　天禄：天禄阁。为汉代宫中的藏书阁，汉高祖时创建，刘向、刘歆、扬雄曾在此校书。

（6）昂藏：高大轩昂状。宋王安石《戏赠湛源》："可惜昂藏一丈夫，生来不读半行书。"此指山石。　文变虎：谓"昂藏""怪石"如幻变了花纹颜色的老虎。

（7）叉牙：参差，歧出不齐。汉王延寿《鲁灵光殿赋》："枝掌杈枒而斜据。"唐李善《注》："杈枒，参差之貌。"　角解鹿：即"鹿解角"。谓"古树叉牙"如脱落(解)的鹿角。

（8）背暴：犹曝背，晒背。《战国策·秦策四》："解冻而耕，暴背而耨。"

（9）此翻唐杜甫《登高》"无边落木萧萧下"、唐王勃《滕王阁赋》"落霞与孤鹜齐飞"句。

（10）拂暝：拂除暝茫。

（11）开合：分合。晋木华《海赋》："惊浪雷奔，骇水迸集。开合解会，瀼瀼湿湿。"　抵昂：犹低昂。起伏；升降。《楚辞·远游》："服偃蹇以低昂兮，骖连蜷以骄骜。"

（12）《晋书·桓温传》："初，诸葛亮造八阵图于鱼复平沙之上，垒石爲八行，行相去二丈。"鱼腹：鱼复。古县名。春秋时庸国鱼邑，秦置县。治今重庆奉节东白帝城。三国蜀汉刘备为吴将陆逊所败，退居于此，改名永安。晋复旧名。西魏改名民复，唐贞观间改名奉节。东汉建安后为巴东郡治所，南北朝、隋、唐又先后为巴州、信州、夔州治所。

(13) 腐鼠争：典出《庄子・外篇・秋水》："鸱得腐鼠，鹓雏过之，仰而视之曰：'吓！'"后用以比喻小人争利。

(14) 秋隼逐：宋范纯仁《尹判官墓志》："嗣復在幼，星眸贝齿，爽如秋隼，一翥千里。"指如秋天的鹰隼迅猛。

(15) 双眼肉：意指自己凡夫肉眼。唐玄奘译《赞弥勒四礼文》："凡夫肉眼未曾识，为现千尺一金躯。"

(16) 一蹴：喻事情轻而易举。

(17) 末两句典出《论语・阳货》："饱食终日，无所用心，难矣哉！"

游阴那山

路入丛林境，盘旋五指巅。奇峰青卓玉，古石碧铺泉。吾自中庸客，闲过隐怪阡。菩提何所树，盘涅是其偏。轮回非曰释，寂灭岂云禅？有偈知谁解，无声合自然。风幡自不定，予亦坐忘言。

考释

浙古本《全集》录自清顺治《潮州府志》卷十一《古今文章部・诗部》。阴那山在程乡，明属粤之潮郡。钱明认为作于"正德十二年"。束景南《辑考编年》云诗歌见《阴那山志》卷三，认为此诗乃伪作。其说是。王阳明从未到过潮州，如何游阴那山？

题仁峰精舍二首

考释

浙古本《全集》录自《汪仁峰文集》卷七外集四。束景南《辑考编年》录自《汪仁峰先生外集》卷三，认为是正德十五年之作。仁峰，汪循号，已见前《书汪进之太极岩二首》考释。

（一）

仁峰山下有仁人，怪得山中物物春。莫道山居浑独善，问花移竹亦经纶[1]。

（二）

山居亦自有经纶，才恋山居却世尘[2]。肯通道人无意必[3]，人间随地著闲身。

笺注

（1）经纶：治理国家的抱负和才能。

（2）却：推却、辞却。

（3）意必：意，私意；必，期必。《论语·子罕》："子绝四：毋意、毋必、毋固、毋我。"

铜陵观铁船诗卷

考释

诗、文略，已见前"江西诗"。

此诗《文录》上古本《全集》均已收录。题《舟过铜陵野云县东小山有铁船因往观之果见其仿佛因题石上》，缺后跋，业已补上。见前。浙古本《全集》重出。

哭孙许二公诗二首[一]

（一）

去下乌纱做一场，男儿谁敢堕纲常；肯将言语皆前屈，硬着肩头剑下亡；万古朝端名姓重，千年地里骨头香；史官漫把春秋笔，好好生生断几行。

（二）

天翻地覆片时间，取义成仁死不难。苏武坚持西汉节，天祥不受大元官；忠心贯日三台见，心血凝水六月寒；卖国欺君李士实，九泉相见有何颜。

校勘

[一] 哭孙许二公诗二首：《辑考编年》作“哭孙燧、许逵二公诗”。

考释

钱明《王阳明全集未刊散佚诗文汇编及考释著录》曰：“录自墨憨斋新编《皇明大儒王阳明出身靖乱录》。据该书卷下及《余姚市志》（浙江人民出版社 1993 年版，第 1012 页）记载：正德十四年六月，都御史孙燧与按察司副使许逵，因不附朱宸濠而被斩首于南昌惠民门外。阳明平叛擒宸濠，得助于孙、许预先防备，故追奏其功，于南昌建旌忠祠祀之。”《辑考编年》出处同上。

孙、许：孙燧、许逵。孙燧，字德成，号一川，余姚人，弘治六年进士，正德十年以右副都御史巡抚江西，宸濠之乱死难，后谥忠烈。事见焦竑《献征录》卷六十一。又，有《诗文启劄》六卷、《奏议》四卷、《案牍稿》十卷等。见《千顷堂书目》卷二十一。许逵，字汝登，河南固始人，正德三年进士，授乐陵知县，正德十二年迁江西按察司副使，后谥忠节。事见焦竑《献征录》卷八十六。

此二诗，仅见《靖难录》，且用语甚俗，不似王阳明。疑为后人假托王阳明之名所作。

金山赠野闲钦上人

江净如平野，寒波浸绿苔。地穷无客到，天迥有云来。禅榻朝慵起，松关午始开[1]。月明随老鹤，散步妙高台[2]。

考释

钱明《王阳明全集未刊散佚诗文汇编及考释著录》曰："原载清卢见曾撰《金山志》卷第七。现据沈云龙主编《中国名山胜迹志丛刊》第四辑(台湾文海出版社影印清雅雨堂刊本，第338、339页)移录。"认为正德十四年王阳明"九月离开南昌，献俘钱塘，称病西湖净慈寺，十月赴镇江金山寺，十一月离开金山返江西(参见《全集》第756页)"，在金山时作此诗。以下《赠蒲菊钰上人》《赠性空上人(号月舟)》《赠雪航上人》三首，俱为同时所作。

束景南《辑考编年》将此诗与《赠蒲菊钰上人》《赠性空上人(号月舟)》《赠雪航上人》等三首一起，题为《题京口三山僧四首》，云："诗见张莱《京口三山志》卷五，刘名芳乾隆《金山志》卷十，卢见曾《金山志》卷七，周伯义、陈任旸《北固山志》卷九等。"并认为，四首皆作于"弘治十五年"。

笺注

(1)松关：犹柴门。唐孟郊《退居》诗："日暮静归时，幽幽扣松关。"清吴伟业《赠愿云师》诗："故人扣松关，匡床坐酬酢。"

（2）妙高台：在江苏镇江金山。宋苏轼有《金山妙高台》诗。

赠蒲菊钰上人[一]

禅扉云水上，地迥一尘无。硐有千年菊(1)，盆余九节蒲(2)。湿烟笼细雨，晴露滴苍芜。好汲中泠水(3)，飧香嚼翠腴。

校勘

[一] 赠蒲菊钰上人：束景南《辑考编年》作《赠京口三山僧（四首）》其二。

考释

钱明《王阳明全集未刊散佚诗文汇编及考释著录》曰作于"正德十四年"。束景南《辑考编年》认为作于"弘治十五年"。参见《金山赠野闲钦上人》考释。蒲菊钰上人，未详。

笺注

（1）硐：山间的水沟。

（2）九节蒲：九节菖蒲。九节指根茎之环节紧密。宋杨万里《和巩采若游蒲涧》："元戎解领三千骑，胜日来寻九节蒲。"

（3）中泠：泉名。在金山下的长江中。相传其水烹茶最佳，有"天下第一泉"之称。宋苏轼《游金山寺》："中泠南畔石盘陁，古来出没随涛波。"宋王十朋《集注》引程缜曰："扬子江有中泠水，为天下点茶第一。"

赠性空上人[一] 号月舟。

片月海门出，浑如白玉舟。沧波千里晚，风露九天秋(1)。寒影随杯渡(2)，清晖共梗流(3)。底须分彼岸(4)，天地自沉浮。

校勘

[一] 赠性空上人：束景南《辑考编年》作《赠京口三山僧(四首)》，其四“赠甘露寺性空上人”。

考释

钱明《王阳明全集未刊散佚诗文汇编及考释著录》认为作于“正德十四年”。束景南《辑考编年》认为作于“弘治十五年”。参见《金山赠野闲钦上人》考释。性空上人，未详。

笺注

(1) 九天：天之中央与八方。《楚辞·离骚》：“指九天以为正兮，夫唯灵修之故也。”汉王逸《注》：“九天谓中央八方也。”

(2) 杯渡：晋宋时僧人，不知姓名。传说其常乘木杯渡水，故以杯渡为名。事见南朝梁慧皎《高僧传·神异下·杯渡》。后因以称僧人出行。

(3) 梗：此指树木的枝梗。

(4) 底须：何须；何必。　彼岸：佛教语。佛家以有生有死的境界为“此岸”；超脱生死，即涅槃的境界为“彼岸”。《大智度论》十二：“以生死为此岸，涅槃为彼岸。”

赠雪航上人

身世真如不系舟(1)，浪花深处伴闲鸥(2)。我来亦有山阴兴(3)，银海乘槎上斗牛[4]。

考释

钱明《王阳明全集未刊散佚诗文汇编及考释著录》认为作于“正德十四年”。束景南《辑考编年》认为作于“弘治十五年”，参见《辑考编年》中《金山赠野闲钦上人》考释。

笺注

（1）不系舟：喻自由而无所牵挂。《庄子・列御寇》：“巧者劳而知者忧，无能者无所求，饱食而敖游，泛若不系之舟，虚而敖游者也。”

（2）闲鸥：比喻退隐闲散之人。宋蒋捷《喜迁莺・金村阻风》：“风涛如此，被闲鸥诮我，君行良苦。”

（3）山阴兴：典出《世说新语・任诞》王徽之大雪之夜访戴逵之事。指访友、会友的兴致。宋苏轼《径山道中次韵答周长官兼赠苏寺丞》：“颇讶王子猷，忽起山阴兴。”

（4）银海：银色的海洋。指云水、冰雪与日月辉映之景色。宋陆游《月夕》：“天如玻璃钟，倒覆湿银海。” 斗牛：二十八宿中的斗宿和牛宿。指吴越之地。因其当斗、牛二宿之分野，故称。北周庾信《哀江南赋》：“路已分于湘汉，星犹看于斗牛。”

题曹林庵

好山兼在水云间，如此湖须如此山[1]。剩有卜居阳羡兴[一][2]，此身争是未能闲。

校勘

［一］剩：束景南《辑考编年》作“素”。

考释

浙古本《全集》录自《康熙萧山县志》卷十四。束景南《辑考编年》录自《康熙萧山县志》卷十四、《乾隆绍兴府志》卷四十。

曹林庵：在萧山。《康熙萧山县志》卷十：“曹林庵，在湘湖南，宋咸淳中建。”束景南《辑考编年》认为此诗作于弘治十六年。

笺注

（1）湖：指萧山湘湖。

（2）此句用“买田阳羡”典。宋苏轼《菩萨蛮》词：“买田阳羡吾将老，从来只为溪山好。”后多用“买田阳羡”“阳羡兴”来代辞官归隐。

题镇海楼

越峤西来此阁横(1)，隔波烟树见吴城。春江巨浪兼山涌，斜日孤云傍雨晴。东海茫茫真断梗(2)，故人落落已残星。年来出处嗟无累，相见休教白发生。

考释

浙古本《全集》录自明万历增刻《萧山县志》卷二。镇海楼：《嘉靖萧山县志》卷二“宫室”：“邑之宫室，类凡有六，曰楼则有镇海楼”，小注曰：“迫西兴渡。弘治十八年邹鲁建。嘉靖十八年郡守汤绍恩题曰‘全越之会’。明余姚王守仁……”

笺注

（1）越峤：越地的山。

（2）断梗：断梗流蓬。比喻到处漂泊，行踪无定。

觉苑寺诗

独寺澄江滨，双刹青汉表。揽衣试登涉，深林惊宿鸟。老僧丘壑护[一]，古颜冰雪好。霏霏出幽淡[二]，落落见孤抱(1)。雨霁江气收，天虚月色皓。夜静卧禅关，吾笔梦生草(2)。

校勘

［一］护：束景南《辑考编年》作“癯”。

［二］淡：束景南《辑考编年》作“谈”。

考释

浙古本《全集》录自清雍正《浙江通志》卷二三一《寺观》。束景南《辑考编年》录自《乾隆绍兴府志》卷三十九、《康熙萧山县志》卷十四，认为是弘治十六年所作。

觉苑寺：在萧山。乾隆《绍兴府志》卷三十九：“觉苑寺，在（萧山）县东北一百三十步。齐建元二年江昭元舍宅建。会昌废。大中二年重建，赐名昭元寺。祥符中，避国讳，改今额。”关于此寺历代有不同说法：南宋《嘉泰会稽志》引天监“桥记”、《太平寰宇记》，并按称绍兴江君里有江淹故宅，在萧山的是他的别墅。同书虽有“昭玄（元）寺，今觉苑寺也”，但未明言为江昭元建。民国《重修浙江通志稿·僧传十二·弘明传》：“济阳江总于永兴邑（今萧山）立绍元寺”。

笺注

（1）孤抱：无人理解的志向。唐韦应物《答徐秀才》：“清诗舞艳雪，孤抱莹玄冰。”

（2）生草：殆转用“笔下生花”典而来。五代王仁裕《开元天宝遗事》：“李太白少时梦所用笔头上生花，后天才赡逸，名闻天下。”王守仁自谦称“笔梦生草”。

指思绪不断，下笔流畅。

梦游黄鹤楼奉答风山院长

扁舟随地成淹泊[1]，夜向矶头梦黄鹤。黄鹤之楼高入云，下临风雨翔寥廓。长江东来开禹凿[2]，巫峡天边一丝络[3]。春阴水阔洞庭野，斜日帆收汉阳阁。参差遥见九嶷峰[4]，中有嶭嵲重华宫[5]。苍梧云接黄陵雨[6]，千年尚觉精诚通。忽闻孤鹤叫湖水，月明铁笛横天风[7]。丹霞闪映双玉童，醉拥白发非仙翁。仙翁呼我金闺彦[8]，尔骨癯然仙已半[9]。胡为尚局风尘中，不屑刀圭生羽翰[10]。觉来枕簟失烟霞[11]，江上青峰人不见。故人仗钺镇湖襄[12]，几岁书来思会面。公余登眺富词葩[13]，醉墨频劳写缃练[14]。写情投报愧琼瑶[15]，皓皓秋阳濯江汉。

考释

钱明《王阳明全集未刊散佚诗文汇编及考释著录》曰："原载明孙承荣纂辑《黄鹤楼集校注》，现据河北人民出版社 1992 年版移录。由计文渊提供。……该诗当作于正德十五年以后。"

束景南《辑考编年》曰："诗见《古今图书集成》第一千一百二十五卷《武昌部艺文》、同治《江夏县志》卷十三《文征》、《黄鹄山志》卷八。"因《古今图书集成》、同治《江夏县志》在此诗下，又著录有李东阳、秦金唱和之作，且诗韵与王阳明之诗合，乃是唱和之作，故必定在李东阳去世的正德十一年之前。认为该诗作于"正德十年秋"。此外，《辑考编年》还录有唐锦、夏言、刘春等唱和之作，可参考。按：《辑考编年》说是。《明史·秦金传》：正德九年，“擢右副都御史，巡抚湖广”。

黄鹤楼：即今武汉黄鹤楼。凤山：秦金号凤山。明焦竑《献征录》卷四十二有严嵩所撰《神道碑》，欧阳德《南野集》卷十九有《大司马凤山秦公七十序》。院长：唐代御史、拾遗的别称。唐李肇《国史补》卷下：“宰相相呼为元老，或曰堂老。两省相呼为阁老，尚书丞郎郎中相呼为曹长。外郎御史遗补相呼为院长。”时亦称翰林院学士承旨为院长。《新唐书·沈传师传》：“翰林缺承旨，次当传师，穆宗欲面命，辞曰：‘学士、院长参天子密议，次为宰相，臣自知必不能，愿治人一方，为陛下长养之。’”考明欧阳德《南野集》卷十九《大司马凤山秦公七十序》：“公早负毕才，文学政理咸精。”“擢御史大夫，镇抚湖南，历两京四部尚书。”故有此称。

笺注

（1）淹泊：停留；滞留。

（2）禹凿：《史记·李斯列传》：“禹凿龙门，通大夏，疏九河，曲九防，决渟水致之海，而股无胈，胫无毛，手足胼胝，面目黎黑。”

（3）丝络：蚕丝。宋苏轼《浣溪沙》：“谁家煮茧一村香？隔篱娇语络丝娘。”此形容巫峡极窄。

（4）九嶷峰：在湖南。

（5）嶭嵲：同“嵲嶭”。高耸。　重华宫：舜宫。在九嶷山。

（6）苍梧：《史记·五帝本纪》：“舜南巡，崩于苍梧之野，葬于江南九嶷。”　黄陵：黄帝之陵。《史记·五帝本记》中记载：“黄帝崩，葬桥山。”

（7）铁笛：铁制的笛管。相传隐者、高士善吹此笛，笛音响亮非凡。

（8）金闺：金马门。此代指朝廷。南朝宋鲍照《侍郎报满辞阁疏》：“金闺云路，从兹自远。”近人钱振伦《注》引唐李善《江淹别赋注》：“金闺，金马门也。”彦：俊彦。贤才。

（9）癯然：清瘦貌。

(10) 刀圭：刀圭药。以刀圭称量的中药。此指修道服食之药饵。

(11) 枕簟：枕和席，寝卧用具。

(12) 故人：故友。指秦金。　仗钺：手执斧钺。表示威权。　镇湖襄：见前考释。

(13) 葩：华美。

(14) 缃练：浅黄色的绢纱。古时用以书写。此或指书法、绘画。

(15)《诗经·木瓜》："投我以木桃，报之以琼瑶。"《毛传》："琼瑶，美玉。"

谪仙楼

揽衣登采石，明月满矶头。天碍乌纱帽(1)，寒生紫绮裘(2)。江流词客恨，风景谪仙楼。安得骑黄鹤(3)，随公八极游(4)。

考释

浙古本《全集》录自康熙《太平府志》卷三十九。《辑考编年》录自《乾隆太平府志》卷四十一。《辑考编年》认为作于弘治十五年游九华山时。谪仙楼：在安徽当涂。《乾隆太平府志》卷十三："谪仙楼，在采石江口，唐元和间，以太白旧游建。宋、明递有修复。"

笺注

(1) 乌纱帽：官帽。《明史·舆服三》："洪武三年定，凡常朝视事，以乌纱帽、团领衫、束带为公服。"此句意为：上天不愿李白在官场升迁。

(2) 紫绮裘：紫色的裘服。此指官服。

(3) 骑黄鹤：唐崔颢《黄鹤楼》："昔人已乘黄鹤去，此地空余黄鹤楼。"又《潜确居类书》："黄鹤山，在武昌府城西南，俗呼蛇山，一名黄鹄山。昔仙人王子安骑黄鹤憩此。地志云：黄鹤山蛇行而西，吸于江，其首隆然，黄鹤楼枕焉。其下即黄鹤矶。”

（4）八极游：李白《古风五十九首》四十一：“云卧游八极，玉颜已千霜。”

登峨嵋归经云门

一年忙里过，几度梦中游。自觉非元亮(1)，何曾得惠休(2)。乱藤溪屋邃，细草石池幽。回首俱陈迹，无劳说故丘。

考释

浙古本《全集》：诗见张元忭《云门志略》卷五。束景南《辑考编年》认为此诗“应是弘治十二年春游秦望山宿云门僧舍作”。峨嵋：束景南《辑考编年》认为“指会稽峨嵋山”，并引《万历绍兴府志》卷四：“峨嵋山，在火珠山下百余步，石隐起土中，状如峨嵋。有峨嵋庵。”云门：云门山。《嘉泰会稽志》：“云门山，在县南三十里。”

笺注

（1）元亮：晋陶潜字元亮。

（2）惠休：南朝宋诗人。本姓汤，早年为僧，称“惠休上人”。钟嵘《诗品》作“齐惠休上人”。

卷　六

补遗四 据浙古本《全集》卷四十三。

驻军龙南，小憩玉石岩，双洞奇绝，缱绻不能去，因扁以阳明小洞天之号，兼留此作其三[一]

处处人缘山上颠，夜深风雨不能前。山灵丛郁休瞻日(1)，云树弥漫不见天。猿叫二声耸耳听[二]，龙泉三尺在腰悬(2)。此行漫说多辛苦，也得随时草上眠。

校勘

［一］此题束景南《辑考编年》作“过梅岭”。

［二］二：束景南《辑考编年》作“一”。

考释

此诗天津文物局收有王阳明的手迹。浙古本《全集》录自清康熙间刊《龙南县志》卷十二《艺文志》。束景南《辑考编年》所收《回军龙南小憩玉石岩，双洞奇绝，缱绻不能去，寓以阳明别洞之名，兼留是作》三诗，不包括此诗，与上古本《全集》中所收文字多有不同。所据为天津文物局所收的王阳明手迹。

束景南《辑考编年》又据《同治赣州府志》卷五所收《平寇回驻龙南憩玉石岩，双洞奇绝，徘徊不忍去，因寓以阳明小洞天之号，兼留此作四首》增此诗，并根据今龙南县玉石岩摩崖石刻中嘉靖二十七年江西按察司分巡岭北道副使方仁书刻的此诗，题为《过梅岭》。认为“或是阳明此诗后书刻于玉石岩，后人遂误以为此诗为憩玉石岩游阳明别洞之诗”，并据引定该诗作于“正德十三年正月。”

玉石岩：《光绪江西通志》卷五十六：“玉石岩，在龙南县东北五里。岩有三，曰下岩、上岩，新岩。”

按：此诗非描写阳明小洞天之作，故上古本《全集》编者未将其列入。诗名当作“过梅岭”为是。

笺注

(1) 山灵：山神。

(2) 龙泉：宝剑名。即龙渊。汉王充《论衡·率性》：“棠溪鱼肠之属，龙泉太阿之辈，其本铤，山中之恒铁也；冶工锻炼，成为铦利。”唐李白《在水军宴赠幕府诸侍御》诗：“宁知草间人，腰下有龙泉。”清王琦《注》：“龙泉即龙渊也，唐人避高祖讳，改称龙渊曰龙泉。”

蒙冈书屋铭 为学益做

之子结屋，背山临潭。山下出泉，易蒙是占(1)。果行育德(2)，圣功基焉(3)。毋亏尔篑(4)，毋淆尔源(5)。战战兢兢，守兹格言。

考释

浙古本《全集》录自清同治《安福县志》卷十八。《辑考编年》云：学益，王学益。《同治安福县志》卷十一：“王学益，字虞卿，号大廓，东乡蒙冈人。嘉靖己丑进士。"后累官至南京工部尚书。为王阳明弟子。可参见《王阳明全集》卷六《寄安福诸同志》。蒙冈：在安福东部。同治《安福县志》卷二："凤山，一名秀峰，又名蒙冈山，在治东里许。山势耸拔，巨石巉岩，北临泸江，邑泮宫坊向之。西为秀峰庵，旁有王学益书屋，王阳明作书屋铭。"《辑考编年》认为此铭作于正德十三年七月。

笺注

(1) 易蒙：《周易》的《蒙卦》。

(2)《周易·蒙》："象曰：山下出泉，蒙。君子以果行育德。"

(3)《周易·蒙》："蒙以养正，圣功也。"

(4) 毋亏尔篑：《尚书·旅獒》："为山九仞，功亏一篑。"

(5) 毋淆尔源：王阳明《寄安福诸同志》引程明道语："宁学圣人而不至，不以一善而成名。"

夜宿白云堂[一]

春园花竹始菲菲(1)，又是高秋落木时[二](2)。天回楼台舍气象[三](3)，月明星斗避光辉。闲来心地如空水(4)，静后天机见隐微(5)。深院寂寥群动息(6)，独怜乌鹊绕枝飞。

校勘

[一] 夜宿白云堂：上古本《全集》卷二十"居越诗"作"秋夜"。

[二] 时：上古本《全集》作"稀"。

[三] 舍：上古本《全集》作"含"，是。

考释

浙古本《全集》录自明释广宾《杭州上天竺讲寺志》卷十四《诗文记述品》。此与上古本《全集》卷二十“居越诗”《秋夜》为一诗，个别字有异。编者殆未细考。

笺注

（1）菲菲：花草盛多貌。唐杜甫《甘林》：“相携行豆田，秋花霭菲菲。”

（2）唐杜甫《登高》：“无边落木萧萧下，不尽长江滚滚来。”

（3）舍气象：指随季节回转，气象变迁。

（4）空水：空静如水澄沏。唐李白《拟古》：“宝镜似空水，落花如风吹。”

（5）天机：天之机微，天意。宋陆游《醉中草书因戏作此诗》：“稚子问翁新悟处，欲言直恐泄天机。”

（6）群动：各种动物。晋陶潜《饮酒之七》：“日入群动息，归鸟趋林鸣。”

泊金山寺[一]

水心龙窟只宜僧，也许诗人到上层。江日迎入明白帽(1)，海风吹醉掖枯藤。鲸波四面长疑动(2)，鳌背千年未足胜[二](3)。王气金陵真在眼(4)，坐看西北亦谁曾(5)？

校勘

［一］泊金山寺：束景南《辑考编年》作“听潮轩”。

［二］未足：束景南《辑考编年》作“恐未”。

考释

浙古本《全集》录自明释元济《金山集》卷一。束景南《辑考编年》据张莱《京口三山志》卷五、周伯义《金山志》卷十录，题作《听潮轩》。

金山寺：在镇江西北金山上。

束景南《辑考编年》定诗作于正德六年。然据《年谱》：正德十四年十一月，时称病不出，"人情汹汹。不得已，从京口将径趋行在，大学士杨一清固止之。会奉旨兼巡抚江西，遂从湖口还"。此诗与《游龙山》诸诗，殆皆为此前后时所作。

笺注

(1)白帽：白纱帽。唐杜甫《别董颋》："当念着白帽，采薇青云端。"明朝官吏戴乌纱帽。时王阳明为江西巡抚，此云白帽，或有表欲退隐之意。

(2)鲸波：惊涛骇浪。唐杜甫《舟出江陵南浦奉寄郑少尹》："溟涨鲸波动，衡阳雁影徂。"

(3)鳌背：此殆提鳌背驮仙山，未足胜"鲸波"，形容浪涛之猛。典出《列子·汤问》。

(4)唐刘禹锡《西塞山怀古》："王濬楼船下益州，金陵王气黯然收。"

(5)此句殆指西北也有过这样的情况。当时武宗自称"大将军"，领兵南下征宸濠。也曾同样领军往西北。故云王气"真在眼""亦谁曾"。

献俘南都回还，登石钟山次深字韵

我来扣石钟，洞野钓天深[一]。荷蒉山前过，讥予尚有心。(1)

校勘

[一]钓：浙古本《全集》作"钓"。据束景南《辑考编年》改。

考释

浙古本《全集》录自明王恕等辑《石钟山集》卷一。束景南《辑考编年》录自李成谋《石钟山志》卷十三、同治《湖口县志》卷九，并云，是次邵宝诗韵之作。其说是。

献俘南都回还,《年谱》谓“正德十四年九月壬寅,献俘钱塘,以病留”,“人情汹汹。不得已,从京口将径趋行在,大学士杨一清固止之。会奉旨兼巡抚江西,遂从湖口还”。石钟山在江西湖口县。次深字韵:即邵宝之诗:“有石平堪隐,南溟一望深。万峰青不了,一一点湖心。”此诗与阳明次韵诗,均镌刻于白云洞。见《石钟山志》卷五。

笺注

(1)荷蒉:背着盛土的篓子。《论语·宪问》:“子击磬于卫。有荷蒉而过孔氏之门者,曰:‘有心哉,击磬乎!’既而曰:‘鄙哉,硁硁乎。莫已知也,斯已而已矣。深则厉,浅则揭。’子曰:‘果哉,末之难矣。’”按:浙古本《全集》以“荷蒉山”为地名,误。

游龙山

探奇凌碧峤(1),仿隐入丹丘(2)。树老能人语,麋训伴客游。云崖遗鸟篆(3),石洞秘灵湫(4)。吾欲鞭龙起,为霖遍九州。(5)

考释

浙古本《全集》录自明胡缵宗修《安庆府志》卷十六。束景南《辑考编年》据正德《安庆府志》卷十六、道光《桐城续修县志》卷一、康熙《安庆府志》卷三十、民国《怀宁县志》卷二等收录。又云龙山为怀宁之大龙山,引康熙《桐城县志》卷八:“大龙山,县南百四十里,山石嶙峋而势蜿蜒若龙,故名。”据此认为“此诗当亦作在正德十五年春赴召南都经安庆时,与《练潭馆》同时”。

笺注

（1）碧峤：绿色的山峰。《徐霞客游记·游黄山记》："出为碧峤。"

（2）丹丘：传说中神仙所居之地。《楚辞·远游》："仍羽人于丹丘兮，留不死之旧乡。"汉王逸《注》："丹丘，昼夜常明也。"

（3）鸟篆：篆体古文字。形如鸟的爪迹，故称。《后汉书·酷吏传·阳球》："或献赋一篇，或鸟篆楹简，而位升郎中，形图丹青。"李贤注："八体书有鸟篆，象形以为字也。"

（4）灵湫：深潭，大水池。古时以为大池中往往多灵物，故称。

（5）时江西大旱，故欲鞭龙降雨。参见《祈雨赋》考释。

梵天寺

晴日下孤寺，春波上浅沙。颓垣从草合，虚阁入松斜。僧供余纹石，经旛落绣花。客怀烦渴甚，寒嗽佛前茶。

考释

浙古本《全集》录自明胡缵宗修《安庆府志》卷十六。束景南《辑考编年》据正德《安庆府志》卷十六、康熙《安庆府志》卷三十等收录。梵天寺，在桐城。康熙《安庆府志》卷四："梵天寺，在(桐城)双港铺西南十里，明万历时建。"束景南《辑考编年》据此认为"梵天寺，正德间已有，万历间当是重修"。此诗当也和前《游龙山》等诗为同时之作。

练潭馆二首

考释

浙古本《全集》录自明胡缵宗修《安庆府志》卷十六。束景南《辑考编年》据胡缵宗修《安庆府志》卷十六、道光《桐城续修县志》卷四收录。道光《桐城续修县志》卷一:"练潭,有驿。北通县城,南通安庆府,西通青草塥,东通枞阳,四达之衢。"束景南《辑考编年》谓"此诗作在春间,则必是正德十五年春正月阳明由江西赴召至南都经安庆练潭作"。《年谱》:"正德十五年正月,赴召次芜湖。寻得旨,返江西。"关于此时王阳明的具体行程,可再详考。当正德十五年正月从芜湖返江西,途经练潭时所作。

其一

风尘暗惜剑光沉(1),拂拭星文坐拥衾(2)。静夜空林闻鬼泣(3),小堂春雨作龙吟(4)。不须盘错三年试(5),自信炉垂百炼深(6)。梦断五云怀朔雁(7),月明高枕听山禽(8)。

笺注

(1)剑光:剑的光芒。唐钱起《江行无题》:"自怜非剑气,空向斗牛星。"

(2)星文:指剑身因锻打而成的花纹。唐刘长川《宝剑篇》:"匣里星文动,环边月影残。"

(3)鬼泣:鬼泣神号。形容哭叫悲惨凄厉。

(4)龙吟:指剑的神通,比喻人虽在野,而名声远闻于外。晋王嘉《拾遗记·颛顼》:"有曳影之剑,腾空而舒,若四方有兵,此剑则飞起指其方,则剋伐;未用之时,常于匣里,如龙虎之吟。"

(5)盘错:盘绕交错。晋王嘉《拾遗记·周灵王》:"得崿谷阴生之树,其树千寻,文理盘错。”此殆指反复试炼。

（6）炉垂：即炉锤。锤炼。

（7）五云：五色彩云。　朔雁：北方之雁。唐刘沧《与僧话旧》：“此时相见又相别，即是关河朔雁飞。”

（8）山禽：山中之鸟。南朝陈张正见《陪衡阳王游耆阇寺》：“秋窗被旅葛，夏户响山禽。”

其二

春山出孤月，寒潭净于练[(1)]。夜静倚阑干，窗明毫发见[(2)]。鱼龙互出没，风雨忽腾变。阴阳失调停，季冬乃雷电。依依林栖禽，惊飞复迟恋[(3)]。远客正怀归[(4)]，感之涕欲溅。风尘暗北陬，财力倾南甸。倏忽无停机，茫然谁能辨。吾生固逆旅[(5)]，天地亦邮传[(6)]。行止复何心，寂寞时看剑[(7)]。

笺注

（1）南朝齐谢朓《晚登三山还望京邑》：“余霞散成绮，澄江净如练。”

（2）毫发：毛发。宋苏轼《秦太虚题名记》：“是夕天宇开霁，林间月明，可数毫发。”此指细微之处。

（3）迟恋：指依恋状。唐张籍《使回留别襄阳李司空》：“迟迟恋恩德，役役限公程。”

（4）怀归：思归故里。

（5）逆旅：旅居。此喻人生匆遽短促。晋陶潜《自祭文》：“陶子将辞逆旅之馆，永归于本宅。”

（6）邮传：传舍，驿馆。

（7）宋辛弃疾《破阵子·为陈同父赋壮语以寄》："醉里挑灯看剑，梦回吹角连营。"

登莲花绝顶书赠章汝愚

灵峭九十九，此峰应最高。岩栖半夜日，地隐九江涛，天碍乌纱帽，霞生紫绮袍。翩翩云外侣，吾亦尔同曹。

考释

莲花绝顶：殆指九华山莲花峰。章汝愚：明萧彦等撰《掖垣人鉴》卷十二：名允贤，汝愚乃其字，号九华，青阳人。嘉靖八年进士。历礼、刑二科给事中。尝上书论武定侯郭勋等人之罪，名震京师。有《谏议集》。此诗与前所收《谪仙楼》诗句有重复，疑为同时所作。时章汝愚尚未中进士。

灵山寺

深山路僻问归樵，为指崔嵬石径遥。僧与白云归暝壑，月随沧海上寒潮。世情老去全无赖，野兴年来独未销。回首孤舟又陈迹，隔江钟磬夜迢迢。

考释

浙古本《全集》录自康熙《繁昌县志》卷十八。束景南《辑考编年》云见道光《繁昌县志》卷十七。该《县志》卷四："灵山寺，在县北四十里灵山。"认为当是"正德十五年春阳明赴召往南都，尝经繁昌、芜湖，往游灵山寺"，"此诗应是自南都回江西经芜湖、繁昌时作，则在正月下旬中可知"。

何石山招游燕子洞

石山招我到山中，洞外烟浮湿翠浓。我向岸崖寻古句，六朝遗事寄松风。

考释

浙古本《全集》录自乾隆《铜陵县志》卷十六。何石山：不详。燕子洞：在铜陵县。此诗当也是正德十五年前后过铜陵时所作。

石屋山

云散天宽石径通，清飙吹上最高峰[一]。游仙舡古苍苔合[二]，伏虎岩深菉草葑[三]。丈室寻幽无释子，半崖呼酒唤奚童(1)。凭虚极目千山外，万井江南一望中[四]。

校勘

[一] 吹：浙古本《全集》作"顺"。据束景南《辑考编年》改。

[二] 舡：束景南《辑考编年》作"船"。

[三] 菉：束景南《辑考编年》作"绿"。　葑：束景南《辑考编年》作"封"。

[四] 江南：束景南《辑考编年》作"江楼"。

考释

浙古本《全集》录自康熙年间刊《新淦县志》卷二。束景南《辑考编年》录自同治《临江府志》卷二。石屋山：在江西新淦县，同治《临江府志》卷二："石屋山，(新淦)县东北七十余里，有石岩如屋，广三丈许，中有石山。"石屋山有游仙船、伏虎岩。《辑考编年》以为此诗作于正德十五年六月由南昌返吉安途经新淦时。

笺注

(1) 奚童：未成年的男仆。明陈所闻《懒画眉·王明府云池命歌者携酒桃花下》

曲:“王郎谱曲教奚童,不说周郎顾曲工。”

石溪寺

杖锡飞身到赤霞,石桥闲坐演三车[一](1)。一声野鹤波涛起,仙风吹送宝灵花(2)。

校勘

[一] 车:浙古本《全集》作“军”。据《辑考编年》改。

考释

浙古本《全集》录自康熙《新淦县志》卷二。《辑考编年》同,并引《志》文:“石溪寺,在五都,王阳明有诗。”云“新淦为王阳明在江西往返吉安、南昌所必经之地”,认为此诗作于“正德十五年六月,阳明由南昌返吉安”时。

此诗来源不明,或民间流传之作。是否为王阳明作品,不无再考之余地。

笺注

(1) 三车:道教语。“三车”有不同说法,大致指运气、运精、运神之修炼之法。以“车”称之。《辑考编年》引李涵虚《三车秘旨》,谓三车者,三件河车也。第一件运气,第二件运精,第三件精气兼运。又,三车或指佛教“三乘”,即不同“根器”者,有三种不同的修持途径:(1) 声闻乘,(2) 缘觉乘,(3) 菩萨乘。王守仁借用佛道用语,言养心修持。

(2) 宝灵:本指帝王的威灵,见焦赣《易林·益之困》,此用来指佛教三宝之威灵。

云腾飙驭祠

玉笥之山仙所居，下有玄窟名云储[1]。人言此中感异梦[2]，我亦因之梦华胥[3]。碧山明月夜如昼，清溪涓涓流阶除。地灵自与精神冥，忽入清虚睹真境[4]。贝阙珠宫眩凡目[5]，鸾舆鹤辂分驰骋[6]。金童两两吹紫箫[7]，玉笥真人坐相并。笑我尘寰久污浊，何不来游陵倒景[8]。觉来枕席尚烟霞，乾坤何处真吾家。醒眼相看世能几，梦中说梦空咨嗟。

考释

浙古本《全集》录自清佟国才等撰修《峡江县志》卷四。束景南《辑考编年》录自清同治《峡江县志》卷二、同治《临江县志》卷六。引同治《峡江县志》卷二："云腾飙驭祠，在玉笥山元阳峰下，俗称南祠。唐吴世云为吉州刺史，弃官修道于此。道成，举家飞升。"唐玄宗时建庙。"宋真宗增名'云腾飙驭祠'，今址额如故。"又引同治《峡江县志》卷一："玉笥山，县东三十里。"并据《年谱》和上古本《全集》所载《大秀宫次罗一峰韵三首》互证，认为阳明此诗作于正德十五年六月十六日。

笺注

(1) 云储：洞窟名。

(2) 同治《峡江县志》卷二云腾飙驭祠"祈梦者多灵验"。

(3) 梦华胥：《列子·黄帝》："(黄帝)昼寝而梦，游于华胥氏之国。华胥氏之国在弇州之西，台州之北，不知斯齐国几千万里；盖非舟车足力之所及，神游而已。"后因称一场幻梦为"一梦华胥"。

(4) 真境：本指道教之仙境。此指"华胥"之境。

(5) 贝阙珠宫：紫贝明珠装饰的龙宫水府。喻仙境宫阙。宋黄庭坚《宫亭湖》："贝阙珠宫开水府，雨栋风帘岂来处。"

（6）鸾舆鹤辂：华丽的车乘。南朝梁元帝《金楼子·立言下》："金樽玉杯，不能使薄酒更厚；鸾舆凤驾；不能使驽马健捷。"

（7）金童：传说中仙人的侍童。唐徐彦伯《幸白鹿观应制》："金童擎紫药，玉女献青莲。"

（8）倒景：指仙界之景。即前所言"华胥"之境。梁沈约《郊居赋》："虽混成以无迹，实遗训之可秉。始飡霞而吐雾，终陵虚而倒景。"

游南冈寺

古寺回云麓，光含远近山。苔痕侵履湿，花影照衣斑。宦况随天远[1]，归思对石顽[2]。一身惕夙夜[3]，不比老僧闲。

考释

浙古本《全集》录自清道光《吉水县志》卷三十一。束景南《辑考编年》录自光绪《吉安府志》卷九、光绪《江西通志》卷一百二十三、光绪《吉水县志》卷十四。南冈寺：在吉水县。光绪《江西通志》卷一百二十三："南冈寺，在吉水县东山，即古孝义寺。唐宝历三年，僧性空来自丹霞，结茅于此。太和中，遂成丛席。宋绍圣中，黄庭坚延青原僧惟信主持。政和间，张商英言朝，敕赐为崇义禅寺。南宋后，僧师能易寺曰'南冈'。"束景南《辑考编年》谓"阳明实以正德十一年十二月初三启程，经玉山、抚州、吉水、吉安、万安，至正德十二年正月十六日抵赣开府，阳明过吉水约在正月十二日左右，此诗即作在其时"。故此诗所作时间可再考。

笺注

（1）宦况：做官的境况、情味。宋李新《夜坐有感并简与讷教授》："三年宦况秋萧瑟，一枕时情梦战争。"

（2）石顽：顽石。本指未经斧凿的石块，坚石。《莲社高贤传》："竺道生入虎丘山，聚石为徒，讲《涅槃经》，群石皆点头。"

（3）惕夙夜：夙夕兢惕。《易·乾·九三》："终日乾乾，夕惕若厉。"《史记·孝文本纪》："今朕夙兴夜寐，勤劳天下，忧苦万民，为之怛惕不安，未尝一日忘于心。"

过安福

归兴长时切，淹留直到今。含羞还屈膝[1]，直道愧初心[2]。世事应无补，遗经尚可寻。清风彭泽令[3]，千载是知音。

考释

浙古本《全集》录自清康熙《安福县志》卷八。束景南《辑考编年》录自同治《安福县志》卷二十八，云："正德五年三月，阳明升庐陵县知县，其由贵州龙场驿赴庐陵经过安福，与此过安福诗意相合。……阳明过安福在三月，诗即作在其时。"按：此诗作时待考。由贵州赴庐陵，未必须经安福。且王阳明从龙场赴庐陵时心情，也与此诗所谓"含羞还屈膝"不合。此诗或当作于正德十五年奉旨"巡抚江西"时。

笺注

（1）含羞、屈膝：殆指在江西，被北军欺辱，众人议论纷纷。见《年谱》正德十五年所引罗洪先《赠女兄夫周汝方序》："是时议者纷然。"

（2）直道：此处是坦直、坦率之意。　初心：本意。

（3）彭泽令：陶渊明曾为彭泽令。此指陶渊明。

春晖堂

春日出东海,照见堂上萱[1]。游子万里归,斑衣戏堂前[2]。春日煦煦萱更好,萱花长春春不老。森森兰玉气正芳[3],翳翳桑榆景犹早[4]。忘忧愿母长若萱,报德儿心苦于草[5]。君不见,柏台白昼飞清霜[6],到处草木皆生光。若非堂上春晖好,安能肃杀回春阳?

考释

浙古本《全集》录自明徐用修等《兰溪县志》卷六。《辑考编年》录自明万历《兰溪县志》卷六、清嘉庆《兰溪县志》卷十七下。春晖堂为唐龙宅。万历《兰溪县志》卷六:董玘《春晖堂记》:“予友侍御兰溪唐君,尝作堂为奉母之所,名之曰‘春晖’之堂,而求记于予。”又嘉庆《兰溪县志》卷十六:“春晖堂,城中,唐龙建。”可知春晖堂之由来及所在之地。束景南《辑考编年》据上古本《全集》《国榷》等书有关唐龙记载,认为:“大致可以肯定唐龙确在正德十六年十二月乞养老母归休,于次年嘉靖元年修建成春晖堂奉母,阳明遂在此时写去此诗祝贺。”同时,倪小野亦有《春晖堂为唐侍御虞佐题》诗,见《倪小野先生全集》卷四。

笺注

(1)堂上萱:《诗经·卫风·伯兮》:“焉得谖草,言树之背。”《毛传》:“谖草令人忘忧。背,北堂也。”谖草,即萱草,北堂为主妇之居室。后因以“萱堂”指母亲。宋叶梦得《再任后遣模归按视石林》诗之二:“白发萱堂上,孩儿更共怀。”

(2)斑衣:指老莱子身穿彩衣,作婴儿戏耍以娱父母。

(3)兰玉:芝兰玉树。比喻有出息的子弟。典出《晋书·谢安传》:“譬如芝兰玉树,欲使其生于庭阶耳。”

(4)翳翳:草木茂密成荫貌。唐许浑《题四皓庙》:“紫芝翳翳多青草,白石苍苍半绿苔。” 桑榆:桑树榆树。此指晚年;垂老之年。《文选》曹植《赠白马王彪》:“年在桑榆间,影响不能追。”唐李善《注》:“日在桑榆,以喻人之将老。”

(5)典出唐孟郊《游子吟》:“谁言寸草心,报得三春晖。”

(6)柏台:指御史台,已见前注。此指唐龙,因唐龙曾为侍御史。

和理斋同年浩歌楼韵

长歌浩浩忽思休,拂枕山阿结小楼。吾道蹉跎中道止,苍生困苦一生忧。苏民曾作商家雨[1],适志重持渭水钩[2]。歌罢一篇怀马子[3],不思怒后佐成周[4]。

考释

浙古本《全集》录自清同治《弋阳县志》卷十一。《辑考编年》云见同治《弋阳县志》卷十三,此诗之下,有江潮《浩歌楼》诗:“太仓解带食知休,动辄经旬懒下楼。金马玉堂何处乐,云山石室自忘忧。低头莘野甘扶耒,横足君王梦把钩。斗酒春风和满面,孔颜谁憾不逢周。”《明清进士录》:“江潮,弘治十二年二甲十九名进士。江西贵溪人,字天信,号钟石。提学广东,有知人鉴。官至副都御史,巡抚山西,坐事革职归。”

《弋阳县志》卷二认为上引诗为“谢源作”。《辑考编年》考证《弋阳县志》卷二之说误。其说是。

《辑考编年》又考江潮因李福达妖书案弹劾显贵武定侯郭勋,反而被张璁等罢免之经过。可知此诗背景。在考证基础上,《辑考编年》认为此诗当是王阳明嘉靖六年五月受命征思、田,九月经过弋阳、与江潮相见时所作。

理斋同年:指江潮。理斋之号,未见记载。而江潮与守仁同年为进士。浩歌楼:在弋阳县。同治《弋阳县志》卷二:“浩歌楼,北乡。”

笺注

（1）苏民：使民生复苏。　商家雨：殆指商汤祈雨。《竹书纪年》："商汤二十四年，大旱，王祷于桑林，雨。二十五年作大濩乐。"《吕氏春秋·顺民》："昔者汤克夏而正天下，天大旱，五年不收。汤乃以身祷于桑林，曰：'余一人有罪，无及万夫；万夫有罪，在余一人。无以一人不敏，使上帝鬼神伤民之命。'于是剪其发，磿其手，以身为牺牲，用祈福于上帝。民乃甚悦，雨乃大至。"

（2）《史记·齐太公世家》："吕尚盖尝穷困，年老矣，以渔钓奸周西伯。"

（3）马子：马录。《明清进士录》："马录，正德三年三甲一百九十六名进士。河南信阳人，字君卿。授固安县，居官廉明，征为御史。"嘉靖间，也因李福达妖书案，与江潮等一同被贬。事见《国榷》卷五十三。

（4）成周：古地名。即西周的东都洛邑。《尚书·洛诰》："召公既相宅，周公往营成周。"或指周公辅成王。

春日宿宝界禅房赋[一]

晴日落霞红蘸水(1)，杖藜扶客眺西津。莺莺唤处青山晓，燕燕飞时绿野春。明月海楼高倚徧，翠峰烟寺远游频(2)。情多谩赋诗囊锦(3)，对镜愁添白发新。

校勘

［一］诗题浙古本《全集》作"阳明山人余姚王公守仁春日宿宝界禅房赋"。兹从《辑考编年》。

考释

浙古本《全集》录自明嘉靖刊《仁和县志》卷十二。《辑考编年》同，并将浙古本

《全集》改作“春日宿宝界禅房赋”，是。王阳明不会自题“阳明山人余姚王公守仁”，当为后人所加。宝界禅房：宝界寺。嘉靖《仁和县志》卷十二：“宝界寺：旧在武林门内，名‘翠峰’。宋治平间移艮山门外槎渡村，改额‘宝界’。”

《辑考编年》认为此诗当作于弘治十六年移居钱塘西湖时。此说待考。弘治十六年，守仁方三十二岁。诗中有“杖藜扶客”“白发新”句，疑或作于晚年到杭州时。

笺注

（1）唐李珣《南乡子》：“避暑信船轻浪里，闲游戏，夹岸荔支红蘸水。”

（2）翠峰烟寺：宝界寺原名“翠峰”，见上考释。

（3）诗囊：贮放诗稿的袋子。唐李商隐《李长吉小传》：“恒从小奚奴，骑距驴，背一古破锦囊，遇有所得，即书投囊中。”

赠蒋泽

平生心迹两相奇，谁信云台重钓丝(1)？性僻每穷诗境远，身闲赢得鬓霜迟[一]。

校勘

［一］闲：原作“闻”，殆形近致误。《光绪余姚县志》作“闲”，据改。

考释

浙古本《全集》录自光绪《余姚县志》卷二十三。

蒋泽：《光绪余姚县志》卷二十三引《姚邑赋注》：“蒋泽，字铁松。治礼经，性行高洁，不乐仕进。肆力稽古，以诗鸣。通晓天文杂术等书。然脱落世故，惟与善诗者日夕唱和。孙燧赠诗云……王守仁赠诗云……其为缙绅推重如此。”

笺注

（1）云台：此殆指朝廷。唐高适《宋中遇刘书记有别》："白身谒明主，待诏登云台。" 钓丝：钓竿上垂线。唐杜甫《重过何氏》之三："翡翠鸣衣桁，蜻蜓立钓丝。"此指闲适隐居。

赠侍御柯君双峰长短行

九华天作池阳东，翠微堤边复九华[1]。两华亘起镇南极，一万七千罗汉松。松林繁阴靏灵秘，疑有神物通其中。大者孕精储人杰，次者凝质成梁虹[2]。荡摩风雷壮元气，推演八卦连山重。大华一百四峰出愈奇[3]，芙蓉开遍花丛丛[4]。小华二十四洞华盖虚[5]，连珠累累函崆峒[6]。云门高士祷其下[7]，少微炯炯沕溟冲[8]。华山降神尼父送[9]，宁馨儿子申伯同[10]。三岁四岁貌歧嶷[11]，五岁颖异如阿蒙[12]。六岁能知日远近[13]，七岁默思天际穷[14]。十岁卓荦志不羁[15]，十四五六诗书通。二十以外德义富，仰止先觉涉高风[16]。谪仙遗躅试一蹴[17]，文晶吐纳奔霓虹[18]。阳明山人亦忘年[19]，倾盖独得斯文宗[20]。良知亲唯吾道诀[21]，荒翳尽扫千峰融[22]。千峰不断连一脉，岩崿峭崒咸作容[23]。中有两峰如马耳，壁立万仞当九空。龙从此起云泼岫[24]，膏霖海宇资化工[25]。化工一赞两仪定[26]，上有丹凤鸣雝雝[27]。和气充餐松，啮芝欲不老，飘飘洒逸如仙翁。小华巨人迹[28]，可以匡天步[29]。大华仙人坂，可以登鸿濛[30]。双华之巅真大观，尚友太华峨岷童[31]。俯瞷八荒襟四渎[32],我欲跻攀末由从[33]。登登复登安所止,太乙三极罗胸中[34],双华之居夫子宫。

考释

浙古本《全集》录自乾隆《池州府志》卷四十六。此诗或当作于王阳明正德十五年巡抚江西游九华山时。上古本《全集》中有《双峰遗柯生乔》诗,殆同时之作。侍御柯君：殆柯乔之父。束景南、查明昊辑编《王阳明全集补编》认为此诗当"存伪。"

笺注

(1) 翠微堤：在山北平天湖中,可直通府城。据传是因唐代杜牧《九日齐山登高》诗中"江涵秋影雁初飞,与客携壶上翠微"句得名。《乾隆池州府志》卷二十三:"翠微堤：府城南齐山湖上,知府张士范重修。详《山川志》。" 九华：当指齐山一带的"小九华"。《乾隆贵池县志续编》卷一"名胜"齐山:"小九华峰：在九鼎洞北。"《乾隆池州府志》卷六"山川志"引宋周必大《录》语:"又其旁拔起数峰,奇甚,谓之小九华。盖与上清岩皆齐山最胜处也。"

(2) 梁虹：虹梁。拱桥。宋晏殊《望仙门》:"仙酒斟云液,仙歌转绕梁虹。此时佳会庆相逢。"

(3) 一百四峰：九华山群峰数量,一说为九十九峰。此当指在"池阳东"之"大九华"。

(4) 唐李白《望九华赠青阳韦仲堪》:"昔在九江上,遥望九华峰。天河挂绿水,秀出九芙蓉。"

(5) 华盖：洞名。明雷逵《游齐山华盖洞记》:"池阳东南三里许为齐山。左田而右湖,怪石奇峰,幽壑古洞,璀璨环列。其尤绝者,如苍玉、云梯、上清、华盖,而华盖于诸洞为最。"

（6）崆峒：山洞；洞窟。明徐弘祖《徐霞客游记·粤西游日记三》："蹬倚绝壁，壁石皆崆峒，木根穿隙缘窍。"

（7）云门：此指寺庙。

（8）少微：指处士。《晋书·隐逸传·谢敷》："初，月犯少微。少微一名处士星，占者以隐士当之。"北周庾信《哀江南赋》："况乃少微真人，天山逸民。" 溟冲：弥蒙空旷状。

（9）尼父：《史记·孔子世家》："纥与颜氏女野合而生孔子，祷于尼丘得孔子。"

（10）宁馨儿：犹那孩子之意。《晋书》："王衍，字夷甫，神清明秀，风姿详雅。总角尝造山涛，涛嗟叹良久，既去，目而送之曰：'何物老妪，生宁馨儿！然误天下苍生者，未必非此人也。'" 申伯：周代名臣。《诗经·大雅·崧高》："崧高维岳，骏极于天。维崧降神，生甫及申。"毛《传》："岳降神灵和气，以生申甫之大功。"后以"生申"表示对出生孩子的赞美之词。已见前。

（11）岐嶷：《诗经·大雅·生民》："诞实匍匐，克岐克嶷。"后以"岐嶷"形容幼年聪慧。《东观汉记·马客卿传》："客卿幼而岐嶷，年六岁，能应接诸公，专对宾客。"

（12）阿蒙：三国时吕蒙。见《三国志·吴书·吕蒙传》引《江表传》：孙权劝蒙"宜学问以自开益"，后吕蒙苦学，笃志不倦，学识大进。"鲁肃上代周瑜，过蒙言议，常欲受屈。肃拊蒙背曰：'吾谓大弟但有武略耳，至于今者，学识英博，非复吴下阿蒙。'蒙曰：'士别三日，即更刮目相待。'"

（13）知日远近：典出《世说新语》卷下《夙惠》："晋明帝数岁，坐元帝膝上。有人从长安来，元帝问洛下消息，潸然流涕。明帝问何以致泣？具以东渡意告之。因问明帝：'汝意谓长安何如日远？'答曰：'日远。不闻人从日边来，居然可知。'元帝异之。明日集群臣宴会，告以此意，更重问之。乃答曰：'日近。'元帝失色，曰：'尔何故异昨日之言邪？'答曰：'举目见日，不见长安。'"

(14) 天际：天边。南朝齐谢朓《之宣城出新林浦向版桥》："天际识归舟，云中辨江树。"

(15) 卓荦：超绝出众。《后汉书·班固传》："卓荦乎方州，羡溢乎要荒。"唐李贤《注》："卓荦，殊绝也。" 晋左思《咏史》诗之一："弱冠弄柔翰，卓荦观群书。"

(16) 仰止：《诗经·小雅·车舝》："高山仰止，景行行止。"表示对人敬慕。仰慕；向往。止，语助词。　先觉：觉悟早于常人的人。《孟子·万章上》："天之生此民也，使先知觉后知，使先觉觉后觉也。"

(17) 谪仙：指李白。　遗躅：留下的足迹。

(18) 此句指文词晶剔如霓虹多彩。又，"晶"或为"昌"之误。所谓"文昌缠斗"，把柯乔比作文昌星。

(19) 忘年：不拘年龄、行辈，以德才相敬慕。

(20) 倾盖：此指初次相逢或订交。唐储光羲《贻袁三拾遗谪作》："倾盖洛之滨，依然心事亲。"　文宗：备受尊崇的文章宗伯。《后汉书·崔駰传赞》："崔为文宗，世禅雕龙。"

(21) 良知：这是守仁晚年提出的自己学说的中心概念。当在正德十六年前后。由此可推测该诗的写作时间。

(22) 荒翳：荒芜昏暗状。宋陆游《村圃》："村圃穿荒翳，秋容变惨凄。"

(23) 岩崿：起伏的山峦。宋苏辙《题李公麟山庄图诗序》："自西至东凡数里，岩崿隐见，泉源相属。"　崷崒：高峻。《文选·西都赋》："岩峻崷崒，金石峥嵘。"唐李善《注》："崷，高貌也。"

(24) 云泼岫：指乱云缭绕群峰。唐中宗《石淙》："霞衣霞锦千般状，云峰云岫百重生。"

(25) 化工：自然的造化。汉贾谊《鹏鸟赋》："且夫天地为炉兮，造化为工。"

(26) 两仪：天地。《周易·系辞上》："是故易有太极，是生两仪。"唐孔颖达《疏》：

“不言天地而言两仪者，指其物体；下与四象（金、木、水、火）相对，故曰两仪，谓两体容仪也。”

(27) 丹凤：头和翅膀上的羽毛为红色的凤鸟。 雝雝：鸟和鸣声。《诗经·邶风·匏有苦叶》：“雝雝鸣雁，旭日始旦。”《毛传》：“雝雝，雁声和也。”

(28) 小华：指小九华峰，即齐山。参笺注(1)。 巨人迹：清陈蔚《齐山岩洞志》卷十二：“峡外左绕而上有大人迹，又名仙人迹。田《志》：圆顶洞外有仙人迹，如一右足印，痕长二尺。”

(29) 匡：计算。 天步：天之行步。《诗经·小雅·白华》：“天步艰难，之子不犹。”宋朱熹《集传》：“步，行也。天步，犹言时运也。” 又，“匡天步”或用《山海经·海外东经》“帝命竖亥步，自东极至于西极，五亿十选九千八百步”典。

(30) 鸿濛：宇宙的混沌状态。此或指高天。

(31) 尚友：与高者为友。《孟子·万章下》：“以友天下之善士为未足，又尚论古之人；颂其诗，读其书，不知其人，可乎？是以论其世也，是尚友也。” 太华：指西岳华山。 峨岷：峨眉山与岷山的并称。

(32) 八荒：八方荒远的地方。《汉书·项籍传赞》：“并吞八荒之心。”唐颜师古《注》：“八荒，八方荒忽极远之地也。” 四渎：长江、黄河、淮河、济水的合称。《尔雅·释水》：“江、河、淮、济为四渎。四渎者，发原注海者也。”《礼记·王制》：“天子祭天下名山大川，五岳视三公，四渎视诸侯。”

(33) 踦攀：犹跻攀。攀登。

(34) 太乙：又作“太一”，即道家所称的“道”，古指宇宙万物的本原、本体。《庄子·天下》：“建之以常无有，主之以太一。”唐成玄英《疏》：“太者广大之名，一以不二为称。言大道旷荡，无不制围，括囊万有，通而为一，故谓之太一也。” 三极：三才，天、地、人。《周易·系辞上》：“六爻之动，三极之道也。”

五星砚铭

五气五行(1),五常五府(2)。化育纪纲,无不惟五。石涵五星,上应天数,其质既坚,其方合矩。蕴藉英华,包孕古今。

考释

浙古本《全集》录自同治本《平江县志》卷五十五及清《湖南通志》卷二八七。《辑考编年》出处同,认为作于"正德元年"。此为"铭",和"诗"非为一体。浙古本《全集》等或因此篇为韵文,作为"诗"收录。

笺注

(1)五气:五行之气。《鹖冠子·度万》:"五气失端,四时不成。"《史记·五帝本纪》:"轩辕乃修德振兵,治五气,艺五种,抚万民,度四方。"

(2)五常:儒家所言仁、义、礼、智、信等五种道德。　五府:明堂。《北史·牛弘传》:"窃谓明堂者…… 黄帝曰合宫,尧曰五府,舜曰总章,布政兴教,由来尚矣。"

留题金粟山

独上高峰纵远观[一],山云不动万松寒[二]。飞崖溜碧雨初歇[三],古涧流红春欲阑。佛地潜移龙窟小[四],僧房高借鹤巢宽(1)。飘然便觉离尘世[五],万里长空振羽翰[六]。

校勘

[一]独上高峰:《辑考编年》作"金粟峰头"。

[二]山云不动万松寒:《辑考编年》作"山峰不动万峰来"。

［三］溜：《辑考编年》作“泻”。

［四］潜移：《辑考编年》作“移来”。

［五］便觉离尘世：《辑考编年》作“悮却离尘想”。《浙江通志》“悮”作“悟”。

［六］万里长空：《辑考编年》作“一笑天风”。

考释

浙古本《全集》录自明董穀撰《续澉水志》卷九。《辑考编年》录自《嘉兴府图志》卷六、《金粟寺志》、天启《海盐县图经》卷三、康熙《嘉兴府志》卷十八，并根据吴麟徵《金粟寺志序》“本朝王阳明、董萝山、张芳洲、王沂阳题壁隐隐然”等记载，指出此诗原乃题于金粟寺壁。金粟山，据《金粟寺志》卷上：“金粟山，距离嘉兴府海盐城西一舍余。……山形象金粟若空洞，足践其地，音响铿然；且来脉结局，亦主兑位。兑属金，此金粟之名所由来也。”清刘献廷《广阳杂记》：“金粟寺乃吴大帝赤乌年康居僧会所建。”《辑考编年》认为此诗作于弘治十一年春，在会稽游秦望山后，往北京途径海盐时作。与前《登秦望山用壁间韵》为同时之作。又录《嘉兴府图记》卷六所载此诗，与浙古本《全集》文字多有不同。

笺注

（1）鹤巢：指出世隐居者之居所。元萨都刺《将游茅山先寄道士张伯雨》：“料得山中张外史，开门先扫鹤巢云。”

唐律二首

考释

浙古本《全集》录自清裴景福《壮陶阁书画录》卷十。《辑考编年》据原件后明莫是龙题跋，云是“新建伯”所书，推测乃是“嘉靖元年腊月中”所书。

此二诗虽为王阳明所书，而其一原诗是否为其本人作品，待考。其二确非王阳明之作，乃唐代李颀之作，《全唐诗》收录。浙古本《全集》《辑考编年》误收。

其一

裁冰叠雪不同流，妃子宫中钗上头。一缕红丝归赵璧，满阶明月戏吴钩。春情难断银为剪，旧垒犹存玉做楼。莫向寻常问行迹，杏花深处语悠悠。

其二

流澌腊月下河阳，草色新年发建章。秦地立春传太史，汉宫题柱忆仙郎。归鸿欲度千门雪，侍女新添五夜香。早晚荐雄文似者，故人今已赋长杨。

赠龙以昭隐君

长沙有翁号颐真[一](1)，乡人共称避世士。自言龙逢之后嗣(2)，早岁工文颇求仕。中年忽慕伯夷风(3)，脱弃功名如敝屣。似翁含章良可贞，或从王事应有子(4)。

校勘

[一] 颐：原作“顾”，兹从《辑考编年》。

考释

浙古本《全集》录自清乾隆《长沙府志》卷四十六。《辑考编年》出处同。龙以昭，乾隆《长沙府志》卷四十六:“龙时熙,字以昭。攸县人。刚正不屈。少寓金陵,有少妇暮行失钗,夫疑赠人。适时熙拾而还之,夫疑以释。湛甘泉、王阳明皆高其行。”《辑考编年》认为此诗当是“正德三年春赴龙场驿经长沙时作”。王阳明赴龙场,不在正德三年。

笺注

(1)颐真:据此句可知龙以昭号颐真。

(2)龙逢:关龙逢。已见前《纪梦并序》笺注(27)。

(3)伯夷:商末孤竹君长子。相传其父遗命要立次子叔齐为继承人。孤竹君死后,叔齐让位给伯夷,伯夷不受,叔齐也不愿登位,先后都逃到周国。周武王伐纣,二人叩马谏阻。武王灭商后,他们耻食周粟,采薇而食,饿死于首阳山。见《吕氏春秋·诚廉》《史记·伯夷列传》。

(4)二句典出《易·坤》:“六三,含章可贞,或从王事,无成有终。”唐孔颖达《疏》:“章,美也。” 含章:包含美质。或谓以昭应有子嗣。

书咏良知四绝示冯子仁

问君何事日憧憧?烦恼场中错用功。莫道圣门无口诀,良知两字是参同。

个个人心有仲尼,自将闻见哭遮迷。而今指与真头面,只是良知更莫疑。

人人自有定盘针,万化根源总在心。却笑从前颠倒见,枝枝叶叶外头寻。

无声无臭独知时,此是乾坤万有基。抛却自家无尽藏,沿门持钵效贫儿。

冯子仁问良知之说，旧尝有四绝，遂书赠之。阳明山人王守仁书，明嘉靖戊子九月望日也。

考释

浙古本《全集》录自手迹，此件现存湖北省博物馆。《辑考编年》出处同，仅录第一首，题为《行书良知说四绝》，并录后跋："阳明山人王守仁书，时嘉靖戊子九月望日。"上古本《全集》卷二十有《咏良知四首示诸生》，与此同，惟诗的顺序有异。殆流传文本不同。当系重出。

合族名行四言三首

贤良方正(1)，祈天永锡(2)。崇德广业，富有日新(3)。

文成明达(4)，茂先宏通(5)。祖于鹤鸣(6)，世肇景宣(7)。

功□忠献，道学□阳。元迪缝则[一](8)，嗣乃克昌(9)。

阳明山人王守仁题

校勘

[一] 缝：《辑考编年》空缺。

考释

浙古本《全集》录自清张谦、张震祥等编《余姚历山张氏宗谱》(《中华族谱集成张氏谱卷》，巴蜀书社，1995 年)。钱明曰：载光绪十年敦伦堂刊《姚江历山张氏宗谱》卷四，由余姚王孙荣提供。据张氏东南房广字行三十九世孙案曰："新建伯王阳明先生，吾房二十八世恂一公德配王孺人之从侄，即五贤十二虞岗公之外昆弟也。其学以致知为本，学者多宗之。时恂一公客游太原，不复返，孺人守节终身，年八十有九。生五子,长贤一,次贤二,三贤三,四贤五(原文如此),五即五贤十二虞岗公也。嘉靖中,郡庠生以合族名行诗相请,先生遂著四言语三章,以示吾族。按次命名,至余已十有一世矣。兹因虞岗公小传下未及备载,从伯笠庵夫子恐后人命名之错杂也,命全录于谱,以便挨次定明,且以重先君子百朋之锡焉。”认为作于“嘉靖年间”。《辑考编年》所据同,疑作于“嘉靖五年九月”。

笺注

(1)贤良方正:本为汉代选拔人才的科目之一。始于汉文帝。《史记·孝文本纪》:“及举贤良方正直言极谏者,以匡朕之不逮。”武帝时复诏举贤良或贤良文学。此指德才兼备的好人品。

(2)锡:赏赐。

(3)日新:每日更新。《礼记·大学》:“汤之盘铭曰:‘苟日新,日日新,又日新。’”

(4)文成:此指文辞有成。　明达:对事理有明确透彻的认识;通达。

(5)宏通:贯通;博大通彻。

(6)鹤鸣:《诗经·小雅·鹤鸣》:“鹤鸣于九皋,声闻于野。”余姚张氏谓系出唐代名相张九龄之弟张九皋,故有是称。

(7)世肇:肇始先祖。　景宣:张孟常,初名景宣,字逸安。是张九皋的曾孙。

(8)元迪:此指先祖。

(9)嗣:后嗣;后代。

焦山

倚云东望晓溟溟,缥缈诸峰数点萍。漂泊转惭成窃禄[1],幽栖终拟抱残经[2]。岩花入暖新凝紫,壁树悬江欲堕青。青水特渎埋鹤地[3]，又随斜日下山亭。

考释

浙古本《全集》卷四十三收录全部三首，另两首分别题为《游焦山次邃庵韵》《雨中登焦山有感》。此为第二首，题作《焦山》，曰：“原载乾隆《镇江府志》卷五十一《艺文》八，现据《中国地方志集成》第28辑（江苏古籍出版社1991年版）移录。”称“年代不详”。《辑考编年》录有诗三首，题为《游焦山次邃庵韵》，并附录杨一清（邃庵）诗。认为作于“正德六年”。此诗为其中之二。云：“诗见张莱《京口三山志》卷六。”焦山：钱明据《镇江府志》卷二《山川上》曰：“焦山在郡东九里大江中，与金山并峙，相距十里许。自京岘东北至马鞍雩山、石公山（一名象山），入江止，而为此山。《图经及类集》云：后汉焦光隐此，故名。旧名樵山。宋敕焦光洞隐樵山。又名谯，亦名浮山。”

考杨一清正德六年为吏部尚书（见《明通鉴》正德六年正月），而王阳明正德五年至京，实际并未赴南京任职，而是由黄绾等通过杨一清，将其直接留在北京（见黄绾《阳明先生行状》）。故此诗作于何时，可再考。

笺注

（1）窃禄：犹言无功受禄。多用于自谦。唐杜荀鹤《自叙》：“宁为宇宙闲吟客，怕作乾坤窃禄人。”

（2）幽栖：隐居。唐白居易《与僧智如夜话》：“懒钝尤知命，幽栖渐得朋。”

（3）浃：滑浃。　埋鹤地：镇江焦山西麓崖石上有《瘗鹤铭》，宋时被雷击崩落长江。

本觉寺[一]

春见吹画舫，载酒入青山。云散晴湖曲，江深缘树湾。寺晚钟韵急，松高鹤梦闲。夕阳摧暮景，老衲闭柴关。

校勘

[一] 本：浙古本《全集》作“木”。兹从《辑考编年》。

考释

钱明“录自嘉庆八年《山阴县志》卷二十八《艺文下》”，写作的“年代不详”。《辑考编年》题作“本觉寺”，云“诗见乾隆《绍兴府志》卷三十八，嘉庆《山阴县志》卷二十八”，认为作于“弘治十六年春”。本觉寺：在绍兴西北十五里梅山。钱明据《山阴县志》卷七《寺观庵墓》曰：“本觉寺，在县西北一十五里梅山后。后唐清泰三年，节度经略副使谢思恭舍宅建，号静明寺，有云峰堂，以曾文清诗得名，亦有曾公手书行记。寺后有适南亭，可以望海，郡牧程给事建，陆左丞作记。有子真泉。宋嘉定十五年，郡守汪纲重加整葺，复还旧观。在县西北梅山，即梅福隐处。”（参见《嘉庆山阴县志》卷七《寺观庵墓》）。

舍利寺

经行舍利寺(1)，登眺几徘徊。峡转滩声急，雨晴江雾开。颠危知往事(2)，飘泊长诗才。一段沧州兴(3)，沙鸥莫浪猜(4)。

考释

钱明曰：“原载万历三十九年《龙游县志》，现据中华书局1991年新版《龙游县志·丛录》诗词卷移录。”考浙江衢州之龙游驿，乃阳明南行北返的必经之路（参见《年谱》嘉靖六年九月丙申条之记录，上古本《全集》第1307页）。故嘉靖十三年，其门人衢州知府李遂曾“建讲舍于衢麓”，并分为龙游、水南及兰溪会，“与（杭州）天真远近相应，往来讲会不辍，衢麓为之先也”（上古本《全集》第1330页）。然查万历本及今本《龙游县志》,未见舍利寺之记载。认为写作“年代不详”。

《辑考编年》云:“诗见万历《龙游县志》卷二,民国《龙游县志》卷三十三。”又曰:“民国《龙游县志》卷二十四:‘舍利寺,在县东三十里。何时建无考。宋明道二年,县人江延厚重建,赵抃为之记。’”认为当是“正德二年游海入山归经龙游所作”。

据今人考证,北宋庆历五年(1045),赵抃有作《龙游县新建舍利塔院记》:“太末之地,有舍利塔院,年祀弥远。”嘉祐戊戌(嘉祐三年,1058),赵抃再临舍利塔院,撰有《新建舍利塔铭》。

笺注

(1)舍利寺:或指龙游的舍利塔院。参“考释”。

(2)颠危:颠困艰危。明何孟春《余冬序录摘抄·外篇》:“兵戈四起,民命颠危。”清蒋士铨《桂林霜·遣遁》:“遭穷困,遇颠危,楚囚般,相向啼。”

(3)沧州兴:喻隐居江湖之兴。

(4)浪猜:胡乱猜测。明刘基《蒋山寺十月桃花》:“残蜂剩蝶相逢浅,黄菊芙蓉莫浪猜。”

题兰溪圣寿教寺壁

兰溪山水地,卜筑趁云岑[(1)]。况复径行日[(2)],方多避地心[(3)]。潭沉秋色静,山晚市烟深。更有枫山老[(4)],时堪杖履寻[(5)]。

考释

钱明曰:“原载光绪十七年《兰溪县志》,现据浙江人民出版社 1988 年新版《兰溪市志》第十四编《诗文选辑》移录。”“查光绪本及今本《兰溪县志》,未见圣寿教寺之记载。”认为所作“年代不详”。

《辑考编年》:"诗见万历《兰溪县志》卷六,光绪《兰溪县志》卷三。"引光绪《兰溪县志》卷三:"圣寿教寺,在城东隅一坊大云山麓,为祝圣习仪之所。"述其沿革:原为梁大同年间(535—546)建的招贤寺,宋祥符中更名圣寿。山门旧有大云山额,故俗又称大云寺。并认为是"正德二年秋"所作。

按:《辑考编年》此说当再考。考诗中"枫山老"章懋生平,成化时便曾"致仕""林居二十年",人称"枫山先生"。弘治中,起为"南京祭酒"。"正德初致仕"。卒于嘉靖初年除夕。考诗意,似作于王阳明正德八年返回余姚以后,或嘉靖年间在越中故乡时期。

笺注

(1)卜筑:择地建筑住宅,即定居之意。　云岑:云雾缭绕的山峰。高山。

(2)况复:更加;加上。隋炀帝《白马篇》:"本持身许国,况复武功彰。"　径行:任性而行。《礼记·檀弓下》:"礼有微情者,有以故兴物者,有直情而径行者,戎狄之道也。"唐孔颖达《疏》:"谓直肆己情而径行也。"

(3)避地:避世隐居。《后汉书·郅恽传》:"(郅恽)后坐事左转芒长,又免归,避地教授,著书八篇。"唐李贤《注》:"避地,谓隐遁也。"

(4)枫山老:指章懋。章懋字德懋,号枫山,兰溪人。《明史》有传,又见焦竑《献征录》卷二十七湛若水撰《南京吏部验封清吏司郎中定山庄公昶墓志铭》。

(5)杖履:谓拄杖而行。唐朱庆馀《和刘补阙秋园寓兴》之三:"逍遥人事外,杖履入杉萝。"

端阳日次陈时雨写怀寄程克光金吾

艾老蒲衰春事阑[1],天涯佳节得承欢[2]。穿杨有技饶燕客[一](3),赐扇无缘愧汉官(4)。自笑独醒还强饮,贪看竞渡遂忘餐(5)。苍生日夜思霏雨(6),一枕江湖梦未安。

校勘

[一] 技:浙古本《全集》作"枝"。兹从《辑考编年》。

考释

钱明曰:"原载乾隆二十一年《淳安县志》,现据汉语大词典出版社1990年新版《淳安县志》第31编《文献》移录。查《淳安县志》,未见程克光金吾其人之记载。""不知程克光金吾与程守夫是否为一人,抑或其子侄耶?"认为诗作"年代不详"。

《辑考编年》:"诗见光绪《淳安县志》卷十五。""陈时雨即陈霖。"引同治《长兴县志》卷二十三上:"陈霖,字时雨,号西山。弘治六年进士,初任行人。升监察御史,献替不忌讳,勋戚避之。及巡按东粤,贪墨望风解组。""因劾逆瑾,左迁南康知府。""时宁藩谋逆,屡招之,坚拒不从,间道赴巡抚王阳明军中告警,因留帐前赞划。""贼平,守仁言其功,复任南康。""老病乞休,林下二十余年。""寿九十四。"据上古本《王阳明全集》有关文章,考陈霖与阳明交往关系。所言甚确。关于程克光金吾,《辑考编年》据此诗收在《淳安县志》,认为当和程克光为该县人士有关。又据上古本《全集》卷二十五王阳明所撰《程守夫墓碑》及光绪《淳安县志》卷三所载林瀚撰《程愈墓表》,推断程克光当为程愈之孙、程守夫之子程𣏌。其说可供参考。《辑考编年》认为,此诗当作于"正德十五年五月端阳日"。其说是。金吾:古官名。负责皇帝大臣警卫、仪仗以及徼循京师、掌管治安的武职官员。其名称、体制、权限历代多有不同。汉有执金吾,唐宋以后有金吾卫、金吾将军、金吾校尉等。明代设有金吾前、后、左、右亲军卫。金吾诸卫有时被笼统地称为金吾卫,又称锦衣卫为金吾。

笺注

(1)艾老蒲衰：艾，艾草。蒲，菖蒲。此泛指五月时端午节状况。

(2)天涯：《辑考编年》认为指王阳明当时在江西军中。故云。

(3)穿杨有技：或指守仁在江西北军营中与张忠、许泰等比试射箭事。《年谱》：正德十四年："新经濠乱，哭亡酹酒者声闻不绝。北军无不思家，泣下求归。""忠等自居所长，与先生较射于教场中，意先生必大屈。先生勉应之，三发三中。每一中，北军在旁哄然，举手啧啧。忠、泰大惧曰：'我军皆服王都耶。'遂班师。" 饶：多。意谓神箭技高一筹，胜出燕国高手。 燕客：指当时到江西的北军。

(4)赐扇：《辑考编年》认为"赐扇"是"赐羽"之误。可再考。赐扇之俗早已有之。《唐书·礼乐志》，天宝年间还曾在端午节以衣、扇献于祖陵。唐末李淖《秦中岁时记》："端午前两日，东市谓之扇市，车马特盛。"明代亦有端午节时皇帝赐扇之制。万历《大明会典》卷一百之"时节给赐"："凡每岁端午节，文武百官俱赐扇，并五彩寿缕。若大臣及经筵官，或别赐扇并彩绦、艾虎等物，各以品级为等。"《万历野获编》卷二《列朝二》之"端阳"："惟阁部大老及经筵日讲词臣，得拜川扇、香果诸赐，视他令节独优。" 汉官：汉官仪。汉族的统治制度。唐杨巨源《春日奉献圣寿无疆》："愿同东观士，长睹汉官仪。"

(5)竞渡：南方端午有龙舟竞渡之风俗。南朝梁宗懔《荆楚岁时记》："按五月五日竞渡，俗为屈原投汨罗日，伤其死所，故并命舟楫以拯之。"

(6)霏雨：霏霏之雨。甘霖。《年谱》正德十五年："江西自己卯三月不雨，至七月，禾苗枯死。"

寓资圣寺

落日平堤海气黄[(1)]，短亭衰柳舣孤航。鱼虾入市乘潮晚，鼓角收城返棹忙。人世道缘逢郡傅[2]，客途归梦借僧房。一年几度频留此，他日重来是故乡。

考释

钱明曰："原载光绪二年《海盐县志》，现据浙江人民出版社 1992 年新版《海盐县志》卷三十《文献》移录。资圣寺在海盐县治四五十步处。晋右将军戴威于恭帝时(419—420)舍宅为寺。原名光兴寺，五代乾裕中改重光寺，宋大中祥符中改普明寺，天禧二年赐今额。明正德七年毁于邻火，后僧会宗重建。"并考证王阳明与董萝石、僧人法聚的关系，认为"阳明去过海盐并留宿资圣寺是完全有可能的"，该诗"年代不详"。

《辑考编年》："诗见万历《嘉兴府志》卷二十九，康熙《嘉兴府志》卷十八，光绪《海盐县志》卷三十。"认为守仁之母"郑氏即为海盐人(郑氏为海盐大族)"，推测此诗为守仁"幼时寓居海盐资圣寺受学"时所作，次于"成化十六年"。

笺注

(1) 海气：此指海面上的雾气。唐张子容《永嘉即事寄赣县袁少府瓘》："海气朝成雨，江天晚作霞。"

(2) 道缘：道家或佛家的因缘。唐皇甫曾《赠沛禅师》："净教传荆吴，道缘止渔猎。" 郡傅：州郡中的师傅。老师。

登谯楼

千尺层栏倚碧空，下临溪谷散鸿蒙。祖陵王气蟠龙虎[1]，帝阙重城锁蝃蝀[2]。客思江南惟故国，雁飞天北碍长风。沛歌却忆回銮日[3]，白昼旌旗渡海东[4]。

考释

钱明曰:“录自《亳州揽胜诗选》,安徽人民出版社 1991 年版。亳州古称谯县。从诗意看,谯楼当在沛国之谯县。祖陵指明王室先世之陵墓。”推测当指亳州谯楼。诗作年代不详。《辑考编年》:“诗见光绪《凤阳府志》卷十五。《亳州揽胜诗选》以此诗为登亳州谯楼所作,乃误。”其说是。《辑考编年》认为“阳明此诗为登凤阳谯楼所作”,并考此诗为弘治十四年“奉命审录江北”时所作。谯楼:城门上的瞭望楼。《三国志・吴书・吴主传》:“诏诸郡县治城郭,起谯楼,穿堑发渠,以备盗贼。”光绪《凤阳府志》卷四:“中都谯楼,即鼓楼。”

笺注

(1)祖陵:指凤阳皇陵。光绪《凤阳府志》卷十五:“明陵,在府治南十八里,明太祖父陵。”

(2)蝃蝀:《诗经・鄘风・蝃蝀》:“蝃蝀在东,莫之敢指。”《毛传》:“蝃蝀,虹也。”

(3)沛歌:刘邦平定黥布还都,经过家乡沛,召集乡亲饮酒。酒酣,刘邦亲自击筑而歌:“大风起兮云飞扬,威加海内兮归故乡,安得猛士兮守四方!” 回銮:指帝、后外出回返。

(4)海东:东部近海一带。

题倪小野清晖楼

经锄世泽著南州[1],地接蓬莱近斗牛[2]。意气元龙高百尺[3],文章司马壮千秋[4]。先幾入奏功名盛[5],未老投簪物望优[6]。三十年来同出处,清晖楼对瑞云楼[7]。

考释

钱明曰:“录自姚业鑫等选注《余姚历代风物诗选》(余姚市政协文史委员会1989年编)。清晖楼即清晖佳气楼,在今余姚城区武胜门内,系倪宗正故居。倪字本端,号小野,弘治十八年进士,因触犯刘瑾被视为谢(迁)党,出知太仓州。钱德洪、诸燮、吕本等皆出其门。工诗书,阳明谓其诗文逼近陶(潜)杜(甫)。著有《谢文正公年谱》《小野集》等。其故居与阳明出生地瑞云楼相邻。”钱明认为此诗“年代不详”。

《辑考编年》:“诗见《倪小野先生全集》后《清晖楼诗附》。”并引光绪《余姚县志》卷二十三《倪宗正传》:“倪宗正,字本端,别号小野。”谓《倪小野先生全集》卷二有《清晖佳气楼记》,并考倪小野与钱德洪、王阳明等关系。可参见。

笺注

(1)经锄:《辑考编年》谓倪小野“其先祖倪谦即号‘经锄’‘经锄后人’”,而倪小野曾从孙燧学《易》。

(2)蓬莱:传说中海上仙山。　斗牛:指吴越地区。因其当斗牛二星之分野,故称。唐王勃《滕王阁序》:“物华天宝,龙光射斗牛之墟。”

(3)典出“元龙百尺楼”。《三国志·魏书·陈登传》:“(刘备)曰:‘君(许汜)求田问舍,言无可采,是元龙所讳也,何缘当与君语?如小人,欲卧百尺楼上,卧君于地,何但上下床之间邪?’”元龙,三国陈登,字元龙。

(4)司马:殆指司马迁。

(5)入奏:光绪《余姚县志》卷二十三《倪宗正传》:“登弘治十八年进士,选庶吉士。以逆瑾目为谢党,出知太仓州。时水灾,条上封事,报可,所可全活者甚多。”

(6)投簪:丢下固冠用的簪子。比喻弃官。晋陆机《应嘉赋》:“苟形骸之可忘,岂投簪其必谷。”　物望:人望;众望。《晋书·石勒载记下》:“张披与张宾为游侠，门客日百余乘，物望皆归之，非社稷之利也，宜除披以便国家。”

（7）瑞云楼：王阳明出生之处。《年谱》正德十六年九月：“先生归省祖茔，访瑞云楼，指收藏胎衣地，收泪久之，盖痛母生不及养，祖母死不及殓也。”

赠岑东隐先生二首[一]

岑东隐老先生，余祖母族弟也，今年九十有四矣。双瞳炯然，饮食谈笑如少壮，所谓圣世之人瑞者，非耶？涉江来访，信宿而别。感叹之余，赠之以诗。

校勘

[一] 二首：浙古本《全集》无。据《辑考编年》补。

考释

浙古本《全集》录自日本九州大学文学部藏明嘉靖刻四卷本《阳明先生文录》。钱明曰：“原载日本九州大学文学部藏四卷本《阳明先生文录》卷第四。”“后一首诗，水野实、永富青地将其单独收录，并标以‘工夫诗’之篇名。”认为“此诗当作于嘉靖七年前后”。《辑考编年》出处同钱明，作《赠岑东隐先生二首》，并将后四句另作一诗。岑东隐：《辑考编年》据王孙荣《王阳明散佚诗文九种考释》：“光绪《余姚岑氏章庆堂宗谱》：岑东隐，名鼎，号东隐，廪膳生。生于宣德九年二月初七日丑时，卒于嘉靖五年九月二十一日寅时。”认为“嘉靖五年岑鼎涉江来访，归后不久即卒”，故此诗作于“嘉靖五年”。其说是。

（一）

东隐先生白发垂，犹能持竹钓江湄(1)。身当百岁康强日，眼见九朝全盛时[2]。寂寂群芳摇落后[3]，苍苍松柏岁寒枝。结庐闻说临瀛海[4]，欲问桑田几变移。

笺注

（1）江湄：江边。

（2）九朝：或指明初至嘉靖九朝。实际有11个皇帝，建文、洪熙当不在内。

（3）摇落：凋残，零落。《楚辞·九辩》："悲哉秋之为气也！萧瑟兮草木摇落而变衰。"

（4）结庐：构筑房舍。晋陶潜《饮酒》之五："结庐在人境，而无车马喧。"

（二）

圣学工夫在致知[1]，良知知处即吾师[2]。勿忘勿助能无间，春到园林鸟自啼。[3]

笺注

（1）致知：《礼记·大学》："致知在格物。"儒者有不同解释。汉郑玄《礼记注》认为"致知"是"知善恶吉凶之所终始"；宋朱熹《大学章句》则曰："致，推极也；知，犹识也。推极吾之知识，欲其所知无不尽也。"王阳明《传习录》卷中《答人论学书》："致知"乃"致吾心之良知之天理于事事物物也"。

（2）良知：守仁明确提出"良知"之说的时间，有多种说法，《年谱》以为在五十岁，即正德十六年。

（3）勿忘勿助：见《孟子·公孙丑上》。孟子谈论"养浩然之气"时，认为告子仅从"外"的角度理解，"未尝知义"；应从自身的内在角度，"必有事焉而正，心勿忘，勿助长也"。　关于此说，有不同理解。要之，孟子把"气"概念内在化。参见拙译《气的思想》（日本小野泽精一等著，上海人民出版社，2007年）第二章第一节。王阳明在此殆是追溯自己“良知”说的渊源。

彰孝坊

金楚维南屏(1),贤王更今名(2)。日星昭焕汗,雨雪霁精诚。端礼巍巍地,灵泉脉脉情。他年青史上,无用数东平(3)。

考释

浙古本《全集》录自明嘉靖刻《湖广图经志书》卷一。《辑考编年》出处同,并云彰孝坊在武昌。嘉靖刻《湖广图经志书》卷一:“彰孝坊,在王府端礼门外大街中。今王为世子时,克孝于亲,臣上交奏,敕赐今王。”关于此诗原委,《辑考编年》考之甚详。认为“今王”指端王朱荣㳦,正德六年,受正德帝表彰。《武宗实录》卷五十七:正德五年六月“楚府永安王奏楚世子荣㳦孝行,请旌表为宗室劝。诏表其坊曰彰孝”。《辑考编年》据此认为此诗作于正德六年,吴廷举正德十二年撰《湖广图经志书》时录入。

笺注

(1)金楚:楚在西边,五行中属金。故曰金楚。　南屏:南方的屏障,此指武昌。

(2)贤王:当指楚端王朱荣㳦。参前“考释”。

(3)东平:殆指汉代东平王刘宇,作为诸侯王,以不孝闻。《汉书·宣元六王传》谓东平王“事太后,内不相得,太后上书言之,求守杜陵园。上于是遣太中大夫张子蟜奉玺书敕谕之,曰:‘皇帝问东平王。盖闻亲亲之恩莫重于孝,尊尊之义莫大于忠,故诸侯在位不骄,以致孝道,制节谨度,以翼天子,然后富贵不离于身,而社稷可保。今闻王自修有阙,本朝不和,流言纷纷,谤自内兴,朕甚憯焉,为王惧之。《诗》不云乎?“毋念尔祖,述修厥德,永言配命,自求多福。”朕惟王之春秋方刚，忽于道德，意有所移，忠言未纳，故临遣太中大夫子蟜谕王朕意。孔子曰：“过而不改，是谓过矣。”王其深惟孰思之，无违朕意。’”

赠芳上人归三塔

秀水西头久闭关，偶然飞锡出尘寰(1)。调心亦复聊同俗(2)，习定由来不在山(3)。秋晚菱歌湖水阔，月明清声塔窗闲。毗庐好是嵩山笠[一](4)，天际仍随日影还。

校勘

[一] 是：《辑考编年》作“似”。

考释

浙古本《全集》录自明《崇祯嘉兴县志》卷十九。《辑考编年》录自万历《秀水县志》卷八、康熙《嘉兴府志》卷十八。三塔寺：在秀水县（今属浙江嘉兴）。万历《秀水县志》卷二：“景德寺，在县西三里。旧焚化院，五代钱氏赐额‘保安’，宋景德间改今额。相传寺下有白龙潭，遇风涛甚险，或晴霁，有白光三道起自潭中。唐季僧行云者，积土填潭，造三塔以镇之，遂呼为三塔湾，亦名三塔寺。”《辑考编年》推定此诗为弘治十五年秋作。

笺注

（1）飞锡：佛教语。谓僧人等执锡杖漫游。

（2）调心：调摄心性。

（3）习定：谓养静以止息妄念。《景德传灯录·慧能大师》：“京师禅德皆云，欲得会道，必须坐禅习定。”

（4）毗庐：指毗庐帽。一种僧帽。明黄一正《事物绀珠》：毗罗帽，“释冠也”。嵩山笠：指竹笠。此句用明陈献章《偶得示诸生二首》其一：“平地工夫到九层，不知那个主人能？他乡消息无寻处，去问嵩山戴笠僧。”（明陈献章著，孙海通点校《陈献章集》卷六，中华书局，1987年）

咏趵突泉

泺源特起根虚无[1]，下有鳌窟连蓬壶[2]。绝喜坤灵能尔幻[3]，却愁地脉还时枯。惊湍怒涌喷石窦，流沫下泻翻云湖。月色照衣归独晚，溪边瘦影伴人孤。

考释

浙古本《全集》录自清康熙年刊《山东通志》卷三十五之一下。《辑考编年》录自嘉庆《山东通志》卷五、乾隆《历城县志》卷八、《古今图书集成·方舆汇编·山川典》等，且云“今济南趵突泉泺源堂壁上仍有此诗手迹石刻”，录有元赵孟頫之诗：“泺水发源天下无，平地涌出白玉壶。谷虚久恐元气泄，岁旱不愁东海枯。云雾润蒸华不注，波涛声震大明湖。时来泉上濯尘土，冰雪满怀清兴孤。”又录有乔宇、陈镐之诗，此略。认为王阳明乃和其韵而作。

《辑考编年》认为此诗作于弘治十七年八月主山东乡试时。

笺注

（1）泺源：泺水之源。乾隆《历城县志》卷八：“泺水，源于趵突，流曰泺。”

（2）蓬壶：古代传说中的海中仙境。

（3）坤灵：大地的美称。汉扬雄《司空箴》：“普彼坤灵，侔天作则。分制五服，划为万国。”此似指大地之神。

御帐坪

危构云烟上[(1)]，凭高一望空。断碑存汉字，老树袭秦封[(2)]。路人天衢畔，身当宇宙中。短诗殊草草，聊以记吾踪。

考释

浙古本《全集》录自清赵祥星等修《山东通志》卷三十五之一下。《辑考编年》录自嘉靖《山东通志》卷二十二、《重修泰安县志》卷十四。嘉靖《山东通志》卷二十二："御帐坪，在泰山半，宋真宗封禅驻此。"明汪子卿《泰山志》卷三《登览》录有明边贡、陈琳等和王阳明此诗之作，分别作于明正德八年、九年。故《辑考编年》认为此诗必作于正德八年前。当与登泰山诸诗同作于弘治十七年。

笺注

(1) 危构：高耸的建筑物。

(2) 明汪子卿《泰山志》卷二《遗迹》："御帐坪，在岳之中道，即秦封五松之地。"

游金粟山[一]

金粟峰头纵远观，山云不动万松寒。飞崖泻碧雨初歇，古涧流红春欲阑。佛地移来龙窟小，僧房高借鹤巢宽。飘然悟却离尘想，一笑天风振羽翰。

校勘

[一] 游金粟山：浙古本《全集》"补遗"作"留题金粟山"。

考释

浙古本《全集》录自沈季友《槜李诗系》卷四十。此诗与卷六"补遗"部分的《留题金粟山》一诗，除首句“金粟峰头”和诗中个别字句以外，文字大抵相同，系不同流传文本，殆重出。

石门晚泊

风雨石门晚，停舟问旧游。烟花春欲尽，惆怅望溪头。

考释

浙古本《全集》录自沈季友《槜李诗系》卷四十。《辑考编年》录自《嘉兴府图记》卷六、康熙《嘉兴府志》卷十八、光绪《嘉兴府志》卷八十四。石门：《辑考编年》以为“石门”指平湖石门塘。不确。当指嘉兴石门镇。《嘉兴府图记》卷六：“今桐乡县西北二十五里东北里，东北隶本县，西北隶崇德，居民互市于此，亦名石门市。……宋置石门镇。”从水路回杭州，桐乡石门正在运河边上，无须绕道东向到平湖再周转也。即使绕道，更无所谓诗中的“旧游”可言。明董斯张《吴兴艺文补》卷五十七著录此诗，题《乌镇晚泊》，第一句作“风雨乌溪晚”。虽或为后改字，但其显然以“石门”为桐乡石门。

登吴江塔

天深北斗望不见，更蹑丹梯最上层。太华之西目双断(1)，衡山以南阑独凭[一]。渔舟渺渺去欲尽，客子依依愁未眠[二]。夜久月出海风冷，飘然思欲登云鹏(2)。

校勘

［一］南：《辑考编年》作“北”。

［二］眠：《辑考编年》作“胜”。

考释

浙古本《全集》录自明钱穀编《吴郡文粹续集》卷三十四。《辑考编年》录自清徐崧、张大纯《百城烟水》卷四、明钱穀编《吴郡文粹续集》卷三十四。吴江塔：吴江华严寺中的塔。《辑考编年》认为诗乃“弘治十五年八月告病归越途经苏州时作”。

笺注

（1）太华：西岳华山。　目双断：目断。犹望断。一直望到看不见。唐丘为《登润州城》：“乡山何处是，目断广陵西。”

（2）云鹏：翱翔高空的大鹏。

圣水寺二首[一]

校勘

［一］圣水寺二首：浙古本《全集》作“圣水寺”。《编年辑考》作“游云居寺二首”。“二首”据《辑考编年》加。

考释

浙古本《全集》录自清康熙《钱塘县志》卷十四。《辑考编年》云又见于《云居圣水寺志》卷三，题为《游云居寺》，且认为本当为二首。其说是。康熙《钱塘县志》卷十四：“圣水寺，在云居山，一名云居庵。懿宗年建，元元贞间，中峰禅师所居。”《辑考编年》认为诗作于弘治六年春。

（一）

拂袖风尘尚未能，偷闲殊觉愧山僧。杖藜终拟投三竺(1)，裘马无劳说五陵(2)。

笺注

(1) 三竺：指杭州灵隐山飞来峰东南的天竺山，有上天竺、中天竺、下天竺三座寺院，合称“三天竺”，简称“三竺”。宋林景熙《西湖》：“断猿三竺晓，残柳六桥春。”

(2) 裘马：轻裘肥马。形容生活豪华。《论语·雍也》：“赤之适齐也，乘肥马，衣轻裘。”宋朱熹《集注》：“言其富也。” 五陵：西汉长安附近五个皇帝的陵墓。其附近为当时富豪族居所。

(二)

长拟西湖放小舟，看山随意逐春流。烟霞只在鸥凫主，断却纷纷世上愁。

御校场[一]

绝顶秋深荒草平[二]，昔人曾此试倾城。干戈销尽名空在，日夜无穷潮自生。岩□闲云扬杀气[三]，路边疏树列残兵。山僧似与人同兴，相趁扳萝认旧营(1)。

校勘

[一] 御校场：释超乾《凤凰山圣果寺志》作“游凤凰山圣果寺”。

[二] 荒草平：田汝成《西湖游览志》录此诗残句，“荒草平”作“草树平”。

[三] □：浙江本《全集》为残缺字。兹从《辑考编年》作“□”。

考释

浙江本《全集》录自清康熙《钱塘县志》卷三十三。清翟均廉《海塘录》卷七等也收录，清沈德潜《西湖志纂》卷六录有残句。《辑考编年》录自李卫《西湖志》卷十六、释超乾《凤凰山圣果寺志》等，释超乾《凤凰山圣果寺志》录此诗作《游凤凰山圣果寺》。《辑考编年》认为当作《御校场》。御校场：在凤凰山中。李卫《西湖志》卷十六："宋殿前司营，《梦粱录》：在凤凰山八盘岭中。……《西湖游览志》：殿前司，为新军护卫之所，俗称御校场者，此也。"《辑考编年》认为此诗嘉靖六年深秋时作。

笺注

（1）相趁：跟随；相伴。唐白居易《劝酒》："白兔赤乌相趁走，身后堆金拄北斗。"

送人致仕

人生贵适意[1]，何事久天涯。栗里堪栽柳[2]，青门好种瓜[3]。冥鸿辞网罟[4]，尘土换烟霞[5]。有子真麒麟[6]，归欤莫怨嗟。

考释

浙古本《全集》录自《新刊阳明先生文录续编》卷三"诗类"。《辑考编年》出处同。日本永富青地在日本《东洋思想与宗教》2006 年第 23 号上指出此为旧《王阳明全集》未收诗。《辑考编年》推测为送唐龙致仕，正德十六年所作。

笺注

（1）适意：宽心，舒适。唐楼颖《东郊纳凉》之三："林间求适意，池上得清飙。"

（2）栗里：在今江西省九江市西南。晋陶潜曾居于此。南朝梁萧统《陶靖节传》："渊明尝往庐山，弘命渊明故人庞通之赍酒具于半道栗里之间邀之。"

（3）青门：《三辅黄图·都城十二门》："长安城东，出南头第一门曰霸城门。民见门色青，名曰青城门，或曰青门。门外旧出佳瓜。广陵人召平为秦东陵侯，秦破，为布衣，种瓜青门外。"三国魏阮籍《咏怀》之六："昔闻东陵瓜，近在青门外。”后泛指退隐之处。

（4）冥鸿：高飞的鸿雁。汉扬雄《法言·问明》：“鸿飞冥冥，弋人何篡焉。”唐李轨《注》：“君子潜神重玄之域，世网不能制御之。”后因以“冥鸿”喻避世隐居之士。

（5）尘土：此指尘世；尘事。唐沈亚之《送文颖上人游天台》：“莫说人间事，崎岖尘土中。” 烟霞：泛指山水、山林。

（6）麒麟：喻才能杰出的人。《晋书·顾和传》：“和二岁丧父，总角便有清操，族叔荣雅重之，曰：‘此吾家麒麟，兴吾宗者，必此人也。’”

铁笔行为王元诚作

王郎宋代中书孙，铸铁为笔书坚瑨[(1)]。画沙每笑唐长史[(2)]，拔毫未数秦将军[(3)]。高堂落笔神鬼怒，九万鸾笺碎如雾[(4)]。铅泪霏霏洒露盘[(5)]，金声铮铮入秋树[(6)]。鸟迹微茫科斗变[(7)]，柳薤凋伤悲籀篆[(8)]。鼓文已裂岐阳石[(9)]，漆灯空照山阴茧[(10)]。王郎笔艺精莫传，几度索我东归篇。毛锥不如铁锥利[(11)]，吾方老钝君加鞭。矢尔铁心磨铁砚，淬锋要比婆留箭[(12)]。太平天子封功臣，脱囊去写黄金券[(13)]。

考释

浙古本《全集》录自清张玉书等编《御定佩文韵府咏物诗选》卷一七九。《辑考编年》录自《古今图书集成·理学汇编·字学典》第一百四十七卷《笔部》。王元诚：未详。《辑考编年》推断为江西的书法刻碑高手，并认为此诗作于“正德十六年十一月”。

又束景南、查明昊《全集补编》将此诗列入“存伪”，认为“此为元释大圭诗，见其《梦观集》”。

笺注

（1）坚瑉：坚珉。墓碑的美称。

（2）画沙：唐蔡希综《法书论》：“仆尝闻褚河南用笔如印印泥，思其所以，久不悟，后因阅江岛间平沙细地，令人欲书，复偶一利锋，便取书之，劲明丽，天然媚好，方悟前志。此盖草正用笔，悉欲令笔锋透过纸背，用笔如画沙印泥，则成功极致，自然其迹，可得齐古人。”古代书家以为笔锋如锥画沙，方为高妙。　唐长史：殆指唐书法家张旭。颜真卿有《草书述张长史笔法十二意》。

（3）拔毫：晋嵇含《笔铭》：“采管龙鐘，拔毫和兔。”指笔。　秦将军：殆指秦朝大将蒙恬。传说他发明了毛笔。

（4）鸾笺：彩笺。宋苏易简《文房四谱·纸谱》：“蜀人造十色笺，凡十辐为一榻……然逐幅于方版之上砑之，则隐起花木麟鸾，千状万态。”后人因称彩笺为“鸾笺”。

（5）此句语本唐李贺《金洞仙人辞汉歌》序：“魏明帝青龙元年八月，诏宫官牵车西取汉孝武捧露盘仙人，欲立置前殿。宫官既拆盘，仙人临载，乃潸然泪下。”诗又曰：“空将汉月出宫门，忆君清泪如铅水。”

（6）金声：晋刘琨《劝进表》：“玉质幼彰，金声夙振。”唐卢纶《送黎燧尉阳翟》：“玉貌承严训，金声称上才。”

（7）鸟迹、科斗（犹蝌蚪）：都是指古代的文字书法。

（8）柳薤：明陶宗仪《书史会要·秦·李斯》：“自（小篆）后又别为八，曰鼎小篆，曰薤叶篆，曰垂露篆，曰悬针篆，曰缨络篆，曰柳叶篆，曰剪刀篆，曰外国胡书，此皆小篆之异体也。”明王鏊撰、明王永熙汇辑《震泽长语》卷下引周越《书苑》：“倒薤篆，仙人务光见薤偃风作。柳叶篆，卫瓘作。”　籀篆：籀文和篆文。

(9) 鼓文：石鼓文。　岐阳石：岐阳石鼓。宋程大昌《雍录》卷九引“事物·石鼓文一”：“《元和志》曰：石鼓文在凤翔府天兴县南二十里，周太王之都，秦雍县，汉右扶风，唐天兴县。石形如鼓，其数盈十，盖记周宣王田猎之事，即史籀之迹也。”

(10) 漆灯：传说中墓中所点的灯，以漆为燃料。《列朝诗集》引此诗“漆灯”正作“墓灯”。　山阴茧：山阴茧纸。宋苏轼《孙莘老求墨妙亭诗》：“兰亭茧纸入昭陵，世间遗迹犹龙腾。”宋刘克庄《题赚兰亭图》：“山阴茧纸见者希，辨才传之于永师。”指王羲之《兰亭序》。

(11) 毛锥：指毛笔。

(12) 婆留箭：婆留，五代吴越王钱镠小名。清钱谦益《读建阳黄帅先〈小桃源记〉戏题短歌》：“彭篯之后武夷君，我是婆留最小孙。”宋何梦桂《再和张秋山杭州孤山二首》：“歌舞钱塘厌说兵，悠悠往事竟何成。钱镠铁箭千年在，伍子鸱夷一死轻。”

(13) 黄金券：金券。券的美称。帝王赐大臣的信物。

从海日公授徒资圣寺登杏花楼[一]

东风日日杏花开，春雪多情更换胎。素质翻疑同苦李(1)，淡妆新解学寒梅。心成铁石还谁赋，冻合青枝亦任猜。迷却晚来沽酒处，午桥真讶灞桥回(2)。

校勘

[一] 从海日公授徒资圣寺登杏花楼：《辑考编年》作“资圣寺登杏花楼”。

考释

浙古本《全集》录自沈季友《槜李诗系》卷四十。《辑考编年》录自天启《海盐图经》卷三，题作《资圣寺登杏花楼》。资圣寺：在海盐县。天启《海盐图经》卷三："资圣寺，永乐《志》云，在县治西五十步。东晋右将军戴威宅。"天启《图经》于此诗云："王阳明幼从海日公授徒资圣寺，寺有杏花楼。"

《辑考编年》认为乃是成化十五年作，时王阳明八岁，其父海日公王华到海盐、德清一带授徒。

笺注

（1）素质：白色的质地。唐杜甫《白丝行》："已悲素质随时染，裂下鸣机色相射。" 苦李：南朝宋刘义庆《世说新语·雅量》："王戎七岁，尝与诸小儿游，看道边李树多子折枝，诸儿竞走取之，唯戎不动。人问之，答曰：'树在道边而多子，此必苦李。'取之信然。"

（2）午桥：即午桥庄。在洛阳。唐宰相裴度的别墅名。唐刘禹锡《洛中春末送杜录事赴蕲州》："君过午桥回首望，洛城犹自有残春。" 灞桥：本作霸桥。据《三辅黄图·桥》：霸桥在长安东，跨水作桥，汉人送客至此桥，折柳赠别。

题辞

缅想先生每心折[(1)]，论其文章并气节。群芳有萎君不朽，削尽铅华无销歇[(2)]。

考释

浙古本《全集》录自民国刊《四明丛书》本明乌斯道《春草斋集》卷十二《附录》。

笺注

（1）先生：当指乌斯道。乌斯道，明初人。字继善，号荥阳外史，浙江慈溪人。见《明史·文苑传》。

（2）削尽铅华：义同“洗尽铅华”。指从低俗中脱离出来。铅华，指用铅粉等物梳妆打扮。

扇面诗

秋山日摇落，秋水急波澜。独有鱼龙气，长令烟水寒。谁穷造化力，空向两崖看。山叶傍崖赤，千峰秋色多。夜泉发清响，寒渚生微波。稍见沙上月，归人争渡河。寂寞对伊水，经行长未还。东流自朝暮，千载空云山。唯见白鸥鸟，无心渊渚间。松路向青寺，花龛归老僧。闲云低锡杖，落日低金绳。入夜翠微里，千峰明一灯。谁识往来意，孤云长自闲。风寒未渡水，落日更看山。木落众山出，龙宫苍翠间。

王守仁

考释

浙古本《全集》录自拍卖市场的手迹，有角茶轩藏印、“张则之”印、“守仁题识”印。

此诗乃唐代刘长卿《龙门八咏》中的五首古诗，每首六句，分别为《阙口》《水东渡》《福公塔》《远公龛》《下山》，载《全唐诗》卷一四七。又，名、号“守仁”者非王阳明一人。浙古本《全集》误收。

题画诗[一]

绿树阴阴复野亭，绿波漾漾没沙汀。短藜记得寻幽处，一路莺声酒半醒。

校勘

[一] 题画诗：《辑考编年》题作"山水画自题诗"。

考释

浙古本《全集》录自手迹。《辑考编年》也录自拍卖品的手迹，诗题作《山水画自题诗》。《辑考编年》推测为正德元年所作。

此诗实为明刘泰所作。后束景南、查明昊《王阳明全集补编》也断为"存伪"。

无题诗(一)

江上月明看不彻，山窗夜半只须开。万松深处无人到，千里空中有鹤来。受此幽期真结托(1)，怜予游迹尚风埃(2)。年来病马秋尤瘦(3)，不向黄金高筑台(4)。

考释

浙古本《全集》录自日本九州大学文学部藏四卷本《阳明先生文录》卷第四。周彦文所编《九州大学文学部书库汉籍目录》著录，认为是"嘉靖九年刊"。

钱明曰："原载日本九州大学文学部藏四卷本《阳明先生文录》卷第四。该《文录》无序跋，成书年代及编者情况皆不明。"经其考察，以为"《文录》系岑庄等人所编，为《阳明文录》之别本，成书时间估计略晚于钱氏姑苏本(嘉靖十五年刊)，故有若干篇散佚诗文存在。……该诗篇名系编者所加。……(日本学者)水野实、永富青地据末尾两句诗推测，此诗应作于嘉靖元年以后。据以为是。”

《辑考编年》此诗作“无题”，乃据钱明所收著录，认为此诗作于“弘治十六年秋在钱塘养病之时”。

笺注

（1）幽期：隐逸之期约。《文选》谢灵运《富春渚》：“平生协幽期，沦踬困微弱。”唐吕延济《注》：“往时已有幽隐之期，但以沉顿，困于微弱，常不能就。” 结托：结交依托。晋陶潜《神释》：“结托善恶同，安得不相语。”

（2）风埃：仕宦。宋陆游《泛富春江》：“官路已悲捐岁月，客衣仍悔犯风埃。”

（3）病马：王阳明自称。臣子对君王有自称“犬马”者。魏曹植《上责躬应诏诗表》：“踊跃之怀，瞻望反侧，不胜犬马恋主之情。”王阳明生病，《年谱》弘治十五年八月，“遂告病归越”。又嘉靖元年，在越，“先生卧病”，“再疏辞封爵”。

（4）黄金台：古台名。相传战国燕昭王筑，置千金于台上，延请天下贤士，故名。

无题诗(二)

铜鼓金川自古多[(1)]，也当军乐也当锅。偶承瀑布疑兵阵，吓倒蛮兵退太阿[(2)]。

考释

浙古本《全集》录自袁枚《随园诗话补遗》卷四。

束景南、查明昊《全集补编》认为此诗“实出《批本随园诗话》中后人批语”，列为“存伪”之作。

考此诗有“吓倒蛮兵退太阿”句，或指避免刀锋之灾。或在嘉靖六年平定思、田时作。

笺注

（1）铜鼓：指战时所用之鼓。　金川：水名。大渡河的上游，在四川省西北。此殆泛指西南地区。

（2）蛮兵：指当时西南诸少数民族之士兵。　太阿：古宝剑名。相传为春秋时欧冶子、干将所铸。此或代指刀兵。

无题诗(三)

鞹龙节虎往昆仑[一]，揾别无机孰共沦[二]。袖里青萍三人剑[三]，夜深长啸幽天根。天根顶上即昆仑，水满华池石鼎温。一卷《黄庭》真诀秘，不教红液走旁刁[四]。杖挂《真形五岳图》(1)，德共心迹似冰壶[五]。春来只贯余杭湿，不问蓬莱水满无。

阳明王守仁临书[六]。

校勘

[一] 鞹：浙古本《全集》作“报”，兹从《辑考编年》。

[二] 别无：《辑考编年》作“剖元”。

[三] 人：《辑考编年》作“尺”。

[四] 刁：《辑考编年》作“寸”。

[五] 冰：浙古本《全集》作“水”，兹从《辑考编年》。

[六] 阳明王守仁临书：浙古本《全集》无，兹从《辑考编年》。

考释

浙古本《全集》录自拍卖公司公布的手迹。《辑考编年》作“无题道书”，认为或是弘治十五年八月上疏告病归越,次年在阳明洞中习道时所作。

诗意不详。《辑考编年》认为乃“道教内丹导引修炼诗”。

秦蓁《释守仁不是王守仁》认为:“此篇七言十二句,其实是七绝三首,为清代道光时马星翼《东泉诗话》卷八所记滕县吕仙阁内所谓李太白《乩仙七绝》诗九首之末三首。原件作行草书,《佚文》直接抄录拍卖行所作之录文,错字甚多,此不具论。手书中‘玄机’作‘元机’,已避清讳;且书法庸弱,作伪技法低劣,一望即辨非阳明真笔。”

此诗当非王阳明之作。

笺注

(1)《真形五岳图》:即《五岳真形图》,道家符篆。

云岩

岩高极云表,溪环疑磐折[(1)]。壁立香炉峰[(2)],正对黄金阙[(3)]。钟响天门开,笛吹岩石裂。掀髯发长啸,满空飞玉屑[(4)]。

考释

浙古本《全集》录自万历刻本明鲁点编《齐云山志》卷四。《辑考编年》出处同,并认为云岩指齐云山,在安徽休宁县城西三十里,引《齐云山志》卷一:“齐云山,高五百余仞许。……偃仰障撑碧落,因以齐云名焉。”

《齐云山志》卷一谓王阳明“正德间游云岩,左司马汪南明公《文昌阁记》特表章之”,《辑考编年》以为王阳明正德间不可能游齐云山,当是弘治十四五年间往直隶、淮安审囚时作。其说当可再考。弘治八、九年,王阳明在滁州,在南京时,也有可能赴休宁。其所作时间待再考。

笺注

（1）罄折：同“磬折”。泛指人身、物体或自然形态曲折如磬折。《周礼·考古记·韗人》：“为皋鼓，长寻有四尺，鼓四尺，倨句，磬折。”郑玄注：“磬折，中曲之，不参正也。”

（2）香炉峰：指齐云山香炉峰，此峰在山峰独立挺拔，形似香炉，故名。

（3）黄金阙：《史记·封禅书》：“此三神山者，其传在勃海中，去人不远；患且至，则船风引而去。盖尝有至者，诸仙人及不死之药皆在焉。其物禽兽尽白，而黄金银为宫阙。”相传仙人所居之宫阙，是用黄金筑成的。后遂用为神仙处所之典。此指齐云山月华街上的太素宫。

（4）玉屑：谈霏玉屑。谈话时美好的言辞像玉的碎末纷纷洒落一样。形容言谈美妙，滔滔不绝。宋欧阳澈《显道辞中以诗示教因和韵复之》：“谈霏玉屑惊人听，歌和阳春满坐谣。”此当转用来形容长啸，以应和前句之“钟响”“笛吹”。

游焦山次邃庵韵

长江二月春水生，坐没洲渚浮太清[1]。势挟惊风振孤石，气喷浊浪摇空城。海门青占楚山小[2]，天末翠飘吴树平[3]。不用凌飙蹑圆峤[4]，眼前鱼鸟尽同盟[5]。

考释

浙古本《全集》录自明霍镇方《京口三山志选补》卷六。《辑考编年》录自明张莱《京口三山志》卷六。

《京口三山志》在王阳明诗下有杨一清诗：“洞口孤云面面生，百年生世坐来清。一般月色金山寺，十里烟光铁瓮城。江阁雨余秋水润，海门风定暮湖平。青山潦倒虚名在，耻向沙鸥问旧盟。"《辑考编年》认为守仁乃和此诗而作。杨一清以右御史致仕，再游焦山在正德五年。《京口三山志》成于正德七年。而据钱德洪《年谱》王阳明正德六年正月，调吏部验封清吏司主事。北上经过镇江焦山。故断定此诗作于正德六年二月。此说可再考。因为王阳明正德六年调任吏部，正值杨一清出任吏部尚书之际。已见前引《明通鉴》。可参见拙著《王阳明传》(上海古籍出版社，2021 年)第十七章第四节。

笺注

(1) 太清：天空。《鹖冠子·度万》："唯圣人能正其音，调其声，故其德上及太清，下及太宁，中及万灵。"宋陆佃《注》："太清，天也。"

(2) 海门：通海之门户。

(3) 天末：天际。

(4) 凌飙：驾着狂风。唐韩愈《鸣雁》："违忧怀息性匪他，凌风一举君谓何。" 圆峤：传说中的仙山。唐顾况《送从兄使新罗》："几路通圆峤，何山是沃焦?"唐陆龟蒙《四明山诗·石窗》："山应列圆峤，宫便接方诸。"

(5) 宋刘克庄《水龙吟》："与柴桑樵牧，斜川鱼鸟，同盟后、归于好。"

雨中登焦山有感

扁舟乘雨渡春山，坐见晴沙涨几湾[(1)]。高宇堕江撑独砫[(2)]，长流入海扼重关。北来宫阙参差见，东望蓬瀛缥缈间[(3)]。奔逐终年何所就，端居翻觉愧僧问[(4)]。

考释

浙古本《全编》录自明霍镇方《京口三山志选补》卷六。《辑考编年》录自明张莱《京口三山志》卷六，认为此诗、前一首和另一首《焦山》"倚云东望晓溟溟"并为同时之作。

笺注

(1) 晴沙：阳光下的沙滩。唐杜甫《曲江陪郑南史饮》："雀啄江头黄花柳，鸂鶒鸂鶒满晴沙。"

(2) 独砫：孤立的石柱。

(3) 蓬瀛：指蓬莱、瀛洲。传说中的仙岛。

(4) 端居：平常居处。唐孟浩然《临洞庭赠张丞相》："欲济无舟楫，端居耻圣明。"

送启生还丹徒

乃知骨肉间，响应枹鼓然[1]。我里周处士，伏枕逾半年。靡神罔不祷，靡医罔不延。巫觋与药饵，抱石投深渊。懿哉膝下儿，两丱甫垂肩。惶惶忧见色，迫切如熬煎。袖中刲臂肉，杂糜进床前。一餐未及已，顿觉沉疴痊。乃知至孝德，诚能格苍天。我闻古烈士，长征负戈铤。苦战救国难，有躯甘弃捐。守臣御社稷，一旦离迍邅[2]。白刃加于首，丹心金石坚。忠孝本一致，操守无颇偏。但知国与父，宁复身求全。因嗟闾阎间，孩提累百千。大儿捉迷藏，小儿舞翩跹[3]。狎恩复恃爱[4]，那恤义礼愆。所以周氏子，举邑称孝贤。我知周氏门，福庆流绵绵。作诗警薄俗，冀以荐永传。

考释

浙古本《全集》录自明陈仁锡编《京口三山志选补》卷十七。

按:《京口三山志选补》之作者,浙古本《全集》前一首《雨中登焦山有感》后注云"霍镇方",此又云"陈仁锡编",浙古本《全集》当统一。殆该书署名为"霍镇方"撰,而主其事者,陈仁锡也。

笺注

(1) 枹鼓:鼓槌和鼓。《汉书·李寻传》:"顺之以善政,则和气可立致,犹枹鼓之相应也。"此喻兄弟关系。

(2) 迍邅:困顿,不顺利。唐裴铏《传奇·孙恪》:"某一生邅迍,久处冻馁。"

(3) 翩跹:形容飞舞或行动轻快的样子。

(4) 狎恩:犹恩狎。宠爱亲热。《后汉书·宦者传论》:"顾访无猜惮之心,恩狎有可悦之色。"

题雁衔芦图

西风一夜楚云秋,千里归来忆壮游。羽翼平沙应养健(1),知君不为稻粮谋(2)。

考释

浙古本《全集》录自清雍正年刊《归善县志》卷十七。衔芦:口含芦草。雁用以自卫的一种本能。晋崔豹《古今注·鸟兽》:"雁自河北渡江南,瘠瘦能高飞,不畏矰缴。江南沃饶,每至还河北,体肥不能高飞,恐为虞人所获,尝衔芦长数寸,以防矰缴焉。"唐陆希声《鸿盘》:"如今天路多矰缴,纵使衔芦去也难。"

笺注

（1）平沙：广阔的沙原。南朝梁何逊《慈姥矶》："野雁平沙合，连山远雾浮。"唐张仲素《塞下曲》："朔雪飘飘开雁门，平沙历乱转蓬根。"

（2）稻粮谋：指谋求衣食。唐杜甫《同诸公登慈恩寺塔》："君看随阳雁，各有稻粱谋。"

仰高亭

楼船一别是何年，斜日孤亭思渺然。秋兴绝怜红树晚，闲心并在白鸥前。林僧定久能知客，巢鹤多年亦解禅。莫向病夫询出处，梦魂长绕碧溪烟。

考释

浙古本《全集》录自清徐崧、张大纯辑《百城烟水》卷四"吴江"。《辑考编年》云又见钱穀《吴都文粹续集》卷三十四。仰高亭：在吴江县。《百城烟水》卷四："仰高亭：宋开禧中，知县罗勋作亭奉之，额以'仰高'。"

《辑考编年》认为诗"弘治十五年八月阳明告病归越途经苏州时作"。

崇玄道院

逆旅崇玄几度来[1]，主人闻客放舟回。小山花木添新景，古壁诗篇拂旧埃。老去须眉能雪白，春还消息待梅开。松堂一宿殊匆遽，拟傍鸳湖筑钓台[2]。

考释

浙古本《全集》录自明正德七年刻本《嘉兴志补》卷九。《辑考编年》所出同。崇玄道院：在嘉兴县。光绪《嘉兴府志》卷十八："崇玄道院，在县东一里。"

《辑考编年》据《嘉兴志补》刊于正德七年，又据王阳明行迹，推断此诗作于正德六年正月。

笺注

（1）逆旅：客舍。《左传·僖公二年》："今虢为不道，保于逆旅。"晋杜预《注》："逆旅，客舍也。"

（2）鸳湖：指今嘉兴南湖。此湖名多有变化。明代也称鸳鸯湖。明末清初吴梅村《鸳湖曲》，有"鸳鸯湖畔草粘天，二月春深好放船。柳叶乱飘千尺雨，桃花斜带一溪烟"句。

望夫石二首

考释

浙古本《全集》录自清乾隆刻本《广德州志》卷三十。明李贤等奉敕撰《明一统志》卷十七"安徽宣城广德"："石妇山在州东南五十里，峰突起，一石高二丈许，如妇人，藤萝萦绕如衣，独露其面。旧传谢氏女介洁有守，登山化为石，藤萝薜荔萦绕其上，如衣被之状，独露其面，樵者不敢采。"

此二诗非王阳明之作。第一首，卢象升《忠肃集》卷一《望夫石》："咸阳古道有望夫山、望夫石，前人题云。"下列此诗。当为前人之作。或云"唐无名氏"，待考。第二首乃唐代胡曾所作《咏史诗》之《望夫山》，见《全唐诗》卷六四七卷。

（一）

山头怪石古人妻，翘首巍巍望陇西。云鬓不梳新样髻，月钩懒画旧时眉。衣衫岁久成苔藓，脂粉年深化土泥。两眼视夫别去后，一番雨过一番啼。

（二）

一上青山便化身，不知何代怨离人。古来节妇皆销朽，尔独亭亭千古新。

屋舟为京口钱宗玉作

小屋新开傍岛屿，沉浮聊与渔舟同。有时沙鸥飞席上，深夜海月来浙中。醉梦春湖石屏冷，棹歌碧水秋江空。人生何地不疏放[(1)]，岂必市隐如壶公[(2)]。

阳明王守仁次。

考释

浙古本《全集》录自清陆心源《穰梨馆过眼录续录》卷七《屋舟题咏卷》。

钱宗玉当即钱组，号屋舟，润州人，有《屋舟诗》。靳贵《戒庵文集》卷九有《屋舟诗序》，云："予姻友致仕医学正科钱君宗玉，买大桴而屋其上，乃以'屋舟'自号。一日，问之曰：'君所谓屋舟云者，其效欧阳公舫斋而爲之，亦别有取义也？'君笑曰：'吾意岂是哉！欧公文人也，榜于斋以为坐迟卧游之所，以异夫江山之助；予之道医也,非欧公比!'"

笺注

(1)疏放:不受拘束。唐杜甫《狂夫》:"欲填沟壑唯疏放,自笑狂夫老更狂。"

(2)市隐:隐居于市。《晋书·邓粲传》:"夫隐之为道,朝亦可隐,市亦可隐。隐初在我,不在于物。" 壶公:北魏郦道元《水经注·汝水》:"昔费长房为市吏,见王壶公悬壶于市,长房从之,因而自远,同入此壶,隐沦仙路。"唐王悬河《三洞珠囊》:"壶公谢元,历阳人。卖药于市,不二价,治病皆愈。"

万松窝

隐君何所有,云是万松窝。一径清阴合[一](1),三冬翠色多(2)。喜无车马迹(3),时见鹿麋过[二]。千古陶弘景,高风满湘阿[三]。

校勘

[一]阴:《辑考编年》作"影"。

[二]时见:《辑考编年》作"射兔"。 鹿麋:《辑考编年》作"麑鹿"。

[三]湘:《辑考编年》作"浙"。似当作"浙"。

考释

浙古本《全集》录自清道光八年刊《东阳县志》卷二十六。《辑考编年》出处同,云"万松洞为陶弘景在东阳隐居之地,东阳西岘门外水竹坞有万松湾。《道光婺志粹》称,王阳明父王华微时在东阳任塾师,有《小桃源》诗诸作",并推断此诗为弘治二年所作。

笺注

(1)清阴:清凉的树荫。晋陶潜《归鸟诗》:"顾俦相鸣,景庇清阴。"

（2）三冬：冬季三月，即冬季。唐杨炯《李舍人山亭诗序》：“三冬事隙，五日归休。”

（3）车马迹：晋陶渊明《饮酒》：“结庐在人境，而无车马喧。”此下乃以陶弘景比陶渊明。陶弘景：字通明，丹阳秣陵（今江苏南京）人。南朝齐、梁时道教学者、炼丹家、医药学家。齐高帝时，为诸王侍读。梁时隐于句曲山，自号华阳隐居；武帝时，礼聘不出，然朝廷大事，无不咨询，时称“山中宰相”；卒赠大中大夫，谥贞白先生。

玉山斗门

胼胝深感昔人劳[1]，百尺洪梁压巨鳌[2]。潮应三江天堑逼[3]，山分两岸海门高。溅空飞雪和天白，激石冲雷动地号。圣代不忧陵谷变[4]，坤维千古护江皋[5]。

考释

浙古本《全集》录自明万历年刊《会稽县志》卷八。玉山斗门：当即玉山闸。在绍兴斗门镇。《嘉泰会稽志》卷四曰：“玉山闸在（山阴）县北一十八里。唐正元（应作贞元，殆避宋讳改）元年观察使皇甫政始置斗门，泄水入江。后置闸。”《康熙会稽县志》卷十二载：“玉山斗门在府城北三十里。唐浙东观察使皇甫政凿，曾南丰所谓朱储斗门是也。门凡八，共三门隶会稽。”

笺注

（1）胼胝：手掌脚底因劳动摩擦而生的茧子。《荀子・子道》：“夙兴夜寐，耕耘树艺，手足胼胝，以养其亲。”

（2）百尺洪梁：此指闸门。

（3）三江：或指钱塘江、曹娥江、钱清江。

（4）陵谷变：陵谷变迁。《诗经·小雅·十月之交》："高岸为谷，深谷为陵。"

（5）坤维：即地维。维系大地的绳子。《淮南子·天文训》："昔者共工与颛顼争为帝，怒而触不周之山，天柱折，地维绝。"则喻玉山闸。

与诸门人夜话二首

考释

浙古本《全集》录自台北"故宫"博物院编《秘殿珠林石渠宝笈三编》的《延春阁藏元明书翰》。《辑考编年》所出同，认为二诗当并作一首，题作《与诸门人夜话》。

诗后有马孟河题诗："昔有笼鹅客，今当问字人。出词天地合，说法鬼神惊。礼乐宗三代，簪缨重万钧。吾儒全属望，斯道迈群论"，并署"题王夫子卷后，史氏马孟河"，《辑考编年》据此认为此诗当作于正德七年中。

考此诗前后所言内容不同，当为二首。又，第二首中有"砚洗元云注一湾"句，"元"殆避康熙"玄"字讳。

其一

翰苑争夸仙吏班[1]，更兼年少出尘寰。敷珍摛藻依天仗[2]，载笔抽毫近圣颜[3]。大块文章宗哲匠[4]，中原人物仰高山[5]。谭经无事收衙蚤[6]，得句尝吟对酒间。

笺注

（1）翰苑：翰林院的别称。《宋史·萧服传》："文辞劲丽，宜居翰苑。" 仙吏班：殆指阳明诸门生少年科举登第，入翰林者。

（2）敷珍：《礼记·儒行》："儒有席上之珍以待聘。"汉郑玄《注》："席犹铺陈也。铺陈往古尧舜之善道以待见问也。"喻铺陈善道或精义。　摛藻：铺陈文辞。《汉书·叙传上》："虽驰辩如涛波，摛藻如春华，犹无益于殿最。"　天仗：天子的仪卫。借指天子。唐沈佺期《白莲花亭侍宴应制》："九日陪天仗，三秋幸禁林。"

（3）载笔：携带文具以记录王事。《礼记·曲礼上》："史载笔，士载言。"汉郑玄《注》："笔，谓书具之属。"唐孔颖达《疏》："史，谓国史，书录王事者。王若举动，史必书之；王若行往，则史载书具而从之也。"　抽毫：此指写作。唐吴融《壬戌岁阌乡卜居》："六载抽毫侍禁闱，不堪多病决然归。"

（4）大块文章：原指大自然锦绣般美景。后指内容丰富的长篇文章。唐李白《春夜宴从弟桃李园序》："况阳春召我以烟景，大块假我以文章。"　哲匠：有高超才艺之文人等。《文选》殷仲文《南州桓公九井作》："哲匠感萧晨，肃此尘外轸。"唐李周翰《注》："哲，智也；匠，谓善宰万物者。谓桓玄也。"

（5）仰高山：《诗经·小雅·车辖》："高山仰止，景行行止。"比喻对高尚的品德的仰慕。

（6）谭经：谈论经典。　蚤：犹早。

其二

羽书皦雪迎双鹤[1]，砚洗元云注一湾[2]。诸生北面能传业[3]，吾道东来可化顽[4]。久识金瓯藏姓字[5]，暂违玉署寄贤关[6]。通家自愧非文举[7]，浪许登龙任往还[8]。

与诸门人夜话，阳明山人王守仁。

笺注

（1）羽书：古代紧急军事文书。 皦雪：白雪。宋胡铨《代来牟谢表》："鬖鬖黄发，老风雪之凋残；皦皦素心，抱冰霜之洁白。" 双鹤：不详。

（2）宋苏轼《和范子功月石砚屏》："紫潭出玄云，翳我潭中星。"宋王十朋《集注》引赵次公曰："紫潭言砚，玄云言墨也。"元云，犹玄云。殆避讳改，指洗砚的墨水如黑云状。

（3）北面：古代尊长见卑幼，都是面南而坐，故以"北面"指拜人为师。

（4）吾道东来：《后汉书·郑玄传》："乃西入关，因涿郡卢植，事扶风马融……问毕辞归，融喟然谓门人曰：'郑生今去，吾道东矣！'"扶风在西。郑玄高密人，在东。谓其学将传于关东。后因称自己的学术或主张得人继承和推广为"吾道东"。

（5）金瓯藏姓字：金瓯覆字。指皇帝任相。典出唐李德裕《次柳氏旧闻》："玄宗善八分书，将命相，先以御体书其姓名，置案上。会太子入视，上举金瓯覆其名，以告之曰：'宰相名，汝庸能知之乎？'"此殆指诸人已纳入朝廷的选拔范围。

（6）玉署：翰林院别称。唐吴融《闻李翰林游池上有寄》："花飞絮落水和流，玉署词臣奉诏游。" 贤关：太学。《汉书·董仲舒传》："太学者，贤士之所关也，教化之本原也。"唐颜师古《注》："关，由也。"

（7）南朝宋刘义庆《世说新语·言语》："孔文举，融也。年十岁，随父到洛。时李元礼有盛名，为司隶校尉。诣门者皆为隽才清称及中表亲戚为通。文举至门，谓吏曰：'我是李府君亲。'既通，前坐。元礼问曰：'君与仆有何亲？'对曰：'昔先君仲尼与君先人伯阳，有师资之尊，是仆与君奕世为通好也。'元礼及宾客莫不奇之。"通家，犹世交。文举，汉代孔融字。

（8）浪许：随意答应。 登龙：《后汉书·党锢传·李膺传》："是时朝庭日乱，纲纪颓阤，膺独持风裁，以声名自高。士有被其容接者，名为登龙门。"后以登龙门比喻考试及第或由微贱变为显贵。

临水幽居

秋日淡云影，松风生昼阴。幽入□絜想(1)，宁在书与琴。

考释

浙古本《全集》录自清梁章钜《退庵金石书画跋》卷十五。

笺注

(1)絜想：同“系思”，维系思念。

题倪云林春江烟雾[一]

烟渚绕日候(1)，高林清啸余(2)。轻舟来何处，幽人遗素书(3)。笋脯煮菰米(4)，松醪荐菊俎(5)。子有林壑趣(6)，天地一迂疏(7)。

阳明王守仁识。

校勘

[一]题倪云林春江烟雾：《辑考编年》题末有“图”字。

考释

浙古本《全集》录自清张大镛《自怡悦斋书画录》卷一。《辑考编年》出处同。

《自怡悦斋书画录》所载，除王阳明此诗外，前有九龙山人王绂题诗，后有文徵明题诗，云“戊申九日题于停云馆中”。《辑考编年》推测此诗作于正德十四年。

秦蓁《释守仁不是王守仁》曰："此实为倪瓒诗，见《清閟阁全集》卷三，题作《寄张景昭》，文字稍有异同。阳明题云林诗于云林画上，而未有一言以说明，于理不合，此画之真伪恐亦有疑，原画今不知所在，无从深考。"

倪云林：倪瓒(1301—1374)，元末明初画家、诗人。初名珽，字泰宇，后字元镇，号云林子、荆蛮民、幻霞子等。江苏无锡人。家富，博学好古，四方名士常至其门。元顺帝至正初忽散尽家财，浪迹太湖一带。擅画山水、墨竹，师法董源，受赵孟頫影响。《明史》有传。

笺注

(1) 烟渚：雾气笼罩的洲渚。唐孟浩然《宿建德江》："移舟泊烟渚，日暮客愁新。"

(2) 清啸：清越悠长的啸叫。《晋书·刘琨传》："琨乃乘月登楼清啸。"

(3) 幽人：幽隐之人；隐士。　素书：书信。古人以白绢作书，故以称。汉蔡邕《饮马长城窟行》："呼儿烹鲤鱼，中有尺素书。"

(4) 笋脯：嫩笋煮熟晾晒而成之食物。元虞集《奉别阿鲁灰东泉学士游瓯越》："笋脯尝红稻，莼羹斫白鱼。"　菰米：菰之实。一名雕胡米。唐杜甫《秋兴》之七："波漂菰米沉云黑，露冷莲房坠粉红。"

(5) 松醪：用松花酿制的酒。宋苏轼《中山松醪赋》："烂文章之纠缠，惊节解而流膏。……收薄用于桑榆，制中山之松醪。"　菊俎：疑指有菊花装饰的器具。

(6) 林壑趣：谓归隐的意趣。

(7) 迂疏：倪瓒自号迂翁，人称倪迂。

行书立轴

红叶满林春正暮[一]，隔堤遥见片帆归。

阳明守仁

校勘

［一］春正暮：浙古本《全集》作“无正义”，误录。据行书立主轴照片改。

考释

浙古本《全集》录自拍卖市场。

答友人诗残句

尽把毁誉供一笑，由来饥饱更谁知。

考释

浙古本《全集》录自《邹东郭文集》卷六。

石屋山诗残句

游仙船古苍苔合，伏虎岩深绿草封。

石溪寺诗残句

杖锡飞身到赤霞，石桥闲坐演三车。

考释

上两段残句，浙古本《全集》录自《江西通志》卷九。

按，此两句乃前《石溪寺》一诗前两句。

送行时雨赋[一]

二泉先生以地官正郎擢按察副使，提学江西，于时京师方旱，民忧禾黍。先生将行，祖帐而雨(1)。士气苏息，送者皆喜。乐山子举觞而言曰(2)："先生亦知时雨之功乎？群机默动(3)，百花潜融，摧枯僵槁，苐蔚蒙茸(4)。惟草木之日茂，夫焉识其所从？"先生曰："何如？"乐山子曰："升降闭塞，品汇是出(5)。厎羸蹇涩(6)，痿痺扞格(7)，地脉焦焉(8)。罔滋土膏，竭而靡泽。勾者矛者，荚者甲者，茎者萌者，颊者鬣者，陈者期新，屈者期伸。而乃火云嵂屼[二](9)，汤泉沸腾。山灵铄石(10)，沟浍扬尘(11)。田形赭色(12)，涂坼龟文(13)。苗而不秀(14)，槁焉欲焚(15)。于是乎丰隆起而效驾(16)，屏翳辅而推轮(17)。雷伯涣汗而颁号(18)，飞廉行辟而戒申(19)。川英英而吐气(20)，山油油而出云(21)。天昏昏而改色，日霏霏而就曛(22)。风翛翛于萍末(23)，雷殷殷于江渍(24)。初沾濡之脉脉(25)，渐飘洒之纷纷。始霡霂之无迹(26)，终滂沱而有闻。方奋迅而直下(27)，倏横斜以旁巡。徐一一而点注，随浑浑而更新。乍零零而断续(28)，忽冥冥而骤并(29)。将悠悠而远去(30)，复森森而杂陈(31)。当是时也，如渴而饮，如饮而醺(32)。德泽渐于兰蕙(33)，宠渥被于藻芹(34)。光辉发于桃李，滋润洽于松筠(35)。深恩萃于禾黍，余波及于蒿蒉。若醉醒而梦觉，起精矫于邅迍(36)；犹阙里之多士(37)，沾圣化而皆仁。济济翼翼(38)，侃侃訚訚(39)。乐箪瓢于陋巷(40)，咏浴沂于暮春者矣(41)。今夫先生之于江西之士也，不亦其然哉？原礼则涵泳诸子[三](42)，灌注百氏，渟滀仁义(43)，郁蒸经史(44)。言用则应物而动(45)，与时操纵；神变化于晦明，状江河之汹涌。发为文词，雾滃霞摛[46]。赫其声光，雷电翕张[47]。仰之岳立，风云是出。即之川腾，旱暵攸凭[48]。偃风声于万里，望云霓于九天。叹尔来之奚后，怨何地之独先。则夫江西之士，岂必渐渍沐沃，澡涤沉潜，历以寒暑，积之岁年，固将得微涓而已颖发，[49]沾余澡滴而遂勃然。[50]咏菁莪之化育[51]，乐丰芑之生全[四][52]，扬惊澜于洙泗[53]，起暴涨于伊濂[54]。信斯雨之及时，将与先生比德而丽贤也夫。”

先生曰：“是何言之易也。昔孔子太和元气[55]，过化存神[56]，不言而喻。固有所谓时雨化之者矣，而予岂其人哉！且子知时雨之功，而曾未睹其患也。乃若大火西流[57]，东作于休[58]。农人相告，谓将有秋。须坚须实，以获以收。尔乃庭商鼓舞[59]，江鹤飞翔。重阴密雾，连月弥茫。凄风苦雨，朝夕淋浪。禾头生耳[60]，黍目就盲[61]。江河溢而泛滥，草木泄而衰黄。功垂成而复败，变丰稔为凶荒。汩泥涂以何救[62]，疽体足其曷防[63]？

空呼号于漏室[五]，徒咨怨于颓墙[64]。吁嗟乎，今之以为凶，非昔之以为功者耶？乌乎物理之迥绝[65]，而人情之顿异者耶？是知长以风雨，敛以霜雪。有阳必有阴[六]，无寒不热。化不自兴，及时而盛。教无定美，过时必病。故先王之爱民，必仁育而义正。吾诚不敢忘子时雨之规，且虑其过而为霪以生患也。”

于是乐山子俯谢不及，避席而起，再拜。尽觞以歌时雨，歌曰：“激湍兮深潭，和煦兮冱寒[66]。雨以润兮，过淫则残。惟先生兮，实如傅霖[67]。为云为霓兮，民望于今。吞吐奎壁兮[68]，分天之章[69]。

驾风骑气兮,挟龙以翔。沛江帝之泽兮(70),载自西方[七]。或雨或旸,一寒一暑。随物顺成兮,吾心何与?风雨霜雪兮,孰非时雨?"

刑部主事姚江王守仁书。

校勘

[一] 送行时雨赋:《辑考编年》作"时雨赋"。

[二] 輂:《辑考编年》作"崥"。

[三] 礼:《辑考编年》亦作"体"。当作"体",与下"用"相对。

[四] 乐:浙古本《全集》无,兹从《辑考编年》。

[五] 空呼号于漏室:浙古本《全集》"空"作上属,兹从《辑考编年》。

[六] 有阳必有阴:《辑考编年》作"有阴必阳"。

[七] 方:浙古本《全集》夺,兹从《辑考编年》。

考释

浙古本《全集》录自邵熷、吴道成《邵文庄公年谱》,云由杨正显提供。《辑考编年》出处同。

赋曰"二泉先生以地官正郎擢按察副使,提学江西"。二泉:邵宝,字二泉。《辑考编年》据邵熷、吴道成《邵文庄公年谱》:"弘治十三年四月四日,除江西按察司副使、提调学校。"认为作于"弘治十三年十月二十六日",乃是为邵宝送行所赋。

地官:《周礼》"六官"之一。《周礼·地官·序官》:"乃立地官司徒,使帅其属而掌邦教,以佐王安扰邦国。"后多指中央六部中的户部。正郎:指邵宝为户部郎中。按察使:明代官名。《明史·职官志四》:"按察使掌一省刑名按劾之事。"按明制,行政由布政使执掌,法律、监督由按察使执事,军队由督军指挥。提学使和按察使可兼任。然《明史·儒林传·邵宝传》:"弘治七年入为户部员外郎,历郎中,迁江西提学副使。"与《邵文庄公年谱》所云"按察司副使"不同。待考。

笺注

（1）祖帐：送人远行，在郊外路旁设帷帐饯别。唐杨炯《祭汾阴公文》：“垂穗帷与祖帐兮，罢歌台与舞阁。”

（2）乐山子：殆王阳明自称。所谓“仁者乐山，智者乐水”，“守仁”，故自称“乐山子”。

（3）群机：万物之生机。五代齐己《答知己自阙下寄书》：“群机喧白昼，陆海涨黄埃。”

（4）茀蔚：岪蔚。突出貌。《文选》王延寿《鲁灵光殿赋》：“下岪蔚以璀错，上崎嶬而重注。”李善注：“岪蔚，特起貌。”比喻草木繁盛。　蒙茸：蓬松；杂乱的样子。唐高适《营州歌》：“营州少年厌原野，狐裘蒙茸猎城下。”

（5）品汇：事物的品种类别。《晋书·孝友传序》：“分浑元而立体，道贯三灵；资品汇以顺名，功苞万象。”

（6）尫羸：瘦弱。瘦弱之人。晋葛洪《抱朴子·遐览》：“他弟子皆亲仆使之役，采薪耕田。唯余尫羸，不堪他劳。”　蹇涩：迟钝，行动不便。《宋高僧传·唐虢州阌乡阿足师传》：“后产男，既愚且蠢，手足拳挛，语言謇涩，唯嗜饮食，殆与平人有异。”“尫羸”“蹇涩”与下句之“痿痺”“扞格”喻草木因长时间无雨干旱而萎弱，生长艰难。

（7）痿痺：犹痿疲。疲弱不振。明李贽《四书评·孟子·尽心上》：“孟子之‘睟面’‘盎背’‘四体不言而喻’，方是‘践身’，他人都是疲癃残疾痿疲不仁之人。”　扞格：相互抵触。《礼记·学记》：“发然后禁，则扞格而不胜。”汉郑玄《注》：“扞，坚不可入之貌。”

（8）地脉：大地的脉络；地势。《史记·蒙恬列传》：“起临洮属之辽东，城堑万余里，此其中不能无绝地脉哉！此乃恬之罪也。”

（9）火云：夏秋季的红云。明刘基《过闽关》之九：“岭上高秋生火云，狂雷送雨忽纷纷。” 嵂屼：原指山峰耸立貌，此指火云丛盛茂。

(10) 山灵：山神。《文选・东都赋》：“山灵护野，属御方神。”唐李善《注》：“山灵，山神也。” 铄石：铄石流金。高温熔化金石。形容天气酷热。典出西汉刘安《淮南子・诠言训》：“大热铄石流金，火弗为益其烈。”

(11) 沟浍：田间水道。《孟子・离娄下》：“苟为无本，七八月之间雨集，沟浍皆盈；其涸也，可立而待也。”

(12) 赭色：长时间无雨干旱，使土色焦褐。

(13) 坼：裂开。 龟文：龟背所现的纹理。此指因旱而土地龟裂。

(14) 苗而不秀：《论语・子罕》：“子曰：‘苗而不秀者有矣夫！秀而不实者有矣夫！’”宋朱熹注曰：“谷之始生曰苗，吐华曰秀，成谷曰实。”

(15) 槁：干枯。

(16) 丰隆：《楚辞・九歌・云中君》汉王逸注：“云神，丰隆也，一曰屏翳。”

(17) 屏翳：云神。参前。

(18) 雷伯：指雷神。 涣汗：指帝王号令，如人之汗，一出不复收。《易・涣》：“九五，涣汗其大号。”《宋书・范泰传》：“是以明诏爰发，已成涣汗；学制既下，远近遵承。”

(19) 飞廉：风神。《汉书・扬雄传上》：“鸾皇腾而不属兮，岂独蜚廉与云师。”唐颜师古《注》引应劭曰：“蜚廉，风伯也。” 行辟：谓驱除行人使避开。《孟子・离娄下》：“君子平其政，行辟人可也。” 戒申：犹申戒，申明禁戒。

(20) 英英：舒缓流动状。

(21) 油油：油然，云盛貌。《孟子・梁惠王上》：“天油然作云，沛然下雨，则苗浡然兴矣。”宋朱熹注：“油然，云兴貌。”《文选》司马相如《封禅文》：“自我天覆，云之油油，甘露时雨，厥壤可游。”

(22) 霏霏：指云浓密盛多。《楚辞・九章・涉江》：“霰雪纷其无垠兮，云霏霏而承宇。” 曛：日落时的余光。

(23) 翛翛：象声词。唐岑参《范公丛竹歌》：“盛夏翛翛丛色寒，闲宵槭槭叶声干。” 苹末：犹青苹之末。战国宋玉《风赋》：“夫风生于地，起于青苹之末，浸淫溪谷，盛怒于土囊之口。”

(24) 殷殷：象声词。形容雷声。《文选》司马相如《长门赋》：“雷殷殷而响起兮，声象君之车音。”

(25) 沾濡：浸湿。汉司马相如《封禅文》：“怀生之类，沾濡浸润。” 脉脉：默默无声。唐孟郊《乙酉岁舍弟扶侍归兴义庄》：“僮仆强与言，相惧终脉脉。”

(26) 霢霂：小雨。《诗经・小雅・信南山》：“上天同云，雨雪雰雰。益之以霢霂。既优既渥，既霑既足，生我百谷。”

(27) 奋迅：《尔雅・释畜》“绝有力，奋”晋郭璞《注》：“诸物有气力多者，无不健自奋迅，故皆以名云。”此指大雨状。

(28) 零零：象声词。形容断续滴落的雨声。

(29) 冥冥：幽暗。

(30) 悠悠：从容自得状。唐王勃《滕王阁诗》：“闲云潭影日悠悠，物换星移几度秋。”

(31) 森森：幽暗可怖、寒气逼人的样子。

(32) 醺：《说文》：“醺，醉也。”

(33) 兰蕙：兰和蕙。皆香草。多喻贤者。《汉书・扬雄传上》：“排玉户而扬金铺兮，发兰蕙与穹穷。”

(34) 宠渥：恩宠厚爱。唐刘禹锡《谢男师损等官表》：“宠渥非常，授任不次。” 藻芹：芹藻。比喻贡士或才学之士。《诗经・鲁颂・泮水》：“思乐泮水，薄采其芹。……思乐泮水，薄采其藻。”宋苏辙《燕贡士》：“泮水生芹藻，干旄在俊城。”

(35) 松筠：松树和竹子。《礼记・礼器》：“其在人也，如竹箭之有筠也，如松柏之有心也。二者居天下之大端矣,故贯四时而不改柯易叶。”后因以“松筠”喻节操坚贞。

(36) 邅迍:本指困顿,不顺利。唐裴铏《传奇·孙恪》:“某一生邅迍,久处冻馁。”比喻植物因缺水而萎弱。

(37) 阙里:指孔子故里曲阜城内阙里街。《汉书·梅福传》:“今仲尼之庙,不出阙里。”唐颜师古《注》曰:“阙里,孔子旧里也。阙里即阙党。” 多士:众多的贤士。《尚书·多方》:“猷告尔有方多士,暨殷多士。”

(38) 济济:众多貌。《诗经·大雅·旱麓》:“瞻彼旱麓,榛楛济济。”《毛传》:“济济,众多也。” 翼翼:恭敬谨慎貌。《诗经·大雅·大明》:“惟此文王,小心翼翼。”汉郑玄《笺》:“小心翼翼,恭慎貌。”

(39) 侃侃、訚訚:《论语·先进》:“闵子骞侍侧,訚訚如也;子路行行如也;冉有、子路,侃侃如也。”梁皇侃疏曰:“訚訚,中正也。”“侃侃,和乐也。”

(40)《论语·雍也》:“一箪食,一瓢饮,在陋巷,人不堪其忧,回也不改其乐。”

(41)《论语·先进》:“莫春者,春服既成。……浴乎沂,风乎舞雩,咏而归。”已见前注。

(42) 涵泳:沉潜浸润。

(43) 渟滀:汇聚貌。宋陆游《风雨中望峡口诸山奇甚戏作短歌》:“不令气象少渟滀,常恨天地无全功。”

(44) 郁蒸:盛热、炎热。唐杜甫《赠特进汝阳王二十韵》:“花月穷游宴,炎天避郁蒸。”此喻熏陶。

(45) 言用:与前“原礼”相对。指儒家礼义之用。

(46) 雾滃:云雾四起。宋赵福元《沁园春·寿朱漕》:“正乾坤交泰,圣贤相遇,风生虎啸,雾滃龙兴。”此指文辞铺张。 摛:舒展铺陈状。

(47) 翕张:聚合开张。

(48) 旱暵：不雨干热。《周礼·舞师》："教皇舞帅而舞旱暵之事。" 攸凭：凭。攸，文言语助词，无义。《魏书·彭城王勰传》："淮南平，诏曰：'王戚尊上辅，德勋英二，孤心昧识，训保攸凭。'"

(49) 微涓、颖发：极小的水流；微小的禾芒。此喻微小的霖雨（教化）。

(50) 沾：沾濡。

(51) 菁莪：《诗经·小雅·菁菁者莪·序》："菁菁者莪，乐育材也。君子能长育人材，则天下喜乐之矣。"

(52) 丰芑：《诗经·大雅·文王有声》："丰水有芑，武王岂不仕；诒厥孙谋，以燕翼子。武王烝哉。"清陈奂《诗毛氏传疏》云："诒，遗也。上言谋，下言燕翼，上言孙，下言子，皆互文以就韵耳。言武王之谋遗子孙也。"

(53) 洙泗：洙水、泗水，指孔孟之学。

(54) 伊濂：伊水、濂溪。程颐、程颢兄弟二人讲学于伊河洛水之间，其学被称为"伊洛之学"。濂溪，指周敦颐。

(55) 太和元气：天地间冲和之气。《易·乾》："保合太和，乃利贞。"朱熹《本义》："太和，阴阳会合冲和之气也。"

(56) 过化存神：谓圣人所到之处，民被感化，永受其影响。《孟子·尽心上》："夫君子所过者化，所存者神。"

(57) 大火西流：大火即二十八星宿中的心宿，若其西落，则时序迈入秋季。宋司马光《八月五日夜省直》："大火已西落，温风犹袭人。"

(58) 东作：泛指耕种农事。《尚书·尧典》："寅宾出日，平秩东作。"《孔传》："岁起于东，而始就耕，谓之东作。"

(59) 庭商鼓舞：典出"商羊鼓舞"。《孔子家语·辨政篇》："齐有一足之鸟止于殿前，舒翅而跳。问孔子，孔子曰：此名商羊。昔童儿有屈一脚，振臂而跳，且谣曰：'天将大雨，商羊鼓舞。'今齐有之，将有水灾。"商羊：传说鸟名。商羊飞舞定有大雨。

(60) 禾头生耳：亦称“禾生耳”。谓庄稼遭雨后禾头长出卷曲如耳形的芽糵。古谚有所谓“秋雨甲子，禾头生耳”。唐杜甫《秋雨叹》诗之一：“禾头生耳黍穗黑，农夫田妇无消息。”宋司马光《和安之久雨》：“秋霖逢甲子，禾耳恐须生。”

(61) 黍目就盲：《说文》：“盲，目无牟子也。”又，“盲”当是“肓”之讹。黍目就肓谓眼睁睁看着禾黍因干旱而会颗粒无收。

(62) 汩：埋没。

(63) 疽：皮肉生疮。此指谷物泡水肿涨溃烂。

(64) 咨怨：怨恨嗟叹。《尚书·君牙》：“夏暑雨，小民惟曰怨咨。”

(65) 物理：此指事物的道理。《周书·明帝纪》：“天地有穷已，五常有推移，人安得常在，是以生而有死者，物理之必然。” 迥绝：犹迥别。明胡应麟《少室山房笔丛·经籍会通三》：“魏晋迭兴，盛衰迥绝；齐梁接踵，贮积悬殊。”

(66) 冱寒：极为寒冷。

(67) 傅霖：傅说霖。《尚书·说命上》：“高宗梦得说，使百工营求诸野，得诸傅岩……命之曰：‘朝夕纳诲，以辅台德。若金，用汝作砺；若济巨川，用汝作舟楫；若岁大旱，用汝作霖雨。’”后以傅说霖称久旱后的甘雨。

(68) 奎壁：二十八宿中奎宿与壁宿的并称。旧谓二宿主文运。

(69) 天章：泛指好文章。

(70) 江帝：典出湘江帝子，即湘水之神。五代韦庄《泛鄱阳湖》：“纷纷雨外灵均过，瑟瑟云中帝子归。”此泛指江神。

大伾山赋[一]

王子游于大伾山之麓(1)，二三子从焉。秋雨霁野，寒声在松。

经龙居之窈窕[2]，升佛岭之穹窿[3]。天高而景下，木落而山空，感鲁卫之故迹[4]，吊长河之遗踪[5]。倚清秋而远望，寄遐想于飞鸿。于是开觞云石[6]，洒酒危峰。高歌振于岩壑，余响递于悲风。二三子慨然太息曰："夫子之至于斯也，而仆右之乏，二三子走，偶获供焉。兹山之长存，固夫子之名无穷也。而若走者，袭荣枯于朝菌[7]，与蝼蛄而始终[8]。吁嗟乎！亦何怪于牛山、岘首之沾胸[9]。"王子曰："嘻！二三子尚未喻于向之所与尔叹而吊悲者乎？当鲁卫之会于兹也[二][10]，车马玉帛之繁，衣冠文物之盛，岂独百倍于吾侪之具于斯而已耶？而其囿于麋鹿[11]，宅于狐狸也[12]，即已不待今日而知矣。是故盛衰之必然尔。尚未睹夫长河之决龙门，下砥柱，以放于兹土乎？吞山吐壑，奔涛万里，固千古之泾渎也，而且平为禾黍之野，崇为邑井之虚。吁嗟乎！流者而有湮，峙者岂能无夷，则斯山之不荡为尘沙而化为烟雾者几稀矣！况吾与子，集露草而随风叶，曾木石之不可期，奈何忌其飘忽之质，而欲较久暂于锱铢者哉？吾姑与子达观于宇宙，可乎？"二三子曰："何如？"王子曰："山河之在天地也，不犹毛发之在吾躯乎？千载之于一元也[13]，不犹一日之在于须臾[三]乎[14]？然则久暂奚容于定执[15]，而小大为可以一隅也[四]？而吾与子固将齐千载于喘息，等山河于一芥[16]，遨游八极之表[17]，而往来造物之外[18]，彼人事之倏然，又乌足为吾人之芥蒂者乎[五][19]！"二三子喜，乃复饮。已而，夕阳入于西壁，童仆候于岩阿。忽有歌声自谷而出，曰："高山夷兮，深谷嵯峨。[20]将胼胝是师兮[21]，胡为乎蹉跎。悔可追兮，遑恤其他。"王子曰："夫歌者为吾也。”[六]盖急起而从之，其人已入于烟萝矣。

大明弘治己未重阳，余姚王守仁伯安赋并书。

校勘

[一]《辑考编年》作“游大伾山赋”。

[二]卫：原作“为”。据《辑考编年》改。

[三]《辑考编年》无“在”字。

[四]为：《辑考编年》作“未”。当作“末”。

[五]《辑考编年》无“者”字。

[六]《辑考编年》无“者”字。

考释

浙古本《全集》云：此赋刻于大伾山大石佛北崖下。明嘉靖三十九年，大伾山东山书院被改建为阳明书院，王阳明《大伾山诗》《赋》手迹，遂被复制后立于书院中(根据《鹤壁日报》陶宗晓《儒雅放逸——从大伾山诗石刻看王阳明及其书法》，《鹤壁日报》2004年1月30日)。钱明曰：“1934年，有人又将阳明画像摹刻于书院墙壁。”《辑考编年》云，录自《浚县金石录》卷下、正德《大名府志》卷二、《古今图书集成·方舆汇编·山川典》卷十二“大伾山”等。《浚县金石录》云：“刻于山房之壁，岁久渐剥。……宛而摹之，树石高明之堂。”《辑考编年》云：“阳明此赋刻于山壁，至今犹在。”又：“禹王庙内亦有此赋石刻。”

此赋和《大伾山诗》当相近之时作，都作于弘治十二年。前者落款“己未重阳”，后者落款“己未仲秋朔”可证。大伾山在河南鹤壁。浚县是王越故乡。《年谱》：“弘治十二年，是秋钦差督造威宁伯王越坟。”《明史·王阳明传》：“登弘治十二年进士。使治前威宁伯王越葬，还而朝议方急西北边，守仁条八事上之。”可见王阳明是因造王越墓而赴浚县。

笺注

（1）王子：此乃王阳明自称。

（2）龙居：殆指龙居洞。在该山东侧青石崖。现存有宋蔡京书《康显侯告碑》，记载有关该洞之事。

（3）佛岭：大伾山东面山腰有开凿于后赵石勒时期的弥勒佛像。石佛所在的山岭盖即佛岭。

（4）鲁卫：春秋时期的鲁国和卫国。

（5）长河之遗踪：该地乃汉代黎阳县境，附近有黄河故道。

（6）云石：高耸入云的大石。唐杨敬述《奉和圣制夏日游石淙山》："远近风泉俱合杂，高低云石共参差。"

（7）朝菌：某些朝生暮死的菌类植物。喻极短的生命。《庄子·逍遥游》："朝菌不知晦朔，蟪蛄不知春秋。"

（8）蝼蛄：犹"蟪蛄"。参笺注(7)。

（9）牛山：典出《晏子春秋·谏上十七》："景公游于牛山，北临其国城而流涕曰：'……若何滂滂去此而死乎？'"后以"牛山叹""牛山泪""牛山悲""牛山下涕"喻为人生短暂而悲叹。　岘首：山名，在湖北襄阳。典出《晋书·羊祜列传》："祜乐山水，每风景，必造岘山，置酒言咏，终日不倦。……祜所著文章及为老子传并行于世。襄阳百姓于岘山祜平生游憩之所建碑立庙，岁时飨祭焉。望其碑者莫不流涕，杜预因名为堕泪碑。"

（10）鲁卫之会：春秋时代鲁国和卫国的国君相会的记载不止一次。该地处鲁卫之间，此乃概称之。

（11）麋鹿：典出《史记·淮南衡山列传》："臣闻子胥谏吴王，吴王不用，乃曰：'臣今见麋鹿游姑苏之台也。'今臣亦见宫中生荆棘，露霑衣也。"后因以"麋鹿游"比喻繁华之地变为荒凉之所，暗示国家沦亡。

(12) 宅于狐狸：指宅中多狐狸，故指衰败。

(13) 一元：宋邵雍把世界从开始到消灭的一个周期叫做一元。一元有十二会，一会有三十运，一运有十二世，一世有三十年，故一元共有十二万九千六百年。见所著《皇极经世·观物篇一》。

(14) 须臾：片刻，短时间。《荀子·劝学》："吾尝终日而思矣，不如须臾之所学也。"此句"须臾"与一日似倒置。《僧祇律》曰："一日一夜有三十须臾。"

(15) 定执：固定之见。明叶盛《水东日记·会议迎复仪注》："老臣处事自有定执，而其量亦非后生可及也。"

(16) 一芥：一粒芥籽。形容量小。《淮南子·说山训》："君子之于善也，犹采薪者，见一芥掇之，见青葱则拔之。"

(17) 八极：指四面八方。已见前注。

(18) 造物：此指现实世界。

(19) 芥蒂：介意。宋罗大经《鹤林玉露》卷十三："今子赴官，但当充广德性，力行好事，前梦不足芥蒂。"

(20) 此两句典出《诗经·小雅·十月之交》："百川沸腾，山冢崒崩，高岸为谷，深谷为陵。"

(21) 胼胝：《尚书·禹贡》："东过洛汭，至于大伾。"《晋书·谢安传》："夏禹勤王，手足胼胝。"故世胼胝指大禹。

游齐山赋并序

齐山在池郡之南五里许。唐齐映尝刺池[1]，亟游其间，后人因以映姓名山。继之以杜牧之诗[2]，遂显名于海内。弘治壬戌正旦[(3)]，守仁以公事到池，登兹山以吊二贤之遗迹[(4)]，则既荒于草莽矣。感慨之余，因拂崖石而纪岁月云。

适公事之甫暇，乘案牍之余晖[(5)]。岁亦徂而更始[(6)]，巾予车其东归[(7)]。循池阳而延望，见齐山之崔嵬。寒阳惨而尚湿，结浮霭于山扉[(8)]。振长飙而舒啸[(9)]，蹇彩见于虹霓。千岩豁其开朗，扫群林之霏霏。羲和闯危巅而出候[一](10)，倒回景于苍矶[二](11)。蹑晴霞而直上[(12)]，陵华盖之葳蕤[(13)]。俯长江之无极，天风飒其飘衣[(14)]。穷岩洞之幽邃，坐孤亭于翠微。寻遗躅于烟莽，哀壑悄而泉悲。感昔人之安在，菊屡秋而春霏。鸟相呼而出谷，雁流声而北飞。叹人事之倏忽，晞草露于须斯。际遥瞩于云表，见九华之参差。忽黄鹤之孤举[(15)]，动陵阳之遐思[(16)]。顾泥途之溷浊[(17)]，困盐车于枥马[(18)]。苟长生之可期，吾视弃富贵如砾瓦。吾将旷八极以遨游，登九天而视下，餐朝露而饮沆瀣[(19)]，攀子明之逸驾[(20)]。岂尘网之误羁[(21)]，叹仙质之未化。

乱曰[(22)]：旷观宇宙，漠以广兮。仰瞻却顾，终焉仿兮。吾不能局促以自污兮[(23)]，复虑其谬以妄兮。已矣乎，君亲不可忘兮，吾安能长驾而独往兮。

校勘

［一］候：《辑考编年》"候"字下属。

［二］景：浙古本《全集》无。兹从《辑考编年》。

考释

浙古本《全集》云：原载乾隆《池州府志》(《中国地方志集成·安徽府县志》辑

59，江苏古籍出版社1998年版）、光绪《贵池县志》（《中国地方志集成·安徽府县志》辑61，江苏古籍出版社1998年版），据尹文汉《王阳明游九华山综考》（《池州师专学报》2006年2期）收录。

钱明曰："弘治十四年，王阳明从长江登岸入池州境内，又经齐山至五溪上九华山。正德十五年王阳明再游齐山时，有参政徐琏、知府何绍正、主事林豫、周昺和评事孙甫同行。"《辑考编年》云，见光绪《贵池县志》卷二、乾隆《池州府志》卷六等，认为作于弘治十五年"往直隶、淮安审囚到池州"时。

笺注

（1）齐映：唐代瀛州高阳（今属河北保定）人。登进士第，应博学宏辞，授河南府参军。滑亳节度使令狐彰辟为掌书记，累授监察御史。事见《旧唐书》卷一三六、《新唐书》卷一五零的《马燧传》。

（2）杜牧之诗：殆指《九日齐山登高》："江涵秋影雁初飞，与客携壶上翠微。尘世难逢开口笑，菊花须插满头归。但将酩酊酬佳节，不用登临恨落晖。古往今来只如此，牛山何必独沾衣。"

（3）正旦：农历正月初一。

（4）二贤：指前所云齐映、杜牧。

（5）案牍：官府文书。南朝齐谢朓《落日怅望》："情嗜幸非多，案牍偏为寡。"

（6）岁徂：岁月流逝。南朝宋谢灵运《伤己赋》："眺徂岁之骤经，睹芳春之每始。始芳春而羡物，终岁徂而感己。"

（7）巾予车：整车出行。巾车指有帷幕的车子。晋陶潜《归去来辞》："或命巾车，或棹孤舟。"

（8）浮霭：飘浮的云气。唐张籍《新城甲仗楼》："睥睨斜光彻，阑干宿霭浮。" 山扉：山野人家的柴门。

（9）长飙：远风。南朝宋鲍照《放歌行》："素带曳长飙，华缨结远埃。" 舒啸：放声歌啸。晋陶潜《归去来兮辞》:“登东皋以舒啸,临清流而赋诗。”

(10) 羲和:此指太阳。《后汉书·崔骃传》:“氛霓郁以横厉兮,羲和忽以潜晖。”唐李贤《注》:“羲和,日也。”

(11) 回景:回影。 苍矶:苍色的矶石。

(12) 晴霞:明霞,灿烂的云霞。

(13) 华盖:华盖洞。参《赠侍御柯君双峰长短行》笺注(5)。 葳蕤:草木茂盛,枝叶下垂状。

(14) 天风:风。风行天空,故称。汉蔡邕《饮马长城窟行》:“枯桑知天风,海水知天寒。”

(15) 黄鹤之孤举:唐崔颢《黄鹤楼》:“黄鹤一去不复返,白云千载空悠悠。”

(16) 陵阳:陵阳子明。传说中的仙人。《楚辞·九章·哀郢》:“当陵阳之焉至兮,淼南渡之焉如。”宋洪兴祖《补注》:“陵阳,子明所居也。”汉刘向《列仙传·陵阳子明》:“陵阳子明者,乡人也,好钓鱼于旋溪。钓得白龙,子明惧,解钩拜而放之。后得白鱼,腹中有书,教子明服食之法。子明遂上黄山,采五石脂,沸水而服之。三年,龙来迎去,止陵阳山上百余年。”唐李白《登敬亭山南望怀古赠窦主簿》:“愿随子明去,炼火烧金丹。”

(17) 溷浊:混乱污浊。《楚辞·九章·涉江》:“世溷浊而莫余知兮,吾方高驰而不顾。”

(18)《战国策·楚策四》:“夫骥之齿至矣,服盐车而上太行。蹄申膝折,尾湛胕溃,漉汁洒地,白汗交流,中坂迁延,负辕不能上。”后用“骥伏盐车”指才华遭到抑制,处境困厄。

(19) 沆瀣:夜间的水气,《楚辞·远游》:“餐六气而饮沆瀣兮,漱正阳而含朝霞。”汉王逸《注》:“沆瀣者,北方夜半气也。”

(20) 子明:陵阳子明。参笺注(16)。

(21) 晋陶渊明《归园田居》其一："误入尘网中，一去三十年。羁鸟恋旧林，池鱼思故渊。"

(22) 乱：辞赋末尾总括全篇要旨的部分。

(23) 局促：受束缚。唐杜甫《送樊侍御赴汉中判官》："徘徊悲生离，局促老一世。"

补遗五 据《辑考编年》。

蔽月山房

山近月远觉月小，便道此山大于月。若人有眼大如天，还见山小月更阔。

考释

《辑考编年》云录自《年谱》成化十有八年条下，乃王阳明随祖父前往京师，途经金山寺时所作。《辑考编年》疑"蔽月山房"为金山"水月山房"之误。

此诗各种王阳明诗文集中俱未提及。列此存考。

题温日观葡萄次韵

龙扃失钥十二重(1)，骊珠迸落鲛人宫(2)。镔刀剪断紫璎珞(3)，累累马乳垂金风(4)。树根吹火照残墨(5)，冷雨松棚秋鬼哭。熊丸嚼碎流沙冰(6)，鸭酒呼来汉江绿(7)。铁削虬藤剑三尺(8)，雷梭怒穴陶家壁(9)。瞿昙卧起面秋岩(10)，一索摩尼挂空宅(11)。

考释

《辑考编年》云见雍正《山西通志》卷二百二十二，殆误收。

考温日观即释子温，字仲言，号日观。华亭人。宋季元初人。以画葡萄见闻。“世号温葡萄”事见明汪砢玉《珊瑚网》卷十七。

此诗当为明梦观法师作。考《明史·艺文志》：“守仁《梦观集》六卷。”《千顷堂书目》卷二十八：“守仁《梦觉集》六卷。梦观，字一初，号梦觉，富阳人，四明延庆寺僧，住持灵隐，洪武中征授僧录司左讲经，升右善世。”钱谦益《列朝诗集》闰集卷二收入此诗。秦蓁《释守仁不是王守仁》曰：曹学佺《石仓历代诗选》卷三六六亦选此诗，系于释大圭名下，朱彝尊《明诗综》卷八九“守仁”条辨其误云：“梦观道人有二，一晋江人，名大圭，一富阳人，名守仁，石仓曹氏乃误合为一。”

日本内阁文库（今改称国家公文书馆）藏有旧抄本《梦观集》一部，此诗即见于卷一，题作《题温日观葡萄次唐温如韵》。

笺注

（1）龙扃：殆指龙宫中的门禁。唐李白《明堂赋》：“拥以禁扃，横以武库。”清王琦《注》：“禁扃，禁门也。”唐韩愈《和崔舍人咏月二十韵》：“右掖连台座，重门限禁扃。”

（2）骊珠：宝珠。传说出自骊龙颔下，故名。《庄子·列御寇》：“夫千金之珠，必在九重之渊，而骊龙颔下。”唐温庭筠《莲浦谣》：“荷心有露似骊珠，不是真圆亦摇荡。”此比拟葡萄。　鲛人：神话传说中的人鱼。杨慎《升庵诗话·子书传记语似诗者》引《韩诗外传》：“荆山不贵玉，鲛人不贵珠。”

（3）镔刀：精铁制成的刀。明曹昭《格古要论·镔铁》：“镔铁，出西番。面上有旋螺花者，有芝麻雪花者。”　璎珞：以珠玉缀成的颈饰。《南史·夷貊传上·海南诸国传》：“其王者着法服，加璎珞，如佛像之饰。”此指长满葡萄的葡萄藤。

（4）马乳：此指葡萄。唐封演《封氏闻见记·蜀无兔鸽》："太宗朝，远方咸贡珍异草木，今有马乳葡萄一房，长二丈余，叶护国所献也。"

（5）残墨：指温氏之画。

（6）熊丸：以熊胆制成的药丸。《新唐书·柳仲郢传》：唐柳仲郢幼嗜学，其母和熊胆丸，使夜咀咽，以苦志提神。此殆指如熊丸大的葡萄。

（7）典出唐李白《襄阳歌》："遥看汉水鸭头绿，恰似葡萄初酦醅。"此处鸭绿殆指绿色的葡萄汁。

（8）虬藤：盘结的葡萄藤。

（9）雷梭：典出《晋书·陶侃传》："侃少时渔于雷泽，网得一织梭，以挂于壁。有顷雷雨，自化为龙而去。"后因以"龙梭"为织梭的美称。宋宋祁《张亚子庙》："鹿庖偿故约，雷杼验幽符。"唐李贺《有所思》："西风未起悲龙梭，年年织梭攒双蛾。"陶家壁，陶侃之家壁。此处以"雷梭"喻画中葡萄藤往来纠结如织梭。

（10）瞿昙：释迦牟尼的姓。一译乔答摩(Gautama)。亦作佛的代称。借指和尚。

（11）摩尼：梵语宝珠的译音。晋葛洪《抱朴子·广譬》："摩尼不宵朗，则无别于碛砾。"此也指葡萄。

毒热有怀用少陵执热怀李尚书韵，寄年兄程守夫吟伯

晓来梅雨望沾凌，坐久红炉天地蒸(1)。幽朔多寒还酷烈(2)，清虚无语漫飞升(3)。此时头羡千茎雪(4)，何处身倚百丈冰。且欲泠然从御寇(5)，海桴吾道未须乘(6)。

考释

《辑考编年》云：诗见光绪《淳安县志》卷十五。程守夫，名文楷，淳安人。《王

阳明全集》卷二十五有《程守夫墓碑》。又,《淳安县志》卷十:"程文楷,字守夫。……领弘治五年乡荐。与王阳明、林庭棉友善,赓和盈几。"

《辑考编年》认为此诗作于"弘治七年"。

诗题中"用少陵执热怀李尚书韵",指唐杜甫《多病执热奉怀李尚书(之芳)》:"衰年正苦病侵凌,首夏何须气郁蒸。大水淼茫炎海接,奇峰硉兀火云升。思沾道暍黄梅雨,敢望宫恩玉井冰。不是尚书期不顾,山阴野雪兴难乘。"

笺注

(1)红炉:烧得很旺的火炉。此指天热如在红炉之中。唐杜甫《湖城东遇孟云卿复归刘颢宅宿宴饮散因为醉歌》:"照室红炉促曙光,萦窗素月垂文练。"

(2)幽朔:幽州、朔州。此泛指北方地区。

(3)清虚:太空。

(4)千茎雪:唐杜甫《郑驸马池台喜遇郑广文同饮》:"白发千茎雪,丹心一寸灰。"

(5)御寇:列御寇。《庄子·逍遥游》:"夫列子御风而行,泠然善也,旬有五日而后反。"唐成玄英《疏》:"姓列,名御寇,郑人也。与郑缥公同时,师于壶丘子林,著书八卷。得风仙之道,乘风游行,泠然轻举,所以称善也。"

(6)《论语·公冶长》,孔子曰:"道不行,乘桴浮于海。"

口诀

闲观物态皆生意,静悟天机入穹冥。道在险夷随地乐,心忘鱼鸟自流行。

考释

《辑考编年》云:诗见《性命圭旨》利集。认为此书为明代论内丹修炼之作。

并考此书中所说“尹山人”为明代人，也即笔记杂史中多出现之“尹蓬头”，王阳明从其学道。

《辑考编年》推断诗作于弘治九年。然诗当是《睡起写怀》中的四句诗。《睡起写怀》，在嘉靖本《阳明文录》卷二“居夷诗”中已收。第二句“穹冥”作“窅冥”。此诗当为正德年间之作。

奉和宗一高韵

懒爱官闲不计升，解嘲还计昔人曾。沉缅簿领今应免(1)，料理诗篇老更能。未许少陵夸吏隐(2)，真同摩诘作禅僧(3)。龙渊且复三冬蛰，鹏翼终当万里腾。

考释

《辑考编年》云：见朱孟震《朱秉器全集》中的《游宦余谈·献吉伯安和韵》。并引朱孟震曰：“给谏李宗一，名元，祥符人，而献吉业师也。……不数年，宗一以解元登第，为夕郎；献吉亦以解元登第，为户部主政，同立于朝。每相倡和。……惟时王伯安为主政，与献吉莫逆，并善宗一，亦和之。”故此诗可见王阳明与李梦阳等“七子”派的关系。夕郎为汉代黄门侍郎的别称。汉时，黄门郎可加官给事中，因亦称给事中为夕郎。

《辑考编年》考此诗作于弘治十三年秋，“盖其时正当阳明在京师与文士以才名相驰骋，与茶陵派、前七子郊游唱酬之际”。

笺注

（1）簿领：官府记事的簿册或文书。

（2）少陵：唐杜甫。　吏隐：虽居官而如隐者。唐宋之问《蓝田山庄》：“宦游非吏隐，心事好幽偏。”宋王禹偁《游虎丘》：“我今方吏隐，心在云水间。”

（3）摩诘：唐诗人王维。

地藏塔

渡海离乡国，辞荣就苦空。结第双树底，成塔万花中。

考释

《辑考编年》云：见光绪《青阳县志》卷十。地藏塔为安葬金地藏全身之肉身塔。释印光《民国九华山志》卷三：“金地藏塔，在化城寺西之神光岭。即菩萨一期感化安葬全身之肉身塔。金地藏者，唐时新罗国王金宪英之近族也。自幼出家，法名乔觉。于二十四岁时，航海东来，卓锡九华。……贞元十年，寿九十九岁，跏趺示寂。”

《辑考编年》认为阳明弘治十四年秋游九华山，曾访地藏塔，见前《化城诗六首》。故认为此诗当作于弘治十四年秋。

秦蓁《释守仁不是王守仁》：此诗《青阳县志》卷一《封域志・古迹》中，言是唐一夔诗，“乾隆《池州府志》将此诗系于周必大名下”。

地藏菩萨故事，自唐代以降，传闻已久，此诗未必为王阳明所作。

与舫斋书

□□园可□□□□城之期□此□矣。进谒仙府，无任快悒。所欲吐露，悉以寄与令侄光实[1]，谅能为我转达也。百不尽意，继以短词。

别后殊倾渴[2]，青冥隔路歧。径行惧伐木[3]，心事寄庭芝[4]。拔擢能无喜[5]，瞻依未有期[6]。胸中三万卷[7]，应念故人饥。

侍生王守仁顿首，舫斋先生寅长执事。小羊一牵将贺意耳。正月十三日来。

考释

《辑考编年》云：见《截玉轩藏明清法帖墨迹》（上海书画出版社版）。并考订舫斋指李贡，安徽芜湖人，字惟正，号舫斋。欧阳德《欧阳德集》卷二十八有《赠尚书李公偕配合葬墓表》。

《辑考编年》认为此诗乃是王阳明弘治十四年“奉旨审录江北”后，于弘治十五年初游九华山后，到芜湖访问李贡时所撰。

笺注

（1）光实：指李贡的侄子。

（2）倾渴：渴念。宋范仲淹《与朱氏书》：“三哥秀才，自别倾渴，雅况何如？”

（3）径行：任性而为。《礼记·檀弓下》：“礼有微情者，有以故兴物者，有直情而径行。” 伐木：典出《诗经·小雅·伐木》：“相彼鸟矣，犹求友声；矧伊人矣，不求友生。”

（4）庭芝：《晋书·谢安传》：“芝兰玉树，欲使生于庭阶。”喻优秀子弟。此以“庭芝”敬称李贡之侄李光实。

（5）拔擢能无喜：《辑考编年》认为是指李贡当时被提拔为山东按察副使。

（6）瞻依：瞻仰依恃。表示对尊长的敬意。《诗经·小雅·小弁》：“靡瞻匪父，靡依匪母。”汉郑玄《笺》：“此言人无不瞻仰其父取法则者，无不依恃其母以长大者。”

（7）胸中三万卷：宋陈造《谢翟元卿诗卷见投》：“我有鸱夷系短辕，持浇胸中三万轴。”又宋刘克庄《贺新郎·王实之喜余出岭，命爱姬歌新词以相劳，辄次其韵》：“此腹元空洞。少年时、诸公过矣，上天吹送。老大被他禁害杀，身与浮名孰重。这鼓笛、休休拈弄。彩笔掷还残锦去，愿今生、来世无妖梦。且饭犊，莫吞凤。　新来喑哑如翁仲。羡王郎、骖鸾缥缈，玉箫吹动。应笑夔州村里女，灸面生愁进奉。要绝代、倾城安用。今古何人知此理。有吾家、酒德先生颂。三万卷，漫充栋。”故人讥：清贺裳《载酒园诗话》：“许郢州诗，前后多互见，故人讥才短。”

游北固山

北固山头偶一行[1]，禅林甘露几时名[2]？枕江左右金焦寺[3]，面午中节铁瓮城[4]。松竹两崖青野兵，人烟万井暗吟情[5]。江南景物应难望，入眼风光处处清。

考释

《辑考编年》录自手迹，系市场拍卖者，原无题，有褚德彝题跋。并认为是守仁“三十岁后所作真迹”。

《辑考编年》考为守仁弘治十五年春审录江北事竣北归时作。

笺注

（1）北固山：镇江北固山。

（2）甘露：北固山甘露寺。

（3）金焦寺：指金山、焦山的寺院。

（4）中节：得位其中，中正不变。《易·蹇》之《象》曰："大蹇，朋来，以中节也。"唐孔颖达《疏》："得位居中，不易其节，故致朋来，故云以中节也。"此殆指居中者。　铁瓮城：古润州（今镇江）子城。唐杜牧《润州二首》自注："润州城，孙权筑，号为铁瓮。"

（5）万井：古代以地方一里为一井。《汉书·刑法志》："地方一里为井。"此指千家万户。唐陈子昂《谢赐冬衣表》："三军叶庆，万井相欢。"

审山诗

朝登硖石颠[(1)]，霁色浮高宇[(2)]。长冈抱回龙，怪石虢奔虎[(3)]。古刹凌层云，中天立鳌柱[(4)]。万室涌鱼鳞[(5)]，晴光动江浒。曲径入藤萝，行行见危堵[(6)]。寺僧闻客来，袈裟候庭庑[(7)]。登堂识遗像，画绘衣冠古。乃知顾况宅[(8)]，今为梵王土[(9)]。书台空有名[(10)]，湮埋化烟芜。葛井虽依然[(11)]，日暮饮牛羖[(12)]。长松非旧枝，子规啼正苦[(13)]。古人岂不立，身后杳难睹。悲风振林薄[(14)]，落木惊秋雨。人生一无成，寂寞知向许。

考释

《辑考编年》云见乾隆《海宁州志》卷二、嘉庆《峡川续志》卷一。按：此诗又名《登硖石山》，见孔庆云《硖川轶事》。

审山，乾隆《海宁州志》卷二："沈山，一名审山，土人呼为东山。在县北六十五里。高三十五丈，周回七里三百步。汉审食其墓其间，故名。上有崇惠庵。""顾况读书堂在山下。"

《辑考编年》认为此诗作于"弘治十五年"，守仁告病归越途中。

笺注

（1）硖石：指东峡山，也即审山、东山。嘉庆《峡川续志》卷一：峡山，古称夹谷。初本两山相连，秦始皇东游过此，以此山有王气，发囚徒十万凿之，遂分为两。一曰东山，一曰西山。

（2）霁色：雨后天青之色。

（3）骇：此同“骇”。

（4）鳌柱：传说中的天柱。宋吴莱《观孙太古周天二十八宿星君像图》：“大圜杳何极，鳌柱屹不顷。”此殆指寺中佛塔。

（5）鱼鳞：鳞次栉比。明蒋一葵《长安客话・古榆关》：“墩台守望，虽鳞次栉比，而柳栅沙沟，冲突道侧，行旅患之。”

（6）危堵：犹危墙。高墙。唐韩愈《和侯协律咏笋》：“已复侵危砌，非徒出短垣。”

（7）庭庑：堂下四周的廊屋。

（8）顾况宅：元徐硕《至元嘉禾志》卷十一：“顾况宅在县西南五十七里横山禅寂寺。寺侧祠，况有诗云‘家住双峰兰若边’是也。”顾况，唐代诗人。字逋翁，号华阳真逸，一说华阳真隐，晚年自号悲翁。生平见《旧唐书・李泌传》附《顾况传》、唐皇甫湜《唐故著作佐郎顾况集序》、《太平广记》第二百一十三卷《画四・顾况传》。

（9）梵王土：此指寺庙。

（10）书台：顾况的读书台。参前“考释”。

（11）葛井：《辑佚编年》引嘉庆《峡川续志》卷一：“葛洪炼丹井，在东山大悲阁后斑竹园中，有五穴，通硖石湖。”

（12）牛羖：牛羊。公羊曰“羖”。

（13）子规：杜鹃一名子规。唐杜甫《子规》：“两边山木合，终日子规啼。”

（14）林薄：草木交错丛生之处。

乡思二首 次韵答黄舆。

百事支离力不禁，一官栖息病相寻。星辰魏阙江湖迥，松柏茅茨岁月深。合倚黄精消白发，由来空谷有余音。曲肱已醒浮云梦，荷蒉休疑击磬心。

独夜残灯梦未成，萧萧窗竹故园声。草深石屋鼪鼯啸，雪静空山猿鹤惊。漫有缄书招旧侣，尚牵缨冕负初情。云溪漠漠春风转，紫菌黄芝又日生。

考释

《辑考编年》：真迹见近年鸿禧美术馆刊《中华文物集粹·清玩雅集收藏展》（二）、端方《壬寅消夏录》“王阳明真迹卷”。

黄舆，《辑考编年》认为即王文辕，字司舆，号黄轝子。轝同舆，乃一山林道隐之士，阳明之“道友”也。

考此二首，第一首见上古本《全集》卷二十“南都诗”，题为《冬夜偶书》；第二首同前“赣州诗”《夜坐偶怀故山》。《辑考编年》认为不当分为二处，上古本《全集》题名也不确，当合为一题作《乡思》。此说可再考。笺注参前各诗注。

坐功

春嘘明目夏呵心，秋呬冬吹肺肾宁。四季常呼脾化食，依此法行相火平。

考释

《辑考编年》录自游日升《臆见汇考》卷三，认为是弘治十五年八月后，王阳明告病归越养病时之作。此诗即嘘、呵、呬、呗、呼、唏六字诀呼吸法，最早见于南朝梁陶弘景《养性延命录·服气疗病篇》。

惠济寺

停车古寺竹林幽，石壁烟霞淡素秋(1)。趺坐观心禅榻静(2)，紫薇花上月华浮(3)。

考释

《辑考编年》录自乾隆《绍兴府志》卷三十九。惠济寺在萧山。乾隆《绍兴府志》卷三十九："惠济寺。《嘉泰志》：惠济院，在县东北一百五十步。晋天福五年，悟真师在古崇寺基上建，号资国看经院。太平兴国七年，改惠通院。治平三年，改赐今额。《万历志》：惠济寺，在凤堰桥北，俗谓曰竹林寺。宋理宗朝医僧净暹有功掖庭，赐今额。"

《辑考编年》认为此诗作于弘治十六年秋，时王阳明由钱塘归山阴经萧山。

笺注

(1) 淡素：淡雅素朴。宋毛滂《玉楼春·红梅》："当日岭头相见处，玉骨冰肌元淡素。"

(2) 趺坐：盘腿端坐。唐王维《登辨觉寺》："软草承趺坐，长松响梵声。" 观心：佛教用语，指省察思考心性。唐施肩吾《题景上人山门》："水有青莲沙有金，老僧于此独观心。"

(3) 紫薇花：唐杜牧《紫薇花》："晓迎秋露一枝新，不占园中最上春。桃李无言又何在，向风偏笑艳阳人。"紫薇开花是夏秋之际。

无题

青山晴壑小茅檐[1]，明月秋窥细升帘。折得荷花红欲语，净香深处续华严[2]。

考释

《辑考编年》据《艺苑掇英》第73期(上海人民美术出版社版)所载手迹收录，认为是弘治十六年初秋七月，王阳明在杭州净慈寺中所作。

笺注

(1) 茅檐：代指茅屋。

(2) 华严：指《华严经》。

夜归

夜深归来月正中，满身香带桂花风。流萤数点楼台外，孤雁一声天地空。沽酒唤回茅店梦，狂歌惊起石潭龙。依栏试看青锋剑，万丈寒光透九重。

考释

《辑考编年》据阮元手书王阳明诗收录，出处不详。《辑佚编年》认为是王阳明弘治十六年秋在钱塘西湖时作。

秦蓁《释守仁不是王守仁：阳明佚文辨析》曰："(此诗)据厦门伯雅拍卖阮元所书扇面。按：此诗康熙刻宋长白《柳亭诗话》卷六作明正德间戴颙(字师观)应试出闱口占诗，嘉庆间戚学标《三台诗录》同。"其说是。

满庭芳 四时歌

春风花草香，游赏至池塘。踏花归去马蹄忙，邀嘉客，醉壶觞，一曲满庭芳。

初夏正清合，鱼戏动新荷。西湖千里好烟波，银浪里，掷金梭(1)，人唱采莲歌。

秋景入郊墟，简编可卷舒。十年读尽五车书(2)，出白屋(3)，生金墨(4)，潭潭府中居(5)。

冬欲秀孤松，六出舞回风(6)。乌鹊争栖飞飞桐(7)，梅影瘦，月朦胧，人在广寒宫(8)。

考释

《辑考编年》录自拍卖会上的真迹本，认为是弘治十六年，王阳明居钱塘养病时所作。此说待考。

“踏花归去马蹄忙，邀嘉客，醉壶觞”断非王阳明当时的生活样式；“十年读尽五车书，出白屋，生金墨，潭潭府中居”，也绝不是王阳明当时的心态。此词来源不明，或系托名伪作，或系阳明偶尔抄录。

笺注

(1) 金梭：穿梭的金色鱼儿。

(2) 五车书：《庄子・天下》：“惠施多方，其书五车。”后用以形容读书多，学问渊博。

(3) 白屋：指不施彩色、露出本材的房屋。一说以白茅覆盖的古代平民居所。《汉书・王莽传上》：“开门延士，下及白屋。”唐颜师古《注》：“白屋，谓庶人以白茅覆屋者也。”

(4) 生金墨：殆指富贵从笔墨(科举应试出仕)中生出。

（5）潭潭：深广貌。《韩诗外传》卷一："吾北鄙之人也，将南之楚。逢天之暑，思心潭潭。"

（6）六出：花分瓣叫出，雪花六角，因以为雪的别名。《太平御览》卷十二引《韩诗外传》："凡草木花多五出，雪花独六出。雪花曰霙。"

（7）飞飞：鸟飞行貌。唐韩愈《南山有高树行赠李宗闵》："飞飞择所处，正得众所希。"

（8）广寒宫：月中仙宫。

望江南 西湖四景[一]

西湖景，春日最宜晴。花底管弦公子宴，水边绮罗丽人行，十里按歌声。

西湖景，夏日正堪游。金勒马嘶垂柳岸，红妆人泛采莲舟，惊起水中鸥。

西湖景，秋日更宜观。桂子冈峦金谷富，芙蓉洲诸彩云间，爽气满前山。

西湖景，冬日转清奇。赏雪楼前评酒价，观梅园圃顶春期，共醉太平时。

考释

钱明录自《阳明靖难录》（见前引《阳明学的形成与发展》）。《辑考编年》所出同。

仅据《阳明靖难录》，不可尽信。此乃明初瞿佑之作，见其所作《乐府遗音》。

校勘

[一] 望江南西湖四景：钱明作“四时望江南词”。

泰山高诗碑

欧生诚楚人，但识庐山高。庐山之高犹可计寻丈，若夫泰山，仰视恍惚，吾不知其尚在青天之下乎，其已直出青天上？我欲仿拟试作泰山高，但恐丘垤之见，未能测识高大，笔底难具状。扶舆磅礴元气钟，突兀半遮天地东。南衡北恒西有华，俯视伛偻谁雌雄？人寰茫昧乍隐见，雷雨初解开鸿蒙。绣壁丹梯，烟霏霭霨，海日初涌，照耀苍翠。平麓远抱沧海湾，日观正与扶桑对。听涛声之下泻，知百川之东会。天门石扇，豁然中开。幽崖邃谷，聚积隐埋。中有遁世之流，龟潜雌伏，飧霞吸秀于其间，往往怪谲多仙才。上有百丈之飞湍，悬空络石穿云而直下，其源疑自青天来。岩头肤寸出烟雾，须臾滂沱遍九垓。古来登封，七十二主。后来相效，纷纷如雨。玉检金函无不为，只今埋没知何许？但见白云犹复起封中，断碑无字，天外日月磨刚风。飞尘过眼倏超忽，飘荡岂复留其踪！天空翠华远，落日辞千峰。鲁郊获麟，岐阳会凤。明堂既毁，“闷宫”兴颂。宣尼曳杖，逍遥一去不复来，幽泉呜咽而含悲，群峦拱揖如相送。俯仰宇宙，千载相望。堕山乔岳，尚被其光。峻极配天，无敢颉颃。嗟予瞻眺门墙外，何能仿佛窥室堂？也来攀附摄遗迹，三千之下，不知亦许再拜占末行？吁嗟乎！泰山之高，其高不可极，忽然回首，此身不觉已在东斗傍。

弘治十七年甲子九月既望，余姚阳明山人王守仁识。

考释

《辑考编年》据孙星衍《泰山石刻记》、汪子卿《泰山志》卷三、乾隆《泰安县志》卷三收录。

上古本《全集》卷十九“山东诗”中有题为《泰山高次王内翰司献韵》诗，与此诗字句有出入，且无诗后跋语。当为同一作品，重出。注释已见前，此不重复。

赠刘秋佩

骨鲠英风海外知，况于青史万年垂[(1)]。紫雾四塞麟惊去[(2)]，红日重光凤落仪[(3)]。天夺忠良谁可问，神为电雷鬼难知。莫邪亘古无终秘[(4)]，屈轶何时到玉墀[(5)]。

考释

《辑考编年》云见同治《重修涪州志》卷十五，认为作于正德二年春由京都赴谪经徐州时。

刘秋佩：刘茝，字惟馨，号凤山、秋佩。涪州人。与王阳明同年进士。《明史》卷一百八十八有传。又《重修涪州志》卷九引清周汝梅为刘氏所作《墓表》：“刘茝，字佩秋，谥忠愍。明正德中户科给事中也。”并记录其上书劾刘瑾等人、被杖遣遣事；后为金华太守等事。

笺注

（1）青史万年垂：当指刘秋佩正德五年被“起复金华太守”，并有所政绩。后归隐乡里，嘉靖即位，“遣使存问，赐金治第”事。见同治《重修涪州志》卷九。

（2）紫雾：雾气，烟雾。雾色如紫。南朝梁江淹《赤虹赋》：“于是紫雾上河，绛氛下汉。” 麟：麒麟。喻杰出之士。《晋书・顾和传》：“和二岁丧父，总角便有清操，族叔荣雅重之，曰：‘此吾家麒麟，兴吾宗者，必此人也。’”指刘秋佩等贤臣。

（3）红日重光：殆指正德帝诛刘谨之事（红日指皇帝）。 凤落仪：语出有凤来仪。《尚书・益稷》：“箫韶九成，有凤来仪。”此喻贤良归朝。

（4）莫邪：宝剑名。《荀子・性恶》：“阖闾之干将、莫邪、巨阙、辟闾，此皆古之良剑也。”

（5）屈轶：晋张华《博物志》卷三：“尧时有屈佚草，生于庭，佞人入朝，则屈而指之。” 玉墀：宫殿前的石阶。亦借指朝廷。

又赠刘秋佩

检点同年三百辈[1]，大都碌碌在风尘。西川若也无秋佩[2]，谁作乾坤不劳人[3]？

考释

《辑考编年》同上诗，见同治《重修涪州志》卷十五。

笺注

（1）同年：据同治《重修涪州志》卷九，刘秋佩与王阳明为“同年友也”。

（2）西川：涪州在西川。

（3）不劳：顺势而为，事半功倍。典出《韩非子・外储说右下》：“因事之理则不劳而成，故兹郑之踞辕而歌以上高梁也。”

套数 归隐

【南仙吕入双调步步娇】

宦海茫茫京尘渺，碌碌何时了。风掀浪又高，覆辙翻舟，是非颠倒，算来平步上青霄，不如早泛江东棹。

【沉醉东风】乱纷纷鸦鸣鹊噪，恶狠狠豺狼当道，冗费竭民膏，怎忍见人离散，举疾首蹙额相告。簪笏满朝，干戈载道，等闲间把山河动摇。

【忒忒令】平白地生出祸苗，逆天理那循公道。因此上把功名委弃如蒿草。本待要竭忠尽孝，只恐怕狡兔死、走狗烹，做了韩信的下梢。

【好姐姐】尔曹，难与我共朝，真和假那分白皂。他把孽冤自造，到头终有报。设圈套，饶君总使机关巧，天网恢恢不可逃。

【喜庆子】算留侯其实见高，把一身名节自保，随着赤松子学道，也免得赴云阳市曹。

【双胡蝶】待学，陶彭泽懒折腰；待学，载西施范蠡逃；待学，张孟谈辞朝；待学，七里滩子陵垂钓；待学，陆龟蒙笔床茶灶；待学，东陵侯把名利抛。

【园林好】脱下了团花战袍，解下了龙泉宝刀，卸下了朝簪乌帽。布袍上系麻条，把渔鼓简儿敲。

【川拨棹】深山坳，悄没个闲人来聒噪，跨青溪独木为桥。跨青溪独木为桥，小小的茅庵盖着，种青松与碧桃，采山花与药苗。

【锦衣香】府库充，何足道；禄位高，何足较；从今耳畔清闲，不闻宣召。芦花被暖度良宵。三竿日上，睡觉伸腰，对邻翁野老，饮三杯浊酒村醪，醉了还歌笑。齁齁睡倒，不图富贵，只求安饱。

【浆水令】赏春时花藤小轿，纳凉时红莲短棹，稻登场鸡豚蟹螯，雪霜寒纯棉布袍。四时佳景恣欢笑，也强如羽扇番营，玉珮趋朝。溪堪钓，山可樵，人间自有蓬莱岛。何须用楼船彩轿。山林下，山林下尽可逍遥。

【尾声】从来得失知多少，总上心来转一遭。把门儿闭了，只许诗人带月敲。

考释

《辑考编年》云：见《全明散曲》(一)、《群音类选》《南宫词纪》题作《归隐》，《吴歈萃雅》《南音三籁》题作《隐词》，《南词新谱》别题《豆叶黄》，俱注"王阳明"撰。

《辑考编年》认为作于正德二年，避逃于杭州圣果寺时。

此套曲是否为王阳明所作，堪疑。其一，从王阳明的实际活动看，正德二年，并无可能待在杭州。参见《咎言》考释。其二，从文本来源和出处而言，都是在王阳明死后才出现。在王阳明生前和稍后刊行的《居夷集》《阳明诗录》《阳明文录》《阳明文萃》等有关文献中，无一涉及。就连王阳明死后声势正隆时，后学编修的《王文成公全书》中也未涉及。而后突然出现在民间流行的散曲集中，也没有说明出处。其可靠性值得怀疑。其三，就王阳明的思想发展而言，或云作于正德三年。但是这时王阳明的思想并非完全的"恬退"，而是还抱有相当浓厚的"济世"之念的，从他此后到庐陵任职和有关的论说中可见，与此相违。其四，从明代散曲的发展来说，明代散曲乃嘉靖以后，南曲才渐渐流行。正德年间，开始主要流行为北曲。身为南方人的王阳明，他年轻时代从事的文辞创作，在诗赋领域，为何突然转而创作出散曲，未见有明确证据。故此《套数》，是否为王阳明之作，当再细考。

游海诗(三诗一文)[一]

校勘

[一]《辑考编年》所录“三诗”,前二诗(即下列其一、其二),已见前浙古本《全集》卷四十二“补遗”,题《遇仙二首》;另一首《告终辞》,见下。

其一

学道无闻岁月虚,天乎至此欲何如?生曾许国惭无补,死不忘亲恨有余。自信孤忠悬日月,岂论遗骨葬江鱼。百年臣子悲何极?日夜潮声泣子胥。

其二

敢将世道一身担,显被天刑万死甘。满腹文章方有用,百年臣子独无惭。涓流裨海今真见,片雪填沟旧齿谈。昔代衣冠谁上品?状元门第好奇男。

(二人,一姓沈,一姓段,俱住江头,必报吾家,必报吾家。)

告终辞

皇天茫茫,降殃之无凭兮,窅莫知其所自。予诚何绝于幽明兮,羌无门而往诉。臣得罪于君兮,无所逃于天地。固党人之为此兮,予将致命而遂志。委身而事主兮,夫焉吾之可有?殉声色以求容兮,非前修之所守。吾岂不知直道之殒躯兮,庶予心之不忘。定予志讵朝夕兮，孰沛颠而有亡。上穹林之杳杳兮，下深谷之冥冥。白刃奚其相向兮，盼予视若飘风。内精诚以渊静兮，神气泊而冲容。固神明之有知兮，起壮士于蒙茸。奋前持以相格兮，曰孰为事刃于忠贞？景冉冉以将夕兮，下释予之颓宫。曰受命以相及兮，非故于子之为攻。不自尽以免予兮，夕余将浮水于江。呜呼噫嘻！予诚愧于明哲保身兮，岂效匹夫而自经。终不免于鸱夷兮，固将溯江涛而上征。已矣乎！畴昔之夕予梦坐于两楹兮，忽二伻来予觌。曰予伍君三闾之仆兮，跽陈辞而加璧。启缄书若有睹兮，恍神交于千载。曰世浊而不可居兮，子奚不来游于溟海？郁予怀之恍怆兮，怀故都之拳拳。将夷险惟命之从兮，孰君亲而忍捐？呜呼噫嘻！命苟至于斯，亦余心之所安也。固昼夜以为常兮，予非死之为难也。沮隐壁之岑岑兮，猿猱若授予长条。飑结螭于圮垣兮，山鬼吊于岩嗷。云冥冥而昼晦兮，长风怒而江号。颓阳倏其西匿兮，行将赴于江涛。呜呼噫嘻！一死其何至兮，念层闱之重伤也。予死之奄然兮，伤吾亲之长也。羌吾君之明圣兮，亦臣死之宜然。臣诚有憾于君兮，痛谗贼之谀便。构其辞以相说兮，变黑白而燠寒。假游之窃辟兮，君言察彼之为残。死而有知兮，逝将诉于帝廷。去谗而远佞兮，何幽之不赞于明。昔高宗之在殷兮，赉良弼以中兴。申甫生而屏翰兮，致周宣于康成。帝何以投谗于有北兮，焉启君之衷。扬列祖之鸿庥兮，永配天于无穷。臣死且不朽兮，随江流而朝宗。呜呼噫嘻！大化屈伸兮，升降飞扬。感神气之风霆兮，溘予将反乎帝乡。骖玉虬之蜿蜒兮，凤凰翼而翱翔。从灵均与伍胥兮，彭咸御而相将。经申徒之故宅兮，历重华之陟方。降大壑之茫茫兮，登裂缺而愬予。怀故都之无时兮,振长风而远去。已矣乎!上为列星兮,下为江河。山岳兴云兮,雨泽滂沱。风霆流形兮,品物咸和。固正气之所存兮,岂邪秽而同科。将予骑箕尾而从傅说兮,凌日月之巍峨。启帝阙而簸清风兮,扫六合之烦苛。乱曰:予童颛知罔知兮,恣狂愚以冥行。悔中道而改辙兮,亦伥伥其焉明。忽正途之有觉兮,策予马而遥征。搜荆其独往兮,忘予力之不任。天之丧斯文兮,不畀予于有闻。矢此心之无谖兮,毙予将求于孔之门。呜呼!已矣乎,复奚言!予耳兮予目,予手兮予足,澄予心兮,肃雍以穆,反乎大化兮,游清虚之寥廓。

考释

此三诗《辑考编年》录自杨仪《高坡异纂》,并证以《大儒王阳明靖南录》,以为这些诗的源头,"或即出阳明私下授受","实本皆阳明自造伪托,有意传播"。故认为此三首"必为其《游海诗卷》中诗无疑"。即认为王阳明正德二年虽无"投海"之事,但他逃到福建一带,确有其事。因此,他故意传布《游海诗卷》,《诗卷》中之作皆为王阳明真作。

笔者以为,上述两种皆"小说"流,所载不可靠。王阳明正德二年"投海"之事更是虚构,此诗歌也为伪作。已见前各有关诗赋之注,此不赘述。列以备考。可参见拙著《王阳明传》(上海古籍出版社,2021 年)第八章附录《王阳明贬谪贵州时间考》。

去乡诗

去乡之感,犹之迟迟。矧伊代谢,触物皆非。哀哀箕子,云胡能夷？狡童之歌，凄矣其悲，悠然其怀。

王守仁

考释

《辑考编年》录自拍卖手迹，认为大约为正德三年作。

按：此乃陶潜《读史述九章余读史记有所感而述之》其二《箕子》，王阳明书写，非其自作。

吊易忠节公墓

金石心肝熊豹姿(1)，煌煌大节系人思(2)。长风撼树声悲壮，仿佛当年骂贼时(3)。

考释

《辑考编年》录自《湘阴易氏族谱》卷首之二。易忠节：易先，字太初，明湘阴人。《明史》卷一百五十四有传，但不详尽。《族谱》首卷之二载《忠节公墓志铭》，记其事，大略如下："洪武中，由上庠擢拔贡，肄业国子监。选授凉山知府。宣德二年，黎利寇，公以身殉。室人黄氏，同日死之。……事闻，宣宗皇帝深悼之，赠广西布政司左参议，谥忠节。"

《辑考编年》认为此诗为王阳明正德三年赴龙场经过湘阴时作。

笺注

（1）金石心肝：指其意志如金石坚定。　熊豹姿：指英威的形态。唐韩愈《送张道士》："张侯甫东来，面有熊豹姿。"

（2）大节：临难不苟的节操。《论语・泰伯》："曾子曰：'可以托六尺之孤，可以寄百里之命，临大节而夺也。君子人与？君子人也。'”唐吴兢《贞观政要·忠义》：“姚思廉不惧兵刃，以明大节，求诸古人，亦何以加也！”

（3）当年骂贼时：《湘阴易氏族谱》卷首之二《忠节公墓志铭》：“会黎利陷诸城，凉山大震。公誓众守城，无有异心。数月余，增兵攻愈疾，食尽矢穷，求援不至，城陷，公自缢。”

套数　恬退

【南仙吕 甘州歌】归来未完，两扇门儿，虽设常关。无萦无绊，直睡到晓日三竿。情知广寒无桂攀，不如向绿野前学种兰。从人笑，贫似丹，黄金难买此身闲。村庄学，一味懒，清风明月不须钱。

【前腔】携筇傍水边，叹人生翻覆，一似波澜。不贪不爱，只守着暗中流年。齑盐岁月一日两餐，茅舍疏离三四间。田园少，心底宽，从来不会皱眉端。居颜巷，人到罕，闭门终日枕书眠。

【解三醒犯】把黄粮懒炊香饭，任教他姿游邯郸。假饶位至三公显，怎如我野人闲。朝思暮想，人情一似掌样翻，试听得狂士接舆歌未阑。连云栈，乱石滩，烟波名利大家难。收冯铗，筑傅版，尽教三箭定天山。

【前腔】叹浮生总成虚幻，又何须苦自熬煎。今朝快乐今朝宴，明日事且休管。无心老翁，一任蓬松两鬓斑，直吃到绿酒床头磁瓮干。妻随唱，子戏斑，弟酬兄劝共团圞。兴和废，长共短，梅花窗外冷相看。

【尾声】叹目前机关汉，色声香味任他瞒，长笑一声天地宽。

考释

《辑考编年》录自《全明散曲》(三)。或作罗念庵，或作王思轩作。《辑考编年》推测为正德三年作。

按：此恐非王阳明之作。参见前《套数・归隐》考释。

寓贵诗

村村兴社学，处处有书声。

考释

《辑佚编年》录自嘉靖《贵州通志》卷三，认为系正德四年作。此为残句。

次韵自叹

孤寺逢僧话旧扉，无端日暖更风微。汤沸釜中鱼翻沫，网罗石下雀频飞。芝兰却喜栖凡草(1)，桃李那看伴野薇。观我未持天下帚(2)，不能为国扫公非(3)。

考释

《辑考编年》录自康熙《云梦县志》卷十二。

《辑考编年》曰：此诗前有黄巩《正德己巳春过泗州寺》诗："孤村风雨掩柴扉，一道松篁拥翠微。地僻时闻山鸟语，江空暮卷野云飞。断碑岁久无文字，废圃春深有蕨薇。又得浮生闲半日，红尘回首几人非。"守仁之诗乃和黄巩而作。此后又有章旷和王阳明之作。认为是正德五年春由龙场往庐陵县赴任经过醴陵时作。

笺注

（1）芝兰：香草。喻俊杰之人。《晋书·谢安传》："譬如芝兰玉树，欲使其生于庭阶耳。" 凡草：众草、杂草。《吕氏春秋·任地》："凡草生藏，日中出。"高诱注："凡草，庶草也。"

（2）天下帚：化用《后汉书·陈王列传·陈蕃》语："大丈夫处世，当扫除天下，安事一室乎？"

（3）公非：公认之非。唐刘禹锡《天论上》："人能胜乎天者，法也。法大行，则是为公是，非为公非，天下之人蹈道必赏，违之必罚。"

游钟鼓洞

奇石临江渚，轻敲度远声。鼓钟名世闻，音韵自天成。风送歌传谷，舟回漏转更。今须参雅乐，同奏泰阶平[1]。

考释

《辑考编年》录自湖南辰溪县沅水畔的丹山崖下。《辰溪县志》有记载。

《辑考编年》认为王阳明赴任庐陵时经过辰溪时作。即作于正德五年春。

笺注

（1）泰阶：古星座名。即三台星。《汉书·东方朔传》"愿陈《泰阶六符》" 唐颜师古《注》引应劭曰："《黄帝泰阶六符经》曰：泰阶者，天之三阶也。上阶为天子，中阶为诸侯、公卿、大夫，下阶为士庶人。……三阶平，则阴阳和，风雨时，社稷神祇，咸获其宜，天下大安，是为太平。"五代韦庄《与东吴生相遇》："且对一尊开口笑，未衰应见泰阶平。"

满江红 题安化县石桥。

两溪之间，桃花浪漫空涨绿。临望踌躕搔首[一]，舟维古木(1)。立极三山鳌竞峙(2)，盘涡千丈龙新浴。问垂虹壮观似渠无，嗟神速。　潺潺溜(3)，清如玉，团团夜，光堪掬。对嫦娥弄影，举杯相属。休笑主人痴事了，几多行客云生足。料他年何以慰相思，云间屋。

校勘

[一] 临望：秦蓁《释守仁不是王守仁》据《长沙府志》卷四十九，谓"临望"下当有"处"字。

考释

《辑考编年》录自《古今图书集成》卷一千二百十六《长沙部艺文》。认为系王阳明赴任庐陵经过长沙时作，作于正德五年。

考王阳明由贵州往庐陵，基本是顺沅水抵武陵（常德），似无特地绕道安化之必要。此词或非王阳明之作。秦蓁《释守仁不是王守仁》曰："康熙《长沙府志》卷十九《艺文志》、乾隆《长沙府志》卷四十九俱作宋安化知县王与权作。"

笺注

(1) 舟维：犹维舟。南朝梁何逊《与胡兴安夜别》："居人行转轼，客子暂维舟。"

(2)《列子·汤问》："（勃海之东有五山）而五山之根无所连着，常随潮波上下往还，不得暂峙焉。仙圣毒之，诉之于帝。帝恐流于西极，失群圣之居，乃命禺彊使巨鳌十五举首而戴之，迭为三番，六万岁一交焉，五山始峙。而龙伯之国有大人，举足不盈数步而暨五山之所，一钓而连六鳌，合负而趣归其国，灼其骨以数焉。于是岱舆、员峤二山流于北极，沉于大海。"

(3) 溜：通"流"。流动。

听潮轩

水心龙窟只宜僧，也许诗人到上层。江日迎人明白帽，海风吹醉掖枯藤。鲸波四面长疑动，鳌背千年恐未胜。王气金陵真在眼，坐看西北亦谁曾？

考释

《辑考编年》录自张莱《京口三山志》卷五、周伯义《金山志》卷十。

《辑考编年》认为作于正德六年。此诗与上古本《全集》卷二十《泊金山寺》、前《游焦山次邃庵韵》为同时之作。此诗浙古本《全集》题为《泊金山寺》，文字略有出入，前已有注。

宝林寺

怪山何日海边来(1)，一塔高悬拂斗台(2)。面面晴峰云外出，迢迢白水镜中开(3)。招提半废空狮象(4)，亭馆全颓蔚草莱(5)。落日晚风无限恨，荒台石上几徘徊。

考释

《辑考编年》录自乾隆《绍兴府志》卷三十八。宝林寺：在绍兴府城南。乾隆《绍兴府志》卷三十八："宝林寺，在府南二百二十二步。"

《辑考编年》认为诗作于正德八年，与上古本《全集》卷二十中《到四明观白水二首》为同年之作。

笺注

(1) 怪山：绍兴城南飞来山，又称名怪山、塔山、宝林山、龟山，位于绍兴城区南门内。

（2）斗台：犹台斗。三台星和北斗。

（3）白水：白水湖。《方舆纪要》卷九二“绍兴府”：白水湖在“府北十里。旁通十里，足资灌溉，兼有菱芡鱼虾之利”。

（4）招提：佛寺。

（5）草莱：犹草莽。杂生的草。

小园睡起次韵寄乡友

林间尽日扫花眠，独有官闲愧俸钱[一]。门径不妨春草合，斋居长对晚山妍。每疑方朔非真隐，始信扬雄误《太玄》。混世亦能随地得，野情终是爱丘园。

奉命将赴南赣，白楼先生出饯江浒，示此卷，须旧作为别，即席承命。时正德丙子九月廿五日，阳明山人王守仁书于龙江舟中。雨暗舟发，匆极潦草。伯安。[二]

校勘

［一］独有：上古本《全集》卷二十《林间睡起》作“只是”。

［二］此跋上古本《全集》未收。

考释

《辑考编年》录自清端方的《壬寅消夏录》，认为作于正德十一年。然考诗后跋语，为以前旧作，让王阳明再书写的。

此诗即前面“滁州诗”中的《林间睡起》。全诗的笺注已见前。

长汀道中□□诗

夜宿行台，用韵于壁，时正德丁丑三月十三日阳明□□□□□（阙五字）[一]

将略平生非所长，也提戎马入汀漳。数峰斜阳旌旗远[二]，一道春风鼓角扬。暮□□□能出塞[三]，由来充国善平羌[四]。疮痍满地曾无补[五]，深愧湖边旧草堂[六]。

校勘

[一] 此诗序，上古本《全集》所收《丁丑二月征漳寇进兵长汀道中有感》诗前无，浙古本《全集》有。所阙五字为：“山人王守仁。”

[二] 阳：上古本、浙古本《全集》本俱作“日”。

[三] 暮□□□：上古本、浙古本《全集》本俱作“莫倚贰师”。

[四] 由来：上古本、浙古本《全集》本俱作“极知”。

[五] 满地：上古本、浙古本《全集》俱作“到处”。

[六] 深愧湖边：上古本、浙古本《全集》俱作“翻忆钟山”。

考释

《辑考编年》录自《嘉靖汀州府志》卷十七。此诗与上古本《全集》卷二十“江西诗”中《丁丑二月征漳寇进兵长汀道中有感》差异见前“校勘”。

此诗及此后有关汀州的《题察院壁》《四月壬戌复过行台□□□》《夜坐有怀故

□□□次韵》《南泉庵漫书》等诗，上古本《全集》多与方志等记载不同。赵广军《方志对文化史料的补充：以王阳明在福建遗留诗文为例》刊于《中国地方志》2007 年第 5 期，已有所论述。此可与上古本《全集》《年谱》互参。考释、笺注已见前。

题察院壁

四月戊午班师上杭道中，都御史王守仁书。

吹角峰头晓散军，回空万马下氤氲。前旌已带洗兵雨，飞鸟犹惊卷阵云。南亩独忻农事动，东山休作凯歌闻。正思锋镝堪挥泪，一战功成未足云。

考释

《辑考编年》录自《嘉靖汀州府志》卷十七。

此为上古本《全集》卷二十“江西诗”《喜雨三首》之三。有关考释、笺注已见前。

四月壬戌复过行台□□□

见说相携雪上耕，连蓑应已出乌程。荒畲初垦功须倍，秋熟虽微税亦轻。雨后湖舠兼学钓，饷余堤树合闲行。山人久办归农具，犹向千峰夜度兵。

考释

《辑考编年》录自《嘉靖汀州府志》卷十七。

此诗在《全集》，为《闻曰仁买田霅上携同志待予归二首》之一。有关考释、笺注已见前。

夜坐有怀故□□□次韵

月色虚堂坐夜沉，此时无限故园心。山中茅屋□□□，江上冲扉春水深。百战自知非旧学，三驱犹愧失前禽。归期久负黄徐约，独向幽溪雪后寻。

考释

《辑考编年》录自《嘉靖汀州府志》卷十七。

此诗在《全集》，为《闻曰仁买田霅上携同志待予归二首》之二。有关考释、笺注已见前。

南泉庵漫书[一]

山城经月驻旌戈，亦复幽寻到薜萝。南国已看回甲马[二]，东田初喜出农蓑。溪云晓渡千峰雨，江涨春深两岸波。暮倚七星瞻北极，绝怜苍翠晚来多。

雨中过南泉庵，书壁。是日，梁郡伯携酒来问(1)，因并呈。时正德丁丑四月五日，阳明山人守仁顿首。

校勘

[一] 南泉庵漫书：《府志》作“上杭南泉庵”，《上杭县志》作“题南泉庵”。

［二］看：上古本《全集》卷二十所收《回军上杭》作“欣”。

考释

《辑考编年》录自《嘉靖汀州府志》卷十七。又，此诗守仁的手迹现仍存，在北京的拍卖会上出现。或云此书真迹现存上海博物馆。跋文所言“梁郡伯携酒来问，因并呈”，计文渊《王阳明法书集》、束景南《辑考编年》都收有《寄梁郡伯札》，可补上古本《全集》之不足。

今上古本《全集》中有《回军上杭》，即此诗，然诗题不同，字句有出入，且无跋。南泉庵，在上杭县的琴冈。

《辑考编年》认为正德十二年四月驻军上杭时所作。

题察院时雨台

三代王师不啻过(1)，来苏良足慰童皤(2)。阴霾岩谷雷霆迅，枯槁郊原雨泽多。纡策顿能消海岱(3)，洗兵真见挽天河(4)。时平复有丰年庆，满听农歌答凯歌。

考释

《辑考编年》录自《嘉靖汀州府志》卷十七。察院：指都察院公署。王阳明时为都察院左佥都御史。《乾隆汀州府志》卷三：“学院在府前街，即旧汀州卫。察院公署在治东，今为总镇府。”时雨台：王阳明于明正德十二年三月奉命征剿漳州大帽山詹师富等反乱者，路过汀州上杭。时上杭大旱，王阳明在他驻节的察院行台祈雨，祈后有雨。四月戊午班师回上杭，又有三天透雨，旱象见消。故把明弘治元年巡道伍希闵建的察院行台厅堂改名“时雨堂”，行台中的清风亭改名“时雨亭”，并撰《时雨堂记》，手书刻石。见上古本《全集》卷二十三《时雨堂记》。《祈雨二首》

《喜雨三首》等皆与此有关。

《辑考编年》认为与《南泉庵漫书》诗为同时(正德十二年)之作。

笺注

(1)三代:《论语·卫灵公》:"斯民也,三代之所以直道而行也。"宋邢昺《疏》:"三代,夏、殷、周也。" 王师:天子的军队;国家的军队。

(2)来苏:因其来而于困苦中获得苏息。《尚书·仲虺之诰》:"攸徂之民,室室相庆曰:'徯予后,后来其苏!'"《孔传》:"汤所往之民皆喜曰:'待我君来,其可苏息。'" 皤:白发貌。老人。

(3)纡策:纡筹策。唐杜甫《咏怀古迹五首》其三:"三分割据纡筹策,万古云霄一羽毛。" 海岱:指东海与泰山之间的地方,引申为四海之内。

(4)洗兵:传说周武王出师遇雨,认为是老天洗刷兵器,后擒纣灭商,战争停息。事见汉刘向《说苑·权谋》。后以"洗兵"表示胜利结束战争。 挽天河:唐杜甫《洗兵马》:"安得壮士挽天河,尽洗甲兵长不用。"此指引来甘雨。

感梦有题

梦中身拜五云□,□□家人妇子怀。犬马有心知恋主,孤寒无路可为阶。风尘满眼谁能息,竽瑟三年我自乖[1]。默愧无功成老大[2],退休烂醉是生涯[3]。

考释

《辑考编年》录自嘉靖《汀州府志》卷十七,考定其作于正德十二年二月。

笺注

(1)竽瑟三年:唐韩愈《答陈商书》:"齐王好竽,有求仕于齐者,操瑟而往,立王之门，三年不得入，叱曰：'吾瑟鼓之，能使鬼神上下。吾鼓瑟，合轩辕氏之律吕。'客骂之曰：'王好竽而子鼓瑟，虽工，如王不好何？'是所谓工于瑟而不工于求齐也。"后遂以"抱瑟不吹竽"喻不知投人所好。　乖：违忤，不和谐。《楚辞·七谏·怨世》："吾独乖剌而无当兮，心悼怵而耄思。"

（2）老大：此指年老。

（3）唐杜甫《杜位宅守岁》："谁能更拘束，烂醉是生涯。"

游罗田岩怀濂溪先生遗咏诗

路转罗田一径微，吟鞭敲到白云扉[1]。山花笑午留人醉，野鸟啼春傍客飞。混沌凿来尘劫老[2]，姓名空在旧游非。洞前唯有元公草[3]，袭我余香满袖归。

考释

《辑考编年》录自光绪《江西通志》卷五十六。罗田岩：在雩都。光绪《江西通志》卷五十六："罗田岩，在雩都县南五里。一名善山。两旁岩岫空洞交通。宋嘉祐间，周子倅虔，游此赋诗。县令沈希颜因建濂溪阁。"濂溪先生遗咏：光绪《江西通志》卷五十六又有宋周敦颐《雩都咏罗田岩》："闻有山岩即去寻，亦跻云外入松阴。虽然未是洞中境，且异人间名利心。"

笺注

（1）白云扉：山居或山居之门。

（2）混沌凿来：指周敦颐《太极图说》"无极而太极"之说。提出了太极之前的"无极"概念。明黄宗羲《宋儒学案》："若论阐发心性义理之精微，端数元公之破暗也。"

（3）元公：周敦颐谥号元公。

谒文山祠

汗青思仰《晋春秋》[1]，及拜遗像此灵游。浩气乾坤还有隘，孤忠今古与谁侔？南朝未必当危运[2]，北虏乌能卧小楼[3]？万世纲常须要立，千山高峙赣江流[4]。

正德十四年秋七月，谒宋文山祠，有赋一则。王守仁。

考释

《辑考编年》录自网上拍卖手迹。文山祠：光绪《吉安府志》卷八："文丞相忠义祠，在府城东北五里螺山中。"

正德间，王阳明曾撰《重修文山祠记》（见上古本《全集》卷二十二），《辑考编年》认为此诗当作于正德十四年七月十三日发兵北上讨宁王反乱时。

笺注

（1）汗青：古时竹简，先用火烤，把青竹的水分去掉，称"汗青"。后指史册。文天祥《过零丁洋》："人生自古谁无死？留取丹心照汗青。"《晋春秋》：当指《汉晋春秋》，东晋习凿齿，记述三国史事，以蜀汉为正统；魏武虽复汉禅晋，尚为篡逆，遂以晋承汉。唐刘知幾《史通・直书》谓其"历考前史，征诸直词，虽古人糟粕，真伪相乱，而披沙拣金，有时获宝"，"至习凿齿乃申以死葛走达之说，抽戈犯跸之言，历代厚诬，一朝始雪。"

（2）南朝：多泛指位于南方的朝廷。此指南宋朝廷。

（3）北虏：指蒙古人，蒙古军队。 卧小楼：元张宪《厓山行》："犹有孤臣卧小楼,南面从容就刑戮。”

(4)文山祠在赣江边上。《光绪吉安府志》卷二:“螺川水,即赣水也。赣水绕城东北,流经螺子山麓,故称螺水。”

答友人诗(残句)

尽把毁誉供一笑,由来饥饱更谁知?

考释

《辑考编年》录自《邹守益集》卷十一《简程松谿司成》。

赠陈惟浚诗(残句)

况已妙龄先卓立,直从心底究宗元。

考释

《辑考编年》录自《聂豹集》卷六《礼部郎中陈明水先生墓碑》

送王巴山学宪归六合

衡文岂不重[1],竹帛总成尘[2]。且脱奔驰苦,归寻故里春。人生亦何极,所重全其贞。去去勿复道,青山不误人。

考释

《辑考编年》录自《光绪六合县志》卷七,并考王巴山即王弘,字叔毅,家在六合巴山,故号巴山。《县志》卷一:巴山在县西北四十五里。高四十丈,周二里,有寺。明副使王弘家于此,故号“巴山先生”。学宪:王弘曾为广东副使,督学政,故称。

《辑考编年》据《邹守益集》卷十一《简欧阳南野崇一》“往岁侍先师于虔台,王八山自广归见”,认为诗作于正德十五年,王弘归巴山经赣州遇王阳明时所作。

笺注

(1)衡文:判定文章高下。评文如以秤衡物,故云。唐刘禹锡《唐故尚书主客员外郎卢公集纪》:“丞相曲江公方执文衡,揣摩后进,得公深器之。”

(2)竹帛:竹简和白绢。此指书籍、史乘。

吊叠山先生

国破家亡志不移,文山心事两相期[一]。当时不落豺狼手,成败于今未可知。

校勘

[一]两:钱明辑本作“尔”。

考释

钱明《阳名学的形成与发展》辑佚诗收此,曰:“原载《广信府志》卷十一《艺文》(清蒋继洙等修,李树藩等撰,同治十二年刊),据《中国方志丛书》第106号(台湾成文出版社有限公司印行)移录。”认为“年代不详”。《辑考编年》:“诗见同治《弋阳县志》卷十三,同治《广信府志》卷十一。”

《辑考编年》认为作于“正德十五年”“九月下旬”,即王阳明由南昌往钱塘“献俘”途中。

叠山先生：宋谢枋得字君直，号叠山。事见《宋史·谢枋得传》。

送孙老先生入泮

廿载名邦负笈频[1]，循循功业与时新。天池朝展柔杨枝[2]，泮水先藏细柳春[3]。

恭贺孙老先生入泮之禧。阳明王守仁。广兴□张大直顿首□。

考释

《辑考编年》录自拍卖市场手迹图片，并认为当作于正德十六年。

孙老先生：《辑考编年》认为为孙燧之父。入泮：科举时代学童入学为生员称为“入泮”。

笺注

（1）负笈：背着书箱去求学。

（2）天池：南朝宋王韶之《殿前登歌》：“沔彼流水，朝宗天池。”

（3）泮水：古代学宫前形如半月的泮池。 细柳：日落之处。汉王充《论衡·说日》：“儒者论日，旦出扶桑，暮入细柳。扶桑东方地，细柳西方野也。”此喻孙老先生年暮。

歌诗

何者堪名席上珍[1]，都缘当日得师真[2]。是知佚我无如老[3]，惟喜放怀长似春[4]。得志当为天下事，退居聊作水云身[5]。胸中一点分明处[6]，不负高天不负人。

考释

《辑考编年》录自明张鼐《虞山书院志》卷四，认为作于嘉靖四年。

笺注

(1) 席上珍：席上之珍。筵席上的珍品。比喻至美的义理或人才。典出《礼记·儒行》："儒有席上之珍以待聘。"

(2) 师真：师傅的真传。

(3) 典出《庄子·大宗师》："夫大块载我以形，劳我以生，佚我以老，息我以死。故善吾生者，乃所以善吾死也。"

(4) 放怀：开怀，放宽心怀。唐温庭筠《秋日》："投迹倦攸往，放怀志所执。"

(5) 水云身：身如行云流水，故称。泛指来去自由、无所羁绊之身。宋陆游《自小云顶上云顶寺》："缚裤属櫜鞬，哀哉水云身。"钱仲联校注："水云身，佛家语，行脚僧之称，行云流水之意。"

(6) 一点分明处：此殆指良知。

守岁诗 并序

嘉靖丙戌之除，从吾道人自海宁渡江来访[1]，图共守岁。人过中年，四方之志益倦。客途岁暮，恋恋儿女室家，将舍所事走千里而归矣。道人今年已七十，终岁往来湖山之间，去住萧然，曾不知有其家室。其子穀又贤而孝，谓道人老矣，出辄长跪请留。道人笑曰:“尔之爱我也以姑息。吾方友天下之善士[(2)],以与古之贤圣者游,正情养性,图无入而不自得。天地且逆旅[(3)],奚必一亩之宫而后为吾舍耶?”呜呼,若道人者,要当求之于古,在今时则吾所罕睹也。是夜风雷,道人有作,予因次韵为谢。

多情风雪属三余[(4)],满目湖山是旧庐。况有故人千里至,不知今夜一年除。天心终古原无改,岁时明朝又一初。白首如君真洒脱,耻随儿子恋分裾[(5)]。

阳明山人守仁书。

考释

《辑考编年》录自明董沄《从吾道人诗录》附录,并认为作于嘉靖五年。

笺注

(1)从吾道人:海宁董萝石澐。

(2)善士:有德之士。《孟子·万章下》:“一乡之善士,斯友一乡之善士;一国之善士,斯友一国之善士;天下之善士,斯友天下之善士;以友天下之善士为未足,又尚论古之人。”

(3)逆旅:客舍,旅店。《左传·僖公二年》:“今虢为不道,保于逆旅。”杜预注:“逆旅,客舍也。”

(4)三余:余干、余姚、余杭三县。北魏郦道元《水经注·渐江水》:“汉末童谣云:‘天子当兴东南三余之间。’”宋王应麟《小学绀珠·地理·三余》:“余干、余姚、余杭。”

(5)分裾:指分离。清陈确《哭祝子开美》之四:“壮士那堪随左衽,中年不忍即分裾。”

谒增江祖祠

海上孤忠岁月深，旧壝荒落杳难寻[(1)]。风声再树逢贤令[(2)]，庙貌重新见古心。香火千年伤旅客，烝尝两地叹商参[(3)]。邻祠父老皆仁里[(4)]，从此增城是故林[(5)]。

考释

《辑考编年》录自雍正《广东通志》卷六十，认为此诗即《题忠孝祠壁》诗，作于嘉靖七年十月。

增江：珠江水系东江的支流，发源于新丰县七星岭，自北向南，流经从化、龙门、增城，在增城官海口附近汇入东江。此指增城。祖祠：王阳明先祖之祠。

笺注

（1）旧壝：旧的祭坛。《仪礼・聘礼》：“为壝坛画阶。”汉郑玄《注》：“壝土象坛也。”宋贾公彦《疏》：“其坛，壝土为之，无成，又无尺数，象之而已。”

（2）风声再树：再树风声。再次建立好的教化，宣扬好的风气。此指有司复建王阳明祖祠之事。树，建立；风，教化；声，风声、风气。

（3）烝尝：秋冬二祭。后亦泛称祭祀。　商参：商星和参星。二十八宿中的商宿与参宿。分处天穹两端，无法同时出现。此指自己的故乡和增城相隔遥远。

（4）仁里：仁者居住的地方。《论语・里仁》：“里仁为美。”三国魏何晏《集解》引郑玄曰：“里者，民之所居。居于仁者之里，是为美。”后泛称风俗淳美的乡里。

（5）增城：广东增城。　故林：故乡的树林。多喻故乡或家园。唐杜甫《江亭》："故林归未得，排闷强裁诗。"

补遗六 以下两首，不见于上古本《全集》、浙古本《全集》、《辑考编年》。

题扇诗

秋水何人爱，轻狂我辈来。山光浮掌动[(1)]，湖色盈胸开。黄鹄轻千里[(2)]，苍鹰下九垓[(3)]。平生济川志[(4)]，击节使人哀[(5)]。

考释

此诗见清潘正炜《听帆楼书画记》卷四，《集明人行草扇册》共二十八幅，其中第十四幅即此幅。署"王阳明"名，有"王阳明印"。从诗意考之，或当作于弘治十二年中进士后。

束景南、查明昊《王阳明全集补编》认为是王宠之作。

笺注

（1）浮掌动：典出唐王维《和贾舍人早朝大明宫之作》："日色才临仙掌动，香烟欲傍衮龙浮。"仙掌乃掌扇，亦即障扇，为古时仪仗的一种。宋孟元老《东京梦华录·十四日车驾幸五岳观》："执御从物，如金交椅、唾盂、水罐、果垒、掌扇、缨拂之类。"

（2）旧题汉苏武《黄鹄歌》："黄鹄一远别，千里顾徘徊。"

（3）九垓：九重之天。

（4）济川：渡河。《尚书·说命上》："爰立作相，王置诸其左右。命之曰：'朝夕纳诲，以辅台德。若金，用汝作砺；若济巨川，用汝作舟楫。'"后以"济川"比喻辅佐帝王。唐独孤及《庚子岁避地至玉山酬韩司马所赠》诗:“已无济川分,甘作乘桴人。”

(5)击节:击节叹惋,壮志未酬。

题鲁公捣衣石诗

平原世家古犹今[1],千载能留一片砧[2]。秋尽每闻霜杵捣,年深不受雨苔侵。摩挲自有世人看,守护那无鬼物临[3]。自是鲁公名不泯[4],祠阴松柏尚森森。

考释

钱明曰:“载《颜氏续修族谱》卷八上,清颜松云等纂修,光绪三十年希圣堂木活字本。”(见《阳明学的形成与发展》)浙古本《全集》未收,或有其故。待考。

鲁公捣衣石:或云在吉安永新县。《渊鉴类函·地部·石类》:“王象之云:‘捣衣石在永新,相传颜鲁公常盘桓其上,以为石可捣衣,故名。’”颜诩(872—946)字如昌,一字宗鲁,号思嵩,进士第,颜真卿之后。少孤,后唐庄宗(李存勖)同光年间(923—926)自金陵赴任吉州永新县令。颜诩览鲁公永新捣石遗迹。游览禾山曾书“龙溪”大字,青原山题名“捣衣石”。

按:此诗或作于正德十五年六月,归赣,游青原山时,亦有感而发也。游青原山,见《年谱》。

笺注

(1)平原世家:唐代颜真卿是京兆万年人,字清臣。开元年间进士,升迁任殿中侍御史,后被降职为平原太守。安史之乱,河北皆被叛军占领,唯其坚守平原。世称“颜平原”。

（2）砧：指捣衣石。

（3）鬼物：鬼神。

（4）鲁公：颜真卿在安史之乱后，被封鲁郡开国公，故又世称颜鲁公。

附　录

王阳明诗赋编年

说明

王阳明的诗赋作品，在明代嘉靖时期刊出的《居夷集》和《阳明文录》《阳明先生诗录》等文献中，虽说已经进行了编年处置，但由于当时编者重点关注的不是诗赋领域，存在着种种人为因素，在确定诗赋撰述时间方面，已经存在若干问题，多有出入。近年重新编辑上古本和浙古本《王阳明全集》，对于这部分的问题，大致一仍其旧。而从事辑佚的学者们收集的散佚作品，有些撰述时间也不明确，或有可商榷处。

在整理注释王阳明诗赋作品的过程中，对于诗赋的写作时期，做了一些关注，现将有关的作品，按写作时间，结合王阳明的生平行迹，编年如下。

一些作品仅可推测其写作大致时间，则列于各月或各年的最后。另有一些年代难以确定，重出，和作品真伪可疑者，俱列于最后，以供检核。

由于作品甚多，疏漏误讹在所难免，可结合正文中各诗赋有关的考释，一并参考。

作品编年

王守仁，字伯安。浙东余姚人。因尝筑室阳明洞，故称阳明先生。

父讳华，字听辉，别号实庵，晚称海日翁，尝读书龙泉山中，又称龙山公。成化辛丑，赐进士及第第一人，仕至南京吏部尚书。

成化八年壬辰，一岁。

九月丁亥生，为九月三十日。因传说生时瑞云缭绕，神人降临，故人指所生楼曰“瑞云楼”。

成化十六年庚子，九岁。

或云该年前后作《象棋诗》。恐系传闻。

成化十七年辛丑，十岁。

在越。其父龙山公王华举进士第一甲第一人。

成化十八年壬寅，十一岁。

龙山公王华迎父亲到京供养，祖父携守仁如京师，时年十一。

路过金山寺，或赋《过金山》《蔽月山房》。

成化二十年甲辰，十三岁，寓京师。

母太夫人郑氏卒。居丧哭泣甚哀。

成化二十二年丙午，十五岁，寓京师。

出游居庸三关，慨然有经略四方之志：经月始返。

返回故乡越中。

孝宗弘治元年戊申，十七岁，在越。

七月，前往江西南昌。结婚。

弘治二年己酉，十八岁，寓江西。

十二月，携夫人诸氏归余姚。

弘治三年庚戌，十九岁。**在越中**。

正月祖父去世。

弘治五年壬子，二十一岁，在越。

举浙江乡试。

为应考，赴京。

弘治六年癸丑，二十二岁。

在京师会试。

春，会试下第。在京读书。撰《圣水寺》。

弘治七年，二十三岁。**在京，就读北雍**。

撰《毒热有怀用少陵执热怀李尚书韵，寄年兄程守夫吟伯》。

弘治八年，二十四岁。

在京。撰《寄舅》。

弘治九年丙辰，二十五岁。

三月，其父被特命为日讲官。会试，守仁又下第。

孟冬，归余姚途中，经济川，在任城，登太白楼，撰《太白楼赋》。

归余姚。结诗社于龙泉山寺。

弘治十年丁巳，二十六岁。

三月，撰《兰亭次秦行人》。

弘治十一年戊午，二十七岁。

是年冬，在余姚。

撰《游秦望用壁间韵》《登峨嵋归经云门》《留题金粟山》。

弘治十二年己未，二十八岁，在京师。

是年春会试。中进士，观政工部。

秋，钦差督造威宁伯王越坟，仲秋朔，撰《大伾山诗》《大伾山赋》。

或在此行往返中，经徐州，撰《云龙山次乔宇韵》。

弘治十三年庚申，二十九岁，在京师。**授刑部云南清吏司主事**。

撰《送李贻教归省图诗》《送行时雨赋》《奉和宗一高韵》。

《坠马行》或作于此年前后。

弘治十四年辛酉，三十岁，在京师。

春，奉命审录江北。撰《游北固山》。

遂游九华，宿无相、化城诸寺。

撰《九华山下柯秀才家》《书梅竹小画》《夜宿无相寺》《无相寺三首》《化城寺六首》《李白祠二首》《双峰》《莲花峰》《列仙峰》《云门峰》《芙蓉阁二首》《和九柏老仙诗》《清风楼》《登莲花绝顶书赠章汝愚》《九华杂言》等。

按：以上诗赋，《阳明文录》及此后诸文集，多标明为“壬戌”即弘治十五年所撰。而考王阳明行迹，游九华山当在弘治十四年末到十五年初，故并列于此。

弘治十五年壬戌，三十一岁。

年初正月十三日，作《与舫斋书》。

撰《九华山赋》《游齐山赋并序》《谪仙楼》《蓬莱方丈偶书》。

五月，回京复命，京中旧游俱以才名相驰骋，学古诗文。守仁叹曰："吾焉能以有限精神为无用之虚文也！"

八月，疏"告病归越"，途中撰《登谯楼》《石门晚泊》《登吴江塔》《仰高亭》。

立秋，撰《山中立秋日偶书》。

是秋，在越，游山阴浮峰，撰《游牛峰寺四首》《四绝句》《夜雨山翁家偶书》。

或撰《大中祥符寺》《游山二首》《赠芳上人归三塔》《审山诗》《坐功》《石庵和尚像赞》《无题诗》。

弘治十六年，三十二岁。

移疾钱塘西湖，复思用世。

春，撰《寻春》。《西湖醉中漫书二首》《西湖诗》("我所思兮山阿")、《移居胜果寺》《西湖》("画舫西湖载酒行")、《七言古诗》或作于此时前后。

往来南屏、虎跑诸刹。或撰《木觉寺》《惠济寺》《题曹林庵》。

秋，撰《无题》("青山晴壑小茅檐")、《夜归》。

疑守仁去年至今年春，曾有武夷之游，可再考。

弘治十七年甲子，三十三岁。由故乡复出。返回京城。

四月，撰《若耶溪送友诗》。

七月，赴京，经徐州，撰《黄楼赋》。

秋，应巡按山东监察御史陆偁聘，主山东乡试。在济南。作《文衡堂试事毕书壁》《诸君以予白发之句，试观予鬓，果见一丝。予作诗实未尝知也。谩书一绝识之》。

过往泰安时登临泰山，撰《登泰山五首》《游泰山》《泰山高次王内翰司献韵》。撰《雪岩次苏颖滨韵》《御帐坪》《咏趵突泉》。

九月，撰《谒周公庙》。是月改兵部武选清吏司主事。撰《送人东归》《赠阳伯》《故山》。《别友》《晚堂吟》或作于此年。

弘治十八年乙丑，三十四岁，三月已在京师。

撰《忆鉴湖友》《寄西湖友》。

是年前后撰《忆龙泉山》《忆诸弟》。

武宗正德元年丙寅，三十五岁，在京师。

正德元年守仁行踪，《年谱》多误，且不详，殆有隐情在。

十二月因上封事，下诏狱，撰《不寐》《有室七章》《读易》《岁暮》《见月》《天涯》《屋罅月》。

疑《因雨和杜韵》《五星砚铭》为是年之作。

正德二年丁卯，三十六岁，《年谱》云“在越”，误。

王阳明于正德元年十二月上疏，受杖，被贬为龙场驿丞。前往龙场，乃今年初之事。撰《别友狱中》《咎言》《忆别》《守俭弟归曰仁歌楚声为别予亦和之》。

春,前往贵州途中,撰《答汪抑之三首》《阳明子之南也其友湛元明歌九章以赠崔子钟和之以五诗,于是阳明子作八咏以答之》《南游三首》《忆昔答乔白岩因寄储柴墟三首》《一日》《梦与抑之昆季语,湛崔皆在焉。觉而有感,因记以诗三首》。

《年谱》曰:正德二年"夏,赴谪至钱塘",撰《赴谪次北新关喜见诸弟》。

或云《泛海》《武夷次壁间韵》等有关之诗,作于此时,乃误传。俱存疑待考。

疑《广信元夕蒋太守舟中夜话》为该年所撰。

途中所撰诗歌:

衢州:《草萍驿次林见素韵奉寄》;

上饶及江西各地:《玉山东岳庙遇旧识严星士》《夜泊石亭寺用韵呈陈、娄诸公因寄储柴墟都宪及乔白岩太常诸友》《过分宜望钤冈庙》《夜宿宣风馆》《萍乡道中谒濂溪祠》《宿萍乡武云观》《醴陵道中风雨夜宿泗州寺次韵》《过靖兴寺》《游靖兴寺》;

长沙:《次韵答赵太守王推官》《长沙答周生》《陟湘于迈,岳麓是尊,仰止先哲,因怀友生丽泽,兴感伐木,寄言二首》《游岳麓书事》《赠龙以昭隐君》《朱张祠书怀示同游》;

由洞庭湖入沅江:《晚泊沅江》《天心湖阻泊既济书事》;

取道沅、湘而往龙场途中:《吊屈平赋》《罗旧驿》《沅水驿》《平溪馆次王文济韵》《七盘》《兴隆卫书壁》《清平卫即事》《杂诗三首》。

春,至龙场。

撰《初至龙场无所止结草庵居之》《始得东洞遂改为阳明小洞天三首》《始得东洞遂改为阳明小洞天》《谪居绝粮请学于农将田南山永言寄怀》《龙冈新构》《观稼》《采蕨》《猗猗》《南溟》《溪水》《西园》《水滨洞》《山石》。

秋。撰《游来仙洞早发道中》《寄京友》。

冬。撰《无寐二首》《答毛拙庵见招书院》。

是年撰《去妇叹五首》。

正德三年戊辰，三十七岁。在龙场。

《元夕二首》《家僮作纸灯》《白云堂》。春夏间，撰《春晴》《诸生来》《诸生夜坐》。

夏，撰《夏日游阳明小洞天喜诸生偕集偶用唐韵》《艾草次胡少参韵》《凤雏次韵答胡少参》《鹦鹉和胡韵》《与胡少参小集》《再用前韵赋鹦鹉》。

秋，撰《诸生》《别友》《寄友用韵》《老桧》《却巫》《陆广晓发》《过天生桥》《南霁云祠》《赠黄太守澍》《秋夜》《采薪二首》。

是年撰《龙冈漫兴五首》。

冬，撰《雪夜》《栖霞山》(此诗疑非阳明之作)。

正德四年己巳，三十八岁，在贵阳。

正月，撰《次韵陆佥宪元日喜晴》《次韵陆文顺佥宪》《元夕木阁山火》《木阁道中雪》《观傀儡次韵》《春行》《山途二首》《白云》《复用杜韵一首》《春日花间偶集示门生》《来仙洞》《村南》《试诸生有作》《再试诸生》《再试诸生用唐韵》《给书诸学》《答刘美之见寄次韵》

《寄徐掌教》《南庵次韵二首》《徐都宪同游南庵次韵》《夜宿汪氏园》《太子桥》《送客过二桥》《先日与诸友有郊园之约是日因送客后期小诗写怀》《待诸友不至》《送张宪长左迁滇南大参次韵》。

夏，撰《夏日登易氏万卷楼用唐韵》《书庭蕉》。

秋，撰《即席次王文济少参韵二首》《赠刘侍御二首》《次韵送陆文顺佥宪》《次韵陆佥宪病起见寄》《次韵胡少参见过》。

冬，撰《夜寒》《冬至》《雪中桃次韵》《赠陈宗鲁》《醉后歌用燕思亭韵》《寓贵诗》《将归与诸生别于城南蔡氏楼》《诸门人送至龙里道中二首》《题施总兵所翁龙》。

正德四年除夕，王阳明已经离开贵州，在前往庐陵途中，作《舟中除夕二首》。

正德五年庚午，三十九岁。自去年底从龙场前往庐陵。

撰《元夕雪用苏韵二首》《晓霁用前韵书怀二首》。

途中：撰《溆浦山夜泊》《过江门崖》《钟鼓洞》《游钟鼓洞》《辰州虎溪龙兴寺闻杨名父将到留韵壁间》《天涯思归》。

常德：撰《武陵潮音阁怀元明》《阁中坐雨》《霁夜》《僧斋》《观音山》《墨池遗迹》《德山寺次壁间韵》《沅江晚泊二首》《夜泊江思湖忆元明》《睡起写怀》。

转入湖南、江西：撰《三山晚眺》《鹅羊山》《泗州寺》《次韵自叹》《立春日道中短述》《过安福》《游瑞华二首》《古道》《再经武云观书林玉玑道士壁》《再过濂溪祠用前韵》。

到庐陵后：撰《公馆午饭偶书》。

冬十一月，入觐。入京，馆于大兴隆寺。

十二月，升南京刑部四川清吏司主事。甘泉与黄绾言于冢宰杨一清，改留吏部。职事之暇，时讲聚。

正德六年辛未，四十岁，在京师。

正月，调吏部验封清吏司主事。撰《崇玄道院》《夜宿功德寺次宗贤》《赠别黄宗贤》。

二月，为会试同考试官。僚友方献夫是冬告病归西樵，守仁为叙别之，撰《别方叔贤四首》。

十月，升吏部文选清吏司员外郎。

甘泉出使安南封国，将行，为文以赠。撰《别湛甘泉二首》。

黄绾辞职离京，撰《赠别黄宗贤》；又作《送启生还丹》《屋舟为京口钱宗玉》《彰孝坊》。

正德七年壬申，四十一岁。在京师。

三月，升考功清吏司郎中。

春，撰《香山次韵》《夜宿香山林宗师房次韵二首》。

十二月，升南京太仆寺少卿，便道归省。

与徐爱论学。爱是年以祁州知州考满进京，升南京工部员外郎。与先生同舟归越。归越途中或作《白湾六章》。

正德八年癸酉，四十二岁。

二月，至越。

守仁初计至家即与徐爱同游台、荡，以宗族亲友绊，弗能行。《年谱》：五月终，与爱等数友期候黄绾不至，乃从上虞入四明，观白水。寻龙溪之源；登杖锡，至雪窦，上千丈岩，以望天姥、华顶；欲遂从奉化取道赤城。作《四明观白水二首》《宝林寺》《杖锡道中用张宪使韵》《又用曰仁韵》《书杖锡寺》等。

冬十月，至滁州。

滁山水佳胜，守仁督马政，地僻官闲，日与门人遨游琅琊、瀼泉间。作《梧桐江用韵》《林间睡起》《赠熊彰归》《别易仲》《送守中至龙盘山中》《龙蟠山中用韵》《琅琊山中三首》《答朱汝德用韵》《送惟乾二首》《栖云楼坐雪二首》《午憩香社寺》《门人王嘉秀实夫、萧琦子玉告归，书此见别意，兼寄声辰阳诸贤》。

正德九年甲戌，四十三岁，在滁。

作《别希颜二首》《送蔡希颜三首》《山中示诸生五首》《龙潭夜坐》《送德观归省二首》《赠守中北行二首》《郑伯兴谢病还鹿门雪夜过别赋赠三首》《与商贡士二首》《云岩》。

四月，升南京鸿胪寺卿。滁阳诸友送至乌衣，留居江浦。作《滁阳别诸友》《寄浮峰诗社》。

五月，至南京。作《送诸伯生归省》《诸用文归用子美韵为别》。

十月，作《别诸伯生》。

正德十年乙亥，四十四岁。

在南京。作《题岁寒亭赠汪尚和》《送徽州程毕二子》《山中懒睡四首》《题灌山小隐二绝》《守文弟归省携其手歌以别之》《别族太叔克彰》《登凭虚阁和石少宰韵》《登阅江楼》《狮子山》《游牛首山》。

五月，作《病中大司马乔公有诗见怀次韵奉答二首》。

六月，作《六月五章》。

秋，作《书扇面寄馆宾》《寄冯雪湖二首》。

冬，作《用实夫韵》《题王实夫画》《赠潘给事》《与沅陵郭掌教》《别余缙子绅》《送刘伯光》《送胡廷尉》。

《与郭子全》或作于此年前后。

正德十一年丙子，四十五岁，在南京。

春，作《游清凉寺三首》《寄张东所次前韵》《寄潘南山》《次栾子仁韵送别四首》《寿西冈罗老先生》《寄滁阳诸生二首》《忆滁阳诸生》《夜坐偶怀故山》《怀归二首》《送德声叔父归姚》《书悟真篇答张太常二首》。

九月，升都察院左佥都御史，巡抚南赣、汀、漳等处。撰《小园睡起次韵寄乡友》。

十月，归省至越。《冬夜偶书》或作于此年前往赣南之前。

正德十二年丁丑，四十六岁。

正月，至赣。正月十六日开府。二月，平漳寇。作《感梦有题》，又有《长汀道中□□诗》《丁丑二月征漳寇进兵长汀道中有感》。

《游南冈寺》作于此时。

四月，班师。《游罗田岩怀濂溪先生遗咏诗》或作于此时前后。

时三月不雨。四月，先生驻军上杭，祷于行台，得雨。撰《祈雨辞》《祈雨二首》《喜雨三首》《题察院壁》《题察院时雨台》《回军上杭》《还赣》《借山亭》。

五月，闻蔡宗兖、许相卿、季本、薛侃、陆澄同举进士。徐爱买田霅上，为诸友久聚之计，守仁作《闻曰仁买田霅上携同志待予归二首》。

九月，改授提督南赣、汀、漳等处军务，给旗牌，得便宜行事。

十月，平横水、桶冈诸寇。作《桶冈和邢太守韵二首》《茶寮纪事》。

正德十三年戊寅，四十七岁，在赣。

正月，征三浰。亲抵龙南。作《过梅岭》。

二月，奏移小溪驿。

三月，疏乞致仕，不允。平浰头诸寇，作《回军龙南小憩玉石岩，双洞绝奇，徘徊不忍去，因寓以阳明别洞之号，兼留此作三首》《再至阳明别洞和邢太守韵二首》。

四月，班师。

六月，升都察院右副都御史，荫子锦衣卫，世袭百户。辞免不允。

七月，撰《蒙冈书屋铭——为学益作》。

正德十四年己卯，四十八岁，在江西。

以三浰、九连功，荫子锦衣卫，世袭副千户。上疏辞免。疏乞致仕。皆不允。

五月，作《端阳日次陈时雨写怀寄程克光金吾》。

六月，奉敕勘处福建叛军，十五日丙子，至丰城，闻宸濠反，遂返吉安，起义兵。

甲辰，发兵吉安。作《谒文山祠》。

辛亥，拔南昌。

七月壬辰，守仁发兵南昌。

八月，乙卯至丁巳，战于黄家渡、鄱阳湖。擒宸濠。撰《鄱阳战捷》。

九月壬寅，献俘钱塘。

九月十一日，守仁献俘发南昌。乘夜过玉山、草萍驿。作《书草萍驿二首》。

到杭州，见张永，把宸濠付之，称病西湖净慈寺。或撰《西湖》（“灵鹫高林输气清”）、《宿净寺四首》《太息》《归兴》《即事漫述四首》。

十一月，从京口将径趋行在。大学士杨一清固止之。到金山。作《泊金山寺二首》《杨邃庵待隐园次韵五首》《登小孤书壁》《登小孤次陆良弼韵》《舟夜》《金山赠野闲钦上人》《赠蒲菊钰上人》《赠性空上人》《赠雪航上人》《泊金山寺》《献俘南都回还登石钟山次深字韵》。

奉敕兼巡抚江西。十一至十二月，返江西。撰《舟中至日》《阻风》《用韵答伍汝真》《过鞋山戏题》《望庐山》。

《除夕伍汝真用待隐园韵即席次答五首》《寄江西诸士夫》或作于是年。

正德十五年庚辰，四十九岁，在江西。

正月，奉召，前往行在，中途，权臣阻止。到芜湖。寻得旨，遂从湖口返江西。作《元日雾》《二日雨》《三日风》《立春二首》。

春，作《清风楼》《蟂矶次草泉心刘石门韵》《梵天寺》《练潭馆二首》《江上望九华山二首》《观九华龙潭》《泊舟大同山溪间诸生闻之有挟册来寻者》《游龙山》《江、施二生与医官陶野，冒雨登山，人多笑之，戏作歌》《何石山招游燕子洞》《繁昌道中阻风二首》《江边阻风散步至灵山寺》《灵山寺》《舟过铜陵野云县东小山有铁船因往观之果见其仿佛因题石上》《岩城阻风，前岁遇难于此，得北风幸免》《归途有僧自望华亭来迎且请诗》《江上望九华不见》《练潭馆二首》。

二月，如九江。先生以车驾未还京，心怀忧惶。是月游庐山东林、天池、讲经台诸处。

三月，作《游庐山开先寺》《又次壁间杜牧韵》《庐山东林寺次韵》《山僧》《远公讲经台》《太平宫白云》《书九江行台壁》《又次李佥事素韵》《白鹿洞独对亭》《游庐山开先寺》《又次邵二泉韵》《重游开先寺戏题壁》《梦游黄鹤楼奉答凤山院长》。

游九华山。作《将游九华移舟宿寺山二首》《登云峰二三子咏歌以从欣然成谣二首》《弘治壬戌，尝游九华，值时阴雾，竟无所睹。至是正德庚辰，复往游之，风日清朗，尽得其胜，喜而作歌》《芙蓉阁》《重游无相寺次韵四首》《登莲花峰》《重游无相寺次旧韵》《登云峰望始尽九华之胜因复作歌》《双峰遗柯生乔》《无相寺金沙泉次韵》《夜宿天池月下闻雷次早知山下大雨三首》《文殊台夜观佛灯》《重游化城寺二首》《游九华》《赠侍御柯君双峰长短行》。《地藏洞访老道诗》是否为守仁所作，存疑。

三月，还南昌。作《游落星寺》。《过安福》或作于此时。

三次上疏省葬，不允。作《岩下桃花盛开携酒独酌》《岩头闲坐漫成》《有僧坐岩中已三年诗以励吾党》《春日游齐山寺用杜牧之韵二首》。

五月，江西大水，疏自劾。作《劝酒》。

六月，如赣。

十四日，从章口入玉笥大秀宫。十五日，宿云储。十八日，至吉安，游青原山，和黄山谷诗，遂书碑。行至泰和，少宰罗钦顺以书问学。作《书汪进之太极岩二首》《火秀宫次一峰韵三首》《石屋山》《石溪寺》《云腾飙驭祠》《送王巴山学宪归六合》。

先生至赣，大阅士卒。作《啾啾吟》。

江西自己卯三月不雨，至七月，禾苗枯死。作《贾胡行》。

七月，重上江西捷音。

八月，咨部院雪冀元亨冤状。作《通天岩》《游通天岩示邹、陈二子》《游通天岩次邹谦之韵》《又次陈惟浚韵》《忘言岩次谦之韵》《圆明洞次谦之韵》《潮头岩次谦之韵》《坐忘言岩问二三子》《留陈惟浚》《栖禅寺雨中与惟乾同登》《赠陈东川》《天成素有志于学。兹得告东归林居静养，其所就可知矣。临别以此纸索赠，漫为赋此，遂寄声山泽诸贤》。《哭孙、许二公诗二首》似当作于此时，然真伪未定。

闰八月，四疏省葬，不允。撰《纪梦》。

九月，还南昌。撰《无题》《睡起偶成》。

秋冬之际，作《月下吟三首》《月夜二首》。

冬，作《雪望四首》，撰《思归轩赋》。

《题仁峰精舍二首》《青原山次黄山谷韵》《送邵文实方伯致仕》《题四老围棋图》，或作于是年。

正德十六年辛巳，五十岁，在江西。

正月，居南昌。作《归怀》。

春，作《立春》《送孙老先生入泮》。

三月，正德帝驾崩。

五月，集门人于白鹿洞。

六月，赴内召，寻止之，升南京兵部尚书，参赞机务。遂疏乞便道省葬。

八月，至越。作《归兴二首》。

夏，作《次谦之韵》《再游浮峰次韵》《夜宿浮峰次谦之韵》《春晖堂》。

九月，归余姚省祖茔。作《再游延寿寺次旧韵》。

十月二日，封新建伯。

嘉靖元年壬午，五十一岁，在越。朝中“大礼”之议起。

正月，疏辞封爵。疏上，不报。

二月十二日己丑，守仁之父王华卒，年七十。

守仁卧病，乃揭帖于壁，来客皆不相见。作《题倪小野清晖楼》。

七月，再疏辞封爵。

嘉靖二年癸未，五十二岁，在越。

九月，改葬龙山公于天柱峰，郑太夫人于徐山。

秋，作《秋声》。

十一月，至萧山。或撰《来雨山雪图赋》《题镇海楼》《觉苑寺诗》。

嘉靖三年甲申，五十三岁，在越。

春，作《山中漫兴》《夜宿白云堂》《登香炉峰次萝石韵》《观从吾登炉峰绝顶戏赠》《书扇赠从吾》《登妙高观石笋峰》。

四月，服阕，朝中屡疏引荐。霍韬、席书、黄绾、黄宗明先后以大礼问，不答。

八月，宴门人于天泉桥。作《月夜二首·与诸生歌于天泉桥》《秋夜》《夜坐》。

初冬，作《嘉靖甲申冬二十一日再登秦望。自弘治戊午登后二十七年矣。将下，适董萝石与二三子来，复坐久之，暮归同宿云门僧舍》。

《心渔歌为钱翁希明别号题》《挽潘南山》《次韵毕方伯写怀之作》《题吴五峰大参甘棠遗爱卷》或作于是年。

嘉靖四年乙酉，五十四岁，在越。

正月，夫人诸氏卒。四月，祔葬于徐山。撰《林汝桓以二诗寄次韵为别》。

春，撰《和董萝石菜花韵》《天泉楼夜坐和萝石韵》《咏良知四首示诸生》（又作《书咏良知四绝示冯子仁》）、《示诸生三首》《答人问良知二首》《答人问道》。

六月，服阕，例应起复（按：诸夫人嘉靖四年正月卒，王阳明为妻服丧一年）。礼部尚书席书、御史石金等交章论荐，皆不报。

九月，归余姚省墓。

十月，立阳明书院于越城。作《别诸生》《赠蒋泽》《赠刘秋佩》。《歌诗》或作于此时前后。

嘉靖五年丙戌，五十五岁，在越。

春，或撰《春晴散步》。

八月，作《后中秋望月歌》。

秋，作《雨霁游龙山次五松韵》。《次魏五松荷亭晚兴》或作于此时。

九月，撰《合族名行四言》三首。《雪窗闲卧》或作于此时。

十一月庚申，子正亿生。作《嘉靖丙戌十二月庚申，始得子。年已五十有五矣。六有、静斋二丈昔与先公同举于乡，闻之而喜，各以诗来贺，蔼然世交之谊也。作次韵为谢二首》《书扇示正宪》。

十二月，作《寄题玉芝庵丙戌》《守岁诗并序》。《赠岑东隐先生二首》《玉山斗门》《与诸门人夜话二首》《临水幽居》《题倪云林春江烟雾》等疑俱作于此年前后。

嘉靖六年丁亥，五十六岁。

四月，邹守益刻《文录》于广德州。

五月，命兼都察院左都御史，征思、田。作《送萧子雍宪副之任》。

六月，疏辞，不允。

八月，作《中秋》。

九月壬午，从越中出发。

甲申，渡钱塘。作《秋日饮月岩新构别王侍御》《方思道送西峰》《春日宿宝界禅房赋》。游吴山、月岩、严滩，俱有诗。《御校场》或作于此时。

丁亥，书《复过钓台》。

丙申，至衢。西安雨中，诸生出候，作《西安雨中诸生出候因寄德洪汝中并示书院诸生》《德洪汝中方卜书院盛称天真之奇并寄及之》。

戊戌，过常山。作《长生》《南浦道中》《重登黄土脑》《和理斋同年浩歌楼韵》《恭吊忠毅夫人》。

十月，至南昌。又至吉安螺川，大会士友。

十一月，作《过新溪驿》。

二十日，于梧州开府。

十二月，命暂兼理巡抚两广，疏辞，不允。作《南宁二首》。

《题郭诩濂溪图》或作于是年。

《次张体仁联句韵》或为此年之作，但前后四首未必同时。

嘉靖七年戊子，五十七岁，在梧。

二月，思、田平。作《往岁破桶冈，宗舜祖世麟老宣慰实来督兵。今兹思田之役，乃随父致仕宣慰明辅来从事，目击其父子孙三世皆以忠孝相承相尚也，诗以嘉之》。

六月，兴南宁学校。作《寄石潭二绝》。

七月，袭八寨、断藤峡，破之。疏请经略思、田及八寨、断藤峡。作《破断藤峡》《平八寨》。《无题诗》（"铜鼓金川自古多"）或作于是时。

十月，上疏请告。作《谒增江祖祠》。

以疾剧，上疏请告。疏入，未报。

谒伏波庙。

守仁十五岁时尝梦谒伏波庙，至是拜祠下，宛然如梦中，谓兹行殆非偶然。《谒伏波庙二首》《梦中绝句》（“回忆少年时事”）或作于是时。

祀增城先祖祠。并题湛若水居诗。作《题甘泉居》《书泉翁壁》。

十一月乙卯，卒于南安。

嘉靖八年己丑正月，丧发南昌。

二月庚午，丧至越。

十一月，葬先生于洪溪。

阳明诗歌时代不详、重出、存疑、误收

时代不详

舍利寺

题兰溪圣寿教寺壁（或为嘉靖初作）

寓资圣寺

题辞

扇面诗

题画诗

题雁衔芦图

万松窝

简庆公像赞

吊易忠节公墓

答友人诗

答陈惟浚诗

重出

蓬莱方丈偶书二首(其二同《化城寺》)

龙泉石径(《过天生桥》)

临别寄怀(《别诸伯生》)

夜宿白云堂(《秋夜》)

焦山(《游焦山次邃庵韵》)

七律二(上古本《全集》中《狮子山》《登闻江楼》当为相同之作,然题目不同,且上古本《全集》中少跋语“守仁顿首上石楼老先生执事”)

长汀道中□□诗(《全集》作《丁丑二月征漳寇进兵长汀道中有感》,有诗序:“夜宿行台,用韵于壁,时正德丁丑三月十三日。阳明。”)

《题察院壁》(《喜雨三首》之一)

四月壬戌复过行台□□□(上古本《全集》作《闻曰仁买田霅上携同志待予归二首》其一,上古本《全集》殆误。)

夜坐有怀(上古本《全集》作《闻曰仁买田霅上携同志待予归二首》其二,上古本《全集》殆误。)

南泉庵漫书(上古本《全集》作《回军上杭》,字句有出入)

存疑

泛海

武夷次壁间韵

栖霞山

象棋诗

地藏洞访老道诗

墨池遗迹

石牛山

哭孙、许二公诗二首

扇面诗

无题诗(二)(“铜鼓金川自古多”)

套数·归隐

套数·恬退

题鲁公捣衣石诗

误收

四明观白水二首(一作明沈明臣诗。)

宿谷里(当为明吴国伦之作。)

《饭金鸡驿》(当为明吴国伦之作。)

《谒武侯祠》(为明王杏之作。)

游阴那山

唐律二首

铁笔行为王元诚作

扇面诗

无题诗(三)

望夫石二首

题倪云林春江烟雾

题温日观葡萄次韵

去乡诗(为晋陶渊明之作。)

地藏塔

夜归

满庭芳

文集著录、题跋

著录

一、《千顷堂书目》(清黄虞稷撰,瞿凤起、潘景郑整理,上海古籍出版社,1990 年)

《经部·三礼类》:王阳明《大学古本注》一卷,正德戊寅序。

《经部・孝经类》：王阳明《孝经大义》。

《经部・经解类》：王阳明《五经臆说》四十六卷。居龙场万山中，默记旧所读书录之，意有所得，辄为训释。

《子部・儒家类》：王阳明《传习录》四卷，徐爱、钱德洪辑，又《朱子晚年定论》一卷，又《阳明则言》二卷，门人薛侃等辑。

《集部・别集类》：王阳明《阳明文录》二十卷，又《文录别集》八卷，又《续录》八卷，又《阳明全书》三十八卷，又《居夷集》三卷，又《阳明寓广遗稿》二卷，字伯安，余姚人，南京兵部尚书，以军功封新建伯，世袭。谥文成。

《集部・别集类》：又《阳明先生文粹》十一卷，宋仪望辑。

《集部・别集类》：又《阳明文选》八卷，王畿辑。

二、《明史・艺文志》（清张廷玉等撰，中华书局，1974 年）

卷七十二

《艺文一・经部・孝经类》：王阳明《孝经大义》一卷

《艺文一・经部・诸经类》：王阳明《五经臆说》四十六卷

《艺文一・经部・四书类》：王阳明《古本大学注》一卷

卷七十四

《艺文三・子部・儒家类》：王阳明《传习录》四卷，《阳明则言》二卷

卷七十五

《艺文四・集部・别集类》：王阳明《阳明全书》三十八卷

三、《四库总目提要》

卷八十三

《史部·政书类存目二》:《阳明乡约法》一卷,浙江巡抚采进本。

《阳明保甲法》一卷,浙江巡抚采进本。

卷一七一

《集部·别集类二十四》:《王文成全书》三十八卷,浙江巡抚采进本。

卷一七六

《集部·别集类存目三》:《阳明要书》八卷,《附录》五卷,浙江巡抚采进本。明王守仁撰。叶绍容编。守仁有《保甲法》,已著录。绍(永)[容],吴江人。是书成于崇祯乙亥,取《守仁全书》,摘其要语。前有小序八首及凡例四条,皆著其删纂之大意。《浙江通志》载宋仪望辑《阳明文粹》十一卷,王畿辑《阳明文选》八卷,而无此书之名,盖偶未见也。

《集部·别集类存目三》:《王阳明集》十六卷,浙江巡抚采进本。

《集部·别集类存目三》:《阳明文钞》二十卷,江西巡抚采进本。

《集部·别集类存目三》:《阳明全集》二十卷,《传习录》一卷,《语录》一卷,浙江巡抚采进本。

四、邵懿辰《四库简明目录标注》

《王文成公全书》三十八卷。

五、缪荃孙、董康等撰《嘉业堂藏书志》

《阳明先生文录》五卷,《外集》九卷,《别录》十四卷,明刻本。

《王文成公全书》三十八卷,明刻本。

六、王重民《中国善本书提要》

《王文成公全书》三十八卷,三十六册(《四库全书提要》卷一百七十一)(国会 按:指美国国会图书馆藏),明隆庆间刻本(十行十九字,18.1×13.8)。

《阳明先生文录》五卷,《外集》九卷,《别录》残,存八卷,十八册(北图),明嘉靖间刻本(十行二十字,19.2×14)。

《居夷集》二卷,《附录》一卷,一册(北图),明嘉靖间刻本(十行二十字,18.2×12.8)。明王阳明撰。卷内题:"门人韩柱、徐珊校。"按:是集为王阳明谪贵阳时所作,附集则逮狱时及诸在途之所作也。丘养浩序(嘉靖三年,1524年),韩柱跋,徐珊跋。

七、崔建英《明别集版本志》

著录31种文本。

序跋评论

一、《居夷集》叙、跋

丘养浩《居夷集叙》

《居夷集》者,阳明先生被逮贵阳时所著也。温陵后学丘养浩刻以传诸同志。或曰:先生之学,专以孔孟为师,明白简易,一洗世儒派分枝节之繁，微言大训，天下之学士宗之，而独刻此焉何待？则解之曰：

先生之资，明睿澄澈，于天下实理，固已实见而实体之。而养熟道凝，则于贵阳时独得为多。冥会远趋，收众淆以折诸圣。任道有余力，而行道有余功。固皆居夷者之为之也。古圣人历试诸难，造物者将降大任之意，无然乎哉？养浩生也后，学不知本，政不足以率化。先生辄合而教之。岁月如遒，典刑在望，愧无能为新主簿之可教，而又无能为元城之录也。引以言，同校集者，韩子柱廷佐，徐子珊汝佩，皆先生门人。嘉靖甲申夏孟朔，丘养浩以义书。

韩柱跋

夫文以载道也。阳明夫子之文，由道心而达也。故求之跃如也，究之奥如也，体之扩如也。爱之美也，传之爱也。此《居夷集》所由刻也。刻惟兹者，见一班也。学之者求全之志乌乎已也。门人韩柱百拜识。

徐珊跋

《居夷集》刻成，或以为阳明夫子之教，致知而已，诸文字之集，不传可也。珊谓天有四时，春秋冬夏，风雨霜露，无非教也；地载神气，风霆流形，庶物露生，无非教也。夫子居夷三载，素位以行，不愿乎外，盖无入而不自得焉。其所为文，虽应酬寄兴之作，而自得之心，溢之言外。故其文闳以肆，纯以雅，婉曲而畅，无所怨尤者。此夫子之知，发而为文也。故曰，笃其实而艺则传，贤者得以学而至之，是为教。则是集也，无非教也，不传可乎？如求之言语文字之间，以师其绳度，是则荒矣不可传也。集凡二卷，附集一卷，则夫子逮狱时及诸在途之作，并刻之，亦以见无入不自得焉耳。门人徐珊顿首拜书。

二、钱宽《刻文录叙说》

德洪曰：嘉靖丁亥四月，时邹谦之谪广德，以所录先生文稿请刻。先生止之曰："不可。吾党学问，幸得头脑，须鞭辟近里，务求实得。一切繁文靡好，传之恐眩人耳目，不录可也。"谦之复请不已。先生乃取近稿三之一，标揭年月，命德洪编次；复遗书曰："所录以年月为次，不复分别体类者，盖专以讲学明道为事，不在文辞体制间也。"明日，德洪掇拾所遗，复请刻。先生曰："此爱惜文辞之心也。昔者孔子删述六经，若以文辞为心，如唐、虞、三代，自《典》《谟》而下，岂止数篇？正惟一以明道为志，故所述可以垂教万世。吾党志在明道，复以爱惜文字为心，便不可入尧、舜之道矣。"德洪复请不已。乃许数篇，次为《附录》，以遗谦之，今之广德板是也。

先生读《文录》，谓学者曰："此编以年月为次，使后世学者，知吾所学前后进诣不同。"又曰："某此意思赖诸贤信而不疑，须口口相传，广布同志，庶几不坠。若笔之于书，乃是异日事，必不得已，然后为此耳！"又曰："讲学须得与人人面授，然后得其所疑，时其浅深而语之。才涉纸笔，便十不能尽一二。"戊子年冬，先生时在两广谢病归，将下庚岭。德洪与王汝中闻之，乃自钱塘趋迎。至龙游闻讣，遂趋广信，讣告同门，约每越三年遣人裒录遗言。明日又进贵溪，扶丧还玉山。至草萍驿，戒记书箧，故诸稿幸免散逸。自后同门各以所录见遗，既七年，壬辰，德洪居吴，始较定篇类。复为《购遗文》一疏，遣安成王生自闽、粤由洪都入岭表，抵苍梧，取道荆、湘，还自金陵，又获所未备；然后谋诸提学侍御闻人邦正，入梓以行。《文录》之有《外集》《别录》，遵《附录》例也。

先生之学凡三变，其为教也亦三变。少之时，驰骋于辞章；已而出入二氏；继乃居夷处困，豁然有得于圣贤之旨：是三变而至道也。居贵阳时，首与学者为“知行合一”之说；自滁阳后，多教学者静坐；江右以来，始单提“致良知”三字，直指本体，令学者言下有悟：是教亦三变也。读《文录》者当自知之。先生尝曰：“吾始居龙场，乡民言语不通，所可与言者乃中土亡命之流耳；与之言知行之说，莫不忻忻有入。久之，并夷人亦翕然相向。及出与士夫言，则纷纷同异，反多捍格不入，何也？意见先入也。”德洪自辛巳冬始见先生于姚，再见于越，于先生教若恍恍可即，然未得入头处。同门先辈有指以静坐者，遂觅光相僧房，闭门凝神净虑。倏见此心真体，如出蔀屋而睹天日，始知平时一切作用，皆非天则自然。习心浮思，炯炯自照，毫发不容住著。喜驰以告。先生曰：“吾昔居滁时，见学者徒为口耳同异之辩，无益于得，且教之静坐。一时学者亦若有悟，但久之渐有喜静厌动流入枯槁之病。故迩来只指破致良知工夫。学者真见得良知本体昭明洞彻，是是非非莫非天则，不论有事无事，精察克治，俱归一路，方是格致实功，不落却一边。故较来无出致良知话头，无病何也？良知原无间动静也。”德洪既自喜学得所入，又承点破病痛，退自省究，渐觉得力。“良知”之说发于正德辛巳年。盖先生再罗宁藩之交，张、许之难，而学又一番证透，故《正录》书凡三卷，第二卷断自辛巳者，志始也。“格致”之辩莫详于《答顾华玉》一书，而“拔本塞源”之论，写出千古同体万物之旨，与末世俗习相沿之弊。百世以俟，读之当为一快。

先生尝曰：“吾‘良知’二字，自龙场已后，便已不出此意，只是点此二字不出，于学者言，费却多少辞说。今幸见出此意，一语之下，洞见全体，真是痛快，不觉手舞足蹈。学者闻之，亦省却多少寻讨功夫。学问头脑，至此已是说得十分下落，但恐学者不肯真下承当耳。”又曰：“某于‘良知’之说，从百死千难中得来，非是容易见得到此。此本是学者究竟话头，可惜此体沦埋已久。学者苦于闻见障蔽，无入头处。不得已与人一口说尽。但恐学者得之容易，只把作一种光景玩弄，孤负此知耳！”

甲申年，先生居越。中秋月白如洗，乃燕集群弟子于天泉桥上。时在侍者百十人。酒半行，先生命歌诗。诸弟子比音而作，翕然如协金石。少间，能琴者理丝，善箫者吹竹，或投壶聚算，或鼓棹而歌，远近相答。先生顾而乐之，遂即席赋诗，有曰“铿然舍瑟春风里，点也虽狂得我情”之句。既而曰：“昔孔门求中行之士不可得，苟求其次，其惟狂者乎？狂者志存古人，一切声利纷华之染，无所累其衷，真有凤皇翔依千仞气象。得是人而裁之，使之克念日就平易切实，则去道不远矣！予自鸿胪以前，学者用功尚多拘局；自吾揭示良知头脑，渐觉见得此意者多，可与裁矣。”

先生自辛巳年初归越，明年居考丧，德洪辈侍者踪迹尚寥落。

既后，四方来者日众，癸未已后，环先生之室而居，如天妃、光相、能仁诸僧舍，每一室常合食者数十人，夜无卧所，更番就席，歌声彻昏旦。南镇、禹穴、阳明洞诸山远近古刹，徒足所到，无非同志游寓之地。先生每临席，诸生前后左右环坐而听，常不下数百人；送往迎来，月无虚日，至有在侍更岁，不能遍记其姓字者。诸生每听讲，出门未尝不踊跃称快，以昧入者以明出，以疑入者以悟出，以忧愤愊忆入者以融释脱落出，呜呼休哉！不图讲学之至于斯也。尝闻之同门，南都以前，从游者虽众，未有如在越之盛者。虽讲学日久，孚信渐博，要亦先生之学益进，感召之机亦自不同也。今观《文录》前后论议，大略亦可想见。

先生尝语学者曰："作文字亦无妨工夫。如诗言志，只看尔意向如何，意得处自不能不发之于言，但不必在词语上驰骋，言不可以伪为。且如不见道之人，一片粗鄙心，安能说出和平话？总然都做得，后一两句露出病痛，便觉破此文原非充养得来。若养得此心中和，则其言自别。"

门人有欲汲汲立言者。先生闻之叹曰："此弊溺人，其来非一日矣。不求自信而急于人知，正所谓以己昏昏，使人昭昭也。耻其名之无闻于世，而不知知道者视之，反自贻笑耳。宋之儒者，其制行磊荦，本足以取信于人，故其言虽未尽，人亦崇信之，非专以空言动人也。但一言之误，至于误人无穷，不可胜救，亦岂非汲汲于立言者之过耶？"

或问先生所答示门人书稿，删取归并，作数篇训语以示将来，如何？先生曰："有此意。但今学问自觉所进未止，且终日应酬无暇。他日结庐山中，得如诸贤有笔力者，聚会一处商议，将圣人至紧要之语发挥作一书，然后取零碎文字都烧了，免致累人。"德洪事先生，在越七年，自归省外，无日不侍左右。有所省豁，每得于语默作止之间。或闻时讪议，有动于衷，则益自奋励以自植，有疑义即进见请质。故乐于面炙，一切文辞，俱不收录。每见文稿出示，比之侍坐时精神鼓舞，歉然常见不足。以是知古人"书不尽言，言不尽意"，非欺我也。不幸先生既没，謦欬无闻，仪刑日远，每思印证，茫无可即。然后取遗稿次第读之，凡所欲言而不能者，先生皆为我先发之矣。虽其言之不能尽意，引而不发，跃如也。由是自滁以后文字，虽片纸只字不敢遗弃。四海之远，百世之下，有同此怀者乎？苟取《正录》，顺其日月以读之，不以言求，而惟以神会，必有沛然江河之决，莫之能御者矣！

《别录》成，同门有病其太繁者。德洪曰："若以文字之心观之，其所取不过数篇。若以先生之学见诸行事之实，则虽琐屑细务，皆精神心术所寓，经时赞化以成天下之事业。千百年来儒者有用之学，于此亦可见其梗概，又何病其太繁乎？"

昔门人有读《安边八策》者。先生曰："是疏所陈亦有可用。但当时学问未透，中心激忿抗厉之气。若此气未除，欲与天下共事，恐事未必有济。"

陈惟浚曰："昔武宗南巡，先生在虔，奸贼在君侧，间有以疑谤危先生者，声息日至，诸司文帖，络绎不绝，请先生即下洪，勿处用兵之地，以坚奸人之疑。先生闻之，泰然不动。门人乘间言之，先生姑应之曰：'吾将往矣。'一日，惟浚亦以问。先生曰：'吾在省时，权竖如许势焰疑谤，祸在目前，吾亦帖然处之。此何足忧？吾已解兵谢事乞去，只与朋友讲学论道，教童生习礼歌诗，乌足为疑！纵有祸患，亦畏避不得。雷要打，便随他打来，何故忧惧？吾所以不轻动，亦有深虑焉尔！'又一人使一友亦告急。先生曰：'此人惜哉不知学，公辈曷不与之讲学乎？'是友亦释然，谓人曰：'明翁真有赤舄几几气象。'愚谓《别录》所载，不过先生政事之迹耳。其遭时危谤，祸患莫测，先生处之泰然，不动声色，而又能出危去险，坐收成功。其致知格物之学至是，岂意见拟议所能及！"是皆《别录》所未及详者。洪感惟浚之言，故表出之，以为读《别录》者相发。

《复闻人邦正书》，裒刊《文教》，诸同门聚议不同久矣。有曰："先生之道无精粗，随所发言，莫非至教，故集文不必择其可否，概以年月体类为次，使观者随其所取而获焉！"此久庵诸公之言也。又以"先生言虽无间于精粗，而终身命意，惟以提揭人心为要，故凡不切讲学明道者，不录可也"，此东廓诸公之言也。二说相持，罔知裁定。去年广回舟中，反覆思惟，不肖鄙意窃若有附于东廓子者。夫传言者不贵乎尽其博，而贵乎得其意。得其意，虽一言之约，足以入道；不得其意，而徒示其博，则泛滥失真，匪徒无益，是眩之也。且文别体类，非古也，其后世侈词章之心乎？当今天下士方驰骛于辞章，先生少年亦尝没溺于是矣，卒乃自悔，惕然有志于身心之学；学未归一，出入于二氏者又几年矣，卒乃自悔，省然独得于圣贤之旨；反覆世故，更历险阻，百炼千磨，斑瑕尽去，而辉光焕发，超然有悟于良知之说。自辛巳年已后，而先生教益归于约矣。故凡在门墙者，不烦辞说而指见本体，真如日月之丽天，大地山河，万象森列，阴崖鬼魅，皆化而为精光；断溪曲径，皆坦而为人道。虽至愚不肖，一触此体真知，皆可为尧、舜，考三王，建天地，质鬼神，俟百世，断断乎知其不可易也！有所不行者，特患不加致之之功耳。今传言者不揭其独得之旨，而尚吝情于悔前之遗，未透之说，而混焉以夸博，是爱其毛而不属其里也，不既多乎？既又思之：凡物之珍赏于时者，久而不废，况文章乎？先生之文，既以传诵于时，欲不尽录，不可得也。自今尚能次其月日，善读者犹可以验其悔悟之渐。后恐迷其岁月，而概以文字取之混入焉，则并今日之意失之矣。久庵之虑，殆或以是与？不得已，乃两是而俱存之。故以文之纯于讲学明道者裒为《正录》，余则别为《外集》，而总题曰《文录》。疏奏批驳之文，则又厘为一书，名曰《别录》。夫始之以《正录》，明其志也；继之以《外集》，尽其博也；终之以《别录》，究其施也。而文稽其类，以从时也；识道者读之，庶几知所取乎，此又不肖者之意也。问难辩诘，莫详于书，故《正录》首书，次记，次序，次说，而以杂著终焉。讽咏规切，莫善于诗赋，故《外集》首赋，次诗，次记，次序，次说，次杂著，而传志终焉。《别录》则卷以事类，篇以题别，先奏疏而后公移。刻既成，惧读者之病于未察也，敢敬述以求正。乙未年正月。

三、钱宽《阳明先生诗录序》

右录以履历为次者，盖以见吾夫子情随所遇、辞以时发也。以滁阳后为正，而前附之，见吾夫子所学益精，辞益粹，诚之不可掩也。读是录者，以意逆志，而有会焉，而兴焉，而求其所以精，得其所以粹，无以其辞焉而已矣，则是录之传，庶其不谬矣乎！

嘉靖庚寅岁五月望日，门人钱宽谨识于钱塘胜果寺之中峰阁。

四、薛侃《阳明先生诗录后序》

先生既没，吾友宽也检诸笥，得诗数卷焉；畿也裒诸录，得诗数卷焉。侃得而读之，付侄铠锓诸梓。同志或吾尤曰：古人之学，尚行而已矣；今人之学，尚言而已矣。吾师勤勤恳恳以明古之学，记博而辞工，未始以为训也。子是之图，非师之意也。侃曰：诗之教，性情而已矣。离性情而言诗，非古也。由性情而出焉者，谓之非古可乎？夫性者，良知之体也；情者，良知之用也。是故吾师之学，致良知而已矣。良知致，则性情正；性情正，若种子艺生矣。诚松也，芽甲花实，无非松矣。诚谷也，芽甲花实，无非谷矣。谓松而花稷，谓谷而实荑，非然也。是故知先师之学，则知先师之心；知先师之心，则知先师之应迹矣。诵其言，察其用，可以观，可以悟，可以神明其德矣。而又可释夫诗乎？如以诗焉而已矣，则诚非师意矣。

五、宋仪望《河东重刻阳明先生文录序》

阳明先生文集，始刻于姑苏，盖先生门人钱洪甫氏诠次之云。自后或刻于闽、于越、于关中，其书始渐播于四方学者。嘉靖癸丑春，予出按河东，河东为尧舜禹相授受故地，而先生之学，则固由孔孟以溯尧舜。于是间以窃闻先生绪言语诸人士，而若有兴者。未几,得关中所寄先生全录,遂檄而刻之。嗟乎,先生之学,盖难言之矣。昔者孔子设教于洙泗之间,其与群弟子论说,如答问仁、问孝、问政,各随人品高下而成就之。而求仁之学,惟颜氏之子为庶几焉。其余虽颖悟如赐,果如由,多艺如求,皆不许其为仁。故曰,惟命与仁,子盖罕言之。当时从者亦且疑其为隐,而夫子他日又欲无言。夫子岂诚不欲言之人?人顾学者,有及有不及耳。颜氏既殁,斯道益孤。其后迺得曾氏,遂以所著《大学》一篇授之。厥后子思、孟子亦各发明其学,无有异同。然自二子之后,传其学者,往往流为异端,秦汉以还,斯道不绝如线。至宋,周[氏]、程氏、陆氏起而倡明之。当其时,同志诸君子又多持其所见,竞立门户者。呜呼,圣人之学,是何明之之难而晦之之易也。阳明先生早志斯道,更历变故,造诣益深,于是始以圣人为必可至。一日取《大学》古本,深加研究,遂发明其格物致知之说,而超然有悟于致良知一语。既而本之吾心,验之躬行,考之往圣,质之鬼神,建诸天地,然后知良知之用。彻动静、合体用、贯始终,常精常明,常感常寂。常戒慎恐惧,常大公顺应。盖至是,而先生之学始沛然决之江河,而无复有疑矣。先生尝曰:心之良知,是谓圣人之不能致其良知者,以其无必为圣人之志也。是故舍致知,则无学矣;舍圣人,则无志矣。故其与门弟子语,倦倦以致良知为训,而不复有他说。何者?良知之学,先生超然独契发千古圣人不传之秘,不啻若获宝于渊,获金于途,而遂欲以公之人人。学者一闻其说,莫不恍然有悟。而不知先生之学,实未尝以一悟遂可至于圣人。孔子在当时,发奋忘食,下学而上达门弟子乃谓其为天纵。夫子至是,始有莫我知之叹矣。呜呼,今之谭先生之学者,其果尽能身体力行、如夫子所云者乎?予故曰,先生之学,盖难言之矣。先生既殁,毅然任斯道而不变者,皆杰然为世名儒。然亦有号称脱悟,乃或少变其师说,以自立门户,甚者往往自轶于绳墨,而后进之士遂妄加訾议,而卒视圣人为不可及。呜呼,是则可惧也已。今之读先生之书者,果能求先生之心,体先生用功之实,譬之衣服饮食饱煖,自知若是,则将终身从事,犹惧涉汪洋而茫无涯涘也。彼人之至不至,訾不訾,又何与于我哉!是则先生之学也,是则重刻先生之集之意也。是为序。

嘉靖癸丑秋七月。

六、王杏《书新刊阳明先生文录续编后》

贵州按察司提学道奉梓《阳明王先生文录》,旧皆珍藏,莫有睹者。予至,属所司颁给之。贵之人士家诵而人习之,若以得见为晚。其闻而慕、慕而请观者踵继焉。

……

予因贵人之怀仰而求之若此,嘉其知所向往也,并以《文录》所未载者出焉以遗之,俾得见先生垂教之全录,题曰《文录续编》。于乎!读是编者能以其心求之,于道未必无小补,否则是编也犹夫文也,岂所望于贵士者哉?先生处贵有《居夷集》,门人答问有《传习录》,贵皆有刻,兹不赘云。时嘉靖乙未夏六月,后学王杏书于贵阳行台之虚受亭。

七、宋仪望刻隆庆本《刻阳明先生文粹叙》

《阳明先生文粹》若干卷，始刻于河东书院。盖余企诸人士相与讲先生之学，故集而编之云。

或曰：先生之文，灿如日星，流若江河。子既檄刻其集布之矣，兹编之选，则何居焉？宋仪望曰：道有体要，学有先后。先生之学，以致良知为要，而其所谓文章功业云云，是特其续余耳，非学者所汲汲也。故余推本先生之学，取其序《大学古本》《或问》等篇，他如门人所刻《传习录》、答诸君子论学等书，要皆直吐胸中所见，砭人膏肓，启人蔽锢，尽发千古圣贤不传之秘。窃以为，士而有志于学圣人者，则舍此何适矣！

若是，则《传习录》乃门弟子所撰记，故集不载。今子亦类而编之，何也？曰：先生之学，著为文粹，吐为述答，实则一而已。而又焉往而非先生之文也？

曰：先生《录》中所云致良知一语，则以为超然独悟。岂吾夫子之学，固犹有欠与此耶？曰：善乎，而之问之也。昔者闻之，上古之时，人含淳朴，上下涵浸於斯道而不自知。是以宓羲氏始画八卦，而未有文字。自尧舜有精一执中之训，而万世心学之传，无有余蕴矣。乃成汤、文、武、周公数圣人者，其于斯道，又各自有所至。书传所载，可考而知也。及至周末，圣人之学大坏，学者各以其所见为学，纷纷藉藉，流入于异端而不待知者，不可胜纪。于是吾夫子始与群弟子相与讲明正学，今考其指归，大抵一以求仁为至。夫仁者以天地万物为一体，欲立立人，欲达达人，心之本体固如此耳。外是则功业如五伯，要不免于失其本心。然当时传夫子之学者，惟颜、曾氏与子思、孟子数人而已。是故曰忠恕，曰慎独，曰集义、养气。是数子之学，又各自有所得，要之莫非所以求仁也。是又数子之所以善学孔子也。

呜呼，观乎此，则可以论先生之学矣。先生之学，求仁而已矣。求仁之要，致良知而已矣。何者？心一而已。自其全体而言，谓之仁；自其全体之明觉而言，谓之知。是故舍致知则无学矣。孟子巧知譬，则巧圣譬，则致良知以学圣，巧之至也。呜呼，此非达天德者，其孰能知之？

若是，则子于先生之学奚若？曰：吾吉有三君子，皆先生门人，而予从而受学焉。学而未能是，则先生之罪人也。

嘉靖癸丑孟秋，后学庐陵宋仪望谨叙。

按：是编往予手自校，选刻于河东，嗣后刻于大梁洛阳间。顾海内学士多以不得先生刻本为恨，今年春，予视学闽中，乃重校刻之，期与八闽人士共勉焉。隆庆六载闰二月宋仪望续题于正学书院。

八、姚良弼《阳明先生文粹跋》

刻《阳明文粹》者，我代巡宋公。按历河东，百度惟新。雅造士类，相与诸士讲明正学。虑诸士不能遍识也，刊先生文集。虑诸士不能知要也，择先生序《大学古本》、《大学问》诸篇及《传习录》、答诸君子论学诸篇，订为四本，名曰“文粹”，示良弼校刊。良弼捧诵之,拜首扬言曰:吁,休哉。阳明先生发明斯道之正传,我宋公嘉惠后学之盛心也。余小子不类,敢赘言乎?夫道也者原于天,率于性,统于心,夫人皆有之也。尧舜禹之精一执中,汤之建中,武之建极,皆是道也,皆是心也。三代衰,王道熄,霸道炽。孔子、子思、孟子相继讲明斯道,曰求仁,曰忠恕,曰集义、养气,皆是道也,皆是心也。孔孟殁,圣学晦而邪说横。诸儒训诂,破裂斯道。夫道之不明,阐之者晦之也。我阳明先生云致良知,所以发前圣之所未发。夫良知者,天命之性,粹然至善,虚灵明觉之谓也。致良知者,随事随物,精察此心之天理以至其本然之良知,所谓扩然大公,物来顺应之也。使天下之人皆知此道具于吾心,切近精实,能于此心而致其良知焉,则天下之人各明其心,各见其性,治天下可运于掌上。圣贤事业,不在兹乎?当是时,固多遵信先生之说而讲明之也。其诋侮悔谤之者,未知先生之心也。先生独见而详说之,何暇计哉!我宋先生独得先生之心印,身体而精察之,观其法度明敕,心之恻怛之昭宣也;纪纲之振肃,心之裁制之敷布也;仪度之雍容,心之品节之发越也;善恶之剖析,心之好恶之明决也;文章之灿烂,心之英华之显著也;至于孝以事亲,忠以事君,又心之切近而精实者也。躬行心得之余,又刊是集,以与诸士讲明斯道,以致其良知焉。先生云,诚得豪杰同志之士,扶持匡翼,共明良知之学于天下,使天下之人,皆知自致其良知,以相安养,去其自私自利之蔽,其我公之谓乎!弼忝属末承命,不能文,赘其鄙说于简末。

属下钱塘后学姚良弼顿首拜跋。

九、钟惺《王文成公文选序》(见上古本《全集》1595页)

经云:“敷奏以言。”盖谓人之所性所学,无以自见,故托言而敷奏焉。然有言之则是,而考其行事则非者,岂其言不足以尽其人耶?非然也,殆听言者之观察未审耳。夫人之立言,莫不假辞仁义,抗声道德,以窃附于君子之高,而苟非所有,则虽同一理,同一解,而精神词气,已流为其人之所至。何也?盖言者,性命之流露,而学问之精华也。学问杂则议论不纯,性命乖则言词多戾,有非袭取者之能相掩也。古之立言者不一家,相如之词赋,班、史之著述,固文人也,而文人之无论,即如申、韩之刑名,管、晏之经国,以及老、庄之寓言,岂不以圣人贤者自视,而或流为惨刻,推王佐得乎?等而上之,子舆氏愿学孔子者也,亦步亦趋,直承道统,而一间之未达,终属圭角之不融,宁可强哉?子舆氏犹不可强,况其下焉者乎?近之立言者,稍陟韩、欧之境,辄号才人,略窥朱、程之绪,便称儒者,而试求其言之合道否也,不矫为气节之偏,则溺于闻见之陋,不遁入玄虚之域,则陷于邪僻之私,曾得以浮词改听哉?独阳明先生之为言也,学继千秋之大,识开自性之真,辞旨蔼粹,气象光昭,出之简易而具足精微,博极才华而不离本体,自奏议而序、记、诗、赋,以及公移、批答,无精粗大小,皆有一段圣贤义理于其中,使人读之而想见其忠孝焉,仁恕焉,才能与道德焉,此岂有他术而侥幸致此哉?盖学问真,性命正,故发之言为真文章,见之用为真经济,垂之训为真名理,可以维风,可以持世,而无愧乎君子之言焉耳。使实有未至，而徒以盗袭为工，亦安能不矫不溺，不遁不陷，而醇正精详，有如是哉？李温陵平生崛强，至此亦帖然服膺，良有以也。世之论文者，动则曰某宋文也何如，某汉文也何如，某战国之文也又何如，不知文何时代之可争，亦惟所性所学者何如耳。予僭评此文，非谓先生之言待予言而明，盖欲使听言者读先生之言，而知立言者之言可饰，而所性所学不可饰也；一人之所性所学可饰，而千圣之所性所学不可饰也，斯不失圣经“敷奏”意矣。竟陵后学钟惺书。

一〇、徐阶《王文成公全书序》

《王文成公全书》三十八卷，其首三卷为《语录》，公存时徐子曰仁辑；次二十八卷为《文录》，为《别录》，为《外集》，为《续编》，皆公死后钱子洪甫辑；最后七卷为《年谱》，为《世德纪》，则近时洪甫与汝中王子辑而附焉者也。

隆庆壬申，侍御新建谢君奉命按浙，首修公祠，置田以供岁祀。已而阅公文，见所谓录若集各自为书，惧夫四方正学者或弗克尽读也，遂汇而寿诸梓，名曰《全书》，属阶序。

阶闻之，道无隐显，无小大。隐也者，其精微之蕴于心者也，体也；显也者，其光华之著于外者也，用也；小也者，其用之散而为川流者也；大也者，其体之敛而为敦化者也。譬之天然不已之妙，默运于於穆之中，而日月星辰之丽，四时之行，百物之生，灿然呈露而不可掩，是道之全也。古昔圣人具是道于心而以时出之，或为文章，或为勋业。至其所谓文者，或施之朝廷，或用之邦国，或形诸家庭，或见诸师弟子之问答，与其日用应酬之常，虽制以事殊，语因人异，然莫非道之用也。故在言道者必该体用之全，斯谓之善言；在学道者亦必得体用之全，斯谓之善学。尝观《论语》述孔子心法之传，曰“一贯”。既已一言尽之，而其纪孔子之文，则自告时君，告列国之卿大夫，告诸弟子，告避世之徒，以及对阳货、询厩人，答问馈之使，无一弗录，将使学者由显与小以得其隐与大焉；是善言道者之准也，而其为学固亦可以见矣。唯文成公奋起圣远之后，慨世之言致知者求知于见闻，而不可与酬酢、不可与佑神，于是取《孟子》所谓“良知”合诸《大学》，以为“致良知”之说。其大要以谓人心虚灵莫不有知，唯不以私欲蔽塞其虚灵者，则不假外索，而于天下之事自无所感而不通，无所措而不当。盖诚意、正心、修身、齐家、治国、平天下必先致知之本旨，而千变万化，一以贯之之道也。故尝语门人云：“良知之外更无知，致知之外更无学。”于时曰仁最称高第弟子，其录《传习》，公微言精义率已具其中。乃若公他所为文，则是所谓制殊语异莫非道之用者，汇而梓之，岂唯公之书于是乎全，固读焉者所由以睹道之全也。谢君之为此，其嘉惠后学不已至欤？虽然，谢君所望于后学非徒读其书已也。凡读书者以身践之，则书与我为一；以言视之，则判然二耳。《论语》之为书，世未尝有不读，然而一贯之，唯自曾子以后无闻焉，岂以言视之之过乎？自公“致良知”之说兴，士之获闻者众矣，其果能自致其良知，卓然践之以身否也？夫能践之以身，则于公所垂训，诵其一言而已足，参诸《传习录》而已繁；否则虽尽读公之书无益也。阶不敏，愿相与戒之。

谢君名廷杰，字宗圣。其为政崇节义，育人才，立保甲，厚风俗，动以公为师：盖非徒读公书者也。

赐进士及第、特进光禄大夫、柱国、少师兼太子太师、吏部尚书、建极殿大学士、知制诰、知经筵事、国史总裁致仕后学华亭徐阶序。

一一、日本松本万年《王阳明先生诗钞绪言》

得于心而发于言，焕然可观者谓之文。文也者，公器，父不可以与其子，而师不可以授其弟子也。则非彼剽袭盗窃，摘华拾英而自喜者，可□到焉。况夫诗之陶写性情能言之为，犹鸟声虫音，云色霞光之随化而移成，自然音响状态也，岂可矫饰彫绘以为之哉？此集者，一言为法，大资所为，与造化同工，自然成章者，似学而不可造焉。然学者读此等之诗，玩味稍久，则庶几乎得于心而知言也。故此集之所以抄刻也。明治庚辰第四月六十六翁松本万年书于番町止敬塾松风清处。

一二、王世贞跋

故新建王文成侯取叛王，正德中勋最大，而又能直指心诀，以上接周程氏之统绪言，立功立德者，无两焉。（王世贞《弇州山人四部稿》卷一二九《题正学元勋卷后》）

王伯安如食哀家梨，吻咽爽不可言。又如飞瀑布岩，一泻千里，无渊渟沉冥之致。（《弇州山人四部稿》卷一四八《艺苑卮言》）

一三、徐渭《送王新建赴召序》(见《徐渭集》，中华书局，1983 年)

我阳明先生之以圣学倡东南也，周公、孔子之道也。其后讨二王室，定南荒，爵以伯而食采于新建也，则以战。

周公、孔子却莱、堕都、败费而注管蔡之功也。顾辄被谗停袭者几四十年。至今上圣明，感公旧勋，久食报，始用群公议，下诏赠公爵通侯，遣使致谥，葬祭有加，若曰其令某嗣子一人来袭故封爵。盖其事，亦大约与周公、孔子始厄于桓子、二叔，而卒侈其称、世其禄者同。

一四、钱谦益《列朝诗集》（小传，丙集）

先生在郎署，与李空同诸人游，刻意为词章。居夷以后，讲道有得，遂不复措意工拙。

一五、黄宗羲《明儒学案》（《姚江学案》“文成王阳明先生守仁”）

自姚江指点出“良知人人现有，一反观而自得”，便人人有个作圣贤之路。故无姚江，则古来之学脉绝矣。（《姚江学案》总论）

先生之学，始泛滥于词章，继而遍读考亭之书，循序格物。顾物理、吾心终判为二，无所得入，于是出入于佛、老者久之。及至居夷处困，动心忍性，因念圣人处此更有何道？忽悟格物致知之旨：圣人之道，吾性自足，不假外求。其学凡三变，始得其门。自此以后，尽去枝叶，一意本原，以默坐澄心为学的，有未发之中，始能有发而中节之和，视听言动，大率以收敛为主，发散是不得已。江右以后，专提“致良知”三字，默不假坐，心不待澄，不习不虑，出自自有天则。

一六、顾炎武《日知录》

以一人而易天下，其流风至于有百余年之久者，古有之矣。王夷甫之清谈，王介甫之新说；其在于今，则王伯安之良知是也。孟子曰："天下之生久矣，一治一乱。"拨乱世反诸正，岂不在后贤乎？

一七、方苞《鹿善继公祠堂记》

自明之季以至于今，燕南、河北、关西之学者，能自树立而以志节、事功振于一世者，大抵闻阳明之风而兴起者也。

一八、陈田《明诗纪事》丁签卷十三

王守仁　十七首

守仁字伯安，余姚人。弘治己未进士，授刑部主事，改兵部，以忤刘瑾杖阙下，谪贵州龙场驿丞。起南刑部主事，改吏部，历员外、郎中，迁南太仆少卿。进鸿胪卿，拜左佥都御史，巡抚南赣，进右副都御史，论平宸濠功，擢南兵部尚书，封新建伯。赠侯，谥文成，从祀孔子庙庭。有《阳明全书》三十八卷。

《四库总目》：守仁勋业气节卓然，为文博大昌明，诗亦秀逸有致。

《升庵集》：慎尝反复《晋书》，目王导为叛臣，颇为世所骇异。后见崔后渠《松窗杂录》亦同。余近读阳明《纪梦》诗，尤为卓识，其《自序》曰："正德庚辰八月二十八日，卧小阁，忽梦晋忠臣郭景纯以诗示余，且极言王导之奸，谓世之人之徒知王敦之逆，而不知王导实阴主之。觉而为诗，以纪其略。"诗云："秋夜卧小阁，梦游沧海滨。海上神仙不可到，金银宫阙高嶙峋。中有仙人芙蓉巾，顾我宛若平生亲。欣然就语下烟雾，自言姓名郭景纯。携手历历诉衷曲，义愤感激难具陈。切齿尤深怨王导，深奸老猾长欺人。当年王敦觊神器，导实阴主相缘夤。不然三问三不答，胡忍使敦杀伯仁？寄书欲拔太真舌，不相为谋敢尔云。敦病已笃事已去，临哭嫁祸复卖敦。事成同享帝王贵，事败乃为顾命臣。机微隐约亦可见，世史掩覆多失真。”

《艺苑卮言》：王新建诗如长爪梵志，彼法中铮铮动人。

王世贞《读书后》：伯安之为诗，少年时亦求所谓工者，而为才所使，不能深造，而衷于法。晚节尽举而归之道，而尚为少年意所累，不能浑融而出于自然。其自负若两得，而几所谓两堕者也。以世眼观之，公甫固不如以法眼观之，伯安瞠乎后矣。

钱德洪《阳明年谱》：先生谪龙场驿丞，至钱塘，刘瑾遣人随侦，先生度不免，乃托言投江以脱之。因附商船游舟山，遇飓风，一日夜至闽界，登岸至一寺，寺有异人，尝识于铁柱宫，约二十年相见海上，至是出诗，有“二十年前曾见君，今来消息我先闻”之句。与论出处，且将远遁，其人曰：“汝有亲在，万一瑾怒逮尔父，诬以北走胡、南走越，何以应之？”因为蓍，得明夷，遂决策返。先生题诗壁间曰：“险夷原不滞胸中，何异浮云过太空。夜静海涛三万里，月明飞锡下天风。”因取间道，由武夷返钱塘，赴龙场驿。

《西湖游览志余》：守仁之既擒宸濠也，忽传王师已及徐淮，遂乘夜遄发至钱塘，凛凛忧慄，作诗云：“灵鹫高林暑气清，竺天石壁雨痕晴。客来湖上逢云起，僧往峰头话月明。世路久知难直道，此身那得尚浮名。移家早定孤山计，种果诛茅却易成。”顷之，王师遣人追宸濠复还江西，遂谢病居净慈寺。

邝露《赤雅》：文成《谒伏波庙》诗："楼船金鼓宿乌蛮，鱼丽群舟夜上滩。月绕旌旗千嶂静，风传铃铎九溪寒。荒夷未必先声振，神武由来不杀难。相见虞廷新气象，两阶干羽在云端。"少时梦中有诗云："卷甲归来马伏波，早年兵法鬓毛皤。云迷铜柱雷轰折，六字题诗尚不磨。"文成身后谤兴削爵，与薏苡之事略同。

《列朝诗集》：先生在郎署与李空同诸人游，刻意为词章。居夷以后，讲道有得，遂不措意工拙，然其俊爽之气，往往涌出于行墨之间。

《明诗选》：李舒章曰："文成才情振拔，少年颇擅风雅，自讲学后，多作学究语，乃不堪多录。"

田按：文成谪吾黔龙场驿丞时，提学副使席书修葺会城书院，率诸生以师礼事之。是时风气未开，文成举知行合一之教，纷纷异同，罔知所入。厥后文成弟子道林蒋信以副使提学贵州，重举阳明学旨以教诸生，贵州心庵马廷锡独有悟入，清平淮海孙应鳌见知于提学徐樾，即传阳明心斋之学。又走桃冈印证于道林，思南同野李谓自传家学，亦谒道林，陈楼上楼下光景。终明之世，吾黔学祖断以文成为开先矣。文成居龙场有龙冈书院、寅宾堂、何陋轩、君子亭、玩易楼、阳明小洞天，居会城有文明书院。《居夷集》中有《诸生来》诗云："门生颇群集，樽斝亦时展。讲习性所乐，记问复怀靦。"《诸生夜坐》诗云："讲习有真乐，谈笑无俗流。"《诸生》诗云："嗟我二三子，吾道有真趣。胡不携书来，茆堂好同住。"《夜宿汪氏园》诗云："他年贵竹传遗事，应说阳明旧草堂。"今祀先生于会城之贵山书院,城外之芙风山藏庋遗像焉。斯不祧之俎豆矣。

一九、严复《救亡决论》

夫中土学术政教,自南渡以降,所以愈无可言者,孰非此陆、王之学阶之厉乎!以国朝圣祖之圣,为禹、文以后仅见之人君,亦不过挽之一时,旋复衰歇。盖学术末流之大患,在于徇高论而远事情,尚气矜而忘实祸。夫八股之害,前论言之详矣。而推而论之,则中国宜屏弃弗图者,尚不止此。自有制科来,士之舍干进梯荣,则不知所事学者,不足道矣。超俗之士,厌制艺则治古文词,恶试律则为古今体;鄙摺卷者,则争碑板篆隶之上游;薄讲章者,则标汉学考据之赤帜。于是此追秦汉,彼尚八家;归、方、姚、刘,恽、魏、方、龚;唐祖李、杜,宋祢苏、黄;七子优孟,六家鼓吹;魏碑晋帖,南北派分;东汉刻石,北齐写经;戴、阮、秦、王,直闯许、郑;深衣几幅,明堂两个;钟鼎校铭,珪琮著考;秦权汉日,穰穰满家。诸如此伦,不可殚述。然吾得一言以蔽之,曰:无用。非真无用也,凡此皆富强而后物阜民康,以为怡情遣日之用,而非今日救弱救贫之切用也。其又高者:曰:否否,此皆不足为学。学者学所以修己治人之方,以佐国家化民成俗而已。于侈陈礼乐,广说性理。周、程、张、朱,关、闽、濂、洛,学案几部,语录百篇。《学蔀通辨》,《晚年定论》,关学刻苦,永嘉经制。深宁、东发,继者顾、黄,《明夷待访》,《日知》著录。褒衣大袖,尧行舜趋,声音颜色,距人千里。灶上驱虏,折棰笞羌,经营八表,牢笼天地。夫如是,吾又得一言以蔽之,曰:无实。非果无实也，救死不瞻，宏愿长赊，所托愈高，去实滋远。徒多伪道，何裨民生也哉！故由后而言，其高过于西学而无实；由前而言，其事繁于西学而无用。均之无救危亡而已矣。

客谓处存亡危急之秋，务亟图自救之术，此意是也。固知处今而谭，不独破坏人才之八股宜除，与凡宋学汉学，词章小道，皆宜且束高阁也。即富强而言，且在所后，法当先求何道可以救亡。惟是申陆王二氏之说，谓格致无益事功，抑事功不俟格致，则大不可。夫陆王之学，质而言之，则直师心自用而已。自以为不出户可以知天下，而天下事与其所谓知者，果相合否？不径庭否？不复问也。自以为闭门造车，出而合辙，而门外之辙与其所造之车，果相合否？不龃龉否？又不察也。向壁虚造，顺非而泽，持之似有故，言之若成理。其甚也，如骊山博士说瓜，不问瓜之有无，议论先行蜂起，秦皇坑之，未为过也。盖陆氏于孟子，独取良知不学、万物皆备之言，而忘言性求故、既竭目力之事，唯其自视太高，所以强物就我。后世学者，乐其径易，便于惰窳敖慢之情，遂群然趋之，莫之自反。其为祸也，始于学术，终于国家。故其于己也，则认地大民众为富强，而果富强否，未尝验也；其于人也，则神州而外皆夷狄，其果夷狄否，未尝考也。抵死虚骄，未或稍屈。然而天下事所不可逃者，实而已矣，非虚词饰说所得自欺，又非盛气高言所可持劫也。迨及之而知，履之而艰，而天下之祸，固无救矣。胜代之所以亡，与今之所以弱者，不皆坐此也耶？前车已覆，后轸方遒，真可叹也！若夫词章一道，本与经济殊科，不妨放达，故虽极蜃楼海市，惝恍迷离，皆足移情遣意。一及事功,则淫遁诐邪,生于其心,害于其政矣;苟且粉饰,出于其政者,害于其事矣。而中土不幸,其学最尚词章,致学者习与性成,日增慆慢。又况以利禄声华为准的,苟务悦人,何须理实,于是慆慢之余,又加之以险躁,此与武侯学以成才之说,奚啻背道而驰。仆前谓科举破坏人才,此又其一者矣。

然而西学格致,则其道与是适相反。一理之明,一法之立,必验之物事。物事而皆然,而后定之为不易。其所验也贵多,故博大;其收效也必恒,故悠久;其究极也,必道通为一,左右逢原,故高明。方其治之也,成见必不可居,饰词必不可用,不敢丝毫主张,不得稍行武断,必勤必耐,必公必虚,而后有以造其至精之域,践其至实之途。迨夫施之民生日用之间,则据理行术,操必然之券,责未然之效,先天不违,如土委地而已矣。且西士有言:凡学之事,不仅求知未知,求能不能已也。学测算者,不终身以窥天行也;学化学者,不随在而验物质也;讲植物者,不必耕桑;讲动物者,不必牧畜。其绝大妙用,在有以练智虑而操心思,使习于沉者不至为浮,习于诚者不能为妄。是故一理来前,当机立剖,昭昭白黑,莫使听荧。凡夫恫疑虚愒,荒渺浮夸,举无所施其伎焉者,得此道也,此又《大学》所谓"知至而后意诚"矣。且格致之事,以道眼观一切物,物物平等,本无大小、久暂、贵贱、善恶之殊。庄生知之,故曰道在屎溺,每下愈况。王氏窗前格竹,七日病生之事,若与西洋植物家言之,当不知几许轩渠,几人齿冷。且何必西士,即如其言,则《豳诗》之所歌,《禹贡》之所载,何一不足令此子病生?而圣人创物成能之意，明民前用之机，皆将由此熄矣。率天下而祸实学者，岂非王氏之言与？

且客过矣。西学格致，非迂途也，一言救亡，则将舍是而不可。今设有人于此，自其有生而来，未尝出户，但能读《三坟》《五典》，《八索》《九丘》，而于门以外之人情物理，一无所知。凡舟车之运转流行，道里之险易涩滑，岩墙之必压，坎陷之至凶，摘埴索涂，都忘趋避，甚且不知虎狼之可以食人，鸩毒之可以致死。一旦为事势所逼，置此子于肩摩毂击之场，山巅水涯之际，所不残毁僵仆者，其与几何？知此则知中国，由今之道，无变今之俗，欲求不亡之必无幸矣。盖欲救中国之亡，则虽尧、舜、周、孔生今，舍班孟坚所谓通知外国事者，其道莫由。而欲通知外国事，则舍西学洋文不可，舍格致亦不可。盖非西学洋文，则无以为耳目，而舍格致之事，将仅得其皮毛，眢井瞽人，其无救于亡也审矣。且天下唯能者可以傲人之不能，唯知者可以傲人之不知。而中土士大夫，怙私恃气，乃转以不能不知傲人之能与知。彼乘骐骥，我独骑驴；彼驾飞舟，我偏结筏，意若谓彼以富强，吾有仁义。而回顾一国之内，则人怀穿窬之行，而不自知羞；民转沟壑之中，而不自知救。指其行事，诚皆不仁不义之由。以此傲人，羞恶安在！一旦外患相乘，又茫然无以应付，狂悖违反，召败蕲亡。孟子曰：“不仁而可与言，则何亡国败家之有？”夫非今日之谓耶？

且客谓西学为迂途，则所谓速化之术者，又安在耶？得毋非练军实之谓耶？裕财赋之谓耶？制船炮开矿产之谓耶？讲通商务树畜之谓耶？开民智正人心之谓耶？而之数事者，一涉其流，则又非西学格致皆不可。今以层累阶级之不可紊也，其深且远者，吾不得与客详之矣。今姑即其最易明之练兵一端言之可乎？今夫中国，非无兵也，患在无将帅。中国将帅，皆奴才也，患在不学而无术。若夫爱士之仁，报国之勇，虽非自弃流品之外者之所能，然尚可望由于生质之美而得之。至于阳开阴闭，变动鬼神，所谓为将之略者，则非有事于学者焉必不可。即如行军必先知其地，知地必资图绘，图绘必审测量，如是，则所谓三角、几何、推步诸学，不从事焉不可矣。火器致人，十里而外；为时一分，一机炮可发数百弹，此断非徒袒奋呼、迎头痛击者，所能决死而幸胜也。于是则必讲台垒濠堑之事，其中相地设险，遮扼钩连，又必非不知地不知商功者所得与也。且为将不知天时之大律，则暑寒风雨，将皆足以破军；未闻遵生之要言，则疾疫伤亡，将皆足以损众。二者皆扎营驻地，息息相关者也。乃至不知曲线力学之理，则无以尽炮准来复之用；不知化学涨率之理，则无由审火棉火药之宜；不讲载力重学，又乌识桥梁营造？不讲光电气水，又何能为伏桩旱雷与通语探敌诸事也哉？抑更有进者，西洋凡为将帅之人，必通知敌国之语言文字，苟非如此，任必不胜。此若与吾党言之，愈将发狂不信者矣。若夫中国统领伎俩，吾亦知之：不知道里而迷惑，则传问驿站之马夫；欲探敌人之去来，则暂雇本地之无赖。尤可哭者，前某军至大同，无船可渡，争传州县办差；近某军扎新河，海啸忽来，淹死兵丁数百。是于行军相地，全所不知。夫用如是之将领，使之率兵向敌，吾国不亡，亦云幸矣！尚何必以和为辱也哉？且夫兵之强弱，顾实事何如耳，又何必如某总兵所称，铜头铁额如蚩尤，驱使虎豹如巨无霸？中国史传之不足信久矣，演义流布，尤为惑世诬民。中国武夫识字，所恃为韬略者，不逾此种。无怪今日营中，多延奇门遁甲之家，冀实事不能，或仰此道制胜。中国人民智慧蒙蔽弇陋，至于此极，虽圣人生今，殆亦无能为力也。哀哉！

二〇、梁启超《清代学术概论》

吾于宋明之学，认其独到且有益之处确不少，但对于其建设表示之形式，不能曲恕，谓其既诬孔，且诬佛，而并以自诬也。明王阳明为兹派晚出之杰，而其中习气也亦更甚，即如彼所作《朱子晚年定论》，强指不同之朱陆为同，实则自附于朱，且诬朱从我。此种习气，为思想界之障碍者有二。一曰遏抑创造。一学派既为我所自创，何必依附古人以为重？必依附古人，岂非谓生古人后者，便不应有所创造耶？二曰奖励虚伪。古人之说诚如是，则宗述之可也；并非如此，而以我之所指者实之，此无异指鹿为马，淆乱真相，于学问为不真实。宋明学之根本缺点在于是。

二一、马叙伦《读书续记》(商务印书馆，民国二十二年)

向于日本上野图书馆读魏濬《西事珥》，其目云：附《峤南琐记》二卷。顾不见其文。顷于《研云乙编》得之，杂记草木药石山水风俗及经历各事。其下卷云：王伯安平思田八寨，即乞病归。至南安，小憩一佛寺，有静室，乃前老僧示寂处。老僧化时，戒其徒岁加封藏，不许开户。伯安固强开之，中有书云："五十七年王守仁，启吾钥，拂吾尘。问公欲识前身事，开门即是闭门人。”伯安愕然，数日而卒。案：此事某书亦载之。大抵以文成即老僧后身，欲以证实阳明之学为禅学，其实小说家言。钱绪山作《年谱》，十一月二十五日逾梅岭，至南安登舟。时推官门人周积来见。先生起坐，咳嗽不已。积问道体无恙？先生曰，病势危亟。施、俞二谱，亦云至大庾岭，先生病已剧。然则安得从容固强人开僧室乎？（卷一，四十四叶）

世传王阳明晓水遁，此附会也。《年谱》正德二年夏，先生赴谪至钱塘，刘瑾遣人随侦。先生度不免，乃詑言投河以脱之，因附商船至舟山，偶遇台风大作，一日夜至闽界。盖以投江之言而又遭风速达，一日千里，故谓水遁。

二二、梁漱溟《这个世界会好吗？——梁漱溟晚年口述》（外语教育与研究出版社，2010 年）

能够传中国的孔门之学，我是承认在宋朝，就是那个大程子——程颢，在明朝就是王阳明，他们是传了这个学问。

不是他们都分程朱派、陆王派（陆九渊、王阳明）吗？我算是陆王派。陆王呢，陆是宋朝了，王是明朝了。在宋朝，刚才提到程朱，大程子跟二程——程伊川不一样。大程子就是程颢了，程颢我认为是好的、对的、高明的，可是朱子对他不了解。朱子对大程子有点好像不合脾胃，不合他的味道。可是我认为，在宋儒还是大程子，明儒是王阳明。

不过比起王阳明来啊，（我）还差得远，还差得远。可以用佛家有时候用的名词“彻悟”。彻就是彻底,彻悟是我们人的生命的一个大变化,不是个普通的事情,不是普通的“噢,我明白了”,不是这样。在彻悟上,阳明先生他有他的彻悟,我不够。(王阳明)他是彻悟,他对生命,他达到了彻悟,他是圣人了,完全不是普通的凡人,那是很了不起的人。

主要征引文献

明嘉靖刊本《阳明文录》,日本内阁文库(现国家公文书馆)藏本
明刊《阳明先生文录》,九州大学藏本
明王杏等编《新刊阳明先生文录续编》
明宋仪望等编明嘉靖刊《阳明先生文萃》,日本内阁文库藏本
明薛侃编刊《阳明先生诗录》,内阁文库藏残本
明隆庆间徐阶序序刊本《王文成公全书》
清康熙间俞嶙刊《王文成公全书》
日本松本万年序本《王阳明先生诗抄》
《皇明大儒王阳明靖难录》,日本明德出版社,1985 年

吴光等编校《王阳明全集》,上海古籍出版社,1992 年
吴光等编校《新编王阳明全集》,浙江古籍出版社,2011 年
束景南撰《阳明佚文辑考编年》,上海古籍出版社,2012 年

束景南、查明昊辑编《王阳明全集补编》,上海古籍出版社,2016 年

《十三经注疏》,中华书局影印本
《二十四史》,中华书局标点本
《明实录》,“中研院”历史语言研究所校勘本
明李东阳等纂、明申时行等重修本《大明会典》,台湾新文丰出版公司影印本,1976 年
清夏燮辑、沈仲九标点《明通鉴》,中华书局,1980 年
清谷应泰撰、河北师范学院历史系点校《明史纪事本末》,中华书局,1977 年
明谈迁《国榷》,中华书局本,1958 年
明何乔远《名山藏》,中华书局,1965 年
明高岱《鸿猷录》,上海古籍出版社,1992 年
明薛应旂《宪章录》,中华书局,1985 年
清黄虞稷撰、潘景郑等整理《千顷堂书目》,上海古籍出版社,1990 年
清顾祖禹《读史方舆纪要》,中华书局,2005 年
谭其骧《中国历史地图册》,中国地图出版社,1982 年
朱保炯、谢沛霖编《明清进士题名碑录索引》,上海古籍出版社,1980 年

《二十二子》,上海古籍出版社影印本,1985 年。内含:
魏王弼注《老子道德经》二卷,光绪六年华亭张氏本

晋郭象注《庄子》十卷，光绪二年影明世德堂本

唐房玄龄注、明刘绩增注《管子》二十四卷，光绪二年影明吴郡赵氏本

晋张湛注《列子》八卷，光绪二年影明世德堂本

清毕沅校注《墨子》十六卷，光绪二年影毕氏灵岩山馆本

唐杨倞注《荀子》二十卷，光绪二年影嘉善谢氏本

清汪继培辑《尸子》二卷，光绪三年陈氏湖海楼本

宋吉天保辑《孙子十家注》十三卷，光绪三年孙氏平津馆本影刻本

清孙星衍纂辑《孔子集语》十七卷，光绪三年孙氏平津馆本

清孙星衍校并撰音义《晏子春秋》七卷，光绪元年孙氏平津馆本

汉高诱注《吕氏春秋》二十六卷，光绪元年影毕氏灵岩山馆本

汉贾谊撰《新书》十卷，光绪元年卢氏抱经堂本

汉董仲舒撰《董氏春秋繁露》十七卷，光绪二年卢氏抱经堂本

晋李轨注《扬子法言》十三卷，光绪二年江都秦氏本刊

宋杜道坚撰《文子缵义》十二卷，光绪三年武英殿聚珍版丛书本

唐王冰注《补注黄帝内经 · 素问》二十四卷，光绪三年明武陵顾氏影宋嘉祐本版丛书本

清徐文靖撰《竹书纪年统笺》十二卷，光绪三年影丹徒徐氏本

清严万理校《商君书》五卷，光绪二年影西吴严氏本

清顾广圻勘误《韩非子》二十卷，光绪元年吴氏景宋乾道本影刻本

汉高诱注《淮南子》二十一卷，光绪二年影武进庄氏本

宋阮逸注《文中子中说》十卷，光绪二年影明世德堂本

晋郭璞传《山海经》十八卷，光绪三年影毕氏灵岩山馆本

黄宗羲《明儒学案》，中华书局标点本，1985年

清严可均《全上古三代秦汉三国六朝文》，中华书局据广雅书局本影印，1958年

逯钦立《先秦汉魏晋南北朝诗》，中华书局，1983年

宋郭茂倩《乐府诗集》，中华书局，1979年标点本

彭定求等编《全唐诗》，中华书局，1960年

唐圭璋等编《全宋词》，中华书局，2009年

谢伯阳《全明散曲》，齐鲁书社，1994年

晋干宝撰《搜神记》，中华书局，1979年

南朝梁萧统撰《文选》，上海古籍出版社影印清胡克家刻本，1977年

刘勰著、范文澜注《文心雕龙注》，人民文学出版社，1981年

余嘉锡著、周祖谟等整理《世说新语笺疏》，中华书局，2007年

宋李昉等编《太平广记》，中华书局，1983年

晋陶渊明著、逯钦立校注《陶渊明集》，中华书局，1979年

宋洪兴祖撰、白化文等点校《楚辞补注》，中华书局，1983年

唐李白撰，瞿蜕园、朱金城注《李白集校注》，上海古籍出版社，1984年

唐王维撰、陈铁民校注《王维集校注》，中华书局，1997年

清仇兆鳌《杜诗详注》，中华书局，1997年

唐孟浩然撰、徐鹏注《孟浩然集》，人民文学出版社，1998年

唐杜牧撰、吴在庆校注《杜牧集系年校注》,中华书局,2008 年

唐韩愈撰,刘真伦、岳珍校注《韩愈文集汇校笺注》,中华书局,2010 年

唐柳宗元撰、吴文治等点校《柳宗元集》,中华书局,1979 年

宋程颢、程颐《二程遗书》,影印《文渊阁四库全书》本

宋朱熹《朱子语类》,中华书局,1988 年

宋朱熹《朱文公集》,影印《文渊阁四库全书》本

宋朱熹《四书章句集注》,中华书局,1983 年

孔凡礼点校《苏轼文集》,中华书局,2004 年

孔凡礼点校《苏轼诗集》,中华书局,1982 年

陈宏天、高秀芳点校《苏辙集》,中华书局,1999 年

蒋方编选《黄庭坚集》,凤凰出版社,2014 年

明李东阳撰、周寅宾校点《李东阳集》,岳麓书社,2008 年

明湛若水撰,钟彩均、游腾达点校《泉翁大全集》,“中研院”文哲所,2014 年

明李梦阳《空同先生集》,明嘉靖年刻,日本内阁文库藏

明林素《见素诗集》,明嘉靖年刻,日本内阁文库藏

明林素《见素集》,明万历年刻本,日本内阁文库藏

明邵宝《容春堂集》,明嘉靖年刻,日本内阁文库藏

明张邦奇《张文定公文选》,明嘉靖年刻,日本内阁文库藏

董平编校整理《邹守益集》,人民出版社,2007 年

明王世贞《弇州山人集》,影印《文渊阁四库全书》本

明徐渭《徐渭集》,中华书局,1983 年
明李贽《焚书续焚书》,中华书局,1975 年
明李贽《续藏书》,中华书局,1959 年

近藤康信释《传习录》,日本明治书院,1962 年
永富青地《王阳明著作的文献学研究》,日本汲古书院,2007 年
吉田公平解说《传习录》,日本角川书店,1988 年

计文渊《王阳明法书集》,西泠印社,1996 年
钱明《阳明学的形成与发展》,江苏古籍出版社,2002 年
钱明、叶树望《王阳明的世界》,浙江古籍出版社,2008 年

汉许慎《说文解字》,中华书局,1963 年
《康熙字典》,上海辞书出版社,2007 年
《汉语大字典》,四川辞书出版社、湖北辞书出版社,1995—2005 年